...damit zusammenwächst, was zusammengehört.

- Teil 1 -

Tobias Frank

Dieses Buch enthält Links zu externen Webseiten Dritter auf deren Inhalte der Autor keinen Einfluss hat und deshalb keine Haftung für die Richtigkeit dieser Inhalte übernehmen kann.

ISBN Softcover: 978-3-347-49270-7
ISBN E-Book: 978-3-347-49273-8

Druck und Distribution im Auftrag des Autors:
tredition GmbH, Halenreie 40-44, 22359 Hamburg, Germany

Inhalt

Danksagung

Ich möchte mich bei meinen Probeleser*innen bedanken, die mich über den gesamten Zeitraum des Schreibens mit Hinweisen und kritischen Anmerkungen unterstützt haben. Freunde und Verwandte aus Ost- und Westdeutschland, der Jüngste gerade 30, die Älteste fast 90 Jahre alt, halfen mir dabei, das Buch für Ost- und Westdeutsche, für junge und ältere Menschen verständlich zu formulieren und gleichzeitig den „roten Faden" nicht zu verlieren. Sie machten mir immer wieder Mut, den eingeschlagenen Weg fortzusetzen, gaben mir Tipps und Hinweise und bremsten mich, wenn meine Gefühle die Sachlichkeit verdrängen wollten.

Ich danke meiner Mutter Dorothea Frank, meinen Freunden und Freundinnen Anke Krahberg, Salomea Genin, Tim Tinzmann, Patrick Ruge und Ingolf Klaasen für ihre zahlreichen Anregungen. Ganz besonderer Dank gilt jedoch meinem Bruder Peter Frank sowie den Freund*innen Dr. Hilko Linnemann, Christiane Tolle, Thomas Wolf, Petra Guba und Ronja Dörge, die mich mit viel Energie und zeitlichem Aufwand beim Korrigieren, Formulieren, Formatieren und bei der Gestaltung des Buches unterstützt haben.

Auch meine Frau Anke Frank verdient besonderen Dank, denn über mehr als zwei Jahre musste sie meine Stimmungsschwankungen, meine Zerrissenheit und Ungeduld ertragen und auf viele gemeinsame Stunden verzichten. Aber insbesondere die spannenden und inspirierenden Gespräche mit ihr ermutigten mich, das Buchprojekt zu vollenden.

Warum noch ein Buch zur deutschen Einheit?

Ich bin Ostdeutscher - Sachse, um es genauer zu sagen. Aufgewachsen in einer Kleinstadt, keine 15 km entfernt von Karl-Marx-Stadt, dem heutigen Chemnitz. Meine Eltern, Vertriebene aus Schlesien, erzogen meine drei Geschwister und mich katholisch, einen Kindergarten haben wir nie besucht. In der Schule bekam ich von einigen Lehrer*innen[1] und Mitschüler*innen schnell zu spüren, dass ich „anders" bin, weil ich sonntags in die Kirche ging, bei „sozialistischen Feiertagen" jedoch kein blaues Halstuch und auch kein FDJ-Hemd getragen habe.

Trotz sehr guter schulischer Leistungen durfte ich die Erweiterte Oberschule (EOS), vergleichbar mit den heutigen Gymnasien, nicht besuchen. Ich habe mein Abitur über den Umweg einer Berufsausbildung erworben. Das angestrebte Pädagogikstudium wurde mir mehrfach verwehrt, u.a. weil man mir nicht zutraute, Kinder zu „sozialistischen Persönlichkeiten zu erziehen", wie es der Direktor der Berufsschule ausdrückte. Nach Jahren im Schichtdienst in der Fahrzeugindustrie konnte ich doch noch ein Ingenieur-Abendstudium in Karl-Marx-Stadt aufnehmen und 1988 abschließen.

Ein Jahr später fiel die Mauer! Nachdem ich über mehrere Wochen Montag für Montag nach Leipzig zu den Demonstrationen gefahren war, um für freie Wahlen, Reisefreiheit und für Reformen wie in der Sowjetunion unter Gorbatschow einzutreten, erfüllte sich am 9. November 1989 mein Lebenstraum - endlich war die Allmacht der SED besiegt! Endlich durfte ich hoffen, als freier Mensch in einem freien, demokratischen Land zu leben.

Millionen Menschen in Deutschland und in der ganzen Welt werden die Bilder von den Autokorsos und den feiernden Menschen aus Ost und West ein Leben lang in guter Erinnerung behalten. Willy Brandt hätte die Hoffnung der meisten Deutschen nicht besser ausdrücken können: **„Jetzt wächst zusammen, was zusammengehört"!** Was würde Willy Brandt wohl heute über das Verhältnis der Ost- und Westdeutschen zueinander sagen?

Zwei Monate nach der deutschen Vereinigung zog ich nach Oberbayern und kam 1997 nach Erfurt, weil ich die Möglichkeit bekommen hatte, an der dortigen Fachhochschule Soziale Arbeit zu studieren - mit 38 Jahren! Dieses Studium hat mich und mein Leben komplett verändert: Ich habe dort gelernt, persönliche Einstellungen, aber auch gesellschaftliche Zusammenhänge zu erkennen, zu hinterfragen und Schlussfolgerungen nicht nur aus einem Bauchgefühl heraus, sondern anhand von unterschiedlichen wissenschaftlichen Erkenntnissen zu ziehen. Die Themen Demokratie, Recht, Ungleichheit in der Gesellschaft und in der Welt rückten immer

---

[1] Obwohl auch ich diese Schreibweise umständlich finde und glaube, dass sie den Lesefluss stört, habe ich mich bewusst für die gegenderte Schreibweise entschieden, denn zahlreiche Studien belegen: „Bei Sätzen, die nur im generischen Maskulinum (nur die männliche Form, T.F.) formuliert sind, stellen sich die meisten Menschen **vor allem Männer** vor, (…) es erzeugt vor allem männliche Bilder im Kopf" (Schwenner, 2021). Bei gegenderter Schreibweise werden Frauen dagegen „sichtbarer", weshalb sie sich u.a. öfter auf typische Männerberufe bewerben. Schon Kinder interessieren sich dann häufiger für typische Berufe des anderen Geschlechts, und viele Menschen denken offener über Geschlechterrollen (ebd.).

mehr ins Zentrum meines Interesses. Folgerichtig schrieb ich meine Diplomarbeit über Rechtsextremismus in Ostdeutschland und referierte dazu auf Tagungen. Nach dem Studium arbeitete ich u.a. mit Opfern rechtsextremer Gewalt, aber auch in der politischen Jugend- und Erwachsenenbildung und als Lehrbeauftragter an der Fachhochschule Erfurt.

2007 verließ ich Erfurt aus persönlichen Gründen und zog in eine niedersächsische Kleinstadt im Weserbergland, wo ich seitdem in einer Behörde des Landkreises arbeite. Beruflich habe ich nur noch wenige Berührungspunkte zum Thema Rechtsextremismus, aber privat hat mich das Thema nie losgelassen.

Obwohl ich schon lange nicht mehr in Ostdeutschland lebe, interessiert und bewegt mich der Osten Deutschlands fast täglich – schließlich ist das meine Heimat. Was dort passiert, wer dort gewählt wird, was die Menschen denken, berührt mich zutiefst – im positiven wie im negativen Sinn. Denn insbesondere in Sachsen und in Thüringen wurden viele Weichen für mein Leben gestellt – auch das im Positiven wie im Negativen. Fast meine gesamte Familie und viele meiner Freunde und Freundinnen leben immer noch hier. Die Besuche und die damit immer wiederkehrenden Erinnerungen an meine Kindheit, meine Jugend und das Studium, lassen ein Ermüden der emotionalen Bindung an meine Heimat nicht zu.

Genau dieser Blick nach Sachsen, wo trotz beträchtlicher wirtschaftlicher Erfolge, Woche für Woche Tausende „Wutbürger*innen" in Dresden mit PEGIDA demonstrier(t)en und wo die AfD bei den Bundestagswahlen 2017 und 2021 die meisten Stimmen erhielt und nach Thüringen, wo die AfD (zumindest für ein paar Tage) bestimmt hat, wer zum Ministerpräsidenten des Landes gewählt wird, hat mich angetrieben, meine Erfahrungen und Erkenntnisse aus 30 Jahren DDR und 30 Jahren Bundesrepublik, in einem Buch zu verarbeiten.

Warum ist nicht (wirklich) zusammengewachsen, was laut Willy Brandt zusammengehört? Warum gibt es auch 30 Jahre nach der Vereinigung der beiden deutschen Staaten Begriffe wie „Jammer-Ossi" und „Besser-Wessi"? Und warum glaubt eine große Mehrheit der Ostdeutschen, dass Westdeutsche sie als „Menschen zweiter Klasse" behandeln? Warum sind immer weniger Ost- und Westdeutsche mit der Demokratie in Deutschland zufrieden, obwohl fast die gesamte Welt respektvoll nach Deutschland schaut und alle Einwohner*innen Deutschlands froh sein könnten, dass sie in Frieden und - im Vergleich zu den meisten Menschen auf der Erde - in Wohlstand leben können?

Es gibt auf diese und viele andere Fragen keine einfachen und keine eindeutigen Antworten. Aber zu viele Menschen glauben, dass sie diese und andere Fragen mit einfachen Lösungen - von denen sie wiederum glauben, dass es die einzig Richtigen sind - beantworten können. Diese Vorstellung führt jedoch zu Missverständnissen und Vorurteilen, die in der Gesellschaft weit verbreitet sind und die das Zusammenwachsen der Menschen in Ost und West be- oder gar verhindern. Obwohl kaum ein historisches Ereignis des letzten Jahrhunderts so gut dokumentiert ist, so intensiv erforscht und so oft beschrieben wurde wie der Zusammenbruch der DDR und die Vereinigung mit der Bundesrepublik, existieren über diese Ereignisse unendlich viele Mythen, Fehlinterpretationen und auch Falschdarstellungen. Ein Teil davon soll im vorliegenden Buch thematisiert werden.

Im Prolog, der die einzige demokratische Volkskammerwahl in der DDR thematisiert, zeige ich eines der weit verbreiteten Missverständnisse auf, das zu zahlreichen Vorurteilen führt, nicht nur in Ostdeutschland, aber vor allem hier. In Kapitel 1 befasse ich mich mit drei wissenschaftlichen Theorien, welche die Entstehung und Manifestierung von Missverständnissen und Vorurteilen sowie gesellschaftliche Prozesse und Prägungen erklären. Immer wieder werde ich im Buch auf diese Theorien zurückgreifen und somit den Zusammenhang zwischen wissenschaftlichen Theorien, gesellschaftlichen Verhältnissen und gefühlten Wahrnehmungen herstellen.

Auch ich kann und will nicht alle Fragen beantworten. Deshalb werde ich im Buch häufig Fragen stellen, damit jeder Leser und jede Leserin zunächst eine eigene Antwort finden kann. Erst dann erläutere ich meine Sicht auf die Ereignisse – mit dem Ziel, meine Leser*innen zu irritieren und die eigenen „Wahrheiten" zu hinterfragen. Ich will niemanden verletzen und weiß doch, dass sich viele Menschen - im Osten wahrscheinlich häufiger als im Westen - angegriffen und verletzt fühlen werden. Ich möchte jedoch erreichen, dass sich meine ostdeutschen Landsleute nicht als „Opfer" und als „Verlierer" der deutschen Einheit verstehen, sondern selbstbewusst zu den eigenen Entscheidungen stehen und das Geleistete wertschätzen. Ich wünsche mir, dass Westdeutsche versuchen, sich in die „Gefühlsachterbahn" hineinzuversetzen, die ihre Mitmenschen im Osten Deutschlands seit 1989 durchlaufen haben und die ihnen selbst erspart blieb.

Ich werde politische Entscheidungen und gesellschaftliche Ereignisse immer wieder auf die private Ebene „übersetzen", wohl wissend, dass Vergleiche häufig „hinken". Aber ich habe in Diskussionen und Lehrveranstaltungen mit Studierenden immer wieder festgestellt, dass dieses „Übersetzen" auf alltägliche, familiäre oder betriebliche Prozesse zu einem deutlich besseren Verständnis der häufig komplizierten gesellschaftlichen Zusammenhänge führt.

Das Buch ist keine wissenschaftliche Arbeit, trotzdem beziehe ich mich immer wieder auf wissenschaftliche Studien bzw. auf Fachliteratur. Damit meine Argumente leichter nachvollziehbar sind, habe ich überwiegend Internetquellen verwendet, so dass die Leser*innen jederzeit nachprüfen können, woher meine Informationen stammen. Häufig habe ich Presse- und Onlineartikel verwendet, in denen die Ergebnisse wissenschaftlicher Studien zusammengefasst und für ein breites Publikum kurz und verständlich dargestellt werden. Dabei bin ich mir bewusst, dass Medien häufig vereinfacht, verkürzt und zugespitzt informieren, um möglichst viele Menschen zu erreichen. Damit decken sie jedoch auch die Vielfalt der Meinungen in der Gesellschaft ab. Außerdem kann ich mit dieser Herangehensweise dokumentieren, dass die von mir verwendeten Informationen allen Bürger*innen zugänglich sind.

Die meisten Kapitel des Buches sind mit häufig geäußerten Phrasen überschrieben, in denen Misstrauen, Vorurteile oder Schuldzuweisungen zum Ausdruck kommen. Im darauffolgenden Text hinterfrage und überprüfe ich die Plausibilität und die Ursachen dieser Phrasen. Die Darstellung persönlicher Erlebnisse und Erfahrungen sollen zum besseren Verständnis meiner Argumente beitragen und nicht als „Beweis" für die Richtigkeit meiner Thesen gewertet werden.

Ich habe den Wunsch, dass die Menschen in Ost- und Westdeutschland mit Freude auf das zurückblicken, was sie 1989/90 miterleben durften und es als großes Glück begreifen - wie in den Tagen nach dem Fall der innerdeutschen Grenze. Sie sollen stolz sein auf das, was sie geleistet haben, denn trotz zahlreicher Schwierigkeiten beim Zusammenwachsen hat sich Deutschland wirtschaftlich und politisch sehr gut entwickelt und wird dafür in aller Welt geachtet und geschätzt. Vor allem wünsche ich mir, dass viel mehr Menschen als bisher das Verbindende in den Vordergrund stellen und das Trennende als Folge der 40-jährigen Teilung verstehen und akzeptieren.

Gerade weil ich von der DDR mehr geprägt wurde als ich selbst lange Zeit für möglich gehalten hatte, im Studium jedoch die Möglichkeit erhielt, die Prozesse beim Übergang von einer Diktatur zur Demokratie zu verstehen, habe ich dieses Buch über den steinigen Weg der Vereinigung Deutschlands geschrieben. Ich möchte meine gewonnenen Erkenntnisse mit meinen ostdeutschen Landsleuten teilen und sie ermutigen, nicht nur geografisch, sondern auch vom Gefühl mit dem Westteil Deutschlands zusammenzuwachsen. Und ich möchte den Menschen im Westen Deutschlands verdeutlichen, dass die Ereignisse von 1989/90 für fast alle Ostdeutschen mehr waren als die Vereinigung zweier Staaten mit dem Gewinn von Reisefreiheit, Wohlstand und der lang ersehnten D-Mark. Denn mein größter Wunsch ist, dass endlich zusammenwächst, was zusammengehört!

Prolog:
„Die Westdeutschen haben uns ihr System übergestülpt"

Immer wieder hört man von Ostdeutschen diesen Satz, selbst von jungen Menschen, welche die DDR gar nicht bewusst kennengelernt haben, weil sie entweder zu jung oder noch gar nicht geboren waren. Gregor Gysi[2] bezeichnete die Vereinigung der beiden deutschen Staaten gar als „Annexion" (Bahrmann & Links, 1999). Auch viele Westdeutsche glauben heute, dass die DDR-Bürger*innen im Einigungsprozess benachteiligt wurden und begründen das damit, dass mehr von der DDR hätte übernommen werden müssen, dass eine „Vereinigung auf Augenhöhe" besser für Deutschland gewesen wäre.

Keine Frage: Für Westdeutsche hat sich mit der Vereinigung der beiden deutschen Staaten tatsächlich kaum etwas geändert, für Ostdeutsche dagegen fast alles! Aber stimmt damit schon, dass die Westdeutschen den Ostdeutschen ihr System „übergestülpt" oder das Land gar „annektiert" haben? Der „Duden" versteht unter „Annexion" die „gewaltsame und widerrechtliche Aneignung fremden Gebiets". Haben „die Westdeutschen" wirklich die DDR gewaltsam besetzt und die deutsche Einheit widerrechtlich und gegen den Willen der Ostdeutschen erzwungen? Haben sie tatsächlich den DDR-Bürger*innen die Demokratie und die Marktwirtschaft "übergestülpt", obwohl das gar nicht ihr Wunsch und Wille war?

Wer die politischen Ereignisse in den Jahren 1989 und 1990 aktiv verfolgt hat bzw. sich seine Meinung durch Fakten aus seriösen Quellen bildet, muss zu einer anderen Einschätzung des Geschehens kommen. Denn es waren Bürger*innen der DDR, die im Herbst 1989 zu Tausenden auf die Straßen gingen und gegen die eigene Regierung protestierten, bis diese kapitulierte und die menschenverachtende, gegen das eigene Volk gerichtete Grenze endlich öffnete. Es waren auch die Bürger*innen der DDR, die mit ihren zahllosen Demonstrationen freie Wahlen erzwangen. Bei diesen demokratischen Wahlen hatten die DDR-Bürger*innen das erste Mal das Recht und die Möglichkeit, zwischen mehreren Parteien und damit zwischen unterschiedlichen politischen Zielen und Optionen zu wählen. Die Zukunft der DDR stand absolut im Mittelpunkt dieser Wahl, man könnte sagen: Die Volkskammerwahl am 18. März 1990 war ein Volksentscheid über die Zukunft der DDR, und alle DDR-Bürger*innen waren aufgerufen, in freier Meinungsäußerung über das eigene Leben und die Zukunft des eigenen Landes zu entscheiden.

Da sich viele Menschen in Ost- und Westdeutschland an die zentralen Wahlziele der Parteien und Wahlbündnisse dieser vielleicht bedeutendsten Wahl der deutschen Nachkriegsgeschichte nicht mehr erinnern, möchte ich an dieser Stelle eine sehr vereinfachte Zusammenfassung präsentieren:

„Bündnis 90": Dies war ein Zusammenschluss von Oppositionsgruppen der DDR, wie z.B. „Neues Forum" (NF), Initiative Frieden und Menschenrechte (IFM) und „Demokratie Jetzt". Sie waren die Initiatoren der friedlichen Revolution und verstanden sich als „außerparlamentarische und basisdemokratische Bewegung". Das „Bündnis 90" forderte eine „tiefgreifende demokratische Umgestaltung der DDR" (mdr, 2020b).

[2] Letzter Vorsitzender der SED und erster Vorsitzender der PDS

Außerdem sollten sich nach seiner Vorstellung die beiden deutschen Staaten „um der Einheit willen aufeinander zu reformieren" (Görtemaker, 2009a). Im Wahlkampf fehlten dem Bündnis westliche Partner und eine funktionierende Parteiorganisation.

Partei des Demokratischen Sozialismus (PDS): Die PDS hatte sich aus der SED zunächst in SED-PDS umbenannt und später das belastete Kürzel „SED" weggelassen. Sie wollte einen eigenständigen demokratischen Staat in Form einer Konföderation zur BRD, also einen engen Zusammenschluss zweier selbstständiger Staaten. Im Wahlkampf konnte sie auf die alten Parteistrukturen und die Politikerfahrung der SED zurückgreifen und stilisierte sich zur „einzigen und echten Sachwalterin ostdeutscher Interessen" (Hartewig, 2020).

Sozialdemokratische Partei Deutschlands (SPD): Zunächst wurde im Oktober 1989 eine Sozialdemokratische Partei der DDR (SDP) gegründet, die sich jedoch schon im Januar 1990 in SPD umbenannte. Im Wahlkampf wurde die SPD auch von den „Westgenoss*innen" finanziell und logistisch unterstützt (Görtemaker, 2009a). Sie setzte sich für eine Wiedervereinigung nach Artikel 146 Grundgesetz (GG) der BRD ein, also eine Wiedervereinigung auf „Augenhöhe" nach der Erarbeitung einer gesamtdeutschen Verfassung mit anschließendem Referendum. Die DDR-Bürger*innen sollten damit eine gleichberechtigte Mitbestimmung beim Einigungsprozess bekommen (Banditt, 2014). Die Vereinigung der beiden deutschen Staaten hätte auf diesem Weg mehrere Jahre in Anspruch genommen.

„Allianz für Deutschland": Dieses Parteienbündnis bestand aus der ehemaligen Blockpartei CDU sowie den neu gegründeten Parteien Deutsche Soziale Union (DSU) und Demokratischer Aufbruch (DA). Erst Anfang Februar 1990 entschied sich die West-CDU die ehemalige Blockpartei zu unterstützen. Zunächst favorisierte die CDU-geführte Bundesregierung unter Helmut Kohl ebenfalls eine Konföderation der beiden deutschen Staaten. Unter dem Druck Hunderttausender Übersiedler*innen in die Bundesrepublik und Millionen Demonstrant*innen in den DDR-Städten, die eine schnelle Vereinigung und eine sofortige Einführung der D-Mark forderten, änderte sie im Februar 1990 ihre Strategie und versprach die rasche Wirtschafts- und Währungsunion und den Beitritt der DDR an das Bundesgebiet nach Art. 23 GG[3] (Görtemaker, 2009a).

Insgesamt bewarben sich 19 Parteien und fünf Listenverbindungen um die Gunst der DDR-Bürger*innen (ebd.[4]). Im Wahlkampf spielten die anderen Parteien und Listenverbindungen jedoch nur eine untergeordnete Rolle und ihre zentralen Ziele konnten einer der oben genannten Optionen zugeordnet werden.

Der richtige Wahlkampf begann erst im Februar 1990, also nur wenige Wochen vor der Wahl und war entsprechend intensiv. Es verging kaum ein Tag ohne Diskussion im Fernsehen. Alle Zeitungen und Zeitschriften stellten die Meinungen, Positionen und Ziele der Politiker*innen und der Parteien dar. Es gab große und kleine Wahlkampfveranstaltungen in fast allen Städten der DDR. Als DDR-Bürger*in war man fast gezwungen, sich mit den unterschiedlichen Ansichten auseinanderzusetzen,

---

[3] Die Artikel 23 und 146 im damals geltenden Grundgesetz wurden mit dem Einigungsvertrag gestrichen bzw. haben seitdem einen anderen Inhalt.

[4] Bedeutet „ebenda" und zeigt an, dass sich das Zitat oder die Information auf die zuletzt verwendete Quelle bezieht.

über Vor- und Nachteile der propagierten Vorstellungen über die Zukunft der DDR nachzudenken. Lange Zeit führte die SPD in Wahlprognosen deutlich, einige prognostizierten ihr sogar eine absolute Mehrheit (ebd.). Aber in den letzten Wochen vor der Wahl kippte die Stimmung und schon bei den Wahlkampfveranstaltungen wurde sichtbar, dass deutlich mehr DDR-Bürger*innen die Auftritte der CDU-Politiker besuchten als die der politischen Konkurrenz.

Der Ausgang der Wahlen glich einer Sensation: Die Allianz für Deutschland ging mit mehr als 48% der abgegebenen Stimmen als überlegene Siegerin aus der Wahl hervor. Die SPD erreichte mit 21,9% ein für sie enttäuschendes Ergebnis, ebenso wie „Bündnis 90", das auf gerade 2,9% der Stimmen kam. Die PDS schnitt mit 16,4% für viele überraschend gut ab (bpb, 2010a).

Bei dieser freien und demokratischen Wahl, an der mehr als 93% der wahlberechtigten DDR-Bürger*innen teilnahmen, haben die Wähler*innen überwiegend für die Szenarien gestimmt, die für alle erkennbar von **westdeutschen** Parteien und Politiker*innen favorisiert wurden. Außerdem entschieden sie sich mit deutlicher Mehrheit gegen den Fortbestand der DDR! Auch den von der SPD favorisierten Weg einer Vereinigung „auf Augenhöhe" mit Verfassungsänderung und Volksentscheid wollten sie offensichtlich nicht. Mit ihrer Entscheidung für den schnellen Beitritt zur Bundesrepublik nach Art. 23 GG haben sie stattdessen für die Abschaffung aller DDR-spezifischen Besonderheiten gestimmt. Beitritt an das Territorium der Bundesrepublik nach Art. 23 GG bedeutet im Klartext die vollständige Übernahme aller Gesetze, Bestimmungen und Regelungen der BRD sowie die Abschaffung aller Gesetze und Regelungen der DDR - also 100% BRD und 0% DDR! Damit haben sich die DDR-Bürger*innen - und nur sie - mehrheitlich nicht nur für Demokratie und Marktwirtschaft, sondern auch dafür entschieden, dass es keine Polikliniken mehr gibt, dass Subventionen für Lebensmittel, Mieten, Kultur, öffentliche Verkehrsmittel usw. weitgehend gestrichen werden, weil es diese in der Bundesrepublik gar nicht bzw. nicht in dem Umfang gab wie in der DDR. Auch das Kinderbetreuungs- und Schulsystem der Bundesrepublik wurde aufgrund dieser Entscheidung übernommen, ebenso, dass es keine Sonderrenten für Lehrer*- und Ingenieur*innen, andere Berufsgruppen und geschiedene Frauen mehr gibt!

Das klingt im ersten Moment absolut, vielleicht sogar brutal, entspricht jedoch dem Prinzip des Beitritts. Wenn ich in ein anderes Land ziehe, ihm also beitrete, weil ich mir dort ein schöneres Leben und die Verwirklichung vieler Träume verspreche, kann ich der Regierung und den dort lebenden Menschen auch nicht unterstellen, sie hätten mir den Umzug „übergestülpt", auch wenn ich mich im Aufnahmeland an neue Gesetze, andere Verkehrsregeln sowie ein neues Bildungs- und Gesundheitssystem gewöhnen muss und zahlreiche Annehmlichkeiten und meine netten Nachbarn in der alten Heimat vermisse. Nur weil die Westdeutschen die gleiche Sprache sprechen und Begriffe wie (Wieder-)Vereinigung über die Dimension und Komplexität des Beitritts hinweggetäuscht haben, ist vielen Ostdeutschen nicht bewusst, wofür sie sich bei der Volkskammerwahl 1990 entschieden haben.

Während man beim Umzug in ein anderes Land tatsächlich vor einer Entweder/oder - Entscheidung steht, hatten die DDR-Bürger*innen bei der Volkskammerwahl 1990 die Wahl zwischen mehreren Optionen. Sie haben sich jedoch mit deutlicher Mehrheit für die drastischste Variante entschieden: die Abschaffung der DDR und damit aller DDR-spezifischen Gesetze und Regelungen!

Heute sagen viele Ostdeutsche, dass sie das so nicht gewollt hätten. Fakt ist aber, dass sie genau das gewählt haben! Und es ist nicht so, dass sie nicht wissen konnten, wen und was sie wählen! Wie oben bereits erwähnt, wurden die Ziele und Vorstellungen der einzelnen Parteien und Wählervereinigungen in allen Medien vorgestellt und diskutiert. In der 40-jährigen Geschichte des Bundestages wurde über kaum ein anderes Thema so heftig gestritten, wie über den Weg zur deutschen Einheit. Auch die Volkskammer - die ja inzwischen das Streiten gelernt hatte - stritt intensiv über den Weg zur deutschen Einheit (Marx, kein Datum).

Auch welche Folgen die schnelle Einführung der D-Mark haben wird, wurde in den Medien ausgiebig diskutiert und z.B. von SPD, PDS und Bündnis 90 immer wieder thematisiert. Persönlichkeiten aus Ost- und Westdeutschland warnten vor den Folgen einer schnellen Währungsunion und dem Beitritt zur Bundesrepublik. Nur wenige Tage vor der Wahl stellte der Runde Tisch in seiner letzten Sitzung politische Empfehlungen für die künftige Regierung vor, insbesondere einen „vertraglich geregelten Weg in eine gleichberechtigte deutsche Einheit" (Bahrmann & Links, 1999). Auch der damalige Bundesbankpräsident Pöhl warnte vor dem, aus seiner Sicht, unrealistischen Umtauschkurs von 1:1 und den dramatischen Folgen für die ostdeutsche Wirtschaft und die Stabilität der D-Mark. Aus Protest gegen die Politik der Bundesregierung trat der international anerkannte Wirtschaftsexperte sogar von seinem Amt zurück (ntv.de, 2014).

All das macht deutlich, dass keine Rede davon sein kann, dass den DDR-Bürger*innen von „den Westdeutschen" ein System „übergestülpt" wurde, denn die DDR-Bürger*innen haben diese Entscheidung in freier und demokratischer Wahl selbst mehrheitlich getroffen!

Die von den DDR-Bürger*innen gewählten Politiker und Politikerinnen der Volkskammer taten in den folgenden Monaten genau das, was das (Wahl-)Volk ihnen aufgetragen hatte: Sie vollzogen zusammen mit der Bundesregierung die zeitnahe Einführung der D-Mark und des westdeutschen Wirtschafts- und Sozialsystems sowie den Beitritt der DDR in die Bundesrepublik gemäß Art. 23 des Grundgesetzes der BRD. Und die Bundesregierung hielt das, was sie den DDR-Bürger*innen vor der Wahl versprochen hatte: Sie stellte ihnen die ersehnte D-Mark zur Verfügung und integrierte die neu gegründeten Bundesländer in die Bundesrepublik. Die Einführung der D-Mark in der DDR und der Beitritt der DDR zur Bundesrepublik Deutschland waren somit die perfekte Umsetzung des mehrheitlichen Wählerwillens, zumindest der DDR-Bürger*innen!

Auch in diesem Prozess agierten die von den DDR-Bürger*innen gewählten Volksvertreter*innen als Tempomacher: Sie waren es, die am 23. August 1990 den Beitritt der DDR zur Bundesrepublik am 3. Oktober des Jahres mit überwältigender Mehrheit beschlossen (Münch, 2018). Der von den beiden deutschen Regierungen ausgehandelte Einigungsvertrag wäre laut dem Politikwissenschaftler Stefan Marx nach diesem Beitrittsvotum der Volkskammer nicht nötig gewesen. Die Bundesregierung hat jedoch auf die Aushandlung des Vertrages bestanden, weil sie nicht wollte, dass der Beitritt als

„bedingungslose Kapitulation der DDR"[5] wahrgenommen wird (Marx, kein Datum).

Es waren also die Bürger*innen der DDR und die von ihnen gewählten Volksvertreter*innen, die sowohl die Richtung (Beitritt statt Vereinigung auf Augenhöhe oder Selbständigkeit) als auch das Tempo (Einheit so schnell wie möglich) bestimmten. Drastisch ausgedrückt kann man auch sagen: Wenn schon von „übergestülpt" gesprochen wird, war es eher so, dass die DDR-Bürger*innen „die Westdeutschen" gedrängt oder gar gezwungen haben, ihnen ihr System „überzustülpen"!

Bleibt noch die Frage, wer denn genau mit „den Westdeutschen" gemeint ist, die angeblich die DDR annektierten und den Ostdeutschen ihr „System übergestülpt haben"? Wenn damit die Bundesregierung gemeint ist, zeigen die dargestellten Ereignisse, dass die Bundesregierung durch die „Abstimmung mit den Füßen" (Demonstrationen und Abwanderung von Hunderttausenden in die BRD) und von den Wahlergebnissen der DDR-Bürger*innen zu diesem Handeln gedrängt wurde. Wenn damit die Bürger*innen der Bundesrepublik gemeint sind, muss entgegengehalten werden, dass sie in diesem Prozess nie gefragt wurden! Meinungsumfragen zeigten zwar immer wieder, dass es auch unter den Bundesbürger*innen eine breite Zustimmung zur Vereinigung gab, darüber abstimmen durften die Westdeutschen aber erstmals bei der gesamtdeutschen Wahl am 2. Dezember 1990, also zwei Monate nach der Vereinigung, als alle Fakten geschaffen waren! Auch hier stimmten sie überwiegend für den Kurs von Helmut Kohl und seiner Regierung und legitimierten somit nachträglich seine Politik. Wenn die Ostdeutschen jedoch das Gefühl gehabt hätten, dass sie von den Politiker*innen in Ost- und Westdeutschland völlig falsch interpretiert wurden und ihnen etwas „übergestülpt" wurde, hätten sie das bei diesem Urnengang zum Ausdruck bringen können. Das Gegenteil ist jedoch der Fall: Neun Monate nach der Volkskammerwahl und zwei Monate nach dem Beitritt zur Bundesrepublik stimmten ca. 55% der Ostdeutschen für CDU und FDP, also die Parteien, die den Beitritt zur Bundesrepublik und die Einführung der D-Mark umgesetzt hatten (Schröder, 2018). Aus meiner Sicht ist auch dieses Wahlergebnis der Ostdeutschen ein klares Statement nach dem Motto: „Alles richtig gemacht, genauso wollten wir das!"

Ein paar Jahre später und bis in die heutige Zeit erinnern sich viele Ostdeutsche nicht mehr daran, dass sie selbst diese Entscheidungen getroffen haben. Anders sind die Beschuldigungen vom „Überstülpen", die viele Ostdeutsche, aber auch gar nicht so wenige Westdeutsche, 30 Jahre nach diesen Ereignissen immer noch vertreten, nicht zu erklären. Immer wieder sind Äußerungen wie „Das haben wir so nicht gewollt!", „Das haben wir nicht gewusst!" oder „Helmut Kohl hat doch …versprochen!" zu hören. Ob es damals Alternativen für alle Akteure des Prozesses gegeben hätte und welche Szenarien sich möglicherweise daraus ergeben hätten, soll im letzten Kapitel des Buches ausführlich thematisiert werden.

Alle DDR-Bürger*innen, die am 18. März 1990 ihre Stimme abgegeben haben, waren zu diesem Zeitpunkt mindestens 18 Jahre alt und somit mündige Bürger*innen, die nach reiflicher Überlegung eine Entscheidung getroffen haben sollten, die ihre eigene

[5] Formulierung des Staatsrechtlers Josef Isensee

Zukunft entscheidend verändern würde. Sie hatten viele Informationen über die Bundesrepublik und den „Kapitalismus", nicht nur die guten, sondern auch die weniger guten, nicht nur durch die politische Erziehung in der DDR und aus dem Westfernsehen, sondern spätestens seit dem 9. November 1989 auch durch persönliches Erleben. Und sie haben sich eindeutig entschieden: für Demokratie und für Marktwirtschaft! Es ist nachvollziehbar, dass sie trotz der vielen Informationen die volle Tragweite ihrer Entscheidung nicht bis ins Detail abschätzen konnten. Aber ist es richtig und gerecht, „den Westdeutschen" und der Bundesregierung die damit einhergehenden tiefgreifenden Veränderungen ihres Lebens zum Vorwurf zu machen und ihnen die Verantwortung für die vielen Biografiebrüche, Ängste und Überforderungen zu übertragen?

Auch wenn viele Menschen in Ost- und Westdeutschland den Prozess der Vereinigung in anderer Erinnerung haben, sind die historischen Fakten diesbezüglich eindeutig und können in allen seriösen Quellen nachgelesen werden. Es ist somit nicht meine Meinung, sondern ein Fakt, dass „die Westdeutschen" den DDR-Bürger*innen nicht ihr „System übergestülpt" oder die DDR gar „annektiert" haben. Und es ist somit weder richtig noch gerecht gegenüber den Westdeutschen, die Ergebnisse der Volkskammerwahl und den Vereinigungsprozess in diesem Sinne umzudeuten, auch dann nicht, wenn viele Folgen der eigenen Wahlentscheidung nicht absehbar waren.

Kapitel 1: „In diesem Staat gibt es kein Recht und keine Gerechtigkeit"

Wie oft habe ich diesen Satz in den letzten gut 30 Jahren gehört, auch in Westdeutschland, aber sehr viel häufiger in Ostdeutschland? Selbst Bärbel Bohley, eine der mutigsten Personen in den letzten Jahren und Monaten der DDR, die eine entscheidende Rolle bei der friedlichen Revolution und dem Sturz der SED-Regierung spielte, hat Jahre nach dem Zusammenschluss der beiden deutschen Staaten enttäuscht gesagt: „Wir wollten Gerechtigkeit und bekamen den Rechtsstaat" (Schälile & Kukutz, kein Datum).

Auch ich habe im letzten Satz des Prologs bewusst den Begriff „gerecht" gewählt, möchte ihn jedoch anders verstanden wissen als Bärbel Bohley und die vielen Menschen, die sich in Deutschland „ungerecht" behandelt fühlen.

Was ist „Gerechtigkeit"? Gibt es eine Gesellschaft, die vollkommen „gerecht" sein kann und es allen Menschen „recht" macht?

Die Theorie einer gerechten Welt

Der Frage nach der „gerechten Gesellschaft" ist auch der US-amerikanische Philosoph John Rawls in seinem Buch „A theory of justice" (Eine Theorie der Gerechtigkeit) nachgegangen, das 1971 veröffentlicht wurde. In seinem Gedanken-experiment befinden sich alle Menschen in einem hypothetischen „Urzustand", der sich durch einen „Schleier des Nichtwissens" ausdrückt. Die Menschen wissen nicht, an welcher Position sie sich in einer bestimmten Ordnung (z.B. Gesellschaft) befinden. Sie wissen also nicht, ob sie Mann oder Frau, jung oder alt, arm oder reich, gesund oder krank/behindert sind, nicht in welchem Land sie leben, welche Stärken oder Schwächen und welche Hautfarbe sie haben, ob sie Arbeitgeber*in oder Arbeit-nehmer*in, hetero- oder homosexuell sind usw., also auch nicht, ob sie Ostdeutsche oder Westdeutsche sind. Außerdem plädiert Rawls für zwei Grundsätze:

1. Jede/r „hat gleiches Recht auf das umfangreichste Gesamtsystem gleicher Grundfreiheiten, das für alle möglich ist" (Schroth, kein Datum) und
2. soziale und wirtschaftliche Ungleichheiten sollen den am wenigsten Begünstigten die größtmöglichen Vorteile bringen und Ämter und Positionen müssen allen offenstehen (ebd.).

Zweifellos ist das eine sehr idealisierte und utopische Gesellschaft, die so nirgendwo auf der Welt jemals existieren wird. Trotzdem halte ich die hinter dieser Theorie steckende Idee für sinnvoll, um zu ergründen, was „gerecht" ist. Jede/r stelle sich vor, er/sie kommt noch einmal auf die Welt, weiß aber nicht wo und als was. Würden Menschen, die sich diskriminierend und beleidigend gegenüber Homosexuellen verhalten, das auch dann tun, wenn sie selbst davon ausgehen müssten, möglicherweise als Homosexuelle/r wieder auf die Welt zu kommen? Würden Rassisten über Farbige/Muslime ebenso hetzen oder sie jagen, wenn sie selbst die Gejagten sein könnten? Würden Bürger*innen, die gegen die Aufnahme von Flüchtlingen protestieren, wenn sie selbst vor Krieg und Terror fliehen müssten? Würden ältere Menschen über die „heutige Jugend" schimpfen, wenn sie selbst noch einmal so jung sein könnten, mit den gleichen Möglichkeiten, wie sie junge Menschen heute haben? Würde manch Westdeutscher die „Ossis" pauschal als faul, jammernd und zurückgeblieben bezeichnen, wenn er/sie selbst als „Ossi“ neu auf die Welt kommen könnte und deren Biografiebrüche erleben müsste? Und würden einige Ostdeutsche die „Wessis“ als arrogant bezeichnen und ihnen vorwerfen, dass diese ihnen ihr „System übergestülpt“ haben, wenn sie plötzlich selbst „Wessi“ sein könnten und gar keinen Einfluss auf den Vereinigungsprozess nehmen konnten?

Ich bin davon überzeugt, dass nicht nur Deutschland, sondern die ganze Welt friedlicher und wirklich gerechter wäre, wenn jeder Mann und jede Frau immer wieder versuchen würde, die Position der jeweils anderen Seite einzunehmen. Das kann niemandem immer gelingen, aber versuchen kann es jeder und jede - und zwar täglich!

Das ist einer der zentralen Gründe, warum ich mich im Buch für die gegenderte Schreibweise (*innen) entschieden habe. Ich habe versucht, mich in Frauen hineinzuversetzen, die als Arzt, Lehrer, Verkäufer oder Politiker bezeichnet werden und musste erkennen, dass sich das nicht richtig anfühlt. Und wenn wissenschaftliche Studien belegen, dass Mädchen und Frauen ermutigt werden, sich auf „Männerberufe“ und höhere Positionen in Unternehmen zu bewerben, möchte ich das unterstützen, weil ich das gerecht finde. Auch wenn mir bewusst ist, dass allein durch die Sprache Gleichberechtigung der Geschlechter nicht erzielt werden kann, möchte ich (als Mann) dazu beitragen, dass Frauen gleichberechtigt wahrgenommen werden und unsere Gesellschaft damit etwas gerechter wird.

Auch der Astrophysiker und Fernsehmoderator Harald Lesch propagiert die geschlechtsneutrale Sprache, denn nach seiner Überzeugung formt Sprache „die Art, wie wir die Wirklichkeit wahrnehmen” und dass es einen Unterschied macht, „ob Personen anderen Geschlechts nur mitgemeint sind oder ob sie **explizit angesprochen**[6] werden” (Leschs Kosmos, 2021). Er macht an einem Beispiel deutlich, das für Frauen die Wahrscheinlichkeit bei einem Verkehrsunfall „schwer verletzt zu werden, fast um die Hälfte höher als für Männer” ist! Der Grund dafür ist, dass Dummys bei Crashtests „fast ausschließlich die **Maße und Konstitution eines durchschnittlichen Mannes**[7]” haben, obwohl Frauen im Durchschnitt kleiner sind, sich die Gewichtsverteilung und die Muskulatur unterscheiden (ebd.). Das Frauen in der männerdominierten Welt nicht mitgesprochen und u.a. deshalb auch nicht mitgedacht werden, macht die Welt demnach nicht nur ungerechter, sondern entscheidet mitunter über Leben und Tod!

Unter Berücksichtigung der Theorie von John Rawls bekommt der Satz „In diesem Staat gibt es kein Recht und keine Gerechtigkeit“ eine ganz andere Bedeutung: „Recht“ und „Gerechtigkeit“ definiert jeder und jede anders, je nachdem welche Position er/sie in der Gesellschaft einnimmt. Wem es nicht gelingt oder wer nie bereit ist, sich in die jeweils andere Position zu versetzen, deutet den Satz für sich um in: Recht ist das, was **ich** für richtig halte und gerecht ist, wovon **ich** einen persönlichen Vorteil habe. Dieses Denken fordert zwar „Gerechtigkeit“ ein, aber immer nur von anderen, nie von sich selbst!

---

[6] Hervorhebung im Original

[7] Hervorhebung im Original

Das Milgram-Experiment

Auch ein 1961 in den USA durchgeführtes Experiment macht deutlich, welche Folgen es haben kann, wenn es Menschen nicht gelingt, sich in die Position anderer Menschen hineinzuversetzen. Stanley Milgram versuchte mit dem nach ihm benannten Experiment die Verbrechen der Nationalsozialisten sozialpsychologisch zu erklären (Milgram, 2001). Für dieses Experiment suchte die Yale-Universität Freiwillige, die für ihre Teilnahme eine geringe Aufwandsentschädigung erhielten. Den Versuchspersonen wurde erklärt, dass es sich um ein wissenschaftliches Experiment zur Untersuchung des Zusammenhangs zwischen Bestrafung und Lernerfolg handelt. Der Versuchsleiter (ein Professor) ließ jeweils zwei Personen Lose ziehen, wobei nur eine Person die Testperson war, die andere war ein in das Experiment eingeweihter Schauspieler. Da auf beiden Losen „Lehrer[8]" stand, bekam die Testperson immer genau diese Rolle, der Schauspieler die des „Schülers". Der „Schüler" musste auf einer Art elektrischem Stuhl Platz nehmen und wurde dort an Händen und Füßen fixiert. Der „Lehrer" stellte dem „Schüler" nun Fragen und bei jeder falschen Antwort musste der „Schüler" mit immer stärker werdenden Stromschlägen bestraft werden - beginnend bei 15V bis hin zu 450V![9]

Das auch für Milgram erschreckende und nicht erwartete Ergebnis des Experiments war, dass ca. 65% aller Testpersonen ihren „Schülern" Stromschläge bis 450V verabreichten, obwohl die „Schüler" vor Schmerzen schrien, um das Ende des Experiments flehten oder gar keine Regungen mehr zeigten (S. 51)! Die Testpersonen mussten also annehmen, ihr „Schüler" sei an den Stromschlägen verstorben. Was die Testpersonen nicht wussten: Es floss kein Strom und die Schmerzensschreie waren von den Schauspielern nur gespielt oder kamen vom Tonband[10]. Auch die Testpersonen litten unter dem, was sie taten. Im Film ist dem „Lehrer" eine hohe psychische Belastung anzusehen. Auch Milgram beschreibt diese Belastungen in seinem Buch, ebenso, dass viele das Experiment abbrechen wollten oder versuchten zu tricksen (S. 48 ff.). Trotzdem führten die meisten Teilnehmer*innen das Experiment bis zum Ende durch, teilweise wohl auch, weil der Versuchsleiter sagte, dass er (bzw. die Universität) die volle Verantwortung übernehmen würde.

Milgram hat das Experiment in vielen verschiedenen Konstellationen durchgeführt, um herauszufinden, wie sich das Verhalten der Testpersonen bei unterschiedlichen Parametern verändert. Allgemein lässt sich sagen: Je mehr Nähe die Testpersonen zu ihren „Schülern" haben und je aktiver sie selbst beim Verabreichen der „Stromschläge" sein müssen, desto mehr sinkt die Bereitschaft, die „Stromschläge" zu verabreichen. Mit größerer Distanz, z.B. wenn die Regler nicht selbst betätigt werden oder wenn die

---

[8] Im Buch und im Film sind nur männliche Personen dargestellt. Deshalb verwende ich an dieser Stelle ausschließlich die männliche Form.

[9] Das Milgram-Experiment wurde u.a. im französischen Spielfilm „I wie Ikarus" verfilmt. Bei YouTube kann man sich den Ausschnitt des Films und den Ablauf des Experiments ansehen (https://youtu.be/0MzkVP2N9rw).

[10] Für den Aufbau und den Ablauf des Experiments wurde Milgram schwer kritisiert, da er nach Auffassung seiner Kritiker*innen in Kauf nahm, dass Testpersonen psychische Schäden erleiden. Tatsächlich wäre ein solches Experiment heute wahrscheinlich aus ethischen Gründen nicht mehr durchführbar (Kieserling, 2020).

„Schüler“ in einem anderen Raum sitzen, steigt die Bereitschaft der Testpersonen, bis 450V zu gehen! (S. 51)

Die zentrale Aussage des Experiments ist jedoch, dass ca. zwei Drittel aller Menschen bereit sind, einen anderen Menschen - den sie nicht kennen und der ihnen nichts getan hat - zu foltern oder gar zu töten! Und dabei spielt es keine Rolle, wie alt die „Täter“ sind, ob sie Männer oder Frauen sind, ob sie technische oder soziale Berufe ausüben, ob sie religiös oder atheistisch erzogen wurden oder in welchem Land sie aufgewachsen sind!

Das Experiment ist in vielen Ländern wiederholt worden - auch in Deutschland - mit immer vergleichbaren Ergebnissen. Und es hat nichts an Aktualität eingebüßt, denn erst in den letzten Jahren ist das Experiment in etwas veränderter Form in Frankreich und den USA wieder durchgeführt worden – mit sehr ähnlichen Ergebnissen (FAZ.NET, 2008)!

Das bedeutet aber auch, dass statistisch betrachtet zwei von drei Mitgliedern meiner Familie, Arbeitskolleg*innen, Sportfreund*innen usw. (mit hoher Wahrscheinlichkeit auch ich selbst), potenzielle Folterer und Mörder oder zumindest deren Helfer*innen werden könnten, wenn die gesellschaftlichen Rahmenbedingungen es ermöglichen oder erfordern. Niemand kann sich absolut sicher sein, dass ihm/ihr das nicht passiert!

Aber was hat das mit der Ost-West-Problematik zu tun, um die es ja im Buch gehen soll? Das für mich spannendste an dem Experiment ist, wann die Testpersonen aufhörten, ihre „Schüler“ mit „Stromschlägen“ zu quälen: **Alle** Testpersonen beenden sofort das Experiment (gehen höchstens noch eine Stufe weiter), wenn ein zweiter Professor auftritt und den Abbruch des Experiments fordert! Wenn sich also die Professoren (die Autoritäten) uneinig sind und sich streiten, hat der bis dahin fast uneingeschränkte Gehorsam gegenüber einer Autorität ein Ende. In dem Moment hinterfragen die Testpersonen ihr Verhalten, bilden sich eine eigene Meinung über die Situation und beenden die Folter, unter der sie selbst psychisch gelitten haben. Auch das hat sich bei allen Wiederholungen des Experiments in anderen Ländern oder zu anderen Zeitpunkten nicht verändert: Sobald sich die Autoritäten streiten, gibt es keinen unbedingten Gehorsam mehr!

Auf die gesellschaftliche Ebene übertragen drängt sich die Frage auf: Wann und wo streiten sich Autoritäten? Die eindeutige Antwort lautet: nur in einer Demokratie! Nur hier streiten Politiker*innen und Parteien über die „richtige“ Politik, Arbeitgeber*innen mit Arbeitnehmer*innen um Löhne und Arbeitsbedingungen, Atom- oder Kohlelobby und Umweltschützer*innen über Umweltstandards, kritisieren Interessenverbände aus der Wirtschaft, die Bauernverbände, Sportverbände, Gewerkschaften, Kirchen usw. die bestehenden gesellschaftlichen Rahmenbedingungen und fordern Veränderungen von der Politik. Über die Medien werden diese Auseinandersetzungen an die Menschen im Land vermittelt und sie haben die Möglichkeit, sich ein eigenes Bild von dem zu machen, was sie für „richtig“ oder „falsch“, „gerecht“ oder „ungerecht“ halten: Sie bilden sich eine Meinung!

Ganz anders ist das in einer Diktatur: Hier gibt ein „Führer“ oder eine Partei vor, was „richtig“ oder „falsch“ ist. Es gibt keine öffentliche Diskussion, keinen offen ausgetragenen Streit. Der Führer erwartet Gehorsam und die Ausführung seiner Befehle. Er fördert und belobigt die Gehorsamen und sanktioniert diejenigen, die versuchen, die „Wahrheit" des Führers oder der Partei infrage zu stellen.

Daraus lässt sich schlussfolgern: Das, was die meisten Menschen an der Demo-kratie am häufigsten und vehementesten kritisieren, die nicht enden wollenden Diskussionen und der tägliche Streit um die „richtige" Politik, ist die wirksamste Voraussetzung dafür, dass wir nicht selbst zu Handlangern der Diktatoren, vielleicht sogar zu Folterern und Mördern werden! Jede und jeder kann diese These an historischen Beispielen selbst überprüfen: Unterdrückung von Minderheiten, Folter und Massenvernichtung in großem Umfang, Angriffskriege mit dem Ziel andere Länder und Völker zu unterwerfen, hat es (fast) ausschließlich in und durch Diktaturen gegeben: in Deutschland unter den Nationalsozialisten, in China unter Mao, in der Sowjetunion unter Lenin und Stalin, in Kambodscha unter den „Roten Khmer" usw. Und immer waren auch sehr intelligente Männer und Frauen, z.B. Wissenschaftler*innen oder Ärzte und Ärztinnen, aber auch religiöse Würdenträger unter den Mördern und Kriegsverbrechern.

Ebenso ist das Erschießen von Menschen an der innerdeutschen Grenze allein der Tatsache geschuldet, dass die in der DDR alleinherrschende Partei - die SED - den Grenzsoldaten erklärte, dass es richtig und notwendig ist, auf „Republikflüchtlinge" zu schießen und deren Tod in Kauf zu nehmen. Da es in der DDR keine gleichberechtigte Autorität gab, die mit der SED über die Berechtigung dieses Befehls stritt, folgten die Grenzsoldaten dem Befehl und gehorchten. Dabei waren sie keine „Bestien" oder kaltblütigen Mörder, sondern sie gaben einfach die Verantwortung für ihr Handeln an die eine Autorität, die SED und die hinter ihr stehenden Offiziere, ab. In der jetzigen Streit-Gesellschaft, der Demokratie in der Bundesrepublik Deutschland, stellt keiner der Schützen mehr eine Gefährdung der Gesellschaft dar. Niemand von ihnen würde solch einen Befehl in der heutigen Gesellschaft befolgen. Meines Wissens ist auch keiner der Todesschützen noch einmal zum Mörder geworden.

Wenn man diese Erkenntnisse aus dem Milgram-Experiment weiterverfolgt, sind also nicht unsere Erziehung, unsere Intelligenz, unsere Werte, unser Wohlstand usw. Voraussetzung dafür, dass wir nicht zu potenziellen Folterern, Mördern oder deren Helfern werden, sondern fast ausschließlich die gesellschaftlichen Rahmenbedingungen, in denen wir leben: in einer hierarchischen Gesellschaft (Diktatur) oder in einer Streitgesellschaft (Demokratie). Somit ist es tatsächlich arrogant und überheblich, wenn Westdeutsche sich verächtlich über DDR-Bürger*innen und ihr Handeln in der DDR äußern und eine höhere Moral für sich in Anspruch nehmen. Denn sie sind in der Bundesrepublik niemals in die Situation gekommen, auf einen „Republikflüchtling" schießen zu müssen. Niemand kann beeinflussen, in welche Gesellschaft er/sie geboren wird und unter welchen gesellschaftlichen Rahmenbedingungen er/sie aufwächst. Wenn Sachsen oder Thüringen nach dem Zweiten Weltkrieg amerikanische Besatzungszone geworden wären, Bayern oder Niedersachsen dagegen sowjetische Besatzungszone, wären die Mauerschützen und Stasi-Spitzel aus Bayern und Niedersachsen gekommen und nicht aus Sachsen und Thüringen!

Auch an diesem Beispiel ist erkennbar, wie notwendig ein gedanklicher „Positionswechsel" gemäß der Gerechtigkeitstheorie von Rawls ist, um Verhaltensweisen und Einstellungen anderer Menschen zu erkennen und zu verstehen.

Haben die Ostdeutschen einen „Kulturschock“ erlitten?

Es gibt noch eine dritte Theorie, die nach meiner Überzeugung geeignet ist, die Verhaltens- und Denkweisen der Menschen in Ost- und Westdeutschland nach dem Mauerfall und dem Wahlausgang im März 1990 zu erklären. Als ich 1997 zum Studium an die Fachhochschule nach Erfurt kam, wurde ich durch Lehrveranstaltungen eines Professors auf ein Buch aufmerksam, welches mein Leben und viele meiner Einstellungen völlig verändert hat. Mit Hilfe dieses Buches verstand ich, wie stark auch ich von den gesellschaftlichen Rahmenbedingungen in der DDR geprägt war, obwohl ich mich immer als „Oppositioneller“ gefühlt habe.

1996 hatte der Soziologe Wolf Wagner das Buch „Kulturschock Deutschland“ veröffentlicht. Es war das Ergebnis seiner Erkenntnisse, die er in seiner Arbeit mit Studierenden an der Fachhochschule Erfurt gesammelt hatte, an der er seit 1992 lehrte. Nach seiner Auffassung erlitten die Deutschen, insbesondere die Ostdeutschen, mit dem Fall der innerdeutschen Grenze einen „Kulturschock“.

Wagner überträgt dabei die Situation in Deutschland nach dem Fall der innerdeutschen Grenze in ein Modell, das der amerikanische Wissenschaftler Kalervo Oberg 1960 entwickelt hat. Kulturschock ist nach dessen Erkenntnissen „das Resultat der Schwierigkeiten, die daraus entstehen, dass man alle gewohnten Zeichen und Symbole des gesellschaftlichen Umgangs verliert“ (1996, S. 14). Der Kulturschock wird von Wagner als U-Kurve beschrieben, die von Euphorie über Entfremdung, Eskalation und Missverständnissen zur Verständigung führt. Die kulturelle Kompetenz bzw. das kulturelle Verständnis ist demnach in den Phasen Euphorie und Verständigung am höchsten und erreicht in der Phase der Eskalation den Tiefpunkt dieser Kurve (Wagner, 1996, S. 19ff.).

Wahrscheinlich wird sich jede/r, der/die diese Zeit bewusst erlebt hat, an die jubelnden DDR-Bürger*innen erinnern, wie sie mit ihren „Trabbis“ und „Wartburgs“ über die Grenze in den Westteil Berlins bzw. in die Bundesrepublik gefahren sind. Völlig fremde Menschen aus Ost- und Westdeutschland lagen sich in den Armen, weinten vor Freude, tranken miteinander Sekt, tanzten gemeinsam auf den Straßen und bestiegen die verhasste Mauer.

Wenn man das Kulturschockmodell anwendet, muss diese Zeit der Phase der **Euphorie** zugeordnet werden: Stundenlang stellten sich die Ostdeutschen zunächst an, um einen Stempel im Reisepass zu bekommen oder um das Begrüßungsgeld zu erhalten. Auf verstopften Autobahnen und in völlig überfüllten Zügen strömten sie in den Westen und feierten die gewonnene Freiheit. Regeln und Autoritäten, die vor dem Mauerfall kaum jemand infrage gestellt hatte, zählten plötzlich nichts mehr: Viele Eltern schickten ihre Kinder am Samstag nicht mehr in die Schule (in der DDR gab es am Samstag noch die Schulpflicht), selbst viele Lehrer*innen kamen nicht mehr zum Unterricht, schließlich wollten auch sie im Westen „shoppen“, was man damals noch nicht so nannte. Auch Polizei und Armee stellten keine Autorität mehr dar: Selbst bei der Nationalen Volksarmee (NVA) gab es Streiks, Anweisungen der Volkspolizei wurden zunehmend ignoriert und sogar in den Gefängnissen gab es Aufstände und Hungerstreiks (mdr, 2009a). Das wohl bekannteste Ereignis dieser Zeit und das deutlichste Zeichen für den Verfall der Macht der alten Autoritäten, war die Erstürmung der Zentrale des Ministeriums für Staatssicherheit am 15. Januar 1990 (Bahrmann & Links, 1999, S. 179ff.). All das sind Anzeichen für die Abwertung bisher kaum infrage gestellter Regeln, Gesetze und Autoritäten.

Zur Phase der Euphorie zählt aber auch, dass die neue - eigentlich fremde - Kultur überbewertet wird. Alles, was aus dem „Westen“ kam, war gut: die Autos, die Videorekorder, der Kaffee, das Bier, die Schokolade, die Sex-Shops und auch die Politiker*innen, Parteien und ihre Ansichten. Überall wo sie auftraten, kamen die Ostdeutschen zu Zehntausenden, lauschten gespannt ihren Reden und jubelten ihnen überwiegend zu, egal ob Willy Brandt, Helmut Kohl oder Hans-Dietrich Genscher zu den DDR-Bürger*innen sprach. Obwohl viele der alten SED-Kader im Politbüro längst zurückgetreten oder abgesetzt waren, manche nun selbst im Gefängnis saßen, gingen die Menschen in den ostdeutschen Städten weiter auf die Straßen und demonstrierten gegen fast alles, was ihr Land und ihr Leben bisher ausgemacht hatte (keine Reisefreiheit, alltägliche Bespitzelung, Mangelwirtschaft, keine freien Wahlen, Umweltzerstörung) und für alles, wofür in ihren Augen die Bundesrepublik stand: Wohlstand, Reisefreiheit und Demokratie.

In dieser Zeit fand die erste freie Volkskammerwahl in der DDR statt, deren Ergebnis als Ablehnung der Verhältnisse in der DDR und als willkommene Abrechnung mit der alten Gesellschaft und den Eliten, die für diese Kultur verantwortlich waren, gewertet werden kann. Gleichzeitig kann das Wahlergebnis als Ausdruck der Hoffnung interpretiert werden, dass, wenn man erst selbst Teil des „reichen Westens“ wäre, vom Wohlstand und den Freiheiten profitieren könnte, so wie es die Westdeutschen schon seit Jahrzehnten tun. Auch deshalb wählten die DDR-Bürger*innen am 18. März 1990 überwiegend das, was westdeutsche Politiker*innen und Parteien propagierten und lehnten das ab, was DDR-Parteien (PDS, Bündnis 90) entgegenhielten.

Recht schnell mussten die Menschen in Ostdeutschland jedoch erkennen, dass sich ihre häufig unrealistischen und überhöhten Erwartungen in der neuen Gesellschaft nicht erfüllten - es kam zur **Entfremdung**. Das war die Zeit, in der die ersten Betriebe geschlossen wurden, weil sie unrentabel und in der Marktwirtschaft nicht konkurrenzfähig waren, viele Subventionen, an die sich die Menschen in der DDR gewöhnt hatten, abgeschafft wurden, viele auch von westdeutschen Autoverkäufer*innen, Versicherungsvertreter*innen betrogen wurden oder zumindest im Nachhinein das Gefühl hatten, betrogen worden zu sein. In dieser Phase wurde vielen Menschen in den neuen - inzwischen der Bundesrepublik beigetretenen - Bundesländern erst bewusst, dass sich in ihrem Leben vieles verändern wird, dass fast nichts so bleiben wird, wie sie es bis dahin kannten und wie sie bisher gelebt hatten. Fast alle Gesetze und Regelungen waren neu (auch die „ungeschriebenen“) und wurden nicht mehr oder noch nicht verstanden. Das machte vielen Menschen Angst!

Auch die Waren in den Geschäften waren neu, vieles hatten die Ostdeutschen noch nie gesehen - außer vielleicht im Westfernsehen. Bei aller Neugier und Freude über das viele Unbekannte, war diese Zeit für viele Menschen vor allem eine Überforderung.[11]

---

[11] Ich weiß noch, wie ich in meine erste Kiwi gebissen habe wie in einen Apfel und erst an den Gesichtern der um mich stehenden Westdeutschen bemerkte, dass ich gerade etwas völlig falsch gemacht haben musste.

Auch mit der Vielfalt der Produkte und Angebote konnten viele Menschen nicht umgehen. Früher waren die DDR-Bürger*innen froh, wenn sie etwas ergattert hatten und haben sich darüber gefreut. Plötzlich hatten sie die Qual der Wahl, konnten sich womöglich „falsch" entscheiden, weil die Konkurrenz etwas Besseres oder Billigeres angeboten hatte. Und Dinge, über die sich die Menschen vor ein bis zwei Jahren riesig gefreut hätten, weil es unerreichbar erschienen, sorgten nun für Frust[12]! Auch, dass die Werbung nicht immer hält, was sie verspricht, mussten die Neubundesbürger*innen am eigenen Leib erfahren. Und dass von Politiker*innen und Parteien propagierte Ziele und „Versprechen" manchmal lange auf sich warten lassen oder auch nie in die Realität umgesetzt werden, kannten sie zwar von der Volkskammer, aber dass das im „Westen" genauso ist, hatten wohl viele Ostdeutsche nicht erwartet.

In dieser Zeit entstanden die Begriffe „Ossi" und „Wessi", die vor dem Fall der Mauer nicht existierten. Beide Begriffe entbehren laut Wagner (1996, S. 89) jeglicher empirischer Grundlage, und sind das Ergebnis einer Vermischung von Vermutungen und Wissen über die Menschen der jeweils anderen Kultur. Demnach schlussfolgern viele Westdeutsche aus der Tatsache, dass die DDR-Bürger*innen 40 Jahre in einem Unrechtssystem gelebt haben, dass sie keinen Sinn für Recht und Unrecht entwickeln konnten und weil sie genauso lange „kuschen" mussten, „brav und feige" sind (S. 90). Andererseits schließen viele Ostdeutsche aus der Tatsache, dass Westdeutsche im Kapitalismus, also in einer Konkurrenzgesellschaft aufgewachsen sind, dass der „Wessi" ein „gnadenloser Egoist und Ellenbogenmensch" sei. Gleichzeitig werden dem „Wessi" alle durch den Systemwechsel erlebten Demütigungen und Verunsicherungen als „Tätereigenschaften" zugeschrieben.

Wenn ein Ostdeutscher eine der neuen westdeutschen Gepflogenheiten nicht kennt und deshalb verunsichert ist, wird der Bescheid wissende Westdeutsche zum „Besserwessi" und weil diese Gepflogenheiten nun auch in Ostdeutschland gelten, zum „Kolonisator" (S. 108)[13].

Da sich die Annäherung der Lebensverhältnisse an das Westniveau nicht in der von den Ostdeutschen gewünschten und erhofften Geschwindigkeit vollzog, sie keine Chance sahen, an diesen Verhältnissen in kurzer Zeit etwas zu ändern, folgte nun die Phase der **Eskalation**. Ein Schutzmechanismus in dieser Phase ist die Schuldzuweisung

---

[12] Wagner zitiert eine Aussage des ostdeutschen Psychotherapeuten Maaz: „Ich muss mich für eine neue Zeitung entscheiden, muss Versicherungen abschließen, die Verwaltung meiner ganzen Existenz neu regeln - das ist alles lästig, vielfach verwirrend und verbunden mit einem Wust an Bürokratie, mit viel Zeit, Schlangestehen, Verunsicherung durch Unkenntnis und mit der Erfahrung, viele Fehler zu machen. Ich fühle mich wie ein Schüler. Andere wissen alles besser. Und das kränkt mich sehr" (Wagner, 1996, S. 16).

[13] Ich benutze die Begriffe „Ossi" und „Wessi" im Buch auch, jedoch nicht, weil ich Vorurteile verbreiten oder eine der beiden Gruppen diskriminieren möchte – im Gegenteil! Ich verwende die Begriffe dort, wo nach meiner Wahrnehmung eine der beiden Gruppen die jeweils andere durch Unterstellung, Verleumdung oder Beleidigung diskriminiert. Ich möchte also mit diesen Begriffen zusätzlich darauf hinweisen, dass es sich bei dem jeweiligen Beispiel um negative Zuschreibungen handelt, die ausschließlich der Herkunft der Menschen, aus Ost- oder Westdeutschland, zugeschrieben werden.

an die fremde neue Kultur (die der „Wessis“) und die Verherrlichung und Überbewertung der eigenen alten Kultur. Plötzlich war vieles, worüber die meisten Menschen in der DDR geschimpft hatten und wogegen sie zu Hunderttausenden im Herbst/Winter 1989/90 demonstrierten, nicht mehr so schlimm und wurde teilweise gar vermisst. In dieser Zeit entstanden die „Ossi-Partys“, auf denen viele Ostdeutsche in Pionier- oder FDJ-Kleidung ausschließlich Speisen und Getränke konsumierten, die sie aus der DDR kannten und dazu „Ostmucke[14]“ hörten. Sogar Fotos von Erich Honecker wurden auf so mancher Party wieder aufgehängt.

Außerdem fehlten vielen Ostdeutschen plötzlich die Annehmlichkeiten der DDR, z.B. keine Angst vor Arbeitsplatzverlust, hohe Subventionen für Lebens-mittel, Miete, Strom und vieles mehr, an die sie sich gewöhnt hatten, die aber mit dem Beitritt zur Bundesrepublik weggefallen waren.

Die meisten Menschen in Ost- und Westdeutschland nahmen nun wahr, dass sie nicht einfach „Brüder und Schwestern“ waren - wie Helmut Kohl es einmal ausdrückte - sondern dass sie sich in zahlreichen Dingen unterschieden: im Denken, in der Sprache, im Umgang miteinander, in ihren Zielen und Wertvorstellungen. Auf beiden Seiten entstanden Vorurteile gegenüber den Menschen aus dem jeweils anderen Teil Deutschlands. Häufig wurden jedoch Unterschiede und Differenzen ausschließlich auf die Herkunft der jeweils anderen Menschengruppe geschoben und es wurde ignoriert, dass nicht alle Differenzen zwischen Menschen ihre Ursache in der Herkunft der Beteiligten haben.

Wie kritisch sich die Menschen in Ost und West betrachteten, macht eine repräsentative Umfrage deutlich, über welche die Frankfurter Allgemeine Zeitung (FAZ) im April 1994 berichtete: Demnach gaben zwar 57% der Ostdeutschen an, dass sich ihre wirtschaftliche Lage in den letzten drei Jahren verbessert hat, doch 87% erklärten, dass sich der Zusammenhalt zwischen den Menschen seit der Vereinigung verschlechtert habe. Außerdem hatten 81% der Ostdeutschen den Eindruck, dass ihre Leistungen im Westen nicht ausreichend anerkannt werden. Umgekehrt gaben 69% der Westdeutschen an, dass die Ostdeutschen deren „Beitrag zu diesem großen Werk nicht ausreichend anerkennen“ (Wagner, 1996, S. 132). Deutlicher kann gegenseitige Schuldzuweisung kaum zum Ausdruck gebracht werden! Damit ist ein wichtiges Kriterium der Eskalation nach dem Kulturschockmodell erfüllt.

Die Phase der Eskalation kann nach Wagner nur überwunden werden, wenn die Konflikte zwischen den Kulturen - in dem Fall zwischen Ost- und Westdeutschen - als Missverständnisse und fehlgeschlagene Verständigungsversuche erkannt werden. Gelingt das beiden Seiten, lernen sie die jeweils andere Kultur als etwas Eigenständiges und Selbstständiges kennen und schätzen, es kommt zur **Verständigung** (ebd.).

Auch für diese Phase des Kulturschockmodells gibt es zahlreiche Anzeichen und Belege: Ostdeutsche heiraten – wie schon in der DDR - noch immer seltener als Westdeutsche, bringen ihre Kinder häufiger und früher in die Krippe oder Kita, erziehen die Kinder auch häufiger allein und sind seltener konfessionell gebunden, um nur einige Punkte zu nennen (Vooren, 2017). Diese weiterhin bestehenden Unterschiede werden in Studien immer wieder dargestellt. Aber es stört sich kaum

---

[14] DDR-Musik

jemand daran - weder in Ost- noch in Westdeutschland. Die Verschiedenheit wird von beiden Seiten weitgehend akzeptiert. Das sind Anzeichen für die Phase der Verständigung, in der es beiden Gruppen gelingt, die andere Kultur als etwas Eigen- und Selbstständiges wahrzunehmen. Das abweichende Verhalten wird nicht wahrgenommen, ignoriert oder akzeptiert nach dem Motto: „Wir sind halt verschieden".

Leider gibt es jedoch Bereiche des Lebens, in denen viele Deutsche in Ost und West auch 30 Jahre nach der Vereinigung noch nicht auf der Stufe der Verständigung angekommen sind, sondern auf der Stufe der Entfremdung bzw. Eskalation verharren. Viele gegenseitige Vorurteile bestehen weiter, haben sich teilweise sogar verschärft und führen somit immer wieder zu Streitthemen in den Medien, der Politik und auch in vielen Familien. So bezeichnet die Hälfte aller Ostdeutschen die Westdeutschen auch 2019 noch als „Besserwessis", ein Drittel der Westdeutschen die Ostdeutschen als „Jammerossis". Ostdeutsche halten Frauen im Osten für emanzipierter, Westdeutsche die Westfrauen. Auch über die Verbreitung rechts-extremistischer Einstellungen gehen die Meinungen in Ost und West weit auseinander (Hübscher, 2019).

Besonders deutlich und besonders emotional diskutiert werden die unterschiedlichen Denkweisen, wenn es um die Treuhand, Flüchtlinge, Rechts-extremismus, die Rolle von Parteien und Politiker*innen und Gerechtigkeit geht. Dies sind alles Themen, die im weiteren Sinn unter dem Begriff „Demokratieverständnis" zusammengefasst werden können. Indizien für die emotional aufgeladenen Diskussionen zu diesen Themen sind z.B. der Zusammenbruch der ostdeutschen Wirtschaft, die Forderung nach einer „Ost-Quote" in ostdeutschen Behörden, in Parteien und großen Unternehmen und die Zuwanderung von Menschen aus anderen Ländern nach Deutschland. Besonders nach den Ereignissen infolge des Todes eines Deutschen in Chemnitz im August 2018 und vor den drei Landtagswahlen in ostdeutschen Bundesländern 2019, mangelte es nicht an gegenseitigen Vorwürfen und Schuldzuweisungen, an unterschiedlichen Interpretationen und daraus resultierenden Angriffen von Politiker*innen fast aller Parteien und anderen Akteur*innen des öffentlichen Lebens in den Medien.

Bevor ich der Frage nachgehe, ob es tatsächlich ein unterschiedliches Demokratieverständnis bei Ost- und Westdeutschen gibt, und wenn ja, woher es kommt und ob es möglich ist, die Unterschiede zu beheben, möchte ich zunächst untersuchen, ob denn tatsächlich von verschiedenen Kulturen gesprochen werden kann, wenn Menschen aus Ost- und Westdeutschland gegenübergestellt werden. Schließlich kann ein Kulturschock nur dann auftreten, wenn unterschiedliche Kulturen aufeinandertreffen.

Wolf Wagner bezieht sich in seinem Buch „Kulturschock Deutschland" und in weiteren Aufsätzen auf den Soziologen Norbert Elias, für den sich „das Streben nach Prestige als Motor des gesellschaftlichen Wandels" darstellt (Wagner, 1999). Demnach übernehmen fast alle Menschen - zumindest die Aufstiegswilligen - die Normen und Verhaltensweisen von Menschen, die nach ihrer Auffassung in der Gesellschaft eine höhere Position einnehmen. Sie erhoffen sich davon ein besseres Selbstwertgefühl und somit einen Prestigegewinn. Damit das geschieht, müssen die Gruppen zueinander Kontakt haben und der Prestigeunterschied der beiden Gruppen darf nicht zu groß sein. Auf diese Weise wandern die Verhaltensweisen und Normen der Eliten innerhalb einer Gesellschaft von Schicht zu Schicht immer weiter nach unten.

Die Eliten werden somit ständig ihrer Exklusivität beraubt. Um wieder exklusiv zu sein und sich von den unteren Schichten abzuheben, müssen sie sich immer wieder etwas Neues einfallen lassen oder sich etwas von den Eliten in anderen Ländern (Kulturen) abschauen. So entstehen neue Modetrends (Kleidung, Frisuren, Schmuck, Tattoos, Musik), neue Verhaltensweisen (vegetarische bzw. vegane Ernährung) und auch neue Statussymbole (Smartphones, Autos).

Wagner beschreibt dann, dass nach dem Ende des Zweiten Weltkriegs in Ost- und Westdeutschland völlig unterschiedliche politische und wirtschaftliche Verhältnisse herrschten. In Westdeutschland führte der zunehmende Wohlstand zu einer immer größer werdenden Differenzierung der Gesellschaft. Da auch in Arbeiterfamilien der Wohlstand stieg und diese vom Prestigegewinn der über ihnen agierenden Schichten profitieren wollten, übernahmen sie Normen und Verhaltens-weisen, die vorher nur den Eliten vorbehalten waren, z.B. das Reisen. Die westdeutschen Eliten lernten durch wirtschaftliche, politische oder auch private Kontakte die USA kennen. Insbesondere für viele konservative Westdeutsche galt diese zwar lange Zeit als „kulturlos", doch sie bot auch die Möglichkeit, sich wieder als Elite von den aufstrebenden Schichten der Gesellschaft abzuheben, zumal die USA ein hohes ökonomisches und kulturelles Prestige genoss. Amerikanische kulturelle Praktiken wurden von nun an zunächst in den oberen westdeutschen Schichten übernommen und dann immer mehr von den darunter liegenden Schichten kopiert. Auf diese Weise wurde die Bundesrepublik immer amerikanischer (ebd.).

Völlig gegenteilig entwickelte sich die Gesellschaft in der DDR. Aufgrund der Mangelwirtschaft fand eine immer größere Angleichung innerhalb der Gesellschaft statt. Diese Gleichheit war auch von der DDR-Führung gewollt, denn eine zentral geplante Gesellschaft lässt sich leichter führen und regieren als eine differenzierte. Außerdem entsprach das der Ideologie des Sozialismus, nach der Gleichheit auch Gerechtigkeit bedeutet. Somit entstand in der DDR eine der egalitärsten Gesellschaften der deutschen Geschichte. Zudem gab es nach Wagner in der DDR eine Aufstiegsblockade, denn Prestigegewinn war an politische Linientreue gebunden. Unangepasste wurden mit dem Entzug von kulturellem Prestige bestraft und vom Aufstieg (hohe Positionen in Wirtschaft und Politik) ausgeschlossen. Aufgrund dieser Situation entstanden in der DDR zwei Kulturen: Die der Angepassten, die innerhalb ihrer Kultur wieder nach Aufstieg und Prestige strebten und die der Unangepassten, die ebenfalls innerhalb ihrer Kultur das Gleiche taten. Dazwischen gab es die große Mehrheit der Menschen, die zwischen beiden Kulturen schwankte und Elemente beider Kulturen aufnahm oder sich dagegen sperrte (ebd.).

Als am 9. November 1989 die innerdeutsche Grenze fiel, sind sicherlich die meisten Menschen in der DDR und in der Bundesrepublik davon ausgegangen, dass wir tatsächlich „ein Volk" sind, wie es Hunderttausende bei den Demonstrationen in den ostdeutschen Städten skandierten. Schließlich sprachen wir die gleiche Sprache und beriefen uns auf die gleichen kulturellen Wurzeln und Werte. Dass 40 Jahre Teilung eines Landes ausreichen würden, um zwei unterschiedliche Kulturen auf dem Territorium dieses Landes entstehen zu lassen, das über Jahrhunderte gewachsen war und sich entwickelt hatte, wird sicherlich auch Willy Brandt nicht geahnt haben, als er optimistisch voraussagte: „Jetzt wächst zusammen, was zusammengehört."

In seinem Buch „Kulturschock Deutschland" hat Wagner mehrere Alltagssituationen aufgegriffen, in denen sich die meisten Menschen in Ost- bzw. Westdeutschland als Folge der langjährigen Teilung des Landes unterschiedlich verhalten, also unterschiedliche kulturelle Normen entwickelt haben. Auf den ersten Blick wirken sie durchweg harmlos und nicht geeignet, daraus einen gesellschaftlichen Konflikt entstehen zu lassen. In den Phasen der Entfremdung und der Eskalation wirken sie jedoch konfliktverschärfend und erzeugen bzw. verstärken Vorurteile.

Zum besseren Verständnis soll an dieser Stelle die unterschiedlichen Vorstellungen von Alltagsgesprächen und die daraus resultierenden Missverständnisse und Vorurteile als eines der von Wagner geschilderten Beispiele beschrieben werden.

Immer wieder ist in den Medien vom „Jammerossi" die Rede und auch in einer repräsentativen Umfrage der Forschungsgruppe Wahlen im Auftrag des ZDF im Juni 2019 gaben 34% der Westdeutschen an, dass die Ostdeutschen mehr jammern würden (Hübscher, 2019).

Wagner (Wagner, 1996, S. 143ff.) glaubt, dass in der Mangelwirtschaft der DDR das Jammern über nicht vorhandene Güter und Dienstleistungen die einzig legitime Form des Alltagsprotests war. Da es immer genügend Gründe zum Jammern gab, konnte jeder mitmachen, daraus entwickelte sich sofort das Gefühl der Gemeinsamkeit. Konkurrenz konnte dadurch nicht aufkommen, denn in diesem Schicksal waren alle gleich. Es spielte auch keine Rolle, ob man dem Staat loyal oder kritisch gegenüberstand. Dabei ging es den Menschen aber nicht darum, dass sie bemitleidet werden, sie wollten auch keine Hilfe! Sie wollten einfach miteinander ins Gespräch kommen - also „small talk" - und ihre Solidarität untereinander zum Ausdruck bringen.

Auch nach dem Fall der innerdeutschen Grenze gab es schnell wieder ausreichend Gründe zum Jammern: über die Angst, den Arbeitsplatz zu verlieren, die Lohnunterschiede zwischen Ost und West, die gestiegene Kriminalität und vieles mehr. In einer Zeit, in der auch in Ostdeutschland die Unterschiede zwischen den Menschen größer wurden, gab das gemeinsame Jammern ein Gefühl von Gleichheit und Solidarität. Das Jammern behielt „seinen Stellenwert als Kitt der Gesellschaft, ja, es gewann sogar noch an Bedeutung" (Wagner, 1996, S. 144).

In der Bundesrepublik hatte sich in den vier Jahrzehnten nach dem Zweiten Weltkrieg ein völlig anderes Verhalten entwickelt. Wie oben bereits erwähnt, wurde in der BRD vieles aus den USA übernommen, um Prestige zu gewinnen. Dort war in wissenschaftlichen Studien nachgewiesen worden, dass das menschliche Gehirn auf positives Denken reagiert und sich der gesamte Körper darauf einstellt. Wer positiv denkt, dem wird auch Gutes widerfahren! „Positiv thinking" – also positiv denken – und in dessen Konsequenz über Erfolge und nicht über Misserfolge reden, setzte sich in der Konkurrenzgesellschaft der Bundesrepublik schnell durch. Das optimistische Denken verlieh den Westdeutschen Selbstbewusstsein und ein gutes Lebensgefühl. Für viele Ostdeutsche wirkt dieses Verhalten oberflächlich und maskenhaft (S. 145), möglicherweise sogar arrogant.

Ostdeutsche unter sich finden nicht, dass sie jammern, für sie ist dieses Verhalten ganz normal. Und Westdeutsche finden sich nicht oberflächlich und arrogant, sondern ebenfalls ganz normal. Erst im Aufeinandertreffen der beiden Gruppen fällt auf, dass sich die jeweils anderen in der gleichen Situation - dem small talk - völlig anders verhalten als man selbst. Da fast alle Menschen davon ausgehen, dass ihr eigenes Verhalten richtig ist, muss das Verhalten der anderen zwangsläufig falsch oder zumindest merkwürdig sein. Schon ist das Missverständnis da! Und wenn die Situation eh schon angespannt und aufgeheizt ist, wird das jeweils andere Verhalten nicht als normales „wir sind halt verschieden", sondern als weiterer Beleg für die eigene moralische Überlegenheit und häufig auch für die Abwertung der anderen Gruppe („Besser-Wessi" und „Jammer-Ossi") benutzt.

Wie bei der Erläuterung des Milgram-Experiments beschrieben, entscheidet das Aufwachsen in einer bestimmten Gesellschaft über die Verhaltensweisen der Menschen. Genau wie sich Pflanzen und Tiere in der Natur anpassen müssen, um zu überleben, passen sich Menschen der jeweiligen Gesellschaft und ihren Regeln an, um erfolgreich zu sein. Deshalb bilden sie die Verhaltensweisen heraus, die in der jeweiligen Gesellschaft ein erfolgreiches Leben garantieren. Solidarität war in der DDR lebensnotwendig, um in der Mangelwirtschaft an begehrte Waren und Dienstleistungen zu kommen. Und sie war gesellschaftlich gefordert, da sich die sozialistische DDR der kapitalistischen BRD moralisch überlegen fühlte. In der Konkurrenzgesellschaft der BRD hatte Solidarität keinen so hohen Stellenwert, denn Waren und Dienstleistungen standen allen Bürger*innen zu jederzeit im Überfluss zur Verfügung. Man war somit nicht auf die Hilfe anderer angewiesen. Dafür konnte positives, optimistisches Denken zu Erfolg und somit zu gesellschaftlichem Aufstieg und Prestige führen.

Somit erklärt sich, dass die meisten Westdeutschen eigentlich nicht arrogant sind, sondern nur positiv denken und das auch anderen Menschen zeigen. Die meisten Ostdeutschen jammern wiederum nicht, weil sie noch mehr haben wollen, sondern weil sie einfach nur solidarisch sein wollen und mit Gleichgesinnten in ein Gespräch kommen möchten. Wenn beide Gruppen bereit und in der Lage sind, diese Differenzen als Resultat ihrer unterschiedlichen gesellschaftlichen Sozialisation zu verstehen, jede Seite so handelt, weil sie von Kindheit an dieses Verhalten gelernt und dabei gemerkt hat, dass es zu Erfolg und Ansehen in der Gesellschaft führte, wäre ein großer Schritt in Richtung Verständigung getan. Und gleichzeitig wäre ein großer „Brocken" aus der Mauer der Entfremdung und Eskalation entfernt.

Diese drei Theorien werden sich wie ein „roter Faden" durch das Buch ziehen. Ich werde immer wieder gesellschaftliche Ereignisse und Verhaltensweisen von Menschen anhand dieser Theorien erläutern und will damit verdeutlichen, dass diese Verhaltensweisen nicht „zufällig" einer Menschengruppe „passieren", sondern dass sie das Ergebnis von gesellschaftlichen Prägungen sind. Damit soll auch verdeutlicht werden, dass viele menschliche Eigenschaften und Verhaltensweisen nicht dem „Charakter" der Menschen geschuldet sind. Meist handelt es sich um Anpassungen an gesellschaftliche Normen, um das eigene Prestige zu verbessern oder in der Gesellschaft nicht als Außenseiter zu gelten.

Kapitel 2: „Die Ostdeutschen haben ein Demokratiedefizit"

Immer wieder wird in den Medien die Frage formuliert, ob die in den neuen Bundesländern lebenden Menschen ein anderes Demokratieverständnis oder gar ein Demokratiedefizit im Vergleich zu Westdeutschen haben (Edinger, 2004). Tatsächlich sagen fast alle mir bekannten Studien, dass die Menschen in Ost-deutschland skeptischer gegenüber der Gesellschaftsform Demokratie eingestellt und insbesondere mit der tatsächlich gelebten Demokratie in Deutschland unzufriedener sind (Bertelsmann Stiftung, 2019). Beides sagt jedoch noch nichts darüber aus, ob die Menschen in Ostdeutschland tatsächlich ein „Demokratiedefizit" haben. Auf ein unterschiedliches Demokratieverständnis deuten diese Ergebnisse der Studien jedoch hin. Schließlich leben Ost- und Westdeutsche auf der Grundlage des gleichen Grundgesetzes und der darauf aufbauenden Gesetze im gleichen Land, sie werden von den gleichen Politiker*innen regiert und haben den gleichen Zugang zu Behörden und zu den Medien. Wenn dann noch berücksichtigt wird, dass deutlich mehr Ostdeutsche eigene Erfahrungen mit dem Leben in einer Diktatur haben als Westdeutsche, sollte eigentlich zu erwarten sein, dass die Ostdeutschen ein positiveres Verhältnis zur Demokratie haben. Aber warum ist das nicht so?

Ich bin der festen Überzeugung, dass gerade im unterschiedlichen Demokratieverständnis der Grund für die zahlreichen Konflikte und Missverständnisse zwischen den in der DDR bzw. der BRD aufgewachsenen Menschen besteht. Offensichtlich ist es in 30 Jahren staatlicher Einheit nicht gelungen, die 40-jährige Teilung vollständig zu überwinden. Aber auch in den alten Bundesländern gibt es noch viele Menschen, die aufgrund falscher - häufig überhöhter - Erwartungen an Demokratie und Politik ein Demokratieverständnis haben, das fast zwangsläufig zu Demokratie- und Politikverdrossenheit führt. Weil in dieser Frage für mich das zentrale Missverständnis zwischen Ost- und Westdeutschen besteht, möchte ich dem Thema Demokratie ein eigenes Kapitel widmen. In diesem skizziere ich kurz die Geschichte und die Grundprinzipien der Demokratie, werde Entwicklungen darstellen und anhand einer in Thüringen erstellten Studie einige Missverständnisse und Fehlinterpretationen aufzeigen.

Demokratie zwischen Anspruch und Wirklichkeit

Die deutsche Übersetzung des aus den griechischen Worten „demos" (Volk) und „kratos" (Macht, Herrschaft) zusammengesetzten Wortes Demokratie lautet „Volksherrschaft". Als der Begriff vor fast 2500 Jahren geprägt wurde, bedeutete er, dass die freien Männer auf dem Marktplatz zusammenkamen und über Gesetze abstimmten. Diese direkte Form der Demokratie ist bei der Größe der heutigen Gesellschaften nicht mehr praktikabel. Deshalb kann die Herrschaft nur indirekt ausgeübt werden, indem sie auf Vertreter*innen (Repräsentant*innen) übertragen wird (Pötzsch, 2009).

Nach der kurzen Phase der Demokratie im antiken Griechenland, geriet die Idee der „Volksherrschaft" für ca. 2000 Jahre in Vergessenheit. In ganz Europa herrschten wieder Könige und Fürsten, erst im 16. Jahrhundert bekam der demokratische Gedanke durch die Reformation neuen Schwung. Martin Luther, aber auch der Schweizer Ulrich

Zwingli und der Franzose Johannes Calvin beriefen sich auf die Bibel, in der geschrieben steht, dass vor Gott alle Menschen gleich sind. Für sie bedeutete das, dass auch vor dem Gesetz alle Menschen gleichbehandelt werden müssen und nicht einer über alle herrscht und über sie bestimmt. Dieser Gedanke fand in der Zeit der Aufklärung im 17. Jahrhundert seine Fortsetzung. Der Engländer Locke und der Franzose Montesquieu entwickelten diese Idee weiter, indem sie formulierten, dass ein vom Volk gewähltes Parlament Gesetze schafft, die für alle Menschen gelten und die auch von der Regierung einzuhalten sind. Um das sicherzustellen, sollten unabhängige Richter und Gerichte kontrollieren, ob sich auch die Regierung an die Gesetze hält (Republik Österreich, kein Datum).

Die Unabhängigkeitserklärung der USA aus dem Jahr 1776 gilt als älteste Verfassung der Welt und beruht auf den Ideen und Theorien der griechischen Demokratie und der Aufklärung. Sie gilt bis heute mit wenigen Veränderungen, ebenso die Verfassung Frankreichs, die nach der Französischen Revolution von 1789 festgeschrieben wurde (ebd.).

In Deutschland ist die erste demokratische Verfassung 1849 von der Nationalversammlung in der Frankfurter Paulskirche verfasst worden. Ebenso wie die 1919 verabschiedete Verfassung der Weimarer Republik scheiterte sie nach nur wenigen Jahren (Pötzsch, 2009).

Nach dem Ende des Zweiten Weltkriegs erteilten die westlichen Besatzungsmächte den politisch Verantwortlichen in dem von ihnen besetzten Territorium den Auftrag, eine Verfassung zu erarbeiten, in welcher der Mensch und nicht der Staat im Mittelpunkt steht. Das am 8. Mai 1949 verabschiedete und von den Alliierten genehmigte Werk wurde jedoch nicht Verfassung, sondern Grundgesetz genannt, um zu betonen, dass es nur vorläufig gelten sollte. Das Ziel der staatlichen Einheit Deutschlands sollte damit hervorgehoben werden. Mit der Vereinigung der beiden deutschen Staaten am 3. Oktober 1990 verlor das Grundgesetz seinen provisorischen Charakter und gilt seitdem als Verfassung für „das gesamte deutsche Volk". Mit der Vereinigung verlor auch die Verfassung der DDR ihre Gültigkeit (WELT, 2019).

Wie die amerikanische Verfassung von 1776 und die französische Verfassung von 1789 beruft sich auch das deutsche Grundgesetz von 1949 auf die demokratischen Grundprinzipien, die im antiken Griechenland ihre Wurzeln haben und in den Zeiten der Reformation und der Aufklärung weitergedacht wurden. Das deutsche Grundgesetz orientiert sich zudem stark an der 1948 verabschiedeten Allgemeinen Erklärung der Menschenrechte. In vielen Ländern der Welt gilt diese Erklärung als Basis für eine demokratische Verfassung.

Überall auf der Welt haben die Menschen also über Jahrhunderte und Jahrtausende, im Grunde über fast die gesamte Menschheitsgeschichte, in hierarchischen Gesellschaften gelebt. Zuerst gab es Stammesführer, Sklavenhalter, später Könige, Fürsten, Bischöfe, Führer, Diktatoren, die in der Gesellschaft ganz oben standen und die über die Mehrheit der Menschen bestimmten. Was sie gesagt und getan haben, war „richtig" - somit Recht und Gesetz. Dem zu widersprechen war nicht nur „falsch", sondern auch gefährlich und konnte im schlimmsten Fall mit dem Tod bestraft werden. Alte „Volksweisheiten" wie „Der Klügere gibt nach" und „Reden ist Silber, Schweigen ist Gold", zeugen von diesen Zeiten, denn es war im wahrsten Sinne des Wortes besser zu schweigen, statt zu widersprechen und nachzugeben, statt für sein Recht zu kämpfen. Aber es hat schon immer mutige Menschen gegeben, die sich damit nicht abfanden und diesen „Gesetzen" trotz Todesgefahren widersprachen. Wo wäre die Menschheit heute, wenn die Klügeren immer nachgegeben und geschwiegen hätten? Es hätte niemals Fortschritt gegeben und wir würden immer noch glauben, dass die Erde eine Scheibe ist und man über den Rand in die Hölle fällt, wenn man zu weit auf das Meer hinausfährt.

In allen Gesellschaften der Vergangenheit haben sich autoritäre Herrscher immer als etwas Besonderes (Höheres) betrachtet und haben ihre eigene „Wahrheit" als die einzig richtige verteidigt - fast immer mit brutaler Gewalt. Dieses hierarchische und autoritätshörige Denken und Handeln hat auf der ganzen Welt über Jahrtausende viel Unheil für Milliarden Menschen gebracht, weil die Mächtigen (die Autoritäten) nicht wollten, dass ihre „Wahrheit" infrage gestellt und somit ihre Autorität beschädigt wird und weil es zu allen Zeiten Menschen gab (und gibt), die - wie im Milgram-Experiment dargestellt - diesen Autoritäten gehorchten und ihnen bei der Unterdrückung anderer Menschen behilflich waren und sind. Mit der Allmacht der Mächtigen und der Hilfe vieler „Williger", egal aus welchen Motiven, wurde die Unterwerfung und (fast) Ausrottung der Ureinwohner*innen in Amerika und Australien möglich, ebenso die Versklavung der Menschen in Afrika, die Unterdrückung und Benachteiligung von Frauen in der ganzen Welt, die Vernichtung der Juden im Nationalsozialismus und vieles mehr. Jeder Eroberungskrieg beruht auf diesem Glauben, denn jeder Herrscher, der einen Krieg beginnt, glaubt, dass er dem Gegner nicht nur militärisch, sondern auch moralisch überlegen ist, also das Recht hat, diesen Krieg zu führen und das andere Volk zu unterwerfen. Dieses Denken ist auch heute noch weit verbreitet, denn der sogenannte „Islamische Staat" rechtfertigt damit die Ermordung von „Ungläubigen". Auch machthungrige Politiker*innen und viele hierarchisch denkende Menschen in aller Welt - die es weiterhin auch in Demokratien gibt - stellen ihr eigenes Land oder Volk über Andere („America first"), fühlen sich als bessere Menschen, als überlegene Rasse oder Religion und unterdrücken andere Länder, Völker und Menschen, weil sie anders aussehen, anders denken oder an etwas anderes glauben als sie selbst.

Vor gerade einmal 250 Jahren in den USA und sogar erst vor gut 70 Jahren in (West-)Deutschland verbreitete sich mit der Demokratie eine Gesellschaftsordnung, welche die über Jahrtausende gelebten und gewachsenen Gesetzmäßigkeiten infrage stellte. Plötzlich sollte nicht mehr nur ein Herrscher über alle bestimmen. Und gleichzeitig sollten all die anderen, die noch nie etwas zu sagen und zu bestimmen hatten, nun mitbestimmen können.

Wenn die Gesellschaftsform Demokratie im Vergleich zum Rest der Menschheitsgeschichte noch so jung ist, muss es nicht verwundern, dass viele Menschen überall auf der Welt - auch in Deutschland - noch mit ihr „fremdeln", immer noch am Lernen und Üben sind. Zumal es von „oben" und von „unten" Widerstände gegen diese Praxis gibt: Diejenigen, die ihre Macht nicht mit anderen teilen wollen, die immer noch bestimmen und andere unterdrücken möchten, gibt es selbstverständlich weiterhin auf der ganzen Welt. Und auch diejenigen, die sich durch die Möglichkeit, selbst Macht ausüben zu können, überfordert fühlen und lieber ihren Herrschern dienen wollen, gibt es noch immer.

Es ist deshalb nicht verwunderlich, dass das Praktizieren von Demokratie viel schwieriger ist, als sich einfach zu der Gesellschaftsform Demokratie zu bekennen. Das erklärt nach meiner Überzeugung unter anderem, warum in Umfragen immer deutlich mehr Menschen die Demokratie als „beste Staatsform" bezeichnen, die tatsächlich praktizierte Demokratie im Vergleich dazu jedoch negativer bewerten. So vertreten in einer 2019 erschienenen Studie der Bertelsmann Stiftung zwar 69% der in Deutschland lebenden Menschen die Meinung, dass die Demokratie die beste Staatsform ist, nur 10% stimmen dieser Aussage nicht zu. Mit der Demokratie, wie sie in Deutschland funktioniert, sind dagegen nur 52% der Deutschen zufrieden, 19% sind unzufrieden. Auffällig ist auch, dass die Zustimmungswerte für die gelebte Demokratie in Ostdeutschland teilweise deutlich unter denen in Westdeutschland liegen. Während in allen westdeutschen Bundesländern eine Mehrheit mit der Demokratie in Deutschland zufrieden ist, wird diese Zustimmungsmehrheit im Osten nur in Mecklenburg-Vorpommern erreicht. In Brandenburg und Sachsen sind nicht einmal 40% der Wahlberechtigten mit der Demokratie in Deutschland zufrieden (Bertelsmann Stiftung, 2019)!

Aber funktioniert die Demokratie in Deutschland tatsächlich so schlecht? Oder gibt es andere Gründe, dass die tatsächlich gelebte Demokratie in allen Umfragen (nicht nur in Deutschland) grundsätzlich schlechter von der Bevölkerung bewertet wird als die Idee der Demokratie als Staatsform?

Seine Meinung frei äußern zu dürfen, wie es in allen demokratischen Verfassungen garantiert wird, ist selbstverständlich eine großartige Sache und wird wohl von fast allen Menschen als Fortschritt betrachtet. Wer möchte nicht gern jede Meinung frei äußern können ohne Angst, dafür bestraft, in der Entwicklung behindert oder öffentlich an den „Pranger" gestellt zu werden. Aber wie bei fast allen Dingen im Leben, hat jede gute auch eine weniger gute Seite, die von vielen Menschen jedoch gern übersehen oder ignoriert wird. Denn wenn jede/r seine eigene Meinung sagen darf, muss er/sie auch **aushalten**, dass andere auch ihre Meinung sagen dürfen, selbst dann, wenn sie diese Meinung als völlig falsch ansehen. Auch wenn ich z.B. ein absoluter Gegner von Atomkraft bin und somit die Meinung der Atomkraftanhänger*innen für falsch halte, muss ich aushalten, dass die Atomkraftanhänger*innen diese Form der Energiegewinnung gut finden und verteidigen, weil mit ihr „billiger" und „sauberer" Strom produziert werden kann. Die Atomkraftgegner*innen können meine Meinung für falsch halten, weil man doch mit dem „sauberen Atomstrom" z.B. den Klimawandel bekämpfen und die Strompreise niedrig halten kann. Genau das setzt das Recht auf freie Meinungsäußerung voraus: Wenn ich das Recht habe, meine Meinung frei und ohne Angst vor Konsequenzen vertreten zu dürfen, muss ich gleichzeitig akzeptieren, dass Menschen, die eine andere Meinung als ich vertreten, das auch dürfen. Das ist zwar häufig schwer auszuhalten, denn manche Ansichten und Meinungen können aus meiner Sicht tatsächlich absolut falsch, teilweise unerträglich sein. Sie zu respektieren ist jedoch alternativlos, wenn das Recht auf freie Meinungsäußerung tatsächlich für alle gelten soll!

Genau an dieser Stelle kommen jedoch viele Menschen, die mit der tatsächlich gelebten Demokratie in Deutschland unzufrieden sind, an ihre Grenzen: Sie nehmen zwar das Grundgesetz wörtlich, indem sie auf ihre Meinungsfreiheit verweisen, gleichzeitig sind sie jedoch nicht in der Lage oder bereit zu akzeptieren, dass auch Menschen, die eine andere Meinung vertreten als sie selbst, auf das Recht ihrer

Meinungsfreiheit bestehen können.

Das Grundrecht auf freie Meinungsäußerung ist auch die Grundlage und das Selbstverständnis des vorliegenden Buches. Vieles, was ich im Buch beschreibe, ist meine Meinung, die ich mir aufgrund meiner Erfahrungen, meiner Informationen und meiner Recherchen gebildet habe. Es ist meine „Wahrheit" und im Buch begründe ich, wie ich zu meinen Erkenntnissen und „Wahrheiten" gekommen bin. Das diese Meinungen nicht mit den Meinungen anderer Menschen übereinstimmen müssen, ist für mich selbstverständlich. Es ist jedoch mein Grundrecht, diese Ansichten zu vertreten, genau wie es das Grundrecht anderer Menschen ist, aufgrund ihrer Erfahrungen und Informationen meine Meinungen zu widersprechen und somit für eine andere „Wahrheit" zu stehen.

Etwas anderes als Meinungen sind jedoch Fakten, die völlig unabhängig von Meinungen für jede/n gelten, weil sie bewiesen sind und von allen Menschen akzeptiert werden, die nicht ausschließlich ihre eigene „Wahrheit" gelten lassen. Dass die Erde keine Scheibe ist, ist solch ein wissenschaftlich bewiesener Fakt, das ist tatsächlich eine Wahrheit! Auch wenn die Autoritäten früherer Zeiten über Jahrhunderte etwas anderes als „Wahrheit" verkündet haben, ist inzwischen eindeutig bewiesen, dass die Erde rund ist und sich nicht im Zentrum des Universums befindet.

Dass die DDR-Bürger*innen selbst den Beitritt zur Bundesrepublik gewählt haben, und dass es deshalb unwahr ist zu behaupten, dass die DDR von den Westdeutschen „annektiert" und den Ostdeutschen ein von ihnen nicht gewolltes System „übergestülpt" wurde, ist - wie im Prolog beschrieben - auch ein Fakt! Gegenteilige Äußerungen sind Propaganda oder wie man heute sagt fake news!

Während sich Fakten nur sehr selten bzw. gar nicht ändern, können und sollten sich Meinungen sehr oft verändern. Neue Informationen und Erkenntnisse führen dazu, dass Meinungen geändert werden können, teilweise auch müssen. Menschen, die ihre Meinung aufgrund einer neuen Bewertung ihrer Informationen geändert haben, dafür zu verurteilen, ist genauso falsch, wie ihre Meinung nicht zu akzeptieren.

Die freie Meinungsäußerung, die laut Grundgesetz jedem/r garantiert ist, hat jedoch auch Grenzen, denn in den ersten drei Artikeln des Grundgesetzes ist festgelegt, dass die Würde des Menschen unantastbar ist, dass sich alle Menschen frei entfalten können, solange sie dabei nicht die Grundrechte anderer verletzen, und dass alle Menschen gleich sind, also niemand aufgrund seines „Geschlechtes, seiner Abstammung, seiner Rasse, seiner Sprache, seiner Heimat und Herkunft, seines Glaubens, seiner religiösen oder politischen Anschauungen benachteiligt oder bevorzugt werden" darf (Art.3 GG). Das bedeutet, dass Meinungsäußerungen, die darauf abzielen, andere Menschen zu beleidigen, zu diskriminieren oder zu erniedrigen, von der freien Meinungsäußerung ausgeschlossen sind! Denn Erniedrigung und Diskriminierung anderer Menschen bedeutet, sich über sie zu stellen, wieder eine hierarchische Struktur zu etablieren, die das Gegenteil von Demokratie ist, nämlich Diktatur!

Das bedeutet aber auch, dass alle verallgemeinernden Äußerungen, die darauf abzielen, Frauen, Homosexuellen, Ausländer*innen, Politiker*innen, Juden und Jüdinnen, aber auch Ostdeutschen und Westdeutschen negative und erniedrigende Eigenschaften oder Verhaltensweisen zuzuschreiben, von der freien Meinungsäußerung ausgeschlossen sind. Sie haben lediglich das Ziel, sich und die eigene Gruppe zu erhöhen, sowie die jeweils andere Gruppe zu diskriminieren und zu erniedrigen. Dass sich die Menschen der jeweils anderen Gruppe möglicherweise aufgrund ihrer Sozialisation anders verhalten als die eigene Gruppe, anders sprechen, andere Meinungen für richtig halten, mag aus Sicht der eigenen Gruppe falsch sein. Wenn jedoch die Demokratie und das Grundgesetz ernst genommen werden sollen, muss jede/r dieses Anderssein aushalten und sich damit arrangieren.

Genauso ist das in der Politik: Jeder Politiker und jede Politikerin hat eine eigene Meinung zu all den Themen, über die beraten, diskutiert und gestritten wird - und in der Demokratie hat er/sie ein Recht auf diese eigene Meinung! Politiker*innen mit ähnlichen Meinungen und Ansichten finden sich in einer Partei zusammen, denn allein könnten sie ihre Ziele und Vorstellungen nicht verwirklichen. Eine Partei ist somit eine Interessengruppe, ein Zusammenschluss von Menschen mit gleichen oder ähnlichen Meinungen. Bürger*innen mit anderen Meinungen und Ansichten, schließen sich anderen Parteien an. Nur weil die Menschen in einem Land unterschiedliche Meinungen vertreten, gibt es auch unterschiedliche Parteien.

Doch auch innerhalb einer Partei gibt es zu unterschiedlichen Themen verschiedene Meinungen und Ansichten über den „richtigen“ Weg, die „richtige“ Politik. Deshalb gibt es auch innerhalb von Parteien häufig inhaltliche Auseinandersetzungen, also Streit! Darüber wird von den Medien ausführlich berichtet, denn Auseinandersetzungen und Streit „verkaufen“ sich viel besser, als wenn sich alle „liebhaben“ würden. Das ist langweilig und wird von kaum jemandem gelesen. Diese innerparteilichen Auseinandersetzungen werden von vielen Menschen als etwas Negatives empfunden, natürlich auch, weil die Medien es gern negativ darstellen. Häufig sinkt bei Parteien, die sich innerparteilich heftig streiten, die Zustimmung der Wähler*innen. Aber warum? Was führt zum negativen Image von Diskussion und Streit? Offensichtlich sind es noch die jahrhundertealten Denkmuster, die in den Köpfen zahlreicher Bürger*innen vorherrschen.

Viele Menschen sehnen sich auch heute nach einer klar vorgegebenen Richtung, der sie nur folgen müssen, nach Autoritäten, die ihnen sagen, was „richtig“ und was „falsch“ ist. Dann müssen sich diese Menschen keine eigene Meinung bilden, was ja häufig wirklich schwierig ist, und sie können sich auch nicht „falsch“ entscheiden. Denn wenn sich doch herausstellen sollte, dass eine Entscheidung „falsch“ war, können sie immer sagen: „Ich habe mich ja nur der Meinung von … angeschlossen“. Den meisten Menschen ist nicht bewusst, welche Gefahren in diesem autoritären und harmoniesüchtigen Denken stecken, obwohl viele Menschen entweder eigene Diktaturerfahrungen gemacht haben oder aber Diktaturen und die Auswirkungen autoritärer Politik für das jeweilige Volk aus der Schule, den Medien oder von den eigenen (Groß-)Eltern kennen.

Ein weiterer Grund, warum viele Menschen Streit und Auseinandersetzung ablehnen oder sich davor fürchten, könnte darin begründet sein, dass sie das Streiten nie gelernt haben und Streit mit negativen Emotionen besetzt ist. Wie bereits beschrieben, haben alle Menschen bis vor ein paar Jahrzehnten bzw. Jahrhunderten in hierarchischen Systemen gelebt, in denen Streit und Widerspruch nicht nur verboten, sondern auch gefährlich war. Das hat auf die Verhaltensmuster vieler Menschen bis in die heutigen Generationen abgefärbt. Denn die Tatsache, dass es in einer Demokratie möglich ist zu widersprechen, bedeutet automatisch, dass es zum Streit kommt, es sei denn, man unterdrückt selbst seine eigene Meinung. Dann besteht jedoch wieder eine Hierarchie, denn die Person, die ihre Meinung zurückhält, unterwirft sich freiwillig ihrem Gegenüber. Richtig streiten ist jedoch nicht einfach und muss erlernt werden, wie lesen, schreiben und rechnen - am besten in der Kindheit!

Doch auch das richtige Streiten leitet sich aus dem deutschen Grundgesetz und der Allgemeinen Erklärung der Menschenrechte ab: Wenn jeder Mensch seine Meinung sagen darf, dabei jedoch niemanden erniedrigen, beleidigen oder diskriminieren sollte, folgt daraus, dass es beim Streit nur um die Meinung, also eine bestimmte Sache, jedoch **niemals** um die Person gehen darf, die diese Meinung vertritt! Wenn ich also die Meinung einer/s Atomkraftanhänger*in für falsch halte, ist das in Ordnung, solange ich nicht den/die Atomkraftanhänger*in generell für dumm halte und sie/ihn aufgrund seiner/ihrer Meinung ablehne. Denn dann diskriminiere ich ihn/sie, dann stelle ich mich in der Hierarchie über ihn bzw. sie! Genau diese Diskriminierungserfahrung haben fast alle Menschen bei Auseinandersetzungen selbst erlebt: Sie wurden aufgrund einer von ihnen vertretenen Meinung persönlich angegriffen, beleidigt, bloßgestellt. Das hat negative Emotionen hinterlassen, durch die der Streit ein negatives Image bekommen hat. Dabei war nicht der Streit das Problem, sondern die **Art** des Streits, die offensichtlich auf Unterdrückung von Meinung und Diskriminierung der Person angelegt war und nicht auf Auseinandersetzung mit Argumenten bei gleichzeitiger Achtung der Person, die die Argumente vorträgt.

Wenn auf der Basis dieses Grundverständnisses gestritten wird, ist Streiten überhaupt nicht mehr schlimm: Menschen haben unterschiedliche Meinungen, streiten darüber und einigen sich in der Regel auf ein Ergebnis. Bei solch einem Streit kann es auch „heiß“ hergehen, das heißt, die Diskussion bzw. der Streit kann auch emotional geführt werden. Schließlich geht es darum, die eigene Meinung mit Argumenten zu verteidigen, bzw. den/die andere/n von der eigenen Meinung zu überzeugen. Gelingt es nicht, bleiben die unterschiedlichen Meinungen einfach stehen oder man sucht nach einem Kompromiss, auf den ich noch ausführlich zurückkommen werde.

Das negative Image des Streitens hat nach meiner Überzeugung zwei Ursachen, die beide auf das immer noch weit verbreitete hierarchische Denken vieler Menschen zurückzuführen sind: Die einen wollen (fast) immer „Recht haben“, die anderen sind harmoniesüchtig und unterwerfen sich freiwillig. Im ersten Fall wird aus fast jedem Streit ein Kampf, bei dem es darum geht, die eigene Meinung als die einzig „Richtige“ durchzusetzen. Diese Menschen wollen also die Vertreter*innen der anderen Meinung „besiegen“, ihnen ihre Meinung „überstülpen“. Und wenn keine sachlichen Argumente mehr helfen, greifen sie zu persönlichen Angriffen, Beleidigungen, Unterstellungen und Verleumdungen, schließlich wollen sie um jeden Preis „gewinnen“. Streit, der so verläuft, hinterlässt bei den anderen Beteiligten negative Emotionen mit dem Resultat, dass Streit in schlechter Erinnerung bleibt.

Die „harmoniesüchtigen“ Menschen vermeiden den Streit lieber nach dem Motto: „Der Klügere gibt nach“. In der Regel setzen sich dann diejenigen durch, die immer Recht haben und bestimmen wollen, die sich gern in der Hierarchie über andere stellen. Ob deren Ansichten und Meinungen immer zu den besseren Ergebnissen führen, ist nicht sicher, aber sie haben gesiegt und sich durchgesetzt – aus ihrer Sicht alles richtig gemacht!

Diese Streitstrategie ist immer schädlich für das Zusammenleben bzw. -arbeiten, egal ob in der Politik, in der Firma oder in der Beziehung. Die eigene Meinung immer zurückhalten und sich immer unterwerfen um „des Friedens willen" führt auf Dauer zu Unzufriedenheit und macht krank (Schäfer, 2011).

Oben habe ich lediglich die Auseinandersetzungen erläutert, die innerhalb einer Partei stattfinden. Noch schwieriger wird es selbstverständlich, wenn in einem Parlament viele verschiedene Parteien vertreten sind, deren Meinungen und Ansichten natürlich weiter auseinandergehen als die Meinungen innerhalb einer Partei. Letztendlich sollte aber auch hier das gleiche Prinzip herrschen: gestritten wird über Ansichten, nicht über Personen! Deshalb ist es auch kein „Theater" - wie viele Menschen behaupten - wenn Politiker*innen im Rahmen einer Debatte heftig miteinander streiten und im Anschluss an diesen öffentlich ausgetragenen Streit in der Bundestagskantine gemeinsam ein Bier trinken und miteinander scherzen! Sie haben in der Debatte über unterschiedliche Meinungen und Ansichten heftig diskutiert und gestritten, weil die Ziele, die sie und ihre Parteien vertreten, völlig konträr sind. Aber sie achten und schätzen sich als Politiker*innen, als Menschen mit Überzeugungen und haben voreinander Respekt, auch dann, wenn sie unterschiedlichen Parteien angehören und unterschiedliche Meinungen vertreten. Niemand muss sich durch die inhaltliche Auseinandersetzung persönlich angegriffen fühlen, dem gemeinsamen Bier steht dann nichts im Wege!

Auch ich kritisiere im Buch an zahlreichen Stellen Meinungen und Aussagen anerkannter Persönlichkeiten. Insbesondere den Argumenten, die von der sächsischen Ministerin Petra Köpping in ihrem Buch „Integriert doch erst mal uns!" beschrieben werden, widerspreche ich größtenteils vehement. Aber ich attackiere **nicht** Köpping als Person, sondern lediglich ihre in ihrem Buch beschriebenen Ansichten und Meinungen. Ich halte nicht sie, sondern ihre Argumente für falsch! Denn obwohl ich den meisten ihrer Ansichten widerspreche, kann Köpping eine gute Bürgermeisterin und Landrätin gewesen sein und sich als Ministerin mit aller Kraft für die Interessen der sächsischen Bürger*innen engagieren. Wahrscheinlich stimmen ihre und meine Ansichten auch in zahlreichen Lebensbereichen überein und möglicherweise könnten wir uns bei einem Bier oder Wein stundenlang gut unterhalten. Aber über einige Aspekte würden wir uns wohl lautstark streiten und möglicherweise auch keinen gemeinsamen „Nenner" finden – ohne uns dabei zu beleidigen und zu diskriminieren! Genau das ist das Wesen des Meinungspluralismus in einer Demokratie und ist somit das Gegenteil vom Wesen einer Diktatur, die keine abweichenden Meinungen zu der der Herrschenden zulässt.

Zumindest sollte Politik in einer Demokratie so funktionieren - leider ist es in der Realität nicht selten anders! Zwar wurde auch vor Jahrzehnten nicht immer nur mit fairen Mitteln gestritten, auch früher haben Politiker*innen in den Debatten oder in den Medien auf Beleidigungen, Diffamierungen und auf Lügen zurückgegriffen. Aber die Zunahme der undemokratischen Debattenführung auf allen politischen Ebenen ist in meiner Wahrnehmung offensichtlich und wird in den Medien häufig problematisiert. Offensichtlich haben die Politiker*innen fast aller Parteien in Deutschland aber auch in allen anderen Demokratien der Welt realisiert, dass sie mit Skandalisieren des politischen Gegners, mit Beleidigungen und „fake news" bei Umfragen und Wahlen größere

Zustimmung erreichen können als mit hart geführten, aber sachlichen und fairen Debatten. Das offensichtlichste Beispiel für diesen Politikstil ist/war der frühere amerikanische Präsident Donald Trump. Während seines gesamten Wahlkampfes und in seiner Amtszeit setzte er über Jahre auf Beleidigung, Diskriminierung, Spott und Lügen. Geschadet hat es ihm nicht! Im Gegenteil: Egal wie viele undemokratische Verfehlungen ihm durch die Opposition, die Medien und manchmal auch von Politiker*innen der eigenen Partei nachgewiesen wurden, er blieb seinem Politikstil treu, wurde von seinem Anhänger*innen genau dafür gefeiert und siegte bei den amerikanischen Wahlen 2016! Natürlich setzte er als Präsident den aus seiner Sicht erfolgreichen Politikstil fort. Auch wenn er 2020 nicht wiedergewählt wurde, haben ihm Millionen Amerikaner*innen ihre Stimme gegeben, trotz (oder wegen) seiner zahlreichen Lügen und Beleidigungen.

Auch in anderen demokratischen Ländern Europas und der Welt waren Politiker*innen mit dieser Taktik erfolgreich: in Großbritannien, Italien, Ungarn, Polen, Brasilien - um nur einige zu nennen. Aber auch in Deutschland hat es insbesondere die (angebliche) „Alternative für Deutschland" (AfD) mit einem vergleichbaren Politikstil geschafft, Wahlergebnisse zu erreichen, die in der Geschichte der Bundesrepublik von keiner Partei erreicht wurden, die politisch noch konservativer war bzw. weiter „rechts" stand als die Unionsparteien CDU und CSU. Fast täglich testen führende AfD-Politiker*innen wie Höcke, Gauland, Weidel oder von Storch mit undemokratischen Äußerungen die Grenzen der Meinungsfreiheit aus, ohne dass diese Partei in Umfragen oder bei Wahlen große Stimmeneinbußen hinnehmen muss. Ganz offensichtlich gibt es auch in Deutschland Millionen Menschen, die sich bestätigt und bestärkt fühlen, wenn andere Menschen diskriminiert oder beleidigt und ihnen pauschal negative Eigenschaften nachgesagt werden. Sie fühlen sich dann offensichtlich den Angegriffenen gegenüber überlegen, als etwas Besseres, Besonderes, in der Hierarchie weiter oben stehend. Und es ist ihnen egal, ob die Aussagen und „Fakten" dieser Politiker*innen einer objektiven Prüfung standhalten oder nicht. Solange es in ihr Weltbild und in ihre „Wahrheit" passt, ist es für sie richtig. Wissenschaftliche Studien und tatsächliche Fakten werden häufig als „fake news" oder „alternative Fakten" diffamiert.

Es sind aber nicht nur Politiker*innen der AfD, die in den letzten Jahren erkannt haben, dass es von einem Teil des Wahlvolkes honoriert wird, wenn nicht nur mit sachlichen Argumenten debattiert, sondern wenn der politische Gegner auch persönlich angegriffen und beleidigt wird. Das beobachte ich zunehmend nicht nur in der „großen" Politik auf Landes- und Bundesebene, sondern auch auf kommunaler Ebene mit großer Besorgnis. Denn immer häufiger - das haben mir auch Kommunalpolitiker*innen bestätigt - geben wirklich demokratisch gesinnte Politiker*innen, die tatsächlich mit Argumenten streiten wollen, nach Kompromissen suchen und denen Meinungspluralismus und Gleichberechtigung wichtig sind, frustriert auf und ziehen sich aus der Politik zurück. Die „Möchtegern-Diktatoren", die sich darin gefallen, Menschen anderer Hautfarbe, Religion, Kultur oder einfach nur anderer Meinung zu diskriminieren, setzen sich dann mit ihrer Art von Politik durch, mit fatalen Folgen für die Demokratie im Land. Denn damit steigt die Demokratie- und Politikverdrossenheit weiter. Zum Glück ist in Deutschland die Mehrheit der Politiker*innen - nach meiner Überzeugung - demokratisch eingestellt. Aber wenn schon in den USA und in

Großbritannien - also in Ländern mit jahrhundertelanger Demokratieerfahrung - solche Politiker*innen auf legalem und demokratischem Weg an die Macht gewählt werden, ist das nach meiner Überzeugung nicht nur besorgniserregend für Deutschland, sondern für die Demokratie und den Frieden auf der ganzen Welt.

Aber ist dieses Szenario tatsächlich vorbestimmt? Sind die Bürger*innen diesen Politiker*innen tatsächlich schutzlos ausgeliefert? Sind überhaupt die Politiker*innen Schuld, wenn demokratische Werte wie Meinungsfreiheit und Gleichheit immer mehr in den Hintergrund treten? Für mich lautet die Antwort ganz klar: NEIN!

Im Kapitel 1 habe ich beschrieben, dass sich fast alle Menschen an die gesellschaftlichen Verhältnisse anpassen, um erfolgreich zu sein bzw. an Prestige zu gewinnen. Genauso ist es bei Politiker*innen: Wenn sie merken, dass sie mit Diskriminieren, Beleidigen und Lügen beim Wahlvolk Erfolg haben, werden sie genau das tun! Denn sie wollen als Politiker*innen „überleben", wiedergewählt werden, erfolgreich sein und gewinnen. Die Wähler und Wählerinnen haben es somit in der Hand, diesen Politikstil zu honorieren oder abzustrafen. Wenn sie den Politiker*innen, die pöbeln, beleidigen und nachweislich lügen, ihre Stimme verweigern, selbst dann, wenn diese Politiker*innen im Wahlkampf Themen vertreten, von denen diese Wähler*innen persönlich profitieren könnten, würde sich dieser Politikstil nicht weiter durchsetzen. Politiker*innen die sachlich argumentieren, die sich engagiert und energisch aber fair und respektvoll dem politischen Gegner gegenüber für ihre politischen Ideale einsetzen, könnten sich politisch mehr und mehr durchsetzen, wenn dieser Politikstil von den Wähler*innen honoriert würde. Dann müssten sich auch die „Pöbler" anpassen, wenn sie politisch „überleben" wollen.

Der häufig beklagte Verlust der demokratischen Kultur ist häufig nicht in der „Natur" der Politiker*innen begründet, sondern ist meist eine Reaktion auf das Wahlverhalten der Bürger*innen. Die Wähler*innen können bestimmen, welcher Politikstil in einem Land vorherrscht: ein demokratischer oder ein hierarchischer. Sie müssen sich ihrer Macht nur bewusst sein und sie nutzen! Somit sind auch zwei häufig zitierte Weisheiten bestätigt: „Jedes Volk hat die Regierung, die es verdient" (de Maistre, 1811) und „Alle Staatsgewalt geht vom Volke aus" (Grundgesetz Art. 20).

Wenn alle Menschen verstehen und akzeptieren würden, dass Streit in der Politik nur die Umsetzung des im Grundgesetz verankerten Rechts auf freie Meinungsäußerung für jede/n bedeutet, dass der Streit somit das Grundprinzip einer Demokratie darstellt und Voraussetzung dafür ist, dass sich die Wähler*innen eine Meinung bilden können, damit sie nicht willenlos einem Herrscher gehorchen, wäre wohl die Zufriedenheit mit der tatsächlich gelebten Demokratie in Deutschland größer. Die immer weiter sinkenden Zustimmungen zur gelebten Demokratie in Deutschland (Bertelsmann Stiftung, 2019) sollte für Politiker*innen, aber auch für alle anderen demokratisch eingestellten Menschen in Deutschland, eine Warnung sein. Das ist wohl auch der Grund, warum in den letzten Jahren immer häufiger Politiker*innen - allen voran Bundespräsident Steinmeier - nicht müde werden, eine verbesserte Streitkultur einzufordern[15].

Meinungsfreiheit - also das Aushalten anderer Meinungen - und Gleichheit für alle Menschen - egal welchen Geschlechts, welcher Herkunft und welcher Weltanschauung

---

[15] z.B. in seinen Weihnachtsansprachen der letzten Jahre

- sind Grundlage und Basis einer demokratischen Gesellschaft. So wie man zum Lesen die Buchstaben und zum Rechnen die Zahlen kennen muss, sollten alle Menschen diese beiden Grundprinzipien der Demokratie kennen und nach ihnen leben. Alle anderen Artikel des Grundgesetzes bzw. der Allgemeinen Erklärung der Menschenrechte sind nach meiner Überzeugung Folgen dieser beiden Grundpfeiler der Demokratie.

Mit diesen Erkenntnissen lässt sich ein weiteres Missverständnis im deutsch-deutschen Konflikt aufklären: Denn daraus lässt sich schlussfolgern, dass die Westdeutschen gar keine „Besserwessis" sind. Sie wollen es nicht besser, sondern nur **anders** als die Ostdeutschen wissen!

Wagner beschreibt im „Kulturschock Deutschland", dass die Studentenbewegung von 1968 mit dem bis dahin auch im Westen dominanten Harmoniegebot brach und damit Konflikte provozierte, die das Land und die Kommunikation der hier lebenden Menschen veränderte. Die Student*innen stellten die bestehende Hierarchie infrage, verletzten „heilige" Regeln und klagten ihre Elterngeneration an, nicht genügend Mut und Zivilcourage besessen zu haben, sich gegen die Kriegstreiber und Massenvernichter im Zweiten Weltkrieg zu stellen. Die Studentenbewegung war somit ein Katalysator für die demokratische Streitkultur in der Bundesrepublik. Der größte Teil der westdeutschen Gesellschaft übernahm dieses anfangs als „skandalös" empfundene Konfliktmodell und lernte, „gesellschaftliche Entscheidungen als Resultat von ausgehandelten Kompromissen und nicht als Gemeinwohl zu betrachten". Der Meinungspluralismus wurde somit nicht nur praktizierte Normalität, sondern gültige Norm (Wagner, 1996, S. 170).

In der DDR wurden die Menschen dagegen weiterhin zur Unterordnung in der Gruppe (dem Kollektiv) erzogen, somit zur „Homogenisierung der Gruppe zum Durchschnitt[16]" (S. 169). Ostdeutsche haben das Streiten aufgrund der gesellschaftlichen Rahmenbedingungen nicht lernen können. Die hier aufgewachsenen Menschen haben ihr Verhalten danach ausgerichtet, dass „die Partei" immer Recht hat, auch dann, wenn sie selbst anderer Meinung waren. Widerspruch oder einfach nur unangepasstes Verhalten konnte zu Nachteilen für die eigene Person oder auch für Familienmitglieder führen. Außerdem waren allen Bürger*innen die in der Gesellschaft bestehenden Hierarchien entweder bekannt oder sie wurden spätestens im Streit klar. Folglich haben die in der Hierarchie weiter unten Stehenden schnell nachgegeben, nach dem verinnerlichten Motto: „Der Klügere gibt nach"[17].

Wie beim Beispiel des „arroganten Wessis" und des „Jammerossis" fallen die unterschiedlichen Verhaltensmuster beim Umgang mit Konflikten nicht auf, solange die beiden Gruppen jeweils unter sich bleiben. Westdeutsche bezeichnen sich in Konfliktsituationen als „ehrlich, offen, direkt", Ostdeutsche empfinden ihr Verhalten als „solidarisch, freundlich, hilfsbereit". Geraten jedoch Ostdeutsche und Westdeutsche in eine Meinungsverschiedenheit, prallen die beiden unterschiedlichen Verhaltensweisen aufeinander und führen zu den häufig beklagten Missverständnissen. Westdeutsche bezeichnen Ostdeutsche dann als „feige, verschlossen, falsch, opportunistisch". Ostdeutsche

---

[16] Zitat eines ostdeutschen Studierenden

[17] Nachgeben war tatsächlich häufig klüger, denn sich mit den Machthabern auf einen Streit einzulassen, konnte zahlreiche persönliche Nachteile zur Folge haben, bis hin zu Gefängnisstrafen.

bezeichnen Westdeutsche dagegen als „durchsetzungsfähig, aggressiv, ständig zu Kritik bereit, besserwisserisch“ (S. 171).

Führt man diese Gedanken Wagners weiter, sind eigentlich viele Ostdeutsche die „Besserossis“! Denn wie oben bereits erwähnt, wollen es die meisten Westdeutschen gar nicht besser, sondern nur anders wissen. Da viele Ostdeutsche jedoch immer noch davon ausgehen, dass es „eine Wahrheit“ gibt - in der Regel natürlich die eigene - beharren sie auf ihrer Meinung und lassen keine andere zu. Also wollen **sie** es „besser“ wissen!

Dieses Verhalten vieler Ostdeutscher macht sie nicht zu „schlechteren Menschen“, denn sie tun nur weiterhin das, was sie in der Diktatur der DDR gelernt haben bzw. lernen mussten, um nicht gravierenden Nachteilen ausgesetzt zu sein. Und auch hier ist es so, dass sich die Mehrheit der Westdeutschen heute genauso verhalten würde, wenn sie in einer Diktatur aufgewachsen wären!

Die von Wagner beschriebenen Verhaltensmuster im Konfliktfall kann ich an meiner eigenen Person, in meiner Familie und im Freundeskreis gut nachvollziehen. Obwohl ich mich in der DDR immer als „Oppositioneller“ angesehen und mich gegen so manches gewehrt habe, war auch ich über weite Strecken angepasst, habe meine eigene Meinung gegenüber „Höheren“ nur selten geäußert. Schließlich wollte auch ich zu den „Klügeren“ gehören und nachgeben. Und auch ich wollte selbstverständlich in der DDR Karriere machen, wollte studieren und einen anspruchsvollen Beruf ausüben.

Auch gegenüber Kolleg*innen und Freunden - also Menschen auf „Augenhöhe“ - habe ich mich häufig zurückgehalten, wenn ich anderer Meinung war, denn ich wollte schließlich keinen Streit. Kam es doch einmal zu Meinungsverschiedenheiten, führten diese häufig zu lautstarken Auseinandersetzungen, die nicht selten von Unterstellungen, persönlichen Angriffen oder „Totschlagsargumenten“ begleitet waren - von beiden Seiten! Schließlich wollte jede/r den Streit „gewinnen“, Recht haben bzw. es „besser“ wissen. Gab es in diesem Streit keinen eindeutigen „Sieger“, ging man künftig entweder der Person aus dem Weg und wenn das nicht möglich war, doch wenigstens dem Streitthema. Diese Strategie wurde erstaunlicherweise auch dann nur selten geändert, wenn sich später herausstellte, dass der Streit lediglich auf einem Missverständnis beruhte oder wenn zusätzliche Erkenntnisse und Fakten dazu führten, dass tatsächlich eine Seite Recht hatte. Dass man sich selbst geirrt hat, im Unrecht war, eine andere Person fälschlicherweise verdächtigt hatte, wurde im Nachhinein fast nie eingestanden. Dieses Eingestehen eines Fehlers bzw. eines falschen Verhaltens wäre in der Wahrnehmung der meisten Menschen als Unterordnung unter die andere Person verstanden worden. Aber wer will schon gern unterlegen sein?

Als ich 1990 nach Oberbayern zog, bekam ich diesen Kulturunterschied deutlich zu spüren und es fiel mir anfangs sehr schwer, dass auszuhalten und damit umzugehen. Meine Verwandten oder Sportfreunde konfrontierten mich mit eigenen Aussagen oder Verhaltensweisen, auf die mich in der DDR noch nie jemand angesprochen hatte. Diese Kritik war häufig sehr direkt und deutlich, trotzdem (fast) nie beleidigend oder „von oben herab“. Leider reagierte ich manchmal beleidigt oder bestritt die vorgetragene Kritik, nicht selten trotz besseren Wissens. Meist gab ich jedoch nach, denn ich wollte ja keinen Streit, sondern wollte anerkannt und mal wieder der „Klügere“ sein. Am meisten überraschte mich jedoch, dass mir - und auch dem Thema - nach solchen

Konflikten (fast) nie jemand „aus dem Weg ging". Es war auch selten jemand beleidigt, häufig wurden mir freundlich Einladungen oder andere Kleinigkeiten angeboten - wie vor dem Konflikt auch. Ich verstand das Verhalten vieler Menschen in meiner neuen Heimat nicht! Aber da ich ja hier leben wollte, passte ich mich ihrem Verhalten zunehmend an, meist unbewusst. Ich gab nicht mehr so schnell nach, wenn ich von einer Sache vollkommen überzeugt war, und ich überlegte mir genau, wie ich meine Argumente begründen kann. Vor allem bemühte ich mich aber, nicht mehr beleidigt oder mit Rückzug zu reagieren, wenn mich jemand kritisiert hatte. Ich habe das Verhalten der Menschen in Bayern weitgehend übernommen, habe mich an die herrschenden gesellschaftlichen Rahmenbedingungen angepasst, ohne die kulturellen Hintergründe zu verstehen. Sie kamen jedoch meinem Naturell entgegen: Ich musste meine Meinung nicht mehr verschweigen! Zwar musste ich mit Widerspruch rechnen, wusste inzwischen aber auch, dass mich (fast) niemand wegen der anderen Meinung mied.

Das änderte sich, als ich 1997 ein Studium in der Fachrichtung Soziale Arbeit an der Fachhochschule Erfurt aufnahm[18]. Ich war hoch motiviert, aufgrund der Zeit in Bayern inzwischen auch „streiterprobt" und mit 38 Jahren dem typischen Studentenalter längst entwachsen. Die ausschließlich aus Westdeutschland stammenden Professor*innen - fast alles Aktivist*innen bzw. Sympathisant*innen der 68er-Bewegung - stellten in den Seminaren unterschiedliche Theorien vor, widersprachen sich gegenseitig mit ihren Erklärungen und wollten sich nie festlegen, welche Theorie denn nun richtig ist und welchen Ansatz man in der Praxis anwenden soll. Es machte mich wahnsinnig! Ich wollte doch unbedingt lernen, welche Methode **die** Richtige ist und mit welcher Theorie ich mein Handeln begründen kann. Immer häufiger und vehementer forderte ich diese Klarheit ein, zumal ich von den meist ostdeutschen Kommiliton*innen wusste, dass es ihnen ähnlich ging. Mein Frust und meine Unzufriedenheit mit dem Studium wurden so groß, dass ich nach dem ersten Studienjahr die Hochschule wechseln wollte.

In den Semesterferien habe ich dann das Buch „Kulturschock Deutschland" gelesen und habe mit jeder Seite besser verstanden, dass nicht die westdeutschen Professor*innen mein Problem sind, sondern meine in der DDR gelernte Denkweise, dass es nur eine Wahrheit gibt! Die Professor*innen konnten nicht sagen, welche Theorie die richtige und welche Methode anzuwenden ist, weil es in ihrem pluralistischen Denken nicht nur eine richtige Theorie und eine richtige Methode gibt, sondern eine Vielzahl richtiger Lösungen, die alle ihre Berechtigung haben!

Mit diesen neu gewonnenen Erkenntnissen machte mir das Studium fortan richtig Spaß: Endlich verstand ich nicht nur die Studieninhalte besser, sondern auch die vielen Missverständnisse, die ich in Bayern zwar erlebt und gespürt, aber nie begriffen hatte. Jetzt hatte ich verstanden, dass ich die Möglichkeit und das Recht habe, auch den in der Hierarchie deutlich höher gestellten Professor*innen zu widersprechen, wenn ich meine Position mit sachlichen Argumenten begründen kann. Ich verinnerlichte nun auch wie wichtig es ist, in der „Ich-Form" statt mit „wir" und „man" Argumente vorzutragen und damit deutlich zu machen, dass es meine ganz persönliche Meinung ist, die ich

---

[18] In der DDR war mir das angestrebte Pädagogikstudium aus politischen Gründen verwehrt worden.

vertrete. Besonders beeindruckt war ich, dass ich auch dann gute und sehr gute Bewertungen meiner Referate und Hausarbeiten erhielt, wenn ich dort Argumente formuliert hatte, die den favorisierten Thesen und Argumenten der Professor*innen widersprachen. Das hatte ich in der DDR in Schule, Ausbildung und Studium ganz anders erlebt!

Leider hatte meine Verhaltensänderung auch Folgen, die ich so nicht vorhergesehen hatte: Mein Verhältnis zu einigen Familienangehörigen und Freunden – insbesondere, wenn sie weiterhin in Ostdeutschland lebten - wurde angespannter und schwieriger, nicht zu allen, aber zu sehr vielen. Nicht selten wurde mir vorgeworfen, ich wäre ein „richtiger Wessi“ geworden, würde die „Ostdeutschen beleidigen“, ich wäre „wessifreundlich“ und würde „alles am Westen gut finden“. All diese Vorwürfe sind haltlos und ich weise sie vehement zurück! Das Einzige was ich getan hatte war, dass ich mich den veränderten gesellschaftlichen Rahmenbedingungen angepasst habe! Ich musste in der Bundesrepublik nicht mehr - wie es in der Diktatur der DDR wichtig war - meine Meinung einer anderen unterordnen oder sie verschweigen, damit ich keine persönlichen Nachteile erfahre. Ich finde auch im „Westen“ vieles nicht gut, ärgere mich täglich über Entscheidungen, die Politiker*innen treffen oder Meinungen, die Menschen in meinem Umfeld oder über die Medien vertreten, wenn sie nicht meiner Meinung entsprechen. Aber ich habe gelernt auszuhalten, dass auch diese Menschen das Recht haben, ihre Meinung zu äußern. Und wenn gewählte Politiker*innen aufgrund der bestehenden Mehrheitsverhältnisse die Macht haben, Gesetze zu verabschieden, die ich für falsch halte, kann ich inzwischen auch das aushalten, ohne die Politiker*innen „dumm“ oder „blöd“ zu nennen!

Viele Verständigungsversuche und Gesprächsangebote mit Freunden und Familienangehörigen sind gescheitert. Zu einigen früheren Freunden ist deshalb der Kontakt abgebrochen und auch mit einem Teil der Familienangehörigen sind Diskussionen schwierig geworden. Ich kenne die beklemmende Atmosphäre, über die Petra Köpping[19] in ihrem Buch „Integriert doch erst mal uns!“ schreibt, sehr gut. Die Entfremdungsprozesse zwischen Jungen und Älteren, insbesondere aber zwischen den im Osten gebliebenen und den zum Studium oder zur Arbeit in westdeutsche Großstädte oder nach Europa gegangenen Menschen, gibt es tatsächlich in vielen mir bekannten Familien und auch in meiner (Köpping, 2018, S. 145). Diese Konflikte existieren jedoch nicht nur weil die „Eltern Pegida unterstützen und Vorurteile“ haben, wie Köpping argumentiert. Denn Pegida unterstützen auch in Ostdeutschland nicht alle Menschen und Vorurteile haben auch viele Westdeutsche. Nach meiner Überzeugung entstehen diese Konflikte, weil viele Weggezogene in Westdeutschland oder in Westeuropa pluralistisches Denken, Toleranz gegenüber Menschen anderer Meinung, Hautfarbe oder Religion erlebt und übernommen haben. Deshalb können sie die in (West-)Deutschland bestehenden gesellschaftlichen Verhältnisse - die offene, pluralistische, demokratische Gesellschaft - besser verstehen, und sie genießen die damit zusammenhängenden Freiheiten. Viele der Älteren und im Osten Gebliebenen denken und handeln häufig noch in den Mustern, die sie in der DDR gelernt haben - die dort auch richtig und lebensnotwendig waren - die den Ideen einer demokratischen Gesellschaft jedoch widersprechen, weil sie

---

[19] seit 2019 Sächsische Ministerin für Soziales und gesellschaftlichen Zusammenhalt, vorher Ministerin für Gleichstellung und Integration

Intoleranz und Diskriminierung zur Folge haben.

Die Konflikte in den Familien brechen jedoch auch dann auf, wenn versucht wird, alle politischen Themen konsequent zu vermeiden, denn die Politik ist nur ein kleiner Teil des Problems, der jedoch gern als Vorwand benutzt wird. In allen Lebensbereichen, egal ob es Ernährung, Mode, Musik- und Kunstgeschmack, Gesundheit, Altersvorsorge usw. ist, haben Menschen unterschiedliche Ansichten, Geschmäcker und Meinungen. Für all jene, die Pluralismus verinnerlicht haben, ist es kein Problem, diese unterschiedlichen Ansichten anzusprechen und die eigene Meinung dazu zu sagen und zu verteidigen. Diejenigen, die immer noch glauben, dass es nur **eine** „Wahrheit" gibt, fühlen sich häufig persönlich angegriffen, wenn Gesprächspartner*innen andere Meinungen vertreten, reagieren bestenfalls mit „Rückzug und Verteidigung", häufig jedoch mit „Angriff" und persönlicher Beleidigung. Das Aufeinanderprallen dieser beiden Kommunikationskulturen lässt jedes Treffen zum „Tanz auf dem Vulkan" werden, weil niemand weiß, wann und wo die nächste „falsche" Aussage fällt.

Viele Themen, die eigentlich in den Familien besprochen werden müssten - sei es Gesundheit, Altersvorsorge, finanzielle Angelegenheiten usw. - werden nicht angesprochen, weil jede Seite Angst hat, dass es aufgrund möglicher unterschiedlicher Meinungen zum Streit kommen könnte[20]. Statt sich auf einschneidende Situationen vorzubereiten, statt Probleme zu thematisieren und gemeinsam nach Lösungen zu suchen, werden sie „ausgesessen" und führen später zu Familienkrisen, weil kaum noch Handlungsoptionen existieren, wenn der „Ernstfall" eingetreten ist. Wenn viel mehr Menschen verstehen würden, dass eine vorgetragene Meinung weiter nichts als eine Option bzw. ein Angebot ist, die/das man in den Entscheidungsprozess mit einbeziehen kann, um mehr Handlungsmöglichkeiten zu haben und kein „Angriff" auf die eigene, bisher favorisierte Meinung, könnten viele Konflikte in den Familien vermieden werden. Doch dazu ist es nötig, andere Meinungen auszuhalten, selbst dann, wenn sie aus der persönlichen Sicht falsch sein mögen.

Es ist nicht so, dass alle Ostdeutschen und ausschließlich die Ostdeutschen noch in den alten Mustern kommunizieren. Auch im Westen Deutschlands haben bei Weitem nicht alle Menschen pluralistisches Denken und Handeln verinnerlicht. Wie zu Beginn des Kapitels beschrieben, weisen jedoch zahlreiche Studien nach, dass es auch 30 Jahre nach der deutschen Einheit Unterschiede zwischen Ost und West bei der Einschätzung darüber existieren, ob die Demokratie in Deutschland funktioniert. Die deutlich höheren Zustimmungswerte in Westdeutschland werte ich als Indiz dafür, dass die pluralistische - andere Meinungen zulassende - Gesellschaftsordnung Demokratie hier häufiger akzeptiert und anerkannt wird.

Da auch die große Mehrheit der Ostdeutschen aus gutem Grund die Meinung vertritt, dass die Demokratie die beste Gesellschaftsform ist, bin ich der Über-zeugung, dass nach den vielen Anpassungen, welche die ehemaligen DDR-Bürger*innen nach dem Zusammenbruch ihres Staates leisten mussten, die größte und vielleicht schwierigste Anpassung noch bevorsteht: Weil in der Bundesrepublik eine

[20] Diese Probleme schildern auch immer wieder im Westen aufgewachsene Menschen. In meiner Wahrnehmung gibt es diese Konflikte hier jedoch meist bei Menschen, die deutlich vor 1968 aufgewachsen sind bzw. bei denen, welche die gesellschaftlichen Veränderungen nach 1968 überwiegend ablehnen.

demokratische Gesellschaft existiert, deren Grundpfeiler Meinungsfreiheit und Gleichheit aller Menschen ist, müssen die Menschen in Ostdeutschland diese gesellschaftlichen Normen verinnerlichen! Sonst werden sie die Gesellschaft, in der sie leben, nie wirklich verstehen und immer unzufrieden sein, so wie ich mit meinem Studium unzufrieden war, als ich das pluralistische Denken der Professor*innen noch nicht verstanden hatte. Die DDR-Bürger*innen haben 1989/90 durch die Demonstrationen die Diktatur beseitigt und mit der Volkskammerwahl am 18. März 1990 das Gesellschaftsmodell der Demokratie gewählt. Dreißig Jahre nach diesen Ereignissen wissen leider immer noch zu wenige Bürger*innen Ostdeutschlands, wie eine demokratische Gesellschaft tatsächlich funktioniert. Zu viele agieren immer noch so, wie sie es in der Diktatur der DDR gelernt haben und missverstehen deshalb zahlreiche Abläufe in einer Demokratie. Diejenigen, denen diese Anpassung an die neuen gesellschaftlichen Verhältnisse nicht gelingt, werden sich immer missverstanden und als „Verlierer" bzw. „Opfer" fühlen, egal wie gut es ihnen wirtschaftlich geht. Sich den neuen gesellschaftlichen Verhältnissen anzupassen hat nichts mit „Unterordnung" unter das System „der Westdeutschen" zu tun und bedeutet keinen „Gesichtsverlust". Es ist vielmehr eine natürliche „Einordnung" in ein gesellschaftliches System, das die Mehrheit der Ostdeutschen 1989/90 erkämpft hat, aber leider bis heute noch nicht wirklich lebt.

Anders als in einer Diktatur, wo jeder Mensch gezwungen ist, sich an die gesellschaftlichen Normen und Regeln anzupassen, weil sonst Bestrafung oder zumindest Verhinderung des gesellschaftlichen Aufstiegs droht, ist in einer Demokratie Nichtanpassung relativ ungefährlich. Die freiheitliche Ordnung der Demokratie toleriert es, demokratische Prinzipien wie Meinungspluralismus und Anerkennung der Gleichheit aller Menschen zu ignorieren oder abzulehnen, solange Leib und Leben anderer Menschen nicht in Gefahr sind. Nicht einmal dann, wenn die Bundeskanzlerin öffentlich „Volksverräter" genannt oder symbolisch am Galgen erhängt wird, droht strafrechtliche Verfolgung (ZEIT Online, 2017a); (ZEIT Online, 2017b). Es ist sogar möglich, trotz solcher und ähnlicher Einstellungen oder öffentlich getätigter Äußerungen, einflussreiche Stellungen in Wirtschaft und Politik zu erlangen.

Deshalb verstehe ich auch die Ergebnisse einer Studie nicht, die besagt, dass 41% der Ostdeutschen der Meinung sind, dass die Meinungsfreiheit in der Bundes-republik genauso eingeschränkt sei wie früher in der DDR (Bangel, 2019). Wäre es in der DDR tatsächlich möglich gewesen, die Regierungsmitglieder als „Volksverräter" zu bezeichnen oder ihnen Gewalt anzudrohen? DDR-Bürger*innen konnten selbst dann mit Haft oder anderen Repressalien belegt werden, wenn sie sich für die Umwelt oder den Frieden einsetzten („Schwerter zu Pflugscharen") oder wenn sie dem Joke eines westlichen Radiomoderators glaubten und die Rolling Stones auf dem „Springer"-Gebäude spielen sehen wollten (DER SPIEGEL (online), 2009).

Auch diese Umfrageergebnisse sind nach meiner Überzeugung auf ein falsch verstandenes Demokratieverständnis zurückzuführen. Denn diejenigen, die der Bundesrepublik eine ähnlich ausgeprägte Einschränkung der Meinungsfreiheit wie der DDR attestieren, verstehen offensichtlich in eingeschränkter Meinungsfreiheit schon die Tatsache, dass Kritik an ihrer Meinung und Widerspruch gegenüber ihren Ansichten eine Einschränkung ihrer Meinungsfreiheit darstellt. Sie bestehen auf ihrer freien

Meinungsäußerung, sind jedoch nicht bereit oder in der Lage, andere Meinungen auszuhalten. Offensichtlich vertreten nicht wenige sogar die Auffassung, dass auch Beleidigung, Diskriminierung und Gewaltandrohung unter die freie Meinungsäußerung fällt und betrachten es als Einschränkung ihrer Freiheit, wenn sie dafür kritisiert werden bzw. ihnen widersprochen wird.

Zur Unzufriedenheit mit der tatsächlich in Deutschland gelebten Demokratie führen noch einige andere Faktoren, die fast alle mit dem über die Jahrhunderte entwickelten, schlechten Image der Streitkultur und dem weiterhin weit verbreiteten hierarchischen Denken der Bürger*innen zusammenhängen.

Bereits im Jahr 2003 bin ich auf die Ergebnisse einer Studie gestoßen, die ich seitdem verfolge und aus der ich immer wieder Erkenntnisse gewonnen habe, die viele meiner heutigen Ansichten widerspiegeln.

Nach dem Brandanschlag auf die Synagoge in Erfurt im Sommer 2000 hat der damalige thüringische Ministerpräsident Bernhard Vogel die Universität Jena beauftragt, antidemokratische und rechtsextremistische Einstellungen der wahlberechtigten Thüringer*innen zu erfragen und zu erforschen. Seitdem erscheint jährlich der „Thüringen-Monitor" und informiert über die Einstellung der in Thüringen lebenden Menschen zu den Themen Demokratie und Gesellschaft, die im Rahmen einer repräsentativen Umfrage erhoben werden. Ich habe, als mit den Studien begonnen wurde, in Erfurt studiert, über Rechtsextremismus in den neuen Bundesländern meine Diplomarbeit geschrieben und danach auch in diesem Bereich gearbeitet. Aus diesem Grund habe ich mich über mehrere Jahre intensiv mit dem jährlich erscheinenden Bericht auseinandergesetzt, Veränderungen beobachtet und versucht, Erklärungen zu finden.

Im Jahr 2003 - 14 Jahre nach dem Zusammenbruch der Diktatur in der DDR, und nachdem die Thüringer*innen 13 Jahre lang selbst Erfahrungen mit der Demokratie sammeln konnten - haben sich die Forscher*innen der Universität Jena auf das Thema Demokratieverständnis konzentriert und Thüringer*innen speziell dazu befragt. Über zahlreiche Antworten der Thüringer Bürger und Bürgerinnen war ich sehr überrascht, bei einigen sogar schockiert! Fast alle der in der Studie getätigten Aussagen sind nach meiner Überzeugung eine Erklärung für die vielfach geäußerte Demokratieunzufriedenheit eines beträchtlichen Teils der Menschen in Thüringen und in den neuen Bundesländern[21]. Diese Unzufriedenheit hat ihre Ursachen fast immer in falschen und überhöhten Erwartungen an eine demokratische Gesellschaft und an die Akteure, die sie gestalten, also meist Parteien und Politiker*innen.

Ich möchte mich auf einige Aussagen konzentrieren, von denen ich glaube, dass sie die Diskrepanz zwischen den Einstellungen zur Gesellschaftsform Demokratie und zur tatsächlich gelebten Demokratie besonders eindrücklich erklären. Auch wenn die für diese Studie erhobenen Daten bereits mehr als 15 Jahre alt sind und sich das Demokratieverständnis der Bürger*innen möglicherweise inzwischen etwas geändert hat, sprechen zahlreiche Indizien dafür, dass die grundsätzlichen Tendenzen dieser

---

[21] Auch Wolf Wagner und der Thüringer Bundestagsabgeordnete Carsten Schneider gehen davon aus, dass von den in Thüringen ermittelten Einstellungen Rückschlüsse auf die Einstellungen der Menschen in Ostdeutschland gezogen werden können (Schneider & Wagner, 2002).

Aussagen weiterhin bestehen. Wenn ich bei meinen Recherchen auf aktuellere Studien und Daten gestoßen bin, werde ich diese an den entsprechenden Stellen einfügen und Parallelen oder Abweichungen zum Thüringen-Monitor erläutern.

Leider sind die Fragen zum Demokratieverständnis in den letzten Jahren nicht wieder so explizit im Thüringen-Monitor wiederholt worden, so dass mögliche Einstellungsänderungen nicht dargestellt werden können. Die meisten der im Thüringen-Monitor von 2003 gestellten Fragen sind auch in gesamtdeutschen Studien meines Wissens nie so explizit auf das Thema Demokratieverständnis erhoben worden, so dass Ost-West-Vergleiche kaum möglich sind. Mir geht es auch nicht vordergründig um bestehende Unterschiede zwischen Ost- und Westdeutschland, sondern um das Sensibilisieren für das bestehende Demokratieverständnis in der Gesellschaft, das bei vielen Menschen in Ost- **und** Westdeutschland offensichtlich Defizite aufweist, die zu Politikverdrossenheit u. Demokratiemüdigkeit in Deutschland führen.

Schadet Streit dem Wohl der Gesellschaft?

Eine der im Thüringen-Monitor von 2003 abgefragten Aussagen lautet: „Die Auseinandersetzungen zwischen verschiedenen Interessengruppen in unserer Gesellschaft schaden dem Allgemeinwohl“ (Dicke, et al., 2003, S. 46).

Immerhin 63% der wahlberechtigten Thüringer*innen stimmten dieser Aussage „voll und ganz“ (31%) oder „überwiegend“ zu, nur 10% lehnten sie völlig ab. Fast zwei Drittel der Thüringer*innen waren also 14 Jahre nach dem Zusammenbruch der DDR der Meinung, dass die täglichen Auseinandersetzungen, der Dauerstreit innerhalb und auch zwischen Parteien, die Auseinandersetzungen zwischen Arbeitgeber*innen und Gewerkschaften usw., dem Gemeinwohl schaden! In dieser Aussage wird das weiterhin bestehende negative Image von Streit sehr deutlich, denn offensichtlich ist es die Auseinandersetzung - also der Streit - die angeblich dem Wohl aller Menschen im Land schadet.

Das bedeutet jedoch auch, dass 2003 fast 2/3 der Thüringer*innen glaubten, dass jeweils eine Gruppe der Streitparteien weiß (in der Regel die, der man selbst angehört oder mit der man sympathisiert), was das „Allgemeinwohl“ ist, und erwartet, dass dieses dann ohne Streit von einer Autorität durchgesetzt wird. Auch das hierarchische, autoritäre Denken wird in der Zustimmung zu diesem Statement deutlich.

Die Menschen, die Auseinandersetzungen über unterschiedliche Meinungen als schädlich für das „Allgemeinwohl“ betrachten, sind nicht - wie John Rawls es in seiner Gerechtigkeitstheorie anregt - in der Lage, die Position der jeweils anderen Gruppe einzunehmen. Sie gehen von der Richtigkeit ihrer Position (der einen „Wahrheit“) aus und hoffen, dass diese „Wahrheit“ zu ihrem Vorteil von den Politiker*innen durchgesetzt wird. Entscheiden sich die Politiker*innen für eine der anderen Optionen, ist das aus ihrer Sicht falsch. Sie sind dann mit der Politik, mit der Demokratie und mit den Politiker*innen häufig unzufrieden, da diese verantwortlich für die „falschen“ Entscheidungen sind. Diese Menschen lehnen den Streit der Autoritäten (Politiker*innen) ab und erwarten nicht nur, dass sich die von ihnen favorisierte Autorität durchsetzt, sondern auch, dass die andere Seite akzeptiert, dass ihre Sichtweise falsch ist. Sie lehnen es damit auch ab, ihre eigene Meinung zu hinterfragen. Wie im Milgram-Experiment dargestellt, wollen sie weiterhin ihrer Autorität folgen, ohne

Rücksicht darauf, welche Nachteile das für die Menschen hat, welche die andere Interessengruppe favorisieren.

Ein weiteres Statement im Thüringen-Monitor vertieft die Problematik der Auseinandersetzung. Der Aussage „Aufgabe der politischen Opposition ist es nicht, die Regierung zu kritisieren, sondern sie in ihrer Arbeit zu unterstützen" stimmten immerhin 73% der Thüringer*innen „voll und ganz" (34%) oder „überwiegend" (39%) zu, nur 25% lehnten diese Aussage ab (ebd.) [22]! Wie bei der Ablehnung der Auseinandersetzungen zwischen Interessengruppen geht offensichtlich die deutliche Mehrheit der Thüringer*innen davon aus, dass es ein „Allgemeinwohl" gibt, das die Regierenden kennen sollten. Die Opposition soll dieses Wissen der Regierung akzeptieren und sie dann bei der Umsetzung ihrer Politik - die zum „Allgemeinwohl" führt - unterstützen. Alle Menschen, die dieser Aussage zustimmen, verzichten auf jede eigene Meinung, die von der Meinung der Regierung abweicht. Diese Aussage ist obrigkeitshörig und zeugt von einer Unterwerfungshaltung, wie sie in Diktaturen üblich ist, jedoch das Gegenteil vom Wesen einer Demokratie ausmacht. Opposition kommt laut Duden vom spätlateinischen Wort „opposito" und bedeutet „entgegensetzen". Schon dieser ursprüngliche Wortsinn macht deutlich, dass die Opposition der Regierung ihre Ansichten entgegensetzt und diese nicht befürwortet und unterstützt.

Die Opposition hat in einer Demokratie die Aufgabe, das Handeln der Regierung zu kritisieren und zu hinterfragen. Sie hat eine wichtige Kontrollfunktion, denn immer wieder deckt sie Korruption und Amtsmissbrauch auf, bringt mögliche „Vergehen" oder „falsche" Entscheidungen in die Medien und in Untersuchungsausschüsse. Da die Opposition selbst bei der nächsten Wahl an die Macht kommen will, erklärt sie in Debatten und über die Medien, was sie anders oder „besser" machen will als die jetzige Regierung. Aber auch dabei muss immer berücksichtigt werden, dass die Äußerungen der Opposition lediglich eine Meinung darstellen und dass auch die Regierung ihre Meinung weiterhin vertreten und verteidigen kann. Streit und Auseinandersetzung sind somit vorprogrammiert und gehören zur Normalität in einer Demokratie. Wer also erwartet, dass die Opposition die Regierung in ihrer Arbeit unterstützt, hat das Wesen einer Demokratie nicht verstanden und demnach ein falsches Demokratieverständnis (Wagner, 2005, S. 31).

Auch die Verbindung zum Milgram-Experiment kann an diesem Beispiel hergestellt werden, denn wenn der zweite Professor (die Opposition) den ersten in seiner Meinung unterstützt hätte, statt ihm zu widersprechen, ist davon auszugehen, dass die meisten Versuchspersonen das Experiment nicht abgebrochen, sondern fortgesetzt hätten. Sie hätten also ihre „Schüler" weiterhin mit „Stromschlägen" gequält. Die Mehrheit der Thüringer*innen nimmt mit ihrer Ablehnung einer funktionierenden Opposition (unbewusst) in Kauf, dass auch unmenschliches Verhalten einer Regierung von der Opposition nicht als solches thematisiert werden soll.

---

[22] In einer 2014 durchgeführten Jugend-Studie in Sachsen-Anhalt stimmten 2/3 der befragten Jugendlichen diesem Statement zu (Reinhardt, 2014). Das zeigt, dass die Thüringer Ergebnisse - wie von Schneider/Wagner beschrieben - auch auf andere ostdeutsche Bundesländer übertragbar sind, dass diese demokratiefeindlichen Einstellungen weiterhin bestehen und auch, dass sie bereits auf junge Menschen übertragen wurden, die ausschließlich in einer Demokratie aufgewachsen sind.

Allein diese beiden Aussagen von Thüringer Wahlberechtigten erklären nach meiner Überzeugung die große Unzufriedenheit vieler Bürger*innen mit der in Deutschland praktizierten Demokratie. Auch die Diskrepanz zwischen den Aussagen zur Demokratie als bester Gesellschaftsform und der praktizierten Demokratie erklärt sich daraus. Viele Menschen schätzen die Vorzüge einer Demokratie (Meinungsfreiheit, Gleichheit) und stimmen deshalb dem Statement zu, dass die Demokratie die beste Staatsform ist. Sie übersehen dabei jedoch, dass sie dann auch die Meinungen anderer Menschen aushalten müssen und dass es undemokratisch ist, weiterhin hierarchisch zu denken, also andere Menschen und deren Ansichten zu unterdrücken. Demokratie lebt vom Streit der Interessengruppen um den „richtigen" Weg in der Politik, der Auseinandersetzung zwischen Regierung und Opposition über die Umsetzung von Gesetzen, sowie von der Kontrolle der Regierung durch die Opposition. Wer diese beiden Statements ablehnt, kann nur unzufrieden mit der tatsächlich praktizierten Demokratie sein! Denn täglich wird über Streit im Bundestag, in den Landesparlamenten, in den Kreisen und Städten berichtet. Selbst im kleinsten Dorf gibt es Auseinandersetzungen im Gemeinderat darüber, ob z.B. die Freiwillige Feuerwehr ein neues Fahrzeug erhält oder der Kindergarten weiterhin betrieben werden kann, obwohl im Dorf nur noch wenige Kinder leben. Beides ist notwendig, gesetzlich vorgeschrieben und von den meisten Bürger*innen gewollt. Aber die Gemeindekasse ist häufig leer und auch für die Fußwege, die Straßenbeleuchtung oder das Schwimmbad benötigt die Gemeinde dringend mehr Geld. Die ehrenamtlichen Politiker*innen - die lediglich Aufwandsentschädigungen für ihre schwierige Tätigkeit bekommen - müssen sich entscheiden, wofür das Geld der Gemeinde ausgegeben wird und werden häufig für ihre angeblich „falschen" Entscheidungen von den Einwohner*innen beschimpft. Immer geht es um unterschiedliche Meinungen und Ansichten über den „richtigen" Weg und die „richtige" Politik. Und (fast) immer berichten die Medien darüber, so dass alle Bürger*innen in der Lage sind, sich auch eine eigene Meinung zu bilden. Wer erwartet, dass in einer Demokratie keine Auseinandersetzungen stattfinden, und die Regierung von der Opposition unterstützt wird, kann nur enttäuscht sein und sich von Politik und Demokratie abwenden.

Daraus erklärt sich meiner Ansicht nach auch das Phänomen der Nichtwähler*innen, die häufig angeben, dass sie sich von keiner Partei richtig vertreten fühlen. Da es keine zwei Menschen auf der Erde gibt, die immer und zu allen Themen die gleiche Meinung haben, kann es auch keine Partei geben, die immer im Sinne dieser Menschen entscheidet. Die richtige Antwort auf dieses Phänomen gab Barack Obama kurz vor der Präsidentenwahl 2020, indem er an die Unentschlossenen appellierte: „Wählen ist die Macht, eine Regierung zu wählen, die sich um uns kümmert. Nicht 100 Prozent von dem zu bekommen, was man sich wünscht, ist kein Grund, nicht wählen zu gehen" (Havertz, 2020). Mit diesen Worten unterstreicht er eindrucksvoll, dass es die Wähler*innen sind, die die Macht haben, eine Partei, eine Person bzw. ein Programm zu wählen. Nicht wählen bedeutet dagegen, von dieser Macht keinen Gebrauch zu machen, also machtlos zu sein.

Viele der Nichtwähler*innen haben offensichtlich ein Problem damit, sich für eine Option zu entscheiden. Genau das müssen Politiker jedoch (fast) immer tun, weil es sonst Stillstand oder Rechtsunsicherheit in der Gesellschaft gäbe. Mit dem Zwang sich entscheiden zu müssen, der auch Politiker*innen häufig schwerfällt, machen sich Politiker*innen angreifbar, denn sie können aus Sicht der Bürger*innen auch „falsch" entscheiden und dann zur „Zielscheibe" für Kritik und Anfeindung werden.

Außerdem übersehen die Menschen, die dem Statement, wonach die Opposition die Regierung nicht kritisieren, sondern sie unterstützen soll, zustimmen, dass auch sie dann jeder Entscheidung der Regierung zustimmen müssten. In dem Moment, wo sie eine andere Meinung als die der Regierung vertreten, sind sie selbst so etwas wie Opposition. Wer so denkt, hat eigentlich keinen Grund über die Politik und die Politiker*innen zu schimpfen. Diese Menschen müssten immer mit den Entscheidungen der Regierung zufrieden sein.

Wird in der Politik zu viel geredet?

Die Aussage „In der Politik wird zu viel geredet und nichts geleistet" wurde in der Umfrage der Uni Jena von 90% der Thüringer*innen unterstützt, von 58% sogar „voll und ganz" (Dicke, et al., 2003, S. 46)! Auch die hohe Zustimmung zu diesem Statement macht deutlich, dass die Mehrheit der Thüringer*innen das Wesen einer demokratischen Gesellschaft noch nicht verinnerlicht hat. Denn Demokratie bedeutet viel reden! Nicht Reden halten, das passiert in der Regel nur während der Debatten in den Sitzungswochen, sondern miteinander reden, streiten, verhandeln. Da nur in sehr wenigen Parlamenten eine Partei über die absolute Mehrheit verfügt, mit der sie (theoretisch) Gesetze ohne viel reden bzw. streiten durchbringen könnte, sind Parteien fast immer auf Koalitionspartner angewiesen. Diese gemeinsam regierenden Parteien haben häufig unterschiedliche Meinungen zu bestimmten Themen. Also müssen sie bei Gesetzesvorhaben einen Kompromiss finden - indem sie miteinander reden, häufig auch streiten! Das ist nicht einfach, denn jede Partei möchte ihre Ziele und „Versprechen" durchsetzen. Das ist harte Arbeit, zähes, hoch konzentriertes Ringen um Kleinigkeiten und Formulierungen. Häufig gehen diese Verhandlungen über Tage, Wochen, manchmal auch Monate und nicht selten ringen die Verhandlungspartner*innen bis in die frühen Morgenstunden um einen Kompromiss[23]. Aus diesem Grund haben Politiker*innen häufig Arbeitswochen von mehr als 60 Stunden. Zu behaupten, dass Politiker*innen „nichts leisten" unterstellt ihnen Faulheit und Unentschlossenheit (Wagner, 2005, S. 14f.).

Außerdem steckt auch in dieser Aussage diktatorisches und demokratiefeindliches Denken, denn ohne reden, streiten und Kompromissfindung müsste jegliche Meinung, die von Meinung der größten Regierungspartei abweicht, unterdrückt werden. Schon in der Zeit der Weimarer Republik haben die Nationalsozialisten das Parlament als „Quasselbude" bezeichnet. Sie vertraten die Meinung, dass Politik von einem starken Mann schnell und ohne lange Verhandlungen umgesetzt werden müsste. Diese Vorstellung von Politik bedeutet, dass alle Gegner*innen dieser Politik eingesperrt bzw. vernichtet werden müssen (S. 15). Genauso haben die Nationalsozialisten gehandelt, als sie an der Macht waren - mit den bekannten Folgen! Und genauso funktioniert es in jeder Diktatur! Nicht immer mit den gleichen dramatischen Folgen wie in der Zeit des

[23] Insgesamt 18 Stunden wurde im Kanzleramt fast ohne Unterbrechung um die Grundzüge des Klimapakets verhandelt (Ismar, 2019).

Nationalsozialismus. Aber egal ob die Diktatoren eine nationalsozialistische, eine kommunistische oder eine islamistische Ideologie verfolgen, es geht immer darum, Meinungen und Ansichten zu unterdrücken, die nicht den Interessen der Diktatoren entsprechen. In diesen diktatorischen Parlamenten werden zwar auch Reden gehalten, aber es gibt keine Auseinandersetzung und keinen Streit unterschiedlicher Interessengruppen um die richtige Politik. Versucht doch jemand zu widersprechen oder nur eine andere Idee vorzutragen, hat das gravierende Folgen für diese Personen. Miteinander reden, streiten und verhandeln sind elementare Bestandteile einer demokratischen Gesellschaft und verhindern die Herausbildung diktatorischer Praktiken in der Gesellschaft!

In Parlamenten, in denen mindestens zwei Parteien gemeinsam die Regierung bilden, müssen die Politiker*innen dieser Koalition also in langen, zähen Verhandlungen herausfinden, wo bei aller Unterschiedlichkeit ihrer Parteiprogramme und ihrer Idealvorstellung eines Gesetzes die Gemeinsamkeiten liegen. Das ist noch relativ einfach und wird gern hervorgehoben, schließlich regieren die Parteien ja zusammen und wollen das über die Medien auch darstellen. Schwierig wird es jedoch, wenn auch bei den unterschiedlichen Ansichten zu einem neuen Gesetz eine gemeinsame Lösung gefunden werden muss. Schritt für Schritt nähern sich die Verhandlungsführer*innen nach dem Motto „gibst du mir, geb‘ ich dir“ an die Positionen und Vorstellungen der Gegenseite an, bis ein Kompromiss gefunden ist. Beide Seiten müssen bereit sein, von den eigenen Zielen etwas abzurücken und von den Positionen der anderen Partei etwas zu übernehmen, obwohl in den vorausgegangenen Debatten allein die eigenen Ziele als „richtig“ und die Ziele der anderen Partei als „falsch“ dargestellt wurden. Wenn das gelingt, kann mit der Mehrheit der Koalition ein neues Gesetz verabschiedet werden. In der vor der Verabschiedung des Gesetzes stattfindenden Debatte werden beide Parteien den gefundenen Kompromiss positiv darstellen und hervorheben, dass jeweils die eigene Partei überwiegend ihre Ziele durchgesetzt hat. Denn jede Seite will ihrer Basis und ihren Wähler*innen verdeutlichen, wie gut und wie erfolgreich die Verhandlungsführer*innen gekämpft und verhandelt haben. Außerdem wollen sie Nichtwähler*innen und Anhänger*innen anderer Parteien von ihrem Verhandlungsgeschick überzeugen. Natürlich werden die Oppositionsparteien die Debatte nutzen, um zu erklären, dass das Ergebnis „falsch“ ist, und dass sie ein viel besseres Ergebnis erzielt hätten.

Je unterschiedlicher die Positionen der Parteien sind und je mehr Parteien an der Regierung beteiligt sind, desto schwieriger und langwieriger sind zwangsläufig die Verhandlungen und desto weniger wird im Ergebnis von den ursprünglichen Zielen der Parteien wiederzufinden sein. Das kann wiederum zu Frust und Enttäuschung bei den Parteimitgliedern und den Wähler*innen der jeweiligen Parteien führen, weil das Ergebnis zu weit entfernt von der erhofften „Ideallösung“ ist.

Leider werden die in schwierigen und nervenzehrenden Verhandlungen erzielten Kompromisse in den Medien - manchmal auch von Oppositionspolitiker*innen - als „Kuhhandel“ diffamiert[24]. Insbesondere Politiker*innen sollten eigentlich wissen, dass dieses zähe Ringen um Ergebnisse in einer Demokratie alternativlos ist. Derartige Äußerungen diskreditieren nicht nur die an den Verhandlungen beteiligten Akteure,

[24] Beispiel in der „Berliner Morgenpost“ (Schumacher, 2009)

sondern sie können zu Politikverdrossenheit und möglicherweise sogar zur Abwendung von der Politik bzw. zur Ablehnung der Demokratie führen. Aber auch in solchen Situationen können die Wähler*innen die Politiker*innen „erziehen", indem sie denjenigen, die sich so äußern, nicht mehr ihre Stimme geben oder ihren Unmut über derartige Äußerungen in den Parteibüros ihres Wahlkreises zur Sprache bringen. Jedes Volk hat also nicht nur die Regierung, die es verdient, sondern auch die Politiker*innen, die es verdient!

Manchmal können sich jedoch Parteien trotz langer und anstrengender Verhandlungen nicht auf eine Lösung des Problems oder auf ein Gesetz verständigen. Manchmal zerbricht dann die Regierungskoalition oder sie kommt gar nicht erst zustande, wie nach der Bundestagswahl 2017. Die Wähler*innen hatten damals entschieden, dass CDU/CSU zwar die stärkste Fraktion im Bundestag geworden ist, aber nur weiter mit der SPD oder aber in einer „Jamaika-Koalition" mit der FDP und Bündnis 90/DIE GRÜNEN regieren kann. Da die SPD zunächst beschlossen hatte, nicht mehr mit der CDU/CSU eine Regierung zu bilden, kam vorerst keine weitere „große Koalition" infrage. Also versuchten CDU/CSU und FDP eine Koalition mit Bündnis 90/DIE GRÜNEN zu bilden. Noch nie in der Geschichte der Bundesrepublik hat es auf Bundesebene ein Bündnis aus so vielen Parteien gegeben und noch nie lagen die politischen Ziele so weit auseinander. Entsprechend lang und schwierig waren die Koalitionsverhandlungen, was einige Medien für unsachliche und polemische Kommentare nutzten. Die Verhandlungen scheiterten schließlich, weil die FDP nicht mehr bereit war, weitere Zugeständnisse an die anderen Parteien zu machen, sich noch mehr zu „verbiegen". Auch für diesen Schritt wurde die FDP, aber auch die anderen an den Verhandlungen beteiligten Parteien und Politiker*innen von einigen Medien, aber auch von Politiker*innen, mit Spott und Häme bedacht.

Auch ich habe den Entschluss der FDP-Politiker*innen bedauert (obwohl ich nicht die FDP gewählt hatte), weil ich es spannend gefunden hätte zu beobachten, wie politische Gegner*innen, deren Parteiprogramme und deren Klientel so grundverschieden sind, Kompromisse finden und zusammenarbeiten. Für mich wäre das die „hohe Kunst" der Demokratie gewesen! Mit dieser Koalition wäre es voraussichtlich möglich gewesen, ein noch breiteres Spektrum der Interessen der Bürger*innen zu erfassen als in allen bisherigen Koalitionen. Es hätte aber wohl auch bedeutet, dass noch mehr geredet, gestritten und verhandelt worden wäre, und dass die gefundenen Kompromisse sich noch deutlicher von den ursprünglichen Zielen der Parteien entfernt hätten.

Für die abfälligen, teilweise beleidigenden Äußerungen in einigen Medien hatte ich dagegen kein Verständnis, weil auch sie nach meiner Überzeugung zu Demokratieverdrossenheit in der Bevölkerung führen können. Genau wie es in einer Demokratie das Recht gibt seine Meinung frei zu äußern, hat jede Partei auch das Recht, ihre eigenen Grenzen zu ziehen. Da die Vertreter*innen der FDP an eine Grenze gekommen sind, die sie nicht überschreiten konnten oder wollten, war es ihr Recht, die Verhandlungen abzubrechen oder eine Koalition zu verlassen. Schließlich haben auch sie in ihrem Wahlprogramm Ziele formuliert, die sie auf Parteitagen mit der Parteibasis abgestimmt hatten und für die sie von Millionen Menschen gewählt wurden. Wenn die Verhandlungsführer*innen der Meinung sind, dass sie ihre Mitglieder*innen und Wähler*innen betrügen, wenn sie noch mehr Zugeständnisse machen, ist es das Recht dieser Akteur*innen, so zu agieren. Denn sie haben wochenlang hart gearbeitet, untereinander und mit den politischen Gegner*innen viel geredet und verhandelt, zahlreiche „Kröten" geschluckt und mussten sich kurz vor dem Ziel doch eingestehen: es reicht nicht! Dieser Schritt verdient nicht Häme und Spott, sondern er erfordert Mut und sollte mit Respekt honoriert werden, auch dann, wenn man sich ein anderes Ergebnis erhofft und gewünscht hat.

Sicherlich kennt fast jede/r Bürger*in vergleichbare Situationen aus eigener Erfahrung: Man hat sich ein Ziel gesetzt, kämpft darum, das Ziel zu erreichen, macht Abstriche und verändert die Taktik und Strategie. Und trotzdem muss man manchmal zu dem Entschluss kommen, dass jegliche weitere Bemühung vergeudete Energie bedeutet, weil das Ziel nicht erreichbar ist. Trotzdem waren dann nicht alle vorherigen Bemühungen umsonst, denn man kann mit guten Gewissen sagen, dass man alles versucht hat. Einmal einen Schlusspunkt zu setzen, ist dann kein Versagen, sondern erfordert Mut und Entschlussfreudigkeit, eröffnet häufig neue Chancen und Ziele.

Eigentlich sollten sich viele Menschen ein Beispiel an den Politiker*innen nehmen und viel öfter über unterschiedliche Ziele und Vorstellungen, über ihre Zukunftsgestaltung, das Altwerden, ihre Beziehung oder die gemeinsame Kindererziehung diskutieren, streiten und zu Kompromissen finden, die alle Beteiligten ehrlichen Herzens mittragen können. Wenn Verhandeln und Streiten um Kompromisse jedoch nicht zu Veränderungen führen, welche die schwierige Situation nachhaltig beeinflussen bzw. verbessern, sollten die Menschen auch den Mut aufbringen, einen Schlussstrich zu ziehen, neue Optionen zuzulassen: in der Arbeit, in der Beziehung und mit vielen anderen Dingen, die man bisher als „alternativlos" ansah!

Wie im vorherigen Abschnitt beschrieben, werden in vielen Familien - nicht nur in Ostdeutschland(!) - Themen verschwiegen, „ausgesessen" und „unter den Teppich gekehrt". Aus Angst vor Streit und aus Sorge um den „Familienfrieden" unterwerfen sich viele Menschen freiwillig dem Willen des „Familienoberhauptes", von dominanten Geschwistern, manchmal auch Kindern. Die dominanten Personen lernen dabei, dass ihre Strategie aufgeht und funktioniert und werden infolgedessen noch dominanter. Die sich „freiwillig" unterordnenden Menschen schränken sich immer mehr in ihren Bedürfnissen ein, leiden zunehmend und werden nicht selten krank. Da viele Ideen, Vorstellungen und Strategien gar nicht erst angesprochen werden, **vermuten** viele Menschen, was die jeweils andere Person denkt oder fühlt. Diese Vermutung kann aber völlig falsch sein, auch wenn man glaubt, den anderen Menschen sehr gut zu kennen. Das führt häufig zu zusätzlichen Missverständnissen, Vorurteilen und daraus resultierenden Fehlentscheidungen und ist oft nicht gut für den eigentlich gewollten „Familienfrieden".

Andererseits ist jeder Kontaktabbruch zu Freunden oder Verwandten, jede Scheidung oder Trennung von Partner/Partnerin, häufig auch der Wechsel der Arbeitsstelle, das Ergebnis eines nicht gefundenen Kompromisses in einem Konfliktfall. In vielen Fällen ist sicherlich nicht so lange und so hart nach Gemeinsamkeiten und Kompromissen gesucht worden, wie bei den gescheiterten Koalitionsverhandlungen nach der Bundestagswahl 2017. Häufig wird früh die „Flucht nach vorn" gesucht, ohne dass alle Optionen diskutiert wurden. Sicherlich auch oft, weil zumindest eine Seite nicht die Bereitschaft mitbringt, mit der jeweils anderen Seite nach Kompromissen zu suchen. Beim Wechsel der Arbeitsstelle wird dieses Verhalten sogar häufig als „mutig", oder

„folgerichtig“ kommentiert. Bei Scheidungen wird dagegen selbst denen, die alles versucht und lange nach Lösungen gesucht haben, häufig vorgeworfen, sie hätten zu früh aufgegeben, sie hätten das „aushalten“ müssen. Im Alltag werden sowohl schnelle Trennungen als auch langwierige Diskussionen von den meisten Menschen akzeptiert, beides wird als „normal“ angesehen. Wenn es um Politik geht, sind sich (fast) alle einig: Die Politiker*innen sollen nicht so viel reden, sondern einfach entscheiden! Aber auch wenn sie nach langem Reden dann entschieden haben, ist es für viele Menschen auch wieder „falsch“, wie das Beispiel der FDP-Entscheidung zeigt.

Der große Unterschied zwischen Privat- bzw. Arbeitsleben und der Politik ist, dass Politiker*innen durch ihr Agieren in der Öffentlichkeit zum Entscheiden gezwungen sind, Privatpersonen jedoch nicht. Politiker*innen können (fast) kein Problem „aussitzen“ und auf die „lange Bank“ schieben. Die Opposition - manchmal auch der Koalitionspartner - werden in Debatten und über die Medien Druck auf die Regierungspartei/en aufbauen und nicht lockerlassen, bis diese sich der Diskussion stellt und endlich entscheidet. Trifft die Regierung keine Entscheidung, kann das zu Rechtsunsicherheit, zu nicht gewollten bzw. in der Bevölkerung unpopulären Entwicklungen führen, die dann wiederum sinkende Umfragewerte oder gar das Scheitern der Regierung zur Folge haben können. Dieser Druck von außen fehlt Privatpersonen häufig, deshalb ist es für sie leichter, den Auseinandersetzungen und Diskussionen auszuweichen. Das Problematische am Verhalten vieler Bürger*innen ist jedoch, dass sie das eigentlich richtige Verhalten der Politiker*innen - das Ringen nach Klarheit, den Versuch möglichst vielen Interessen gerecht zu werden und den Zwang zur Entscheidung - negativ beurteilen und moralisch verurteilen, obwohl sie selbst häufig zu bequem bzw. zu ängstlich sind, es den Politiker*innen gleich zu tun.

Der Streit zwischen den Parteien im Verlauf einer Legislaturperiode und besonders im Wahlkampf, und das viele Reden insbesondere bei der Ausarbeitung des Koalitionsvertrages haben noch einen anderen wichtigen Zweck: Der gesellschaftlichen Frieden wird gerettet! Durch die Debatten in den Parlamenten, in Talkshows oder auf Wahlkampfveranstaltungen bilden sich die Menschen eine Meinung über die Ziele und Vorstellungen der Parteien. Diese Meinung entscheidet darüber, für welche Partei sich die Bürger*innen bei der nächsten Wahl entscheiden. Aus dem Wahlergebnis ergibt sich die Sitzverteilung im Parlament. Wenn nicht eine Partei die absolute Mehrheit der Sitze erlangt, ist immer noch nicht klar, wer die Regierung stellt, welche Politik die Regierung in den Jahren bis zur nächsten Wahl verfolgen wird. Diese Richtungsentscheidung geschieht in den zahlreichen Gesprächsrunden zur Koalitionsbildung, wie oben beschrieben nach der letzten Bundestagswahl. Wenn sich das „Jamaika-Bündnis“ aus CDU/CSU, FDP und Bündnis 90/ DIE GRÜNEN auf einen Koalitionsvertrag geeinigt hätte, wären von der Regierung in der folgenden Legislaturperiode ganz andere Schwerpunkte gesetzt worden. Vielleicht hätte es dann kein „Gute-Kita-Gesetz“ oder die Entlastung erwachsener Kinder bei der Beteiligung an den Pflegekosten der Eltern gegeben.

Dafür wären andere Gesetze auf den Weg gebracht worden, die jetzt niemand kennt. Denn der Koalitionsvertrag bestimmt die Politik bis zur nächsten Wahl, er stellt gewissermaßen das „Gemeinwohl“ der Gesellschaft für die nächsten Jahre dar. Anders als in einer Diktatur, wo allein der „Führer" oder „die Partei" bestimmt, was das „Gemeinwohl" ist, bildet das „Gemeinwohl" in einer Demokratie das Ergebnis von Streit und Auseinandersetzung, aber auch von Kompromisssuche und Verhandlung, ab. Und weil dieser Prozess von allen demokratisch gesinnten Beteiligten akzeptiert wird, kommt es nach einer Wahl entweder zum Machterhalt - wenn die gleichen Parteien weiter miteinander regieren - oder zu einem **friedlichen** Machtwechsel. Den friedlichen Machtwechsel gibt es (fast) nur in einer Demokratie, (fast) nie in einer Diktatur. Wenn der Diktator die Macht nicht freiwillig abgibt - z.B. an einen von ihm bestimmten Nachfolger - erfolgt der Machtwechsel entweder durch den Tod des Herrschers oder durch seine gewaltsame Ablösung infolge von Putsch oder Revolution. Das war auch bei der friedlichen Revolution in der DDR der Fall, wie ich im letzten Kapitel des Buches verdeutlichen werde.

Sind Politiker*innen die Meinungen des Volkes egal?

Ein weiteres demokratiekritisches Statement im Thüringen-Monitor lautet: „Die Parteien wollen nur die Stimmen der Wähler, ihre Ansichten interessieren sie nicht". Auch dieser Aussage stimmten der 76% der Thüringer*innen zu, 33% voll und ganz, 43% überwiegend (Dicke, et al., 2003, S. 34).

Zweifelsohne ist es so, dass Politiker*innen und Parteien daran interessiert sind, bei Wahlen so viele Stimmen wie möglich zu bekommen, schließlich wird über diese Stimmen die Verteilung der Sitze in einem Parlament entschieden und ebenso, ob die Partei an der Regierung beteiligt wird oder ob sie in die Opposition muss. Selbstverständlich wollen Politiker *innen und Parteien auch die Wahlen gewinnen, denn in der Politik ist es wie im Sport: Nicht die Teilnahme entscheidet, sondern der Sieg! Und nur wer gewinnt und folglich regiert, kann Gesetze verabschieden und die Politik nach den für richtig gehaltenen Überzeugungen gestalten. Wofür gibt es sonst Wahlen, wenn die Parteien nicht um die Stimmen der Wähler*innen kämpfen sollten?

Völlig falsch ist dagegen, dass sich die Politiker*innen nicht für die Meinung der Wähler*innen interessieren, denn eigentlich interessiert sie nichts anderes! Regelmäßig schauen sie auf die Ergebnisse von Meinungsumfragen und überprüfen damit, ob die Themen, die sie in den Debatten, in Talkshows oder in Parteiprogrammen aufgreifen, von den potenziellen Wähler*innen honoriert werden und ob sie damit Zustimmung gewinnen können. Häufig ist es sogar so, dass sie sich zu stark an den Ansichten der Wähler*innen orientieren und ihre Programme danach ausrichten, was ihnen zwar ausreichend Zustimmung - also Stimmen - bringt, aber nicht dem entspricht, was eigentlich notwendig wäre (Wagner, 2005, S. 18). Typische Beispiele dafür sind meiner Ansicht nach die aktuelle Renten- und die Klimapolitik. Ich bin überzeugt, dass die meisten Bundestagsabgeordneten genau wissen, dass aufgrund der demographischen Veränderungen in Deutschland tiefgreifende Veränderungen im Rentensystem notwendig wären. Doch alle Maßnahmen, die sie ergreifen könnten und müssten, sind für irgendeine relevante Gruppe der Wähler*innen unpopulär! Sie wissen auch, dass egal was sie vorschlagen oder beschließen werden, von den Interessengruppen, die von den Entscheidungen betroffen wären, massiv angegriffen und über die Medien, mit Demonstrationen und Streiks großer Druck gegen sie aufgebaut wird. Der Widerstand gegen die Politik der Regierung wird sogar dann besonders groß, wenn diese versucht, die Lasten möglichst gleichmäßig auf Alte, Junge, Arbeitgeber*innen, Arbeitnehmer*innen usw. „gerecht" zu verteilen. Denn das würde Einschränkungen für (fast) alle Menschen bedeuten und die Regierung würde sich den Zorn des größten Teils der Bevölkerung zuziehen. Die Parteien - insbesondere die Regierungsparteien - müssten dann damit rechnen, bei der nächsten Wahl von den Wähler*innen abgestraft zu werden. In diesem Fall handeln Politiker*innen gern wie Privatpersonen: Sie verschieben das Thema auf die nächste Legislaturperiode, damit sich die neue Regierung mit den Problemen beschäftigen muss, die dann in der Regel noch größer geworden sind und die Handlungsspielräume der neuen Regierung weiter einschränken.

Ähnlich ist es bei der Klimapolitik: Auch hier gehe ich davon aus, dass die Politiker*innen wissen, dass das 2019 beschlossene Klimapaket nicht ausreichen wird, um die selbst gesetzten und in internationalen Abkommen vereinbarten Klimaziele zu erreichen. Aus Angst, den Wähler*innen zu viel zuzumuten und dafür von ihnen „abgestraft" zu werden, verabschieden sie Gesetze, welche die Erderwärmung nach Ansicht fast aller Expert*innen nicht aufhalten werden. Und da auch die Politiker*innen in anderen demokratischen Ländern mit ähnlichen Problemen zu kämpfen haben, gibt es international betrachtet eher einen „Unterbietungswettbewerb": Kaum eine Regierung will dem eigenen Volk erklären, dass es größere Anstrengungen zur Eindämmung der Erderwärmung unternimmt als andere Länder. Ursache für das Zögern und Zaudern der Regierenden ist die Angst, vom eigenen Volk bei der nächsten Wahl für „zu harte" Maßnahmen bestraft zu werden.

Auch die Oppositionsparteien kritisieren zwar das Vorgehen der Regierung, aber da sie wissen, dass auch sie nur im Volk unpopuläre Maßnahmen vorschlagen könnten, sind ihre Forderungen eher vage und zaghaft. Denn auch sie haben in der Vergangenheit häufig die Erfahrung gemacht, dass „zu viel" Ehrlichkeit, bei Wahlen nicht honoriert wird[25]. Um wirkungsvolle Regelungen und Gesetze zu erreichen, müssten die Oppositionsparteien große Massen der Bevölkerung mobilisieren, die Wirkung bei den Regierungsparteien erzielen könnten. Sehr schnell würden die Regierungsparteien die Ansichten der Wähler*innen aufnehmen und ihre Politik danach ausrichten. Dann könnten alle die glauben, dass Parteien sich nicht für die Meinungen der Wähler*innen interessieren, beobachten, dass dem nicht so ist, sondern dass die Macht tatsächlich beim Volk liegt. Aber welche Partei könnte Massen mobilisieren und fordern, dass die Rentenbeiträge erhöht werden oder das Renteneintrittsalter angehoben wird? Und welche Partei könnte mit der Unterstützung von Hunderttausenden rechnen, die deutlich höhere Preise für Benzin, Diesel und Heizöl, für Fleisch und Agrarprodukte oder die Abschaffung lieb gewonnener, aber energieintensiver Freizeitbeschäftigungen (große Autos, Volksfeste, Musikkonzerte, Fußballspiele unter Flutlicht, Saunalandschaften, Skigebiete usw.) fordern würde?

Die Mehrheit der deutschen Bevölkerung macht sich zwar Sorgen um die Rente und um das Klima, aber am eigenen Verhalten wollen nur wenige etwas ändern, insbesondere dann, wenn es Belastungen und Einschränkungen zur Folge hat. Einschränkungen in der Lebensweise werden in der Regel nur dann befürwortet, wenn diese zwar andere

---

[25] Beispiel: Bündnis 90/GRÜNE hat vor der Bundestagswahl 2013 Steuererhöhungen für Besserverdienende propagiert und wurde dafür von den Wähler*innen abgestraft (Gathmann, 2013).

Bevölkerungsgruppen betreffen, aber nicht die eigene Person.

Möglicherweise werden die Politiker*innen irgendwann drastische Einschnitte für viele Menschen beschließen müssen - dann tatsächlich gegen den Willen und die Ansichten der Wähler*innen. Nicht weil sie die Ansichten der Wähler*innen nicht interessieren oder weil es ihnen Genugtuung bereitet, den Wähler*innen Geld wegzunehmen oder ihren Wohlstand einzuschränken. Sondern weil sie anhand von Daten und Fakten, die sie von Wissenschaftler*innen erhalten, zum Handeln gezwungen sein werden. Sie müssen dafür sorgen, dass auch die nachfolgenden Generationen eine Rente bekommen, nicht von den Staatsschulden „erdrückt" werden bzw. die Erde noch bewohnen können. Die Politiker*innen werden notfalls auch dann harte Maßnahmen beschließen müssen, wenn sie wissen, dass ihre Entscheidungen auf massiven Widerstand stoßen werden und sie befürchten müssen, von den Wähler*innen in die Opposition geschickt zu werden. Das setzt aber voraus, dass die Politiker*innen nicht nur von Wahl zu Wahl, sondern auch an das Wohl künftiger Generationen denken. Ich hoffe, dass nicht nur in Deutschland, sondern in der ganzen Welt die vernünftigen und zukunftsorientierten Politiker*innen in der Mehrheit bleiben. Das setzt jedoch voraus, dass diese Politiker*innen sich ein Beispiel an der „gerechten" Gesellschaft nach dem Vorbild John Rawls nehmen und über die künftigen Lebensverhältnisse der heute jungen oder noch ungeborenen Menschen nachdenken und Verantwortung übernehmen. Und je mehr Bürger*innen das auch tun, desto leichter wird es Politiker*innen fallen, zukunftsweisende Entscheidungen zu treffen, auch wenn diese Einschränkungen für die jetzt lebenden Wähler*innen zur Folge haben.

Immer wieder ist zu beobachten, wie intensiv die Parteien die Meinungsveränderungen in der Bevölkerung wahrnehmen und ihre Politik danach ausrichten. Auch hier bietet sich das Thema Klimawandel zur Erläuterung an. Noch vor wenigen Jahren waren es fast ausschließlich Politiker*innen von Bündnis 90/DIE GRÜNEN, die eine andere Klimapolitik forderten, die sich für eine höhere Besteuerung aller fossilen Brennstoffe, gegen Massentierhaltung sowie gegen Stromgewinnung aus Kernenergie und Kohle einsetzten. Nicht selten wurden sie dafür insbesondere von Politiker*innen der Unionsparteien und der FDP heftig angegriffen. Jetzt, nachdem insbesondere durch die „Friday for future"-Bewegung auch in Deutschland Hunderttausende für eine Klimawende demonstrieren, Bündnis 90/DIE GRÜNEN zahlreiche Wahlerfolge feiern konnten und in Umfragen zeitweilig zur zweitstärksten politischen Kraft in Deutschland aufgestiegen sind, kommt keine Partei (außer der AfD) daran vorbei, Klimaziele und Maßnahmen, die zur Verringerung der Erderwärmung führen, in ihre Parteiprogramme aufzunehmen. Selbst die CSU - die „grüner" Politik immer besonders skeptisch gegenüberstand - hat Umweltthemen inzwischen ganz oben auf ihrer Agenda stehen und will nach eigener Überzeugung die DIE GRÜNEN beim Klimaschutz „überholt" haben (tagesschau, 2019). Ob dieses „Umdenken" tatsächlich aus Überzeugung geschieht oder ob es nur darum geht, den politischen Gegnern potenzielle Wählerstimmen wegzunehmen, kann und will ich nicht beurteilen. Deutlich wird jedoch mit diesem Handeln, wie stark sich die Parteien für die Ansichten der Wähler*innen interessieren und wie stark sie ihre Politik nach den Meinungen und Ansichten der Wähler*innen ausrichten.

Es gibt aber noch ein weiteres Missverständnis, dass zur weit verbreiteten Zustimmung des Statements führt, dass sich die Parteien nicht für die Ansichten der Wähler*innen interessieren und das in der Folge zu Unzufriedenheit und Politikverdrossenheit führt. Immer wieder wird den Parteien und Politiker*innen vorgeworfen, sie würden ihre „Wahlkampfversprechen" nicht einhalten. Sie werden deshalb nicht selten der Lüge bezichtigt oder Bilanzen einer Regierungszeit werden in den Medien oder von der Opposition negativ dargestellt, weil die Ergebnisse einer Regierung in vielen Fällen deutlich von dem abweichen, was vor der Wahl im Parteiprogramm der Partei/en dargestellt wurde.

Aber sind Parteiprogramme tatsächlich „Wahlversprechen"? Werden Parteien überhaupt nach ihren Wahlprogrammen gewählt? Wer hat denn tatsächlich schon einmal das Wahlprogramm einer Partei gelesen?

Viele Menschen wählen Parteien, weil sie - oder bereits ihre Eltern - diese Partei schon immer gewählt haben, weil die Partei ein „S" oder ein „C" im Namen trägt oder weil sie die „Interessen der Ostdeutschen" am besten vertritt. Die meisten Menschen, die überhaupt Wahlkampfveranstaltungen besuchen, gehen ausschließlich zu der Partei, die sie wahrscheinlich eh wählen werden. Viele entscheiden sich nach subjektiven Gesichtspunkten: nach dem Aussehen des/der Politiker*in, seiner/ihrer Ausstrahlung, seiner/ihrer Verbindlichkeit im Auftreten und seiner/ihrer Unverbindlichkeit bei Inhalten (Wagner, 2002, S. 76). Im Rahmen einer Umfrage wurde festgestellt, dass gerade einmal bei drei Prozent der Wähler*innen der Wahlkampf und die Wahlplakate einen Einfluss auf die Wahlentscheidung haben (S. 72).

Was wirklich in den Parteiprogrammen steht, weiß dagegen fast niemand. Und das, was viele glauben zu wissen, sind verkürzte Zusammenfassungen aus den Medien, aus Talkshows oder aus Diskussionen mit Freund*innen, Kolleg*innen oder in der Familie.

In den Parteiprogrammen stehen nicht „Versprechen", wie häufig behauptet, sondern **Ziele**, welche die Parteien erreichen wollen, die sie in Koalitionsverhandlungen einbringen oder die sie in der Opposition als Forderung an die Regierungsparteien richten wollen. Das Programm einer Partei signalisiert den eigenen Parteimitgliedern und potenziellen Wähler*innen: Hierfür werden wir kämpfen und uns einsetzen, falls wir die Chance einer Regierungsbeteiligung bekommen. Und auch die politischen Gegner, also die Parteien, die möglicherweise als Koalitionspartner infrage kommen, können sich auf der Grundlage dieser schriftlich fixierten Dokumente ein Bild davon machen, wo es Gemeinsamkeiten gibt oder wo die Differenzen liegen, bei denen ein Kompromiss erstritten werden muss. Das Parteiprogramm ist also eine Art „Verhandlungsbasis", von der alle politischen Akteur*innen wissen, dass sie das Programm niemals 1:1 umsetzen können, sondern dass in den Verhandlungen jede Seite Abstriche vom „Ideal" - dem eigenen Programm - machen muss. Es ist wie beim Verkauf des eigenen Autos: Man stellt einen Betrag mit dem Hinweis „Verhandlungsbasis" in die Anzeige und geht selbst davon aus, dass man den angegebenen Betrag nur in seltenen Fällen erhalten wird. Jede/r weiß, dass man dem/r Käufer*in beim Preis entgegenkommen, also von den eigenen Vorstellungen Abstriche machen muss. Fast niemand wird für dieses Entgegenkommen den Vorwurf erhalten, das „Versprechen" nicht eingehalten zu haben, weil der als „Verhandlungsbasis" genannte Betrag nicht erzielt wurde. Nur Politiker*innen wird das vorgeworfen!

Im Rahmen einer Fortbildung zum Demokratietrainingsprogramm „betzavta“[26] habe ich eine Übung kennengelernt, welche die Funktion eines Parteiprogramms und die in der Politik erzielten Ergebnisse sehr verständlich darstellt. In der Übung „Die Kunst einen Kürbis zu teilen“ erhielten jeweils drei Seminarteilnehmer*innen den Auftrag, einen Kürbis „gerecht“ aufzuteilen. Wie würden Sie diese Aufgabe angehen?

Alle Teilnehmer*innen überlegten intensiv, kamen jedoch zu keinem befriedigenden Ergebnis. Nach ihrer Aussage wäre mit drei Teilnehmer*innen eine gerechte Teilung unmöglich! Wirklich?

Überrascht waren alle über die Lösung der Übung: Die Teilnehmer*innen hätten zunächst miteinander darüber reden müssen, was sie denn mit dem Kürbis vorhaben. In der Diskussion - also beim Miteinander-Reden - hätten sich die wahren Bedürfnisse der Beteiligten herausgestellt: Eine/r wollte eine Halloween-Maske basteln, der/die Andere eine Kürbissuppe kochen, der/die Dritte wollte nur die Kerne, um das selbstgebackene Brot damit zu bestreuen.

Diese Übung macht deutlich, dass zufriedenstellende und pragmatische Ergebnisse nur erzielt werden können, wenn alle Informationen und Ziele „auf dem Tisch liegen“, wenn alle Beteiligten wissen, was die jeweils andere Seite tatsächlich will. Genau das ist das Ziel von Parteiprogrammen! Sie sollen den eigenen Anhänger*innen, aber auch den politischen Gegner*innen offenlegen: Das sind unsere Ziele, darüber wollen wir mit euch streiten und verhandeln! Daraus „Versprechen“ abzuleiten und die tatsächlich praktizierte Politik daran zu messen, muss zu falschen Erwartungen und zu Enttäuschungen führen.

Aber auch dann, wenn in der Koalitionsvereinbarung von zwei oder mehreren Parteien bereits deutliche Abstriche von den jeweiligen Parteiprogrammen erkennbar sind, ist selbst die Koalitionsvereinbarung kein „Versprechen“, sondern eine Zielsetzung, deren weitgehende Umsetzung jedoch schon deutlich realistischer ist. Doch auch dieses Vertragswerk kann häufig nicht in vollem Umfang umgesetzt werden, weil sich im Verlauf der Legislaturperiode Rahmenbedingungen verändern, Themen vorrangig behandelt und beschlossen werden müssen, die zum Zeitpunkt der Koalitionsverhandlung noch nicht absehbar waren. Auch wenn Politiker*innen zurecht für die Nichteinhaltung ihrer selbst gesteckten Ziele kritisiert werden, ist das ein eigentlich normaler und menschlicher Vorgang: Wer kann schon von sich behaupten, dass er/sie alle selbst gesteckten Ziel (mehr Sport treiben, nicht mehr rauchen, abnehmen, neuen Job suchen, den Keller aufräumen, mit dem Partner/der Partnerin über die Patientenverfügung sprechen, mit den Eltern/Kindern den Nachlass regeln usw.) immer und auch im selbstgesteckten Zeitraum realisiert hat? Ich kenne niemanden, der/die das von sich behaupten kann! Und trotzdem kommt kaum jemand auf die Idee, sich selbst für die nicht eingehaltenen „Versprechen“ zu entschuldigen oder sich vorzuwerfen, dass einen die Ansichten der anderen nicht interessieren, nur weil man sich mit ihnen noch nicht abschließend über die Klärung der Meinungsverschiedenheiten verständigt hat. An die Politiker*innen und die Parteien werden die Erwartungen gestellt: Sie werden kritisiert oder es wird ihnen sogar Versagen oder Wortbruch vorgeworfen. Mit sich selbst gehen die meisten Menschen deutlich zurückhaltender oder gar nicht ins Gericht!

---

[26] hebräisch miteinander

Ganz problematisch wird es, wenn wissenschaftliche Institute in unabhängigen Studien feststellen, dass die Regierung schnell und effektiv ihre im Koalitionsvertrag vereinbarten Ziele umsetzt und in Umfragen von den Bürger*innen trotzdem überwiegend negative Beurteilungen erhält. Ende 2018 haben das Wissenschaftszentrum Berlin für Sozialforschung und die Bertelsmann-Stiftung festgestellt, dass nach nur eineinhalb Jahren Regierungszeit immerhin 43% der für die gesamte Legislaturperiode von vier Jahren gesetzten Ziele bereits „voll" und 4% „teilweise" erfüllt waren. Weitere 14% seien gestartet worden. In der Wahrnehmung der Bevölkerung ist jedoch mehr als die Hälfte der Meinung, dass die „Versprechen"[27] der Regierung kaum oder fast gar nicht umgesetzt wurden. Die Autor*innen der Studie nennen dieses Zwischenergebnis der Bundesregierung „rekordverdächtig". Im Widerspruch dazu steht, dass zum gleichen Zeitpunkt laut ZDF-Politbarometer 58% der Bevölkerung mit der Arbeit der Großen Koalition nicht zufrieden waren (Baumer, 2019)!

Noch schlimmer als für die Große Koalition insgesamt war die Meinung der Bevölkerung über die Arbeit der SPD in dieser Regierung. Obwohl die SPD als kleiner Koalitionspartner deutlich mehr ihrer Ziele im Koalitionsvertrag untergebracht hat als die CDU/CSU und fast die Hälfte nach eineinhalb Jahren schon voll oder teilweise realisiert wurden, stürzten die Sozialdemokraten in der Wählergunst weiter ab (ebd.)!

Offensichtlich sind in der Wahrnehmung der Bevölkerung die Auseinandersetzungen, die Horst Seehofer in der Asylpolitik ausgelöst hat, der Streit um den Verfassungsschutzpräsidenten Maaßen, aber auch die innerparteilichen Auseinandersetzungen innerhalb der SPD so intensiv wahrgenommen und so negativ bewertet worden, dass von der eigentlich intensiven und zügigen Arbeit der drei Parteien und ihrer Politiker*innen nicht viel registriert wurde. Aus Sicht der Studienautor*innen birgt diese Kluft zwischen politischer Realität und Wahrnehmung in der Bevölkerung große Gefahren für die Demokratie in Deutschland: „Das ist ein Dilemma, das die Gefahr birgt, auf beiden Seiten zu Verdrossenheit zu führen: Bei den Wählern, weil sie sich hintergangen fühlen, und möglicherweise auch bei den Politikern, weil sie trotz nachweisbar hoher Umsetzungstreue mit pauschal negativen Urteilen konfrontiert bleiben." Die Autor*innen der Studie empfehlen mehr politische Aufklärungs- und Bildungsarbeit, damit mehr Menschen ein realistisches Bild über die tatsächliche Einhaltung von „Wahl- und Regierungsversprechen" vermittelt werden kann (ebd.).

Wieviel soziale Differenz verträgt eine Demokratie?

Besonders überrascht haben mich im Thüringen-Monitor die hohen Zustimmungswerte zur Aussage „Eine Demokratie, die große soziale Unterschiede zulässt, ist eigentlich keine richtige Demokratie", obwohl ich diese Meinung immer wieder auch von Familienangehörigen, Freund*innen oder Arbeitskolleg*innen gehört habe, insbesondere wenn sie in der DDR aufgewachsen sind. Im Thüringen-Monitor des Jahres 2003 haben immerhin 85% der Befragten diesem Statement zugestimmt, 55% sogar „voll und ganz" (Dicke, et al., 2003, S. 46)! Die hohen Zustimmungswerte lassen vermuten, dass viele Menschen ein unrealistisches Bild von einer demokratischen Gesellschaft ha-

[27] Leider wird auch im zitierten Artikel von „Versprechen" statt von Zielen berichtet.

ben. Hintergrund der hohen Zustimmungswerte zu diesem Statement ist wohl der Gedanke, dass möglichst viel Gleichheit auch viel Gerechtigkeit bedeutet und dass es so etwas wie eine ideale Gesellschaft gibt, die keine großen sozialen Unterschiede zulässt. Laut Wagner unterwerfen sich in solch einer altruistischen (selbstlosen) Gesellschaft alle Menschen freiwillig einer Idee bzw. Politik, die für alle das Beste will und somit besonders „gerecht" sein soll. Die Vorstellung einer solchen Gesellschaft gibt es überall auf der Welt und hat es auch schon vor Jahrhunderten gegeben, z.B. im antiken Griechenland: Platon schlug vor, dass die Gesellschaft vom besten Philosophen geführt wird, dem sich alle Menschen unterordnen. Der weise Philosoph könne gerechter sein als Gesetze, denn Gesetze müssten alle Menschen gleichbehandeln, während der Philosoph mit seinen besonderen Fähigkeiten in der Lage ist zu erkennen, wer im besonderen Einzelfall auch mal gegen das Gesetz verstoßen darf (Wagner, 2002, S. 13). Auch der Nationalsozialismus basierte laut Wagner auf dieser Idee: Die einzelnen Körperschaften der Gesellschaft (Unternehmen, Arbeiter*innen, Ärzte) sollten unter der Leitung der allwissenden Partei des „Führers" zum Besten des Volkes wirken. Alles was der Gesellschaft schadet und sie „infizieren" könnte, also „Schadstoffe, Wucherungen und infektiöse Eindringlinge" wie z.B. Juden, Asoziale und Kommunisten sollten identifiziert und ausgemerzt werden (S. 15). Die Idee des Sozialismus/Kommunismus funktioniert ebenso nach dem altruistischen Prinzip: Gemäß dieser Vorstellung sollte es kein Privateigentum an Produktionsmitteln und keine Privat- und Sonderinteressen geben. Die Klassen sollten somit abgeschafft und der Klassenkampf überwunden werden. Die Fähigsten wurden zum Führen der Gesellschaft ausgewählt, sie stellten einen Plan auf, der für alle das Beste wollte. Ohne Privatinteressen - so die Idee - gibt es keinen Egoismus und Individualismus, der das Funktionieren und Erblühen der Gesellschaft stören könnte (S. 15). Das Problem aller altruistischen Gesellschaftsideen ist, dass trotz großer materieller Gleichheit die Interessen und Meinungen der Menschen darüber, was das Beste und wer der Beste für die Gesellschaft ist, weit auseinandergehen. Auch in solch einer Gesellschaft gibt es Streit und sich bekämpfende Parteien. Da es aber eine Fraktion mit Sonderinteressen gibt, die immer Recht hat, weil diese „Partei" mit dem „Führer" die Macht behalten will, muss sie alle anderen Interessengruppen unterdrücken oder gar vernichten. So wird aus der „idealen" Gesellschaft automatisch eine Diktatur der Stärkeren[28] (S. 18).

Das Gegenteil der altruistischen Gesellschaft ist die egoistische Gesellschaft. Sie besteht aus zahlreichen Interessengruppen, die ausschließlich den eigenen Erfolg vor Augen haben, an das eigene Überleben und den eigenen Vorteil denken. Jede dieser Gruppen spezialisiert sich auf das, was sie am besten kann und verkauft den Überschuss gegen Produkte von anderen Spezialisten. Der Gedanke hinter dieser von Adam Smith 1794 formulierten Gesellschaft ist, dass der Eigennutz der einzelnen Interessengruppen den größten Nutzen für alle bringt. Statt der einzelnen Strategie einer Partei oder eines Führers gibt es unzählig viele Strategien. Viele davon scheitern, einige Gruppen gehen unter, aber das Scheitern einzelner Interessengruppen gefährdet nicht den Fortbestand der gesamten Gesellschaft. Eine falsche Strategie in der altruistischen Gesellschaft führt

---

[28] Besonders eindrucksvoll hat George Orwell diese Mechanismen in seiner Fabel „Farm der Tiere" bereits im Jahr 1945 beschrieben. Auch der gleichnamige Zeichentrickfilm aus dem Jahr 1954 stellt die Abläufe in einer altruistischen/kommunistischen Gesellschaft gut dar.

zum Scheitern der gesamten Gesellschaft, wie Nationalsozialismus und Kommunismus gezeigt haben. Die egoistische Gesellschaft dagegen hat alle Wirtschaftskrisen der Welt, alle Kriege und Generalstreiks überlebt, weil sie auf viele Strategien unterschiedlicher Individuen aufbaut (S. 23 ff.)

Doch auch die reine egoistische Gesellschaft ist nicht überlebensfähig, denn es gibt Bereiche, die in jeder Gesellschaft notwendig sind, die jedoch nicht rein wirtschaftlichen Interessen untergeordnet werden können: Schulen, Straßen, die Bereitstellung von Trinkwasser oder die Müllbeseitigung zum Beispiel. Also muss eine Mischform zwischen der egoistischen und der altruistischen Gesellschaft entwickelt werden. Und genau das ist die soziale Marktwirtschaft. Der Begriff „sozial“ wird laut Wagner häufig falsch interpretiert, denn er bedeutet nicht etwa mildtätig oder helfend, sondern lediglich „gesellschaftlich“. Die „soziale Marktwirtschaft“ greift also lediglich dort in die (egoistische) Marktwirtschaft ein, wo diese allein nicht die politisch gewünschten Ziele erfüllt. Die Marktmechanismen müssen jedoch immer überwiegen, die Wirtschaft darf sich nicht zur Planwirtschaft entwickeln, weil sonst alle Anreize Überschüsse zu erzielen, erstickt werden. Diese „soziale Marktwirtschaft“ - die Mischform aus egoistischer und altruistischer Gesellschaft - ist die Politik! Die Frage lautet also nicht: „Was ist die beste Gesellschaft?“, sondern sie muss lauten: „Was ist die beste Politik?“ (S. 29 f.).

Weil in allen demokratischen Ländern die unterschiedlichen Interessengruppen darüber streiten, welche Politik die bessere ist, wieviel egoistische Gesellschaft und wieviel altruistische Gesellschaft gut für die Entwicklung des Landes und der in ihm lebenden Menschen ist, gibt es auch in keinem demokratischen Land der Welt die genau gleichen Gesetze und Regelungen, d.h. die gleiche Politik.

Der Sozialhistoriker Jürgen Kocka verweist darauf, dass in den anglo-amerikanischen Ländern ein marktradikaler Kapitalismus vorherrscht, in der Europäischen Union dagegen ein „hochgradig organisierter Kapitalismus“. Er fügt hinzu, dass „demokratische Ordnungen bisher nur in kapitalistisch wirtschaftenden Ländern verwirklicht“ wurden. Überall dort, wo der Kapitalismus vermieden oder abgeschafft wurde, ging es auch der Demokratie schlecht, z.B. in der Sowjetunion, in Nordkorea, Kuba und heute in Venezuela. Seiner Meinung nach besteht eine „Verwandtschaft“ zwischen Kapitalismus und Demokratie: „In beiden spielen Wettbewerb und Wahlentscheidungen, Abwägen und Aushandeln eine Rolle. In beiden wird Freiheit praktiziert, Verständigung gesucht und zweckrational verhandelt. Kapitalismus und Demokratie haben gemeinsame Feinde: unkontrollierte Zusammenballung von Macht, Unberechenbarkeit, Korruption, auch Gewalt und Krieg“ (Kocka, 2019).

Im Kontrast zu diesen Erkenntnissen stehen die Ergebnisse einer repräsentativen Studie der Freien Universität Berlin im Jahr 2015. Demnach glauben 60% der Bürger*innen, dass in Deutschland keine echte Demokratie herrscht, weil die Wirtschaft und nicht Wähler*innen das Sagen hätten. Ein Drittel vertritt die Auffassung, dass der Kapitalismus zwangsläufig zu Hunger und Armut führe. 35% der ostdeutschen und 28% der westdeutschen Befragten könnten sich eine wirkliche Demokratie nur ohne Kapitalismus vorstellen. Immerhin 37% der Westdeutschen, aber 59% der Ostdeutschen halten kommunistische und sozialistische Gesellschaften für eine gute Idee, „die bisher nur schlecht ausgeführt worden sei“ (Freie Universität Berlin, 2015).

Wie Kocka bin auch ich davon überzeugt, dass es in einer Demokratie nur eine Marktwirtschaft geben kann, denn die stark eingrenzenden Rahmenbedingungen einer Planwirtschaft sind unvereinbar mit dem Freiheitsgedanken einer Demokratie. Nur in der Demokratie haben Unternehmen die Freiheit, das zu entwickeln und auf den Markt zu bringen, von dem sie sich den größtmöglichen Gewinn versprechen. Genau dieses Streben treibt nicht nur die Unternehmen, sondern auch fast alle Menschen an und garantiert damit Fortschritt. Selbst die nordeuropäischen Länder, die in zahlreichen Studien dadurch auffallen, dass aufgrund „sozialer" Regelungen die Ungleichheit in der Gesellschaft in Grenzen gehalten wird, sind marktwirtschaftlich orientiert. Auch hier gibt es aufgrund der marktwirtschaftlichen Orientierung Arbeitslosigkeit und Armut auf der einen, sowie Wohlstand und Reichtum auf der anderen Seite. Und auch hier sind die Menschen zwar zufrieden mit ihrem Leben und ihrem Wohlstand, aber nicht mit der Arbeit der Politiker*innen (BusinessPortal Norwegen, 2019).

Eine Erklärung für die Umfrageergebnisse der Freien Universität Berlin und der Einstellung zur Demokratie im Thüringen-Monitor sehe ich in der weit verbreiteten Idealisierung und Verharmlosung kommunistischer und sozialistischer Gesellschaftsformen in Deutschland, besonders in Ostdeutschland.

In der DDR wurde den Bürger*innen von Kindheit an - also schon im Kindergarten, in der Schule und später in der Ausbildung und im Studium - die Unterscheidung zwischen Sozialismus und Kapitalismus ganz simpel vermittelt: Sozialismus = gut, Kapitalismus = schlecht! Zumindest in meiner Erinnerung wurde niemals zwischen den **Gesellschaftsformen** Demokratie und Diktatur sowie zwischen den **Wirtschaftsformen** Planwirtschaft und Marktwirtschaft differenziert. Deshalb werden die beiden Ebenen Gesellschaftsform und Wirtschaftsform - die zwar laut Kocka miteinander „verwandt" sind, aber nicht zwangsläufig eine Einheit bilden müssen - von vielen in der DDR aufgewachsenen Menschen immer noch als Einheit verstanden. Auch in der Bundesrepublik aufgewachsene Menschen vertreten nicht selten dieses Statement, jedoch deutlich seltener als ehemalige DDR-Bürger*innen.

Meine Annahme, dass die Ebenen Gesellschaftsform und Wirtschaftsform streng voneinander getrennt betrachtet werden müssen, stütze ich auf die Erfahrungen um den Zusammenbruch des sozialistischen Wirtschaftssystems in den Jahren 1989/90. Bis dahin hatten alle sozialistischen Diktaturen ihrer Wirtschaft eine Planwirtschaft aufgezwungen. Obwohl im Rahmen ihrer Möglichkeiten auch jedes der sozialistischen Länder versuchte seinen eigenen Sozialismus aufzubauen - die Sowjetunion anders als China, Kuba anders als Jugoslawien, die DDR anders als Nordkorea, Albanien anders als Rumänien - sind all diese sozialistischen Experimente gescheitert. Die Folge der Planwirtschaft war in allen Ländern Mangel-wirtschaft, rückständige Infrastruktur, in den meisten Ländern sogar Armut (ebd.).

Ein besonders beeindruckendes Beispiel ist China: Solange das Land seine Wirtschaft planwirtschaftlich ausgerichtet hatte, hinkte es - von einigen staatlich hoch subventionierten Bereichen abgesehen - den westlichen Marktwirtschaften weit hinterher. Trotz der vielen Rohstoffe und der vielen (billigen) Arbeitskräfte musste China über Jahrzehnte zu den Entwicklungsländern gerechnet werden.

Hundert Millionen Menschen lebten in China nicht nur in relativer, sondern in absoluter Armut[29]. Noch Ende der 50-er Jahre verhungerten im sozialistischen China 45 Millionen Menschen pro Jahr (Zitelmann, 2018)! Seit sich China - trotz weiterhin diktatorischer Gesellschaftsform - marktwirtschaftlich orientiert, verbucht es wirtschaftliche Zuwächse, von denen westliche Demokratien nur träumen können. Obwohl (oder weil!) die Wirtschaft seit 30 Jahren marktwirtschaftlich - man könnte auch sagen kapitalistisch ausgerichtet ist - haben fast alle Bürger*innen Chinas davon profitiert: Die Armut ist deutlich zurückgegangen! Statt 700 Millionen vor 40 Jahren, gelten heute nur noch 15 Millionen Menschen als absolut arm (Pressenza, 2018). Ähnlich ist die Entwicklung in den Staaten der früheren Sowjetunion, die alle erst nach der Einführung der Marktwirtschaft zu Wohlstand kamen. Aber auch hier profitierten nicht alle Menschen von der Marktwirtschaft.

Denn das ist der Nebeneffekt von Marktwirtschaft: Die Ungleichheit steigt in allen Ländern mit marktwirtschaftlicher Ausrichtung. Es ist also nicht so - wie ein Drittel der Deutschen glaubt - dass der Kapitalismus zwangsläufig **zu** Hunger und Armut führt, sondern für die meisten Menschen führt er **aus** Hunger und Armut! Und eine wirkliche Demokratie ist ohne Kapitalismus - eigentlich Marktwirtschaft - **nicht** realisierbar! Dagegen schaffen planwirtschaftliche Wirtschaftssysteme, die wie dargestellt, nur in diktatorischen Gesellschaftssystemen möglich sind, zwar mehr Gleichheit, aber eine Gleichheit ohne Wohlstand, häufig sogar in Armut! Die Marktwirtschaft - bzw. der Kapitalismus - hat also wie die Demokratie zahlreiche negative Nebeneffekte, die zu Konkurrenz, Ungleichheit, Ausbeutung, teilweise auch zu Armut führen. Die „Nebeneffekte" der Planwirtschaft sind jedoch - wie die der Diktatur - für viele Menschen deutlich dramatischer, denn sie führt - trotz der größeren Gleichheit - aufgrund der fehlenden Anreize zu wirtschaftlichem Stillstand, zu vermehrter Korruption und fast immer zu noch größerer Armut!

Dass Marktwirtschaft aber nicht zwangsläufig zu Demokratie führen muss, beweist erneut China, denn die „Stärke" der chinesischen Marktwirtschaft ist ihre diktatorische Gesellschaftsform. Da es keine unabhängigen Gewerkschaften, keine funktionierende Opposition und keine freien Medien gibt, kann auch kaum jemand die gravierende Ausbeutung von Mensch und Natur anprangern. China hat eine Art „Turbokapitalismus" entwickelt, wie es ihn bisher in keinem demokratischen Industriestaat gab, nicht einmal in den USA! Viele Menschen haben zwar vom wirtschaftlichen Aufschwung dank Marktwirtschaft profitiert, gleichzeitig ist die soziale Ungleichheit in China um ein Vielfaches gestiegen. Das sozialistische China ist heute eines der „ungleichsten Länder der Erde" (OXI, 2017). Die Ungleichheit ist viel größer als in der Bundesrepublik und den anderen demokratisch ausgerichteten Ländern der Erde, obwohl sich China immer noch als sozialistisches Land bezeichnet und von einer kommunistischen Partei diktatorisch regiert wird!

Auch die wirtschaftliche Stärke des nationalsozialistischen Deutschlands ist auf das nicht vorhandene Zusammenspiel von Demokratie und Marktwirtschaft zurückzufüh-

---

[29] Bei absoluter Armut steht den Menschen max. 1,90€ pro Tag, bei relativer Armut max. 60% des Medianeinkommens der Bevölkerung einer Region zur Verfügung (bpb, 2017).

ren. Ähnlich wie in China - nur noch intensiver - wurde damals in die Persönlichkeitsrechte der Menschen eingegriffen, bis hin zur entschädigungslosen Enteignung jüdischer Unternehmer*innen (Kocka, 2019). Deshalb fehlt mir das Verständnis für die von vielen Menschen geäußerte Bewunderung der chinesischen Wirtschaft. Die rasante Umsetzung von Großprojekten wie Flughäfen, Staudämmen oder Häfen ist nur möglich, weil Entscheidungen und Pläne der dortigen Machthaber nicht von Gewerkschaften, der Opposition, einer unabhängigen Presse und freien Gerichten auf Rechtsstaatlichkeit, Umweltschutz und Menschenrechte überprüft werden können bzw. müssen.

Das Beispiel China verdeutlicht die Notwendigkeit der strikten Trennung von Gesellschaftsform und Wirtschaftsform, die in der DDR zu keiner Zeit erfolgte. Von den meisten in der DDR aufgewachsenen Menschen wird das bis heute nicht erkannt, mit gravierenden Folgen für die Einstellung zur Demokratie. Aber auch in den alten Bundesländern gibt es erstaunlich viele Menschen, die offensichtlich die unterdrückenden Facetten einer Diktatur ignorieren und die Ursachen für unterschiedliche Lebensverhältnisse ausschließlich in der „kapitalistischen" Wirtschaftsordnung suchen.

Zweifellos hat in einer Marktwirtschaft der Wirtschaftssektor eine große Macht. Thilo Bode, der frühere Geschäftsführer von Greenpeace, geht sogar von einer „Diktatur der Konzerne"[30] aus. Ich gebe ihm in vielen Aspekten Recht: Internationale Konzerne hinterziehen Steuern, nutzen Steuerschlupflöcher, schädigen die Umwelt, verstoßen gegen Menschenrechte und vieles mehr. Der Einfluss dieser Konzerne auf die Politik und das Leben aller Menschen ist riesig und macht auch mir manchmal Angst.

Aber ist das wirklich schon der Beweis für eine „Diktatur der Konzerne"? Ich sehe das anders: Genau wie in der Demokratie, wo Parteien und Interessengruppen gegeneinander kämpfen, um Vorteile gegenüber den politischen Gegnern zu erlangen, kämpfen in der Marktwirtschaft Unternehmen um Vorteile und um die Macht. Bei Unternehmen geht es nicht um Wählerstimmen wie in der Politik, sondern um Absatzmärkte, Kund*innen und Profit. Manchmal müssen - wie in der Politik auch - Unternehmen zusammenarbeiten, weil sie teure Projekte trotz ihrer milliardenschweren Potenziale allein nicht realisieren können[31]. Und natürlich haben die ganz großen Konzerne einen größeren Einfluss als kleine, genau wie in der Politik die größeren Parteien mehr Einfluss haben und zahlreiche Prozesse bestimmen und beeinflussen können. Auch diese Beispiele stützen die These Kockas, nach der Demokratie und Marktwirtschaft „verwandt" sind.

Ob die Macht der großen Konzerne tatsächlich größer ist als die der Wähler*innen ist eine Frage der Sichtweise. „Max Weber hat Macht als die Möglichkeit definiert, den jeweils eigenen Willen dem Verhalten anderer aufzuzwingen. Hannah Arendt hingegen versteht Macht als die Fähigkeit, sich in zwang-loser Kommunikation auf ein gemeinschaftliches Handeln zu einigen. Beide stellen sich Macht als eine Potenz vor, die sich in Handlungen aktualisiert; aber jeder legt ein anderes Handlungsmodell zugrunde" (Habermas, 1976).

In Bezug auf die Macht von Konzernen kann ich beide Modelle nachvollziehen. Wie

---

[30] Titel eines seiner Bücher

[31] Für die schnelle Entwicklung von Impfstoffen gegen Covid 19 kooperierten große internationale Pharmakonzerne, z.B. das deutsche Unternehmen Biontech und der amerikanische Pharmakonzern Pfizer.

das Beispiel der Pharmakonzerne bei der Impfstoffentwicklung zeigt, müssen selbst große Konzerne – eigentlich Konkurrenten auf dem internationalen Markt - miteinander kommunizieren, Kompromisse schließen, sich auf ein gemeinsames Handeln abstimmen. Auch in der Automobilbranche arbeiten Unternehmen gemeinsam an der Entwicklung neuer Motoren; ebenso in den Bereichen Telekommunikation, in der Energiewirtschaft oder in der Luft- und Raumfahrt.

Andererseits passt das Modell von Max Weber, wonach Macht die Möglichkeit ist, anderen den eigenen Willen aufzuzwingen. Und auch da stimme ich Bode zu: Tatsächlich haben große Konzerne die Möglichkeit dazu und nutzen diese auch! Ein beeindruckendes Beispiel dafür war der „Dieselgipfel", nachdem die millionenfachen Betrügereien der Automobilindustrie mit Abschaltvorrichtungen in Dieselfahrzeugen öffentlich wurden. Ich bin mir sicher, dass fast alle Politiker*innen das Vorgehen der Fahrzeugindustrie als verwerflich, ja als kriminell einstufen, denn der Betrug ist offensichtlich. Die Automobilindustrie hat ihren Kund*innen Fahrzeuge verkauft, die nicht nur das nicht gehalten haben, was sie versprochen haben, sondern die gegen geltendes Recht verstoßen haben! Man stelle sich vor, ein Bäcker würde Brot verkaufen, in dem verbotene Zutaten enthalten sind oder ein Bauunternehmen spart an Zement und Stahl, um seine Kosten zu senken. Und trotzdem konnten sich die Politiker*innen nicht dazu durchringen, dass die Automobilkonzerne ihre mangelhafte Ware auf ihre Kosten umtauschen, erstatten oder mit Hardware nachrüsten müssen, damit jede/r Kund*in auch das Fahrzeug erhält, das er/sie bestellt und auch bezahlt hat. Und das kurz vor der Bundestagswahl, also in einer Zeit, in der die Politiker*innen ihren Wähler*innen zu gern gezeigt hätten, dass sie sich für ihre Interessen einsetzen und dass die Macht der Konzerne nicht grenzenlos ist!

Das ist tatsächlich die Macht der Konzerne! Aber ist das auch schon der Beweis für die „Diktatur der Konzerne" oder dafür, dass die Konzerne mehr Macht haben als die Wähler*innen?

Nach allem was ich in den Medien über den „Dieselgipfel" lesen konnte, haben die Vertreter*innen der Automobilkonzerne den Politiker*innen deutlich gemacht, dass Rücknahme, Umtausch oder Nachrüstaktionen so teuer wären, dass die Konzerne kaum noch Kapital für die bevorstehende Neuausrichtung der Automobilindustrie, also z.B. für Elektromobilität und autonomes Fahren hätten (Frankfurter Rundschau, 2017). Hier den Anschluss gegenüber der Konkurrenz zu verlieren, würde aber bedeuten, dass in Deutschland möglicherweise Hunderttausende Arbeitsplätze in der Automobilbranche und in der Zulieferindustrie wegfallen würden. Das wäre nicht nur die politische Stimmung im Land schlecht, sondern solch ein Szenario würde sich auf die Steuereinnahmen, auf die Einnahmen für die Renten-, Kranken- und Pflegeversicherung auswirken. Die deutsche Wirtschaft könnte nach Jahren der Hochkonjunktur wieder in eine Krise geraten, deren Auswirkungen niemand abschätzen kann. Offensichtlich haben die Vertreter*innen der Automobilkonzerne dieses Schreckensszenario so glaubhaft vorgetragen, dass es für die Politik das „kleinere Übel" war, die Betrüger nahezu ungeschoren davonkommen zu lassen. Die Automobilkonzerne hatten also - um es mit Max Weber auszudrücken - die Möglichkeit, der Politik ihren Willen aufzuzwingen. Die Konzerne haben tatsächlich Macht - und haben diese auch genutzt!

Trotzdem bestreite ich, dass Konzerne eine größere Macht als die Wähler*innen haben und dass es eine „Diktatur der Konzerne“ gibt. Denn die weitaus größere Macht hätten die Wähler*innen, wenn sie diese nutzen würden! Nicht nur, dass die Wähler*innen bei der wenige Wochen nach dem „Dieselgipfel“ stattfindenden Bundestagswahl die Regierungsparteien für ihre Nachsicht gegenüber den Automobilkonzernen nicht wirklich abstraften. Nein, sie kaufen seit dem Betrugsskandal so viele Autos wie nie zuvor! Insbesondere der Volkswagen-Konzern, bei dessen Autos der Betrug zuerst offensichtlich wurde und der wohl im größten Umfang den Betrug betrieb, erzielt seit Bekanntwerden des Skandals einen Absatzrekord nach dem anderen (ZEIT Online, 2019e)! Auch wenn die Zahl der Klagen gegen die Konzerne weiterhin steigt und die Gerichte belastet, sind die gut 61.000 Verfahren, die Ende 2020 noch ausstanden überschaubar, wenn man bedenkt, dass mehrere Millionen Autobesitzer*innen betrogen wurden (Schuster & Thürmer, 2020).

In vielen Bereichen des Lebens könnten die Bürger*innen und Wähler*innen die Konzerne spüren lassen, was sie von ihnen erwarten. Immer wieder werden von den Medien Missstände und Skandale in großen Konzernen, aber auch in kleinen Unternehmen aufgedeckt. Seien es die Tierquälereien oder die Arbeitsbedingungen in der Fleischindustrie, die Vernichtung von Retourware bei Amazon, die Ausbeutung der Textilarbeiter*innen in Asien, die Abholzung von Regenwäldern und vieles mehr. Weltweit agierende Konzerne verdienen daran Milliarden, gewinnen immer mehr an Macht, drücken damit die Preise und verstärken die Ausbeutung der Menschen in Deutschland, insbesondere aber in den Entwicklungsländern. All diese Missstände sind fast allen Bürger*innen in Deutschland bekannt, weil die Medien immer wieder darüber berichten. Viele ärgern sich darüber, ändern jedoch nichts an ihrem eigenen Verhalten, sondern schimpfen auf die Politik und verlangen von dieser, dass sie die bestehenden Missstände beseitigt. Nur weil die meisten Bürger*innen und Wähler*innen möglichst billig („Geiz ist geil“) so viel wie möglich kaufen und konsumieren wollen, haben die Konzerne die Möglichkeit, so hohe Profite einzufahren und infolgedessen so viel Einfluss und Macht zu gewinnen, dass sie tatsächlich der Politik in vielen Fällen ihren Willen aufzwingen können. Dabei hätten die **Bürger*innen** die Macht, den Konzernen zu zeigen, was sie von ihnen erwarten und was nicht. Nachdem viele Menschen keine Eier aus Käfighaltung mehr gekauft haben, sind diese aus den Supermarktregalen weitgehend verschwunden, was jedoch nicht bedeutet, dass es in Deutschland keine Käfighaltung mehr gibt (PETA, 2017). Ähnlich ist es im Moment mit Plastikverpackungen, mit to go - Kaffeebechern oder mit Strom aus Atom- oder Kohlekraftwerken. Wenn immer weniger Konsument*innen diese Produkte nachfragen, stattdessen umweltgerechte Artikel und solche, die unter fairen Arbeitsbedingungen produziert wurden, kaufen würden, müssten die Unternehmen darauf reagieren und sich auf die Bedürfnisse ihrer Kund*innen einstellen. Schließlich wollen sie weiterhin ihre Produkte verkaufen und damit Gewinne erzielen. Die Möglichkeiten der Menschen wären riesig, wenn sie sich ihrer Macht bewusst wären!

Leider sind die meisten Menschen bequem, verschenken ihre Macht, fordern aber von anderen - nämlich den Politiker*innen - dass diese die eigene Bequemlichkeit kompensieren[32]. Tun sie das nicht, wird über sie geschimpft oder sie werden abgewählt.

Häufig wird auch mit dem Satz argumentiert: „Ich allein kann doch eh nichts ändern." Auch diese oft verwendete Ausrede zeugt von Bequemlichkeit und der Verschiebung der Verantwortung auf andere. Dass jede/r Einzelne etwas bewirken kann, hat Greta Thunberg eindrucksvoll bewiesen, die zunächst allein mit ihrem Schild vor dem Schwedischen Reichstag stand, um gegen die Klimapolitik der Regierung zu protestieren und damit eine weltweite Protestwelle auslöste (Schlüter, 2019). Wenn ein 15-jähriges Mädchen es schafft, Initiatorin einer weltweiten Kampagne zu werden, kann niemand mehr behaupten, dass seine/ihre Meinung nichts zählt und dass man nichts ändern kann!

Ich möchte an dieser Stelle noch ein weiteres Beispiel skizzieren, weil es auch einen der Super-Konzerne betrifft, die angeblich mehr Macht besitzen als die Wähler*innen.

In Deutschland wurden schon vor der Corona-Pandemie jährlich 3,5 Milliarden Pakete über Amazon verschickt. Das bedeutet, dass jede/r Deutsche - vom Säugling bis zum Greis - jährlich 24 Pakete bei Amazon bestellt! Dabei deckt Amazon nur knapp die Hälfte des Versandhandels in Deutschland ab (FOCUS, 2019). Obwohl in den Medien immer wieder von Dumpinglöhnen und Ausbeutung der Mitarbeiter*innen oder der Vernichtung von Retourware bei Amazon berichtet wird, sich viele Menschen über die verstopften Innenstädte, die vollen Autobahnen und fehlenden Parkplätze für LKW, die Arbeitsbedingungen der LKW-Fahrer*innen und das Sterben der kleinen Geschäfte in den Innenstädten beklagen, steigt die Zahl der Pakete jährlich. Die Politiker*innen sollen für bessere Bezahlung der Amazon-Mitarbeiter*innen und LKW-Fahrer*innen sorgen, für die Senkung der Abgase, für mehr Autobahnen und Raststätten (natürlich ohne Baustellen, die Staus verursachen) und vieles mehr. Dabei könnten die Bürger*innen durch eigene Verhaltensänderungen viele dieser Probleme selbst lösen oder zumindest ihre Auswirkungen reduzieren. Auch dieses Beispiel macht deutlich, wie wichtig die Einnahme der jeweils anderen Position und das Reflektieren eigenen Handelns ist, um eine gerechtere Gesellschaft nach der Idee von John Rawls zu gestalten. Beharren auf eigenen alleinigen „Wahrheiten" zum persönlichen Vorteil, Ablehnung von Streit und Kompromisssuche und das Delegieren von Entscheidungen an die Politiker*innen, von denen zudem erwartet wird, dass sie es allen recht machen, führt zur Spaltung der Gesellschaft, zu Demokratieverdrossenheit und gibt Parteien und Politiker*innen vom rechten und linken Rand die Möglichkeit, mit einfachen „Lösungen" angebliche „Alternativen" anzubieten, die in Wirklichkeit keine sind.

Und die Verhaltensänderungen hätten darüber hinaus eine Signalwirkung auf die Politiker*innen: Wenn sie merken würden, dass die Menschen im Land diese auf Ausbeutung und Umweltzerstörung ausgerichtete Praxis ablehnen und boykottieren, hätten die Konzerne keine Macht mehr über die Politik. Die Konzerne könnten dann nicht der Politik ihren Willen aufzwingen, sondern die Politik könnte viel öfter den Konzer-

---

[32] Einer Umfrage der Europäischen Entwicklungsbank zufolge, will die große Mehrheit der Deutschen von der Politik zum Klimaschutz gezwungen werden. Ohne Zwang durch die Politik sehen sich die meisten Bürger*innen nicht in der Lage, umweltschädliche Gewohnheiten abzulegen (Yahoo!life, 2021).

nen ihren Willen bzw. den der Bürger*innen auferlegen, zumal sie dann auch nicht befürchten müsste, von den Wähler*innen für ihr Handeln abgestraft zu werden.

Auch hierfür gibt es ein Beispiel, das diese Argumentation unterstützt: Nach der Reaktorkatastrophe von Fukushima im März 2011 hat der Bundestag den großen Energieversorgern in Deutschland ihren Willen aufgezwungen, indem sie die Abschaltung aller Reaktoren innerhalb weniger Jahre beschloss. Die Regierung aus CDU/CSU und FDP, die erst ein Jahr zuvor eine Laufzeitverlängerung der Reaktoren beschlossen hatte, wusste die Mehrheit der deutschen Bevölkerung[33] und des größten Teils der Opposition[34] hinter sich und konnte aus diesem Grund gegen die Interessen und den Widerstand der Konzerne handeln (Kissel & Peckmann, 2011). Die Regierung wurde auch von den Wähler*innen zu diesem Schritt gedrängt, denn sie musste befürchten, dass ihre Umfragewerte sinken würden, wenn sie nicht so handelt. SPD und Grüne warfen der Regierung deshalb vor, nicht aus Überzeugung, „sondern nur aus Gründen des Machterhalts" den Ausstieg zu beschließen (ebd.).

Auch in diesem Fall richteten sich die Politiker*innen nach dem Willen der Wähler*innen. Wäre dieses Handeln möglich gewesen, wenn wir in Deutschland tatsächlich eine „Diktatur der Konzerne" hätten oder wenn die Konzerne wirklich mehr Macht als die Wähler*innen hätten? Damit ist es nicht nur so, dass das Volk die Regierung und die Politiker*innen hat, die es verdient, sondern es hat auch die Politik, die es verdient!

Ein weiteres Argument gegen die These von der „Diktatur der Konzerne" ist das Vorhandensein und die Stärke von Gewerkschaften in Demokratien. Fast jährlich ruft die Gewerkschaft Ver.di ihre Mitglieder zu Streiks gegen die Arbeitsbedingungen und Löhne bei Amazon auf und stoppt damit über mehrere Tage die Auslieferung von Paketen. Würde sich Amazon das wirklich bieten lassen, wenn der Konzern tatsächlich ein Diktator wäre? Oder würde der Konzern - wie in Diktaturen üblich - mit Gewalt die Fortsetzung der Arbeitsprozesse erzwingen?

Auch anderen Großkonzernen werden immer wieder von streikenden Mitarbeiter*innen große Verluste zugefügt, ohne dass diese die Möglichkeit haben, wie Diktatoren zu agieren. Sogar relativ kleine Gewerkschaften wie die Piloten-Vereinigung „Cockpit" oder die Gewerkschaft Deutscher Lokomotivführer (GDL) mit wenigen Tausend Mitgliedern agieren gegen Großkonzerne wie „Lufthansa" oder „Deutsche Bahn" selbstbewusst und auf Augenhöhe. Wie in einer Demokratie üblich, kommt es zu den Auseinandersetzungen der Interessengruppen mit Kompromissfindung am Ende der Verhandlungen. Die Gewerkschaften müssen in der sozialen Marktwirtschaft und der Demokratie Deutschlands jedoch nicht befürchten, von „Diktatoren" vernichtet zu werden. Und auch hier zeigt sich, welche Macht die Bürger*innen haben: Je mehr Menschen in Gewerkschaften organisiert sind und sich dort engagieren, desto größer ist deren Macht in den Auseinandersetzungen mit den Konzernen. Auch an diesem Beispiel wird deutlich, wie wichtig der Streit zwischen den Interessengruppen der Arbeitgeber*innen (Konzerne) und Arbeitnehmer*innen (Gewerkschaften) für den

---

[33] In einer Umfrage von Infratest dimap sprachen sich 54% der Bevölkerung für einen schnellen Atomausstieg aus (Infratest dimap, 2011).

[34] Nur die LINKE stimmte mehrheitlich dagegen, weil ihr der Beschluss nicht weit genug ging (Kissel & Peckmann, 2011).

gesellschaftlichen Frieden und das Gleichgewicht in der Gesellschaft ist.

Alle bisher beschriebenen Statements, die jeweils von einer großen Mehrheit der Thüringer*innen befürwortet werden und die grundsätzlich in Ostdeutschland häufiger vertreten werden als im Westen Deutschlands, sind auf ein Demokratieverständnis zurückzuführen, das den eigentlichen Zielen einer demokratischen Gesellschaft entgegensteht. Die mehrheitliche Zustimmung zu diesen Statements lässt sich auf ein Verständnis einer Gesellschaft zusammenfassen, die u.a.

- Meinungsfreiheit anderer Interessengruppen einschränkt,
- Auseinandersetzungen und Interessenkonflikte vermeidet,
- Gleichheit mit Gerechtigkeit gleichstellt,
- hohe Erwartungen an die Politik hat, gleichzeitig die eigenen Möglichkeiten unterschätzt und die
- unternehmerische Freiheiten der Marktwirtschaft ablehnt.

Dafür wünscht sich eine Mehrheit der Bürger*innen eine Autorität, die ihnen schwierige Entscheidungen und die eigene Verantwortung für Entscheidungen abnimmt. Außerdem sollen diese Entscheidungen ohne lange Diskussionen „durchgeboxt“ werden.

Wolf Wagner, der sich 2005 in einer Broschüre für die Thüringer Landeszentrale für politische Bildung (LZT) mit 20 Fragen des Thüringen-Monitor 2003 auseinandergesetzt hat, kommt zu einem ähnlichen Fazit: Demnach stellen sich viele Thüringer*innen „eine einfache Welt” vor, in der „die Wahrheit klar und offensichtlich ist (...), in der es keinen Streit über die richtige Lösung gibt, in der es keine Fremden gibt, (...). Und weil klar ist, was gut für das Land ist und wer es tut, gibt es keine Opposition (...), die das Allgemeinwohl gefährden könnte“ (Wagner, 2005, S. 130). Wagner macht deutlich, dass Menschen, die den Aussagen überwiegend zustimmen, sich „halb bewusst, halb unbewusst eine starke Hand (wünschen T.F.), die sie durch das bedrohliche Chaos führt, ohne dass sie die Anstrengung auf sich nehmen müssen, selbst eine Orientierung zu finden. Sie vergessen dabei jedoch, dass sie mit solch einer starken Hand wieder zum unmündigen Kind werden, das nur noch die Freiheiten hat, die ihm die führende Hand zugesteht” (S. 131).

Explizit so ausdrücken würden das wohl die wenigsten Menschen in Thüringen. Die Umfrageergebnisse des Thüringen-Monitors und ähnlicher Studien verdeutlichen jedoch die Diskrepanz zwischen der Einschätzung einer Demokratie als „bester Gesellschaftsordnung“ und dem tatsächlichen Funktionieren einer freiheitlich demokratischen Gesellschaft, die offensichtlich in der Vorstellung vieler in Ostdeutschland aufgewachsener bzw. lebender Menschen besteht.

Macht das Volk die bessere Politik?

Das Thema „direkte Demokratie“ - also der Wunsch nach mehr Volksentscheiden als Alternative zur überwiegend parlamentarischen, repräsentativen Politik - erfüllt die oben genannten Kriterien nicht oder nur sehr eingeschränkt. Und doch sind auch an direkte Demokratie häufig unrealistische Erwartungen geknüpft, die zu Enttäuschungen führen können, aus denen nach meiner Überzeugung nicht nur Politik- und Demokratieverdrossenheit, sondern häufig auch Ablehnung von Demokratie und der Wunsch nach „einfachen Lösungen“ entsteht.

In einer repräsentativen Studie aus dem Jahr 2016 haben 84% der Ostdeutschen und 73% der Westdeutschen der Forderung zugestimmt, dass es auch auf Bundesebene Volksentscheide geben sollte (Wichmann, 2016). Auch ich sehe zahlreiche Vorteile und Möglichkeiten in der Beteiligung der Bevölkerung bei Volksbegehren und Volksentscheiden. Häufig steigt mit ihnen die Nachfrage nach sachlicher Information und die Bürger*innen sind eher bereit, die Folgen ihrer Entscheidung mitzutragen. Demnach kann direkte Demokratie als politische Bildung angesehen werden und sie kann außerdem die Legitimation politischer Entscheidungen erhöhen. Es wird davon ausgegangen, dass allein die Möglichkeit, durch direkte Demokratie Einfluss auf politische Entscheidungen zu nehmen, dazu führen kann, dass Regierungen ihre Entscheidungen danach ausrichten, was die Mehrheit der Bevölkerung wünscht (FIS, 2018).

Aber auch bei der direkten Demokratie ist es wie bei allen Dingen im Leben: wo Licht ist, ist auch Schatten. Wenn ich mich nachfolgend intensiver mit den „Schattenseiten" und weniger mit den „Sonnenseiten" direkter Demokratie auseinandersetze, soll das keine Wertung darstellen. Offensichtlich werden jedoch die „Schattenseiten" direkter Demokratie von vielen Menschen nicht erkannt oder sie werden nicht so hoch bewertet wie die Vorteile. In diesen Nachteilen sehe ich jedoch Gefahren für die Demokratie in Deutschland, die nach meiner Überzeugung nicht ausreichend kommuniziert werden.

In meinen vorangegangenen Ausführungen habe ich die Bedeutung von Auseinandersetzung und Kompromissfindung als zentrale Elemente einer Demokratie dargelegt. Genau diese Kriterien werden jedoch bei Volksentscheiden beschnitten, denn sie sind in der Regel auf Ja-Nein-Entscheidungen begrenzt. Die Suche nach Kompromissen, deren Ziel es ist, die Bedürfnisse möglichst vieler Menschen in der Gesellschaft zu berücksichtigen, ist kaum oder gar nicht gegeben. Anders als bei der repräsentativen Demokratie (siehe Beispiel Koalitionsvertrag), hat die unterlegene Fraktion kaum Möglichkeiten, ihre Ziele und Bedürfnisse einzubringen. Die Ergebnisse direkter Demokratie sind also auf die simple Ja-Nein-Alternative reduziert. Aktuelle Stimmungslagen beeinflussen außerdem die Ergebnisse von Volksentscheiden, was den Einfluss autoritärer - also eher demokratiefeindlicher Personen und Gruppen - erhöhen kann (ebd.).

Ein eindrucksvolles Beispiel dafür war das Brexit-Referendum in Großbritannien. In den Wochen und Monaten vor dem Referendum schürten Politiker wie Boris Johnson und Nigel Farage eine Anti-EU-Kampagne und beeinflussten damit die Meinung in der britischen Gesellschaft. Das Problem sehe ich nicht darin, dass sie für ihre Meinungen und Ziele kämpften und argumentierten - das gehört zum Meinungspluralismus in einer Demokratie. Das Problem sehe ich darin, dass sie das mit Lügen und Falschaussagen sowie mit Vorurteilen und Diskriminierungen gegenüber Menschen aus anderen Ländern und Kulturen taten. Außerdem argumentierten sie mit egoistischen Forderungen und wollten den solidarischen Aspekt der Europäischen Union, wonach wirtschaftlich stärkere Länder die schwächeren unterstützen, nicht mehr mittragen.

Das Ergebnis des Brexit-Referendums verdeutlicht mehrere Nachteile von direkter Demokratie:

- Es gab nur die Ja-Nein-Alternative, die zu einer immer noch andauernden Spaltung der britischen Gesellschaft führte.
- Mehrfach wurde ein weiteres Referendum von den Brexit-Gegner*innen gefordert, in der Hoffnung, dass eine andere politische Stimmung zu einem anderen Ergebnis führt.
- Demagogen schürten die Stimmung gegen Minderheiten und argumentierten mit falschen Versprechen und zahlreichen Lügen.

Offensichtlich haben sich viele Brit*innen, trotz der Bedeutung dieses Referendums für die Zukunft ihres Landes, nicht ausreichend über die Folgen des Brexits informiert. Die Initiator*innen der „Leave"- Kampagne versprachen, wöchentlich 350 Millionen Pfund nicht wie bisher in die EU, sondern in das marode staatliche Gesundheitswesen zu investieren. Außerdem schürten sie Ängste vor einer Zuwanderung von Millionen Menschen aus der Türkei aufgrund eines angeblich bevorstehenden EU-Beitritts der Türkei. Obwohl britische Journalist*innen diese Aussagen überprüften und übereinstimmend zu dem Ergebnis kamen, dass die Summe von 350 Millionen Pfund nicht stimmt und auch das staatliche Statistikamt die Versprechen der Brexit-Befürworter*innen als „irreführend" bezeichnete, wollte eine Mehrheit der Briten den Fakten keinen Glauben schenken. Auch ein EU-Beitritt der Türkei ist aktuell überhaupt nicht absehbar (Gensing, 2019).

Von den Befürworter*innen direkter Demokratie wird häufig die Schweiz als Vorbild aufgeführt, dem auch Deutschland folgen sollte. Durchschnittlich viermal im Jahr dürfen die Schweizer*innen bei Volksentscheiden direkt abstimmen, wobei sie jeweils ca. zehn Entscheidungen auf lokaler, kantonaler[35] oder bundesstaatlicher Ebene treffen können (Hilt, 2018). Allein diese Zahl zeigt jedoch, dass auch in der Schweiz nicht jede politische Entscheidung in Volksentscheiden fällt, sondern die repräsentative Demokratie auch in der Schweiz den größten Teil der Politik ausmacht.

In Deutschland werden jährlich ca. 150 Gesetze im Bundestag beraten (Wagner, 2002, S. 73). Hinzu kommen Gesetze auf Landesebene oder kommunale Bestimmungen. Bei vielen Gesetzen und Bestimmungen muss zusätzlich darauf geachtet werden, dass sie nicht gegen EU-Recht verstoßen. Welcher Bürger und welche Bürgerin könnte sich über all diese Themen informieren und dann in einem Volksentscheid Antworten geben, die auf Faktenwissen basieren und nicht nur auf einem Gefühl?

Bei Umfragen darüber, ob mehr politische Entscheidungen über direkte Demokratie erzielt werden sollen, wird aus dem Grund häufig die Einschränkung „bei wichtigen politischen Fragen" vorgenommen. Aber was sind „wichtige" und was sind „unwichtige" politische Fragen? Gesetze, die für eine Person existenziell sein können (z.B. für Landwirte), sind für viele andere Personen völlig irrelevant. Wer soll dann darüber entscheiden, über welche Gesetze das Volk per Volksentscheid entscheiden soll und wann Politiker*innen entscheiden dürfen/sollen?

Einen weiteren problematischen Aspekt erörtern die Autor*innen des Thüringen-

[35] Kantone sind Regierungsbezirke in der Schweiz, in etwa vergleichbar mit Bundesländern in Deutschland.

Monitors 2001. Obwohl mehr als zwei Drittel der Befürworter*innen direkter Demokratie der Mehrheit der Bürger*innen die Kompetenz absprechen, wichtige politische Entscheidungen treffen zu können, plädieren sie für die direkte Demokratie (Dicke, et al., 2001, S. 27)!

Im Thüringen-Monitor des Jahres 2000 fassten die Autor*innen der Studie die Zustimmung zu Volksentscheiden so zusammen: „Die Leute sollen auch dann (häufiger) über wichtige politische Fragen entscheiden, wenn ihnen jegliche Kenntnis bezüglich der Entscheidungsmaterien fehlt" (Dicke, et al., 2000, S. 37). In einem anderen Jahrgang des Thüringen-Monitors konnten viele von denen, die sich für besonders gut politisch informiert hielten, nicht einmal einfachste politische Fragen (z.B. nach dem Ministerpräsidenten des Landes und nach der Anzahl der Parteien im Landtag) beantworten!

Ähnliche Erfahrungen habe ich im Rahmen eines Seminars mit Studierenden der Fachhochschule Erfurt gemacht, das ich als Lehrbeauftragter zum Thema Politische Bildung durchgeführt habe. Auch in diesem Seminar waren mehrere Studierende der Meinung, dass in Deutschland „keine wirkliche Demokratie bestehe", weil es keine Volksentscheide gibt[36]. Ich habe daraufhin mit den Studierenden eine Mini-Umfrage durchgeführt und ihnen dabei Fragen zu ihrer politischen Kompetenz und zu einigen Fragen aus dem Thüringen-Monitor gestellt. Außerdem sollten sie zehn ausgewählte Fragen von Volksentscheiden der letzten Jahre in der Schweiz beantworten, die auch in Deutschland gestellt werden könnten (z.B. zu Migration, Umweltschutz, soziale Fragen). Die Ergebnisse erstaunten nicht nur mich, sondern auch die Studierenden: In neun der zehn Fragen antworteten sie mehrheitlich anders als die Schweizer*innen bei ihren Volksentscheiden. Einige Studierende waren über die Einstellungen der Schweizer Bürger*innen völlig entsetzt und reagierten wütend auf deren Voten. Auf meine Frage, wieso sie glauben, dass die Ergebnisse in Deutschland anders ausfallen würden, antworteten sie, dass sie sicher sind, dass fast alle Menschen in ihrem Umfeld genauso abstimmen würden wie sie und schlossen daraus, die Meinung der Mehrheit der Bevölkerung zu kennen. Ich vermute, genau in diesem Glauben liegt die Hoffnung vieler Menschen, die sich für mehr direkte Demokratie einsetzen: Sie sind davon überzeugt, dass die Mehrheit der Bürger*innen genauso abstimmen würden wie sie selbst bzw. die Menschen aus ihrem persönlichen Umfeld und dass deshalb bei Volksentscheiden andere Ergebnisse zustande kommen würden, als wenn ausschließlich Politiker*innen entscheiden. In der anschließenden Diskussion mit den Studierenden kristallisierte sich der Grund für ihr Denken (und möglicherweise das der meisten Menschen) heraus: Die Mehrheit der Menschen pflegt fast ausschließlich persönliche Kontakte zu Menschen, die in etwa die gleiche Bildung, ungefähr das gleiche Einkommen, gleiche oder ähnliche Interessen und Lebensvorstellungen haben und in der gleichen Wohngegend wohnen. Wenn diese Kriterien nicht übereinstimmen, kommen die Menschen entweder gar nicht erst in Kontakt oder die Beziehungen bleiben oberflächlich. Wenn man merkt, dass jemand andere politische Ansichten oder moralische Werte vertritt, geht man den Themen oder den Menschen aus dem Weg – man umgibt sich mit seinesgleichen. So entsteht schnell der Eindruck, dass die Mehrheit des Volkes genauso denkt, wie man selbst, obwohl man nur einen kleinen (ausgewählten) Teil des Volkes wahrgenommen hat.

---

[36] Das stimmt nicht, denn auf Landes- und Kommunalebene gibt es Volksentscheide.

Verstärkt wird diese Wirkung bei Menschen, die Meinungspluralismus nicht leben und immer noch an die „eine Wahrheit“ glauben. Sie filtern nur die Meinungen aus ihren Gesprächen heraus, die mit ihrem Weltbild übereinstimmen, abweichende Meinungen werden überwiegend ignoriert! Fast bis zur (traurigen) Perfektion wird dieser Umstand heute mit „Filterblasen“ in den sozialen Netzwerken abgebildet.

In meiner kleinen - definitiv nicht repräsentativen - Umfrage unter Studierenden bestätigten sich die Ergebnisse des Thüringen-Monitors. Insbesondere diejenigen, die weder den Namen des Ministerpräsidenten des Landes nennen konnten noch die Anzahl der Parteien im Thüringer Landtag - es waren drei(!) - schätzten sich selbst besonders gut informiert ein und plädierten überdurchschnittlich häufig für Volksentscheide!

Obwohl ich kein ausgesprochener Gegner direkter Demokratie bin, haben die Ergebnisse des Thüringen-Monitors und die Erkenntnisse des Seminars mit Studierenden - also überdurchschnittlich gebildeten Menschen - dazu geführt, dass meine Sicht auf Volksentscheide kritischer geworden ist.

Denn übertragen auf andere Lebensbereiche müsste man fragen: Wer würde sein Auto von jemandem reparieren lassen, der nachweislich keine Ahnung von Autos hat? Oder wer würde an seinem Körper eine Operation von jemandem durchführen lassen, der/die nicht einmal über minimale medizinische Kenntnisse verfügt, sondern sich ausschließlich auf sein Gefühl verlässt?

Zweifellos treffen Politiker*innen auch Entscheidungen, die später als Fehlentscheidungen eingestuft werden können/müssen. Aber passiert das nicht allen Menschen immer wieder? Entscheidungen werden immer für die Zukunft getroffen! Ändern sich Bedingungen, die nicht bekannt waren oder als nicht relevant eingestuft wurden, kann sich eine Entscheidung, die möglicherweise einmal „richtig“ war, schnell in eine „falsche“ Entscheidung verwandeln. Hat nicht jede/r von uns schon einmal etwas völlig Falsches gekauft, in der Arbeit eine falsche Entscheidung getroffen oder sich gar für den/die falsche/n Partner*in entschieden? Das ist (fast) immer ärgerlich, aber auch menschlich! Nur für Politiker*innen gelten oft andere Maßstäbe: Treffen sie eine „falsche“ Entscheidung, werden sie als „unfähig“, „korrupt“ oder „abgehoben“ bezeichnet und es wird in Zweifel gezogen, dass sie das Volk tatsächlich repräsentieren. Dabei werden häufig Entscheidungen von Politiker*innen schon dann als „Fehlentscheidungen“ bezeichnet, wenn sie nicht der eigenen Meinung entsprechen bzw. keinen persönlichen Vorteil versprechen.

Unberücksichtigt bleibt offensichtlich auch, dass Politiker*innen - zumindest auf Landes-, Bundes- und EU-Ebene – hauptberuflich Politiker*in sind, häufig mit jahrelanger Erfahrung in der Politik, in etwa vergleichbar mit den oben aufgeführten Beispielen der Kfz-Mechaniker*innen bzw. Ärzte und Ärztinnen. Außerdem verfügen sie über Informationen, die „normalen“ Bürger*innen nicht zur Verfügung stehen und über einen Stab von professionellen Referent*innen, die sie beraten, um fachlich kompetente Entscheidungen treffen zu können. Treffen denn Kfz-Mechaniker*innen, Ärzte und Ärztinnen immer richtige Entscheidungen? Selbst nach negativen Erfahrungen - auch „Fehlentscheidungen“ - bringen die meisten Menschen ihr Auto wieder zum Profi in die Werkstatt und gehen bei der nächsten Krankheit wieder zum Arzt bzw. der Ärztin. Nur Politiker*innen traut offensichtlich die Mehrheit der Menschen weniger Sachverstand und Entscheidungskompetenz zu als den Mitbürger*innen - selbst dann, wenn sie diese als politisch ungebildet definieren!

Die Widersprüchlichkeit hinsichtlich der Zustimmung zu direkter Demokratie wird auch in anderen Zusammenhängen deutlich: Während eine deutliche Mehrheit der Deutschen - insbesondere der Ostdeutschen - einen zu großen Einfluss der Wirtschaft auf Politiker*innen in der repräsentativen Demokratie befürchten, ignorieren die vielen Befürworter*innen direkter Demokratie offenbar diese Gefahr bei Volksentscheiden.

Dabei hat beispielsweise die Fluggesellschaft Ryanair 30.000 € für Großplakate im Rahmen einer Kampagne zur Offenhaltung des Flughafens Berlin-Tegel im Vorfeld eines Volksentscheids investiert und somit möglicherweise auf die Meinungsbildung der Bürger*innen Einfluss genommen (Loy, 2017). 30.000 € sind eine vergleichsweise kleine Summe, wenn man die finanziellen Möglichkeiten großer Konzerne bedenkt, die sie beispielsweise in Werbung investieren. Werbung ist jedoch nichts anderes als Meinungsbildung durch Öffentlichkeitsarbeit und funktioniert genauso wie Wahlkampf und/oder eine Kampagne im Vorfeld eines Volksentscheids. Konzerne haben die Möglichkeit, Millionen Euro in Kampagnen zu investieren, um die Meinung der Bürger*innen zu beeinflussen, damit Entscheidungen zu ihren Gunsten ausfallen. Ich bin der Überzeugung, dass durch solche Kampagnen deutlich mehr manipuliert werden kann als durch die Beeinflussung von Politiker*innen, die unter ständiger Beobachtung der Opposition bzw. der Medien stehen.

Insbesondere nach der Vereinigung Deutschlands sind Formen direkter Demokratie - also Volksbegehren und Volksentscheid - in alle Landesverfassungen aufgenommen worden und die Zahl der Volksbegehren und Volksentscheide hat seitdem deutlich zugenommen. Die Regelungen, welche Voraussetzungen erfüllt sein müssen, um ein Volksbegehren oder einen Volksentscheid zu initiieren, variieren von Bundesland zu Bundesland.

Viele Volksentscheide scheitern jedoch - nicht aufgrund fehlender Zustimmung, sondern aufgrund fehlender Beteiligung! Eines der bekanntesten Beispiele dafür war der Volksentscheid zur Kinderbetreuung in Sachsen-Anhalt 2005. Im Jahr 2003 hatte die CDU/FDP-Regierung unter Ministerpräsident Böhmer den Rechts-anspruch auf Ganztagsbetreuung für Kinder arbeitsloser Eltern abgeschafft. Eine Volksinitiative hatte 260.000 Unterschriften für eine Rückkehr zum alten Recht gesammelt. Lediglich 25% der wahlberechtigten Bevölkerung hätte für den Antrag der Initiative stimmen müssen, dann hätte die Landesregierung dem Votum der Bürger*innen folgen müssen. Aber es kam anders: Obwohl über 60% der Wähler*innen für die Rückkehr zum Rechtsanspruch auf Ganztagsbetreuung stimmten, endete der Volksentscheid mit einer deutlichen Niederlage der Initiative: Nur 26,4% der wahlberechtigten Bürger*innen nahmen am Volksentscheid teil. Obwohl also die Mehrheit der abgegebenen Stimmen (60%) für die Ziele der Initiative abgegeben wurden, verfehlte die Initiative das Quorum[37] von 25% Zustimmung deutlich (FAZ.NET, 2005).

Wie kann es sein, dass in einem Bundesland, in dem eine große Mehrheit der Bevölkerung mehr direkte Demokratie fordert, bei der ersten Möglichkeit in der

---

[37] Anzahl der Stimmen, die mindestens abgegeben werden müssen, damit ein Abstimmungsergebnis Gültigkeit erlangen kann. Damit soll verhindert werden, dass bei einer geringen Wahlbeteiligung ein kleiner Teil der Bevölkerung Gesetze und Regelungen bestimmt.

Geschichte des Landes dieses so sehr gewünschte Instrument politischer Beteiligung zu nutzen, diese Gelegenheit ignoriert?[38] Und das bei einem der „heiligsten Themen" der Ostdeutschen: der Kinderbetreuung? Wie hoch wäre die Beteiligung bei weniger bedeutsamen Themen, bei Themen, die nur einen kleinen Teil der Bevölkerung betreffen und wenn es mehrere Volksentscheide im Jahr gäbe? Wäre es richtig - wie häufig gefordert - das Quorum weiter zu senken, so dass vielleicht nur noch 10 oder 15% der Bevölkerung für einen Erfolg des Volksentscheides ausreichen? Was ist, wenn eine Bevölkerungsmehrheit Gesetzesänderungen durch-setzen will, die eine Minderheit unterdrücken sollen. Können wir in Deutschland wirklich sicher sein, dass die Todesstrafe nicht wieder eingeführt wird, auch wenn unmittelbar vor einem Volksentscheid ein Sexualmord verübt wurde, möglicherweise von einem Asylbewerber oder einem vorbestraften Täter? Können sich die Ostdeutschen tatsächlich sicher sein, dass auch weiterhin Fördermittel in die neuen Bundesländer fließen würden, wenn unmittelbar vor einem (von einer westdeutschen Bürgerinitiative) initiierten Volksentscheid ein großer Skandal um (vermeintlich) falsch eingesetzte Fördermittel Schlagzeilen in den Medien macht?

In der Schweiz - dem Vorzeigeland der direkten Demokratie - ist vergleichbares mit dem erfolgreichen Volksentscheid zum Minarettverbot passiert (bpb, 2009a). Auch das Frauenwahlrecht wurde in der Schweiz erst 1971 landesweit eingeführt, viele Jahre nach der Türkei und nach Afghanistan! Dass viele Schweizer Frauen so lange vom Grundrecht auf politische Beteiligung ferngehalten wurden, lag insbesondere daran, dass sich die (allein stimmberechtigten) Männer per Volksentscheid regelmäßig gegen das Frauenwahlrecht aussprachen. Auf kommunaler Ebene konnten Frauen selbst danach noch nicht überall wählen. Mehrfach wurden Anträge durch die stimmberechtigten Männer in Appenzell abgelehnt. Erst im Dezember 1990 (!) entschied ein Gericht in Lausanne einstimmig, dass es verfassungswidrig ist, Frauen das Wahlrecht zu verweigern (Volkert, 2011).

Vielen Unterstützer*innen direkter Demokratie ist auch nicht bekannt, dass Volksentscheide zeit- und kostenintensiver sind als die repräsentative Demokratie (FIS, 2018). Wichtige politische Entscheidungen verzögern sich häufig noch länger, obwohl ja gerade das ein häufig genannter Kritikpunkt an der repräsentativen Demokratie ist. Und auch die Klagen über die zu hohen Kosten, die Politiker*innen verursachen, greifen zu kurz. Denn diese würden mit der direkten Demokratie nicht sinken, sondern steigen! Wie am Beispiel der Schweiz beschrieben, müsste es repräsentative Demokratie weiterhin geben. Wahlen und die hinzukommenden Volksentscheide kosten viel zusätzliches (Steuer-)Geld, nicht nur weil Stimmzettel entworfen, gedruckt und verteilt werden und Wahlbenachrichtigungen verschickt werden müssen. Die ausgefüllten Stimmzettel müssen dann auch noch ausgezählt und ausgewertet werden! Die meisten Kommunen klagen schon jetzt, dass bei Wahlen nicht mehr ausreichend freiwillige Helfer*innen zur Verfügung stehen. Für die Kommunal- und Europawahl am 26. Mai 2019 haben allein in Magdeburg knapp acht Wochen vor der Wahl noch ca. 100 Wahlhelfer*innen gefehlt. Im Altmarkkreis Salzwedel hat sich auf Zeitungsanzeigen kein/e einzige/r Freiwillige/r

---

[38] Bei der ersten freien Volkskammerwahl in der DDR betrug die Wahlbeteiligung mehr als 93%!

gemeldet (mdr, 2019a)! Wenn es also deutlich mehr Volksentscheide geben sollte - wie von der Mehrheit der Bürger*innen gefordert - hätten viele Kommunen nicht nur das Problem, dass sie nicht genügend Helfer*innen hätten, sondern es würde den Haushalt vieler ohnehin chronisch finanzschwacher Kommunen zusätzlich belasten.

Wie bereits beschrieben, bin ich **kein Gegner** direkter Demokratie und diese Ausführungen sollen auch nicht als Plädoyer gegen Volksentscheide verstanden werden. Ich bin jedoch davon überzeugt, dass viele Bürger*innen überhöhte und unrealistische Erwartungen an direkte Demokratie haben und die Gefahren und Nachteile unberücksichtigt lassen. Nicht realisierbare Erwartungen führen jedoch - wie in der repräsentativen Demokratie auch - zu Enttäuschung und Unzufriedenheit, was wiederum in Politik- und Demokratieverdrossenheit münden kann. Das, was sich viele Menschen von direkter Demokratie versprechen, nämlich mehr Information und Mitspracherecht, Entscheidungen vom „Volk", nicht von einer „Elite" und somit „wahre" Demokratie, birgt zahlreiche Gefahren und kann ins Gegenteil einer „gerechten" Gesellschaft umschlagen.

Andererseits bietet die repräsentative Demokratie zahlreiche Möglichkeiten, sich selbst in die Gesellschaft einzubringen. Anders als häufig behauptet, hat jeder Bürger und jede Bürgerin vielfältige Möglichkeiten, sich über politische Ziele der Parteien und Politiker*innen zu informieren und sich politisch zu engagieren. Auch zwischen den Wahlen und ohne Mitgliedschaft in einer Partei ist es möglich, Politiker*innen zu kontaktieren, Anliegen oder Beschwerden vorzutragen. Denn im Gegensatz zu einer Diktatur ist eine Demokratie eine dynamische Gesellschaft, die sich täglich verändert, die permanent neue Herausforderungen produziert und ständiges Mitdenken, Einmischen und Mitbestimmen ermöglicht, letztendlich davon lebt.

Auch wenn ich zur Erläuterung des Demokratieverständnisses eine Studie herangezogen habe, die bereits 2003 und ausschließlich in Thüringen erstellt wurde, deutet vieles darauf hin, dass die Unterschiede zwischen Ost- und Westdeutschland weiterhin bestehen und sich das Demokratieverständnis in Thüringen und Ostdeutschland nicht wesentlich verändert hat. Eine Langzeitstudie der Konrad-Adenauer-Stiftung stellte Anfang 2020 fest, dass zwar 40% der Westdeutschen, aber nur 22% der Ostdeutschen mit der Demokratie in Deutschland zufrieden sind. Unzufrieden waren lediglich 15% im Westen jedoch 28% im Osten (Pokorny, 2020, S. 7). Laut Thüringen-Monitor 2019 ist die Demokratiezufriedenheit in Thüringen zwar seit 2003 um mehr als 10% gestiegen. Aber dass die Parteien nur die Stimmen der Wähler*innen wollen und sich nicht für ihre Ansichten interessieren, beklagten 2003 77% und 2019 75% der Thüringer*innen. Auch dass „Leute wie ich so oder so keinen Einfluss darauf haben, was die Regierung tut", äußerten 2003 wie 2019 67% der Thüringer*innen. In einigen Jahren stieg die Zustimmung sogar auf 77% (Reiser, et al., 2019, S. 41)! Am Demokratieverständnis vieler Thüringer*innen hat sich in den beiden letzten Jahrzehnten also nicht viel verändert.

Auch Michael Edinger, einer der Autoren des Thüringen-Monitors, vertritt die Ansicht, dass es ein unterschiedliches Verständnis von Demokratie in Ost- und Westdeutschland gibt. Demokratie, insbesondere die praktizierte Demokratie, ist auch nach seiner Überzeugung in Ostdeutschland weniger verwurzelt als im Westen, was seine Ursachen in der Sozialisation in der DDR und in den Erfahrungen unmittelbar nach der Vereinigung der beiden deutschen Staaten hat. Er bezeichnet das Verhältnis vieler Ostdeutscher zur Demokratie als „ambivalent“ und „enttäuschungsanfällig“ (Edinger, 2004).

Idealisierte Erwartungen als Ursache für Enttäuschung

Dass nicht ausschließlich wirtschaftliche Faktoren bei den politischen Einstellungen eine Rolle spielen, sondern eher die Herkunft und Sozialisation darüber entscheiden, wie zufrieden die Menschen mit der Demokratie sind, verdeutlicht eine Studie der Friedrich-Ebert-Stiftung. Die Wissenschaftler*innen haben ermittelt, dass es nicht „der Osten“, sondern dass es die Menschen **aus** dem Osten sind, die sich unzufriedener über die Demokratie in Deutschland äußern. Demnach sind Ostdeutsche, die in Westdeutschland leben, häufiger unzufrieden als ihre westdeutschen Mitmenschen. Andererseits sind Westdeutsche, die im Osten des Landes leben, besonders demokratisch eingestellt, häufig sogar ausgeprägter als die Mehrheit der Menschen in Westdeutschland (WELT, 2017).

Der Thüringer Bundestagsabgeordnete Carsten Schneider und der Soziologe Wolf Wagner haben kurz nach der Jahrtausendwende versucht, Antworten darauf zu finden, warum viele Menschen in Ostdeutschland so hohe, teils unrealistische Erwartungen an die Demokratie haben. Sie gehen davon aus, dass schon die DDR ein Moralproblem hatte: Sie versprach, der bessere deutsche Staat zu sein, Ausbeutung abzuschaffen und im Kommunismus alle Menschheitsprobleme zu lösen. In Erfüllung ging dieser Traum nie! Im Gegenteil: Nach Jahrzehnten der Entbehrungen wollten die meisten DDR-Bürger*innen den Sozialismus nicht mehr. Schon in der DDR, aber insbesondere nach dem Sturz des SED-Regimes, wurde die Demokratie als Kontrastprogramm und Gegenmodell zum Sozialismus überhöht. „Ruhig, rational und gerecht sollte sie das Gemeinwohl verwirklichen. Die tatsächliche Demokratie kommt gegen dieses Idealbild genau so wenig an wie einst die gesellschaftliche Wirklichkeit gegen das Idealbild des Sozialismus“. Wie in der DDR erlernt, wird Verantwortung für das eigene Leben an die Politik abgegeben. Nicht Eigeninitiative, sondern eine sehr hohe Erwartungshaltung an den Staat ist typisch für das Politikverständnis vieler Ostdeutscher (Schneider & Wagner, 2002).

Aber warum ist das so? Warum haben 30 Jahre deutsche Einheit nicht dazu geführt, dass die Menschen in Ost- und Westdeutschland ähnliche Vorstellungen von Demokratie haben, wenn sie doch schon so lange unter den gleichen politischen Verhältnissen leben und von den gleichen Politiker*innen regiert werden. Stimmt die Theorie vom Kulturschock vielleicht doch nicht? Denn gemäß dieser Theorie müsste längst die Phase der Verständigung eingesetzt haben, in der die Menschen das Verschiedensein akzeptieren und als Häufung von Missverständnissen erkennen.

Möglicherweise ist es gerade das von Wagner beschriebene Kulturschockmodell, welches die unterschiedlichen Einstellungen zur Demokratie und die Ablehnung vieler in Westdeutschland weit verbreiteter und gesellschaftlich anerkannter Normen erklärt. Denn es gab in Ostdeutschland nicht nur eine überhöhte Erwartungshaltung an die Demokratie, sondern auch an die Herstellung der gleichen Lebensverhältnisse in Ost und West. Die meisten Menschen erwarteten, dass binnen weniger Jahre das wirtschaftliche Niveau Westdeutschlands erreicht wird, wenn sich alle nur richtig anstrengen und die Westdeutschen sich weiterhin so solidarisch zeigen, wie in der Zeit des politischen

Umbruchs. Doch obwohl sich die meisten Ostdeutschen immens anstrengten, viele Entbehrungen auf sich nahmen, viele Veränderungen bewältigten, Milliarden an Fördermitteln aus dem Westen und der EU in den Osten flossen, ließ die wirtschaftliche Angleichung auf sich warten - bis heute! Frust und Enttäuschung nahmen zu, die Erwartungen an die Politik stiegen, die Jungen, Mobilen und viele gut Ausgebildete verließen den Osten in Richtung Westen und ließen die zurück, die sich nicht mehr verändern konnten oder wollten.

Wagner beschreibt in einem Artikel zum Thema Jugendarbeitslosigkeit, dass es im Osten Deutschlands nun - wie zu DDR-Zeiten - eine Aufstiegsblockade gab (Wagner, 1998, S. 695ff.). Sie war nach meiner Überzeugung nicht reell - wie in der DDR, wo man ohne SED-Mitgliedschaft häufig am gesellschaftlichen Aufstieg gehindert wurde - aber sie war **gefühlt**. Trotz aller Anstrengungen, Anpassungen und Entbehrungen stellte sich die wirtschaftliche Gleichheit mit den Westdeutschen nicht so schnell ein wie erhofft, obwohl schon wenige Jahre nach der Vereinigung die Mehrheit der Ostdeutschen feststellte, dass es ihnen wirtschaftlich besser geht als in der DDR (Wagner, 1996, S. 132). Die meisten Ostdeutschen gaben sich große Mühe gute (West-)Deutsche zu sein, imitierten teilweise deren Verhalten, wollten nicht „anecken", widersprachen den Westdeutschen nur selten, möglicherweise auch, weil sie respektierten, dass diese mehr Erfahrung mit Demokratie und Marktwirtschaft hatten. Die meisten ordneten sich - wie in der DDR gelernt - den in der (ökonomischen) Hierarchie höherstehenden Westdeutschen unter - und taten damit genau das Falsche! Denn wie in Kapitel 1 erläutert, sind die meisten Menschen aufstiegsorientiert, sind bestrebt, ihr Prestige in der Gesellschaft zu steigern. Das funktioniert aber nicht mit Anpassen, Unterordnen und Imitieren von Gesten und Verhaltensweisen. Da die Ostdeutschen immer noch deutlich weniger verdienten als die meisten Westdeutschen, konnten sie das fehlende Prestige auch kaum mit Konsum- und Luxusartikeln kompensieren. Unter anderem deshalb entstand ein Gefühl der Benachteiligung, das Gefühl „Mensch zweiter Klasse" zu sein[39]! Die Westdeutschen mussten dazu gar nichts beitragen, die meisten Ostdeutschen taten es selbst! Dieses Verhalten vieler Ostdeutscher soll nicht als Makel oder Fehlverhalten interpretiert werden, sondern es ist eine normale Reaktion in solch einer Situation. Auch Bayern und Hessen hätten sich so verhalten, wenn sie einen vergleichbaren Systemwechsel mit den dazugehörigen Verunsicherungen durchlebt hätten und zusätzlich in der wirtschaftlich schwächeren Position gewesen wären. Es ist jedoch auch kritisch zu betrachten, dass die Mehrheit der Ostdeutschen die Bürger*innen der alten Bundesrepublik für die Ungleichheiten verantwortlich machen. Diese können nichts dafür, dass sich ihr politisches und wirtschaftliches System als das Stärkere herausgestellt, sich für sie im Alltag fast nichts geändert hat, dass sie sich nicht umstellen mussten und auch nicht, dass sie mehr verdienen und schon 40 Jahre länger die Möglichkeit hatten, Vermögen und Wohlstand aufzubauen.

Der Zustand der gefühlten und tatsächlichen Unterlegenheit hält bis zum heutigen Tag an: Noch immer sind es die kulturellen Normen der Westdeutschen (Meinungspluralismus, Toleranz, Interessenstreit und Marktwirtschaft), die das Leben

---

[39] Das bei vielen Ostdeutschen verbreitete Gefühl, als „Mensch zweiter Klasse" behandelt zu werden, wird in Kapitel 4 ausführlich erörtert.

der Menschen im vereinten Deutschland bestimmen - auch das der Ostdeutschen. Leider haben viele Ostdeutsche immer noch nicht akzeptiert, dass sich daran (hoffentlich) nichts ändern wird, dass **sie** sich verändern müssen, um in der demokratischen Gesellschaft und im vereinten Deutschland anzukommen. Auch wirtschaftlich sind große Teile Ostdeutschlands weiterhin auf Hilfe aus dem Westen angewiesen. Löhne, Gehälter, Vermögen und gesellschaftliches Prestige bewegen sich weiterhin unterhalb des westdeutschen Niveaus. Das fördert nicht das Selbstbewusstsein der ostdeutschen Menschen, obwohl sie doch genau das dringend nötig hätten. Mit jedem Jahr, in dem die erhoffte wirtschaftliche Angleichung ausblieb, verstärkte sich bei vielen Ostdeutschen ein Reflex, den sie in der DDR seit Jahrzehnten gelernt und verinnerlicht hatten: Schuld sind immer die Anderen! Vierzig Jahre lang hatten die DDR-Bürger*innen in der Schule, im Betrieb oder den Medien gehört oder gelesen, dass es nur im Westen Nazis gibt, dass für die wirtschaftlichen Engpässe die Kapitalisten oder von den Westmedien verführte Saboteure verantwortlich sind. Selbst die jungen Neonazis und Punks sollen ein Produkt der Westpropaganda gewesen sein, genau wie die Botschaftsflüchtlinge und Montagsdemonstrant*innen im Herbst 1989.

Was lag näher, als die nicht erfüllten – häufig unrealistischen und überhöhten - Erwartungen und Hoffnungen im Vereinigungsprozess auf die westdeutschen Politiker*innen, welche die DDR angeblich „annektiert", die den Ostdeutschen angeblich ihr „System übergestülpt" und der „guten Seiten" der DDR beraubt hatten und auf die westdeutsch dominierte Treuhand zu schieben, die die DDR-Betriebe kaputt gemacht haben soll! Vieles, was aus dem Westen kam, wurde nun abgelehnt, insbesondere die westdeutschen Eliten und das mit ihnen „importierte" gesellschaftliche und wirtschaftliche System: die Demokratie und die Marktwirtschaft!

In Kapitel 1 hatte ich bereits die Phase der Entfremdung im Kulturschockmodell beschrieben, in der es zur Überhöhung der eigenen alten Kultur und zur Abwertung der neuen fremden Kultur kommt. Die Glorifizierung zahlreicher Ostprodukte, die „Ossi"-Partys und das selbstbewusste Darstellen der Ost-Identität stellte für die meisten Westdeutschen kein Problem dar, auch wenn viele nicht verstanden, was plötzlich an dem so gut gewesen sein soll, was die früheren DDR-Bürger*innen ein paar Jahre früher so schnell und so radikal wie möglich loswerden wollten.

Viel problematischer war, dass sich - wie in der DDR unter der Aufstiegsblockade - ein eigenes Moralsystem entwickelte, das dem der westdeutschen Gesellschaft entgegenstand. Den seit den 70-er Jahren im Westen verbreiteten und überwiegend anerkannten kulturellen Werten wie Pluralismus, Toleranz, Weltoffenheit und Interessenkonflikt hielten die Ostdeutschen nun eine eigene kulturelle Moral entgegen, die von Nationalismus, Autoritarismus[40], Glaube an das Gemeinwohl sowie den Werten Sauberkeit, Ordnung und Disziplin getragen wird. Diese „preußischen" Werte hatten in der DDR überlebt und verliehen nun Sicherheit, Selbstbewusstsein und moralische Überlegenheit gegenüber den Westdeutschen. Viele Ostdeutsche konnten sich nun als die „besseren Deutschen" fühlen[41].

---

[40] Diktatorische Form der Herrschaft

[41] So auch die Argumentation Wagners zum Thema Jugendarbeitslosigkeit in Ostdeutschland (Wagner, 1998, S. 695ff.).

In allen mir bekannten Studien fällt auf, dass Ostdeutsche höhere Zustimmungswerte bei Fragen zum Nationalismus, Autoritarismus und sogar beim Sozialdarwinismus[42] erzielen. Anhand einiger ausgewählter Fragen aus der Leipziger Autoritarismus-Studie von 2018 (Decker & Brähler, 2018) möchte ich meine Thesen erläutern und aufzeigen, welche Fragen sich daraus ergeben. Ähnlich wie beim Thüringen-Monitor werden in dieser repräsentativen Studie seit 2002 rechtsextreme Einstellungen der Bevölkerung erfasst. Dazu werden im Zweijahresrhythmus 2500 bis 5000 Bürger*innen aus ganz Deutschland befragt und auch die Unterschiede bei den Einstellungen in Ost- und Westdeutschland erfasst. Mit Hilfe von 18 Fragen aus sechs Kategorien, die dem Rechtsextremismus zugeordnet werden (u.a. rechtsautoritäre Diktatur, Nationalismus, Fremdenfeindlichkeit), ermitteln die Forscher*innen die Einstellungen der Bevölkerung und analysieren diese.

Seit Beginn der Befragungen im Jahr 2002 konnten in einigen Kategorien große Unterschiede zwischen den Einstellungen der Ost- und Westdeutschen festgestellt werden. In der Kategorie „rechtsautoritäre Diktatur" stimmten 2018 dem Statement „Im nationalen Interesse ist unter bestimmten Umständen eine Diktatur die bessere Staatsform" 6,5% der Westdeutschen, aber 13,1% der Ostdeutschen „überwiegend" oder „voll und ganz" (manifest) zu. Zumindest teilweise (latent) konnten sich 16,6% der Westdeutschen und 23,3% der Ostdeutschen eine Diktatur als Staatsform vorstellen. Auch einen „Führer, der zum Wohle aller mit starker Hand regiert" wünschten sich 34% der Ostdeutschen manifest oder latent (West: 25,9%). Eine einzige starke Partei, die die Volksgemeinschaft verkörpert, akzeptieren demnach im Osten 51,2%, im Westen immerhin auch 41,3% zumindest teilweise.

Wenn man die Entwicklung der Einstellungen zum Thema „rechtsautoritäre Diktatur" analysiert, fällt auf, dass die manifeste Zustimmung zu dieser Kategorie zwar in Westdeutschland seit 2002 kontinuierlich abgenommen hat (von 6,5% auf 2,7%), im Osten dagegen stabil geblieben ist bzw. sogar wieder leicht steigt. Nach einem Rückgang auf 6,3% im Jahr 2004 wurden 2016 und 2018 Zustimmungswerte von 7,6 bzw. 7,0% gemessen. Außerdem ist auffällig, dass es vor allem die Menschen sind, die selbst die Diktatur der DDR erlebt haben, die dem Wunsch nach einer rechtsautoritären Diktatur zustimmen. Während im Osten nur 4,4% der 14-30-Jährigen dieser Kategorie manifest zustimmen (West 3,4%), sind es bei den 31-60-Jährigen 7,2% (West: 2,8%) und bei den über 60-Jährigen gar 8,3% gegenüber 1,9% der Westdeutschen (S. 91).

Ähnliche Tendenzen sind bei den Einstellungen zum Nationalsozialismus und zum Antisemitismus zu beobachten. Unmittelbar nach der Vereinigung Deutschlands deuteten mehrere Studien darauf hin, dass die Zustimmungen zu diesen beiden Kriterien des Rechtsextremismus in Ostdeutschland niedriger als im Westen Deutschlands ausfallen würden. Erklärt wurde das häufig damit, dass die „antifaschistische Erziehung" in der DDR positiv nachwirke. Für beide Kriterien gilt dies auch in den Zeitschienen der Leipziger Forscher*innen: Sowohl antisemitische als auch den Nationalsozialismus verharmlosende Einstellungen wurden 2002 in Westdeutschland doppelt bis 3-fach so

---

[42] Befürwortung der natürlichen Auslese in ökonomischer, moralischer und sozialer Hinsicht (es sollen sich immer die Stärkeren durchsetzen).

häufig vertreten als im Osten, sind im Westen jedoch im Laufe der Jahre deutlich zurückgegangen. Im Osten gab es dagegen erhebliche Schwankungen, insbesondere jedoch einen Trend zu mehr Zustimmung, so dass im Jahr 2018 sowohl dem Antisemitismus als auch der Verharmlosung des Nationalsozialismus mehr Ostdeutsche als Westdeutsche manifest zustimmten (S. 84-86). Und auch hier sind es die in der DDR aufgewachsenen Menschen, die diesen Statements häufiger zustimmen als die Bürger*innen im Westen Deutschlands. Die nach der Vereinigung geborenen Ostdeutschen lehnen diese Einstellungen sogar häufiger ab als die Gleichaltrigen im Westen (S. 91).

Diese Ergebnisse können nach meiner Überzeugung so gedeutet werden, dass sich tatsächlich bei einem Teil der Menschen, die in der DDR aufgewachsen sind, aus Enttäuschung über den Vereinigungsprozess Einstellungen entwickelt haben, die denen der westdeutschen Mehrheitsgesellschaft - insbesondere der westdeutschen Eliten - entgegenstehen. Denn die gesellschaftlichen Eliten der Bundesrepublik - nicht nur in der Politik, sondern auch in Kultur, Kunst, Sport und Medien - setzen sich täglich für demokratische Werte und gegen Antisemitismus und Rassismus ein und betonen die Verantwortung Deutschlands für die Verbrechen des Nationalsozialismus und den Holocaust.

Die BRD hat sich nach dem Zusammenbruch des Nationalsozialismus mit Unterstützung - möglicherweise auch auf Druck - der Besatzungsmächte und „alten“ Demokratien USA, Großbritannien und Frankreich zu einem demokratischen Rechtsstaat entwickelt, dessen Grundgesetz auf den Werten der Reformation, der Aufklärung und der Allgemeinen Erklärung der Menschenrechte basiert. Mit dem Verfassen des Grundgesetzes waren diese Werte jedoch noch nicht in der gesellschaftlichen Wirklichkeit der Bundesrepublik verankert. Auch in der Bundesrepublik herrschten zunächst die alten konservativen „deutschen Werte“ vor, die häufig noch von hierarchischem Denken, Unterdrückung von abweichenden Meinungen und Diskriminierung von Schwachen und Minderheiten geprägt waren. Erst mit der Studentenbewegung ab 1968 veränderte sich die westdeutsche Gesellschaft zunehmend hin zu der Gesellschaft, wie sie das Grundgesetz beschreibt, ohne das es jemals gelungen ist, alle Menschen auf diesem Weg mitzunehmen.

Die Menschen in der DDR hatten unter der sowjetischen Besatzung nicht die Möglichkeit demokratische Einstellungen zu entwickeln. Durch persönliche Kontakte in die Bundesrepublik oder den Konsum von Westmedien orientierte sich ein kleiner Teil von ihnen an den demokratischen Werten Westdeutschlands und anderer demokratischer Staaten. Es war ihnen jedoch unter den einengenden und diktatorischen Verhältnissen in der DDR kaum möglich, Demokratie zu erproben oder gar zu leben.

Erst mit dem Ende der SED-Diktatur konnten auch die Bürger*innen Ostdeutschlands die Vorzüge, aber auch die Schwierigkeiten selbst erleben, die das Leben in einer Demokratie bereithält: Jede/r darf alles sagen, muss aber aushalten, auch andere Meinungen zu akzeptieren. Menschen anderer Religionen, Kulturen oder Wertvorstellungen haben die gleichen Rechte, solange sie andere Menschen nicht diskriminieren. Entscheidungen werden durch Auseinandersetzung und Streit vorbereitet und in Form von Kompromissen getroffen. Durch die Marktwirtschaft gibt es zwar ein größeres Warenangebot und die Möglichkeit zu Wohlstand zu gelangen, aber sie produziert auch Verlierer*innen, die dem Kampf in der „Ellenbogengesellschaft“ nicht gewachsen sind. Mit all diesen Chancen und gleichzeitig Problemen wurden die Menschen in der ehemaligen DDR konfrontiert, als sie 1989 den Sturz der SED-Regierung und die Öffnung des „Eisernen Vorhangs" erzwangen. Der Rechtsextremismusforscher Wilhelm Heitmeyer nannte das Phänomen „Individualisierungsaufprall" und meinte damit, dass sich der Individualisierungsprozess im Osten Deutschlands, nicht wie in den westlichen Staaten üblich, allmählich vollzog, sondern dass sich soziale Bindungen, Alltagsroutinen und gewohnte Handlungsmuster innerhalb kürzester Zeit änderten und durch neue, in der Regel unbekannte, ersetzt werden mussten (Heitmeyer, 1992, S. 101f.). Während sich die Demokratisierung der Bundesrepublik parallel zum wirtschaftlichen Aufschwung („Wirtschaftswunder") vollzog und somit zur Akzeptanz von Demokratie verhalf, sollten und mussten die Ostdeutschen in einer Zeit der Unsicherheit - häufig auch Zukunftsangst - Demokratie lernen und begreifen. Arbeitslosigkeit, zunehmende Kriminalität, Verlust fast aller bisherigen „Wahrheiten" und Autoritäten, versetzte die meisten Ostdeutschen in einen Zustand am Rande der Erschöpfung und Verzweiflung.

Es ist richtig, wenn immer wieder behauptet wird, Westdeutsche könnten sich in diese Situation nicht hineinversetzen. Aber kann man ihnen das wirklich vorwerfen? Wie sollten sie sich in solch eine Lebenslage hineinversetzen können, wenn sich für sie fast nichts im Leben geändert hat? Kann man jemandem vorwerfen, dass er/sie nicht weiß wie sich Folter oder Vergewaltigung, Krieg und Vertreibung anfühlen, wenn er/sie noch nie so etwas persönlich erlebt hat? Hinzu kommt, dass die Opfer von Folter, Vergewaltigung und Krieg für ihre traumatischen Erlebnisse in der Regel nichts können. Sie waren einfach zur falschen Zeit am falschen Ort oder haben zur falschen Zeit im falschen Land gelebt. Die Ostdeutschen dagegen haben diesen Zustand selbst herbeigeführt: Sie haben ihre Regierung selbst gestürzt, haben kurz darauf den schnellen Beitritt zur Bundesrepublik und die Einführung der Marktwirtschaft mehrheitlich gewollt und gewählt. Auch wenn sie nicht alle Folgen ihres Handelns absehen konnten oder wollten, ist die häufig getätigte Schuldzuweisung an „die Westdeutschen" nach meiner Überzeugung nicht gerechtfertigt!

Sicherlich haben die meisten Ostdeutschen in den Jahren nach der Vereinigung und der Einführung der Marktwirtschaft andere Prioritäten in ihrem Leben gesetzt, als Meinungspluralismus, Toleranz und Interessenkonflikt zu lernen. Genau das wurde aber zum gesellschaftlichen Problem der folgenden Jahre und ist es teilweise bis heute. Denn schon 1991 befürchtete der Politikwissenschaftler Hajo Funke, dass es im Osten Deutschlands zwar zu einer formalen Anpassung an das demokratische System der Bundesrepublik kommen wird, gleichzeitig aber eine Entfremdung von Demokratie stattfindet (Funke, 1991, S. 87). Und Frank Neubacher prognostizierte, dass die Entfremdung von demokratischen Werten das rechtsextremistische Lager stärken und es folglich zu einer Bedrohung der Demokratie in Deutschland kommen könnte (Neubacher, 1994, S. 150).

Kapitel 3: „Ist der Osten rechtsextrem?"

Um es vorwegzunehmen: Nein, „der Osten" ist nicht rechtsextrem! Dies zu behaupten wäre eine pauschale Verallgemeinerung, die definitiv nicht richtig und auch nicht zulässig ist. Denn diese Behauptung würde unterstellen, dass alle in Ostdeutschland lebenden Menschen rechtsextreme Einstellungen vertreten, was ganz sicher nicht stimmt. Rechtsextremismus ist auch kein rein „ostdeutsches Problem". Aber Rechtsextremismus ist „vor allem ein ostdeutsches Problem", wie es der Journalist und Autor Hasnain Kazim in seinem Buch „Post von Karlheinz" ausdrückt (Kazim, 2018, S. 127).

Deshalb ist es notwendig, das Thema Rechtsextremismus genauer zu betrachten, stellt es doch aktuell nach Einschätzung fast der Hälfte der deutschen Bevölkerung die größte Bedrohung der Demokratie in Deutschland dar (ZEIT Online, 2019a). Gleichzeitig ist Rechtsextremismus seit der Vereinigung Deutschlands eines der am meisten erforschten gesellschaftlichen Themen und wird von Ostdeutschen und Westdeutschen kontrovers diskutiert.

Denn schon in der Wahrnehmung der Einstellungen zum Rechtsextremismus ist Deutschland in Ost und West gespalten, wie wissenschaftliche Studien belegen. In einer Studie des IFO-Instituts aus dem Jahr 2017 stuften sich die Ostdeutschen seit der Vereinigung der beiden deutschen Staaten immer weiter „links" ein als die Westdeutschen sich selbst. Auf der 10-stufigen Skala (alle Werte oberhalb von 5 stehen für „rechts" von der Mitte) ordnen sich die Westdeutschen jeweils zwischen 5,1 und 5,6, die Ostdeutschen zwischen 4,6 und 4,9, also eher „links" von der Mitte ein (Rainer, et al., 2018).

Aber was bedeuten die Begriffe „rechts" und „links" und was ist eigentlich die „Mitte", in deren unmittelbarer Nähe sich Ostdeutsche und Westdeutsche in ihrer Selbsteinschätzung bewegen? Offensichtlich ist die „Mitte" für viele Menschen und Parteien so etwas wie ein Qualitätskriterium für gute Politik bzw. den „gesunden Menschenverstand", denn wer möchte schon gern „am Rand" der Gesellschaft stehen? Insbesondere die CDU präsentiert sich gern als Partei „der starken Mitte" (Slogan ihres Parteitags 2019) und auch die Wahl von Thomas Kemmerich zum Thüringer (Kurzzeit-)Ministerpräsidenten am 5. Februar 2020 wurde damit begründet, den „Kandidaten der Mitte" gewählt zu haben (ZEIT Online, 2020b).

Der Sozialpsychologe Oliver Decker von der Universität Leipzig erläutert, dass diese Kategorisierung wohl auf den amerikanischen Soziologen Lipset zurückzuführen ist, der sich im Rahmen einer Studie an der Sitzverteilung in der Französischen Nationalversammlung nach der Revolution von 1789 orientierte. Rechts saßen damals die monarchischen (oder konservativen) Kräfte, links diejenigen, die radikale (oder fortschrittliche) Veränderungen wollten. Die „gemäßigten" Kräfte nahmen dazwischen, also in der Mitte, Platz (Decker & Brähler, 2018, S. 20). Betrachtet man diese Einordnung etwas vereinfacht und zugespitzt, sind also „linke" Parteien und Bürger*innen diejenigen, die radikale gesellschaftliche Veränderungen vorantreiben wollen, die „rechten" Parteien und Bürger*innen wollen dagegen, dass es wieder so wird, wie es früher war, also zurück zu den „guten, alten Zeiten". Die in der „Mitte" möchten von beiden Optionen etwas oder sie wollen, dass (fast) alles so bleibt wie es ist. Überträgt man diese Einordnung auf die Selbsteinschätzung der Deutschen, könnte man es so interpretieren: (Fast) alle wollen, dass vieles so bleibt wie es ist! Die Westdeutschen wollen jedoch etwas mehr zur „guten, alten Zeit" zurück, die Ostdeutschen tendieren mehrheitlich für (kleine)

Veränderungen und Fortschritt. Aber die Tatsache, dass Ostdeutsche und Westdeutsche sich sehr nahe an der „5" bewegen - also der „Mitte" - könnte man auch so deuten, dass (fast) alle ziemlich zufrieden sind und sich eigentlich wünschen, dass (fast) alles so bleibt wie es ist.

Aber wie kommt es, dass sich die Ostdeutschen fortschrittlicher und veränderungsfreudiger einschätzen als die Westdeutschen? Alle mir bekannten wissenschaftlichen Studien zu Demokratie und Rechtsextremismus kommen zu dem Ergebnis, dass Ostdeutsche nicht nur häufiger, sondern auch intensiver als Westdeutsche Ansichten vertreten, die eher ein „Rückwärts" befürworten, während die Mehrheit der Westdeutschen eine Weiterentwicklung und Öffnung der Gesellschaft wünschen. Denn „vorwärts" heißt ja, die Jahrhunderte alten Traditionen der autoritären Machthaber, das Denken in Hierarchien, das Unterdrücken von Minderheiten, von Menschen, die anders sind und anders denken und das Vermeiden von Streit und Auseinandersetzung zu überwinden und stattdessen für Pluralismus, Toleranz und Interessenauseinandersetzung einzutreten. Aber wie in Kapitel 2 dargestellt, steht die Mehrheit der Ostdeutschen gar nicht für dieses „vorwärts". Das war schon kurz nach der Vereinigung Deutschlands so und hat sich im Laufe der 30 Jahre fast nicht verändert.

Wie kann es zu solchen Differenzen in der Selbstwahrnehmung und -einschätzung der Menschen im Land einerseits und andererseits den Ergebnissen wissenschaftlicher Studien kommen, die in der Regel von angesehenen Wissenschaftler*innen an Universitäten, Instituten oder Stiftungen erstellt werden?

Rechtsextreme Einstellungen in Deutschland

Die bereits im vorherigen Kapitel verwendete Leipziger Autoritarismus-Studie von 2018 erläutert sehr anschaulich, wie wissenschaftliche Studien aufgebaut sind, um rechtsextremistische Einstellungen in der Bevölkerung zu erfassen. Da nach meiner Erfahrung viele Menschen im Land sehr sensibel auf das Thema „Rechtsextremismus" reagieren, und viele falsche Annahmen und Vorurteile in der Gesellschaft verbreitet sind, möchte ich an dieser Stelle die Vorgehensweise der Wissenschaftler*innen erläutern.

Die meisten Studien - so auch der in Kapitel 2 thematisierte Thüringen-Monitor - verwenden bei der Ermittlung rechtsextremistischer Einstellungen sechs Dimensionen. Bei der Leipziger Autoritarismus-Studie werden zu jeder der folgenden Dimension drei Statements zur Beantwortung vorgetragen:[43]

Befürwortung einer rechtsautoritären Diktatur: z.B.: „Im nationalen Interesse ist unter bestimmten Umständen eine Diktatur die bessere Staatsform."

Chauvinismus: z.B.: „Was unser Land heute braucht, ist ein hartes und energisches Durchsetzen deutscher Interessen gegenüber dem Ausland."

Ausländerfeindlichkeit: z.B.: „Die Bundesrepublik ist durch die vielen Ausländer in einem gefährlichen Maß überfremdet."

Antisemitismus: z.B.: „Die Juden arbeiten mehr als andere Menschen mit üblen Tricks, um das zu erreichen, was sie wollen."

---

[43] hier exemplarisch jeweils nur eine Frage pro Dimension

Sozialdarwinismus: z.B.: „Eigentlich sind die Deutschen anderen Völkern von Natur aus überlegen."
Verharmlosung des Nationalsozialismus: z.B.: „Ohne Judenvernichtung würde man Hitler heute als großen Staatsmann ansehen." (Decker & Brähler, 2018, S. 7f.).

Alle zwei Jahre werden seit 2002 zwischen 2500 und 5000 Personen nach ihren Einstellungen zu diesen 18 Statements befragt. Sie haben die Möglichkeit zwischen fünf Antworten auszuwählen, von „lehne voll und ganz ab" (Wert = 1) bis „stimme voll und ganz zu" (Wert = 5). Die Leipziger Wissenschaftler*innen lassen somit eine „teils/teils"-Antwort (Wert = 3) zu. Wohl wissend, dass in dieser ausweichenden Antwort eine Tendenz zur leichten Zustimmung besteht, stufen sie Antworten in dieser Kategorie als „latent" rechtsextremistisch ein, während Antworten der Kategorie „voll und ganz" oder „überwiegend", als „manifest" rechtsextremistisch eingestuft werden. Wer allen drei Aussagen einer Dimension zustimmt, hat eine „geschlossene Einstellung" zu dieser Dimension. Menschen, die eine geschlossene ausländerfeindliche Einstellung vertreten, müssten in dieser Studie also auch den beiden anderen ausländerfeindlichen Statements („Die Ausländer kommen nur hierher, um unseren Sozialstaat auszunutzen." und „Wenn Arbeitsplätze knapp werden, sollte man die Ausländer wieder in ihre Heimat zurückschicken.") überwiegend oder voll und ganz zustimmen (Decker & Brähler, 2018, S. 7f.)[44].

Im Langzeitvergleich der Leipziger Wissenschaftler*innen ist zu erkennen, dass von 2002 bis 2006 mehr Menschen in Westdeutschland ein geschlossenes rechtsextremes Weltbild hatten, was insbesondere darauf zurückzuführen ist, dass Westdeutsche häufiger antisemitische und den Nationalsozialismus verharmlosende Ansichten vertraten. In den Dimensionen Befürwortung einer rechtsautoritären Diktatur, Ausländerfeindlichkeit und Sozialdarwinismus stimmten über den gesamten Zeitraum hinweg Ostdeutsche häufiger den rechtsextremen Statements zu als Westdeutsche. Da wie in Kapitel 2 beschrieben, antisemitische, chauvinistische und den Nationalsozialismus verharmlosende Einstellungen in Westdeutschland im Laufe der Jahre zurückgingen, während sie in Ostdeutschland tendenziell stiegen, verfügen zumindest seit 2008 mehr Ostdeutsche als Westdeutsche über ein geschlossenes rechtsextremes Weltbild (S. 87).

Die in vielen Studien verwendeten sechs Dimensionen zur Erfassung rechtsextremistischer Einstellungen machen jedoch auch deutlich, dass jemand noch nicht als Rechtsextremist bezeichnet werden kann, wenn er/sie sich negativ gegen Ausländer äußert, die Statements in den anderen fünf Dimensionen jedoch überwiegend ablehnt. Er/Sie ist dann zwar ein „Ausländerfeind" aber noch kein Rechtsextremist und schon gar kein „Nazi". Leider werden diese Differenzierungen in Medien und von Politiker*innen häufig nicht vorgenommen. Teile der Bevölkerung übernehmen dann diese undifferenzierten Begriffe, was häufig dazu führt, dass „rechts", rechtsextremistisch,

[44] Andere Wissenschaftler*innen, z.B. die Autor*innen des Thüringen-Monitors, verzichten auf die „teils/teils"-Antwortmöglichkeit, wodurch sie die Umfrageteilnehmer*innen zwingen, sich auf Zustimmung oder Ablehnung festzulegen. Unter anderem aufgrund solch unterschiedlicher Herangehensweisen der Forscher*innen entstehen die unterschiedlichen Angaben, die immer wieder in den Medien zu lesen sind, wenn Studien den Anteil von rechtsextremistisch eingestellten Menschen in Deutschland ermitteln.

fremdenfeindlich, nazistisch usw. als „das Gleiche" verstanden wird. Menschen, die rechtsextremistische Einstellungen vertreten, müssen auch nicht automatisch rechtsextremistisch motivierte Gewalttaten verüben oder „rechte" Parteien wählen.

Bevor ich diese wichtigen Differenzierungen thematisiere, möchte ich noch einmal auf mögliche Ursachen der im Osten Deutschlands weiter verbreiteten rechtsextremistischen Einstellungen zurückkommen. Um diese zu verstehen, genügt es nicht, die Zeit nach der Vereinigung Deutschlands zu betrachten. Auch vor der Vereinigung wurden rechtsextremistische Einstellungen in der DDR und in der Bundesrepublik erforscht, in der DDR jedoch nicht so intensiv. Außerdem wurden sie hier überwiegend unter Verschluss gehalten und nicht öffentlich diskutiert.

In der Bundesrepublik suchten schon in den 1960-er Jahren Erwin Scheuch und Hans-Dieter Klingemann nach Erklärungen für die Erfolge der NPD, die in einigen Bundesländern in Landesparlamente eingezogen war und den Einzug in den Bundestag nur knapp verpasst hatte. Sie kamen zu der Erkenntnis, dass in allen modernen Industriestaaten ein Potenzial für rechtsextremistische Einstellungen existiert und fassten die Ergebnisse ihrer Forschungen mit den Worten zusammen, dass Rechtsextremismus „eine normale Pathologie[45] von freiheitlichen Industriestaaten" ist (Neubacher, 1994, S. 144).

Rechtsextremistische Einstellungen in der Gesellschaft und Gewalttaten mit fremdenfeindlichen bzw. rechtsextremistischen Hintergründen hat es in der Bundesrepublik seit ihrer Gründung immer gegeben. Das wurde nicht nur bei Wahlen deutlich, sondern auch durch rechtsextremistisch motivierte Propagandadelikte und Gewalttaten. Insbesondere das Agieren der Wehrsportgruppe Hoffmann, die zwischen ihrer Gründung im Jahr 1973 und ihrem Verbot 1980 viele Menschen in Westdeutschland beunruhigte, ist ein Beleg für weiterhin existierende und verbreitete rechtsextremistische Tendenzen. Gleichzeitig gab es offensichtlich in Teilen der Bevölkerung, aber auch bei den Behörden ein großes Maß an Gleichgültigkeit und Unterschätzung gegenüber dieser militanten Gruppe, die auch militärische Übungen in Uniform mit SS-Abzeichen durchführte. Auch das Attentat auf das Münchener Oktoberfest im September 1980, bei dem 13 Menschen starben und über 200 verletzt wurden, wurde von einem jungen Mann verübt, der in der Wehrsportgruppe Hoffmann trainiert hatte (Gensing & Marsen, 2020). Ebenso wurde im sogenannten „Historikerstreit" des Jahres 1986 deutlich, wie verbreitet den Nationalsozialismus verharmlosende Einstellungen auch in intellektuellen Kreisen der Bundesrepublik sind. Der Historiker Ernst Nolte hatte in einem Aufsatz der „Frankfurter Allgemeinen Zeitung" gefragt, ob nicht der „Archipel Gulag[46]" ursprünglicher als Auschwitz wäre und ob nicht der „Klassenmord der Bolschewiki[47] als logische

[45] Lehre von abnormalen bzw. krankhaften Vorgängen und Zuständen

[46] „Der Archipel Gulag" ist der Titel eines Buches des russischen Dissidenten und Friedensnobelpreisträgers Alexander Solschenizyn, in dem er die Straflager in der Sowjetunion beschreibt, die dort in den Jahren 1918 bis 1953 existierten. In den Lagern sollen mehr als 20 Millionen Menschen inhaftiert gewesen sein, wovon ca. 5 Millionen starben, davon 1,5 Millionen durch Exekution (Wikipedia).

[47] War eine radikale Fraktion in der Sozialdemokratischen Arbeiterpartei Russlands unter Führung Lenins.

und faktische Prius[48] des Rassenmordes der Nationalsozialisten“ angesehen werden müsste. Der Antwort des Sozialphilosophen Jürgen Habermas in der ZEIT wenige Tage später folgte eine mehr als ein Jahr andauernde öffentliche Konfrontation, an der sich Wissenschaftler*innen und Politiker*innen öffentlich beteiligten (Herzinger, 2016).

Auch die von 1995 bis 1999 vom Hamburger Institut für Sozialforschung initiierte „Wehrmachtsausstellung“ mit dem Titel „Vernichtungskrieg. Verbrechen der Wehrmacht 1941 bis 1944“ löste eine breite öffentliche Debatte aus, möglicherweise auch, weil sie Mängel, Fehler und Manipulationen enthielt (Musial, 2011). Nicht nur in den Medien, sondern auch in den Landesparlamenten und dem Bundestag wurde intensiv debattiert und gestritten. Aber gerade die öffentlich ausgetragenen Debatten förderten das Interesse an der Ausstellung, was zu einem deutlichen Anstieg der Besucherzahlen führte. Insgesamt haben mehr als 800.000 Menschen die Ausstellungen an verschiedenen Orten in Deutschland und Österreich besucht.

Auch wenn es im Westen Deutschlands zu jeder Zeit Verdrängungsbemühungen in nicht unerheblichen Teilen der Gesellschaft gab, wurde in den Medien stets ausführlich über die Aktivitäten von Rechtsextremisten und Geschichtsrevisionisten berichtet und in Wissenschaft und Politik darüber diskutiert und gestritten. Wie beim Milgram-Experiment beschrieben, hatten und haben die Menschen, die sich sonst nicht so intensiv mit dem Thema befassen, die Möglichkeit, die unterschiedlichen Argumente zu hören oder zu lesen und sich auf diesem Weg eine eigene Meinung zu bilden bzw. über vorhandene Einstellungen nachzudenken und diese zu verändern.

Unter dem Gesichtspunkt muss auch die Ausstrahlung der vierteiligen amerikanischen TV-Serie „Holocaust“ Anfang 1979 betrachtet werden, durch die eine breite Öffentlichkeit für die Verbrechen des nationalsozialistischen Deutschlands gegen die jüdische Bevölkerung sensibilisiert werden konnte. Obwohl sich Teile der Politik und der Bevölkerung gegen die Ausstrahlung wehrten, setzten sich die ARD-Programmdirektoren durch und strahlten die Serie aus, wenn auch nur in den 3. Programmen. Obwohl es mehrfach Anschläge auf Sendemasten gab, steigerten sich die Einschaltquoten von Teil zu Teil auf 41%. Im Anschluss an jeden Teil wurden Diskussionsrunden mit Wissenschaftler*innen, Zeitzeug*innen und Überlebenden übertragen sowie Zuschauerfragen beantwortet (Berndt, 2019).

Auch ich habe damals die vier Teile und alle anschließenden Diskussionen im Fernsehen verfolgt. Fast alles war für mich neu, denn über die Vernichtung der Juden hatte ich in der Schule nicht viel erfahren! Ich war aber auch schockiert über die vielen Anrufer*innen, die den Massenmord bestritten, die Diktatur der Nationalsozialisten verharmlosten oder verherrlichten und offensichtlich auch nach 30 Jahren noch nicht bereit waren, ihre eigenen Einstellungen zu hinterfragen. Rückblickende Aussagen von Politiker*innen und Expert*innen deuten darauf hin, dass das Ziel der Aufklärung und Sensibilisierung der Bevölkerung mit Hilfe der TV-Serie erreicht werden konnte, auch wenn nicht alle Menschen bereit waren, ihre Einstellungen zu ändern (ebd.).

Ich wartete von da an auf eine Ausstrahlung der Serie auch im DDR-Fernsehen - vergeblich! Begründet wurde das unter anderem damit, dass die Serie ein „durch und

---

[48] aus dem Lateinischen „vorher kommend“ (www.dictionary.com)

durch kommerzielles Unternehmen“ sei und dass es keine „gesamtdeutschen Nachkriegsversäumnisse“ gäbe. In der DDR - Fachzeitschrift „Film und Fernsehen“ hieß es weiter: „Der historische Hilfsschüler heißt Bundesrepublik Deutschland. Sie ist sitzengeblieben. Mitten in ihrer unbewältigten Vergangenheit“ (Hammerstein, 2019). Stimmt diese Einschätzung der DDR-Propaganda?

Nicht nur die Rolle von Teilen der Bevölkerung im Nationalsozialismus wurde in der DDR ignoriert, sondern auch über rechtsextremistische Einstellungen in der Bevölkerung wurde lange Zeit hinweggesehen und sie wurden gar bestritten. Die DDR-Führung übernahm strikt die Faschismus-Definition von Georgi Dimitroff[49], die besagt, dass Faschismus die „offene terroristische Diktatur der am meisten reaktionären, chauvinistischen und imperialistischen Elemente des Finanzkapitals“ bedeutet (Stöss, 2000, S. 62). Damit hatte die SED festgelegt, dass dort wo kein Kapitalismus ist, auch kein Faschismus[50] existieren kann. Diese Definition kam den DDR-Bürger*innen in zweifacher Hinsicht entgegen: Millionen von Mitläufer*innen, NSDAP-Sympathisant*innen und Käufer*innen enteigneter jüdischer Geschäfte mussten sich nun keine unangenehmen Fragen mehr stellen bzw. sich diese stellen lassen (Farin & Seidel-Pielen, 1993, S. 68). Und anders als die Bürger*innen in der Bundesrepublik nach 1968 haben sich DDR-Bürger*innen nie mit ihrer eigenen Verantwortung in der Zeit des Nationalsozialismus auseinandersetzen müssen.

Dass in der DDR trotzdem Einstellungen verbreitet waren, die den Nationalsozialismus verherrlichten bzw. verharmlosten, zeigen Studien des Zentralinstituts für Jugendforschung (ZIJ) in Leipzig aus dem Jahr 1988, die jedoch erst 1990 veröffentlicht wurden. In dieser Studie stimmten beispielsweise 15% der Lehrlinge der Aussage „der Faschismus hatte auch seine guten Seiten“ zu und dass Hitler nur das Beste für das deutsche Volk wollte, sagten immerhin 11% von ihnen (Schubarth, et al., 1991, S. 10).

Aber nicht nur die Einstellungen von Jugendlichen wurden gemessen, sondern auch das Ministerium für Staatssicherheit erfasste spätestens seit 1982 rechtsextreme Skinheads in den Fußballstadien der DDR (Aschwanden, 1995, S. 199).

Auch die Soziologin Loni Niederländer von der Humboldt-Universität Berlin belegte in ihrer 1988 fertiggestellten Studie, dass die Rechtsextremisten in der DDR über funktionsfähige Organisationen mit militärischen Prinzipien und klaren Feindbildern verfügten. Die Regierung der DDR war über diese Ergebnisse schockiert, die Studie durfte jedoch nie veröffentlicht werden (Peter, et al., 2001)!

Insbesondere nach dem brutalen Überfall auf ein Rockkonzert in der Ostberliner Zionskirche am 17. Oktober 1987, bei dem zahlreiche Besucher*innen von u.a. mit Fahrradketten bewaffneten Skinheads zum Teil schwer verletzt wurden, ließ sich das Problem mit rechtsextremen Jugendgruppen in der DDR jedoch nicht mehr vollständig verschweigen (Siegler, 1991, S. 61). Viele Jugendliche wurden nun verhaftet und erhielten Haftstrafen. In den Strafvollzugsanstalten wurden sie häufig mit zu lebenslanger Haft verurteilten Nazi-Kriegsverbrechern in eine Zelle gesperrt. Hier konnten sie „aus erster Hand“ von ihren Vorbildern ihre Einstellungen festigen. Nach Meinung von Ingo Hasselbach - einem der führenden Rechtsextremisten in der DDR - hätten die DDR-

---

[49] früherer Generalsekretär der Kommunistischen Partei Bulgariens

[50] In der DDR wurden Begriffe wie Faschismus, Nationalsozialismus, Nazismus und Rechtsextremismus immer wieder vermischt und synonym verwendet.

Behörden den Jugendlichen keinen größeren Gefallen tun können (Peter, et al., 2001).

Als die innerdeutsche Grenze fiel, konnten diese Jugendlichen - ideologisch gefestigt durch den Aufenthalt im DDR-Strafvollzug, beflügelt durch die neuen Freiheiten, unterstützt von erfahrenen westdeutschen Rechtsextremisten und getragen von weit verbreiteten fremdenfeindlichen und rechtsextremen Einstellungen in der Bevölkerung - eine rechtsextremistische Szene in Ostdeutschland aufbauen (Hasselbach & Bonengel, 2001, S. 42). Entgegen kam den jugendlichen Rechtsextremisten die politische Situation in der DDR: Das ganze Land war seit dem Fall der innerdeutschen Grenze eine Art „rechtsfreier Raum", im Grunde genommen herrschte Anarchie[51]! Die Polizei und alle anderen staatlichen Behörden stellten keine Autorität mehr dar. Zum Teil wurden sie ignoriert oder sie trauten sich nicht mehr einzugreifen, weil sie selbst zur Zielscheibe von Angriffen werden konnten[52].

Aus der schon 1986 (!) gegründeten „Lichtenberger[53] Front", die den Kern des Überfalls auf die Zionskirche bildete, entstand 1988 die „Bewegung 30. Januar[54]", die vor allem den Kampf gegen Ausländer*innen und gegen die Ausbreitung eines „undeutschen Lebensstils" ins Zentrum ihrer Anstrengungen setzte (Siegler, 1991, S. 47). Aus der „Bewegung 30. Januar" wurde am 1. Februar 1990 die „Nationale Alternative", die sich Ende Februar vom Präsidium der Volkskammer ins Parteienregister eintragen ließ. Von der kommunalen Wohnungsverwaltung des Stadtbezirks Lichtenberg erhielten die Rechtsextremisten im Austausch für ein besetztes Haus ein Gebäude in der Weitlingstraße. Innerhalb von wenigen Wochen besetzten die Rechtsextremisten vier weitere Häuser in dieser Straße (S. 47). Die Weitlingstraße entwickelte sich zur Hochburg der rechtsextremen Szene und wurde zur ersten „national befreiten Zone" der DDR erklärt (Peter, et al., 2001).

Weil es schon kurze Zeit nach dem Zusammenbruch des Sozialismus in der DDR zu einem rasanten Anstieg rechtsextremistischer Gewalttaten in Ostdeutschland kam, wurde in den Medien, aber auch von Wissenschaftler*innen in Ost- und Westdeutschland, sehr schnell die Frage nach den Ursachen gestellt: Ist diese Entwicklung eine Folge der Sozialisation in der DDR oder ist der gesellschaftliche Umbruch mit den Verunsicherungen und Zukunftsängsten der Grund für diese Entwicklung? Für die meisten Ostdeutschen stellte sich diese Frage jedoch nicht, für sie war ja Faschismus und Rechtsextremismus in der DDR mit „Stumpf und Stiel ausgerottet" worden. Also konnte nur der Kapitalismus und die damit einhergehenden gesellschaftlichen Umbrüche, die Arbeitslosigkeit und der verlorengegangene Zusammenhalt schuld an den immer deutlicher werdenden rechtsextremistischen Tendenzen sein.

Wie bereits im vorangegangenen Kapitel beschrieben, war der Zusammenbruch des sozialistischen Systems in der DDR für alle DDR-Bürger*innen - insbesondere aber für

---

[51] In Kapitel 5 wird diese Phase ausführlich beschrieben.

[52] Im Januar 1990 wollte ich in Karl-Marx-Stadt (heute Chemnitz) zwei kubanischen Männern helfen, die von rechtsextremen Jugendlichen attackiert wurden. Als ich den von mir angehaltenen Streifenpolizisten die Situation erklärte, gaben sie Gas und fuhren mit hohem Tempo davon. Ich konnte mich gemeinsam mit den beiden Kubanern nur mit knapper Not retten, weil ich die Gegend sehr gut kannte.

[53] Lichtenberg ist ein Stadtteil Ostberlins

[54] Am 30. Januar 1933 war die Ernennung Adolf Hitlers zum Reichskanzler.

junge Menschen - ein sehr einschneidendes Erlebnis, das ihr gesamtes Leben veränderte und gelernte „Wahrheiten“ und Verhaltensweisen infrage stellte. Nicht nur, dass sie plötzlich mit Meinungspluralismus und verändertem Konsumverhalten klarkommen mussten. Auch die alten Autoritäten wie Lehrer*innen und Trainer*innen, die in der DDR in normativer, teilweise aber auch in repressiver Hinsicht soziale Kontrolle ausgeübt hatten, waren plötzlich als „rote Socken“ oder „Wendehälse“ in Ungnade gefallen und taugten nicht mehr als Vorbild.

Trotzdem zeigen wissenschaftliche Studien aus dieser Zeit, dass sich eine Verunsicherung oder gar Orientierungslosigkeit der Ostdeutschen empirisch kaum nachweisen lässt. Schon im Sommer 1990 wies das Leipziger Zentralinstitut für Jugendforschung (ZIJ) nach, dass sich 81-83% der unter 24-Jährigen und 91-92% der über 25-Jährigen für die deutsche Vereinigung aussprachen (Friedrich & Förster, 1996, S. 51). Im Herbst 1990 ermittelte die Universität Bielefeld und das ZJI bei einer Befragung von 4000 sächsischen Jugendlichen, dass mehr als 90% mit ihrem Leben zufrieden waren und für zwei Drittel hatte sich das Leben in den neuen gesellschaftlichen Verhältnissen verbessert, während nur 3-8% der Schüler*innen und Auszubildenden von einer Verschlechterung der Lebensverhältnisse sprachen (Pollmer, 1994, S. 146ff.). Zukunftsängste und Bedrohungsgefühle wurden eher von „linksorientierten“ Jugendlichen geäußert, die jedoch überwiegend positive Einstellungen gegenüber Ausländer vertreten (Förster, et al., 1993, S. 73), jedoch nicht gewalttätig gegen sie werden. Die Ergebnisse dieser und weiterer Studien aus der Zeit des politischen Umbruchs deuten nach meiner Überzeugung nicht auf Orientierungslosigkeit und Zukunftsangst hin, um als Erklärung für die Zunahme fremdenfeindlicher oder rechtsextremistischer Einstellungen herangezogen werden zu können.

Andererseits belegten die Leipziger Forscher*innen des ZJI, dass schon im Mai/Juni 1990 ca. 40% der DDR-Jugendlichen Ausländer als störend empfanden und ein Viertel bereit war, persönlich mitzuhelfen, sie des Landes zu verweisen. Zu diesem Zeitpunkt gab es in der DDR noch kein einziges Asylbewerberheim, der Ausländeranteil betrug weniger als 1% und es gab fast keine Arbeitslosen (Farin & Seidel-Pielen, 1993, S. 22)!

Mit dem Anstieg der Arbeitslosigkeit durch die Schließung vieler Betriebe in Ostdeutschland wurde schnell der Zusammenhang zwischen Arbeitslosigkeit und Rechtsextremismus konstruiert, der bis heute bei einem nicht unbedeutenden Teil der Bevölkerung - insbesondere in Ostdeutschland - als Erklärung herhalten muss. Zweifellos ist es so, dass fast alle Studien besagen, dass arbeitslose Menschen häufiger rechtsextremistische Einstellungen vertreten. Aber reicht diese statistische Feststellung tatsächlich als Erklärung und als Beweis für den Zusammenhang zwischen Arbeitslosigkeit und Rechtsextremismus? Wenn mir gegenüber jemand so argumentiert hat, habe ich häufig mit der Frage gekontert: „Ist die Tatsache, dass es in Deutschland seit einigen Jahren wieder mehr Geburten und mehr Störche gibt, der Beweis dafür, dass tatsächlich der ‚Klapperstorch‘ die Kinder bringt?“

Zahlreiche wissenschaftliche Studien haben gezeigt, dass ein Zusammenhang zwischen Rechtsextremismus und Arbeitslosigkeit **nicht** herstellbar ist. In seinem bereits in Kapitel 2 erwähnten Artikel verweist Wolf Wagner (Wagner, 1998) auf Studien von Richard Stöss und Wilhelm Heitmeyer, die nachweisen konnten, dass es keinen wissenschaftlich nachweisbaren Zusammenhang zwischen Jugendarbeitslosigkeit und

Rechtsextremismus gibt, sondern dass junge Menschen aus dem aufstiegsorientierten Milieu sogar häufiger rechtsextremistisch motivierte Gewalttaten ausüben als Deklassierte und Hoffnungslose. Nach Wagners Überzeugung sind drei Gründe für die „fälschliche Gewissheit des gesunden Menschenverstandes über den Zusammenhang zwischen Jugendarbeitslosigkeit und Rechtsradikalismus" verantwortlich. Zum einen die Hoffnung, dass sich das Problem mit der Schaffung von ausreichend Arbeitsplätzen erledigt. Da es in vielen ostdeutschen Regionen inzwischen weniger Arbeitslose als im Westen gibt, die rechtsextremistischen Einstellungen aber noch immer verbreiteter sind, ist diese Hoffnung unbegründet. Auch die falsche Geschichtswahrnehmung, wonach es insbesondere die sechs Millionen Arbeitslosen der Weltwirtschaftskrise waren, die der NSDAP an die Macht verhalfen, ist längst widerlegt. Viel mehr haben auch damals die konservativen Kräfte versucht, den Nationalsozialisten Stimmen zu entreißen, indem sie ihre Positionen übernahmen. Das legitimierte die Ansichten der Nationalsozialisten und die Wähler*innen stimmten daraufhin für das „Original" – die NSDAP. Und auch die verelendungstheoretische Annahme, wonach sich Menschen radikalisieren, je schlechter es ihnen geht, ist nach Wagners Überzeugung nicht haltbar, denn mutiges und radikales Handeln und Denken entsteht, wenn positive Anreize, Hoffnungen und Erwartungen die Menschen ermutigt, sich für die Verbesserung ihrer Lebensverhältnisse einzusetzen. Nicht der schon lange sichtbare Niedergang der DDR-Wirtschaft war Auslöser für die friedliche Revolution, sondern die Reformen in der Sowjetunion gaben den Ostdeutschen den Mut, gegen die eigene Regierung zu protestieren (ebd.).

Auch die Erklärung für den statistisch immer wieder nachgewiesenen Zusammenhang zwischen Arbeitslosigkeit und Rechtsextremismus liefert Wagner in diesem Artikel: Rechtsextreme haben häufiger einen niedrigeren Bildungsabschluss als überzeugte Demokraten. Menschen mit niedrigen Bildungsabschlüssen sind aber auch häufiger arbeitslos (ebd.). Rechtsextremismus kann also mit Bildung bekämpft werden, aber nicht mit der Schaffung von Arbeits- bzw. Lehrplätzen.

Die Autoren des Thüringen-Monitors von 2001 (Dicke, et al., 2001, S. 111), kamen ebenfalls zu der Erkenntnis, dass der „(ideal-)typische rechtsextremistisch eingestellte Jugendliche" u.a. über einen niedrigen Bildungsstatus verfügt aber erwerbstätig ist.

Die zu Beginn dieses Kapitels dargestellten Dimensionen, mit denen rechtsextremistische Einstellungen in der Bevölkerung gemessen werden, verdeutlichen auch, warum es nicht logisch ist, Arbeitslosigkeit in einen direkten Zusammenhang mit Rechtsextremismus zu stellen. Dass jemand, der/die arbeitslos ist oder Angst vor Arbeitslosigkeit hat, negativ gegenüber Ausländern/Fremden eingestellt ist, kann noch rational begründet werden: Er/Sie betrachtet Ausländer/Fremde als Konkurrenz auf dem Arbeitsmarkt. Aber warum soll ein/e Arbeitslose/r dann eine Diktatur für die bessere Staatsform halten? Oder die Ansicht vertreten, dass Juden häufiger mit üblen Tricks arbeiten? Oder Hitler einen großen Staatsmann nennen? Noch unverständlicher wird in diesem Zusammenhang die Zustimmung zum sozialdarwinistischen Statement, wonach die Deutschen anderen Völkern von Natur aus überlegen sein sollen. Wenn die Deutschen den anderen Völkern überlegen sind, bräuchten sie eigentlich vor ihnen keine Angst um

Arbeitsplätze, ihre kulturellen Werte, ihre Frauen[55] usw. haben! Auch diesem Statement stimmen laut Leipziger Autoritarismus-Studie deutlich mehr Menschen in Ostdeutschland (38,7%) als in Westdeutschland (30,1%) zu (Decker & Brähler, 2018, S. 80)!

Alle sechs Dimensionen zur Ermittlung rechtsextremer Einstellungen stehen jedoch in einem engen Zusammenhang mit dem Demokratieverständnis: Wer eine autoritäre Diktatur befürwortet, lehnt die in einer Demokratie selbstverständlichen Interessenkonflikte und Auseinandersetzungen mit Kompromisssuche und -findung ab. Gleichzeitig erwarten viele dieser Menschen, dass ihre Interessen von einem „Führer" durchgesetzt werden, wobei sie natürlich davon ausgehen, dass der „Führer"[56] in ihrem Sinne handelt. Besonders auffällig ist jedoch, dass in allen Dimensionen die Erhaltung oder (Wieder-)Herstellung von Hierarchien und hierarchisches Verhalten befürwortet bzw. erwartet wird. Auch die Autoren der Leipziger Autoritarismusstudie definieren rechtsextreme Einstellungen als „Einstellungsmuster, dessen verbindendes Kennzeichen Ungleichwertigkeitsvorstellungen darstellen. Diese äußern sich im politischen Bereich in der Affinität zu diktatorischen Regierungsformen, chauvinistischen Einstellungen und einer Verharmlosung bzw. Rechtfertigung des Nationalsozialismus. Im sozialen Bereich sind sie gekennzeichnet durch antisemitische, fremdenfeindliche und sozialdarwinistische Einstellungen" (S. 3).

Da, wie bereits in Kapitel 2 beschrieben, in Ostdeutschland diese Einstellungen häufiger verbreitet sind als im Westen Deutschlands, liegt nahe, dass tatsächlich weniger die Orientierungslosigkeit nach dem Zusammenbruch der DDR und die im Osten höhere Arbeitslosigkeit, sondern das problematische Demokratieverständnis vieler Ostdeutscher für die häufiger verbreiteten rechtsextremistischen Einstellungen in Ostdeutschland als Erklärung herangezogen werden muss.

Rechtsextreme Gewalt: Nicht nur, aber vor allem in Ostdeutschland

Schon zu Beginn des Kapitels habe ich erwähnt, dass rechtsextremistische Einstellungen nicht unbedingt zu rechtsextremistisch motivierter Gewalt führen muss. Das macht schon ein einfacher Zahlenvergleich deutlich: Während mehrere Millionen Menschen in Deutschland rechtsextremistische Einstellungen vertreten, lag die Zahl der Gewalttaten mit rechtsextremistischem Hintergrund im Jahr 2018 laut Verfassungsschutzbericht bei 1088 (BMI, 2018, S. 24). Trotzdem sind es insbesondere rechtsextreme Gewalttaten, die immer wieder für Schlagzeilen in den Medien sorgen.

Bereits unmittelbar nach der deutschen Vereinigung waren es vor allem fremdenfeindlich motivierte Gewalttaten in Ostdeutschland, die Aufsehen erregten und auch außerhalb Deutschlands mit Sorge und Angst beobachtet wurden. Insbesondere die Proteste gegen ein Asylbewerberheim in Hoyerswerda 1991 und die mehrtägige Belage-

[55] Auch der Vorwurf, dass Ausländer die deutschen Frauen wegnehmen, wird von Menschen mit ausländerfeindlichen bzw. rechtsextremistischen Einstellungen häufig geäußert.

[56] Das zweite Statement in der Dimension rechtsautoritäre Diktatur lautet: „Wir sollten einen Führer haben, der Deutschland zum Wohle aller mit starker Hand regiert". Diesem Statement stimmten in der Studie 34% der Ostdeutschen und 25,9% der Westdeutschen zu.

rung einer Erstaufnahmeeinrichtung in Rostock-Lichtenhagen 1992 ließen den Eindruck entstehen, dass es sich bei rechtsextremistischer Gewalt um ein überwiegend ostdeutsches Phänomen handelt. Dass rechtsextremistische Gewalt kein rein ostdeutsches Problem ist, zeigten spätestens die Brandanschläge in Mölln 1992, Solingen 1993 und Lübeck 1996, bei denen - im Gegensatz zu Hoyerswerda und Rostock - sogar Menschen starben.

Und trotzdem wurde bereits im Verfassungsschutzbericht des Jahres 1991 der subjektive Eindruck bestätigt, dass es einen Schwerpunkt der rechtsextremen bzw. fremdenfeindlichen Gewalt in Ostdeutschland gibt: 30% der rechtsextremistisch motivierten Gewalttaten wurden im Osten verübt, 48% der Täter stammten aus Ostdeutschland (Kühnel, 1993, S. 239). An dieser Verteilung hat sich seit der Vereinigung nicht viel verändert. In zahlreichen Studien und auch in den Verfassungsschutzberichten wurde immer wieder festgestellt, dass in Ostdeutschland nahezu 50% aller rechtsextremistischen Gewalttaten begangen werden, obwohl hier weniger als 20% der Bevölkerung leben.

Ein Blick auf die „Häufigkeitszahlen" des Bundeskriminalamtes, bei denen die Gewalttaten auf 100.000 Einwohner umgerechnet werden, zeigt, dass die fünf neuen Bundesländer bis 2013 immer unter den sieben Ländern mit den höchsten Werten lagen (Kohlstruck, 2018). Seit einigen Jahren gibt es diesen Vergleich in den Berichten des Verfassungsschutzes nicht mehr. In der Statistik der „politisch motivierten Kriminalität - rechts" (PKR-rechts) ist nur noch die Anzahl der Gewalttaten nach Ländern differenziert. Nordrhein-Westfalen nimmt in dieser Rangliste den 1. Platz ein, gefolgt von Sachsen und Berlin. (BMI, 2018, S. 29). Aber ist diese Statistik noch vergleichbar und aussagekräftig? In Nordrhein-Westfalen leben mehr Menschen als in allen neuen Bundesländern zusammen. Während in NRW 2018 insgesamt 216 Gewalttaten mit einem rechtsextremen Hintergrund gezählt wurden, sind es in den fünf neuen Ländern (ohne Berlin) 457 Gewalttaten[57], also mehr als doppelt so viele! Warum werden die „Häufigkeitszahlen" nicht mehr erfasst, wo sie doch deutlich aussagekräftiger als absolute Fallzahlen sind? Steckt dahinter die Angst der „Ossifizierung", dass also rechtsextreme Gewalt „im Westen" als Abwertungsdiskurs gegenüber Ostdeutschland geführt wird (Kohlstruck, 2018)? Wie Kohlstruck bin auch ich der Auffassung, dass „quantitative Vergleiche und die Erklärung von Unterschieden eine typische sozialwissenschaftliche Aufgabe" darstellen. Werden diese Differenzen verschwiegen, um Konflikten oder Anschuldigungen über die Dimension rechtsextremistischer Gewalt aus dem Weg zu gehen? Nach meiner Überzeugung würde das unweigerlich zur Verdrängung des gesellschaftlichen Problems, sicherlich aber nicht zu dessen Lösung beitragen.

Klaus Farin und Eberhard Seidel-Pielen (Farin & Seidel-Pielen, 1993, S. 43) haben schon unmittelbar nach der Vereinigung darauf hingewiesen, dass in Sachsen-Anhalt die Gefahr Opfer einer rassistisch motivierten Gewalttat zu werden, 20-mal höher ist als in Nordrhein-Westfalen. Auch Christian Pfeiffer (Pfeiffer, 1999) hob hervor, dass ostdeutsche Rechtsextremisten regelrecht nach ihren ausländischen Opfern „suchen"

[57] Generell muss die Aussagekraft der Zahlen kritisch betrachtet werden. Zahlreiche Initiativen - z.B. die Amadeu Antonio Stiftung - ermitteln jährlich deutlich höhere Zahlen von rechtsextremen Gewalttaten und Todesopfern und weisen immer wieder auf ein „Wahrnehmungsproblem" bei Polizei und Kriminalämtern hin (Helm, 2017).

müssen. Aufgrund des niedrigen Ausländeranteils in den neuen Bundesländern sind Ausländer*innen dort bis zu 25-mal häufiger der Gefahr ausgesetzt, Opfer von rechtsextremen Schlägern zu werden[58].

Der in (West-)Deutschland geborene Journalist Hasnain Kazim - aufgrund seiner pakistanischen Wurzeln als jemand mit Migrationshintergrund erkennbar - beschreibt seine Erfahrungen nach der Vereinigung so: „Erst nach der deutschen Wiedervereinigung habe ich zu spüren bekommen, was Rechtsextremismus ist. Und erst seitdem weiß ich, was ‚No-go-Areas' und ‚National befreite Zonen' sind. Es gibt also tatsächlich Regionen in meinem eigenen Land, die ich nur unter Gefahr für meine körperliche Unversehrtheit betreten kann, weil ich nicht weiß bin - und diese Regionen liegen allesamt in Ostdeutschland" (Kazim, 2018, S. 127).

Aber warum gab es diese Unterschiede zwischen Ost und West unmittelbar nach der Vereinigung und warum gibt es sie noch heute? Dass nicht allein die Arbeitslosigkeit und Orientierungslosigkeit - wie häufig insbesondere in Ostdeutschland behauptet wird - als Ursache betrachtet werden kann, habe ich bereits beschrieben.

Gleichzeitig haben verschiedene Studien in den Jahren nach dem Zusammenbruch der DDR gezeigt, dass es in Ostdeutschland eine größere Bereitschaft zur Gewalt gibt. So haben Corinna Kleinert und Johann de Rijke (Kleinert & de Rijke, 2000, S. 193) diagnostiziert, dass insbesondere junge Ostdeutsche, die sich selbst als „Rechte" einstuften, den Statements „Gewalt gegen Ausländer" und „für Ruhe und Ordnung sorgen" zu mehr als 80% zustimmten (im Westen ca. 50%). Auch die ostdeutschen Forscher Walter Friedrich und Peter Förster (Friedrich & Förster, 1996, S. 157) sowie Richard Stöss (Stöss, 2000, S. 103) stellten in ihren Studien dar, dass in Ostdeutschland die Bereitschaft Konflikte mit Gewalt auszutragen, ausgeprägter ist als im Westen der Republik.

In den Jahren unmittelbar nach der Vereinigung wurde das insbesondere mit der Sozialisation in der DDR begründet, in der die Wahrnehmung von Gewalt als legitimes Mittel zur Auseinandersetzung mit „Feinden" nach innen und außen wahrgenommen wurde (Neubacher, 1994, S. 117). Auch der ostdeutsche Filmregisseur Konrad Weiß verweist auf die täglich in der DDR erlebte staatliche Gewalt als Mittel der Konfliktlösung: „Kritiker wurden ausgebürgert, Andersdenkende eingesperrt, Bücher, Filme, Zeitungen verboten. Gewalt im Klassenkampf praktiziert (galt T.F.) als hoher moralischer Wert. (…) Die Mauer endlich war die perfekte Materialisierung des Prinzips Gewalt" (Funke, 1991, S. 128).

Auch die hohen Scheidungsraten in der DDR wurden von zahlreichen Wissenschaftler*innen als Begründung für die im Osten höhere Gewaltbereitschaft aufgeführt. Neben Farin und Seidel-Pielen (Farin & Seidel-Pielen, 1993, S. 53) beschreibt auch Bielicki (Bielicki, 1993, S. 63), dass nur jeder vierte Jugendliche noch bei beiden Elternteilen wohnte, viele ein tief gestörtes Verhältnis zu ihren (Stief-) Eltern hatten bzw. in psychisch gestörten Elternhäusern aufgewachsen sind. Die Jenaer Wissenschaftler Wolfgang Frindte und Jörg Neumann (Frindte & Neumann, 2002, S. 47f.) bestätigten diese Erkenntnisse bei ihren Befragungen inhaftierter

---

[58] Wenn in einigen ostdeutschen Landesteilen 5-mal mehr Gewalttaten gegen Ausländer verübt werden, der Ausländeranteil in diesen Gegenden nur 1/5 des Anteils in westdeutschen Regionen ist, ist die statistische Gefahr für Ausländer, Opfer einer Gewalttat zu werden, 25-mal höher.

rechtsextremistischer Jugendlicher. Mehr als 60% gaben an, in ihrer Kindheit Gewalt von ihren Eltern bzw. Stiefeltern erfahren zu haben und berichteten von autoritären Erziehungsstilen. Farin und Seidel-Pielen verweisen darauf, dass diese Familienverhältnisse für junge Menschen in der DDR oft fatale Folgen hatten, da es nicht die Möglichkeit gab, in jugendliche Wohngemeinschaften auszuweichen (Farin & Seidel-Pielen, 1993, S. 53).

Hans-Joachim Maaz, der frühere Chefarzt der Psychotherapeutischen Klinik in Halle/S., beschreibt in seinem Buch „Gefühlsstau - ein Psychogramm der DDR" die DDR als ein System, in dem eine „schwerwiegende sowie vielfache Behinderung und defizitäre Befriedigung der wesentlichen Grundbedürfnisse der Kinder (...) praktisch von Geburt an und in den frühen, für die Entwicklung so entscheidenden Jahren die Regel" war (Maaz, 1990, S. 64)[59]. Nach seinen Erkenntnissen war das gesamte System der DDR autoritär und konnte aufgrund der hierarchischen und einengenden Strukturen die Grundbedürfnisse der jungen Menschen nicht befriedigen. Diese Nichtbefriedigung, die sich im Laufe ihres Lebens fortsetzte, führte zu einem „chronischen Spannungszustand" der laut Maaz kompensiert werden muss (z.B. durch Konsum), wenn der Mensch nicht psychotisch, schwerkrank oder kriminell werden wollte (S. 83)[60]. Bezogen auf den schnellen Beitritt der DDR zur Bundesrepublik beschreibt Maaz, dass die DDR-Bevölkerung wie nach 1945 zu „Trauerarbeit" und zu einem Mitschuldgeständnis nicht bereit war. Dies wäre jedoch sehr schmerzlich gewesen, denn große Teile der DDR-Bevölkerung hätten sich mit ihrem Tun bzw. Nichttun[61] auseinandersetzen und es begründen müssen. Schon 1990 sagte Maaz deshalb voraus, dass die „Sünden von Jahrzehnten" nun an die Oberfläche kommen und den gesellschaftlichen Veränderungsprozess noch lange belasten werden. Denn wenn das „unterdrückte Böse" nicht „verdaut" wird, drohen „Hassprojektionen auf Feindbilder und Jagd auf Sündenböcke" (S. 93).

Wie Neubacher und Weiß beschreibt auch Maaz, dass Gewalt das „entscheidende Wirkungsprinzip" der DDR war: offene Gewalt in Form von Mord, Folter, Inhaftierung, Ausbürgerung und indirekte Gewalt durch Rechtsunsicherheit, Repressalien, Drohungen und Einschüchterungen (S. 13). Schon von früher Kindheit an wurden die Menschen in der DDR zu Gehorsam, Unterwerfung und Anpassung erzogen, was nach seinen Erkenntnissen häufig zu einer Spaltung der Persönlichkeit führt, aus der eine Autoritätsabhängigkeit erwächst (Maaz, 1992, S. 122).

Er verweist auf die Verhaltensweisen rechtsextremer Jugendlicher, bei denen es „um straffe Führung, Ordnung und Disziplin geht, es wird eine Gemeinschaft gesucht, in der man sich stark fühlen kann und die aggressive Abreaktion erlaubt und sogar fördert"

---

[59] Das Buch ist eine brutale Abrechnung mit der DDR und wurde 1990/1991 trotzdem - insbesondere in Ostdeutschland - zu einem Bestseller. Nach dem „Kulturschock-Modell" erschien das Buch in der Phase der Euphorie, als die eigene Herkunftskultur von den Ostdeutschen überwiegend abgelehnt wurde.

[60] Meiner Ansicht nach müssen jedoch nicht alle Menschen, die traumatische Erfahrungen gemacht haben, psychotisch oder kriminell werden, da sie andere Formen der Kompensation finden können.

[61] Wo sind sie selbst „Täter*in" geworden bzw. wo haben sie zugesehen und nichts unternommen, wenn Menschen diskriminiert wurden (ausführlicher in den Kapiteln 4 und 5)?

(S. 123). Er macht deutlich, dass massive Feindbildreaktionen in allen totalitären Systemen beobachtet werden und „zumeist Ausdruck der massiven seelischen Verletzungen in der Kindheit vieler Menschen einer solchen Gesellschaft" sind (S. 122).

Aber können die Erkenntnisse aus der Zeit unmittelbar nach der Vereinigung erklären, warum rechtsextremistische Gewalt auch heute im Osten Deutschlands häufiger und massiver auftritt als im Westen? Schließlich leben die Menschen auch in Ostdeutschland seit 30 Jahren nicht mehr in einem autoritären System. Auch das Erziehungssystem in Kitas und in der Schule hat sich geändert: Kinder werden nicht mehr - wie in der DDR üblich - mit Feindbildern erzogen[62]. Durch inklusive Bildungseinrichtungen wachsen die Kleinen zusammen mit „Schwachen", Benachteiligten und Migrantenkindern auf und lernen sie als selbstverständlichen Teil der Gesellschaft kennen. Fast alle Eliten des Landes - Politiker*innen, Künstler*innen, Sportler*innen usw. - setzen sich für eine offene Gesellschaft, für Toleranz und Gleichwertigkeit aller Menschen ein.

Und doch hat sich in Ostdeutschland vieles (fast) nicht geändert. Wie bereits dargestellt, sind autoritäre und hierarchische Denkweisen im Osten weiterhin weit verbreitet. Noch immer werden Menschen aus anderen Ländern und Kulturen häufiger als im Westen Deutschlands abgelehnt und diskriminiert, zu Sündenböcken für eigenes Verhalten oder für (gefühlte) Benachteiligung gemacht. Auch der Anteil von Menschen mit Migrationshintergrund ist in Ostdeutschland mit 8,2% immer noch viel niedriger als im westlichen Teil Deutschlands, wo er 2019 immerhin 29,2% betrug (bpb, 2020a). Sören Kliem vom Kriminologischen Forschungsinstitut Niedersachsen verweist mit Hinweis auf die Kontakthypothese auf diesen immer noch bestehenden Unterschied. Diese Hypothese besagt, dass der „interethnische Kontakt" ein Schutzfaktor vor Ressentiments darstellt. Das bedeutet, dass Personen, die mit Menschen aus anderen Kulturen bei der Arbeit, in der Freizeit, durch Freundschaften und Partnerschaften in Kontakt kommen, ihre bestehenden Vorurteile nur schwer aufrechterhalten können. Weil es aber in Ostdeutschland nur wenige Menschen aus anderen Kulturen gibt, ist es hier kaum möglich, über persönliche Kontakte Einstellungen und Meinungen zu ändern (Dittrich, 2019).

Viel gravierender sind jedoch die Erkenntnisse des Kriminologen, dass rechtsextremistische Straftäter überzeugt sind, dass sie „im Interesse der stillen Mehrheit gehandelt haben". Selbst wenn das nicht der Realität entspricht, wird es von ihnen so wahrgenommen (ebd.).

Auch der Jenaer Soziologe Matthias Quent nennt als zentralen Unterschied zwischen Ost- und Westdeutschland, dass es im Westen der Republik eine starke Zivilgesellschaft mit einer gefestigten Debattenkultur (Streitkultur) gibt, die den Rechtsextremisten klar aufzeigt, dass sie am Rand der Gesellschaft stehen und nicht die Mehrheit bilden. Nach seinen Erkenntnissen ist das in Ostdeutschland vielerorts anders: Hier werden rechtsextreme Parolen häufig hingenommen. Nicht nur Politiker*innen, sondern auch die Gesellschaft hat hier nach seinen Erkenntnissen „geschlafen" (Stürzenhofecker, 2015).

---

[62] Im Lehrplan „Deutsche Sprache und Literatur" (1985) stand zu den Aufgaben des Literaturunterrichts der 9./10. Klassen: „Untrennbar damit verbunden ist die Erziehung zum Hass gegen Imperialismus und Militarismus…". Auch im Statut der „Jungen Pioniere" (1.-4. Klasse) wurde zum Hass gegen den Imperialismus aufgerufen (Klier, 2002, S. 209).

Aber haben Politik und Gesellschaft wirklich „geschlafen“? Als im September 1991 Rechtsextremisten vietnamesische Händler*innen auf einem Markt im sächsischen Hoyerswerda angriffen und zu ihrem Wohnheim trieben, in dem auch Mosambikaner*innen lebten, war das „der Auftakt für fünf Tage Hass und Gewalt im rechtsfreien Raum“. Es wurden Wehrmachtslieder gesungen und „Sieg-Heil“ gebrüllt. Entgegengestellt hat sich dem Mob kaum jemand, im Gegenteil: Hunderte kamen - zum Teil gemeinsam mit ihren Kindern - klatschten Beifall und freuten sich: „Jetzt schmeißen sie endlich die Nigger raus“. Und die große Mehrheit der 70.000 Einwohner*innen zählenden Stadt schwieg (Schmidt, 2016). Kann das wirklich jemand in Politik und Gesellschaft übersehen und „verschlafen“ haben? Nein, die Behörden haben nicht „geschlafen“, sie haben reagiert: Das Wohnheim wurde evakuiert! Die Vietnames*innen und Mosambikaner*innen wurden mit Bussen aus der Stadt gebracht - Volkes Wille hatte gesiegt! Offensichtlich beflügelt von ihrem Erfolg verlagerten die Randalierer*innen ihre Aktivitäten nun zum Asylbewerberheim am anderen Ende der Stadt. Und dort begann die Gewalt erst richtig! Molotowcocktails und Steine flogen, einige der Bewohner*innen wurden tätlich angegriffen - und wieder klatschten viele Menschen Beifall. Die überforderte oder unwillige Polizei griff nicht ein, aus der 70 km entfernten Landeshauptstadt kam auch keine Unterstützung. Auch hier wurden die Asylsuchenden unter dem Beifall der Bevölkerung evakuiert! Die rechte Szene feierte die Ausschreitungen und ihren Sieg, sie sprachen stolz von der „ersten ausländerfreien Stadt“.

Die politischen Vertreter*innen der Stadt und einige couragierte Bürger*innen versuchen seitdem, der Stadt ein freundliches Gesicht zu geben: Ein Denkmal erinnert an die schrecklichen Tage und es gibt das Projekt „Wider das Vergessen“ an Schulen. Doch die große Mehrheit der Einwohner*innen von Hoyerswerda schweigt noch immer (ebd.)!

Nicht einmal ein Jahr später folgte ein ähnliches Szenario in Rostock-Lichtenhagen: Tausende Sinti und Roma aus Rumänien und Polen wollten in der Zentralen Aufnahmestelle (ZASt) einen Antrag auf Asyl stellen. Das für 320 Personen ausgelegte Asylbewerberheim war seit Wochen überbelegt, Hunderte mussten unter freiem Himmel übernachten - ohne Verpflegung, ohne Waschgelegenheiten und Toiletten! Obwohl Zeitungen schon Tage vor den Unruhen berichteten, dass es vor der ZASt zu Ausschreitungen kommen könnte, konnten sich dort Hunderte - in den folgenden Tagen bis zu Tausend - Gewaltbereite und 3000 Schaulustige versammeln (Hasselmann, 2017).

Ein Fernsehteam dokumentierte den Versuch des Vize-Oberbürgermeisters, die aufgebrachten Anwohner*innen zu beruhigen und ihnen die prekäre Situation zu erläutern. Zur Antwort erhielt er von den Bürger*innen: „Für uns im Block sind das auf Deutsch gesagt Dreckschweine. Die scheißen und pissen um unseren Block“. Ja wohin denn sonst? Wo hätte denn der (Wut-)Bürger sein „Geschäft“ erledigt, wenn die zuständigen Behörden keine Gelegenheiten zur Verfügung stellen? Und als der Vize-OB weiter erklärte: „Aber das sind doch Menschen“ erhielt er zur Antwort: „Das sind doch keine Menschen! Blutsauger sind das“ und „Raus mit dem Scheißdreck“ (ebd.). Es flogen Pflastersteine und Molotowcocktails gegen die ZASt und das im selben Haus befindliche Wohnheim für vietnamesische Arbeiter*innen und ihre Familien. Wohnungen im

Erdgeschoss des „Sonnenblumenhauses“[63] wurden gestürmt, Gardinen und Möbel angezündet! Dass es in den Tagen des Pogroms von Rostock-Lichtenhagen keine Todesopfer gegeben hat, grenzt an ein Wunder. Und wer hat hier geschlafen?

Ich möchte nicht falsch verstanden werden: Sicherlich hat es in der Stadtverwaltung, bei der Polizei und auch in der Politik Personen gegeben, die sich bemüht haben, den Asylsuchenden und den vietnamesischen Familien zu helfen. Menschen, die im Rahmen ihrer Möglichkeiten versucht haben, ihre Pflicht zu tun, ihrem Menschenverstand oder ihrem Gewissen zu folgen. Aber sie waren zu unerfahren, zu schlecht ausgerüstet, haben möglicherweise auch deshalb falsche Entscheidungen getroffen. „Geschlafen“ haben sie ganz sicher nicht! Ich bin jedoch überzeugt, dass es auch Verantwortliche gab, denen die Zuspitzung der Situation „in die Karten spielte“, denn wochenlanges „Schlafen“ kann keine Erklärung für die vielen Fehlentscheidungen sein. Wie viele Menschen in den Behörden und in der Politik haben möglicherweise genauso gedacht, wie der randalierende Mob? Sollten sich die Politiker*innen vielleicht doch (zu sehr) für die Ansichten ihrer Wähler*innen interessiert und genauso gehandelt haben, wie die es wollten? Möglicherweise haben ja sogar Politiker*innen der Regierungsparteien die Eskalation eingeplant, um den Widerstand der SPD gegen den von CDU/CSU und FDP gewollten „Asylkompromiss“ zu brechen, was ja dann auch gelang (ebd.)?!

Die Berichterstattung in den Medien, die Reaktionen aus dem In- und Ausland, waren so umfassend und massiv, das konnte niemand verschlafen haben, hier muss man Versagen unterstellen! Zweifellos waren zu dieser Zeit viele Menschen verzweifelt, weil sie ihre Arbeitsstellen verloren hatten und befürchteten, dass viele Träume vom schönen Leben im „goldenen Westen“ zerplatzen würden. Aber kann das wirklich eine Erklärung dafür sein, dass über Menschen aus Vietnam und Mosambik, über Sinti und Roma - allesamt Flüchtlinge aus den früheren „sozialistischen Bruderländern“ - gesagt wird, dass sie „keine Menschen“, sondern „Scheißdreck“ seien, und dass deren Häuser angezündet werden sowie in Kauf genommen wird, dass diese Menschen - darunter auch Kinder - bei lebendigem Leib verbrennen?

Die schon Anfang der 90er Jahre weit verbreiteten fremdenfeindlichen und rassistischen Einstellungen in allen gesellschaftlichen Schichten der ostdeutschen Bevölkerung haben dazu geführt, dass es zu einer Billigung oder sogar Befürwortung und Unterstützung dieser Gewalttaten kam. Eine Zivilgesellschaft, die für Menschenrechte kämpft, sich gegen den rassistischen Mob stellt, die versucht, demokratische Werte wie Gleichheit aller Menschen, Menschenwürde, Toleranz und Pluralismus auch gegen Widerstand zu vertreten, konnte sich in den diktatorischen Verhältnissen der DDR und in der Umbruchphase nach der Vereinigung nicht entwickeln. Und leider wurden die in Demokratie noch unerfahrenen Ostdeutschen sowohl von der Bundespolitik als auch von vielen Menschen im Westen Deutsch-lands nicht ausreichend unterstützt, von einigen möglicherweise sogar misstrauisch und abwertend beäugt.

Aber rechtsextremistische Gewalt gab und gibt es nicht nur im Osten Deutschlands. Als in der Nacht zum 23. November 1992 zwei Häuser in Mölln (Schleswig-Holstein) von Rechtsextremisten in Brand gesetzt wurden, starben drei Menschen mit türkischen

[63] Die Fassade des Hauses zierte ein riesiges Sonnenblumenmotiv.

Wurzeln, darunter zwei Kinder! Die beiden Rechtsextremisten (19 und 25 Jahre) meldeten sich im Anschluss an ihre Tat bei der Polizei mit den Worten: „In der Ratzeburger Straße brennt es. Heil Hitler!" (Dernbach, 2017). Am 29. Mai 1993 starben in Solingen fünf Mädchen und Frauen mit türkischem Migrationshintergrund. Die vier Jugendlichen aus Solingen (16-23 Jahre) waren schon zuvor mit rechtsextremistischen Sprüchen aufgefallen (bpb, 2018b). Gleich zehn asylsuchende Menschen sind am 18. Januar 1996 in Lübeck bei einem Brandanschlag gestorben. Wie beim Brandanschlag in Mölln und später bei den Morden des „Nationalsozialistischen Untergrunds" (NSU) wandten sich die ermittelnden Behörden zunächst gegen das Umfeld der Opfer. Neben den traumatischen Erlebnissen und dem Verlust von Familienangehörigen und Freunden mussten diese sich nun den intensiven Befragungen der Ermittler*innen stellen[64]. Im Lübecker Fall wurde intensiv gegen einen Asylbewerber aus dem Libanon ermittelt, obwohl zahlreiche Spuren zu drei ostdeutschen Jugendlichen aus Grevesmühlen führten, die sich sogar mehrfach mit der Tat rühmten. Trotzdem übernahm weder die Bundesanwaltschaft das Verfahren, noch wurde es von den Lübecker Strafverfolger*innen weiterverfolgt. Der Brandanschlag von Lübeck ist bis heute nicht aufgeklärt, die Täter nicht ermittelt (Vogel, 2013)!

Aber was ist der große Unterschied zwischen Mölln, Solingen, Lübeck, München (2016), Hanau (2020) auf der einen (West-)Seite und Hoyerswerda, Rostock, Heidenau, Freital, Claußnitz, Chemnitz, Köthen auf der anderen (Ost-)Seite? Die rechtsextremistischen Gewalttaten im Westen Deutschlands sind alle von Einzeltätern oder kleinen Gruppen - häufig im Schutz der Dunkelheit sowie kurz und überfallartig - verübt worden. All die hier aufgeführten in Ostdeutschland begangenen Taten, sind - von einer großen Menschenmenge begleitet und beklatscht - bei Tageslicht, über mehrere Stunden, manchmal auch über Tage und Wochen, im Beisein der Polizei (die teilweise behindert wurde) begangen worden. Und das sind bei Weitem nicht alle! Zweifellos ist auch in Ostdeutschland der größte Teil der rechtsextremistisch motivierten Gewalttaten von Einzeltätern begangen worden, wie z.B. der Anschlag auf die Synagoge in Halle 2019. Aber Ereignisse wie die von Hoyerswerda und Rostock unmittelbar nach der Vereinigung sowie Heidenau, Claußnitz und Chemnitz nach der „Flüchtlingswelle" von 2015/16 hat es im Westen der Republik meines Wissens noch **nie** gegeben! Und das, obwohl in den Jahren nach der Vereinigung deutlich mehr Asylsuchende in den Westen Deutschlands gekommen sind und auch 2015/16 die meisten Flüchtlinge auf die alten Bundesländer verteilt wurden[65].

In Freiburg, wo 2016 ein aus Afghanistan stammender Flüchtling eine 19-jährige Studentin vergewaltigt und ermordet hatte, haben Rechtsextremisten und die AfD versucht, dieses Verbrechen für ihre (politischen?) Ziele zu missbrauchen. Doch nicht nur der größte Teil der Bevölkerung stellte sich aktiv gegen die Instrumentalisierung der Gewalttat, sondern auch die Eltern der Ermordeten. Sie gründeten sogar eine Stiftung

---

[64] Mir ist bewusst, dass Polizei und Staatsanwaltschaft in alle Richtungen, also auch gegen die Opfer, ermitteln müssen.

[65] Asylsuchende werden in Deutschland nach dem „Königsberger Schlüssel" verteilt, der die Bevölkerungszahl (zu 1/3) und Wirtschaftskraft (zu 2/3) der Bundesländer berücksichtigt. Dadurch sind 2015 auf die neuen Bundesländer lediglich 15,8% der Flüchtlinge verteilt worden (Konrad, 2015)

mit dem Namen ihrer Tochter, mit deren Hilfe Studierende unterstützt werden sollen – ausdrücklich auch Geflüchtete (Frank & Hupk, 2019)!

Im pfälzischen Kandel hat im Dezember 2017 ein 15-jähriger afghanischer Flüchtling seine deutsche Exfreundin erstochen, die Polizei sprach anschließend von einer „Beziehungstat". Auch hier haben Rechtsextremisten und die AfD versucht, die Bevölkerung in der Region und in ganz Deutschland gegen die „Gutmenschen", Politiker*innen und Flüchtlinge aufzustacheln. Insbesondere der Initiative „Kandel ist überall" gelang es mit Unterstützung der AfD immer wieder, gewaltbereite Hooligans sowie Mitglieder der NPD und der Identitären Bewegung[66] nach Kandel zu holen. Ihnen stellte sich jedoch immer ein breites Bündnis aus Politik, Kirchen und Gewerkschaften mit dem Namen „Wir sind Kandel" entgegen. Ministerpräsidentin Malu Dreyer sprach die Befürchtung aus, dass in Kandel eine „West-Pegida" etabliert werden soll. Der Versuch scheiterte jedoch am Widerstand der Zivilgesellschaft (SWR, 2019).

Bei vielen Massenaufmärschen (Proteste und Brandanschläge gab es auch im Westen) der „Wutbürger*innen" in Ostdeutschland war nicht einmal ein Mord oder ein Totschlag Anlass für die Mobilisierung Hunderter oder Tausender Menschen. Schon die Errichtung einer Flüchtlingsunterkunft oder die Ankunft der vor Krieg, Folter und Verfolgung in ihrer Heimat geflüchteten Menschen in einer solchen Unterkunft reichte aus, um stunden-, tage- oder wochenlange Proteste und gewalttätige Ausschreitungen zu inszenieren (z.B. Bautzen, Claußnitz). Die Flüchtlinge (Menschen!) mussten noch gar nichts getan haben: Allein ihre Anwesenheit reichte aus, um sie zu beschimpfen, zu bedrohen oder sogar körperlich zu attackieren!

Leider gibt es eine dramatische Häufung fremdenfeindlicher und rechtsextremistischer Gewalt und derartiger Aufmärsche in meiner sächsischen Heimat. Alle bereits genannten Städte - egal ob Hoyerswerda, Freital, Heidenau, Claußnitz oder Bautzen - kenne ich aus meiner Jugendzeit. In einigen Städten habe ich an Leichtathletik-Wettkämpfen teilgenommen, durch andere bin ich auf meinen vielen Radtouren gefahren oder habe Freunde dort besucht. Und durch die tagelangen Ausschreitungen und Proteste in Chemnitz im Sommer 2018 ist nun - nach Leipzig und Dresden - auch die drittgrößte sächsische Stadt „weltberühmt". Immer wieder ist es eine Mischung aus Trauer und Wut, die mich überkommt, wenn wieder eine sächsische Stadt durch Rechtsextremisten „Ruhm" erlangt.

Ja, in Chemnitz ist ein unschuldiger Mensch ums Leben gekommen, (vermutlich) erstochen von einem syrischen Flüchtling, der die Aufnahme- und Gastfreundschaft Deutschlands genießt und möglicherweise missbraucht hat. Völlig zurecht können die Einwohner*innen der Stadt des getöteten Menschen gedenken sowie ihre Trauer und Wut über die Sinnlosigkeit einer solchen Tat bei Gedenkmärschen bzw. Mahnwachen kundtun. Aber was hatten die Aufmärsche von AfD, Pegida und anderen rechtsextremistischen Gruppen mit Trauer und Mahnung zu tun! Es waren Machtdemonstrationen gegen die (Flüchtlings-)Politik der Regierung und gegen alle Menschen, die „fremd" sind oder auch nur so aussehen. Tagelang wurde in den Medien und in der Politik gestritten, ob es „Hetzjagden" gab, die Regierungskoalition in Berlin ist aufgrund dieses

[66] Sammelbegriff für völkisch orientierte Gruppierungen

Streits beinahe zerbrochen!

Für Sachsens Ministerpräsidenten Michael Kretschmer ist die Sache klar, in seiner Regierungserklärung sagte er: „Es gab keinen Mob, es gab keine Hetzjagd und es gab keine Pogrome in dieser Stadt". Kein Wunder, dass die AfD im Sächsischen Landtag seine Sicht auf die Vorgänge in Chemnitz besonders laut beklatschte (Meisner, 2018a). Nachdem das Landeskriminalamt seines Bundeslandes Handydaten bekannter Rechtsextremisten ausgewertet hatte, wurde deutlich, dass der Ministerpräsident zwar möglicherweise nicht „geschlafen", aber offensichtlich die Augen nicht nur zugekniffen, sondern ganz fest zugepresst haben muss: Denn die Chats zeigen „die tatsächliche Umsetzung von Gewaltstraftaten gegen Ausländer" auf! Die Täter haben selbst den Begriff „Jagd" verwendet, und dass schon Tage, bevor die mediale Debatte über die Hetzjagden begonnen hatte. Es gebe schon „übelst aufs Maul hier" und dass er „Bock" hätte, „Kanacken zu boxen", schrieb ein Demonstrationsteilnehmer. Ein anderer, dass er „drei Kanacken, drei Rotzer weggeklatscht" habe. Das Landeskriminalamt kommt zu der Einschätzung, dass die Demonstrationen durch „hohe Gewaltbereitschaft gegenüber den eingesetzten Polizeibeamten, Personen mit tatsächlichem oder scheinbarem Migrationshintergrund, politischen Gegnern, sowie Journalisten" geprägt gewesen seien (Kampf, et al., 2019). Es wurde also nicht nur Gewalt gegen Menschen ausgeübt, die einfach ihre Arbeit getan haben (Polizist*innen, Journalist*innen), sondern auch gegen unbeteiligte und unschuldige Menschen, allein weil sie „anders" aussehen! Ihnen wurde gezeigt, dass sie nicht willkommen sind, ihnen wurde Angst eingejagt, obwohl sie möglicherweise schon immer in Chemnitz leben, aber vielleicht vietnamesische, kubanische oder mosambikanische Wurzeln haben. Von einigen „Trauernden" wurden auch verfassungsfeindliche Symbole (u.a. der Hitlergruß) gezeigt. Was hat das mit Trauer, Mahnung und Gedenken an einen getöteten Menschen zu tun? Auch wenn sicherlich viele der Demonstrierenden keine überzeugten Rechtsextremisten waren, haben sie mit ihrem Verhalten die AfD und Pegida unterstützt, sich vor deren „Karren spannen" lassen!

Ich bin froh, dass es in Chemnitz auch einige mutige Menschen gegeben hat, die sich gegen diese Form der „Trauer" gestellt und damit gezeigt haben, dass es auch andere Chemnitzer*innen gibt. Aber die Masse der Bevölkerung hat geschwiegen! Und wie viele werden - wie fast 30 Jahre vorher in Hoyerswerda und Rostock - aktiv oder passiv Beifall geklatscht haben? Die weit verbreiteten rechtsextremistischen Einstellungen[67] und die hohen Zustimmungswerte bei Wahlen für die NPD und die AfD in Sachsen lassen das zumindest vermuten.

Auch die Äußerungen der Chemnitzer Oberbürgermeisterin Ludwig (SPD) deuten auf ein fragwürdiges Demokratieverständnis hin, wenn sie in einem Interview mit der TAZ äußert, dass sie hofft, „dass es eine Verurteilung gibt, damit die Angehörigen Ruhe finden können". Zu einem möglichen Freispruch des Angeklagten sagte sie: „Dann würde es schwierig für Chemnitz" (Schattauer, 2019). Die Oberbürgermeisterin hofft also, dass ein Mensch ins Gefängnis kommt, damit es in ihrer Stadt ruhig bleibt, obwohl dessen Schuld noch nicht erwiesen ist!?! Tatsächlich wurde der 24-jährige Syrer zu

[67] Lt. Sachsen-Monitor 2018 sind 56% der Sachsen der Meinung, dass Deutschland „in einem gefährlichen Maß überfremdet" ist. 49% glauben, dass sie sich durch die vielen Muslime wie Fremde im Land fühlen und 41% wollen die Zuwanderung von Muslimen nach Deutschland generell untersagen (Schlinkert, et al., 2018, S. 32f.)

neuneinhalb Jahren Haft verurteilt, obwohl er die Tat bestreitet, auf dem Tatmesser und der Kleidung des Opfers keine DNA-Spuren von ihm zugeordnet werden konnten[68], es nur einen Zeugen gibt, der (nachts) aus 56m Entfernung den Angeklagten zunächst als Täter beschrieb, später jedoch seine Angaben als missverstanden und falsch übersetzt bestreitet. Der Prozess fand auch nicht in Chemnitz, sondern in einem Hochsicherheitssaal in Dresden statt – aus Sicherheitsgründen (Dümde, 2019)! Ist hier möglicherweise ein unschuldiger Flüchtling verurteilt worden, um nicht wieder Proteste aufkommen zu lassen und um nicht wieder negative Schlagzeilen zu produzieren? Wie wäre wohl das Urteil und die Meinung der Bürgermeisterin ausgefallen, wenn ein Chemnitzer mit vergleichbaren Indizien verdächtigt worden wäre, einen Flüchtling getötet zu haben?

Ich möchte mit dieser Frage ausdrücklich nicht die Entscheidung des Gerichtes anzweifeln, aber dass das Gericht unter einem enormen öffentlichen Druck stand, einen „Schuldigen" zu finden und zu verurteilen, ist nicht zu übersehen.

Möglicherweise wurde der junge Syrer aber nicht nur Opfer des öffentlichen Drucks, sondern zusätzlich des Ost-West-Konfliktes?! Seine Münchener Anwältin warf dem Gericht vor, einen „politischen Prozess" geführt zu haben und forderte, dass Verfahren in Westdeutschland durchzuführen, weil man im Osten kein rechtsstaatliches Verfahren erwarten könne. Sie stellte auch den Antrag, dass die Richterin und die Schöffen erklären sollten, ob sie Mitglieder oder Unterstützer*innen der AfD sind und an Kundgebungen von Pegida teilgenommen haben. Für die ostdeutsche Richterin (kein „Westimport") ist das sicherlich provokant und verletzend gewesen. Aber gehört es nicht auch zu den Aufgaben eines Anwaltes bzw. einer Anwältin, das Gericht auf Befangenheit zu überprüfen? Auch Schöffen und Richter*innen sind Menschen mit politischen Einstellungen und Ansichten, auch sie können nicht zu 100% neutral und unabhängig sein. Und wenn fast ein Drittel der sächsischen Bürger*innen die AfD wählen, ist die Wahrscheinlichkeit, dass auch Richter*innen, Schöffen, Staatsanwält*innen, Polizist*innen usw. Anhänger*innen der AfD sind, mindestens doppelt so hoch wie im Westen Deutschlands. Und auch im Westen gibt es Jurist*innen mit solchen Einstellungen, wie sich in den letzten Jahren immer wieder gezeigt hat. So ist beispielsweise der Dresdener Richter (ein „Westimport"!) Jens Maier AfD-Mitglied und hat die NPD und den Thüringer AfD-Chef Björn Höcke „öffentlich in den höchsten Tönen gelobt", auch als Höcke über das Holocaust-Denkmal vom „Denkmal der Schande" sprach (Eichstädt, 2017). Und in einem Urteil des Gießener Verwaltungsgerichts über die Rechtmäßigkeit von NPD-Wahlplakaten (u.a. „Migration tötet!") hat ein Richter geurteilt, dass der Slogan nicht volksverhetzend sei, sondern „eine empirisch erwiesene Tatsache" darstellt. Malte Engler von der Neuen Anwaltsvereinigung vertritt die Ansicht, dass der Gießener Fall Anlass sein sollte, auch bei Gerichten genauer hinzuschauen, denn „da wähnt sich jemand im Raum des Sagbaren, der sich jetzt auch in der Justiz geöffnet hat" (Rath, 2019). Engler befürchtet offenbar, dass auch an deutschen Gerichten Personen mit undemokratischen, möglicherweise rechtsextremistischen Einstellungen, Einfluss gewinnen könnten.

---

[68] sondern einem flüchtigen Iraker (Dümde, 2019)

Die Bedenken der Münchener Anwältin im Dresdner Prozess waren also alles andere als unbegründet und sicherlich auch kein „Ossi-Bashing"! Sie hat lediglich ihren Auftrag als Anwältin ernst genommen. Auch der Journalist der linken Tageszeitung „Neuen Deutschland"[69], der über die Richterin schreibt, dass sie parteiübergreifend als kompetent, sachlich und souverän gilt, gibt zu bedenken, dass sie in diesem Prozess auch Beweisanträge der Verteidigung abgelehnt hat, die zur Wahrheitsfindung hätten beitragen können (Dümde, 2019).

Schon ein gutes halbes Jahr nach dem „Trauermarsch" in Chemnitz sorgte eine weitere „Trauerkundgebung" in Chemnitz für Schlagzeilen. Dieses Mal war es der Fußball-Verein Chemnitzer FC, der trotz Viertklassigkeit über die Landesgrenzen hinaus „berühmt" wurde. Ausgerechnet mein früherer Lieblingsclub, zu dem mich mein Vater schon im Alter von sechs oder sieben Jahren mit ins Stadion genommen hatte. In den folgenden 25 Jahren habe ich Hunderte Heimspiele im „Fischer-Stadion" besucht, und auch wenn ich seit 1990 nicht mehr im Stadion war, habe ich den Weg des Vereins verfolgt, leider auch die Insolvenz und den damit verbundenen Zwangsabstieg in die 4. Liga im Jahr 2018.

Am 9. März 2019 wurde vor dem Spiel gegen Altglienicke einer der treuesten Fans des Chemnitzer FC von den anwesenden Zuschauer*innen, vom Stadionsprecher und den Offiziellen des Clubs geehrt, der einen Tag vorher mit nur 54 Jahren an Krebs verstorben war. Auf der Anzeigetafel wurde statt Werbung ein Bild des Mannes eingeblendet, auf der Südtribüne wurde eine ca. 50 Quadratmeter große schwarze Plane mit einem weißen Kreuz von hunderten Fans ausgebreitet und Pyrotechnik gezündet. Der Stadionsprecher verkündete: „Gestern erreichte uns die traurige Nachricht, dass unser himmelblauer Tommy Haller den Kampf nach langer schwerer Krankheit verloren hat. Familie, Freunde und Wegbegleiter sind in tiefer Trauer". Bis 2006 leitete Thomas Haller den Sicherheitsdienst beim Chemnitzer FC, bis zuletzt ein Security-Unternehmen in Chemnitz (Buse, 2019). Sicherlich auch deshalb die große Ehrung für den „Edelfan". Wo ist das Problem? Warum wird die Ehrung eines treuen Fußballfans zum Skandal?

Thomas Haller war Mitbegründer der Organisation HooNaRa (Hooligans-Nazis-Rassisten). Ein Mitglied dieser Gruppe hat im Jahr 2000 nachweislich einen Punk getötet. Laut sächsischem Verfassungsschutz soll Haller auch der Ultra-Gruppe Kaotic Chemnitz nahegestanden haben, die im Sommer 2018 den „Trauermarsch" durch die Chemnitzer Innenstadt organisiert hatte[70]. In einem Interview sagte er 2006, dass Schlägereien für ihn wie Extremsport wären und dass die Leute wissen müssen, dass er keinen Spaß macht und er sie auch drei Wochen später, „auch von zu Hause, auch vom Nachtschrank", noch abholt. Offiziell trennte sich der Verein damals von ihm, aber er blieb - auch mit seiner Security-Firma - dem Verein verbunden. Sein Wissen über die Neonazi- und Hooligan-Szene galt in der Stadt und im Verein als „Qualitätsmerkmal". Vom Zeitungsverlag bis zur Stadtverwaltung wurden er und seine Firma gebucht, denn wäre er

[69] In der DDR Parteizeitung der SED

[70] Das Kennzeichen seines Autos lautete: C DR 88 für: Chemnitz-Deutsches Reich-Heil Hitler (Buse, 2019).

nicht gewesen „dann hätte die Polizei große Probleme gehabt, die Stadt sicher zu kriegen“ (Barkouni, et al., 2019).

Dem Insolvenzverwalter und dem Sportvorstand des Vereins war bei der Durchsicht von Rechnungsunterlagen außerdem aufgefallen, dass die Kosten für das Sicherheitspersonal in Chemnitz viel höher waren als bei vergleichbar großen Vereinen. Auch nach dem Pokalspiel gegen Bayern München fehlten knapp 300.000 € in der Kasse. Und auch der DFB erhielt nach dem Länderspiel der Frauen gegen Norwegen eine satte Rechnung aus Chemnitz, worauf die Funktionäre mitteilten, dass nie wieder ein Nationalteam in die Stadt kommen würde. Der Insolvenzverwalter Klaus Siemon hält es für möglich, „dass Arbeitsbeschaffungsmaßnahmen für Hallers rechte Kameraden die Sicherheitskosten in die Höhe getrieben haben“ (Buse, 2019).

Wurde die rechtsextreme Szene in Chemnitz und Umgebung vom Chemnitzer FC, von regionalen Unternehmen und gar von der öffentlichen Stadtverwaltung mit Steuermitteln finanziert? Haben sich der Verein und die Stadt durch die enge Zusammenarbeit mit Thomas Haller und seiner Security-Firma abhängig und erpressbar gemacht?

Zumindest ist das eine der Verteidigungsstrategien von Club-Funktionären, die angeben, bezüglich der „Trauerfeier“ nur die Wahl „zwischen Pest und Cholera“ gehabt zu haben: zwischen der „weichen Variante“ - für die sich die Verantwortlichen entschieden - und der „harten Variante“, die wohl den Sturm des Platzes mit NS-Flaggen und -Gesängen sowie antisemitischen Schmähungen mit sich gebracht hätte. In einer WhatsApp-Gruppe, der u.a. der Pressesprecher, der Stadionsprecher und die Fan-Beauftragte[71] (SPD-Mitglied und Ratsfrau in Chemnitz) angehörten, war wohl der Pressesprecher der Einzige, der solch eine Ehrung überhaupt in Frage stellte, bei allen anderen ging es nur um das „Wie“ (Buse, 2019). Auch der Insolvenzverwalter Siemon geht von Erpressung aus, er könne aber nicht öffentlich sagen von wem (Barkouni, et al., 2019). Aber wenn es Erpressung und Nötigung gab, warum haben dann die Verantwortlichen nicht die Polizei oder den Staatsschutz eingeschaltet, das Spiel abgesagt, den Fußballverband informiert? Der Fanforscher Robert Claus „leitet daraus ab, wo das politische und Machtmonopol in der Welt des Chemnitzer FC und seiner Fanszene liegt: bei den Neonazis“ und dass ihm etwas Vergleichbares kaum einfällt. Auch wenn die Fanbeauftragte - sie durfte nicht mehr für die SPD kandidieren - ein Mitarbeiter der Medienabteilung und der Stadionsprecher vom Verein entlassen wurden, sind das für die Ultras „Bauernopfer“ aufgrund des medialen Drucks (Fritz, 2019). Inzwischen ist der Stadionsprecher wieder im Dienst - gegen den Willen des Insolvenzverwalters (Süddeutsche Zeitung, 2019b)!

Unter anderem dieses Denken und Handeln von Politiker*innen (fast) aller Parteien, aber auch von Vertreter*innen der Wirtschaft und von anderen Bereichen der Gesellschaft, trägt dazu bei, dass sich ein demokratisches, rechtsstaatliches Verständnis in Sachsen und den anderen ostdeutschen Bundesländern nicht in einem ausreichenden Maß etablieren konnte. Der Politikwissenschaftler Jaschke betont: „Rechtsextremistischer Protest kann sich nur dort entfalten, wo demokratische Grundwerte wie Toleranz und Liberalität noch nicht wirklich verankert sind“ (Jaschke, 2002, S. 22). Wenn jedoch

[71] Die Fanbeauftragte setzt sich besonders intensiv für die Ehrung Hallers ein, u.a. mit den Worten: „Er hat sich unterschieden von denen die alles und jeden hassen, der kein Nazi und Rassist ist. Nur wie erklärt man, dass er eben auch ein echt feiner Mensch war“ (Barkouni, et al., 2019)?

ein beachtlicher Teil der Bevölkerung - insbesondere ein Teil der gesellschaftlichen Eliten - diese Werte nicht uneingeschränkt akzeptiert und sich infolgedessen nicht öffentlich dafür positioniert, nehmen die Rechtsextremisten und die „Unsicheren" dies als Zustimmung und als Bestärkung ihrer Ansichten wahr.

Bezogen auf Sachsen äußert der von dort stammende Soziologe Raj Kollmorgen, „dass die Sachsen geradezu an einem kollektiven Syndrom der Fremdenangst leiden", dass sie schon immer Angst vor Fremdherrschaft und Kolonialisierung hatten. Auch die DDR-Zeit hätten die Sachsen als Fremdherrschaft der Preußen empfunden. Deshalb ist nach seiner Überzeugung die Revolution in der DDR nicht zufällig von Leipzig, Dresden und Plauen ausgegangen. Der aus dem Westen nach Sachsen gekommene frühere Ministerpräsident Kurt Biedenkopf (CDU) verlieh den Sachsen nach Überzeugung des früheren Innenministers Heinz Eggert (CDU) dann Stolz und Selbstbewusstsein, machte sie zu den „Musterschülern des Ostens". Eggert vermutet, dass der häufig von Biedenkopf zitierte Satz, dass die Sachsen „immun" gegen Rechtsextremismus wären, eine Imagefrage und keine Fehleinschätzung gewesen sei. Er wollte eben nicht, dass „dieser Schatten auf sein Land fällt", so Eggert, und „seine Sachsen" einen Imageschaden erleiden (Dieckmann, 2015).

Sicherlich ist es ehrenwert, dass der westdeutsche Politiker seinen Landsleuten verlorenes Selbstbewusstsein zurückzugeben wollte, ihnen verdeutlichte, dass sie viel geschafft haben und stolz auf das Geleistete sein können. Auch ich bin noch heute der Meinung, dass Biedenkopf der (fast) perfekte „Landesvater" für die Sachsen war. Schließlich führte er das Land „binnen acht Jahren aus einer katastrophalen Wirtschaftslage an die Spitze der neuen Bundesländer. Er holte dank seiner Kontakte und durch geschickte Ansiedlungspolitik Großkonzerne der Chip- und Autoindustrie nach Sachsen" (Koch, 2021).

Aber darf das dazu führen, den Bürger*innen einen „Persilschein" auszustellen, auch dann, wenn bekannt ist, dass undemokratische, fremdenfeindliche und rechtsextremistische Einstellungen im Land weit verbreitet sind, rechtsextremistische Organisationen und Gruppierungen überall im Land existieren und in erheblichem Maß in das öffentliche Leben eingreifen, es mancherorts sogar bestimmen? Und auch dann, wenn wissenschaftliche Studien und Wahlergebnisse immer wieder verdeutlichen, wie groß die Zahl derer ist, die angeblich „immun" sein sollen? Könnte ein Arzt seinem adipösen, kettenrauchenden, spiegeltrinkenden und computerspielbessesenen Patienten sagen, dass er „immun" gegenüber jeglicher Abhängigkeit und Sucht sei, damit er Selbstbewusstsein und Stolz auf sich selbst entwickelt und kein „Schatten auf ihn fällt"? Wie groß wäre wohl die Motivation des Patienten, an seinem Verhalten etwas zu ändern?

Auch wenn sich Kollmorgen explizit auf die Situation in seiner sächsischen Heimat bezieht, ist die Angst vor Imageverlust in allen neuen Bundesländern erkennbar. Fast immer, wenn die Medien über einen weiteren Fall rechtsextremistischer Gewalt oder von Wahlerfolgen der AfD in Ostdeutschland berichten, wird dies reflexartig abgewehrt, als Belehrung und Bevormundung „aus dem Westen" zurückgewiesen oder mit der wirtschaftlichen Situation begründet. Nicht nur die Ostdeutsche Anetta Kahane - Vorsitzende der Amadeu-Antonio-Stiftung - meint dazu: „Im Osten werde die Bevölkerung ungern auf das Problem mit Rechtsextremismus angesprochen, im Westen gehe man dagegen offensiver mit dem Thema um" (Dick, 2012).

Wahlerfolge „rechter“ Parteien in Deutschland

Neben rechtsextremistischen Gewalttaten und Aufmärschen sind es insbesondere die Wahlergebnisse rechtsextremer[72] Parteien, die dafür sorgen, dass eine breite Öffentlichkeit über die Medien wahrnimmt, wie tief verwurzelt rechtsextremes Gedankengut in der deutschen Gesellschaft ist. Und doch spiegeln Wahlergebnisse nur einen kleinen Teil des Phänomens Rechtsextremismus wider, denn die meisten Menschen mit rechtsextremen Einstellungen wählen in der Regel eine der großen Volksparteien oder gehen gar nicht wählen. Deshalb schrieb der Politikwissenschaftler Kai Arzheimer im Jahr 2004: „Insgesamt ist die Geschichte extremistischer Parteien in der Bundesrepublik Deutschland weithin die Geschichte ihrer Erfolglosigkeit“ (Arzheimer, 2004).

Das galt jahrzehntelang, bis 2013 die AfD in Deutschland gegründet wurde und es innerhalb weniger Jahre schaffte, in alle Landesparlamente und in den deutschen Bundestag gewählt zu werden. Bis dahin war es noch nie in der Geschichte der Bundesrepublik einer rechtsextremen Partei gelungen, in den Bundestag einzuziehen. Lediglich bei Landtags- und Europawahlen erreichten die NPD, die Republikaner, die DVU oder andere Protestparteien (z.B. „Schill-Partei“ in Hamburg) teilweise beachtliche Erfolge. Arzheimer erklärt das damit, dass die Wahlbeteiligung bei diesen - von vielen Bürger*innen als „Nebenwahlen“ angesehenen - Urnengängen geringer ist und die kleinen Parteien ihre Anhänger*innen dann besser mobilisieren können. Diese Wahlen gelten außerdem bei vielen Bürger*innen als weniger relevant, so dass sie eher mit ihrer Stimme experimentieren und den etablierten Parteien ihre Stimme verweigern (ebd.).

Bevor die AfD - auf die ich später eingehen möchte - ihre Wahlerfolge feierte, gab es in der Bundesrepublik drei Wellen, in denen rechtsextreme Parteien viel beachtete Erfolge erzielten. Die Hauptursache für die erste Welle Anfang der 50-er Jahre bestand darin, dass die Sozialistische Reichspartei (SRP) viele weiterhin überzeugte Nationalsozialist*innen mobilisieren konnte. Nach dem Verbot der SRP 1952 konnten rechtsextreme Parteien lange Zeit keine Erfolge mehr feiern. Erst mit der 1964 gegründeten Nationaldemokratischen Partei Deutschlands (NPD) schaffte es zwischen 1966 und 1968 wieder eine rechtsextreme Partei, eine beachtliche Zahl an Wähler*innen zu mobilisieren. Bei acht Landtagswahlen gelang der NPD der Einzug in sieben Landesparlamente und sie verfehlte den Einzug in den Bundestag 1969 nur knapp. Der nicht gelungene Einzug in den Bundestag gilt als entscheidender Grund für den vorübergehenden Niedergang der Partei (Kummer, 2007).

Die Ursachen für die Gründung und für das Erstarken der NPD können Rückschlüsse für den Aufstieg und den Niedergang rechtsextremer Parteien in den folgenden Jahrzehnten geben. 1968 kam es zur ersten Großen Koalition zwischen CDU/CSU und SPD. Die FDP war damals die einzige Oppositionspartei im Bundestag. Aufgrund dieser Konstellation musste die CDU/CSU ihre „rechten“ Positionen verlassen, die SPD den „linken“ Flügel frei machen. Gleichzeitig vollzog auch die FDP einen Linksschwenk. Dieses „Vakuum“ am rechten Rand nutzte die NPD, zumal die erste größere

[72] Ich nehme bewusst keine Differenzierung zwischen rechtsextremistisch, rechtsradikal, rechtspopulistisch usw. vor, sondern verstehe darunter alle Parteien, die mit Hilfe undemokratischer, fremdenfeindlicher bzw. diskriminierender Inhalte ihrer Programme oder Äußerungen ihrer führenden Politiker*innen Zustimmung gewinnen wollen.

Rezession der Nachkriegsgeschichte in den Jahren 1966/67 zu Unzufriedenheit in der Bevölkerung führte. Mit dem Ausscheiden der CDU/CSU aus der Großen Koalition und dem Zusammengehen der SPD mit der FDP konnten die beiden christlichen Parteien wieder konservativere (rechte) Positionen einnehmen, was der NPD wiederum die Wähler*innenbasis entzog (ebd.).

Ähnlich vollzog sich die dritte Welle rechtsextremer Wahlerfolge, die 1989 mit dem Einzug der 1983 gegründeten Republikaner (REP) in das Berliner Abgeordnetenhaus begann. Auch in dieser Zeit gab es einen wirtschaftlichen Abschwung, verbunden mit Sozialabbau, Massenarbeitslosigkeit und großen Migrationsbewegungen aufgrund der gesellschaftlichen Umbrüche in Osteuropa. Gleichzeitig enttäuschte die von Helmut Kohl geführte Bundesregierung die Hoffnungen des rechten Lagers auf eine konsequent konservativ-nationalistische Politik (ebd.). Diese dritte Welle erstreckte sich über die Vereinigung Deutschlands hinweg, wobei REP, DVU und NPD trotz großer Erwartungen zunächst keine Erfolge in Ostdeutschland erzielen konnten. Erst ab 1998 übersprangen die DVU und die NPD auch in ostdeutschen Bundesländern vereinzelt die Fünfprozenthürde. Insgesamt gelang den „rechten" Parteien jedoch nur bei acht von 68 Wahlen innerhalb von 14 Jahren der Einzug in Landesparlamente (Neu, 2004, S. 3f.).

Die Gründung und die Erfolge der Republikaner und der NPD verdeutlichen, dass diese Wahlerfolge immer dann eintreten, wenn die CDU/CSU diesen extrem rechten Flügel nicht mehr besetzen kann bzw. will. Den vielfach von Franz-Josef Strauß zitierten Satz „Rechts von der Union darf es keine demokratisch legitimierte Partei geben", konnte er selbst nicht in die Tat umsetzen. Der eigentlich DDR-kritische Strauß hatte heimlich einen Milliardenkredit für die DDR ausgehandelt, was einige CSU-Mitglieder für untragbar hielten. Sie verließen die CSU und gründeten die Republikaner. Der Politikwissenschaftler Hans-Gerd Jaschke macht in diesem Zusammenhang deutlich: „Man muss wissen, dass die Republikaner ja nicht aus dem rechtsextremen Lager kommen, sondern aus der Union selbst, besser gesagt aus der CSU" (Jeske, 2018).

Diese Erkenntnis verdeutlicht zwei Dinge: Einerseits müssen konservative Parteien versuchen, Wähler und Wählerinnen am rechten Rand für sich zu gewinnen, wenn sie die Gründung bzw. das Erstarken von rechtsextremen Parteien verhindern wollen. Andererseits laufen Sie damit Gefahr, diese extremen, häufig undemokratischen, diskriminierenden bis rassistischen Parolen der Rechten zu legitimieren, weil viele Wähler*innen dann meinen: Wenn der/die[73] das sagt, dann muss das ja stimmen! Dann kann ich aber auch gleich das Original – also die rechtsextreme Partei - wählen!

Die AfD als neue Volkspartei in Ostdeutschland

Warum gelingt der AfD nun, was jahrzehntelang den anderen rechtsextremen Parteien nicht gelang, nämlich zu einer „Volkspartei" zu werden zumindest in Ostdeutschland - obwohl fast alle wissenschaftlichen Studien besagen, dass rechtsextreme Einstellungen in der Bevölkerung seit der Vereinigung eher ab- als zunehmen?

Kai Arzheimer ordnet - angelehnt an eine Typisierung des Politikwissenschaftlers

[73] Insbesondere dann, wenn diese Politiker*innen führende Positionen innehaben und somit über große Autorität verfügen.

Ignazi - alle bisherigen rechtsextremen Parteien in Deutschland als „alte" Rechtsparteien (unabhängig von ihrem Gründungsjahr) ein, die sich „personell und programmatisch an die totalitären Ideologien und Regime der Vergangenheit" anlehnen. Sowohl die DVU, die Republikaner als auch die NPD schafften es nach seiner Auffassung nicht, sich glaubhaft von den Ideen des Nationalsozialismus abzugrenzen und waren somit für den größten Teil der konservativen Wähler*innen nicht attraktiv (Arzheimer, 2004).

Die 2013 infolge der Krise der europäischen Währungsunion als national-liberale Partei gegründet AfD dagegen bewegte sich anfangs im Rahmen des demokratischen Spektrums und hatte keine Anknüpfungspunkte zum Nationalsozialismus. So konnte sie auch konservative Hochschullehrer*innen, Psychotherapeut*innen, Standortkommandant*innen der Bundeswehr usw. für sich gewinnen, die bei einer Mitgliedschaft in der NPD Konsequenzen für ihre Karriere oder ihr soziales Ansehen hätten fürchten müssen. Sehr schnell durchlief die AfD jedoch eine inhaltliche Neuorientierung: Von der national-liberalen Anti-Euro-Partei unter Bernd Lucke, wurde sie zunächst unter Frauke Petry zur konservativ-nationalistischen Partei, um unter der Führung von Alexander Gauland eine nationalistisch-völkische Partei zu werden (Decker & Brähler, 2018, S. 26f.). Gemäß der von Arzheimer vorgenommenen Typisierung ist die AfD keine „alte" rechtsextreme Partei, denn ihre Gründung lässt sich nicht mit den Ideen und Zielen des Nationalsozialismus in Verbindung bringen. Damit konnte sie, anders als frühere rechtsextreme Parteien, eine größere Wähler*innengruppe erreichen.

Aber ähnlich wie die Gründung der NPD und der Republikaner auf enttäuschte Konservative in der CDU/CSU zurückzuführen ist, ist die Gründung der AfD mit dem „Linksschwenk" der CDU unter Angela Merkel und die schon mehrere Jahre andauernde Große Koalition im Deutschen Bundestag zu erklären[74]. Neben der anfänglichen Ausrichtung als nationalliberale Partei und dem damit möglichen Zugang für konservative Eliten erklären zwei weitere Faktoren den Erfolg der AfD: Anders als Anfang der 90-er Jahre, als REP, DVU und NPD um ein vergleichbares Wähler*innenspektrum kämpften, muss die AfD diese Konkurrenz nicht mehr fürchten. Und während die Bürger*innen vor 30 Jahren nur aus den traditionellen Medien (TV, Zeitungen) erfahren konnten, wie die Republikaner in den Landtagen agieren, erreicht die AfD heute durch die Sozialen Medien ein Millionenpublikum (Jeske, 2018).

Aber ist die AfD überhaupt eine rechtsextreme Partei und warum ist diese Differenzierung so wichtig? Der Politikwissenschaftler Tom Thieme verdeutlicht, dass Politiker*innen mit allen demokratischen Parteien in Dialog treten und mit ihnen verhandeln müssen, notfalls müssen auch Koalitionen eingegangen werden, „mit (Rechts-)Extremisten verbietet sich all dies" (Thieme, 2019).

Der Sozialwissenschaftler Alexander Häusler führt in einem Artikel für die Bundeszentrale für politische Bildung mehrere namhafte Wissenschaftler (Korte, Neugebauer, Leggewie, Pfahl-Traughber) auf, welche die AfD als „rechtsextrem-völkisch" oder „ein-

[74] Möglicherweise hat Angela Merkel die rückläufigen rechtsextremen Einstellungen in der (west-)deutschen Bevölkerung (Mehrheit der Wähler*innen) registriert und daraus geschlussfolgert, dass in dieser Wähler*innengruppe kein großes Potenzial für die CDU steckt. Mit ihrem „Linksschwenk" konnte sie jedoch frühere SPD-Wähler*innen für die CDU gewinnen und gleichzeitig den größten politischen Gegner - die SPD - schwächen.

deutig rechtsextremistisch" einordnen bzw. ihr „Züge eines völkisch-autoritären National-Sozialismus" unterstellen, „wie es das in Deutschland schon mal in den 1920-1930-er Jahren gegeben habe". Auch nach der Zusammenfassung seiner Erkenntnisse rückt die AfD „zunehmend in den kritischen Blick der Rechtsextremismusforschung" (Häusler, 2018).

Tom Thieme sieht dagegen die Parteiführung, die Basis und die Wähler*innen als „mehrheitlich demokratisch" an, stellt aber klar, dass die AfD nur dann eine „normale Partei" sein kann, „wenn sie Farbe zur Demokratie bekennt und ihre Doppelstrategie von bürgerlicher Protestpartei hier und rechtsextremer Antisystempartei da aufgibt" (Thieme, 2019). Aufgrund dieser unterschiedlichen Einschätzungen von Expert*innen hat sich laut Thieme in Politik, Medien und Wissenschaft der Begriff des (Rechts-)Populismus etabliert: „nicht eindeutig rechtsextrem, aber auch nicht einwandfrei demokratisch". Populisten nehmen ihm zufolge außerdem für sich in Anspruch, Verteidiger des „wahren Volkswillens" zu sein, der beim Rechtspopulismus in einer „exklusiven nationalen Identität Ausdruck findet" (ebd.).

Zu Beginn des Kapitels habe ich beschrieben, anhand welcher Kriterien rechtsextremistische Einstellungen in der Bevölkerung ermittelt werden[75]. Auch Tom Thieme - Professor für Gesellschaftspolitische Bildung an der Hochschule der sächsischen Polizei - versucht anhand dieser Kriterien zu ermitteln, ob die AfD dem rechtsextremistischen Spektrum zugeordnet werden kann. Entscheidend für ihn ist dabei, ob es sich bei den öffentlichen Äußerungen um Außenseiterpositionen handelt oder ob diese Einstellungen von der Parteispitze vertreten werden bzw. ob es sich um die Mehrheitsmeinung innerhalb der Partei handelt. Auf seine für die Bundeszentrale für politische Bildung zusammengefassten Erkenntnisse beziehe ich mich nachfolgend ausführlich, obwohl ich einige seiner Argumente kritisch betrachte.

Nach seiner Einschätzung gibt es z.B. in offiziellen Parteidokumenten keine offenen Forderungen, die Demokratie in Deutschland abzuschaffen. Allerdings beschreibt Thieme, dass der Thüringer AfD-Chef Björn Höcke am 17. Januar 2017 in Dresden gesagt hat: „Die AfD ist die letzte evolutionäre, sie ist die letzte friedliche Chance für unser Vaterland" was als Forderung nach einer gewaltsamen Revolution angesehen werden kann, falls es der AfD nicht gelingt, „diesen Staat, (…), vor den verbrauchten politischen Alteliten zu schützen". An anderer Stelle macht er sich nicht einmal die Mühe, seine Diktaturvorstellungen zu umschreiben, sondern sagt unverblümt: „Wenn einmal die Wendezeit gekommen ist, dann machen wir Deutschen keine halben Sachen". Der AfD-Bundestagsabgeordnete Jürgen Pohl wird noch deutlicher, wenn er droht: „Noch sitzt ihr da oben, ihr feigen Gestalten. (…) Doch einst wird wieder Gerechtigkeit walten, dann richtet das Volk. Dann Gnade Euch Gott!" Die Thüringer AfD kommentierte die Ausführungen Pohls auf ihrer Landeswahlversammlung 2017, dass „dessen bewegende Rede sicher noch vielen Anwesenden im Gedächtnis bleiben wird". Thieme führt weiter aus, dass für große Teile der Parteiführung und -basis Demokratie nicht Interessenviel-

[75] Befürwortung einer rechtsautoritären Diktatur, Fremdenfeindlichkeit, Verharmlosung des Nationalsozialismus usw.

falt und Minderheitenschutz bedeutet, sondern dass sie von einer Interessenhomogenität ausgeht. Demnach existiert ein auf ethnischer Homogenität basierender einheitlicher Volkswille. Personen, die sich dieser demokratiefeindlichen Position widersetzen, werden als „Volksverräter“ tituliert und „als nicht dem Volk zugehörig ausgegrenzt“ (ebd.).

Auch Ausländer- und Fremdenfeindlichkeit der AfD kommen laut Thieme „als unverhohlener Rassismus daher“, wobei sich dieser Rassismus nicht nur auf Ausländer*innen begrenzt, sondern sich auch gegen deutsche Staatsangehörige mit Migrationshintergrund wendet, insbesondere, wenn sie einen muslimischen Hintergrund haben. Damit spricht die AfD diesen Menschen die gleichen Rechte wie anderen Menschen ab, was auf eine Ablehnung der Gleichheit aller Menschen und damit der fundamentalen Menschenrechte hinausläuft. Der Parteivorsitzende Alexander Gauland sprach beispielsweise davon, die damalige Integrationsbeauftragte der Bundesregierung Ayman Özoguz nach Anatolien „entsorgen“ zu wollen. Auch André Poggenburg, ehemaliger AfD-Chef von Sachsen-Anhalt, bezeichnete Deutschtürken als „Kümmelhändler“ und „vaterlandsloses Gesindel“, das sich zum Bosporus, zu seinen Lehmhütten und Vielweibern scheren solle (ebd.).

Antisemitismus und Sozialdarwinismus sind nach den Erkenntnissen Thiemes in der AfD „keine weit verbreiteten Positionen“. Die Haltung der AfD ähnelt demnach viel mehr der vieler anderer europäischer Rechtsextremisten: Die Bezugnahme auf die christlich-jüdische Kultur dient als Frontstellung gegen den Islam (ebd.).

Die Bezeichnung des Holocaust-Denkmals in Berlin als „Denkmal der Schande“ und die damit einhergehende „dämliche Erinnerungspolitik“ durch Björn Höcke sind meines Erachtens jedoch Anzeichen dafür, dass auch der Antisemitismus in der AfD verbreitet ist. Ich kann mich auch nicht erinnern, dass die AfD-Führung nach dem Anschlag auf die Synagoge in Halle/S. ähnlich „betroffen“ reagiert hätte, wie nach der Tötung des Deutschen in Chemnitz, obwohl die Opfer von Halle auch Deutsche waren. Aber der Anschlag galt eben „nur“ Juden und der Täter war ein Deutscher und kein Flüchtling. Auch an diesen unterschiedlichen Reaktionen lässt sich ablesen, dass der im Grundgesetz verankerten Gleichheit aller Menschen in der AfD kaum Bedeutung beigemessen wird. Für die Verharmlosung des Nationalsozialismus durch führende AfD-Politiker*innen dokumentiert Thieme zahlreiche Beispiele: Neben der bereits erwähnten Bezeichnung „Denkmal der Schande“ durch Höcke verweist Thieme auf die Aussagen Gaulands, wonach der Nationalsozialismus ein „Vogelschiss der Geschichte“ wäre und des sächsische Bundestagsabgeordneten Maier, der von „Schuldkult“ spricht (ebd.).

Auch ihr Verhältnis zu eindeutig rechtsextremistischen Kräften und Organisationen hat die Partei nach Einschätzung von Thieme nicht geklärt. Es besteht zwar eine offizielle Unvereinbarkeitserklärung, wonach sich AfD-Mitglieder von der NPD, der Reichsbürger- und Kameradschaftsszene, der Identitären Bewegung (IB) und den meisten GIDA- und Pro-Bewegungen abgrenzen sollen. Der Beschluss, sich von PEGIDA in Dresden abzugrenzen, wurde jedoch bereits im Mai 2018 aufgehoben. Außerdem liegen zahlreiche Anhaltspunkte für eine enge Zusammenarbeit der AfD mit rechtsextremen Personen und Organisatoren vor. Ehemalige Mitglieder von Burschenschaften, der Jungen Nationalisten[76] bzw. der IB werden bei der AfD als Mitarbeiter*innen beschäftigt, sind als Referent*innen tätig oder nutzen die Infrastruktur der Partei, indem sie bei Parteiveranstaltungen auftreten (ebd.).

Trotz dieser zahlreichen Beispiele - die allesamt als Argumente gewertet können, der AfD abzusprechen, eine demokratische Partei zu sein - resümiert Thieme, dass die AfD keine rechtsextreme Partei, vor allem keine „Nazi-Partei" sei. Er bezeichnet ihre „Zurückweisung des Antisemitismus als auch der Rassenlehre der Nationalsozialisten" für „umfassend und glaubhaft". Ob der nach jahrelangem juristischem Kampf erfolgte Ausschluss des baden-württembergischen Landtagsabgeordneten Wolfgang Gedeon[77] aus der AfD oder das Verbot des als rechtsextremistisch eingestuften „Flügels" (Middelhoff, 2020), dem Höcke vorsteht und der insbesondere in Ostdeutschland viele Anhänger*innen hat, als ehrliche Abgrenzung vom Rechtsextremismus zu werten sind oder ob diese Maßnahmen lediglich der Beobachtung durch den Verfassungsschutz vorbeugen sollen, ist nicht eindeutig zu klären.

Wie bereits beschrieben, ziehen zahlreiche Wissenschaftler*innen andere Schlussfolgerungen aus diesen Erkenntnissen als Thieme und stufen die Partei als „rechtsextrem" ein. Nutzt man die Skala der Leipziger Autoritarismus-Studie zur Ermittlung rechtsextremistischer Einstellungen in der Bevölkerung, bin ich überzeugt, dass auch die AfD als zumindest „latent" rechtsextremistisch eingeordnet werden muss.

Insbesondere zwei Bücher bestärken mich in dieser Auffassung, spiegeln sie doch aus sehr unterschiedlichem Blickwinkel die „Seele" der AfD wider. Im Jahr 2018 erschien das Buch „Inside AfD - Der Bericht einer Aussteigerin" von Franziska Schreiber. Die 1990 in Dresden geborene Schreiber trat 2013 in die AfD ein und wurde schon nach einem Jahr Vorsitzende der Jungen Alternative in Sachsen und stellvertretende Pressesprecherin der Partei. Nach ihren eigenen Angaben war sie eine sehr enge Vertraute der 2017 aus der AfD ausgetretenen ehemaligen Parteivorsitzenden Frauke Petry. Entsetzt über den immer radikaler und stärker werdenden „Flügel" und über Aussagen, die in der Partei inzwischen akzeptiert und üblich waren, trat Schreiber unmittelbar vor der Bundestagswahl 2017 aus der Partei aus (Schreiber, 2018). Mit ihrem Buch, in dem sie schonungslos die Denkweisen und Ziele vieler Parteimitglieder, aber auch zahlreicher Führungskader der Partei offenlegt, macht sie sich zu einer Art „Kronzeugin" über das Innenleben der AfD. Jede/r potenzielle AfD-Wähler*in sollte vor der nächsten Wahl dieses Buch lesen und sich dann überlegen, ob er/sie tatsächlich sein/ihr Kreuz bei dieser Partei machen möchte.

Beispielsweise berichtet sie, dass sich „eine Menge Leute in der AfD" einen Terroranschlag in Deutschland regelrecht herbeigesehnt haben. Nach dem Attentat auf dem Berliner Weihnachtsmarkt im Dezember 2016 „war im Umfeld der AfD oft die Becker-Faust[78] zu sehen". Bedauern und Mitleid für die Opfer war kaum anzutreffen. „Wir mussten unsere Heißsporne zügeln, im Netz keine Häme und Schadenfreude zu äußern" (S. 85).

---

[76] Jugendorganisation der NPD

[77] ihm wird Antisemitismus vorgeworfen

[78] Der frühere Tennisspieler Boris Becker hat Punkt- bzw. Spielgewinne häufig mit einer geballten Faust bejubelt, was zu einem seiner Markenzeichen wurde.

Mehrfach beschreibt sie, dass sie persönlich beteiligt war, wenn Facebook-Seiten, Umfragen und Studien manipuliert wurden, um Menschen absichtlich und wissentlich zu täuschen und zu desinformieren. Ziel dieser Manipulationen war es, entweder unbequem gewordene Parteimitglieder wie den ehemaligen Vorsitzenden Bernd Lucke loszuwerden (S. 69) oder Angst in der Bevölkerung zu schüren. Die damalige Vorsitzende Frauke Petry sagte Schreiber zufolge immer wieder: „Wir brauchen die Ängstlichen, um Mehrheiten zu bewegen" (S. 86f.). Und weil „diese Angst die Geschäftsgrundlage der AfD ist, gaben wir dem Publikum, was es verlangte" (S. 87).

Auch über brisante Themen wurde im Beisein Schreibers immer wieder diskutiert. Eine öffentliche Diskussion wurde jedoch meist vermieden, weil allen Beteiligten bewusst war, dass diese Ansichten dem Grundgesetz widersprechen und den Verfassungsschutz zum Handeln ermutigen würde. So gab es z.B. immer wieder die Forderung nach der Wiedereinführung der Todesstrafe oder Debatten darüber, „wie Oppeln und Stettin, Königsberg und Danzig wieder heimkehren" könnten (S. 112). Der damalige Bundesvorsitzende der Jungen Alternative Sven Tritschler vertrat dazu die Auffassung, dass dafür noch nicht die politische Stunde gekommen sei. Wenn aber die Zeit reif und die Bürger bereit wären, „dann ändern wir das". Und Markus Frohnmaier[79] meinte dazu, dass man so etwas nicht ins Parteiprogramm schreibt, sondern dann tut, wenn man an der Macht ist (S. 112). Frohnmaier hatte schon 2015 in Erfurt verkündet: „Ich sage diesen linken Gesinnungsterroristen, diesem Parteienfilz ganz klar: Wenn wir kommen, dann wird aufgeräumt, dann wird ausgemistet, dann wird wieder Politik für das Volk und nur für das Volk gemacht - denn wir sind das Volk, liebe Freunde" (S. 112f.).

Der Parteiführung ist also durchaus bewusst, dass die Partei auf einem „schmalen Grat" wandelt, dass ihre Einstellungen und Ziele definitiv rechtsextremistisch sind, dass sie immer wieder Gefahr läuft, vom Verfassungsschutz beobachtet zu werden und dass sie aus diesem Grund ihre wahren Absichten und Ziele stets so „verpacken" muss, damit genau das nicht passiert.

Schon im Herbst 2015 wandte sich Hans-Georg Maaßen - der damalige Chef des Bundesamtes für Verfassungsschutz - an die AfD-Vorsitzende Frauke Petry, um ihr zu empfehlen, den saarländischen Landesverband wegen Überschneidungen mit dem rechtsextremen Milieu aufzulösen. Petry hat diese Kommunikation mit Maaßen öffentlich immer bestritten, laut Schreiber auf Maaßens Wunsch (S. 15). Schreiber berichtet auch, dass Petry in ihrem Beisein wohlwollend über Maaßen gesprochen hat, dass sie wohl Sympathie füreinander empfunden haben. Schreiber führt weiter aus: „Hans-Georg Maaßen signalisierte Petry, wenn die Partei mit einer Beobachtung durch den Verfassungsschutz zu rechnen hatte, und er sagt ihr, was sie dagegen tun müsse". Mindestens zweimal sei es darum gegangen, ein Parteiausschlussverfahren gegen Höcke einzuleiten, „weil sonst die Beobachtung und eine Nennung im Verfassungsschutzbericht unvermeidbar seien". Maaßen hätte erklärt, dass es nicht zu einem tatsächlichen Ausschluss kommen muss, sondern dass es lediglich darum gehe, zu zeigen, „dass der Bundesvorstand noch in der Lage sei, auf demokratische Weise Entscheidungen gegen solche Unruhestifter herbeizuführen" (S. 15f.).

Dass der oberste Verfassungsschützer der Bundesrepublik Deutschland Sympathien

[79] Bundestagsabgeordneter und Sprecher von Alice Weidel

für die Vorsitzende einer rechtsextremen Partei (oder für die ganze Partei?) empfindet, lässt ahnen, wie tief verwurzelt undemokratische und rechtsextreme Einstellungen in konservativen Schichten der deutschen Gesellschaft sind und wie wichtig es ist, wachsam zu sein, um derartigen Gesinnungen entgegenzuwirken. Spätestens als Maaßen nach den Ausschreitungen von Chemnitz 2018 vehement bestritt, dass es in Chemnitz zu „Hetzjagden" gekommen ist - was sogar zu einer Krise der Bundesregierung und zu seiner Absetzung als oberster Verfassungshüter führte - wurde endgültig deutlich, welches Demokratieverständnis Maaßen vertritt. Es macht jedoch auch deutlich, dass die AfD möglicherweise nur aufgrund von Untätigkeit und durch intensive Beratung des Verfassungsschutzes lange Zeit von der Beobachtung verschont geblieben ist.

Mindestens genauso aufschlussreich wie das Buch von Franziska Schreiber ist das Buch „Nie zweimal in denselben Fluss", welches Björn Höcke 2018 veröffentlicht hat. Ich muss gestehen, dass ich dieses Buch nicht selbst gelesen habe, weil ich nicht will, dass Höcke auch nur einen Cent von meinem Geld an seinem Buch verdient. Ich beziehe mich deshalb auf einen Text, den der Rechtsextremismusforscher Hajo Funke[80] in der ZEIT veröffentlicht hat (Funke, 2019).

In seinem Buch fordert Höcke demnach eine Säuberung Deutschlands von „kulturfremden" Menschen, worunter er pauschal Asiat*innen und Afrikaner*innen versteht. Notwendig dafür sei ein „groß angelegtes Remigrationsprojekt", das wohl nur mit Gewalt zu schaffen sei. Höcke geht offensichtlich von einer „Wendephase" - laut Funke meint er damit wohl einen Machtantritt der AfD - aus, in der uns „harte Zeiten" bevorstünden. Höcke wörtlich: „Vor allem eine neue politische Führung wird dann schwere politische Spannungen auszuhalten haben: Sie ist den Interessen der autochthonen[81] Bevölkerung verpflichtet und muss aller Voraussicht nach Maßnahmen ergreifen, die ihrem eigentlichen moralischen Empfinden zuwiderlaufen" und „so fürchte ich, nicht um eine Politik der ‚wohltemperierten Grausamkeit' herumkommen". Weiterhin stellt Höcke klar, dass „wir leider ein paar Volksteile verlieren werden, die zu schwach oder nicht willens sind mitzumachen" (ebd.).

Im September 2019 - sechs Wochen vor der Landtagswahl in Thüringen - bekam Höcke in der ZDF-Sendung „Berlin direkt" vor einem Millionenpublikum Gelegenheit, über seine politischen Absichten und Ziele zu sprechen und diese zu erläutern. Zunächst wurden Höcke jedoch Videosequenzen vorgespielt, in denen AfD-Politiker*innen Zitate aus seinem Buch vorgelesen werden und die Parteifreunde Höckes angeben sollen, ob diese Zitate von ihm oder aus Hitlers „Mein Kampf" entnommen wurden. Keiner seiner Parteifreunde konnte oder wollte sich in dem Filmbeitrag festlegen. Der Bundestagsabgeordnete Jens Maier antwortete: „Wenn, eher aus ‚Mein Kampf', würde ich sagen, aber nicht von Herrn Höcke" (ZDF, 2019a).

Der ZDF-Journalist David Gebhard konfrontierte Höcke mit weiteren Äußerungen und Begriffen, die auch Hitler immer wieder verwendet hat (z.B. „entartet", „Volksverderber") und bezog sich auf ein AfD-internes Gutachten, in dem ebenfalls „Wesensverwandtschaften mit dem Nationalsozialismus" festgestellt wurde. Im Interview verstrickte sich Höcke immer tiefer in Widersprüche, bis sein Parteisprecher - der während

[80] Funke lehrte bis zu seinem Ruhestand 2010 an der Freien Universität Berlin.
[81] eingeborenen, einheimischen

des Interviews mit im Raum saß - eingriff und einen Abbruch des Interviews und einen Neustart forderte. Höcke warf dem Journalisten nun eine „Verhörsituation" vor und drohte ihm, dass er ja „mal eine interessante politische Person in diesem Lande" sein könnte. Das Interview wurde dann abgebrochen und trotz Widerstand Höckes ausgestrahlt (ebd.).

Neben seinem Buch zeigt auch dieses Interview, über welches Demokratieverständnis eine der wichtigsten Persönlichkeiten der Partei verfügt. Und anhand der Ausführungen von Franziska Schreiber in ihrem Buch ist nachvollziehbar, wie ernsthaft und intensiv sich die AfD mit eindeutig rechtsextremistischen Einstellungen und Personen in ihrer Partei auseinandersetzt - nämlich gar nicht!

Aber wenn so viele Rechtsextremismusexpert*innen die AfD als „rechtsextrem" einordnen, wenn nicht einmal eigene Parteifreunde die Wortwahl Höckes von der Hitlers unterscheiden können und in Büchern bzw. Reden offen und laut über Gewaltanwendung und Umsturzgedanken nachgedacht wird, kann man diese Partei dann nicht einfach als „verfassungsfeindlich" verbieten?

Die beiden gescheiterten Versuche die NPD zu verbieten haben gezeigt, dass ein Parteiverbot in einer Demokratie nicht so einfach realisierbar ist - zum Glück! Wie bereits in Kapitel 2 beschrieben, haben Parteien in einer Demokratie die wichtige Aufgabe, die unterschiedlichen Interessen und Ansichten in der Gesellschaft zu bündeln. Die Parteien greifen gesellschaftlich relevante Themen auf, stellen sie öffentlich zur Diskussion und entscheiden mithilfe verabschiedeter Gesetze darüber, wie künftig mit der Problematik verfahren werden soll. Ziel der Politiker*innen wird dabei (fast) immer sein, eine möglichst große Zustimmung beim Wahlvolk zu erzielen. Wenn jedoch jemand das Gefühl hat, dass keine einzige der über 100 in Deutschland aktiven Parteien seine Ansichten in ausreichendem Maße vertritt, kann er/sie eine neue Partei gründen. Keine Behörde kann das verhindern, denn in Artikel 21 des Grundgesetzes ist ausdrücklich festgehalten: „ihre Gründung ist frei". Lediglich das Verfahren zur Wahl von Vorständen oder Parlamentskandidaten muss „demokratischen Grundsätzen entsprechen" und über „die Herkunft und Verwendung ihrer Mittel sowie über ihr Vermögen" muss eine Partei öffentlich Rechenschaft ablegen (Staud, 2013). Aufgrund der Bedeutsamkeit von Parteien kann nur das höchste deutsche Gericht - das Bundesverfassungsgericht - eine Partei verbieten. Dazu müssen sechs der acht Richter*innen dem Verbot zustimmen! Selbst dass es diese Möglichkeit in Deutschland gibt, ist nicht selbstverständlich und in anderen demokratischen Staaten (z.B. USA, Großbritannien) absolut unmöglich. Nur um zu verhindern, dass in Deutschland noch einmal eine Partei wie die NSDAP auf legalem Weg an die Macht kommt, wurde von den Autoren*innen des deutschen Grundgesetzes dieser Artikel ins Grundgesetz aufgenommen (ebd.).

Selbst wenn eine Partei in ihrem Programm gegen das Grundgesetz verstößt - z.B. mit rassistischen und diskriminierenden Aussagen - ist sie zwar „verfassungsfeindlich", das reicht jedoch nicht aus, um sie zu verbieten. Auch wenn die Partei „verfassungswidrig[82]" - also verbotsfähig ist - muss als zusätzliches Kriterium für ein Verbot hinzukom-

---

[82] „verfassungswidrig" ist also schwerwiegender als „verfassungsfeindlich"

men, dass die Partei eine „aktiv kämpferische, aggressive Haltung gegenüber der bestehenden Ordnung" einnimmt und sie „muss planvoll das Funktionieren dieser Ordnung beeinträchtigen, im weiteren Verlauf diese Ordnung selbst beseitigen zu wollen"(ebd.).

Unter anderem deshalb sind die beiden Verbotsverfahren gegen die NPD gescheitert, und auch ein Verfahren gegen die AfD hätte wohl im Moment keine Aussicht auf Erfolg, selbst wenn die AfD als „verfassungsfeindlich" oder gar als „verfassungswidrig" eingestuft werden sollte.

Schon im Rahmen der Diskussion um das NPD-Verbotsverfahren haben sich viele Wissenschaftler*innen und Politiker*innen (Lazar, Kahane, Pau, Hahn, Stöss u.a.) **gegen** ein Verbot der NPD ausgesprochen und stattdessen auf eine politische Lösung und zivilgesellschaftliches Engagement gesetzt (bpb, 2013). Auch der Politikwissenschaftler Hans-Gerd Jaschke gibt zu bedenken, dass durch Verbote „kaum der rechtsextreme Organisationskern ausgetrocknet" werden könne. Vielmehr wäre davon auszugehen, dass die rechte Szene die Verbotsgefahr berücksichtigen und „immer differenziertere Instrumente, um Verbote zu verhindern oder zu umgehen" entwickeln würde (Staud, 2013). Ein Verbot der AfD ist also weder sinnvoll noch aussichtsreich.

Diese Ausführungen verdeutlichen jedoch auch, dass eine Partei, die nicht verboten ist, nicht automatisch als „normale" bzw. demokratische Partei „wie jede andere" angesehen werden kann[83]. Vielmehr sollte die Auseinandersetzung mit den Inhalten der Parteiprogramme und der öffentlich geäußerten Positionen von AfD-Politiker*innen noch ernsthafter und konsequenter geführt werden als in der Vergangenheit, damit noch mehr Wähler*innen erkennen, dass die AfD keine Partei wie alle anderen, insbesondere keine demokratische Partei, ist.

Trotz der von zahlreichen Wissenschaftler*innen und Politiker*innen auch über die Medien immer wieder publizierten Radikalisierung der AfD, konnten die demokratischen Parteien nicht verhindern, dass viele ihrer Wähler*innen zur AfD abgewandert sind und ihr damit zu politischem Einfluss verholfen haben, wie ihn vorher noch keine rechtsextreme Partei in Deutschland hatte. Ein Vergleich der Bundestagswahlen von 2013 und 2017 zeigt, dass der Stimmenanteil der AfD in den vier Jahren um ca. 3,8 Millionen gestiegen ist. Die meisten Wähler*innen (1,2 Mio.) hat die AfD aus dem Lager der Nichtwähler*innen gewonnen. „Den zweitgrößten Wählerzugang hatte die AfD von der Union: 1,05 Millionen Deutsche, die 2013 CDU oder Union gewählt hatten, machten ihr Kreuz bei den Bundestags-Neulingen. Weniger Wähler-Abflüsse an die AfD hatten die SPD (470.000), Linke (400.000) und FDP (40.000) zu erleiden" ist in einem Artikel der WELT zu den Wählerwanderungen zu lesen (Arab, 2017).

Das liest sich auf den ersten Blick logisch und nachvollziehbar, hatten doch Wissenschaftler*innen schon seit Jahren immer wieder festgestellt, dass viele Menschen mit rechtsextremen Einstellungen überwiegend die großen Volksparteien SPD und CDU/CSU statt der rechtsextremen Parteien REP, DVU bzw. NPD wählen (Stöss, 2000, S. 140). Möglicherweise weil die AfD eben keine „alte" rechtsextreme Partei ist, die mit der Ideologie des Nationalsozialismus in Verbindung gebracht wird, haben viele

[83] Im Herbst 2019 sagten 39% der Thüringer*innen, dass die AfD „eine demokratische Partei wie alle anderen im Bundestag vertretenen Parteien" sei und 34% fanden es gut, „dass Höcke in seinen Reden kein Blatt vor den Mund nehme" (Rose, 2019).

konservative Wähler*innen nun ihre Scheu abgelegt und mit der AfD eine Partei gewählt, die noch besser als die großen Volksparteien ihre wahren Ansichten vertritt und die sich als einzige konsequent und geschlossen gegen die Aufnahme von Flüchtlingen und gegen „die da oben" gestellt hat. Dass die beiden größten Parteien auch die zahlenmäßig größte Abwanderung zur AfD verzeichnen, ist nachvollziehbar, zumal – wie bereits erläutert - insbesondere von den Unionsparteien schon immer Unzufriedene zu rechten Parteien gewechselt sind. Betrachtet man jedoch den prozentualen Anteil der Abgewanderten, ergibt sich eine für viele Menschen sicherlich erstaunliche Konstellation: Während die Unionsparteien 5,8% ihrer Wähler*innen von 2013 an die AfD verloren haben, waren es bei der SPD 4,2%. Das ist im Vergleich zu FDP (1,9%) und Grüne (1,1%) beträchtlich, aber aufgrund der politischen „Ferne" z.B. von Bündnis 90/Die Grünen zur AfD nicht verwunderlich. Bemerkenswert ist jedoch, dass DIE LINKE immerhin **10,8%** ihrer Wähler*innen an die AfD verloren hat[84]! Ist das Zufall? Oder ein Rechenfehler der Meinungsforschungsinstitute? Oder haben doch all jene Recht, die „rechts" und „links" gern gleichsetzen?

Für mich ist diese Erkenntnis weder überraschend noch unlogisch. Bereits 1998 erklärte Richard Stöss, dass im Osten „Wendeverlierer" und Demokratieunzufriedene eher die PDS, im Westen bevorzugt die rechtsextremen Parteien wählen. Und während im Westen Deutschlands Vertreter*innen aus der Unterschicht für rechte Parteien stimmen, konnte die PDS Unzufriedene aus der Mittel- und Oberschicht mobilisieren (Stöss, 2000, S. 139). Dass REP, DVU und NPD in Ostdeutschland bis 1998 so schlechte Wahlergebnisse erzielten, lag also u.a. daran, dass die PDS viele Wähler*innen mit rechtsextremen Einstellungen an sich binden konnte!

Auch die Politologin Viola Neu beschrieb bereits 2004, dass bei der Landtagswahl in Sachsen 10.000 Wähler*innen der PDS zur NPD gewechselt sind (Neu, 2004, S. 10). Eckhard Jesse (Jesse, 2005, S. 13) analysierte, dass bei der gleichen Wahl 14% der NPD-Wähler*innen ihre Erststimme der PDS gegeben hatten. Er führt weiter aus: „Offenbar sieht ein Teil der Wähler der NPD die PDS nicht als das exakte Gegenteil ‚ihrer' Partei an. Angesichts analoger Wahlkampfparolen darf das nicht verwundern". Er verweist darauf, dass die PDS in ihrem Kampf gegen Hartz IV in Kauf genommen hat, dass „in ihrem Kielwasser verfassungsfeindliche Parteien am rechten Rand wie die NPD und die DVU in die Landtage in Sachsen und Brandenburg einziehen konnten" (ebd.).

Bei der Landtagswahl in Sachsen-Anhalt 1998 gaben sogar 23% der DVU-Wähler*innen der PDS ihre Erststimme (Bergsdorf, 2007, S. 41). Die Führungsebene der PDS/LINKE wusste seit Jahren von diesem Phänomen, hat sich jedoch nie wirklich damit auseinandergesetzt, sondern mal wieder die Schuld bei den anderen gesucht. Bodo Ramelow sagte bereits 2005 dazu: „Aus unseren Wahlanalysen des Vorjahres wissen wir, dass sich eine nicht unerhebliche Zahl der Wähler mit der Erststimme für die PDS und mit der Zweitstimme für die NPD entschieden hat (...). Rechts oder links, solches Denken ist vielen Leuten mittlerweile völlig fremd. Für den Direktkandidaten der PDS wird gestimmt, weil man dem die Interessenvertretung zutraut, die Parteienstimme für die NPD ist ein Alarmsignal an die da oben" (ebd.). So einfach ist also die

[84] Einige Quellen gehen davon aus, dass allein in Ostdeutschland 400.000 Wähler*innen der LINKEN zur AfD abgewandert sind, was vermuten lässt, dass diese Wähler*innenwanderung fast ausschließlich auf Ostdeutschland begrenzt ist (z.B. Stein, 2018)

Analyse des PDS-Funktionärs: Die PDS wird gewählt, weil sie kompetent und authentisch ist, die NPD wird als Protest gegen die „Versager" da oben gewählt! Auch André Brie - viele Jahre Mitglied im PDS-Bundesvorstand - wusste schon im Jahr 2000: „Wenn es die PDS nicht gegeben hätte, gäbe es in Ostdeutschland längst eine machtvolle rechte Partei. Wir integrieren Wähler mit rechten Wertorientierungen"[85] (ebd.).

Auch im Thüringen-Monitor 2003 wurde bereits dargestellt, dass diejenigen, die in der DDR mehr gute als schlechte Seiten sahen und zurück zur sozialistischen Ordnung wollten 2,5 bis 3-mal häufiger rechtsextreme Einstellungen vertraten als diejenigen, die der DDR skeptischer gegenüberstanden bzw. nicht zur sozialistischen Ordnung zurückkehren wollten (Dicke, et al., 2003, S. 76). Ist das ein Widerspruch, wo sich doch die DDR als antifaschistischer Staat verstand, der den Faschismus mit „Stumpf und Stiel ausgerottet" hatte? Für mich ist das kein Widerspruch, sondern es besteht sogar ein logischer Zusammenhang. Viele Kernziele aller rechtsextremen Parteien - egal ob REP, DVU, NPD oder AfD - waren in der DDR verwirklicht: Eine führende Partei statt Mehrparteiensystem und damit kein Interessenstreit im Parlament und den Medien, fast keine Ausländer im Land, kein Recht auf Asyl, geschlossene Grenzen, eine einheitliche staatliche Presse, Vorrang der nationalen Interessen, verstaatlichte Großbetriebe, keine tatsächliche Auseinandersetzung mit dem Nationalsozialismus, hartes Durchgreifen bei Gesetzesverstößen, um nur die wichtigsten Gemeinsamkeiten aufzuführen. Ist es dann wirklich verwunderlich, wenn Menschen, die aus den verschiedensten Gründen die Meinung vertreten, dass die DDR „mehr gute als schlechte Seiten[86]" hatte, heute Parteien wählen, die als politische Ziele proklamieren, wieder Zustände herzustellen, wie sie die SED in der DDR realisiert hatte?

Die PDS und später die LINKE haben sich nie wirklich mit dieser Problematik auseinandergesetzt, sondern haben vor allem gegen den „Kapitalismus" protestiert und damit versucht, „die Bundesrepublik zu diskreditieren, Legitimität zu gewinnen und sich selbst als demokratisch zu präsentieren" (Bergsdorf, 2007, S. 43). Insgesamt 25 Jahre lang haben die Nachfolgeparteien der SED die Wähler*innenstimmen der Menschen mit „rechten Wertorientierungen" (André Brie) mitgenommen und somit den Grundstein für die Stärke der AfD in Ostdeutschland gelegt. Der ohnehin durch die Politik der SED vorhandenen undemokratischen „Saat" hat die PDS/LINKE den „Nährboden und Dünger" gegeben und ein Vierteljahrhundert konnte sie davon profitieren. Aber die „Ernte" fährt jetzt eine andere Partei ein - die AfD! Auch der Ostbeauftragte der Bundesregierung Marco Wanderwitz (CDU) vertritt diese Ansicht: „Ein Stück weit profitiert die AfD von dem, was die Linkspartei 30 Jahre lange formuliert hat, dass nämlich alles schlecht sei (…). Das kann sie jetzt ernten, alle Protestwähler sind bei der AfD angekommen, das Feld haben vorher andere bestellt". Auch sein Vorgänger Christian Hirte (CDU) - beide Politiker sind Ostdeutsche - sagte im August 2019: „Man könnte sagen, dass die PDS-Linke gesellschaftlich gesät hat, was heute die AfD erntet" (AFP, 2020).

Denn wie fast immer, wenn Probleme nicht bearbeitet, sondern verdrängt werden,

---

[85] Obwohl die Führungsebene der Partei wusste, dass sie viele Wähler*innen mit „rechten Wertorientierungen" integriert, gab sie sich den Namen „DIE LINKE"!

[86] Die „guten Seiten" und „Errungenschaften" der DDR werden im nächsten Band ausführlich beschrieben.

führen sie später zu noch größeren Problemen - wie ich in Kapitel 2 beschrieben habe. Als 2015 fast eine Million Flüchtlinge nach Deutschland kamen, musste sich DIE LINKE entscheiden: Hält sie an der bisherigen Strategie - die DDR-Nostalgiker*innen „mitzunehmen" - fest oder unterstützt sie die Politik der Bundesregierung bei der Aufnahme der Flüchtlinge? Warum sie sich dafür entschied, einen beträchtlichen Teil ihrer Stammwähler*innen zu „opfern" und stattdessen für eine offene Bundesrepublik zu plädieren, ist spekulativ. Einerseits können die demographischen Fakten - die DDR-Nostalgiker*innen werden aufgrund ihrer Überalterung immer weniger - den Ausschlag gegeben haben. Denn eine Konfrontationspolitik zur Aufnahme der Flüchtlinge hätte viele junge (und westdeutsche) Wähler*innen, die sich als „wahre Linke" verstehen und die künftige Basis der Wähler*innen sein sollen, verprellt. Andererseits kann es sein, dass DIE LINKE - zumindest ein großer Teil der Parteiführung - tatsächlich in der Demokratie der Bundesrepublik angekommen ist. In Kapitel 1 (Milgram-Experiment, Kulturschock-Modell) hatte ich beschrieben, dass sich die Menschen an die gesellschaftlichen Rahmenbedingungen anpassen müssen, um nicht abgehängt zu werden. Nach meiner Überzeugung ist genau das bei der Partei DIE LINKE im Jahr 2015 endgültig passiert: Auch wenn es in der Partei - auch in der Führungsebene - immer noch Politiker*innen gibt, die in der DDR keinen „Unrechtsstaat" sehen[87] (v.a. Gysi), es außerdem Politiker*innen gibt, die mit ausländerfeindlichen Parolen versuchen AfD-Wähler*innen zurückzugewinnen (v.a. Lafontaine und Wagenknecht[88]), hat sich die Partei DIE LINKE an die gesellschaftlichen Rahmenbedingungen in der Bundesrepublik angepasst. Sie hat sich - im Gegensatz zur AfD - zu einer (überwiegend) demokratischen Partei entwickelt! Man muss kein Anhänger der Partei DIE LINKE sein: Aber die Partei des Jahres 2020 sollte - auch von den Unionsparteien und der FDP - nicht mehr mit der PDS der 1990er Jahre oder gar mit der SED von vor 1989 gleichgesetzt werden! Die Parteiführung ist 2015 über „ihren Schatten gesprungen", indem sie eine Entscheidung getroffen hat, die aus ihrer Sicht viel Mut erforderte. Diese Entscheidung hat auch von den politischen Gegnern Anerkennung und Respekt verdient, denn der Parteiführung musste klar sein, dass sie viele Wähler*innen für immer verlieren wird. Zur Demokratie gehört jedoch auch, Fehler einzugestehen, sie zu korrigieren, sich weiterzuentwickeln. Dass Teile der Partei im alten Denken verblieben sind, ist normal und auch in allen anderen Parteien üblich[89].

Dass die Partei DIE LINKE nicht mehr mit ihren Vorgängerparteien vergleichbar ist, hat sie insbesondere in Thüringen bewiesen. Auch unter einer von ihr geführten Landesregierung hat es in Thüringen keine Enteignungen bzw. Verstaatlichungen von Unternehmer*innen gegeben. Es hat auch niemand seine/ihre Stelle oder Position verloren, wenn er/sie nicht das richtige Parteibuch hatte und sogar den Thüringer Verfassungsschutz gibt es noch. Auf Druck von SPD und Bündnis 90/Die Grünen musste die Partei - um regieren zu können - sogar anerkennen, dass die DDR **kein Rechtsstaat** war. Damit hat sie sich zwar aus Rücksicht auf ihre alten Stammwähler*innen weiterhin der Einsicht verweigert, die DDR als Unrechtsstaat zu bezeichnen, aber somit einen

---

[87] dazu mehr im nächsten Band

[88] siehe (Meisner, 2018b)

[89] Beispiele hierfür sind das Festhalten an der Atomenergie, die Devise „Freie Fahrt für freie Bürger" (kein Tempolimit auf Autobahnen) oder der Widerstand gegen die Ehe für alle.

Kompromiss akzeptiert – und genau das macht eine demokratische Partei aus!

Da im Thüringer Landtag weder über Auslandseinsätze der Bundeswehr noch über Waffenexporte entschieden wird, hätten CDU/CSU und FDP in Thüringen mehrere zukunftsweisende Zeichen setzen können und damit zur Stärkung der Demokratie in Thüringen und in (Ost-)Deutschland beigetragen. Eine Unterstützung der Wahl von Ramelow zum Ministerpräsidenten hätte die langjährige Entwicklung der LINKEN zur demokratischen Partei honoriert und die Demokrat*innen in der Partei auf dem weiteren Weg gestärkt und motiviert. Sie hätte der AfD und deren Wähler*innen gleichzeitig verdeutlicht, dass sie allein „in der Ecke" stehen, dass tatsächlich keine demokratische Partei mit ihnen zusammenarbeiten wird, solange sie sich nicht auch in Richtung Demokratie bewegt.

Das Festhalten der Unionsparteien am Unvereinbarkeitsbeschluss (CDU, kein Datum), der jegliche Zusammenarbeit mit der AfD und mit der Partei DIE LINKE verbietet, ist dagegen weder zeitgemäß noch angebracht. Diese Klausel stellt die Parteien AfD und DIE LINKE auf eine Stufe, denn - wie bereits beschrieben - nur mit extremistischen Parteien schließt sich eine Zusammenarbeit aus. Mit allen anderen Parteien sollten Demokrat*innen reden, kooperieren, möglicherweise auch koalieren können.

Schon mindesten zwei Jahre vor den Landtagswahlen in Brandenburg, Sachsen und Thüringen im Jahr 2019 haben Wahlforscher*innen vorhergesagt, dass es in allen drei Ländern passieren könnte, dass es Mehrheiten ohne AfD und LINKE möglicherweise nicht geben wird. Das bedeutet, dass sowohl die Unionsparteien als auch die FDP sich auf diesen Fall hätten vorbereiten können - ja müssen! Ein einziger Satz, der die Möglichkeit offenlässt, im Falle unklarer Mehrheitsverhältnisse nach praktikablen Lösungen zu suchen, hätte gereicht, um das Chaos bei der Wahl des Thüringer Ministerpräsidenten zu verhindern. Selbst nachdem das Thüringer Wahlergebnis im Oktober 2019 feststand - rot-rot-grün seine Mehrheit verloren hatte - blieben beiden Parteien mehr als drei Monate Zeit, sich auf die drohende Unregierbarkeit des Landes vorzubereiten. Statt offensiv nach praktikablen Lösungen zu suchen, die einen Gesichtsverlust aller Demokrat*innen hätte verhindern können, verharrten beide Parteien auf ihren überholten Positionen und beförderten die AfD unnötig in eine Machtposition: Sie konnte die demokratischen Parteien austricksen, sie gegeneinander ausspielen - oder wie Höcke es ausdrückte - ihnen eine „Falle" stellen (ZEIT Online, 2020a)[90]. Der Unvereinbarkeitsbeschluss der CDU macht die Partei handlungsunfähig und ist vergleichbar mit jemandem, der beschließt, den nächsten Urlaub in Australien zu verbringen, aber gleichzeitig ausschließt, dorthin zu fliegen oder mit dem Schiff zu fahren - na dann gute Reise!

Auch wenn die Verantwortlichen in CDU/CSU und FDP nicht in der Lage waren eine politisch tragfähige Lösung für Thüringen zu finden, muss jedoch ganz klar festgehalten werden, dass die Hauptverantwortlichen für das Dilemma die Thüringer Bürger*innen selbst sind. Trotz - oder gerade wegen (?) - des Buches von Höcke, trotz zahlreicher verbaler „Ausrutscher" und der richterlichen Entscheidung, dass Höcke als „Faschist" (Rath, 2020) bezeichnet werden darf, trotz - oder gerade wegen (?) - des öffentlichen Widerspruchs aus allen Parteien, aus Kultur, Wirtschaft und Gesellschaft,

[90] Die FDP nominierte mit Thomas Kemmerich einen eigenen Kandidaten, der zur Überraschung aller nicht nur von FDP und CDU, sondern auch von der AfD gewählt wurde.

und obwohl die AfD Glück hat, nicht vom Verfassungsschutz beobachtet zu werden, ist es der AfD im Herbst 2019 gelungen, als einzige Partei bei allen drei Landtagswahlen in Ostdeutschland als Gewinner hervorzugehen. Als einzige Partei hat sie es auch geschafft, sowohl in Brandenburg als auch in Sachsen und Thüringen mehr als 20% der Wähler*innenstimmen zu bekommen. Und auch wenn sie überall ihr erklärtes Ziel - stärkste Partei zu werden - verpasst hat, ist ihr zumindest in Thüringen gelungen, eine politische Krise auszulösen, die sogar auf Bundesebene zu einem „Erdbeben" führte und den Rücktritt der CDU-Parteivorsitzenden Kramp-Karrenbauer zur Folge hatte. Immerhin 23,4% der Wähler*innen gaben ihre Stimme der AfD, mehr als 35% der Thüringer*innen sind gar nicht zur Wahl gegangen, obwohl alle Bürger*innen wissen konnten, wie schwierig die Bildung einer Regierung wird, wenn die Mehrheitsverhältnisse nicht geklärt sind! Kann das wirklich mit „Protestwahl" erklärt werden? Und wogegen haben denn die Thüringer*innen protestiert, wenn doch 80% der Bürger*innen mit ihrer finanziellen Situation zufrieden[91] waren, die Arbeitslosenquote bei 5,3% lag und auch 56% der Thüringer*innen mit der Arbeit ihrer Landesregierung in den letzten Jahren „zufrieden" bzw. „sehr zufrieden" waren (statista, 2021a)? Was wird in einem Land besser, wenn die Menschen aus „Protest" eine Partei wählen, die Abwertung und Diskriminierung ins Zentrum ihrer Politik stellt, die von Umsturzgedanken phantasiert und von Angst und Verunsicherung lebt? Haben die früheren Wahlerfolge von DVU, NPD oder AfD irgendetwas zum Besseren in den neuen Bundesländern verändert? Sicherlich, wenn drei oder gar vier Parteien kooperieren müssen - wie es jetzt in Thüringen praktiziert wird - hat das den großen Vorteil, dass sich die Interessen vieler Wähler*innen in den politischen Kompromissen der Regierungsparteien widerspiegeln. Gleichzeitig werden die Verhandlungen zäher und langwieriger, in den Ergebnissen werden immer weniger Wähler*innen das wiederfinden, wofür sie einer Partei ihre Stimme gegeben haben. Sie erreichen also das Gegenteil von dem, was sie sich mit ihrer „Protestwahl" erwartet haben. Und die Wähler*innen der AfD und die Nichtwähler*innen werden ihre Ziele (fast) gar nicht wiederfinden. Damit wird die Unzufriedenheit der Bürger*innen weiter steigen - und dann? Dass die Wahl der AfD keine Probleme löst, ist spätestens bei der Wahl des Thüringer Ministerpräsidenten offensichtlich geworden. Dass Höcke sich damit brüstet, den politischen Gegnern eine „Falle" gestellt zu haben verdeutlicht: Die AfD will keine Probleme lösen, sie will nicht, dass alle in Deutschland lebenden Menschen gleiche Rechte und Chancen haben! Stattdessen stiftet sie Unzufriedenheit und Angst, verbreitet Lügen, stellt Fallen und predigt Hass gegen alle, die anders sind und anders denken als sie. Etwas zugespitzt könnte man es auch so formulieren: Sie freut sich über politischen Stillstand und je schlechter es den Menschen im Land geht, desto glücklicher ist die AfD!

Aber wer sind die vielen Menschen, die insbesondere in Ostdeutschland der AfD ihre Stimme bei Wahlen geben? Sind es die „Armen", die „Abgehängten", die „Unzufriedenen"? Für viele Menschen ist das wohl die logische Erklärung und auch Sahra Wagenknecht - die frühere Fraktionsvorsitzende der LINKEN im Bundestag - sieht das wohl so. „Wir waren über viele Jahre die Stimme der Unzufriedenen. Indem wir uns von unseren früheren Wählern entfremdet haben, haben wir es der AfD leicht gemacht.

---

[91] Lt. Thüringen-Monitor 2019 (Reiser, et al., 2019)

Insofern sind wir für ihren Erfolg mitverantwortlich" (Der Tagesspiegel, 2019b). Dass sich die LINKE tatsächlich von ihren früheren Wähler*innen - vielen Menschen mit ausländerfeindlichen und rechtsextremistischen Einstellungen - entfremdet hat, habe ich bereits beschrieben. Aber was meint sie noch mit „Unzufriedenen"? Sind es die Arbeitslosen, die Hartz IV-Empfänger*innen, die Rentner*innen?

Verschiedene Studien nach der Bundestagswahl 2017 können diese Annahmen nicht bestätigen, denn demnach sind die AfD-Wähler*innen nicht die „abgehängten kleinen Leute". Fast zwei Drittel von ihnen verdienen monatlich mehr als 1500 € netto, 25% sogar über 3000 € netto. Sie sind auch nicht ungebildeter als der Durchschnitt der Bevölkerung: 44% von ihnen haben einen Realschulabschluss, fast ein Drittel sogar Abitur bzw. Fachhochschulreife (Steffen, 2017). Andere Studien zeigen, dass es unter den Arbeiter*innen genauso viele AfD-Wähler*innen wie unter den Arbeitslosen gibt. In der Altersgruppe der 25-60-Jährigen finden sich die meisten Anhänger*innen der Partei, also in der Altersgruppe, die vom wirtschaftlichen Aufschwung in Ostdeutschland und überhaupt von der Hochkonjunkturphase der letzten Jahre profitiert haben müsste (Reiners, 2017). Die AfD-Wähler*innen sind jedoch deutlich pessimistischer als die Wähler*innen anderer Parteien. Dass das Land „vor die Hunde" geht, glauben mit 78% doppelt so viele Anhänger*innen der AfD, als die Wähler*innen der anderen wichtigen Parteien (Steffen, 2017). Die Verbreitung von Ängsten in der Bevölkerung, von der Franziska Schreiber in ihrem Buch berichtet, dass es die „Geschäftsgrundlage der AfD" ist, zeigt also Wirkung.

Immer wieder werden die Überalterung der Bevölkerung, die Abwanderung junger Menschen, fehlende Infrastruktur in den ländlichen Regionen oder schlechte Verkehrsanbindung in Ostdeutschland als „Gründe" für die „Protestwahl" in den neuen Bundesländern vorgetragen - selbst von sehr gebildeten Menschen. So erklärt der Politikwissenschaftler Eric Linhart von der TU Chemnitz - neben vielen Argumenten, denen ich zustimmen kann - die rechtsextremistischen Auseinandersetzungen und den Schulterschluss von AfD und Pegida nach dem „Trauermarsch" von Chemnitz und die steigenden Umfragewerte der AfD u.a. damit, „dass Chemnitz tatsächlich abgehängt ist. (...) Chemnitz ist die einzige Großstadt in Deutschland, die keinen ICE-Anschluss hat", und wenn man mit dem Auto schnell nach Hannover möchte, „werden Sie eine halbe, dreiviertel Stunde auf Bundesstraßen durch Dörfer um Leipzig herum geführt" (Lüdeke, 2018). Und deshalb wählen Tausende die AfD, werden „Ausländer" gejagt und der Hitlergruß gezeigt?

Ich würde Professor Linhart gern einmal dorthin einladen, wo ich seit 2007 lebe und arbeite: ins Weserbergland. Der Landkreis Holzminden an der Landesgrenze von Niedersachsen zu Nordrhein-Westfalen, liegt - wie man hier etwas spöttisch sagt - mitten „im größten Autobahnring Europas". Egal in welche Richtung man fahren möchte, man benötigt **immer** mindestens 45 Minuten über kurvenreiche Landstraßen und durch Dörfer bis zur nächsten Autobahnauffahrt! Und auch zum nächsten IC- oder ICE-Anschluss ist man mit der Bahn mindestens eine Stunde unterwegs - wenn man beim Umsteigen alle Anschlüsse bekommt! In einer Studie wurde einmal festgestellt, dass der Landkreis Holzminden die schlechteste Verkehrsanbindung in ganz Deutschland hat - schlechter als die Uckermark, die Lausitz und natürlich viel schlechter als Chemnitz! Auch die Studie „Die demographische Lage der Nation" des Berlin-Instituts von 2019 verdeutlicht eindrucksvoll, wie unrealistisch die Erklärungen rechtsextremer Einstellungen und die Wahlerfolge rechtsextremer Parteien mit angeblichen Benachteiligungen der Menschen in unterschiedlichen Regionen sind. In dieser Studie wurden alle Landkreise und kreisfreien Städte Deutschlands anhand einheitlicher Kriterien nach ihrer Zukunftsfähigkeit untersucht und mit „Schulnoten" von 1-6 bewertet. Untersucht wurden die Kriterien Demografie, Wirtschaft, Bildung und Familienfreundlichkeit, wobei in jeder dieser Kategorien drei bis neun Parameter analysiert wurden.

Ich habe den Landkreis Mittelsachsen - zu dem meine Heimatstadt Frankenberg heute gehört - anhand dieser Studie mit dem Landkreis Holzminden verglichen und anschließend die Wahlergebnisse der AfD bei den Bundestagswahlen 2017 und den Europawahlen 2019 in beiden Kreisen gegenübergestellt. Im Bereich Bildung schneidet der Landkreis Holzminden mit der Note 3,7 besser ab als der Kreis Mittelsachsen, der nur mit 4,3 bewertet wurde. Die demographischen Werte sind mit 4,5 gleich schlecht: Beide Kreise sind überaltert und von Abwanderung der jungen Bevölkerung betroffen. Die wirtschaftliche Situation wird im Kreis Mittelsachsen mit 3,0 gegenüber 4,2 im Landkreis Holzminden deutlich besser eingeschätzt und auch bei der Familienfreundlichkeit schneidet Mittelsachsen mit 2,3 deutlich besser ab als Holzminden (4,7). Besonders dramatisch ist dabei der Unterschied bei der Kinderbetreuung: Während mein Heimatlandkreis in der Studie die Note 1 erhält, bekommt der Landkreis Holzminden die Note 6! In der Gesamtbewertung schneidet Mittelsachsen mit 3,62 deutlich besser als Holzminden ab, das lediglich mit 4,29 bewertet wurde (Slupina, et al., 2019). Auch von Arbeitslosigkeit waren die Mittelsachsen sowohl um die Zeit der Bundestagswahl 2017 (6,2 % : 5,3%) als auch bei der Europawahl 2019 (6,2% : 4,6%) weniger betroffen (Arbeitsagentur, kein Datum). In fast allen Kriterien schneidet also mein ostdeutscher Heimatkreis besser ab als die westdeutsche Region, in der ich heute lebe.

Nach der Logik von Professor Linhart und vieler Ostdeutscher hätten die Wähler*innen im Weserbergland deutlich mehr Gründe „aus Protest" der AfD ihre Stimme zu geben als die Bürger*innen meines Heimatkreises Mittelsachsen. Und wie sehen die Wahlresultate der AfD im Vergleich aus? Bei der Bundestagswahl 2017 erreichte die AfD im Kreis Mittelsachsen 31,2% und wurde damit stärkste Partei. Im Landkreis Holzminden bekam sie 9,6% und war damit nur die viertstärkste Partei. Bei der Europawahl knapp zwei Jahre später ein ähnliches Bild: In Mittelsachsen wurde die AfD mit 28,5% wieder stärkste Partei, während sie in Holzminden mit 8,3 % erneut auf dem 4. Platz landete.

Diese Zahlen verdeutlichen noch einmal, dass **nicht** die Arbeitslosigkeit, die wirtschaftliche Lage in einer Region, die Verkehrsanbindung oder die Abwanderung junger Menschen als Argumente herangezogen werden können, warum in Ostdeutschland rechtsextremistische Einstellungen weit verbreitet sind und warum in Ostdeutschland deutlich häufiger rechtsextreme Parteien gewählt werden. Dieser immer wieder getätigte Reflex und die damit einhergehende Schuldzuweisung an „die da oben" oder „die da drüben" dient allein der Verdrängung der eigentlichen Ursachen, die ich überwiegend im problematischen Demokratieverständnis vieler Ostdeutscher sehe und in Kapitel 2 beschrieben habe. Außerdem wird mit diesem Reflex die eigene Verantwortung delegiert: Weg von sich selbst, hin zu Sündenböcken, egal ob diese in den Politiker*innen, den „Wessis“, den „Kapitalisten“ oder den Flüchtlingen gesehen werden.

Gleichzeitig verdeutlichen diese Zahlen und Daten einen weiteren Aspekt: Die immer noch weit verbreitete Vorstellung vom „armen“ Osten und „reichen“ Westen, die häufig als „Beweis“ für die Benachteiligung Ostdeutschlands und der Ostdeutschen herangezogen wird, entspricht längst nicht mehr der Realität, führt aber weiterhin zu Missverständnissen und Vorurteilen. In der bereits erwähnten Studie „Die demografische Lage der Nation“ wird dies besonders deutlich: Unter den letzten 20 Kreisen im Ranking der Studie befinden sich lediglich fünf ostdeutsche Kreise, die vier letzten Plätze werden ausschließlich von westdeutschen Kreisen eingenommen (Slupina, et al., 2019, S. 9)!

Kapitel 4: „Die Westdeutschen behandeln Ostdeutsche wie Menschen zweiter Klasse“

Obwohl ich mich bereits sehr ausführlich damit befasst habe, warum rechtsextremistische Einstellungen und rechtsextreme Gewalt in Ostdeutschland häufiger auftreten als in Westdeutschland und warum hier auch häufiger rechtsextreme Parteien gewählt werden, habe ich bisher ein Phänomen ausgeblendet, das es **nur** in Ostdeutschland gibt und dem - nach Ansicht vieler Wissenschaftler*innen - eine große Bedeutung beigemessen werden muss: die sogenannte „Ostdeprivation“.

Das Gefühl der Benachteiligung

Die Autor*innen des Thüringen-Monitors von 2016 nutzen zur Erklärung von Deprivation Beschreibungen verschiedener wissenschaftlicher Studien, in denen diese als Zustand einer tatsächlichen oder wahrgenommenen Entbehrung oder des Entzugs von etwas Erwünschtem beschrieben wird. Sie unterscheiden zwischen subjektiver und objektiver Deprivation. Objektive bzw. tatsächliche Deprivation lehnt sich an Konzepte der Modernisierungsverlierertheorien an. Diese kennzeichnet eine im Vergleich zur übrigen Bevölkerung unterdurchschnittliche Ausstattung mit Ressourcen, die zur politischen Teilhabe notwendig sind, z.B. niedriges Einkommen bzw. niedriger Bildungsabschluss. Die subjektive bzw. wahrgenommene/gefühlte Deprivation bezieht sich auf einen Vergleich des eigenen Lebensstandards gegenüber dem anderer Menschen. Die Thüringer Wissenschaftler*innen messen die gefühlte Benachteiligung der Ostdeutschen mit der negativen Einheitsbilanz („Einheit hat mir persönlich mehr Nachteile gebracht“) und der empfundenen Abwertung der Ostdeutschen durch Westdeutsche („Westdeutsche behandeln Ostdeutsche als Menschen zweiter Klasse“). Wie in früheren Ausgaben des Thüringen-Monitors (z.B. 2012) und in anderen wissenschaftlichen Studien dargestellt, bedroht die gefühlte (subjektive) Abwertung der Eigengruppe demnach die eigene Identität und das Selbstwertgefühl der Menschen. Eine mögliche Gegenstrategie ist die Abwertung von als noch „schwächer“ wahrgenommenen Bevölkerungsgruppen. Eine Solidarisierung mit anderen benachteiligten Gruppen - z.B. mit Flüchtlingen - findet dagegen bei den meisten Menschen mit gefühlter Benachteiligung nicht statt. Während die objektive Deprivation - also die tatsächliche Benachteiligung (geringes Einkommen, Arbeitslosigkeit) - kaum oder keinen Einfluss auf rechtsextremistische Einstellungen hat, wurde dieser Zusammenhang zwischen gefühlter Deprivation (z.B. Ostdeprivation) und Demokratieunzufriedenheit bzw. Rechtsextremismus in zahlreichen Studien nachgewiesen (Best, et al., 2016, S. 102ff.).

Neben Statusverlustangst und Autoritarismus erhöht die Ostdeprivation auch die Gewaltbereitschaft von Menschen. Im Gegensatz dazu stellten die Autor*innen des 2018er Thüringen-Monitors fest, dass das Gefühl, in einer schlechten individuellen wirtschaftlichen Lage und individuell benachteiligt zu sein, die Gewaltbereitschaft „hoch signifikant[92]“ senkt. Sie schlussfolgern daraus, dass „*individuelle*[93] Benach-

[92] wenn es unwahrscheinlich ist, dass ein Ergebnis zufällig zustande gekommen ist

[93] Hervorhebungen im Original

teiligungs(gefühle) eher demobilisierend und gewalthemmend wirken, *kollektiv* geteilte Benachteiligung(sgefühle) und Ängste jedoch verstärkend“ (Reiser, et al., 2018, S. 96). Zusammengefasst heißt das, dass nicht Arbeitslosigkeit, niedrige Einkommen, Renten und andere tatsächliche Benachteiligungen zu Demokratieunzufriedenheit, rechtsextremen Einstellungen und Gewaltbereitschaft führen, sondern das **Gefühl** etwas verloren zu haben bzw. benachteiligt oder diskriminiert zu werden. Es kann also sein, dass eine Person von Hartz IV lebt und sich nicht benachteiligt fühlt, während eine andere Person 10.000 € netto im Monat verdient, sich aber trotzdem benachteiligt fühlt, weil diese Person meint, im Vergleich zu anderen oder zu einem früheren Zeitpunkt weniger zu bekommen, als ihr zusteht. Dieses Gefühl der Benachteiligung kann dann zu rechtsextremen Einstellungen und Gewaltbereitschaft führen, obwohl es der Person wirtschaftlich gut geht.

Das wiederum ist kein rein ostdeutsches Phänomen: Klein und Heitmeyer (Klein & Heitmeyer, 2009) haben in Studien festgestellt, dass Westdeutsche, die sich benachteiligt fühlen, in etwa genauso oft fremdenfeindliche, islamophobe und rassistische Einstellungen vertreten wie sich benachteiligt fühlende Ostdeutsche. Auch diese Erkenntnisse zeigen: Es sind nicht „**die** Ostdeutschen“, die rechtsextrem, fremdenfeindlich, demokratieskeptisch usw. sind, sondern es sind überwiegend jene Menschen, die sich benachteiligt **fühlen**! Von denen gibt es jedoch in Ostdeutschland offensichtlich deutlich mehr als in Westdeutschland. Zu diesen Einstellungen führen jedoch nicht die im Vergleich zum Westen Deutschlands höhere Arbeitslosigkeit bzw. die niedrigeren Löhne und Renten. Die Unterschiede zwischen Ost und West für die Entstehung rechtsextremistischer und undemokratischer Einstellungen sind zu einem nicht unerheblichen Teil auf subjektive Gefühle der Benachteiligung zurückzuführen.

Um zu untersuchen, warum sich so viele Ostdeutsche benachteiligt fühlen, möchte ich mich im Folgenden insbesondere mit dem Statement „Westdeutsche behandeln Ostdeutsche als Menschen zweiter Klasse“ auseinandersetzen. 30 Jahre nach der deutschen Vereinigung vertreten in einer Umfrage der Bundesregierung 57% der Ostdeutschen diese Auffassung (Greive & Hildebrand, 2019). Das ist jedoch keine neue Erkenntnis, denn schon wenige Jahre nach dem Zusammen-schluss der beiden deutschen Staaten war dieses Benachteiligungsgefühl bei einer Mehrheit der Ostdeutschen weit verbreitet. 1995 - also gerade einmal fünf Jahre nach der Vereinigung Deutschlands - stimmten sogar 72% der Ostdeutschen dieser Aussage zu, obwohl gleichzeitig 50% der Ostdeutschen angaben, dass es ihnen im vereinten Deutschland „besser” oder sogar „viel besser” als in der DDR geht (DER SPIEGEL, 1995, S. 49ff.).

Wenn sich über einen solch langen Zeitraum eine deutliche Mehrheit der Ostdeutschen von den Westdeutschen benachteiligt und diskriminiert fühlt, ist es notwendig, nach den Ursachen dieses Phänomens zu suchen. Zumal dieses Gefühl - wie bereits erwähnt - offensichtlich zu Demokratieunzufriedenheit, erhöhter Gewaltbereitschaft und Rechtsextremismus führt und damit eine Gefahr für den inneren Frieden Deutschlands darstellt. Woher kommt dieses Gefühl, wenn doch gleichzeitig zwei Drittel der Ostdeutschen angeben, dass die Vereinigung ihnen mehr Vorteile als Nachteile gebracht hat, die subjektive Lebenszufriedenheit der Menschen im Osten sich fast auf dem gleichen Niveau wie dem der Westdeutschen befindet (7,6 im Westen, 7,35 im Osten auf einer Skala von 0 bis 10) und wenn z.B. 90% der Sachsen meinen, dass sie stolz auf das sein können, was erreicht wurde (Pollack, 2019)?

Auf den ersten Blick scheint das 2018 veröffentlichte Buch „Integriert doch erst mal uns!“ (Köpping, 2018) der sächsischen Ministerin Petra Köpping[94] diese Fragen beantworten zu können. Auf fast 200 Seiten beschreibt sie „Demütigungen, Kränkungen und Ungerechtigkeiten“ (S. 9), die Ostdeutsche erfahren hätten, dass „niemand ihre Lebensgeschichte gewürdigt“ hat (S. 10), dass Debatten über die „Nachwendeungerechtigkeiten“ fast ausschließlich im Osten geführt werden, während sich im Westen „Spott, Schulmeisterei und Häme“ über den Osten ergoss (S. 11). Sie beschreibt, dass Familien kaputt gegangen sind, viele Menschen von Arbeitslosigkeit betroffen waren, dass westdeutsche Betrüger*innen unnütze Versicherungen und überteuerte Gebrauchtwagen verkauften und die Ostdeutschen „über den Tisch gezogen haben“, und dass der Hass auf „das Westdeutsche“ und „die Politik“ geblieben sind (S. 12). Sie führt weiter aus, dass „die Treuhand für uns Ostdeutsche das Sinnbild des knallharten, über Nacht hereingebrochenen Turbokapitalismus“ darstellt (S. 18), während „manch westdeutscher Glücksritter beinahe jede Förderung bekam“ (S. 30). Auch den Wegzug vieler junger Menschen in den Westen Deutschlands beschreibt sie, die niedrigen Löhne und Renten, die geringe Tarifbindung im Osten, dass DDR-Bürger*innen kein Privatvermögen haben und nichts erben konnten. Mehrfach im Buch fordert sie: „Die Nachwendezeit muss wieder auf den Tisch“ (S. 10; S. 128) und verlangt eine „Wahrheitskommission“ (S. 157) zur „Aufarbeitung des Unrechts“ (S. 156).

Das Buch der sächsischen Ministerin ist nach meiner Überzeugung eine fast vollständige Zusammenfassung aller gefühlten und tatsächlichen Benachteiligungen, denen die ehemaligen DDR-Bürger*innen unmittelbar nach dem Zusammenbruch ihres Landes, aber auch 30 Jahre später noch ausgesetzt sind. Aus diesem Grund werde ich mich in den folgenden Kapiteln immer wieder auf das Buch von Petra Köpping berufen und mich mit ihren Ausführungen auseinandersetzen.

Vieles von dem, was Köpping in ihrem Buch beschreibt, kenne ich aus persönlicher Erfahrung: Auch mein Betrieb ist geschlossen worden (erst nachdem ich ihn freiwillig verlassen hatte), auch ich bin in den Westen gegangen, ich war mehrfach arbeitslos und habe (im Westen) schlecht verdient. Auch ich habe Versicherungen und andere Dinge gekauft, die ich nicht unbedingt benötigt hätte, habe arrogante Westdeutsche kennenlernen müssen, werde mal nichts erben und werde wohl eine ziemlich erbärmliche Rente bekommen. Ich war - wie bereits in Kapitel 2 beschrieben - verunsichert, bin mit vielen Dingen „im Westen“ nicht klargekommen, bin in viele „Fettnäpfchen“ getreten und habe mich damals - obwohl schon über 30 Jahre alt - oft klein, unerfahren und manchmal auch ein bisschen dumm gefühlt. Und auch in einem anderen Punkt gebe ich Köpping Recht: Auch ich wünsche mir, dass alles noch einmal „auf den Tisch kommt“, dass über die friedliche Revolution, die Vereinigung, die Rolle „der Westdeutschen“ und „der Ostdeutschen“, über die Treuhand, aber auch über den „Turbokapitalismus“ und über die DDR offen diskutiert wird. Und obwohl Köpping fast genauso alt ist wie ich - also genauso lange in der DDR und in der BRD gelebt hat wie ich - sieht mein Blick auf den

[94] Köpping war von 2014-2019 Staatsministerin für Integration und Gleichstellung im sächsischen Landtag und ist seit 2019 Staatsministerin für Soziales und Verbraucherschutz.

gesellschaftlichen Umbruch und seine Folgen völlig anders aus als ihrer! Denn auch wenn ich ähnliche Erfahrungen wie viele meiner Landsleute gemacht habe, stelle ich mir immer die Fragen: War/ist das immer die Schuld „der Westdeutschen"? Ist jede tatsächlich erlebte oder gefühlte Benachteiligung wirklich als Diskriminierung, Demütigung und Behandlung als „Mensch zweiter Klasse" zu werten? Hat wirklich „niemand" (Köpping) unsere Probleme ernst genommen und unsere Lebensgeschichten gewürdigt?

Schon im Prolog habe ich beschrieben, dass es nicht stimmt, dass „den Ostdeutschen" von „den Westdeutschen" ein „System übergestülpt" wurde, welches sie nicht wollten. Die Ostdeutschen haben mehrheitlich genau dieses System gewählt und haben sowohl ihrer eigenen Volksvertretung - der Volkskammer - als auch den westdeutschen Politiker*innen den Auftrag erteilt, ihnen die Marktwirtschaft zu geben, von der sie sich mehr Wohlstand und ein schöneres Leben versprachen als im „Arbeiter- und Bauernstaat". Es ist deshalb völlig falsch und eine Verleumdung der westdeutschen Politiker*innen, wenn Köpping behauptet, dass der „Turbokapitalismus (...) über Nacht über die DDR-Bürger*innen hereingebrochen" ist und dass die „teilweise unerfahrene Bürgergesellschaft" der DDR vom Westen „ignoriert" bzw. „von den westdeutschen Politikprofis und der westdeutsch dominierten Realpolitik übergangen und zur Seite geschoben" wurde (S. 174).

Wenn man die Wahlentscheidung der DDR-Bürger*innen und die gesellschaftlichen Veränderungen in Ostdeutschland verstehen will, muss man insbesondere die wirtschaftliche Situation der DDR im Jahr 1989 betrachten - aber auch schon die Jahrzehnte seit dem Ende des Zweiten Weltkriegs.

Roland Jahn - Leiter der Stasiunterlagenbehörde BStU - erläutert, dass viele DDR-Bürger*innen sich schon lange vor der deutschen Vereinigung als „Menschen zweiter" Klasse empfanden. Insbesondere wenn sie ins Ausland reisten, mussten sie feststellen, dass sie nicht nur zu wenig Geld[95] hatten, um ihren Urlaub richtig genießen zu können, sondern auch das falsche Geld (Diekmann, 2018). Immer wieder wurden wir DDR-Bürger*innen nach unserer Herkunft aus „Ost" oder „West" befragt, wenn man es uns nicht schon an der Kleidung angesehen hat. Die Antwort „Ost" führte in der Regel dazu, dass man beliebte Waren oder Dienstleistungen nicht bekam oder fortan einfach ignoriert wurde - und das in den sozialistischen „Bruderländern"!

Reparation und fehlender Marshall-Plan als Bremse der DDR-Wirtschaft

Warum war die DDR-Mark - und damit auch ihre Besitzer*innen - im Ausland so wenig anerkannt? Warum hatte die DDR überhaupt wirtschaftlich so einen großen Rückstand zur Bundesrepublik? Schließlich waren beide Teile Deutschlands nach dem Ende des Krieges zerstört und mussten quasi bei „Null" beginnen!

Die meisten Ostdeutschen werden auf diese Fragen antworten, dass schließlich nur

[95] DDR-Bürger*innen durften bei Reisen in die sozialistischen Länder nur einen begrenzten Wert an Geld umtauschen, in der Regel max. 40 Mark pro Tag für max. 30 Tage (ČSSR) bzw. 10 Tage (Ungarn). Da insbesondere in Ungarn vieles teurer war als in der DDR, war selbst im Restaurant essen gehen häufig ein Problem.

die DDR Reparationen an die Sowjetunion zahlen musste und die DDR - anders als die Bundesrepublik - nicht vom „Marshall-Plan" profitieren konnte. Das stimmt – ist jedoch nur ein kleiner Teil der Wahrheit!

Viele Ostdeutsche sind auch heute noch davon überzeugt, dass der Osten Deutschlands nach dem Zweiten Weltkrieg in einem besonderen Ausmaß zerstört war. Das stimmt jedoch nach Ansicht zahlreicher Wissenschaftler*innen nicht! Das Ausmaß der Zerstörung der Infrastruktur und der Industrieanlagen war im Westteil Deutschlands größer als im Osten, weil die meisten Bombenangriffe westlich des Deutschen Reichs starteten und diese Gebiete damit länger im Einzugsbereich der Bombardierungen lagen (Kimmel, 2005b). Auch Wohnraum war in Westdeutschland zu 24% komplett zerstört, im Osten nur zu 10% (adenauercampus, 2021a). Unmittelbar nach dem Ende des Krieges hatte also der Ostteil Deutschlands die besseren Voraussetzungen für eine wirtschaftliche Erholung und einen schnellen Aufbau des Landes.

Dieser Vorteil wurde durch die Reparationsleistungen an die Sowjetunion jedoch schnell zunichtegemacht. Zunächst auf der Konferenz von Jalta im Februar 1945 und dann noch einmal auf der Potsdamer Konferenz im Juli/August desselben Jahres einigten sich die Siegermächte USA, Großbritannien und die UdSSR auf einen Reparationsplan, der vorsah, dass jede Besatzungsmacht Reparationsansprüche in ihrer eigenen Zone befriedigt. Während die UdSSR in der sowjetischen Besatzungszone (SBZ) bereits 1945/46 den größten Teil der Anlagen entnahm, begannen die Demontagen in den Westzonen erst 1948/49 systematisch. Das Ausmaß der Demontagen war im Westen deutlich geringer als im Osten: Während die Kapazitätsverluste der Industrie im Westen lediglich 5% betrugen, beliefen sie sich in der SBZ auf 30% und übertrafen damit das Ausmaß der Zerstörungen während des Krieges! Damit waren Ostdeutschland die Voraussetzungen für einen wirtschaftlichen Wettlauf mit der Bundesrepublik schon unmittelbar nach dem Krieg genommen – nicht durch den Krieg, sondern durch ihre Besatzer (adenauercampus, 2021a)!

Während die westlichen Alliierten sehr schnell daran interessiert waren, Westdeutschland wirtschaftlich nicht zu sehr zu schädigen, weil sie das Land als Wirtschaftspartner und Absatzmarkt betrachteten, setzte die Sowjetunion ihre Ansprüche mit aller Härte durch, notfalls auch mit Androhung und Vollzug empfindlicher Strafen. 70.000 Expert*innen in Uniform soll die Sowjetunion entsandt haben, um in der SBZ nach Demontageobjekten zu suchen. Insgesamt fünf Demontagewellen sind so zwischen 1945 und 1948 über die SBZ hinweggezogen und haben die Mitarbeiter*innen in den Betrieben, die ihre Werke und ihr Land wieder aufbauen wollten, zermürbt und demotiviert. Obwohl Winston Churchill die sowjetische Führung schon 1945 mit den Worten gewarnt haben soll: „Wenn Sie wollen, dass Ihr Pferd den Karren zieht, dann müssen sie ihm schon eine gewisse Menge Hafer geben – oder wenigstens Heu", betrieb die Sowjetunion die Deindustrialisierung ihrer Besatzungszone bis in das Jahr 1953 fort (Lichter & Nesshöver, 2006).

In der DDR war dieses Thema ein großes Tabu, sicherlich aus Rücksicht auf die Befreier und den „großen Bruder", wie man die Sowjetunion in der DDR gern nannte. Erst nach der Vereinigung sind viele Akten zur Einsicht freigegeben worden, so dass ein ungefähres Ausmaß der Reparationsleistungen der SBZ und der DDR abgeschätzt werden kann. Schon wenige Monate nach der Grenzöffnung 1989 verlangte der DDR-

Ministerratsvorsitzende Hans Modrow (PDS) von der Bundesrepublik 15 Milliarden D-Mark, um die Reparationsbilanz auszugleichen. Der Bremer Historiker Arno Peters behauptete ein paar Jahre später, dass die Bundesrepublik der DDR 727 Milliarden D-Mark für Reparation und Schulden überweisen müsste (ebd.).

Es ist also nur bedingt eine Benachteiligung der Ostdeutschen, dass nur sie Reparationen an die Sowjetunion zahlen mussten. Hintergrund sind die Verträge von Jalta und Potsdam, die von den Besatzungsmächten jedoch unterschiedlich ausgelegt wurden. Während die amerikanischen und englischen Politiker*innen dem früheren Feind Deutschland sehr schnell nach der Kapitulation verziehen und ihm nicht durch weitere Vernichtung der Infrastruktur schädigten, hat die sowjetische Führung auf der strikten Umsetzung der Verträge beharrt und damit dem späteren Bündnispartner DDR nachhaltig geschadet. Der Historiker Wolfgang Benz geht davon aus, dass der Gesamtumfang der Reparationsleistungen der SBZ an die Sowjetunion 66 Milliarden Mark betragen hat und dass damit die in Jalta vereinbarte Summe von 10 Milliarden Mark um ein Vielfaches überzogen wurde (Benz, 2005).

Kann man „den Westdeutschen" zum Vorwurf machen, dass ihre Besatzungsmächte nicht so viele Maschinen, Anlagen und Gleise abgebaut haben wie die Sowjetunion in ihrer Besatzungszone? Sind „die Westdeutschen" Schuld, wenn ihre Besatzungsmächte „ihren" Teil Deutschlands schon zu dieser Zeit als potenziellen Handelspartner und Absatzmarkt betrachtet haben? Zweifellos war die Sowjetunion stärker zerstört als England oder gar die USA und hatte somit eine größere Motivation, Rohstoffe für den eigenen Aufbau zu nutzen. Der ohnehin durch Luftangriffe, Bodenkrieg und von den Nationalsozialisten auf dem Rückzug zerstörten Wirtschaft und Infrastruktur eine noch größere Zerstörung durch die Reparation aufzuerlegen, war sicherlich nicht zukunftsorientiert gedacht und kostete die Sowjetunion im Kalten Krieg viel Geld.

Andererseits zahlte die DDR - anders als die Bundesrepublik - keine Entschädigungen an Menschen, die vom NS-Regime aus rassistischen Gründen enteignet wurden. Eine Rückgabe von enteigneten Betrieben, Immobilien und Kaufhäusern an die meist jüdischen Vorbesitzer*innen erfolgte ebenso wenig, wie eine materielle „Wiedergutmachung" an Israel. Die SED-Führung argumentierte, dass Juden ebenso wie andere Kapitalisten die deutsche Arbeiterklasse ausgebeutet hätten. Walter Ulbricht soll sogar gesagt haben: „Nun, wir waren immer gegen die jüdischen Kapitalisten genauso wie gegen die nichtjüdischen. Und wenn Hitler sie nicht enteignet hätte, so hätten wir es nach der Machtergreifung getan" (Schroeder, 2011).

Der neu gegründete „Arbeiter- und Bauernstaat" hatte neben der deutlich umfangreicheren Reparationsleistung einen weiteren gravierenden Nachteil beim Aufbau der eigenen Wirtschaft und bei der Überwindung der kriegsbedingten Schäden: Anders als die junge Bundesrepublik konnte die DDR nicht auf den schon 1948 ins Leben gerufenen „Marshall-Plan" zurückgreifen. General George C. Marshall hatte zunächst die militärischen Aktionen in Europa und im pazifischen Raum koordiniert, wofür Winston Churchill ihn als den „Organisator des alliierten Sieges" würdigte. In seiner Zeit als Außenminister der USA verkündete Marshall im Juni 1947 erstmals, dass die US-Regierung den europäischen Staaten massive wirtschaftliche Hilfe zum Wiederaufbau zukommen lassen will. Die USA bevorzugten dabei eine gesamteuropäische Vorgehensweise nach dem Prinzip „Hilfe zur Selbsthilfe". Auch alle osteuropäischen Länder waren ausdrücklich eingeladen, von den Hilfen Gebrauch zu machen, lehnten das jedoch auf Druck der Sowjetunion ab (Beckmann, kein Datum). Die einstimmige Ablehnung der Hilfe durch die sozialistischen Länder wurde von der DDR-Regierung als Bestätigung dafür aufgefasst, dass der Plan der Amerikaner keine andere Haltung verdient hätte. Denn die geistigen Väter des Marshall-Planes wären in der „Finanzplutokratie der Wallstreet" zu suchen und die USA wollten nur die westdeutsche Grundstoffindustrie für den eigenen Markt nutzen (Kimmel, 2005b).

Am 3. April 1948 wurde der „Economic Cooperation Act of 1948" mit einem Umfang von 12,4 Milliarden Dollar unterzeichnet. Auf europäischer Seite übernahm die „Organization for European Economic Cooperation (OEEC[96]) die Koordination. Nach Großbritannien (25%), Frankreich (20%) und Italien (11%) erhielt Deutschland mit 10% lediglich den vierthöchsten Anteil an der Fördersumme. Deutschland investierte einen großen Teil der Hilfen in den Wiederaufbau der Industrie und der Verkehrsinfrastruktur und schaffte damit die Basis für die „Wirtschaftswunderjahre". Die Hilfsgüter, die über das Programm nach Deutschland kamen, wurden hier in der Landeswährung verkauft oder über Darlehen zur Verfügung gestellt. Dadurch konnte der Staat eigene Finanzmittel erwirtschaften, die er dann wieder der Wirtschaft als Kredite zur Verfügung stellte. Nach diesem Prinzip arbeitet heute noch die Kreditanstalt für Wiederaufbau (KfW) in Frankfurt/M. (Beckmann, kein Datum).

Dass auch die DDR vom Marshall-Plan hätte profitieren können, habe ich erstmals bei meinem ersten Besuch in Westberlin im Dezember 1989 erfahren. Anders als die meisten DDR-Bürger*innen, bin ich mit meinem „Begrüßungsgeld" nicht sofort ins KaDeWe oder andere Kaufhäuser gegangen, sondern habe mir stundenlang Vorträge von Studierenden der Politikwissenschaften der Freien Universität Berlin im Reichstag angehört. Dass wir DDR-Bürger*innen im Staatsbürgerkunde-Unterricht und in den Medien regelmäßig belogen wurden, war mir schon seit meiner Kindheit bewusst. Aber das Ausmaß der Lügen und Geschichtsverfälschungen - auch zu Themen wie Hitler-Stalin-Pakt, Flucht und Vertreibung, Leninismus und Stalinismus - wurde mir erst bei diesen Vorträgen bewusst. Ich werde diesen Tag immer in Erinnerung behalten, denn er hat mein bereits vorhandenes Interesse an Geschichte und Politik vervielfacht und meine Sensibilität und Skepsis gegenüber der Informationspolitik von Diktaturen deutlich erhöht.

Die DDR hatte also in zweifacher Hinsicht einen deutlichen Nachteil gegenüber der Bundesrepublik bei der Überwindung der Kriegsschäden und beim Aufbau ihrer Wirtschaft in den ersten Jahren ihres Bestehens: Ihre Wirtschaft wurde von der Sowjetunion durch die Reparationszahlungen deutlich stärker geschädigt als die westdeutsche durch ihre Besatzungsmächte und ihr fehlte die wirtschaftliche Hilfe, die Westdeutschland durch den Marshall-Plan erhielt. Alle Westdeutschen, mit denen ich mich je über diese Themen unterhalten habe, waren sich ihrer Vorteile bewusst und haben in der Regel

[96] Aus ihr entstand 1961 die Organisation für wirtschaftliche Zusammenarbeit und Entwicklung (OECD).

mit Verständnis darauf reagiert, dass diese Nachteile im vereinigten Deutschland kompensiert werden und Ostdeutsche nun auch am Wohlstand Deutschlands teilhaben. Es gab auch westdeutsche Wissenschaftler*innen, die den Vorteil des Westens gegenüber Osten durch den geringeren Umfang der Reparation berechneten und zur Diskussion stellten, dass diese Summen nun von West nach Ost fließen sollten, um die ostdeutsche Wirtschaft aufzubauen (Lichter & Nesshöver, 2006).

Aber wie beim Thema Reparation muss auch beim Thema Marshall-Plan die Frage erlaubt sein, ob man „den Westdeutschen" zum Vorwurf machen kann, dass sie - jedoch nicht die Ostdeutschen - von der Wirtschaftshilfe der USA profitiert haben? Tragen sie eine Schuld daran, dass ihre Verbündeten sie frühzeitig als Freunde und Handelspartner angesehen und sie beim Aufbau durch finanzielle und ideelle Hilfe unterstützt haben? Kann man ihnen vorwerfen, dass die von ihnen gewählten Politiker*innen die angebotenen Hilfen angenommen und nicht wie die Regierenden der DDR abschätzig und arrogant abgelehnt haben? Selbst wenn die DDR-Bürger*innen keinerlei Mitspracherecht bei den politischen Weichenstellungen ihrer Regierung hatten, weil sie ihre Volksvertreter*innen - im Gegensatz zu den Westdeutschen - nicht frei wählen konnten, sollten sie sich mit Schuldzuweisungen nach dem Motto „Die hatten ja auch ..." und „Die mussten ja auch nicht..." zurückhalten.

Die Planwirtschaft als „Totengräber" der DDR-Wirtschaft

Nach Einschätzung vieler Wissenschaftler*innen erklären jedoch nicht allein die Reparationen gegenüber der Sowjetunion und die fehlende Unterstützung durch den Marshall-Plan die wirtschaftliche Schwäche der DDR im Vergleich zur Bundesrepublik. Vielmehr sind die „teils gewollte, teils erzwungene Abschottung vom Weltmarkt, die Einbindung in den Rat für gegenseitige Wirtschaftshilfe (RGW[97]) und die chronische Innovationsschwäche des planwirtschaftlichen Systems" verantwortlich für den Leistungsverfall der DDR-Wirtschaft in den letzten Jahren vor ihrem Zusammenbruch (Beckmann, kein Datum).

Der Soziologe Bernd Martens (Martens, 2010) fasst die Wirtschaftsgeschichte der DDR in drei Phasen zusammen. Die erste Phase endete 1961 mit dem Mauerbau, die zweite Phase mit der Absetzung Walter Ulbrichts. Im Machtwechsel von Ulbricht zu Honecker 1971 sehen einige Historiker*innen den Anfang vom Ende der DDR. Die von Honecker eingeleitete Einheit von Wirtschafts- und Sozialpolitik sollte eine Verbesserung der Lebensverhältnisse der DDR-Bürger*innen ohne Erhöhung der Produktivität erzielen. Historiker sehen darin einen sehr riskanten und letztlich ungedeckten „Wechsel auf die Zukunft" (ebd.).

Die beiden Ölkrisen der 1970-er Jahre veränderten die Rahmenbedingungen der DDR-Wirtschaft massiv, denn im Gegensatz zur Bundesrepublik war die DDR nicht in der Lage, die Rohstoffknappheit zu kompensieren. Sie war gezwungen, die längst verschlissenen und abgeschriebenen Anlagen zur Braunkohlegewinnung weiter zu betreiben, mit steigendem Aufwand und wachsenden Umweltbelastungen. Die Kosten für die Förderung einer Tonne Braunkohle verdoppelten sich im Zeitraum von 1980-1988

---

[97] Zusammenschluss der sozialistischen Staaten zu einer Wirtschaftsgemeinschaft (vergleichbar mit der früheren EWG und der heutigen EU)

beinahe. Die zweite Ölkrise 1979 traf die DDR-Wirtschaft noch härter. Die DDR verkaufte das zu Sonderkonditionen aus der Sowjetunion importierte Erdöl auf dem Weltmarkt, um an fehlende Devisen zu gelangen! Daraufhin kürzte die Sowjetunion der DDR die Öllieferungen und verlangte dem Weltmarkt angeglichene Preise. Infolgedessen musste die DDR das 13-fache des Preises für Erdöl bezahlen, gegenüber dem Preis, der in den 1970-er Jahre gezahlt werden musste (ebd.).

Unter Honecker verfolgte die DDR insbesondere zwei wirtschaftliche Ziele: Zum einen die Verbesserung des Lebensstandards der Bürger*innen, weil ansonsten eine Destabilisierung des Staates durch die Bevölkerung befürchtet wurde. Die staatlichen Subventionen für Nahrungsmittel, Kinderbekleidung, Mieten usw. erhöhten sich in der Ära Honecker von 11,4 Milliarden auf 61,6 Milliarden Mark jährlich! Andererseits war die internationale Zahlungsfähigkeit notwendig für die nationale Eigenständigkeit der DDR. Aus Sicht der DDR-Wirtschafts-politiker*innen konnten diese beiden Ziele nur durch Einsparungen bei Investitionen für die Energiewirtschaft und die Infrastruktur realisiert werden, was jedoch fatale Folgen für die Arbeitsproduktivität hatte. Während in der Bundes-republik 1989 nur 5,4% aller Maschinen und Anlagen älter als 20 Jahre waren, lag deren Anteil in der DDR bei 21,4% (ebd.).

Besonders gravierend fallen die Fehlentscheidungen der DDR-Wirtschafts-expert*innen bei der eigenständigen Entwicklung der Chip-Produktion ins Gewicht. Das 1977 gestartete Programm kostete die DDR insgesamt 50 Milliarden Mark. Auf dem Weltmarkt konnte ein 256 kB-Speicherchip für 4-5 DM verkauft werden. Die Kosten für die Produktion **eines** eigenen Chips in der DDR beliefen sich auf 534 DDR-Mark (ebd.)!

Wie stark sich das wirtschaftliche Missverhältnis zwischen der DDR und der Bundesrepublik veränderte, lässt sich auch gut am sogenannten „Export-rentabilitätsfaktor" ablesen, der sich zwischen 1970 und 1988 von 0,536 DM auf 0,246 DM verschlechterte (ebd.). Das bedeutet, dass die Wirtschaftsexpert*innen der DDR einen Export ins westliche Ausland als „rentabel" betrachteten, wenn sie für vier investierte DDR-Mark eine D-Mark erhielten!

Besonders erschreckend ist, dass die SED-Führung zu jeder Zeit Kenntnis über den Zustand der eigenen Wirtschaft hatte. Das Ministerium für Staatssicherheit (MfS) beobachtete die Entwicklung und informierte die Partei- und Staatsführung bereits in den 1970-er Jahren. In einem Bericht aus dem Jahr 1979 hieß es, dass leitende Wirtschaftsfunktionäre staatliche Aufträge wider besseres Wissen und lediglich aus „Gründen der Parteidisziplin, Unterordnung unter drakonische Festlegungen der Spitze bzw. Angst vor harter Kritik oder vor Ablösung aus der Funktion" ausführten. In einer handschriftlichen Notiz über eine Aussprache mit Stasi-Chef Mielke von 1982 steht, dass es eine „gefährliche Lage für die DDR" gibt, die nicht alle „ernst nehmen" würden, wobei damit offensichtlich Honecker gemeint war (Malycha, 2014, S. 255, 258). Hans-Hermann Hertle verweist auf Erkenntnisse aus SED- und Stasiunterlagen, aus denen hervorgeht, dass die DDR so pleite war, dass sie „im Tausch gegen neue Milliardenkredite aus dem Westen die Grenze öffnen" wolle (Hertle, 2018). Das Ministerium für Staatssicherheit (MfS) machte auch nicht mehr den Kapitalismus und die westlichen Konzerne als Verantwortliche der Misere aus, sondern erklärte, „dass die subjektiven Ursachen, die der weiter anhaltenden Tendenz der problembehafteten Entwicklung der Volkswirtschaft zugrunde liegen, keine feindlich motivierte Grundlage haben“ (ebd.).

Auch der langjährige DDR-Wirtschaftsminister Günter Mittag erklärte in einem SPIEGEL-Interview im Jahr 1991, dass der „ökonomische Kollaps“ der DDR durch die Kürzung der Erdöllieferungen aus der UdSSR offensichtlich wurde, und dass die SED-Führung zu jeder Zeit über die wirtschaftlichen Probleme Bescheid wusste. Insbesondere die hohen Kosten für die Sicherheitspolitik belasteten nach seiner Auffassung das Nationaleinkommen. Kürzungen bei der Sozialpolitik hätten jedoch eine Senkung des Lebensstandards der DDR-Bevölkerung bedeutet, was zu einer nicht kalkulierbaren Instabilität geführt hätte. „Eine friedliche Behebung sozialer Konflikte in der DDR erschien damals undenkbar. So wurden die ökonomischen Gefahren verdrängt“ (Bickerich, et al., 1991).

Ausgerechnet der „lautstarke Antikommunist“ (Wiegrefe, 2017) Franz-Josef-Strauß rettete der wirtschaftlich schwer angeschlagenen DDR 1983 mit dem Milliardenkredit das Überleben! Die DDR stand damals kurz vor der Zahlungsunfähigkeit, als der bayerische Ministerpräsident und CSU-Vorsitzende den Deal über den DDR-Devisenbeschaffer Schalck-Golodkowski einfädelte. Wie schlecht es der DDR wirtschaftlich gegangen sein muss, lässt sich an diesem Geschäft ablesen, denn es muss eine Schmach für die DDR-Führung gewesen sein, sich ausgerechnet vom Klassenfeind BRD - und dann auch noch von Franz Josef Strauß - helfen zu lassen.

In vielen Geschichtsbüchern und Nachschlagewerken, aber auch in TV-Dokumentationen wird beschrieben, dass Strauß dem DDR-Staatsratsvorsitzenden „menschliche Erleichterungen“ abgetrotzt habe, z.B. Familienzusammenführungen und Ausreisen in den Westen. Vor allem hätte er aber erreicht, dass 60.000 Selbstschussanlagen an der innerdeutschen Grenze abgebaut werden sollten, durch die schon mehrere Menschen beim Fluchtversuch gestorben waren. Honecker hätte dazu erklärt, Ziel sei, die „Grenze zwischen den beiden deutschen Staaten zu humanisieren, durch Abbau der Selbstschussanlagen“ (ebd.).

Zahlreiche Dokumente zeigen jedoch, dass Strauß offensichtlich von Honecker hereingelegt wurde, denn der Abbau der Selbstschussanlagen war längst geplant. Wochen vor dem Deal war die DDR einer UNO-Konvention beigetreten, die solche Waffen verbot und war inzwischen dazu übergegangen, die Fluchtversuche in die Bundesrepublik mit neuen Grenzanlagen zu unterbinden (ebd.).

So widersprüchlich wie die Unterstützung der DDR durch den CSU-Vorsitzenden Strauß auf den ersten Blick erscheint - schließlich war ein solches Geschäft in den Jahren der SPD-geführten Bundesregierung nicht gelungen - so logisch und nachvollziehbar ist sie auf der anderen Seite. Strauß und der erst kurze Zeit als Bundeskanzler regierende Helmut Kohl waren überzeugt, dass eine Zahlungsunfähigkeit der DDR zu Unruhen führen würde, wie es sie zuletzt 1953 gegeben hatte. Und sie ahnten, dass diese wohl mit großer Wahrscheinlichkeit auf ähnliche Weise niedergeschlagen worden wären, dass es wieder Hunderte Tote und Tausende Inhaftierungen geben würde. Das sieht auch der frühere DDR-Wirtschaftsminister Mittag so, denn im SPIEGEL-Interview orakelte er: „Es ging um die Frage, ob die DDR schon damals in den Bankrott ging, oder nicht. Was wäre denn damals geschehen, wenn es in der DDR zu Unruhen gekommen wäre? So wie 1989 wäre es nicht gelaufen“ (Bickerich, et al., 1991).

Kohl und Strauß sahen jedoch die Möglichkeit, die Unfähigkeit der DDR-Regierung und das Versagen des sozialistischen Wirtschaftssystems öffentlich zur Schau zu stellen, denn sie wussten, dass Millionen DDR-Bürger*innen über das Westfernsehen informiert werden. Auch wenn Honecker wohl überzeugt war, dass er als „Sieger" aus diesem Geschäft hervorging[98], ist der psychologische „Sieg" eher Strauß und Kohl zuzuschreiben. Denn sie konnten den Menschen in der DDR und in der Bundesrepublik zeigen, dass sie - und nicht die DDR-Regierung - sich um „menschliche Erleichterungen" für die DDR-Bevölkerung bemühen. Außerdem haben sie die DDR damit abhängig gemacht, denn sie konnten als Gegenleistung für Devisenzahlungen immer weitere Reiseerleichterungen fordern, die zunehmend von der DDR auch erfüllt wurden. Die immer größer werdende Zahl von DDR-Bürger*innen, die zu einer Besuchsreise in den Westen fahren durften, erhöhten die Unzufriedenheit der Menschen noch mehr. Ein früherer Arbeitskollege - selbst überzeugtes SED-Mitglied - sagte mir 1988 nach seiner Rückkehr aus dem Westen: „Das ist der größte Fehler, den die SED jetzt macht. Wer den Westen einmal gesehen hat, mit dem kann man keinen Sozialismus mehr aufbauen".

Selbst wenn die Selbstschussanlagen an der Grenze nicht aufgrund des Milliardengeschäfts, sondern aufgrund einer UNO-Resolution abgebaut wurden, zeigt es doch, dass das DDR-System zutiefst inhuman gegenüber der eigenen Bevölkerung war und ausschließlich durch wirtschaftlichen und politischen Druck durch den „Klassenfeind" zu etwas mehr Menschlichkeit gezwungen werden konnte bzw. musste.

Aber auch der Milliardenkredit zögerte den wirtschaftlichen Zusammenbruch der DDR nur hinaus. Von Jahr zu Jahr vergrößerten sich die Schulden und die Bevölkerung nahm mit jedem Jahr deutlicher wahr, dass sich die Versorgungslage verschlechterte. Da sich die neue sowjetische Führung unter Gorbatschow weigerte bzw. auch nicht in der Lage sah, wieder billiges Erdöl in die DDR zu liefern, kam es zu immer größeren Schwierigkeiten bei der Versorgung der Bevölkerung und bei der Begleichung der Kosten für die Importe. Günter Mittag gestand 1991: „Ende 1987 kam ich zu der Erkenntnis: Jede Chance ist verspielt. Vom Osten war keine Hilfe möglich, und zum Westen konnte die Wende zur Wirtschaftskooperation wegen latent wirkender politischer Widerstände in unseren Reihen nicht erfolgen. Ohne die Wiedervereinigung wäre die DDR einer wirtschaftlichen Katastrophe mit unabsehbaren sozialen Folgen entgegengegangen, weil sie auf Dauer allein nicht überlebensfähig war" (Bickerich, et al., 1991). 1989 war es dann so weit: Die Menschen in der DDR wurden aufgrund der immer schlechter werdenden Wirtschaftslage unzufriedener und viele durch den offensichtlichen Wahlbetrug bei den Kommunalwahlen im Mai auch wütender, wobei sie über den Wahlbetrug ja ausschließlich über die Westmedien informiert wurden. Als im Sommer 1989 die ungarische Regierung die Grenzen nach Österreich öffnete und Tausende DDR-Bürger*innen von dort in die Bundesrepublik gelangten, andere die BRD-Botschaften in Prag und Budapest besetzten und schließlich ausreisen durften, mobilisierte das von Woche zu Woche mehr Menschen, gegen die Politik der DDR-Regierung zu protestieren. Unter dem Druck der Demonstrant*innen - vor allem in Leipzig - wurde Erich Honecker Mitte Oktober als Regierungschef von Egon Krenz abgelöst. Als eine seiner

[98] Er soll später gesagt haben, dass er „wie die Jungfrau zum Kinde" an die Milliarden gekommen sei (Wiegrefe, 2017).

ersten Amtshandlungen beauftragte Krenz führende SED-Wirtschaftspolitiker, eine „ungeschminkte Darstellung der wirtschaftlichen Situation der DDR“ zu erarbeiten, das sogenannte „Schürer Krisen-Papier“ (Hertle, 2018).

Unter der Leitung von Gerhard Schürer, dem Leiter der Staatlichen Plankommission, erarbeiteten fünf Autoren - unter ihnen der Devisenbeschaffer Schalck-Golodkowski - ein geheimes Dokument, das am 30. Oktober 1989 dem Zentralkomitee der SED vorgelegt wurde. Noch im „SED-Stil“ sind zunächst „die bedeutenden Erfolge“ beim Aufbau der „entwickelten sozialistischen Gesellschaft“ aufgeführt, die „auch international anerkannt werden“, z.B. dass seit 1970 drei Millionen Wohnungen gebaut wurden, so dass für neun Millionen Menschen „qualitativ neue Wohnbedingungen geschaffen“ wurden (ebd.).

Recht schnell kamen die fünf Autoren jedoch zum problematischen Teil des Geheimdokuments. Demnach lag die Arbeitsproduktivität „um 40% hinter der BRD zurück“. Die „Verschuldung im nichtsozialistischen Wirtschaftsgebiet ist (…) auf eine Höhe gestiegen, die die Zahlungsfähigkeit der DDR in Frage stellt.“ Weiter ist zu lesen, dass sich der Verschleißgrad in der Industrie bis 1988 auf 53,8% erhöht hat, im Bauwesen auf 67% und in der Nahrungsgüterwirtschaft auf 61,3%. Seit dem VIII. Parteitag der SED „wurde mehr verbraucht als in eigener Produktion erwirtschaftet“, so dass die „Sozialpolitik (…) nicht in vollem Umfang auf eigenen Leistungen beruht, sondern zu einer wachsenden Verschuldung im NSW[99] führte“ (ebd.). Die Autoren weisen außerdem darauf hin, dass „bei der Einschätzung der Kreditwürdigkeit eines Landes die Schuldendienstrate (…) nicht mehr als 25% betragen sollte (…). Die DDR hat, bezogen auf den NSW-Export, 1989 eine Schuldendienstrate von 150%“! Nach Einschätzung der Autoren wäre eine Umschuldung beim Internationalen Währungsfond (IWF) die Konsequenz, was hohe Auflagen zur Folge hätte. Die daraus folgende Reprivatisierung von Unternehmen und die Einschränkung von Subventionen bis hin zu deren Abschaffung, solle möglichst vermieden werden.

Die fünf Wirtschaftsexperten schlugen eine ganze Reihe von Veränderungen vor, mit deren Hilfe die schwierige wirtschaftliche Lage gemeistert werden könne, z.B.:

- „drastischer Abbau von Verwaltungs- und Bürokräften sowie hauptamtlicher Träger in gesellschaftlichen Organisationen und Einrichtungen.“
- „Abzüge von Lohn und Einkommen (…) für nicht gebrachte Leistungen, Schluderei und selbstverschuldete Verluste“ (ebd.).

Trotzdem schätzten die Experten ein, dass auch mit all ihren vorgeschlagenen Maßnahmen keine Chance mehr besteht, die Zahlungsunfähigkeit zu verhindern. „Allein ein Stoppen der Verschuldung würde im Jahr 1990 eine Senkung des Lebensstandards um 25-30% erfordern und die DDR unregierbar machen.“ Deshalb „sind alle Formen der Zusammenarbeit mit Konzernen und Firmen der BRD sowie anderer kapitalistischer Länder zu prüfen.“ Da aus ihrer Sicht all diese Maßnahmen nicht reichen würden, um die Zahlungsunfähigkeit 1991 zu verhindern, soll mit „der Regierung der BRD über Finanzkredite in Höhe von 23 Mrd. VM[100] über bisherige Kreditlinien hinaus verhandelt werden“ (ebd.).

---

[99] Nichtsozialistisches Wirtschaftssystem (NSW)

[100] Valuta-Mark = D-Mark

Diese Ausführungen - die **nicht** von westdeutschen Finanzexperten geschrieben wurden, um die DDR zu diskreditieren, sondern von DDR-Wirtschaftslenkern, die damit ihr eigenes Versagen und ihre eigene Misswirtschaft dokumentierten, um der SED-Regierung die Ausweglosigkeit der Situation darzustellen - machen deutlich, in welchem Zustand sich die DDR kurz vor dem Mauerfall befand. Also lange bevor der „Turbokapitalismus über Nacht" über sie hereinbrechen konnte, bevor „westdeutsche Betrüger" die DDR-Bürger*innen „über den Tisch gezogen haben" (Köpping) und bevor die Treuhand ihre „Verbrechen"[101] in Ostdeutschland verüben konnte.

Der gesamte Ministerrat und das Politbüro traten schon gut eine Woche nach diesem „Offenbarungseid" zurück und übergaben die Amtsgeschäfte einer neuen Führung, die überwiegend aus „Anti-Honecker-Leuten" bestand. Auch Egon Krenz - der das „Schürer-Papier" beauftragt hatte - musste seinen Posten als Ministerpräsident räumen und Hans Modrow Platz machen, der für einige in der Partei wohl eine „glaubhafte Alternative zur alten Garde der Partei" darstellen sollte, obwohl noch im Oktober gerade in seinem Parteibezirk Dresden die schwersten Übergriffe gegen Demonstrant*innen stattgefunden hatten (Görtemaker, 2009b).

Noch bevor Modrow am 13.11.1990 vereidigt werden konnte, wurde die innerdeutsche Grenze geöffnet und Millionen DDR-Bürger*innen reisten erstmals ohne Angst und ohne nennenswerte Kontrollen in den Westen – und fast alle kamen freiwillig wieder zurück! Jetzt konnten alle DDR-Bürger*innen den Unterschied zwischen der DDR und der Bundesrepublik mit eigenen Augen sehen: das überwältigende Warenangebot, den Wohlstand vieler Menschen, den Zustand der Straßen und Gebäude – aber auch Arbeitslose, Bettler*innen und Obdachlose.

Das Problem vieler DDR-Bürger*innen bestand nun darin, dass sie wieder nur Deutsche „zweiter Klasse" waren. Sie konnten zwar in den Westen reisen, aber (fast) nichts kaufen, denn die eigene Regierung stellte ihnen keine D-Mark zur Verfügung - nicht einmal zum Tausch. Somit waren die DDR-Bürger*innen wieder Bittsteller bei „den Westdeutschen", die ihnen wenigstens 100 DM „Begrüßungsgeld" zur Verfügung stellten, damit sie nicht nur „gucken", sondern auch etwas kaufen können. Aber das Begrüßungsgeld war bei den meisten Menschen schnell ausgegeben, so dass sie ihr Geld auf dem Schwarzmarkt anboten. In den Westberliner Wechselstuben wurde die DDR-Mark eine Woche nach dem Mauerfall zu einem Kurs von 1:20 getauscht, was schnell zu Spekulationen über eine Währungsreform führte, die von der DDR-Staatsbank jedoch bestritten wurde (Bahrmann & Links, 1999, S. 82).

Am 17.11.1989 gab Modrow bekannt, dass die Regierung momentan nicht in der Lage sei, einen Volkswirtschaftsplan und den Staatsetat für das nächste Jahr aufzustellen. Gleichzeitig setzte er sich für eine „kooperative Koexistenz" mit der Bundesrepublik ein, die er als „Überlebensfrage" bezeichnete (S. 84). Am 20. November nannte Kanzleramtsminister Seiters bei einem Treffen mit Modrow sieben Bedingungen für ein wirtschaftliches Engagement der Bundesrepublik, u.a. die Zulassung oppositioneller Parteien, freie Wahlen und die Einführung der Marktwirtschaft (S. 88). Mehrfach fragte Modrow bei der Bundesregierung an, ob sie einen Kredit gewähren könnte, um die

---

[101] Katja Kipping, damals Parteivorsitzende der LINKEN (nd, 2018)

Zahlungsunfähigkeit der DDR zu verhindern. Von Kohl wurde das immer wieder abgelehnt, denn er wollte Unterstützung erst nach freien Wahlen an eine demokratisch legitimierte Regierung zahlen. Auch unmittelbar vor Kohls Besuch in Dresden warnte Regierungssprecher Vogel vor allzu großen Erwartungen mit den Worten: „Der Kanzler kommt nicht mit einem Sack voller Weihnachtsgeschenke" und wies Spekulationen über ein 100-Milliarden-Programm innerhalb der nächsten 10 Jahre zurück (S. 137).

Immer mehr Wirtschaftsexpert*innen der DDR sprachen in dieser Zeit von einem zeitnahen wirtschaftlichen Zusammenbruch des Landes. Siegfried Schiller, stellvertretender Direktor des Dresdener Forschungsinstituts „Manfred von Ardenne", sagte den „totalen Kollaps der Wirtschaft" für die nächsten ein bis zwei Jahre voraus. Helfen könnten nur westliche Investitionen in Höhe von 500 Milliarden Mark und weiteren bis 200 Milliarden für die Umwelt (S. 196). Ende Januar 1990 teilt Modrow mit, dass das Wirtschaftswachstum im laufenden Jahr noch einmal um bis zu fünf Prozent sinken werde und die Auslandsverschuldung weiter steigen wird (S. 202).

Der Vizepräsident der Bauakademie Teuber zeichnet ein katastrophales Bild vom Wohnungsmarkt der DDR: Von den 7,1 Millionen Wohnungen hatten 1,5 Millionen weder Dusche noch Bad, fast 1 Million keine Toilette in der Wohnung, sondern eine „halbe Treppe tiefer" im Treppenhaus. Von den nach dem Zweiten Weltkrieg gebauten Wohnungen waren 11% so verfallen, dass sie nicht mehr zu erhalten seien (S. 211)! Am 1. Februar 1990 demonstrierten Mitarbeiter*innen des Deutschen Roten Kreuzes auf dem Berliner Alexanderplatz und machten auf ihre katastrophale Situation aufmerksam: Die Krankenwagen der Schnellen Medizinischen Hilfe seien wegen Überalterung und fehlender Ersatzteile oft nicht einsatzbereit und den Mitarbeiter*innen fehle es aufgrund der schlechten Bezahlung an Motivation. Sie verlangten deshalb 50% Lohnerhöhung (S. 212).

In vielen Bereichen versuchte die - inzwischen in PDS umbenannte - SED die Lage zu beruhigen, indem trotz der katastrophalen finanziellen Situation und der im Vergleich zur BRD niedrigen Produktivität Lohnerhöhungen versprochen und umgesetzt wurden. Am 1. Februar 1990 wurden Lohn- und Gehaltserhöhungen für 2,3 Millionen Arbeiter*innen und Angestellte ab 1. März beschlossen, die den Haushalt zusätzlich mit 3,6 Milliarden Mark belasten sollten. Außerdem beschloss der Ministerrat eine Vorruhestandsregelung für ältere Beschäftigte, die ihren Arbeitsplatz verloren hatten und eine Verordnung über Ausgleichszahlungen während der Zeit der Arbeitsvermittlung (S. 211). Auch die Subventionen für Lebensmittel in Höhe von 33 Milliarden Mark sollten beibehalten werden (S. 218). Schon vorher war ein geheim gehaltenes Papier bekannt geworden, welches besagte, dass ehemalige Angestellte in Ministerien und im Staatsapparat bei der Umsetzung in neue Positionen ein Überbrückungsgeld erhalten sollen. Drei Jahre lang sollten sie Anspruch auf ihren früheren Durchschnittslohn haben (S. 151).

Auf der anderen Seite beklagte der anerkannte DDR-Wirtschaftsexperte Jürgen Kuczynski schon im Februar 1990, dass Betriebe verstärkt Mitarbeiter*innen ohne Begründung fristlos entlassen, um Gewinne zu vermehren. Da es keine Gewerkschaften gab, gebe es „unverschämte, ungesetzliche Entlassungen, wie sie selbst in den führenden kapitalistischen Ländern (...) nicht mehr erlaubt sind" (S. 237). Auch Almuth Berger - die erste Ausländerbeauftragte der DDR - kritisierte, dass insbesondere ausländische Beschäftigte entlassen wurden, da „ihre Arbeit nicht effektiv genug erschien" (S. 261f.). Gleichzeitig wurden Mieterhöhungen angekündigt, da die bisherigen Preise von 0,35 bis 1,80 Mark pro Quadratmeter nicht mehr zu halten seien (S. 161). Ab dem 15. Januar 1990 wurden auch die Subventionen für Kinderbekleidung gestrichen, so dass diese teilweise um das Doppelte oder gar Dreifache teurer wurden. Tausende Eltern stürmten aus diesem Grund kurz vor der Preiserhöhung die Kaufhäuser und stellten sich stundenlang an, um überhaupt in die Kinderabteilungen zu gelangen (S. 175). Aus dieser - bei Weitem nicht vollständigen - Aufzählung der Probleme und Schwierigkeiten dieser Zeit, werden mehrere Fakten deutlich:

- Die DDR hatte nicht nur Nachteile durch die Zahlung der Reparation an die Sowjetunion und die abgelehnte Aufbauhilfe aus dem Marshall-Plan, sondern sie hat seit Beginn ihres Bestehens „über ihre Verhältnisse" gelebt. Sie hat zu jeder Zeit ihres Bestehens viel mehr Geld ausgegeben als erwirtschaftet! Die Subventionen für Mieten, Lebensmittel, Kinderbekleidung, Kultur usw. waren für ihre Bürger*innen willkommen und angenehm, aber das Geld dafür war nicht „verdient", sondern von den künftigen Generationen „geliehen". Die sogenannten „sozialpolitischen Maßnahmen" der DDR-Regierungen trieben das Land in eine immer schneller wachsende Verschuldung, die sie aus eigener Kraft nicht mehr begleichen konnte und die irgendwann zum wirtschaftlichen Zusammenbruch führen musste.
- Die Infrastruktur (Straßen-, Eisenbahn-, Strom- und Telefonnetz) war durch die überwiegend auf Subventionierung von „Gütern des täglichen Bedarfs" ausgelegte Wirtschaftspolitik so verfallen, dass es nicht mehr möglich gewesen wäre, darauf eine effiziente, für eine Marktwirtschaft notwendige konkurrenzfähige Industrie aufzubauen. Der während der Demonstrationen im Herbst 1989 immer wieder auf Plakaten lesbare Spruch „Ruinen schaffen ohne Waffen" spiegelte wider, was viele DDR-Bürger*innen spätestens nach dem Fall der Grenze erkannten.
- Die nach dem Fall der innerdeutschen Grenzen immer noch regierende SED-PDS versuchte einerseits - trotz Kenntnis der immensen Verschuldung - durch teure Maßnahmen (Lohnerhöhungen, fortlaufende Subventionierung der Lebensmittel, langjährige Garantien für ehemalige Staatsbedienstete) die angespannte Lage zu beruhigen und sich damit einen Vorteil bei den bevorstehenden Volkskammer-Wahlen zu verschaffen, sah sich andererseits bereits gezwungen, viele Subventionen abzubauen. Schon im Oktober 1989 (Schürer-Papier) wurde deutlich, dass viele Subventionen und Arbeitsplätze wegfallen würden, was zu einer deutlichen Senkung des Lebensstandards, aber auch zu Massenarbeitslosigkeit in der DDR geführt hätte. Insbesondere eine Umschuldung über den IWF hätte dramatische Folgen für das Leben der Menschen in der DDR bedeutet.
- Die DDR-Bürger*innen hätten zwar nach dem Fall der Grenzen in die ganze Welt reisen können, da sie jedoch (fast) keine Devisen erwerben konnten, hätten ihnen die offenen Grenzen und die gewonnene Freiheit nicht viel genützt. Sie hätten sich im In- und im Ausland weiterhin als „Deutsche zweiter Klasse" gefühlt.

Damit wird deutlich: Schon **bevor** die Währungsunion beschlossen wurde, westdeutsche Politiker*innen Einfluss auf politische Entscheidungen im Osten Deutschlands nehmen konnten und es die Treuhandanstalt (THA) gab, war absehbar, dass sich für die DDR-Bürger*innen das Leben dramatisch verändern und dass (fast) nichts von der DDR übrigbleiben wird, die ihre Bürger*innen in den letzten Jahrzehnten erlebt hatten. Sie werden einerseits in die ganze Welt reisen, an freien Wahlen teilnehmen, ohne Angst vor Verfolgung ihre Meinung sagen können, andererseits jedoch mit Konkurrenz auf dem Arbeitsmarkt, mit Arbeitslosigkeit und mit deutlich höheren Preisen aufgrund wegfallender Subventionen leben müssen. Diese Veränderungen des Lebens der Ostdeutschen wären unabhängig vom Ausgang der Volkskammerwahlen am 18. März 1990 auf die Menschen zugekommen. Ohne die schnelle Vereinigung und den immensen Finanztransfer aus dem Westen Deutschlands wären die Einschnitte wahrscheinlich viel dramatischer ausgefallen und hätten wohl zu chaotischen Verhältnissen in der DDR geführt.

Hat die Treuhand die ostdeutsche Wirtschaft zerstört?

In dieser Zeit haben zwei Ereignisse die politische Zukunft der damals noch bestehenden DDR für immer verändert, die nach meiner Überzeugung zu selten im Zusammenhang betrachtet werden: Am 1. März 1990 wurde die Treuhandanstalt gegründet - nicht von der Bundesregierung, sondern vom Ministerrat der DDR. Und am 18. März fanden die Volkskammerwahlen in der DDR statt, die mit dem Sieg der „Allianz für Deutschland" endeten.

Für viele Ostdeutsche ist gerade die Treuhandanstalt Sinnbild für das „Unrecht", welches „die Westdeutschen" nach der Vereinigung an „den Ostdeutschen" begangen haben sollen. Sie ist nach Überzeugung der Mehrheit der Ostdeutschen schuld an der Schließung vieler Betriebe und der daraus resultierenden Arbeitslosigkeit. Immerhin 77% der Ostdeutschen vertreten die Meinung, dass die Treuhand zu wenig für die Erhaltung der Arbeitsplätze in Ostdeutschland getan hat, 59% sind überzeugt, dass „Betrug im Spiel war" und für 52% ist durch die Arbeit der Treuhand sogar das Vertrauen in die Politik erschüttert worden (ZDF, 2019b).

Insbesondere Politiker*innen der PDS/DIE LINKE - fast alle waren früher Mitglieder der SED - argumentieren in diese Richtung und sorgen auch 30 Jahre nach der Vereinigung dafür, dass dieses Thema hochaktuell bleibt und in Wahlkämpfen auf allen politischen Ebenen als Argument für die Interessenvertretung „der Ostdeutschen" eingesetzt wird. So behauptete Dietmar Bartsch, Fraktionschef der LINKEN im Bundestag: „Die Treuhand hat in großem Umfang deindustrialisiert und hat damit bis heute den Osten zurückgeworfen. (...) 85 Prozent sind an westdeutsche Investoren gegangen und die restlichen 15 sind nicht bei den Ossis geblieben, sondern gingen an ausländische Investoren" (Adler, 2019a)[102]. Auch Christa Luft - Wirtschaftsministerin

[102] Der Journalist Norbert F. Pötzl weist darauf hin, dass diese Angaben nicht stimmen! Demnach handelt es sich bei den von Bartsch (und auch Köpping) vorgebrachten 85% lediglich um den Kaufpreis, zu dem die Firmen an Investoren gingen. Die große Mehrheit der Geschäfte, Gaststätten, Hotels, Apotheken, Kinos usw. sind - ebenso wie kleine und mittlere Firmen - fast ausschließlich an Ostdeutsche gegangen (Adler, 2019a).

der DDR in der Modrow-Regierung - vertritt die Auffassung, dass durch die Treuhand die „größte Vernichtung von Produktivvermögen in Friedenszeiten" stattgefunden hat (ZDF, 2019b). Offensichtlich hat sie die Zerstörung des Produktivvermögens durch die Sowjetunion im Rahmen der Reparation vergessen oder zumindest ignoriert. Gregor Gysi mobilisierte Tausende Ostdeutsche für Demonstrationen und Protestveranstaltungen gegen den „Ausverkauf der DDR-Wirtschaft" (mdr, 2020a).

Petra Köpping - sie ist SPD-Mitglied, war aber ebenfalls bis 1989 Mitglied der SED - beschreibt in ihrem Buch zahlreiche Beispiele dafür, wie die Treuhandanstalt „rentable" DDR-Betriebe geschlossen und/oder an westdeutsche „Glücksritter" regelrecht verschenkt haben soll (Köpping, 2018, S. 30ff.).

Zweifellos war die Treuhandanstalt das ausführende Organ bei der Schließung vieler Betriebe, bei der Entlassung von Beschäftigten und beim Verkauf an Interessenten, die häufig aus dem Westen kamen. Es ist auch unbestritten, dass es kriminelle Machenschaften, Vetternwirtschaft, Bestechung, Betrug und Fehlentscheidungen gegeben hat. Richtig ist auch, dass aufgrund der Entscheidungen, die von der Treuhand getroffen wurden, viele Menschen in Ostdeutschland nicht nur ihren Arbeitsplatz verloren haben, sondern häufig nie wieder in ihrem erlernten oder studierten Beruf arbeiten konnten. Viele mussten sich komplett umorientieren, neue Berufe erlernen, ihre Heimatregion auf der Suche nach Arbeit verlassen, viel früher als geplant in Rente gehen - und viele haben tatsächlich nie wieder eine Arbeit gefunden! All das sind Fakten, die unbestritten sind, die auch ich im Freundeskreis, in der Familie und auch persönlich erfahren habe.

Aber ist das tatsächlich die Schuld der Treuhandanstalt? Und sind wirklich „die Westdeutschen" dafür verantwortlich, dass so viele ehemalige DDR-Bürger*innen ihre langjährigen Tätigkeiten verloren haben, dass sie mit der bis dahin unbekannten Arbeitslosigkeit konfrontiert wurden, und dass erworbene Qualifikationen auf dem Arbeitsmarkt nicht mehr gefragt waren?

Die ursprüngliche Idee einer „Treuhandanstalt" stammte von ostdeutschen Bürgerrechtler*innen, die damit die DDR vor dem Ausverkauf retten wollten. Wolfgang Ullmann von der Bürgerrechtsbewegung „Demokratie jetzt" hat diesen Vorschlag im Februar 1990 am Runden Tisch eingebracht. Schon zwei Wochen später hat die PDS-geführte DDR-Regierung unter Hans Modrow einen Gesetzentwurf vorgelegt, in dem jedoch der entscheidende Passus der Bürgerrechtler*innen fehlte. Von einer Verteilung des Eigentums an das Volk der DDR war nicht mehr die Rede. Zu kompliziert erschien der Regierung offensichtlich dieser Vorschlag angesichts der bevorstehenden Volkskammerwahlen (mdr, 2020a).

Ziel der DDR-Regierung unter Modrow war es, das Volkseigentum zu wahren und im Interesse der Allgemeinheit zu verwalten. Die Haupttätigkeit der Treuhand sollte zunächst darin bestehen, die großen Kombinate zu entflechten und die daraus entstehenden Nachfolgeunternehmen in Kapitalgesellschaften umzuwandeln, was jedoch bis zur Währungsunion am 1.7.1990 nur zu einem kleinen Teil abgeschlossen war, u.a. auch deshalb, weil die Treuhand gerade einmal mit 143 Planstellen besetzt war - fast ausschließlich Personen, die in der DDR in Ministerien gearbeitet hatten (Grosser, kein Datum).

Der Ausgang der Volkskammerwahlen am 18. März 1990 änderte die Rahmenbedingungen für die im Aufbau befindliche Treuhandanstalt grundsätzlich, denn nun war klar, dass die Einführung der D-Mark schnell kommen würde, und dass viele DDR-Betriebe auf dem Weltmarkt nicht konkurrenzfähig sein werden. Verstärkt wurde die prekäre Situation der DDR-Betriebe durch die Forderung der DDR-Bürger*innen, Löhne und Gehälter zum Kurs von 1:1 umzutauschen. Insbesondere die PDS machte sich für diese Forderung stark, obwohl die damalige Wirtschaftsministerin Christa Luft später behauptete, dass ihr und vielen anderen klar war, dass sich damit das gesamte System ändern wird, also viele Betriebe nicht konkurrenzfähig sein werden (Kleinschmid, 2010).

Unter der Leitung der demokratisch legitimierten Regierung von Lothar de Maizière begann die Treuhand nun, viele kleine Betriebe an die von der SED enteigneten Besitzer*innen zurückzugeben. Am 17. Juni 1990 beschloss die **Volkskammer der DDR** das in enger Zusammenarbeit mit der Bundesregierung beschlossene Treuhandgesetz, in dem u.a. bestimmt wurde, dass volkseigenes Vermögen zu privatisieren ist und nach den Prinzipien der sozialen Marktwirtschaft verwertet werden soll. Erst mit der Vereinigung Deutschlands am 3. Oktober 1990 wechselte die Fach- und Rechtsaufsicht vom Ministerpräsidenten der DDR zum Finanzminister der Bundesrepublik. Zu diesem Zeitpunkt war die THA kaum noch arbeitsfähig, weil Personal- und Sachmittel nur völlig unzureichend zur Verfügung standen. Erst nach der Vereinigung konnten die „alten Seilschaften" der SED zurückgedrängt und ein zügiger Aufbau der Treuhandanstalt vorangetrieben werden, so dass Ende 1993 ca. 4600 Mitarbeiter*innen für die Treuhandanstalt arbeiteten (Grosser, kein Datum). Rund zwei Drittel der Treuhand-Mitarbeiter*innen, aber nur 8,2% der Führungskräfte waren Ostdeutsche, die Westdeutschen gaben also die Richtung und den Ton an (Frese, 2018).

Offensichtlich ist es der Umstand, dass erst nach der Vereinigung Deutschlands die Treuhandanstalt personell und finanziell von der Bundesregierung so ausgestattet wurde, dass sie wirklich arbeitsfähig war, und dass dann, als überwiegend westdeutsche Wirtschaftsleute in die Führungspositionen kamen, viele ostdeutsche Unternehmen geschlossen und damit viele Menschen in die Arbeitslosigkeit entlassen wurden, dass bei vielen Ostdeutschen - und auch bei vielen Westdeutschen - der Eindruck entstanden ist, dass „die Westdeutschen" die Betriebe im Osten geschlossen und damit so viele Menschen in die Arbeitslosigkeit geschickt haben. Aber ist das wirklich so? Was wären die Alternativen gewesen?

Aus heutiger Sicht mögen viele der damaligen Entscheidungen als „falsch" eingeschätzt werden. Die Zeit des politischen Umbruchs war jedoch keine „normale", sondern eine absolut chaotische Zeit, in der sich fast täglich die politischen und wirtschaftlichen Rahmenbedingungen änderten. Neben den Tatsachen, dass es die DDR-Bürger*innen waren, welche die schnelle D-Mark zum Kurs von 1:1 wollten, und dass es die DDR-Volkskammer war, welche die Treuhandanstalt ins Leben rief, waren es auch die DDR-Bürger*innen, die in dieser Zeit keine ehemaligen SED-Funktionäre in führenden Positionen haben wollten. Diese wurden - überwiegend zu Recht - für die katastrophale Wirtschaftslage verantwortlich gemacht, ihnen wollte (fast) niemand die wirtschaftliche Zukunft des Landes anvertrauen. Den weiterhin bestehenden Netzwerken aus ehemaligen SED-Mitgliedern und Stasi-Mitarbeiter*innen traute damals - in der Zeit der Euphorie, in der nach dem Kulturschockmodell die eigene Herkunftskultur abgewertet, die Werte der neuen Kultur jedoch idealisiert werden -

(fast) niemand einen ehrlichen Neuanfang zu. Westdeutsche Wirtschaftsleute, die Erfahrungen in einer der stärksten Volkswirtschaften der Welt gesammelt hatten, erschienen in der Zeit des politischen Umbruchs für fast alle Ostdeutschen als ideale Besetzung, um die Wirtschaft Ostdeutschlands für den Weltmarkt konkurrenzfähig zu machen. Dass die überwiegend westdeutschen Wirtschaftsexpert*innen harte Entscheidungen treffen mussten, um die ostdeutsche Wirtschaft auf dem Weltmarkt konkurrenzfähig zu machen - was sich ja die Mehrheit der Ostdeutschen wünschte und erwartete - haben viele frühere DDR-Bürger*innen im Gefühl der Euphorie offensichtlich verdrängt.

Neben der personellen Zusammensetzung der Treuhandanstalt stelle ich immer wieder die Frage nach der Ursache für die Einsetzung der Institution Treuhand: Angenommen, es gäbe heute eine Vereinigung Österreichs, Dänemarks oder der Niederlande mit Deutschland. Bräuchte es dann eine Treuhandanstalt? Müssten deutsche Wirtschaftsexpert*innen in diese Länder gehen, um die Bilanzen der Firmen zu sichten? Würden mit der Vereinigung die Handelsverträge mit den anderen Ländern aufgelöst werden und würden die Österreicher*innen, Dän*innen und Niederländer*innen plötzlich fast ausschließlich deutsche Waren kaufen und die Produkte aus der eigenen Produktion ignorieren? Würden Millionen Bürger*innen dieser Länder - viele von ihnen jung und gut ausgebildet - ihre Heimat verlassen, um in Deutschland eine Arbeit zu finden?

Ganz sicher nicht! Und warum nicht? Weil die Unternehmen in diesen Ländern den deutschen Unternehmen ebenbürtig sind! Weil sie nicht fürchten müssten, auf dem Weltmarkt nicht konkurrenzfähig zu sein und innerhalb kürzester Zeit hohe Defizite einzufahren, was irgendwann die Insolvenz zur Folge hätte. Weil diese Länder bereits über eine konvertierbare Währung verfügen und somit Handel auf dem Weltmarkt betreiben könnten, ohne dass die Waren durch Zölle geschützt werden müssten. Und weil die Bürger*innen dieser Länder Vertrauen in die Qualität der eigenen Produkte haben und diese weiterhin kaufen und somit das Weiterleben ihre eigenen Betriebe sichern würden.

Genau das war 1990 in der DDR nicht der Fall! Die DDR-Betriebe hätten in der Marktwirtschaft ohne staatliche Subventionen keine Chance gehabt, gegen Firmen aus der Bundesrepublik und den anderen westlichen Ländern zu bestehen. Nicht etwa, weil die DDR-Bürger*innen fauler waren als die Berufstätigen in der Bundesrepublik und den anderen Ländern - im Gegenteil: Sie hatten mit 43,75 Stunden eine deutlich längere Wochenarbeitszeit, sie hatten ungefähr ein Drittel weniger Urlaub und sie hatten weniger Feiertage als Arbeitnehmer*innen in der Bundesrepublik. Außerdem waren viele Tätigkeiten mit körperlicher Anstrengung verbunden und viele Arbeitserleichterungen - die es im kapitalistischen Westen längst gab - waren aufgrund des technischen Rückstands der DDR-Wirtschaft nicht oder nur in sehr begrenztem Umfang vorhanden.

Die Hauptverantwortung für die fehlende Konkurrenzfähigkeit der DDR-Betriebe trug die damals alles entscheidende SED! Sie allein hat entschieden, die Hilfen durch den Marshall-Plan abzulehnen und sie hat - wie bereits beschrieben - durch ihre Wirtschaftspolitik die Betriebe in der DDR verschleißen lassen und das ganze Land an den Rand der Zahlungsunfähigkeit gebracht. Und sie hat über all die Jahre gewusst, dass diese Wirtschaftspolitik in den Konkurs führt, hat aber aus ideologischen Gründen nichts an ihrem Kurs geändert. Deshalb muss man die verfehlte Wirtschaftspolitik der SED zumindest als „grob fahrlässig", wenn nicht gar als „vorsätzlich" einstufen!

Ausgerechnet Politiker*innen der SED-Nachfolgeparteien PDS/DIE LINKEN sind es nun, die besonders laut die „Verbrechen"[103] der Treuhand anprangern und denen es nach der Vereinigung recht schnell gelungen ist, vom eigenen Versagen abzulenken und einem externen „Sündenbock" - der Treuhand - die Schuld zuzuschieben. Vergleichbar ist das mit einem Menschen, der sein Leben lang starker Raucher war - auch wusste, dass Rauchen gesundheitsschädlich ist - später aber den Ärzten und Ärztinnen die Schuld dafür gibt, dass diese ihm zwar das Leben gerettet haben, ihm aber möglicherweise durch Amputation eines Beines oder durch Chemotherapie aufgrund einer Krebsdiagnose schwere Schmerzen und Beeinträchtigungen für den Rest des Lebens zugefügt haben.

Nur der SED die Schuld zu geben wäre jedoch auch nicht gerecht, denn die große Mehrheit der DDR-Bürger*innen war am Niedergang der eigenen Wirtschaft - schon in der DDR, aber auch nach dem Fall der Mauer und auch nach der Vereinigung Deutschlands - selbst beteiligt. Schon während des 40-jährigen Bestehens der DDR haben die Bürger*innen erkennen können - ja müssen - dass die Versorgungslage immer schlechter wurde, dass die Betriebe immer mehr verschlissen, dass viele Maschinen und Anlagen häufig und lange stillstanden, dass es durch die Dächer der Werkhallen und Wohngebäude regnete, giftige Dämpfe und Abwässer ebenso wie Unmengen an Energie durch schlechte oder nicht vorhandene Isolierungen in die Umgebung entwichen. Aber wirklich gestört hat es nur wenige! Und wer sich in der DDR für Umweltschutz engagierte, wurde kriminalisiert oder als „grüner Spinner" bezeichnet - nicht nur von der SED! Die meisten DDR-Bürger*innen hatten sich mit den Bedingungen abgefunden, haben die staatlichen Subventionen für Mieten, Lebensmittel, Kinderbetreuung, Energie, Kultur usw. „mitgenommen" und sich nicht gefragt, wie das alles bezahlt werden soll, ob diese Politik nicht langfristig die Umwelt, die Gesundheit der Menschen und letztendlich auch die Zukunft der eigenen Kinder im Land ruiniert. Bei den alle paar Jahre stattfindenden „Wahlen" gingen fast alle DDR-Bürger*innen bereits am Vormittag - viele in festlicher Kleidung - zu den Wahllokalen, falteten den Stimmzettel, ohne ihn wirklich zu lesen, warfen ihn in die Urne und gaben der Politik der SED somit ihre Zustimmung. Selbst bei der letzten Kommunalwahl am 7. Mai 1989, als der bevorstehende Zusammenbruch der DDR regelrecht spürbar war, muss davon ausgegangen werden, dass mehr als 90% der DDR-Bürger*innen den Kandidat*innen der „Nationalen Front" ihre Stimme gaben. Dass eine „Zustimmung" von mehr als 90% der SED wie eine Niederlage vorkam und sie sich genötigt sah, das Wahlergebnis zu fälschen, verdeutlicht die Absurdität von derartigen „Wahlen" in diktatorischen Systemen.

Aber auch das Ergebnis der ersten freien Wahlen am 18. März 1990 macht deutlich, dass die Mehrheit der DDR-Bürger*innen so schnell wie möglich die D-Mark wollte, offensichtlich ohne sich darüber Gedanken zu machen, was das für die Produkte bedeutet, die sie produzieren, was das mit den Betrieben macht, in denen sie arbeiten und was mit ihren Arbeitsplätzen passiert, wenn die Produkte, die sie produzieren, niemand mehr kauft.

---

[103] Katja Kipping (DIE LINKE)

Wie bereits im Prolog beschrieben, gab es viele Prominente und Expert*innen aus Ost- und Westdeutschland, die vor den Folgen einer schnellen Währungsunion für die DDR-Wirtschaft warnten - vergebens! Die Mehrheit der DDR-Bürger*innen wählten die D-Mark und besiegelten damit selbst den endgültigen „Tod“ ihrer eigenen Betriebe. Als die DDR-Bürger*innen im Juli 1990 die D-Mark in den Händen hielten, schlugen sie den nächsten Nagel in den „Sarg“ ihrer eigenen Arbeit: Da sie fast ausschließlich die lang ersehnten, schön bunten und aus der Werbung bekannten Westprodukte kauften, blieben ihre selbst produzierten Waren in den Regalen und Lagern liegen. Ohne etwas zu verkaufen, konnten die Betriebe aber nicht überleben. Die DDR-Bürger*innen beraubten sich somit selbst ihrer eigenen Arbeit und Lebensgrundlage.

Detlev Scheunert - der einzige ostdeutsche Direktor bei der Treuhandanstalt und ehemalige Referent des DDR-Wirtschaftsministers Hans-Joachim Lauck - verstand seine eigenen Landsleute nicht mehr und hielt ihnen entgegen: „Ihr fordert die D-Mark, ihr wollt Westprodukte, ihr wollt nicht einmal mehr eure eigenen Produkte kaufen, aber eure Arbeitsplätze wollt ihr garantiert haben. Das war schizophren. Sie wollten ein Westauto fahren, keiner wollte mehr einen Trabant fahren, alles nachvollziehbar. Aber dass sie damit ihre eigenen Arbeitsplätze wegrationalisiert haben, haben die meisten ausgeblendet. Oder wenn man es begriffen hat, hat man nicht darüber geredet“ (Adler, 2019b).

Richard Schröder - Professor an der Humboldt-Universität Berlin und Fraktionsvorsitzender der SPD in der frei gewählten Volkskammer von 1990 - listet eine Reihe von Argumenten auf, die berücksichtigt werden sollten, wenn rückblickend über die Arbeit der Treuhandanstalt geurteilt wird.

So gab es nach seiner Überzeugung zwar viele Lehrbücher, die den Übergang vom Kapitalismus zum Sozialismus beschreiben, aber der umgekehrte Weg, der Übergang vom Sozialismus zum Kapitalismus, war „weltgeschichtliches Neuland“ und traf die Treuhand somit völlig unvorbereitet. Er verweist auf Erkenntnisse der Treuhand, dass lediglich 2% der DDR-Betriebe sofort in der Lage gewesen wären, rentabel zu arbeiten und dass 21% „unsanierbar“ waren[104]. Auch der „Rat für gegenseitige Wirtschaftshilfe“ (RGW) - das Handelssystems der sozialistischen Länder - löste sich Ende 1990 auf. Die ehemaligen sozialistischen Handelspartner der DDR-Betriebe standen ebenfalls vor der Zahlungsunfähigkeit, denn mit dem Ende des RGW wurde auch der Transferrubel - die Währung innerhalb des sozialistischen Wirtschaftssystems - abgeschafft. Die ehemals sozialistischen Länder mussten ihre Importe nun auch in Devisen bezahlen und kauften folglich - wie die DDR-Bürger*innen - die viel attraktiveren Produkte westlicher Herkunft. Damit brachen fast alle Handelsbeziehungen der DDR-Betriebe - die ja überwiegend zu den sozialistischen Ländern bestanden - kurzfristig zusammen. Die vollen Auftragsbücher nutzten den Betrieben nichts mehr, denn wenn eine Firma keine Kunden hat oder nur welche, die nicht bezahlen können, kann sie nichts mehr produzieren - außer für die Halde (Schröder, 2018)!

Wie dramatisch die Situation für viele DDR-Betriebe tatsächlich war, beschreibt

---

[104] Selbst die Modrow-Regierung hatte Anfang 1990 eingeschätzt, dass lediglich 40% der DDR-Betriebe rentabel arbeiten (Grosser, kein Datum). Zu diesem Zeitpunkt war jedoch die schnelle Einführung der D-Mark und die daraus resultierenden Folgen für die Betriebe noch nicht absehbar.

Schröder, der heute als Vorsitzender des wissenschaftlichen Beirats die Erforschung der Treuhand beim Institut für Zeitgeschichte in München begleitet. Demnach haben Carl Zeiss Jena und die Fluggesellschaft Interflug **täglich** ein Defizit von einer Million DM eingefahren, das Kamerawerk Pentacon in Dresden täglich eine halbe Million. Der „Wartburg" mit VW-Polo-Motor kostete in der DDR 33.000 Mark, nach der Währungsunion noch 10.000 DM. Die Produktionskosten beliefen sich jedoch auf 17.000 DM pro Stück, so dass sich bis zur Schließung des Werkes in Eisenach ein Defizit von 101 Millionen DM anhäufte (ebd.).

Und wer hat diese Defizite bezahlt? Die westdeutschen Steuerzahler*innen[105]! Viele Milliarden D-Mark[106], die über die Finanzierung der Treuhandanstalt in die Subventionierung der hoch defizitären DDR-Betriebe flossen, standen somit den Menschen in Westdeutschland - also denen, die Ostdeutsche angeblich wie „Menschen zweiter Klasse" behandeln - für Straßenbau, Umweltschutz, soziale Projekte oder Kultur in ihren Heimatregionen nicht mehr zur Verfügung! Und obwohl „die Westdeutschen" über freie Wahlen die Möglichkeit gehabt hätten, ihre Regierung für diesen Finanztransfer abzustrafen, haben sie genau das nicht getan! Sowohl 1990 als auch 1994 ist die Regierung unter Helmut Kohl auch von den westdeutschen Wähler*innen mit Mehrheit gewählt worden. Das bedeutet, dass sich „die Westdeutschen" mehrheitlich damit einverstanden erklärt haben, dass die von ihnen erarbeiteten Steuern zu einem beträchtlichen Teil nach Ostdeutschland transferiert werden, um dort den durch die verfehlte Wirtschaftspolitik der SED entstandenen Schaden abzumildern! Mit ihrer Wahlentscheidung trugen sie auch die inzwischen von der Bundesregierung vollzogenen Steuererhöhungen zur Finanzierung des wirtschaftlichen Aufbaus in Ostdeutschland mit, obwohl die Regierung ja versprochen hatte, die Einheit Deutschlands ohne Steuererhöhungen finanzieren zu können.

Schröder setzt sich in mehreren Artikeln mit dem Buch von Petra Köpping auseinander und widerlegt ihre Argumente an zahlreichen Stellen. In ihrem Buch unterstellt Köpping der Treuhand und der Bundesregierung unter anderem: „Eine Gefährdung westdeutscher Arbeitsplätze durch vielleicht sogar staatlich geförderte Unternehmen im Osten? Das Szenario hatte keine Chance" (Köpping, 2018, S. 28). Was würden wohl die sächsischen Wähler*innen sagen, wenn Köpping vorschlagen würde, sächsische Steuermittel nach Bayern zu überweisen, damit dort das Kitaangebot auf sächsisches Niveau angehoben wird? Dabei wäre dieser Betrag verschwindend gering im Vergleich zu der Summe, die aufgebracht wurde, um unrentable DDR-Betriebe und ostdeutsche Arbeitsplätze zu retten.

Schröder meint, dass diese Idee zum Glück keine Chance hatte, denn nach seiner Überzeugung wäre ein Programm „Aufbau Ost als Abbau West" eine „Vorlage für den Bürgerkrieg" gewesen! Die Bundesregierung musste zu jeder Zeit auf dem schmalen

---

[105] Zwar haben die Ostdeutschen zu diesem Zeitpunkt auch schon Steuern bezahlt, aber aufgrund der niedrigen Einkommen und der kaum noch funktionierenden Wirtschaft, war das Steueraufkommen in den neuen Ländern extrem niedrig.

[106] Die Gesamtverschuldung der THA wird auf 260-270 Mrd. DM geschätzt (Grosser, kein Datum).

Grat wandeln, einerseits eine „vernünftige Einigungspolitik zum Wohle der Ostdeutschen“ zu machen und „gleichwohl darauf achten, dass die Solidarität der Westdeutschen nicht überstrapaziert wird“ (Schröder, 2018).

Dabei übersieht selbst Schröder, dass genau diese staatliche Förderung von ostdeutschen Unternehmen dazu führte, dass diese tatsächlich zur Konkurrenz für westdeutsche Unternehmen und Arbeitsplätze wurden. Hätte die westdeutsche Wirtschaft oder die westdeutsche Bevölkerung ein Opel-Werk in Eisenach oder ein VW-Werk in Zwickau benötigt? Oder ein hochsubventioniertes Leuna-Werk in Bitterfeld? Hätte im Westen Deutschlands irgendjemand Rotkäppchen-Sekt, Radeberger Bier oder Halloren-Kugeln vermisst? VW und Opel hätten an ihren bestehenden Standorten kurzfristig die Kapazitäten ausbauen können, um den ostdeutschen Markt zu befriedigen. Auch BASF, Hoechst oder andere Chemieunternehmen wären sicherlich in der Lage gewesen, den Bedarf abzudecken, der jetzt in Leuna produziert wird. Sekt, Bier sowie Schokolade und Pralinen gab es im Westen auch vor dem Mauerfall im Überfluss. Trotzdem hat ein westdeutscher Unternehmer Geld in das Halloren-Werk in Halle investiert und somit Arbeitsplätze im Osten und gleichzeitig einen Konkurrenten zu westdeutschen Süßwarenherstellern geschaffen. Wenn diese und andere ostdeutschen Marken vom Markt verschwunden wären, hätte das die Mehrheit der Westdeutschen nicht gemerkt und die meisten Ostdeutschen heute längst vergessen. Denn wem fehlt selbst im Osten heute Pentacon, Interflug, Robotron, ORWO oder Barkas? Mit (fast ausschließlich) westdeutschen Steuergeldern bzw. durch westdeutsche Investoren wurden Betriebe im Osten modernisiert, konkurrenzfähig gemacht und haben heute im vereinten Deutschland einen guten Ruf, häufig einen gar nicht so geringen Marktanteil und stellen damit natürlich für traditionell westdeutsche Unternehmen eine Konkurrenz dar. Die Sektkellerei Rotkäppchen im sachsen-anhaltinischen Freyburg hatte 2014 in Deutschland einen Marktanteil von über 30%, ist der mit Abstand größte Sektproduzent Deutschlands und hat 2002 den westdeutschen Konkurrenten Mumm übernommen. 2014 wurden 250 Millionen Flaschen verkauft, in der Zeit des politischen Umbruchs waren es gerade einmal sieben Millionen (Röhl, 2015a).

Und (fast) niemand im Westen stört sich daran - das ist eben Marktwirtschaft! Fast alle Westdeutschen freuen sich mit den und für die Ostdeutschen, dass es heute nur noch wenige Arbeitslose gibt, viel weniger Menschen den Osten Deutschlands in Richtung Westen verlassen und die ostdeutsche Wirtschaft heute viel besser dasteht als die Wirtschaft in den ehemals sozialistischen Ländern, mit denen sich die Ostdeutschen eigentlich vergleichen müssten, weil sie 1990 in etwa auf dem gleichen Niveau gestartet sind. Viele dieser Firmen hätten ohne die Treuhandanstalt - die potenzielle Käufer und Investoren gesucht, häufig die Schulden der Firmen übernommen und ihnen Kredite gewährt hat - niemals überlebt!

Der wirtschaftliche Zusammenbruch in Ostdeutschland wäre ohne die Treuhand noch viel dramatischer ausgefallen und viel mehr Arbeitsplätze wären weggebrochen, denn den ostdeutschen Betrieben hätten auch die Beziehungen und Netzwerke im Westen gefehlt, um überhaupt in den Markt zu kommen. Das bedeutet: Die Treuhand hat nicht - wie häufig behauptet - Betriebe „zerstört“ und Arbeitsplätze „vernichtet“, sondern sie hat Betriebe und Arbeitsplätze erhalten und somit Millionen Ostdeutschen Beschäftigung und Einkommen gesichert - und ihnen gleichzeitig ermöglicht, in ihrer Heimat weiterleben zu können!

Norbert F. Pötzl, der sich im 2019 erschienenen Buch „Der Treuhand-Komplex" ebenfalls intensiv mit der Treuhand, aber auch mit dem Buch von Petra Köpping auseinandergesetzt hat, zieht wie Richard Schröder ein deutlich positiveres Fazit der Treuhand als Köpping und die meisten Ostdeutschen. Demnach sind von den ehemals 12.000 volkseigenen Betrieben mehr als 6500 privatisiert und fast 1600 an die von der SED enteigneten Vorbesitzer*innen zurückgegeben worden. Insgesamt 3718 Betriebe wurden liquidiert, also ca. 30%. Das entspricht in etwa dem Anteil der Betriebe, die von den DDR-Regierungen unter Modrow und de Maizière 1990 als „konkursreif" eingestuft wurden. Dass die Treuhand zu Unrecht für die hohe Arbeitslosigkeit in Ostdeutschland verantwortlich gemacht wird, begründet er u.a. auch damit, dass weniger als die Hälfte der Werktätigen in der DDR überhaupt in Treuhandbetrieben beschäftigt waren und dass nach Analysen von Arbeitsmarktforscher*innen ein Viertel aller Beschäftigten auch fünf Jahre nach dem Mauerfall „ununterbrochen im selben Betrieb tätig geblieben" sind. Er stimmt außerdem Richard Schröder zu, der beklagt, dass sich beim Thema Treuhand „Emotionen ohne allzu große Rücksicht auf die Tatsachen austoben können" (Husemann, 2019).

Pötzl und Schröder werfen Köpping genau dies vor, denn sie weisen nach, dass sie in ihrem Buch mit Beispielen argumentiert, die nachweislich nicht der Wahrheit entsprechen. Am Beispiel der Margarethenhütte in Großdubrau beschreibt Köpping ausführlich, dass die „mit modernen Maschinen aus der Schweiz" ausgestattete Fabrik seine Hochleistungsisolatoren auch in den Westen exportierte[107], nun „über Nacht" geschlossen wurde. Die Ingenieure hätten ihr erzählt, „wie nachts die wichtigsten Betriebsunterlagen und Porzellan-Rezepturen sowie die letzten Mitarbeiterlöhne samt Tresor weggeschleppt wurden. Ich kann nur wie die ganze Belegschaft vermuten: Das geschah zugunsten der Konkurrenz" (Köpping, 2018, S. 24ff.). Schröder verweist darauf, dass schon 1992 „Bündnis 90" eine Große Anfrage zur Margarethenhütte an die Bundesregierung gerichtet hat. Demnach hat die Schließung der Margarethenhütte weder etwas mit der Treuhand noch etwas mit Privatisierung oder westlicher Konkurrenz zu tun. Vielmehr wurde im Zuge einer Standortkonzentration im Dezember 1990 „einvernehmlich mit den Arbeitnehmern und im Aufsichtsrat und dem Betriebsrat der Margarethenhütte der Stilllegungsbeschluss gefasst", der dann im Mai 1991 - also nicht „über Nacht" - vollzogen wurde. Das Werk wurde als „Tridelta AG" 1992 - nachdem es monatliche Defizite von 5-10 Millionen Mark erwirtschaftet hatte, die von der Treuhand übernommen wurden - von „Jenoptik" übernommen, wo es sich wirtschaftlich erholte und bis heute produziert (Schröder, 2018).

Selbst als Köpping mit ihrer Falschdarstellung konfrontiert wurde, war sie nicht bereit einzugestehen, dass sie nicht gut recherchiert, sondern sich auf Hörensagen verlassen hatte. Sie behauptet nun, dass sowohl Richard Schröder als auch sie Recht habe, denn während „Herr Schröder das Ganze wirtschaftlich, ökonomisch betrachtet", beurteile sie es „von der menschlichen Seite" (Adler, 2019b). Aus Sicht der ehemaligen Integrations- und Gleichstellungsministerin und jetzigen Sozialministerin Sachsens ist

[107] die üblichen Konditionen für Westexporte habe ich bereits beschrieben

es also „menschlich“, wenn (westdeutschen) Menschen kriminelle Machenschaften angedichtet werden, weil es ins eigene Weltbild und in ein auf Vorurteile abzielendes Argumentationsmuster passt?! Und dass sie einen Zusammenhang zwischen dem Wahlergebnis bei der Bundestagswahl 2017 in Großdubrau konstruiert - bei der die AfD 42,4% der Stimmen erzielte - ist mehr als ein viertel Jahrhundert nach dem „Betrug von westdeutschen Kapitalisten an ostdeutschen Arbeitern“ (S. 25f.) nach meiner Überzeugung eine nicht nachvollziehbare Argumentation einer Frau, die im Jahr 2019 Bundesvorsitzende der SPD werden wollte!

Immer wieder argumentiert Köpping im Buch nach dem gleichen Muster: (Fast) immer sind „die Westdeutschen“ Schuld und „die Ostdeutschen“ die Opfer. Sie beklagt auch, dass die „westdominierte Politik“ die „Marktbereinigung“ gedeckt hat und auch ausländische Unternehmen vom ostdeutschen Markt ferngehalten hat, um westdeutsche Unternehmen zu schützen (S. 28). Glaubt die Ministerin wirklich, dass für ausländische Investoren auf dem Weltmarkt andere Regeln gelten als für westdeutsche Unternehmen und dass diese mehr unrentable Firmen und Arbeitsplätze hätten retten können als die westdeutschen Investoren? Glaubt sie wirklich, dass französische, niederländische oder amerikanische Unternehmen - also „Kapitalisten“ - „sozialer“ gewesen wären und die Firmen und Arbeitsplätze aus Mitleid mit den Ostdeutschen erhalten hätten? Gibt es nicht genügend Beispiele dafür, dass ausländische Investoren die ostdeutschen Firmen genauso schnell schließen mussten wie die Unternehmen, die von westdeutschen - aber auch von ostdeutschen - Investor*innen übernommen wurden?

Pötzl und Schröder widerlegen ein ums andere Mal die Argumente der Ministerin, von denen viele schon mit etwas Überlegung entkräftet werden können. Beispielsweise, dass westdeutsche Unternehmen konkurrenzfähige Betriebe aufgekauft haben sollen, nur um „den Markt zu bereinigen und sich so einer billigen Konkurrenz zu entledigen“ (Köpping, 2018, S. 23). Welche/r gewinnorientierte Unternehmer*in würde ein profitables Unternehmen schließen, statt so viel Profit wie möglich daraus zu erwirtschaften? Dass westdeutsche - aber auch ausländische und ostdeutsche - Investoren Firmen kauften und wenig später schließen mussten, hatte häufig damit zu tun, dass sie sich mit dem Kauf der Unternehmen Zugang zum osteuropäischen Markt und den Handelspartnern dieser Firmen versprachen. Als diese durch den Zusammenbruch des RGW wegbrachen, brachen auch die erhofften Absatzmärkte weg und die Investoren blieben auf ihren Investitionen sitzen. Auch die weltpolitische und -ökonomische Lage hatte sich in kürzester Zeit grundlegend verändert: Sowohl die ehemaligen sozialistischen Länder Osteuropas als auch die asiatischen Länder traten nun als Konkurrenten auf dem Weltmarkt auf, mit Preisen, die aufgrund des deutlich niedrigeren Lohnniveaus für ostdeutsche Firmen nicht erreichbar waren. Schröder weist darauf hin, dass tatsächlich viel mehr ostdeutsche Betriebe hätten überleben können, wenn die Mitarbeiter*innen bereit gewesen wären, zu Löhnen zu arbeiten, wie sie in Bangladesch üblich sind (Schröder, 2018). Wären die Ostdeutschen dazu bereit gewesen?[108]

Auch die Behauptungen Köppings, wonach der „Osten zum Versuchsfeld neoliberaler Politik“ wurde und „konservative Hardliner aus Bayern und Baden-Württemberg

---

[108] Es wäre im vereinten Deutschland auch rechtlich nicht möglich gewesen, weil die Gehälter zumindest bis auf Sozialhilfeniveau hätten angehoben werden müssen, wiederum zulasten der Steuerzahler*innen.

frohlockten..., endlich ohne Gewerkschaften, gesellschaftliche Beteiligung und ‚Sozialklimbim' ihre nationalliberale Agenda politisch durchsetzen zu können" (S. 20) widerlegt Schröder. Denn Gehaltsfortzahlung ohne Arbeit („Kurzarbeit Null"), Arbeitsbeschaffungsmaßnahmen, Vorruhestandsregelungen usw. wurden in einem Umfang gewährt, wie es das in Westdeutschland noch nie gegeben hatte - und das mit fast ausschließlich westdeutschen Steuergeldern finanziert. Unter marktradikaler, neoliberaler Politik versteht er etwas anderes! Spätestens mit dem Beitritt zur Bundesrepublik - also als tatsächlich „die Westdeutschen" Einfluss auf die Treuhand erhielten - traten alle Mitbestimmungsrechte, die in Westdeutschland, jedoch niemals in der DDR galten, auch im Osten in Kraft. Im Verwaltungsrat der Treuhand saßen deshalb auch Gewerkschaftsvertreter*innen, SPD-Mitglieder, **alle ostdeutschen** Ministerpräsidenten - also viele Menschen, die alles andere als „neoliberal" und „marktradikal" sind - und trugen die Entscheidungen der Treuhand, die zweifellos hart, aber aufgrund der wirtschaftlichen Unterlegenheit der Ostbetriebe in den meisten Fällen unvermeidlich waren, mit (ebd.).

Köpping beklagt auch, dass Ostdeutsche im Gegensatz zu Westdeutschen kein Privatvermögen und kein Erbe hatten, mit dem sie eine Existenzgründung hätten aufbauen können und deshalb keine Kredite von den Banken erhielten, „während manch westdeutscher Glücksritter jede Förderung bekam - und nicht selten in den Sand setzte" (Köpping, 2018, S. 29f.). Warum manche Investoren ihr Geld „in den Sand" setzten, habe ich bereits beschrieben. Dass manche nicht das kaufmännische Vermögen hatten, ist denkbar, sogar wahrscheinlich. Ihnen pauschal Vorsatz zu unterstellen, hat jedoch nichts mit marktwirtschaftlichem Denken gemein, denn sicherlich war Geldverdienen und Profitmachen bei den meisten Investor*innen der Plan, der aus unterschiedlichen Gründen gescheitert sein kann.

Banken drucken jedoch kein Geld, was Köppings Ausführungen vermuten lassen. Sie verleihen das Geld ihrer Kund*innen in Form von Krediten in der Regel an Personen, die eine Sicherheit hinterlegen können. Die Banken tun dies in der Hoffnung, dass von ihren Kund*innen anvertraute Geld mit Zinsen zurückzubekommen. Deshalb kann es sein, dass jemand, der zwar ein „gutes Konzept", aber keine Sicherheit vorlegen kann, kein Geld von der Bank bekommt, andere Interessent*innen, die kein so „gutes Konzept" haben, dafür jedoch garantieren können, dass die Bank das verliehene Geld zurückbekommt, einen Kredit erhalten. Ob ein Konzept „gut" ist, weiß auch eine Bank erst, wenn es sich in der Praxis bewährt hat, deshalb **muss** der Fokus der Bank auf der Sicherheit liegen - im Interesse ihrer Kund*innen! Die allermeisten Menschen würden - wenn sie ehrlich sind - genauso handeln: Das eigene Geld leiht (fast) jede/r nur gern an jemanden, von dem/der man ausgeht, dass er/sie es zurückzahlt. Eine Bank vergibt nicht einmal das eigene, sondern das von Kund*innen geliehene Geld, trägt also eine noch größere Verantwortung!

Dass die Treuhand auch Ostdeutschen, die kein Startkapital aber ein gutes Konzept hatten, eine Chance gab, zeigt das Beispiel der Benndorfer Bahnreparaturwerkstatt MaLoWa. Die Ingenieure Gerhard Keller und Günter Vorwerk der Bahnreparaturwerkstatt des Mansfeld-Kombinates hatten kein Geld, aber Keller hatte gerade ein Einfamilienhaus gebaut, das er als **Sicherheit** einbrachte. Ihre Geschäftsidee, Privat- und Museumsbahnen auch aus dem Westen zu reparieren, weil es dort dafür keine Werkstätten mehr gab, überzeugte die Treuhand, die das Unternehmen förderte und somit 50 der ehemals 100 Arbeitsplätze erhielt (Adler, 2019b).

Dass viele Ostdeutsche kein Startkapital hatten, weil sie kein Vermögen erwirtschaften und nichts erben konnten, stimmt. Und es stimmt auch, dass sie aus diesem Grund gegenüber westdeutschen Interessenten im Nachteil waren und seltener Kredite erhielten. Aber sind wirklich „die Westdeutschen" daran schuld, dass sie, obwohl sie über Jahrzehnte „von den Kapitalisten ausgebeutet" wurden - so haben wir das in der DDR gelernt(!) - sich ein als Sicherheit bei den Banken hinterlegbares Vermögen erwirtschaften konnten, während die DDR-Bürger*innen, denen ja die Betriebe und das „Volksvermögen" angeblich selbst gehörte - auch das haben wir so gelernt - mit leeren Händen zu den Banken kommen mussten? Nein, auch dafür ist allein die SED - also die Partei, der auch Köpping bis 1989 angehörte - verantwortlich! Und jeder/m im Osten gescheiterten westdeutschen Unternehmer*in pauschal zu unterstellen, ein „Glücksritter" zu sein ist genauso richtig oder falsch, wie allen Ostdeutschen zu unterstellen, sie wären rechtsextrem. Dass es tatsächlich westdeutsche „Glücksritter" und Kriminelle gab, bestreitet auch im Westen niemand. Aber - und auch darauf weist Schröder hin - die gibt es überall, auch in Ostdeutschland. Denn auch Ostdeutsche haben sich die Wirren der Umbruchszeit zunutze gemacht, indem sie sich an illegalen Transferrubelgeschäften bereicherten, beim Staats- und Parteivermögen hinlangten oder bei der Umwandlung der LPG´en[109] ihre Mitgenoss*innen über den Tisch zogen (Schröder, 2018).

Die Anwälte Kai Renken und Werner Jenke haben im Auftrag der Bundeszentrale für politische Bildung die Kriminalitätsrate der Treuhandanstalt untersucht und festgestellt, dass diese nicht überdurchschnittlich hoch war. Nach ihren Erkenntnissen wurde die Vereinigungskriminalität von „Glücksrittern" aus beiden Teilen Deutschlands verübt, auch von „altgedienten DDR-Kadern, die im Machtvakuum nach dem Mauerfall ihre Insider-Kenntnisse ausnutzten". Sie verweisen darauf, „dass sich im Verhältnis zu Größe und Komplexität der bis heute einmalig gebliebenen Aufgabenstellung der Treuhandanstalt der Umfang der Treuhandkriminalität in einem überschaubaren Rahmen hält. Angesichts der Krassheit mancher Einzelfälle wird und wurde dies schnell und gerne übersehen" (Adler, 2019b).

Aufgrund ihrer Ausführungen wirft Pötzl der sächsischen Ministerin „Stimmungsmache" analog der Linkspartei und der AfD vor, dass sie wie diese „populistisch nach dem Mund" redet und den Frust der Wähler*innen „auf ihre parteipolitischen Mühlen" umleiten will (Adler, 2019a). Schröder hat den Eindruck, dass bei ihren Ausführungen die PDS/DIE LINKE „grüßen" lässt, die ja im Gleichklang mit der AfD eine „Wahrheitskommission" fordert. Auch er wundert sich, dass eine Ministerin zwar eine Wahrheitskommission verlangt, „die eigene Wahrheitssuche aber nicht einmal bis zur Google-Anfrage forciert" und gibt zu bedenken: „Könnte man ihre leichtfertige Verbreitung von fake news nicht auch Populismus nennen?" (Schröder, 2018).

Wenn man heute die Arbeit der Treuhandanstalt beurteilt, müssen auch die Arbeitsbedingungen berücksichtigt werden, unter denen die Mitarbeiter*innen damals gearbeitet haben. Der Historiker Marcus Böick hat in einer Studie u.a. die Interviews mit Führungskräften ausgewertet, die der Ethnologe Dietmar Rost Anfang der 1990er Jahre

[109] Landwirtschaftliche Produktionsgenossenschaft (LPG)

durchgeführt hat. Unter anderem zitiert er einen Manager mit den Worten: „Sie übernehmen über tausend Unternehmen, ohne eine Unternehmensliste zu haben, ohne zu wissen, wie die Geschäftsführer heißen, ohne die Unternehmen zu kennen, haben keine Mitarbeiter, keine Kommunikation, haben kein richtiges Büro, schlafen in einem miesen Hotel und sollen das alles a) verwalten und b) privatisieren" (Frese, 2018). Für westdeutsche Manager*innen waren 1990 Telefon, Fax, Computer, Kopierer, Firmenwagen und Mitarbeiter*innen, die zuarbeiten und Akten anlegen, eine Selbstverständlichkeit. Als sie bei der Treuhand anfingen, fehlte das alles! Man stelle sich heute einmal vor, man müsste mit der Technik von vor 20 Jahren arbeiten: ohne Internet, ohne Smartphone, ohne Navi und andere Hilfsmittel, die heute als Selbstverständlichkeit wahrgenommen werden. Und dann sollen in kürzester Zeit Entscheidungen getroffen werden, die einerseits Millionen oder gar Milliarden an Steuergeldern kosten, andererseits über die Arbeitsplätze und Schicksale von Tausenden von Menschen entscheiden. Die Führungskräfte kannten sich untereinander nicht und konnten somit die Arbeitsstile und Kompetenzen ihrer Kolleg*innen nicht einschätzen. Und sie kannten auch nicht die überwiegend ostdeutschen Mitarbeiter*innen, wussten somit nicht, wer früher SED-Mitglied oder Stasi-Mitarbeiter*in war. Distanzieren sich diese Menschen von ihrer Vergangenheit oder leben sie diese heimlich weiter? Entscheidungen mussten schnell und häufig ohne Absprache getätigt werden. Das dabei Fehler passieren - auch gravierende Fehler - ist nicht schön, aber unvermeidbar, denn selbst bei bester Informationslage, Ausstattung und Kommunikation werden immer wieder Entscheidungen getroffen, die sich zu einem späteren Zeitpunkt als „falsch" herausstellen. Richard Schröder weist in dem Zusammenhang auch die Behauptung von Petra Köpping zurück, die in ihrem Buch behauptet, dass die Freistellung von persönlicher Haftung bei Fehlentscheidungen ohne grobes persönliches Verschulden als „Erlaubnis zur Rücksichtslosigkeit" zu werten ist. Er macht deutlich, dass es unmöglich gewesen wäre, Mitarbeiter*innen für die Treuhand zu finden, die mit dem Berufsrisiko, bei Fehlentscheidungen ins Gefängnis zu kommen, hätten arbeiten müssen. Zweifellos führten solche Strukturen auch dazu, dass „Glücksritter" die Situation ausnutzten und mit krimineller Energie den eigenen Vorteil suchten. Diese Tatsache ist weder von der Führung der Treuhand noch von der Bundesregierung jemals bestritten worden (Schröder, 2018). Auch Birgit Breuel - nach der Ermordung von Detlev Karsten Rohwedder Chefin der Treuhand - gesteht das ein: „Wir haben den Menschen wirklich viel zugemutet. Und sie mussten auch leiden darunter. Das ist gar kein Zweifel. Und wir hatten auch nicht die Zeit, uns mit den Lebensbiografien ausreichend zu beschäftigen" (mdr, 2020a). Viele Menschen in Ostdeutschland werten solche und ähnliche Aussagen von Breuel und anderen Politiker*innen als spätes Eingeständnis von „Schuld" und als „Beweis" dafür, dass ihre Wahrnehmung von der Treuhand als „Totengräber der ostdeutschen Wirtschaft" (Köpping, 2018, S. 17) tatsächlich stimmt. Ganz sicher sind weder die Aussagen von Breuel noch von anderen Politiker*innen als „Schuldgeständnis" gemeint. Sie sind lediglich das Geständnis, dass unter dem immensen Zeitdruck, unter den vorhandenen Rahmenbedingungen, aufgrund des zunehmenden wirtschaftlichen, aber auch medialen Druckes Fehler unterlaufen sind, die tatsächlich zu zahlreichen sozialen und menschlichen Härten geführt haben. Ohne Treuhand wären die Härten für viele Ostdeutsche jedoch wahrscheinlich viel dramatischer ausgefallen. Das kann heute jedoch niemand beweisen, auch eine „Wahrheitskommission" wird das nicht herausfinden können!

Während sich viele Ostdeutsche als Opfer der Treuhand verstehen, gab es ein wirkliches Opfer, dem nach meiner Überzeugung viel zu selten gedacht wird: Detlev Karsten Rohwedder. Der im thüringischen Gotha geborene Jurist arbeitete zehn Jahre lang in mehreren Bundesregierungen als Staatssekretär im Wirtschaftsministerium, ehe er 1979 zur Hoesch AG wechselte, deren Vorstandsvorsitzender er 1980 wurde. Trotz intensiver Auseinandersetzung mit den Dortmunder Stahlarbeitern und heftiger Proteste der Bevölkerung gelang ihm die Sanierung des angeschlagenen Wirtschaftsriesen. 1990 vertraute Helmut Kohl dem SPD-Mann (!) die möglicherweise schwerste Aufgabe in der deutschen Wirtschaft an: Er wurde Präsident der Treuhandanstalt und erhielt für diese Aufgabe weniger Geld als bei Hoesch! In den ihm anvertrauten Betrieben arbeiteten zu dieser Zeit ca. vier Millionen Menschen - mehr als in den 25 größten, börsennotierten Unternehmen der USA! Obwohl die Treuhandanstalt von Anfang an von allen Seiten unter Kritik stand, stellte er sich vor seine Mitarbeiter*innen und wurde zur Symbolfigur für Maßnahmen, die oft sehr harte menschliche Folgen hatten. Er hat versucht diese zu mildern, auch wenn er von der Notwendigkeit der harten Veränderungen überzeugt war (Lassalle-Kreis e.V., kein Datum). Am 1. April 1991 wurde Rohwedder von der Rote Armee Fraktion (RAF) in seinem Wohnhaus erschossen, seine Frau schwer verletzt.

Ohne einen direkten Zusammenhang zur Ermordung Rohwedders herstellen zu wollen, kann ich nicht unerwähnt lassen, dass die RAF über viele Jahre von der DDR ideell und finanziell unterstützt wurde und zahlreiche Aktivist*innen Unterschlupf und eine neue Identität von ihr erhielten (Schulz, 2007). Rohwedder, der von der Ostpolitik Willy Brandts inspiriert war und schon lange vor der Vereinigung besonderes Ansehen in den Wirtschaftsverhandlungen mit der DDR erlangte, wurde das Opfer von fanatischen Gegner*innen des Kapitalismus, die den Wunsch der meisten Menschen in Ost- und Westdeutschland nach Vereinigung in Frieden und Wohlstand nicht akzeptieren und mit Gewalt unterbinden wollten.

Ich habe zu Beginn dieses Kapitels beschrieben, dass die pauschale Schuldzuweisung vieler PDS/LINKEN-Politiker*innen, der Ministerin Köpping und der Mehrheit der Ostdeutschen gegenüber der Treuhandanstalt und „den Westdeutschen" an das Verhalten eines Rauchers erinnert, der nicht sein eigenes Verhalten hinterfragt, sondern seine Folgeschäden auf die Behandlung der Ärzte und Ärztinnen zurückführt. Zum Abschluss meiner Ausführungen über die Treuhandanstalt möchte ich diesen Vergleich noch einmal aufgreifen und – bewusst bildhaft überspitzt - vertiefen, da in diesem Vergleich, zumindest aus meiner Sicht, zahlreiche Parallelen zur Beurteilung der Treuhand durch zahlreiche Ostdeutsche und Politiker*innen der PDS/DIE LINKE erkennbar sind.

Dieser Raucher hat - wie bereits beschrieben - über Jahre seine Gesundheit ruiniert, nicht nur durch Rauchen, sondern auch durch übermäßigen Alkohol, schlechte Ernährung und zu wenig Sport. Sein Nachbar - ein praktizierender Allgemeinmediziner - ist im gleichen Alter, aber topfit, denn er ernährt sich gesund, raucht nicht, trinkt Alkohol nur in Maßen und treibt regelmäßig Sport. Beide verstehen sich nicht sonderlich gut: Der Raucher hat dem Arzt seine Fitness und seinen Wohlstand immer wieder geneidet.

Eines Tages erleidet der Raucher ein akutes Herzversagen und muss dringend am Herzen operiert werden. Der Arzt holt sich Helfer*innen, einen HNO-Arzt und eine Kinderärztin - eine Herz-OP haben auch sie noch nie durchgeführt, aber erfahrene Herzspezialist*innen waren leider nicht zu finden! Sie haben auch keine chirurgischen Instrumente, nur ein Taschenmesser, Rasierklingen, Nadel und Faden stehen ihnen für die OP zur Verfügung. Auch eine Narkose können sie nicht verabreichen, die Operation muss deshalb bei vollem Bewusstsein erfolgen. Und sie haben höchstens eine Stunde Zeit für den riskanten Eingriff! Die Operation gelingt trotz großer Schmerzen, der Patient erholt sich erstaunlich schnell und es geht ihm danach sogar deutlich besser als vor der Operation. Aber den Fitnesszustand seines Nachbarn hat er auch nach mehreren Jahren noch nicht erreicht. Das macht er dem Nachbarn nun erneut zum Vorwurf. Und weil der Arzt ihn immer wieder darauf hinweist, dass er nicht in die alten Verhaltensmuster zurückfallen darf, um gesund zu bleiben, unterstellt er ihm, dass der ihn bevormundet und wie einen „Menschen zweiter Klasse" behandelt...

Warum erhalten Ostdeutsche weniger Lohn?

Insbesondere aufgrund der auch nach 30 Jahren niedrigeren Löhne in Ostdeutschland fühlen sich viele Ostdeutsche gegenüber den Westdeutschen benachteiligt. Weil viele von ihnen die Politik der Bundesregierung als „westlich dominiert" wahrnehmen, ist das aus ihrer Sicht ein weiterer Hinweis darauf, dass „die Westdeutschen" „die Ostdeutschen" diskriminieren und wie „Menschen zweiter Klasse" behandeln. Und häufig sind es insbesondere Politiker*innen der Partei DIE LINKE, die den „Finger in die Wunde legen" und mit den unbestritten bestehenden Lohnunterschieden zwischen Ost und West der Bundesregierung eine „falsche" Politik vorwerfen. So sagte Petra Zimmermann, Sozialexpertin der LINKEN im Bundestag, dass es inakzeptabel sei, dass die „Bundesregierung sich fast 30 Jahre nach der ‚Wende'[110] mit der Spaltung des Arbeitsmarktes und mit einem ‚Sonderarbeitsmarkt Ost' abgefunden" habe (Business Insider Deutschland, 2018).

Die Fakten sind eindeutig und werden nach meiner Wahrnehmung auch von „den Westdeutschen" - weder von Politiker*innen noch von Bürger*innen - bestritten: Im Durchschnitt verdienen Beschäftigte in Ostdeutschland auch nach 30 Jahren deutlich weniger als im Westen Deutschlands. Betrachtet man den Gehaltsatlas des Jahres 2019 (GEHALT.de, 2019), fällt die Ost-West-Spaltung Deutschlands sofort ins Auge: Selbst im bestbezahlten ostdeutschen Bundesland (Thüringen) erhalten die Beschäftigten monatlich deutlich weniger Geld als im am schlechtesten bezahlten westdeutschen Bundesland Schleswig-Holstein. Insgesamt beträgt der Unterschied in dieser Studie[111] 23,9% und damit lediglich 1,3% weniger als im Jahr 2017! Die Löhne in Ostdeutschland

[110] Ich benutze den Begriff „Wende" im Buch ganz bewusst nicht, weil ihn Egon Krenz während der Zeit der friedlichen Revolution geprägt hat und damit zum Ausdruck bringen wollte, dass er gemeinsam mit der SED die gesellschaftlichen Veränderungen in der DDR initiiert habe. (Christoph Links Verlag, 1999, S. 36).

[111] Beim Gehaltsatlas werden alle Vergütungen wie Boni, Prämien, Provisionen usw. berücksichtigt und auf eine 40-Stunden-Woche hochgerechnet. Deshalb ist der Unterschied zwischen Ost und West in dieser Statistik besonders groß.

nähern sich also an die in Westdeutschland an - aber nur sehr langsam. Wenn die Entwicklung sich in diesem Tempo fortsetzt, wird es noch viele Jahrzehnte dauern, bis die Beschäftigten in Ostdeutschland das gleiche Gehalt bekommen, wie Beschäftigte im Westen. Dietmar Bartsch, der Fraktionschef der LINKEN im Bundestag, vermutet, dass im Jahr 2073 das gleiche Lohnniveau erreicht sein könnte und fordert aus dem Grund wie seine Parteikollegin Zimmermann von der Bundesregierung, mehr zu tun, um die Lebensverhältnisse im Osten an das Westniveau anzupassen (Groll, 2019).

Auch beim Thema Löhne und Gehälter müssen jedoch zahlreiche Fragen gestellt werden: Was sind die Ursachen für die auch nach 30 Jahren noch bestehenden Differenzen bei den Einkommen der Menschen? Hat die Bundesregierung Einfluss auf die Löhne und ist sie tatsächlich interessiert an einem „Sonderarbeitsmarkt Ost“? Was müsste passieren, damit Löhne und Gehälter in Ostdeutschland das gleiche Niveau wie in Westdeutschland erreichen?

Im Jahr 1949 - als beide deutsche Staaten gegründet wurden - verdienten Vollzeitbeschäftigte in der DDR mit 290 Mark sogar etwas mehr als Beschäftigte in der Bundesrepublik (239 DM)! Während die Löhne in der DDR jedoch nur sehr langsam stiegen, entwickelte sich das Lohnniveau in der Bundesrepublik rasant. 1989 lag der Durchschnittsverdienst in der DDR bei 1300 Mark, während er in der Bundesrepublik auf 3340 DM angestiegen war (statista, 2021b).

Auch die Soziologen Ronald Gebauer und Bernd Martens beschreiben, dass der Anstieg des realen Volkseinkommens pro Kopf in der Bundesrepublik allein in den 50er Jahren doppelt so groß war wie von 1800 bis 1950! Mit dieser „exorbitanten Entwicklung“ konnte die DDR nie Schritt halten: „Das reale, um die Kaufkraft bereinigte Haushalteinkommen je Einwohner war 1960 in der DDR um ca. 30 Prozent geringer als in der Bundesrepublik“. In den folgenden Jahren wuchs die Differenz auf 40% (1970) bzw. 55% (1980). In den 80er Jahren konnte die DDR-Regierung den Abstand der Einkommen zur Bundesrepublik stabilisieren, „doch nur um den Preis einer schließlich ruinösen Umverteilung der Ressourcen in den Konsum und einer Vernachlässigung dringend notwendiger Investitionen“ (Martens & Gebauer, 2020).

Diese beiden Quellen machen deutlich, dass die Ursachen für das niedrige Lohnniveau in Ostdeutschland schon in der DDR zu suchen sind, denn die Bundesregierung hat - gegen den Rat fast aller Wirtschaftsexpert*innen - die Löhne und Gehälter bei der Währungsunion im Verhältnis 1:1 übernommen und somit der Forderung der DDR-Bürger*innen entsprochen. Der große Unterschied zwischen DDR- und BRD-Löhnen ist auch deshalb bemerkenswert, da selbst die Schürer-Kommission in ihrer Analyse der DDR-Wirtschaft feststellte, dass die Löhne und Gehälter in den letzten zehn Jahren der DDR jährlich um durchschnittlich 4,4% gestiegen sind, in einem Zeitraum, „wo sich in vielen Ländern die Lebenslage der Werktätigen verschlechterte“ (Hertle, 2018), was sich mit den Erkenntnissen von Gebauer und Martens deckt.

Selbst die SED-Wirtschaftslenker mussten jedoch in ihrem Papier eingestehen, dass diese jährlichen Lohnsteigerungen nicht mit dem Wachstum der Warenproduktion Schritt hielten, was zu „Mangelerscheinungen im Angebot und zu einem beträchtlichen Kaufkraftüberhang“ führte. Schon zum Zeitpunkt des Mauerfalls entsprachen die Löhne und Gehälter in der damals noch bestehenden DDR nicht der Wirtschaftsleistung. Dieses Missverhältnis verschärfte sich noch in den Monaten bis zur

Volkskammerwahl und zur Währungsunion. Wie bereits beschrieben, wurden von der DDR-Regierung vielfach die Löhne der Beschäftigten angehoben, um Unruhen im Land zu verhindern. Laut Institut der Deutschen Wirtschaft wurden die Einkommen in einigen volkswirtschaftlichen Bereichen schnell noch um bis zu 19% erhöht, obwohl in dieser Zeit die wirtschaftliche Leistung sogar einbrach (Brenke, 2001).

Nach der Vereinigung Deutschlands verhandelten - wie es in Marktwirtschaften üblich ist - Gewerkschaften mit den Arbeitgeber*innen die Entwicklung der Löhne und Gehälter. Anders als in Westdeutschland und anderen Demokratien üblich, orientierten sich die Lohnverhandlungen jedoch nicht an den gesamtwirtschaftlichen Produktivzuwächsen, sondern an politischen Zielen, insbesondere der schnellen Anpassung der Löhne an das Westniveau. Dies entsprach der allgemeinen Erwartung der Ostdeutschen, war aber auch von den (meist) westdeutsch dominierten Arbeitgeberverbänden, den Gewerkschaften und der Bundesregierung gewollt. Die Arbeitgeberverbände wollten keinen Niedriglohnsektor in Ostdeutschland, der ihren Unternehmen im Westen Konkurrenz gemacht hätte, die Gewerkschaften wollten die Mitglieder der früheren DDR-Gewerkschaft FDGB für sich gewinnen und unterstützten deshalb die hohen Gehaltsforderungen der ostdeutschen Arbeitnehmer*innen. Die Bundesregierung hingegen fürchtete die Abwanderung von noch mehr Menschen von Ost- nach Westdeutschland, wenn das Lohnniveau sich nicht schnell angleichen würde (ebd.). Auch diese Beispiele verdeutlichen, dass es nicht stimmt, dass „die Westdeutschen" einen „Sonderarbeitsmarkt Ost" gewollt hätten und dass es in ihrem Interesse gewesen wäre, die Löhne und Gehälter in Ostdeutschland niedrig zu halten. Und es stimmt auch nicht, dass „niemand" die Probleme der Ostdeutschen wahrgenommen hätte, wie Köpping (S. 10) behauptet, denn (westdeutsche) Arbeitgeber*innen, Gewerkschaftsvertreter*innen und die Bundesregierung haben aus unterschiedlichen Motiven heraus die Hoffnung der Ostdeutschen auf schnell steigende Löhne unterstützt.

Schon zehn Jahre nach der deutschen Einheit gab es wirtschaftliche Bereiche - insbesondere in teilstaatlichen Unternehmen wie Post, Bahn und Öffentlicher Dienst - in denen das ostdeutsche Lohnniveau dem westdeutschen fast ebenbürtig war. Unterschiede bestanden jedoch auch in diesen Bereichen bei den Wochenarbeitszeiten, Urlaubstagen und Jahressonderzahlungen, was dazu führte, dass das Stundenlohnniveau aller Beschäftigten im Jahr 2000 in Ostdeutschland lediglich ca. 70% des Niveaus in Westdeutschland betrug (Brenke, 2001).

Der von (fast) allen Beteiligten gewollte schnelle Anstieg der Löhne und Gehälter in Ostdeutschland hatte jedoch negative Auswirkungen auf die ostdeutsche Wirtschaft und die hier gezahlten Löhne, die bis heute nachwirken, denn in einer Marktwirtschaft sollten sich Löhne an der Produktivität orientieren und nicht an Wünschen und politischen Zielen.

Der Wirtschaftswissenschaftler Karl-Heinz Paqué - von 2004-2008 Finanzminister in Sachsen-Anhalt - wies bereits im Jahr 2000 darauf hin, dass das Bruttoinlandsprodukt pro Erwerbstätigen in Ostdeutschland zu diesem Zeitpunkt nur ca. 60% des Westniveaus betrug, während das Haushaltnettoeinkommen bereits auf ca. 80% gestiegen war (Paqué, 2000). Auch im Jahr 2019 hat das Leibniz-Institut für Wirtschaftsforschung in Halle festgestellt, dass ostdeutsche Betriebe in allen Größenklassen eine um mindestens 20% niedrigere Produktivität haben. Die Wissenschaftler*innen begründen das u.a. mit staatlichen Subventionen, die daran geknüpft sind, Arbeitsplätze zu erhalten oder zu schaffen (AFP, 2019).

Für die Konkurrenzfähigkeit der Unternehmen ist diese Diskrepanz verheerend und hat zur Folge, dass sie nicht wirtschaftlich arbeiten können. Da ich kein Wirtschaftswissenschaftler bin, stelle ich mir die Zusammenhänge etwas vereinfacht so vor: Eine Firma im Osten kauft Material auf dem gleichen Markt wie eine Westfirma ein, bezahlt also die gleichen Preise, ebenso für Energie und alles andere, was sie für den Produktionsprozess benötigt. Das fertige Produkt will/muss die Ostfirma zum gleichen Preis wie die Westfirma auf dem Markt verkaufen. Da sie jedoch den Nachteil hat, dass sie sich auf dem Markt erst etablieren will, muss sie versuchen, die (West-)Firmen, die dort schon sind, zu verdrängen - entweder durch niedrigere Preise oder eine bessere Qualität. Wenn die Produktivität in der Ostfirma niedriger ist, die Lohnstückkosten dadurch höher sind - was Paqué (Paqué, 2009, S. 66) in einem späteren Artikel für diese Zeit darstellt - kann die Firma nur die Personalkosten senken, um konkurrenzfähig zu bleiben und das Überleben zu sichern. Die meisten Firmen taten das durch Tarifflucht, d.h. sie zahlten nicht mehr die mit den Gewerkschaften ausgehandelten Tariflöhne bzw. trafen mit den Betriebsräten Vereinbarungen, die ihnen erlaubten, Löhne unter Tarif zu zahlen (Brenke, 2001). Paqué sieht darin den Hauptgrund für das Stocken der Lohnangleichung, die in Ostdeutschland ein Ausmaß erreicht hat, die „einer faktischen Deregulierung der Lohnsetzung in weiten Teilen der Wirtschaft gleichkommt" (Paqué, 2000). Auch Paqué weist darauf hin, dass es in dieser Zeit in vier von fünf Jahren eine „negative Lohndrift" gegeben hat, die Löhne also schneller gestiegen sind als die Effektivität. Für Brenke hat sich aus diesem Grund die Lohnpolitik der Verbände und Gewerkschaften, welche die rasanten Lohnsteigerungen in Ostdeutschland zunächst als Erfolg feierten, „als Pyrrhussieg[112] erwiesen" (Brenke, 2001). Selbst im Öffentlichen Dienst und in (teil-)staatlichen Unternehmen, wo die Löhne nicht von der Produktivitätsentwicklung abhängen, sind aus seiner Sicht die Bezüge der Beschäftigten zu schnell gestiegen, mit „fatalen Konsequenzen". Zum einen, weil die Lohnabschlüsse im öffentlichen Sektor auf andere Wirtschaftsbereiche ausstrahlen, zum anderen, weil die Haushaltslage vieler ostdeutscher Kommunen sehr angespannt ist, z.T. auch deshalb, weil sie häufig mehr Menschen beschäftigen, als das in westdeutschen Städten und Gemeinden mit vergleichbarer Größe üblich ist (ebd.).

Die Anfang der 90er Jahre getroffenen Entscheidungen der rasanten Lohnsteigerungen - die zweifellos aus Sicht (fast) aller Beteiligten alternativlos waren - bremsten jedoch den Aufschwung der ostdeutschen Wirtschaft, führten zu steigender Arbeitslosigkeit und zu Tarifflucht, die sich bis heute auf die Löhne der in Ostdeutschland beschäftigten Menschen auswirkt. Laut einer Studie der Hans-Böckler-Stiftung liegt insbesondere in der geringeren Tarifbindung in Ostdeutschland „der Hauptgrund für den Lohnrückstand in den neuen Ländern". Denn bei den Tariflöhnen haben die Gewerkschaften ein Tarifniveau von 97,6% des Westniveaus durchsetzen können (Volksstimme, 2019).

Neben diesem politischen Aspekt gibt es eine Vielzahl weiterer objektiver Gründe dafür, dass die Löhne in Ostdeutschland niedriger als in Westdeutschland sind, aber

---

[112] Erfolg, der mit großen Opfern erzielt wurde und eher einem Misserfolg gleichkommt.

kein einziger spricht dafür, dass „die Westdeutschen" durch diskriminierendes bzw. abwertendes Verhalten „den Ostdeutschen" gegenüber für die Unterschiede verantwortlich gemacht werden können. Zum einen ist die Tatsache zu nennen, dass es in Westdeutschland insgesamt sechs sogenannte Metropolregionen gibt, die mit dem großen Angebot von Arbeitsplätzen und Karrierechancen insbesondere junge und qualifizierte Menschen anlocken. Im Osten Deutschlands gibt es in dieser Größenordnung nur die Hauptstadt Berlin (Röhl, 2015b). Von der Anziehungskraft Berlins profitiert auch Brandenburg, denn hier werden Löhne gezahlt, die sich nicht so stark vom Westniveau unterscheiden wie in den anderen neuen Ländern (Volksstimme, 2019). Ein weiterer Faktor, der dem Westen Deutschlands einen großen Vorteil verschafft, ist die Stärke der westdeutschen Industrie und die Konzentration großer Konzerne in den Metropolregionen. So haben alle 30 DAX-Konzerne ihren Firmensitz in Westdeutschland. Diese Konzerne zahlen häufig übertarifliche Löhne, um hochqualifiziertes Personal zu gewinnen. Dies erhöht wiederum den Druck auf andere in den Regionen ansässige Unternehmen, die ihrerseits ebenfalls die Löhne anheben, um beim Kampf um die besten Fachkräfte nicht das Nachsehen zu haben. Der aus Thüringen stammende ehemalige Ostbeauftragte Hirte bemängelt das Fehlen der DAX-Konzerne in Ostdeutschland in seinem Bericht (nd, 2019). Aber sind daran tatsächlich die DAX-Konzerne schuld? Oder gar „die Westdeutschen"?

Nach dem Ende des 2. Weltkriegs hätte es zahlreiche große Unternehmen in Ostdeutschland gegeben, die heute Marktführer und DAX-Unternehmen sein könnten. BMW beispielsweise, hatte sein Auto- und Motorradwerk bis 1946 in Eisenach, bevor es im Rahmen der sowjetischen Reparationen regelrecht „zerstört" wurde. In München mussten die Mitarbeiter*innen, die bis dahin meist Flugzeugmotoren gebaut hatten, das Autobauen erst lernen - und haben es doch in den DAX geschafft. Auch im Audi-Werk in Zwickau blieben nach den Räumungen durch die sowjetischen Besatzer nur etwas mehr als 10% der Maschinen stehen, die dort bis 1944 gestanden hatten. Ein ähnliches Schicksal erlitten die Chemiewerke Leuna und Buna sowie die IG Farben-Werke in Wolfen und Bitterfeld (Lichter & Nesshöver, 2006). Viele andere Unternehmen wurden von der SED enteignet und in „Volkseigene Betriebe" (VEB) umgewandelt, wo sie sich aufgrund der sozialistischen Planwirtschaft nicht zu Wirtschaftsträgern, sondern zu Subventionsempfängern entwickelten und nach der Vereinigung entweder pleitegingen oder durch immense Fördergelder „am Leben" gehalten werden mussten.

Kann man den jetzigen DAX-Unternehmen vorwerfen, dass sie ihren Firmensitz nicht nach Ostdeutschland verlegen? Warum sollten sie das tun? Nur aus Mitleid, weil es keine DAX-Unternehmen in Ostdeutschland gibt?

All diese Unternehmen haben ihren Firmensitz in Metropolregionen, in denen es viel hochqualifiziertes Personal gibt und wohin auch in Zukunft gut ausgebildete Menschen gehen werden. Ostdeutschland ist dagegen geprägt von Abwanderung und Überalterung. Schon unmittelbar nach der Vereinigung haben sich die jungen, motivierten und überwiegend gut ausgebildeten Leute aus Ostdeutschland dorthin auf den Weg gemacht, wo sie für sich die größeren Entwicklungschancen sahen. Wer will es ihnen verdenken? In einem freien Land ist das völlig normal, auch dann, wenn die Regionen, die von Abwanderung betroffen sind, das beklagen - was auch normal und verständlich ist!

Auch heute - 30 Jahre später - hat sich an der Konstellation nicht viel verändert: Die ostdeutschen Uni-Städte locken zwar viele junge Leute zum Studium, danach verlassen aber fast zwei Drittel von ihnen den Osten, um im Westen Deutschlands einen gut bezahlten Job anzunehmen (ZEIT Online, 2019d). Am Beispiel der Studierenden lässt sich erkennen, dass die Politik das getan hat, was sie tun kann: Sie hat mit Steuergeldern den Aufbau und die Modernisierung attraktiver Universitäten und Fachhochschulen in Ostdeutschland gefördert, um junge Menschen anzulocken. Nach ihrem Studium tun diese jedoch das, was in einer Demokratie und Marktwirtschaft ganz normal ist: Sie gehen dorthin, wo **sie** hinwollen, nicht wo Politiker*innen sie gerne hätten! Ganz ähnlich ist es mit den DAX-Konzernen: Die Politik hat in Ostdeutschland mit viel Steuergeldern neue Autobahnen und Bahnstrecken bauen oder modernisieren lassen, hat das Strom- und Telefonnetz aufgebaut bzw. modernisiert sowie für schnelles Internet gesorgt. Ob sich nun Firmen und DAX-Unternehmen dort ansiedeln, kann die Politik - anders als in der sozialistischen Planwirtschaft - in einer Demokratie **nicht** bestimmen. Menschen, die das kritisieren oder der Politik fehlenden Willen unterstellen, sollten sich fragen, ob es ihnen gefallen würde, wenn Politiker*innen sie auffordern würden, von München, Hamburg, Leipzig oder Erfurt in die Uckermark oder ins Thüringer Becken umzusiedeln, weil es dort ausreichend billigen Wohnraum gibt und um die Nachteile dieser Regionen auszugleichen. Auch den/die Betreiber*in eines Skilifts in Bayern könnte sicherlich niemand davon überzeugen, seine Anlage in der Mecklenburgischen Schweiz zu errichten, damit auch die dort lebenden Menschen Wintersport betreiben können, obwohl die Voraussetzungen für rentables Wirtschaften dort deutlich schlechter sind als in den Alpen.

An dieser Stelle stimme ich Köpping zu, wenn sie rät, nicht zu warten, bis ein DAX-Unternehmen von West- nach Ostdeutschland umzieht (Köpping, 2018, S. 164). Dies wird wohl nicht geschehen! Wenn aber neue, revolutionäre Technologien entwickelt werden, z.B. neue Antriebstechnologien, Möglichkeiten zur Stromspeicherung oder Techniken im Bereich der Künstlichen Intelligenz, könnte sich für innovative Ostfirmen eine Chance ergeben, sich zu einem DAX-Unternehmen zu entwickeln.

Aktuell sprechen jedoch zu viele Rahmenbedingungen gegen ein solches Szenario. Einige der Ostdeutschland benachteiligenden Rahmenbedingungen wurden zwar durch den Ausbau der Infrastruktur und die Modernisierung der Hochschulen und Universitäten abgemildert. Andere, wie die Überalterung der Bevölkerung durch die geburtenschwachen Jahrgänge und die Abwanderung junger Menschen in den Jahren nach der Vereinigung, werden wohl nicht mehr kompensierbar sein. Möglicherweise verstärkt sich der Fachkräftemangel in diesen Regionen sogar noch, weil auch die Schulabbrecherquote im Osten höher ist als im Westen Deutschlands. Und aufgrund der Tatsache, dass gut qualifizierte Menschen aus anderen Ländern lieber dorthin gehen, wo schon viele Menschen aus ihren Herkunftsländern leben - also im Westen Deutschlands - ist Ostdeutschland für sie nicht attraktiv genug. Die Forscher*innen des Leibnitz-Instituts in Halle fordern deshalb auch, dass in den neuen Ländern Fremdenfeindlichkeit konsequenter bekämpft und mehr Weltoffenheit gezeigt wird, um qualifizierte Ausländer für die Wirtschaft zu gewinnen (AFP, 2019).

Diese Ausführungen belegen, dass „die Politik“ in einer Marktwirtschaft - anders als in der sozialistischen Planwirtschaft - nur einen sehr begrenzten Einfluss auf das Lohnniveau hat, folglich auch nicht für die niedrigen Löhne in Ostdeutschland verantwortlich gemacht werden kann. Angebot und Nachfrage bestimmen in einer Marktwirtschaft nicht nur bei Waren und Dienstleistungen das Preisniveau, die gleichen Mechanismen wirken auch bei Löhnen und Gehältern. Deshalb gibt es auch innerhalb der alten Bundesländer deutliche Unterschiede im Lohnniveau. Im wirtschaftlich starken Hessen werden beispielsweise Löhne gezahlt, die gut 14% über dem Bundesdurchschnitt liegen, im ländlich geprägten Schleswig-Holstein liegen sie dagegen fast 12% unter dem Mittelwert. Innerhalb Ostdeutschlands ist die Spreizung der Löhne nicht so groß, jedoch sind die Unterschiede zwischen Thüringen (81%) und Mecklenburg-Vorpommern (75,9%)[113] deutlich erkennbar (GEHALT.de, 2019). Auch innerhalb der einzelnen Bundesländer gibt es große Differenzen: Im niedersächsischen Landkreis Holzminden - in dem ich seit 2007 arbeite - lag das durchschnittliche Haushalteinkommen 2019 bei 22.000€ (IHK , 2020). Im 150 km entfernten Wolfsburg betrug es dagegen über 24.000€, während die Beschäftigten in Delmenhorst, Emden, Wilhelmshaven oder im Kreis Leer mit weniger als 19.000 Euro jährlich auskommen mussten (Süddeutsche Zeitung, 2019). Innerhalb Niedersachsens betrug die Differenz somit mehr als 20%!

Westdeutsche kennen dieses Phänomen seit der Gründung der Bundesrepublik und kaum jemand sieht darin eine Benachteiligung oder Diskriminierung. Für viele Menschen in Ostdeutschland ist jedoch auch nach 30 Jahren nicht nachvollziehbar, dass nicht die Politik, sondern der Markt nicht nur Preise, sondern auch Löhne und Gehälter regelt.

Dass nicht „die Politik“ und „die Westdeutschen“ für die niedrigen Löhne in Ostdeutschland verantwortlich sind, ist auch daran erkennbar, dass viele große Unternehmen in den Metropolregionen freiwillig höhere Löhne zahlen, als sie das laut Tarifvertrag müssten. Auch in Ostdeutschland hätte seit Einführung der D-Mark jede Unternehmerin und jeder Unternehmer - egal ob ostdeutscher oder westdeutscher Herkunft - freiwillig „Westlöhne“ bezahlen können - es hätte ihn/sie niemand daran hindern können. Einige ostdeutsche Unternehmen haben das auch schon unmittelbar nach der Vereinigung getan - aber nur für Westdeutsche! Weil deren know-how notwendig und gewünscht war, die meisten Westdeutschen jedoch nicht bereit gewesen wären, zu den „Ostlöhnen“ zu arbeiten, zahlten die Arbeitgeber*innen freiwillig die höheren Löhne (DER SPIEGEL, 1990a, S. 136ff.). Auch hier regelte die Nachfrage nach „westdeutschem Wissen“ den Preis, in dem Fall die Löhne. Auf der anderen Seite gab es ein großes Angebot ostdeutscher Arbeitskräfte, die ihre Arbeit verloren hatten oder fürchteten sie zu verlieren. Folglich konnten ihre Löhne und Gehälter von den Arbeitgeber*innen „gedrückt“ werden. So handelten **nicht** nur westdeutsche Arbeitgeber*innen, sondern auch ostdeutsche, die ja den Großteil der kleinen Unternehmen führten. Die meisten taten das nicht, weil sie ihren Beschäftigten die höheren Einkommen nicht gegönnt hätten, sondern weil sie nicht mehr zahlen konnten. Ihre Produkte und Dienstleistungen wären auf dem globalen Markt zu teuer und somit nicht verkäuflich gewesen.

Auch Tarifverträge wurden dort, wo sie auf Landesebene ausgehandelt werden (z.B. Landwirtschaft, Hotel- und Gaststättengewerbe, Friseurhandwerk, Sicherheitsdienste),

---

[113] Das Wirtschafts- und Sozialwissenschaftliche Institut (WSI) kommt aufgrund anderer Berechnungen zu abweichenden Ergebnissen. Demnach ist in Ostdeutschland das Land Brandenburg Spitzenreiter und der Freistaat Sachsen Schlusslicht (Volksstimme, 2019).

im Osten Deutschlands auf niedrigerem Niveau ausgehandelt als im Westen - auf Druck der **ostdeutschen** Arbeitgeber*innen, die nicht bereit oder (viel häufiger) nicht in der Lage gewesen wären, Löhne und Gehälter auf Westniveau zu bezahlen. Selbst im öffentlichen Dienst der Länder mussten die Angestellten lange Zeit für weniger Geld arbeiten als im Westen, nicht weil „die Westdeutschen" ihnen nicht mehr Geld gegönnt hätten, sondern weil auch hier die **ostdeutschen** Arbeitgeber*innen auf Länderebene[114] höheren Abschlüssen nicht zugestimmt hätten. Die niedrigen Steuereinnahmen hätten es nicht zugelassen, den Landesbediensteten Gehälter auf Westniveau zu bezahlen.

Es ist nachvollziehbar, dass sich ostdeutsche Arbeitnehmer*innen benachteiligt fühlen, wenn sie auch nach 30 Jahren nicht die gleichen Löhne und Gehälter für vergleichbare Arbeiten erhalten wie die Arbeitnehmer*innen in Westdeutschland. Die zusammengetragenen Argumente verdeutlichen jedoch, dass die vergleichsweise niedrigen Löhne in Ostdeutschland **nicht** Ausdruck der Benachteiligung und Diskriminierung der hier arbeitenden Menschen durch „die Westdeutschen" sind, sondern als Folge der strukturellen Nachteile betrachtet werden müssen, welche die Menschen in Ostdeutschland von der SED „geerbt" haben.

Auch die im Vergleich zu Westdeutschland deutlich höhere Zahl der Arbeitslosen hat in der Wahrnehmung der ehemaligen DDR-Bürger*innen das Gefühl von Benachteiligung und der „Nutzlosigkeit" verursacht, da sie aus der DDR nur Vollbeschäftigung, jedoch keine Arbeitslosigkeit kannten. Der ehemalige Finanzminister Sachsen-Anhalts wies jedoch schon im Jahr 2000 - also in einer Zeit, in der die Arbeitslosenquote in Ostdeutschland besonders hoch war - darauf hin, dass die Erwerbsbeteiligung, gemessen am Standard des Westens, völlig normal war (Paqué, 2000). Tatsächlich lag die Erwerbsquote - also die Zahl der Beschäftigten innerhalb der erwerbsfähigen Bevölkerung - seit der Vereinigung immer um ca. 5% **über** dem Niveau Westdeutschlands (Rudnicka, 2020a)! Das lag und liegt insbesondere an der höheren Bereitschaft der ostdeutschen Frauen, ihre Arbeitskraft dem Markt anzubieten. Würden sich ostdeutsche Frauen analog den westdeutschen Frauen oder westdeutsche Frauen analog den ostdeutschen Frauen verhalten, wäre die Arbeitslosenquote seit der Vereinigung in etwa auf dem gleichen Niveau gewesen wie in Westdeutschland. Paqué resümierte aufgrund dieser Daten, „dass die Unterbeschäftigung weniger fatale Konsequenzen hat, als die hohe Arbeitslosenquote suggerieren mag; denn in vielen privaten Haushalten sollte es dann noch mindestens eine arbeitende Person geben, die Markteinkommen erzielt und im Wesentlichen den Lebensunterhalt des Haushalts bestreitet" (Paqué, 2000). Der Frust vieler Menschen, die arbeiten wollten, aber nicht konnten, weil es keine freien Stellen gab, ist verständlich und nachvollziehbar. Einerseits weil die Ostdeutschen Vollbeschäftigung aus der DDR gewohnt waren, aber auch weil die deutlich niedrigeren Einkommen dazu führten, dass viele Konsumwünsche länger als von vielen Menschen erwartet, aufgeschoben werden mussten.

Trotz der deutlich niedrigeren Löhne und der weiterhin schwächeren Wirtschaft sind sich fast alle Wissenschaftler*innen einig darin, dass sich die ostdeutsche Wirtschaft

---

[114] In dem Fall sperrte sich tatsächlich „die Politik" gegen die höheren Löhne und Gehälter, aber nicht die Bundespolitik, sondern die meist ostdeutschen Landespolitiker*innen, die von den ostdeutschen Bürger*innen gewählt wurden.

in den vergangenen 30 Jahre gut entwickelt hat und heute im internationalen Vergleich, aber auch innerhalb Deutschlands, sehr gut dasteht. Klaus Borger und Martin Müller stellten schon im Jahr 2014 dar, dass die wirtschaftliche Entwicklung Ostdeutschlands seit 1991 vergleichbar mit der Entwicklung Westdeutschlands in den „Wirtschaftswunderjahren“ 1959 bis 1981 ist. Sie haben das reale Bruttoinlandsprodukt (BIP) pro Kopf von Westdeutschland im Jahr 1959 (umgerechnet ca.12.000€) an eine „Startlinie“ mit dem BIP in Ostdeutschland von 1991 gesetzt, weil das damals in etwa genauso hoch war. In den ersten Jahren nach der Vereinigung - also in den Jahren, in denen Dietmar Bartsch und Christa Luft von der LINKEN sowie viele Ostdeutsche eine „Deindustrialisierung“ des Ostens wahrgenommen haben wollen - verzeichneten die neuen Länder nach Ansicht der beiden Wissenschaftler einen „Katapultstart“ mit einem deutlich höheren Wirtschaftswachstum als es Westdeutschland während des „Wirtschaftswunders“ nach 1959 hatte! Nach ca. sieben Jahren flachte die Kurve in Ostdeutschland jedoch ab, so dass 25 Jahre nach Beginn der wirtschaftlichen Entwicklungen beide Landesteile in etwa das gleiche BIP (knapp 24.000€) erwirtschafteten, im Osten eben nur fast 25 Jahre später. Auch Borger und Müller verweisen darauf, dass die Arbeitsproduktivität im Osten gegenüber dem Westen mit 76% den verfügbaren Einkommen (84%) hinterherhinkt, aber dass aufgrund der niedrigeren Lebenshaltungskosten die Menschen in Ostdeutschland auf 89% des westdeutschen verfügbaren Pro-Kopf-Einkommens zurückgreifen können. Sie konstatieren auch, dass kein anderes osteuropäisches Transformationsland „derart beeindruckende Fortschritte erzielt“ hat und die regionalen Unterschiede, wie sie in Deutschland bestehen, auch in anderen Ländern zu beobachten sind und somit dem „Normalzustand“ entsprechen. Ostdeutschland lag demnach schon 2014 wirtschaftlich im europäischen Mittelfeld, fast auf dem gleichen Niveau wie Italien und Spanien, aber deutlich vor allen anderen osteuropäischen Ländern (Borger & Müller, 2014).

Werden die Ostdeutschen bei der Rente benachteiligt?

Auch das Thema Rente ist für viele Menschen in Ostdeutschland ein Beleg für die „Ungerechtigkeiten“, die ihnen von „den Westdeutschen“ im Zuge der Vereinigung zugefügt worden sein sollen. Auf tagesschau.de konnte man sogar die Schlagzeile „Renten in Ostdeutschland - Das toxische Erbe der Wiedervereinigung“ lesen (Schwietzer, 2019). Und wieder ist es insbesondere die Partei DIE LINKE, die das Thema nutzt, um den Menschen in Ostdeutschland zu suggerieren, dass sie im Zuge der Vereinigung betrogen wurden. Matthias Höhn - Beauftragter für Ostdeutschland der LINKEN im Bundestag - räumt zwar ein, dass mit dem Rentenüberleitungsgesetz von 1990 alle Rentenansprüche der DDR-Bürger*innen in die gesetzliche Rentenversicherung der Bundesrepublik überführt wurden, erklärt jedoch gleichzeitig, dass es dabei zu „Lücken und Streichungen“ kam und das somit „Ungerechtigkeiten und Diskriminierungen“ entstanden, weshalb „viele Ostdeutsche gegenüber ihren westdeutschen Berufskolleginnen und -kollegen schlechter gestellt“ sind. Seinem auf der Homepage der LINKEN veröffentlichten Dokument ist außerdem zu entnehmen, dass insbesondere geschiedene Frauen, Beschäftigte des Gesundheitswesens, Bergleute, Akademiker*innen, Ärzte und Ärztinnen, Beschäftigte des „Staats- und Sicherheitsapparates sowie der Parteien und Organisationen", aber auch „Personen, die in höheren Funktionen tätig waren und alle Beschäftigten der Staatssicherheit" (Höhn, 2019), benachteiligt werden.

Die von Höhn zusammengetragenen Fakten sind zweifellos richtig: Es gab in der DDR ein sehr differenziertes Rentensystem, das Beschäftigte in bestimmten Berufsgruppen besserstellte als die in anderen Branchen – die damit diskriminiert wurden! Mit dem Beitritt zur Bundesrepublik entfiel diese Praxis. Aber ist damit schon bewiesen, dass „die Ostdeutschen" ungerecht behandelt und diskriminiert wurden und werden? Bekommen sie tatsächlich weniger Rente als Westdeutsche? Und welches Gerechtigkeitsempfinden haben die Politiker*innen der LINKEN, wenn sie sich zwar für die Beschäftigten des Staats- und Sicherheitsapparates, der Parteien und des Ministeriums für Staatssicherheit einsetzen, aber mit keinem Wort die Menschen berücksichtigen, die in der DDR nicht studieren oder ihren gewünschten oder erlernten Beruf ausüben durften und deshalb nicht nur in Berufen arbeiten mussten, die nicht ihren Interessen und Befähigungen entsprachen, sondern bis an ihr Lebensende mit niedrigen Renten bestraft werden? Auch Menschen, die in der DDR aus politischen Gründen in Gefängnissen saßen und in dieser Zeit nicht ins Rentensystem einzahlen konnten, werden in der Dokumentation mit dem Titel „Gerechte Rente in Ostdeutschland" mit keiner Silbe erwähnt!

Dass es die Sonderregelungen aus dem DDR-Rentenrecht nicht mehr gibt, ist ebenfalls auf das Wahlergebnis der Volkskammerwahl von 1990 zurückzuführen. Die DDR-Bürger*innen haben mehrheitlich den Beitritt zur Bundesrepublik gewählt und damit auch die Übernahme des Rentensystems der Bundesrepublik. Und da es in der Bundesrepublik keine Sonderrenten für Akademiker*innen, Bergleute, Mitarbeiter*innen im Gesundheitsdienst und geschieden Frauen gibt, ist es aus meiner Sicht normal, dass diese Sonderrenten aus dem DDR-Recht gemäß bundesdeutschem Recht nicht mehr gewährt werden. Dass die davon Betroffenen das nicht „gerecht" finden, ist nachvollziehbar, von der Mehrheit der Ostdeutschen aber in demokratischer Wahl so entschieden worden - sicherlich auch von vielen Betroffenen, die sich heute betrogen fühlen! Es gibt noch weitere Argumente dafür, warum es falsch ist, pauschal zu behaupten, dass „die Ostdeutschen" bei den Renten benachteiligt und diskriminiert werden. Denn wovon kann man sich etwas kaufen, von Prozentpunkten oder von Geld, das monatlich auf das Konto überwiesen wird? Nach meiner Überzeugung sollten die ausgezahlten Beträge der Maßstab für die Bewertung des Rentenniveaus sein, und nicht die Prozentpunkte. Und da sind die Zahlen sehr eindeutig: Obwohl der sogenannte Rentenwert - also der Betrag, den Rentenversicherte durch Einzahlung in die gesetzliche Rentenversicherung mit ihrem Arbeitslohn erwerben - in Ostdeutschland 2018 immer noch um 4,2% unter dem Rentenwert westdeutscher Arbeitnehmer*innen lag, erhielten ostdeutsche Männer im Jahr 2018 durchschnittlich 1.066€ Altersrente ausgezahlt, die westdeutschen Männer mit 1.087 € ungefähr 2% mehr. Die ostdeutschen Frauen erhielten mit 974€ gegenüber 688€ Rente der westdeutschen Frauen sogar satte 30% mehr Rente (DRV, 2021)! Die ostdeutschen Rentner*innen haben für ihren Lebensabend also deutlich mehr Geld zur Verfügung als westdeutsche Rentner*innen, zumal die Lebenshaltungskosten in Ostdeutschland weiterhin niedriger sind. Und dieser Unterschied besteht seit der Herstellung der deutschen Einheit 1990! Das ist insbesondere darauf zurückzuführen, dass Männer und Frauen in der DDR keine Arbeitslosigkeit fürchten mussten und damit viel öfter lückenlose Erwerbsbiografien vorweisen können. Aber auch aufgrund des deutlich größeren Angebotes an Kita- und Krippenplätzen, was u.a. dazu führte, dass in der DDR Frauen häufiger und länger einer bezahlten Beschäftigung nachgehen konnten als westdeutsche Frauen, denen dieses Angebot fehlte. Damit haben die Ostdeutschen gegenüber den Westdeutschen einen klaren Vorteil, der sich in ihren monatlichen Rentenzahlungen widerspiegelt. Der Nachteil des niedrigeren Rentenwertes aufgrund der schlechteren Bezahlung in Ostdeutschland ist damit mehr als aufgehoben!

Dass Ostdeutsche mehr Rente beziehen als Westdeutsche, wissen offensichtlich nur wenige Menschen in Deutschland - insbesondere in Ostdeutschland - wo sich trotz der höheren Renten immer noch viele Menschen benachteiligt und diskriminiert fühlen. Während ich in all den Jahren, die ich seit 1990 in Westdeutschland gelebt habe, fast nie Westdeutsche über die geringere Rente oder über den Vorteil der Ostdeutschen aufgrund der Kinderbetreuung beschwerten, wurde mir in Ostdeutschland fast immer das Argument der in Westdeutschland zusätzlich vorhandenen Betriebs- und Privatrenten sowie Erbschaften und Immobilienvermögen entgegengehalten, die dazugerechnet werden müssten. Genau damit argumentiert auch Köpping in ihrem Buch (S. 52). Und wie bei den Privatvermögen, die benötigt wurden, um gegenüber Banken eine Sicherheit für den Erwerb einer Firma zu hinterlegen, muss ich auch hier fragen: Sind die „ausgebeuteten“ Westdeutschen schuld daran, dass die „Kapitalisten“ ihnen Betriebsrenten und so hohe Gehälter gezahlt haben, damit sie Privatvermögen ansparen bzw. Immobilien erwerben konnten, während die „Volkseigenen Betriebe“ der DDR ihren Werktätigen diese Möglichkeit versagten?

Wie wenig nachhaltig die Rentenpolitik in der DDR war, macht ein weiteres Beispiel deutlich, auf das sowohl Höhn als auch Köpping eingehen. Köpping berichtet von den Bergarbeitern in der „Braunkohleveredelung“, die in der DDR „rentenrechtlich wegen der extremen Gesundheitsgefährdung und der besonderen Belastungen bei der Arbeit den Bergleuten, die unter Tage arbeiteten, gleichgestellt“ waren. Sie mussten ihren Schilderungen zufolge „in einer staubigen Halle mit toxischen Dämpfen“ arbeiten (S. 63). Auch in der Bundesrepublik gab und gibt es Arbeitsplätze, an denen die dort Beschäftigten gesundheitsschädigenden Dämpfen ausgesetzt sind und besonderen Belastungen unterliegen. In der Bundesrepublik gibt es jedoch Arbeitsschutzgesetze, die Grenzwerte festlegen und es gibt Gewerkschaften und unabhängige Behörden, die darauf achten, dass die Grenzwerte auch eingehalten werden. Die Arbeitgeber*innen - also die „Kapitalisten“, wie Köpping sie gern bezeichnet - sind dann verpflichtet, auf ihre Kosten Filteranlagen zum Schutz der Gesundheit der Beschäftigten in den Hallen zu installieren und/oder sie müssen den Beschäftigten hohe Zuschläge als Kompensation für ihre gesundheitlichen Risiken zahlen. Weil es in der DDR jedoch keine wirkliche Arbeitnehmer*innenvertretung und auch keine parteiunabhängigen Behörden gab und somit niemand Filteranlagen bzw. Zuschläge einfordern konnte, hat die SED das Problem - wie viele andere auch - in die Zukunft verlagert. Möglicherweise mit dem Hintergedanken, dass viele der in diesen Betrieben Beschäftigten schwer erkranken werden und die versprochene Rente nur kurze Zeit oder nie ausgezahlt bekommen! Ich weiß, dass dies eine schwere Anschuldigung ist. Aber wenn man die Betriebe in der DDR mit eigenen Augen gesehen hat - ich habe viele volkseigene Betriebe besichtigen können - wenn man die massive Umweltverschmutzung in Leuna und Buna - und nicht nur dort - die häufig bunten, schäumenden oder völlig versalzten Flüsse und die toten Wälder im Erzgebirge gesehen hat und das Schürer-Papier kennt, aus dem hervorgeht, dass (fast) alle Politiker*innen in der DDR wussten, dass der wirtschaftliche Kollaps bevorsteht, aber (fast) niemand etwas dagegen getan hat, muss ich auch an dieser Stelle von „grob fahrlässigem" oder gar „vorsätzlichem" Verhalten der politisch Verantwortlichen ausgehen. Ich möchte nicht falsch verstanden werden: Ich gönne den Bergarbeitern die Zusatzrente, kann aber nicht nachvollziehen, warum die (überwiegend westdeutschen) Beitrags- und Steuerzahler*innen dafür aufkommen sollen und nicht die Verursacher: Auch in dem Falle wären das die Nachfolger*innen der SED, also die PDS bzw. DIE LINKE!

Auch den in der DDR geschiedenen Frauen gönne ich die Zusatzrente, um die sie seit Jahren kämpfen, jedoch sollte auch die von den Verursachern bezahlt werden! Denn die Ursache für die Benachteiligung dieser Frauen ist in der DDR und bei der Politik der SED zu suchen. Frauen, die in der DDR geschieden wurden, konnten – anders als Frauen im Westen – keine Versorgungsansprüche gegenüber ihren Ex-Partnern geltend machen, wenn sie aufgrund der Kindererziehung nicht berufstätig waren (Schwietzer, 2019). In der DDR - wo nach Meinung der Mehrheit der Ostdeutschen die Gleichberechtigung der Frauen weiter fortgeschritten war als in der Bundesrepublik - trugen demnach viele Frauen die Last der Kindererziehung allein: Entweder gingen sie weiterhin arbeiten und mussten „nebenbei" den Haushalt sowie die Kinderbetreuung bewältigen oder sie blieben zu Hause, um die Kinder zu betreuen. In dieser Zeit zahlten sie nur drei DDR-Mark in die Rentenversicherung ein, während ihre (Ex-)Männer weiterhin arbeiteten und auch Rentenpunkte sammeln konnten, von denen sie nichts an die Frauen abgeben mussten. Darüber empört sich Hanna Kirchner, die in der DDR Germanistik studiert und u.a. als Kindergärtnerin und Lehrerin gearbeitet hatte: „Und die Männer - deren Familienleistung wir ja mitgetragen haben - sind mit voller Rente in die Einheit gegangen" (Richter, 2016). Ich kann den Frust der Frauen nachvollziehen, die sich gegenüber westdeutschen Frauen mit vergleichbarer Biografie benachteiligt fühlen. Als „Schuldige" mache ich jedoch nicht „die Westdeutschen", sondern die SED aus, die dafür sorgte, dass geschiedene Frauen in der DDR nur ein sehr wenige Rentenpunkte sammeln konnten und deren Nachfolgepartei sich heute gönnerhaft als Interessenvertretung der „benachteiligten" und „diskriminierten" Ostdeutschen in Szene setzt.

Bei der Diskussion um die vermeintlich benachteiligten Ostdeutschen beim Thema Rente, wird eine Tatsache von den meisten Ostdeutschen komplett übersehen und von der PDS/LINKEN in der Regel verschwiegen: Was bedeutet der Satz „Alle Rentenansprüche und Anwartschaften aus der DDR wurden in die Gesetzliche Rentenversicherung überführt", der im Dokument des Ostbeauftragten der LINKEN wie selbstverständlich daherkommt (Höhn, 2019)?

Er bedeutet, dass alle ehemaligen DDR-Bürger*innen eine Rente aus der (westdeutschen) Rentenversicherung erhalten, in die sie bis 1990 **nichts** eingezahlt haben! Die (ehemaligen) DDR-Bürger*innen profitierten - und profitieren noch immer - vom viel kritisierten Umlageverfahren des deutschen Rentenversicherungssystems, in dem aktuell Beschäftigte – somit Beitragszahler*innen - die heutigen Renten der früheren Beitragszahler*innen finanzieren. Aufgrund der niedrigen Löhne im Osten Deutschlands wurden und werden die Renten der ehemaligen DDR-Bürger*innen von den besserverdienenden Westdeutschen mitfinanziert.

Natürlich haben auch die DDR-Bürger*innen Beträge in die Rentenversicherung der DDR entrichtet, aber diese gab es nach der Vereinigung nicht mehr. Der Staat, der diese Beiträge einzog und verwalten sollte, damit die Menschen nach einem harten und entbehrungsreichen Arbeitsleben eine menschenwürdige Rente bekommen, hat dieses Geld durch Missmanagement „verprasst“ und ist letztendlich zahlungsunfähig geworden, wie u.a. der Schürer-Bericht der SED-Führung zeigte[115].

Und es ist nicht nur so, dass die ehemaligen DDR-Bürger*innen einfach die Rente erhalten, die sie von ihrem ursprünglichen Staat erhalten hätten. Weil die Bundesregierung im Rentenüberleitungsgesetz berücksichtigt hat, dass DDR-Bürger*innen deutlich weniger verdient haben und somit deutlich weniger Rente bekommen würden, wurden und werden die DDR-Einkommen auf Westniveau umgerechnet und somit an deren Einkommen angeglichen.

Selbst Petra Köpping erkennt in ihrer „Streitschrift für den Osten“ an, dass die Rentenüberleitung nach der Vereinigung es verdient, „als große Leistung in die Annalen der Geschichte einzugehen.“ Zu Recht verweist sie darauf, dass Renten in der DDR deutlich unter dem Westniveau lagen, und da auch die Löhne nur 40% des Westniveaus erreichten, „hätten die damaligen frischgebackenen Senioren niemals von ihrer Rente leben können“ (Köpping, 2018, S. 47). Deshalb wurden - im von Höhn beiläufig erwähnten Rentenüberleitungsgesetz - die Entgelte aus Versicherungszeiten der DDR teilweise um das **3,3-fache** angehoben (ebd.)! Das bedeutet, dass die Renten der DDR-Bürger*innen so berechnet wurden und werden, als hätten sie das Dreifache von dem verdient, was sie tatsächlich an Lohn in der DDR erhalten hatten. Und weil - wie bereits erwähnt - DDR-Bürger*innen nicht arbeitslos werden konnten und Frauen aufgrund des Kinderbetreuungssystems häufiger und länger arbeiteten als Frauen in Westdeutschland, erhalten ehemalige DDR-Bürger*innen heute im Durchschnitt höhere Renten als die Menschen, die ausschließlich in der Bundesrepublik Beiträge zur Rentenversicherung entrichtet haben. Dieser aus meiner Sicht solidarische „Kraftakt“ der westdeutschen Politiker*innen – sie haben die entsprechenden Gesetze erarbeitet und beschlossen - und der westdeutschen Bürger*innen – sie haben diese Regelung akzeptiert und mitgetragen, indem sie ihre Regierung bei den nächsten Wahlen nicht abgewählt haben - verdeutlicht, dass von „Ungerechtigkeiten und Diskriminierungen“ (Höhn, 2019) gegenüber Ostdeutschen bei der Rentenumstellung wahrlich nicht die Rede sein kann! Zumal wenn berücksichtigt wird, wie die DDR mit ihren eigenen Rentner*innen verfuhr, wenn diese nach Erreichen des Rentenalters in die Bundesrepublik übergesiedelt sind. Auch wenn sie ein Leben lang in der DDR gearbeitet und in die Rentenversicherung ihres Staates eingezahlt hatten, erhielten sie von der DDR keine einzige Mark Rente! Auch diese Rente wurde dann von den westdeutschen Beitragszahler*innen finanziert. Das bedeutet, dass die SED die Menschen, die das Land aufgebaut und darauf

[115] In meinem zweiten Buch beschreibe ich, dass die Mehrheit der Rentner*innen in der DDR unterhalb der Armutsschwelle leben mussten, was in der DDR jedoch niemals thematisiert wurde und bis heute kaum diskutiert wird.

vertraut haben, dass sie von ihrer erarbeiteten Rente ihren rechtmäßigen Anteil als Rentner zurückbezahlt bekommen, um ihr Geld betrogen hat! Die Nachfolger*innen dieser Partei sehen es noch als „Ungerechtigkeit" und „Diskriminierung" an, dass „die Westdeutschen" für den von der SED verursachten Schaden aufkommen und diesen kompensieren!

Obwohl Köpping die Übertragung des Rentensystems der Bundesrepublik auf die ehemaligen DDR-Bürger*innen als „große Leistung" anerkennt, kritisiert sie die Nichtübernahme der Sonderrenten aus der DDR und Urteile des Bundesverfassungsgerichts dazu als „ungerecht" (Köpping, 2018, S. 57, 62). Ob ein westdeutscher Bauarbeiter, der immer wieder in die Arbeitslosigkeit entlassen wurde, der in den Wintermonaten häufig „stempeln" gehen musste und heute deshalb eine sehr bescheidene Rente erhält, es „gerecht" findet, dass ein ostdeutscher Bauarbeiter nie um seine Arbeit fürchten und nie im Winter „stempeln" musste, heute jedoch seine Rente verdreifacht bekommt? Ob es wohl alle westdeutschen Rentner*innen als „gerecht" empfinden, dass ihre Renten häufig niedriger sind als die der Ostdeutschen, obwohl sie immer in das Rentensystem der Bundesrepublik einbezahlt haben?

Was würde wohl ein/e ostdeutsche/r Sparer*in sagen, der/die seit Jahrzehnten monatlich mehrere Hundert Euro auf ein Konto eingezahlt hat, während der/die Nachbar*in, der/die nie etwas auf dieses Konto eingezahlt hat, nun von diesem ganz selbstverständlich den gleichen Betrag beansprucht und „Diskriminierung" ruft, wenn ihm/ihr ein paar Prozente weniger gewährt werden? Wie würde wohl die Mehrheit der Ostdeutschen reagieren, wenn die Flüchtlinge aus Syrien, Irak oder Afghanistan die Arbeit in ihren Heimatländern auf ihre deutschen Renten angerechnet bekämen und später in Deutschland höhere Renten erhalten würden als die ehemaligen DDR-Bürger*innen?

Es ist unbestritten, dass in Bezug auf Löhne, Vermögen und Wirtschaftsleistung viele Regionen in Ostdeutschland den meisten Regionen im Westen unterlegen sind. Ich stimme jedoch Christian Hirte[116] zu, wenn er sagt: „Dass der Osten heute wirtschaftlich schlechter aufgestellt ist als der Westen, liegt nicht an der Situation ab 1990 - sondern daran, dass die DDR wirtschaftlich marode war." Er verweist außerdem darauf, dass der „ökonomische, soziale und gesellschaftliche Zustand im Osten viel besser ist, als wir uns das vor 30 Jahren alle gemeinsam erwartet und vorgestellt hätten" (ZEIT Online, 2019c).

Dies zeigen auch unterschiedliche Studien, die belegen, dass es inzwischen in Westdeutschland Regionen gibt, die wirtschaftlich schlechter dastehen als viele ostdeutsche Regionen[117]. Auch die Kaufkraftarmut[118] ist gemäß einer Studie des Instituts der deutschen Wirtschaft (IW) in Westdeutschland häufig höher als im Osten. Nur der grenzübergreifende Berliner Stadtteil Mitte/ Friedrichshain-Kreuzberg rangiert als „Oststadt" unter den zehn am stärksten von Armut betroffenen Städten. Bemerkenswert ist auch, dass Wirtschaftsmetropolen wie Frankfurt/Main, Düsseldorf und Köln trotz der

---

[116] 2018-2020 Beauftragter der Bundesregierung für die neuen Bundesländer

[117] Im vorangegangenen Kapitel hatte ich das am Beispiel meiner Heimatregion Mittelsachsen und meines jetzigen Lebensmittelpunktes (Landkreis Holzminden) bereits beschrieben.

[118] Anders als bei der Einkommensarmut werden bei der Kaufkraftarmut die Lebenshaltungskosten berücksichtigt.

hohen Anziehungskraft der ansässigen Unternehmen zu den Städten mit der höchsten Kaufkraftarmut in Deutschland zählen. Aber auch ein Vergleich der Bundesländer verdeutlicht, dass bis auf Mecklenburg-Vorpommern alle ostdeutschen Bundesländer besser abschneiden als z.B. Nordrhein-Westfalen (Eckert, 2017).

Der Länderfinanzausgleich ist ebenfalls ein Instrument, mit dem in Deutschland gleichwertige Lebensverhältnisse[119] erzielt werden sollen. Dieses Steuerungsinstrument gab es schon lange vor dem Beitritt der DDR zur Bundesrepublik, aber seit der Vereinigung profitieren die neuen Länder in besonderem Maße von diesem Zuschuss, während einige westdeutsche Bundesländer seitdem weniger oder gar keine Zuwendungen mehr erhalten. Vor allem Bayern zahlt jährlich mit über sechs Milliarden Euro besonders viel Geld in diesen „Topf", auch Baden-Württemberg, Hessen und Hamburg sind Geberländer (Rudnicka, 2020b). Der Länderfinanzausgleich führt sogar dazu, dass alle ostdeutschen Bundesländer über ein höheres Steueraufkommen verfügen als die vier Geberländer. Auch daran ist erkennbar, dass sich die westdeutsche Politik und deren Bürger*innen auch 30 Jahre nach der deutschen Einheit finanziell am Aufbau des Ostens beteiligen (Siems, 2015). Viele westdeutsche Regionen erhalten seit der Vereinigung deutlicher weniger Fördermittel, weil diese jetzt vermehrt in den Osten fließen. Vielen der dort lebenden Menschen und Kommunalpolitiker*innen wird das nicht gefallen, aber niemand schreit so laut „Diskriminierung" wie die Nachfolger*innen der SED!

Auch der Solidaritätszuschlag wurde/wird u.a. zur Finanzierung der deutschen Einheit eingesetzt. Eingeführt wurde diese Steuer jedoch 1991 vor allem zur Finanzierung des zweiten Golfkriegs, an dem sich Deutschland mit 17 Milliarden DM beteiligte. Neben den neuen Bundesländern sollten mit dieser Steuer auch die mittel- und osteuropäischen Länder finanziell unterstützt werden (bpb, 2021). Der „Soli" - wie er häufig genannt wird - ist jedoch nicht zweckgebunden und kann deshalb überall dort eingesetzt werden, wo Steuermittel benötigt werden, ist also kein reines Instrument zur „Ostförderung". Schon deshalb ist es falsch zu behaupten, nur Westdeutsche müssten den „Soli" zahlen. Genauso falsch ist aber auch die Annahme, dass viele Westdeutsche genau das glauben würden. Auch Köpping (2018, S. 137) behauptet, „dass es ein weitverbreitetes Falschwissen ist", ohne es jedoch mit Umfrageergebnissen zu belegen. Ich habe in den mehr als 20 Jahren, die ich im Westen Deutschlands lebe, noch nie Westdeutsche getroffen, die geglaubt hätten, dass nur sie den „Soli" bezahlen. Aber viele, die verwundert darüber den Kopf schüttelten, wie denn solch eine „Sonderabgabe West" gesetzlich geregelt sein sollte. Auch meine persönliche Wahrnehmung ist nicht repräsentativ, unterstellt aber nicht – wie Ministerin Köpping - einem Teil der Bevölkerung „Falschwissen".

Es gibt also zahlreiche Instrumente, mit denen die Politik in den letzten drei Jahrzehnten versucht hat und bis heute versucht, die wirtschaftlichen Nachteile Ostdeutschlands zu kompensieren, welche die dort lebenden Menschen von der DDR - insbesondere von der Politik der SED - „geerbt" haben. Trotzdem gehen viele Expert*innen

---

[119] Obwohl in Art. 72 des Grundgesetzes das Ziel der „Gleichwertigkeit der Lebensverhältnisse" verankert ist, kann das nicht als „Herstellung gleicher Lebensbedingungen" interpretiert werden, da das aufgrund unterschiedlicher regionaler Voraussetzungen kaum erreichbar ist (Ragnitz & Thum, 2019).

inzwischen davon aus, dass sich die Lebensverhältnisse zwischen Ost- und Westdeutschland wohl niemals vollständig angleichen werden. Der sachsen-anhaltinische Ministerpräsident Haseloff prognostiziert, dass die Unterschiede auch in 100 Jahren noch erkennbar sein werden (Hähnig, et al., 2018). Ich finde diese Aussage bemerkenswert ehrlich und mutig, weil sie keine falschen Hoffnungen bei der Bevölkerung weckt und deutlich macht, dass historische Ereignisse nicht umkehrbar sind. Aus meiner Sicht ist die wirtschaftliche Entwicklung der beiden Teile Deutschlands vergleichbar mit zwei Menschen, die eine Fremdsprache lernen möchten: Das Kind, welches von Geburt an zweisprachig aufwächst, wird die zweite Sprache sicherlich leichter und schneller lernen, als der Mensch, der erst mit 40 Jahren beginnt, sich mit der neuen Sprache zu befassen. Selbst wenn der/die „Spätstarter*in" größte Anstrengungen unternimmt, die Nachteile zu kompensieren und dabei auch viel Unterstützung von der Person erhält, die von Kindheit an die zweite Sprache beherrscht, werden die Unterschiede in den meisten Fällen ein Leben lang erkennbar bleiben. Die weiterhin bestehenden Differenzen sind jedoch weder Ausdruck von „Dummheit" oder „Faulheit" auf der einen, aber auch nicht von „Benachteiligung" und „Diskriminierung" auf der anderen Seite.

Das Prinzip „Rückgabe vor Entschädigung"

In den Jahren unmittelbar nach der Vereinigung Deutschlands gab es ein weiteres Thema, dass die Spannungen zwischen Ost- und Westdeutschen verschärfte und die These von der „Ungerechtigkeit" der Westdeutschen den Ostdeutschen gegenüber befeuerte: Die Regelung „Rückgabe vor Entschädigung", in deren Folge viele Bundesbürger*innen Grundstücke, Immobilien, Geschäfte und Firmen zurückforderten und häufig auch vor Gericht Recht bekamen. Viele Ostdeutsche mussten Häuser aufgeben, die sie häufig mühevoll ausgebaut hatten, andere mussten die Firma oder das Geschäft, mit dem sie gerade als Selbstständige in die Marktwirtschaft starten wollten, an westdeutsche Interessenten abtreten. Ist das nicht der definitive Beweis für die Ungerechtigkeiten, die den DDR-Bürger*innen nach der Vereinigung von „den Westdeutschen" zugefügt wurden?

Auch bei dieser Problematik ist die Frage nach der „Gerechtigkeit" nicht so leicht zu beantworten, wie es im ersten Moment scheint, denn auch hier stellt sich die Frage nach der Ursache und den Folgen. Außerdem ist es wichtig, die jeweilige Gegenposition einzunehmen, um die Argumente der jeweils anderen Seite zu verstehen.

Unmittelbar nach dem Ende des Zweiten Weltkrieges wurden in der Sowjetischen Besatzungszone unter der Parole „Junkerland in Bauernhand" alle Großgrundbesitzer, aber auch viele Landwirte und einfache Bauern **entschädigungslos** enteignet. Insgesamt wurden bis zur Gründung der DDR mehr als drei Millionen Hektar Land konfisziert. Auch nach der Gründung der DDR gingen die Enteignungen weiter, jetzt betraf es insbesondere Firmen-, Geschäfts- und Immobilieninhaber*innen. Viele dieser Firmen und Geschäfte waren seit Generationen in Familienbesitz. Der den Enteigneten zugefügte Schaden war also nicht nur materiell, sondern auch ideell. Auch Eigentum, das die Nationalsozialisten den jüdischen Besitzer*innen entrissen hatten, wurde von der SED nicht an die rechtmäßigen Inhaber*innen zurückgegeben, sondern es wurde ebenfalls entschädigungslos enteignet! Ebenso sind die Besitzer*innen von Immobilien und Grundbesitz, die aus der DDR vor politischer Verfolgung flüchteten oder vertrieben wurden, von der SED enteignet worden (Die Bundesregierung, 2021a)[120].

Schon am 8. Februar 1990 kündigte der Präsident des Unternehmerverbandes der DDR an, dass in den kommenden sechs Monaten 10.000 bis 15.000 enteignete Betriebe an ihre rechtmäßigen Besitzer*innen zurückgegeben werden sollen. Aber auch das Bundesjustizministerium erklärte bereits zu diesem frühen Zeitpunkt, dass die „Frage etwaiger Ansprüche auf verlorenes Eigentum in der DDR" auf die Tagesordnung der deutsch-deutschen Verhandlungen gesetzt werden sollte (Bahrmann & Links, 1999, S. 223). Nur elf Tage später mahnte der wohnungspolitische Sprecher der (West-)CDU/CSU „vorschnelle Bundesbürger, die Eigentumsansprüche in der DDR auf eigene Faust" geltend zu machen, zur Zurückhaltung, damit bei den DDR-Bürger*innen keine „Ängste vor dem Verlust der Wohnung" geschürt werden[121] (S. 241). Am 15. Juni 1990 verständigten sich die beiden deutschen Regierungen auf Eckwerte zur Klärung der offenen Vermögensfragen. In dieser Erklärung heißt es: Die Sowjetunion und die DDR „sehen keine Möglichkeit, die bei der Bodenreform getroffenen Maßnahmen zu revidieren." Das bedeutet, dass die Enteignungen unter sowjetischer Besatzung nicht rückgängig gemacht werden, dass aber die Eigentümer*innen, die von der SED enteignet wurden, ihren rechtmäßigen Besitz wiedererlangen können (Die Bundesregierung, 2021a).

Der spätere Bundespräsident Roman Herzog erklärte 1992 in seiner damaligen Position als Präsident des Bundesverfassungsgerichtes, dass es die am 18. März 1990 von den DDR-Bürger*innen demokratisch gewählte Volkskammer war, die vor dem Beitritt der DDR zur Bundesrepublik den Grundsatz „Rückgabe vor Entschädigung" gesetzlich verankerte! Die Bundesregierung hat das demokratisch legitimierte DDR-Gesetz mit dem Einigungsvertrag lediglich übernommen (Gerhardt, 1992).

Auch dieses Beispiel verdeutlicht, dass es nicht „die Wessis" waren, die „den Ostdeutschen ihr Eigentum weggenommen haben", wie mir ein erzürnter Ostdeutscher einmal entgegenhielt. Mit dem von der Volkskammer verabschiedeten Gesetz wurden die rechtmäßigen Besitzverhältnisse erst wieder hergestellt - aus Unrecht wurde wieder Recht! Sicherlich hat diese gesetzliche Regelung viele ostdeutsche Menschen hart getroffen, die ihr Haus ehrlich und rechtmäßig erworben haben, möglicherweise ohne Kenntnis, dass die rechtmäßigen Eigentümer von den Nationalsozialisten oder der SED enteignet worden waren. Diese Menschen sind tatsächlich die Leidtragenden des Unrechts, das von der **SED** verursacht wurde. Doch auch diese Praxis ist nicht gegen die ehemaligen DDR-Bürger*innen gerichtet, sondern gängige Praxis in allen Lebensbereichen. Wenn ich heute von einer Privatperson ein gebrauchtes Auto kaufe, das sich später als gestohlen herausstellt, muss ich das Fahrzeug an den ursprünglichen Besitzer zurückgeben, ohne mein Geld wieder zu erhalten! Obwohl ich nichts Falsches getan habe, bleibe ich am Ende auf dem finanziellen Schaden sitzen, es sei denn, es gelingt mir, die Betrüger*innen auf gerichtlichem Weg zur Begleichung meines Schadens zu

[120]Auch Oskar Schindler, dem 1200 Juden und Jüdinnen ihr Leben zu verdanken haben, wäre wohl von der SED enteignet worden, einerseits weil auch er „Kapitalist", andererseits weil er NSDAP-Mitglied war. Außerdem hat er mit den Nationalsozialisten Geschäfte gemacht (Pröse, 2016).

[121] Westdeutsche Politiker*innen setzten sich also für die DDR-Bürger*innen ein!

zwingen. Der Betrüger hieß auch im Fall der Enteignungen SED und nicht „Wessi"! Die Rechtsnachfolgerin PDS hätte nach meiner Überzeugung die Menschen entschädigen müssen, die ihre Häuser und Betriebe an die ursprünglichen Besitzer*innen oder deren Erben zurückgeben mussten.

Bei den Rechtsstreitigkeiten um die Rückgabe der Häuser und Betriebe trafen hoch emotionalisierte Parteien aufeinander, die nur in wenigen Fällen zu einer Kompromisslösung fähig und bereit waren: Auf der einen Seite DDR-Bürger*innen, die aufgrund des gesellschaftlichen Umbruchs mit all seinen Verunsicherungen und der Angst vor Arbeitslosigkeit nun auch noch fürchten mussten, ihre Wohnung oder ihr Haus an „Wessis" und „Kapitalisten" zu verlieren und mit aller Kraft versuchten, „ihr Zuhause" bzw. „ihr Eigentum" zu erhalten. Auf der anderen Seite Menschen, die sich seit Jahrzehnten um „ihr Eigentum" betrogen fühlten, die Wut auf die „Kommunisten" verinnerlicht oder von den (Groß-)Eltern übernommen hatten und nun mit dem Recht und Gesetz im Rücken und mit versierten Anwält*innen als Verstärkung siegessicher für das stritten, was ihnen oder ihren Eltern vor Jahrzehnten von der SED gestohlen wurde. Wie soll bei einer solchen Konstellation eine Lösung gefunden werden, die beide Seiten „gerecht" finden?

Um zu verstehen, warum der Grundsatz „Rückgabe vor Entschädigung" richtig - eigentlich sogar alternativlos ist - muss man sich die im 1. Kapitel beschriebene Gerechtigkeitstheorie von Rawls vor Augen führen: Wie würden jene, die sich von „den Westdeutschen" betrogen fühlen, denken, wenn die Bundesregierung auf die Flüchtlingswelle 2015 reagiert hätte, indem sie Haus- und Wohnungsbesitzer*innen entschädigungslos enteignet hätte, um dort Flüchtlingsfamilien mit Kindern unterzubringen? Genauso werden sich die Menschen gefühlt haben, die nach 1933 von den Nationalsozialisten und nach 1949 von der SED enteignet wurden! Und angenommen ein paar Jahre später macht eine neu gewählte Bundesregierung diese Entscheidung rückgängig. Was würden die ursprünglichen Besitzer wohl wählen: die Rückgabe ihres enteigneten Eigentums, das die Flüchtlingsfamilie inzwischen nach ihren Vorstellungen mit viel Liebe und Mühe umgebaut hatte oder eine Entschädigung, die dem Wert der Immobilie nicht annähernd entspricht?

Die Entschädigung wäre bei anderer Gesetzeslage das nächste Problem geworden: Auch bei diesem Unrecht war der Verursacher die SED! Wenn eine Entschädigung den Vorrang vor der Rückgabe bekommen hätte, dann wäre nach meinem Gerechtigkeitsverständnis die Nachfolgepartei PDS zur Zahlung der Entschädigung verpflichtet gewesen und damit in kürzester Zeit zahlungsunfähig geworden. Also hätten wieder die (überwiegend westdeutschen) Steuerzahler*innen für das von der SED verursachte Unrecht einstehen müssen. Wäre das „gerecht" gewesen?

Und waren es tatsächlich „Scharen von Wessis" die über den Osten Deutschlands herfielen um Ostdeutsche zu „enteignen", wie vielfach in Ostdeutschland beklagt wird? Die meisten dieser sogenannten „Wessis" waren ehemalige Bewohner*innen der Sowjetischen Besatzungszone oder DDR-Bürger*innen bzw. deren Nachkommen. Viele von ihnen wollten in ihre alte Heimat zurückkehren oder wollten das ersetzt bekommen, was ihren Eltern und Großeltern auf unrechtmäßige Weise von den Nationalsozialisten bzw. der SED gestohlen wurde. Es waren Menschen, die ihre familiären Wurzeln genau dort haben, wo diejenigen leben, die den Rückkehrern vorwerfen, ungerechte und arrogante „Wessis“ und „Spekulanten“ zu sein!

Benötigt Ostdeutschland eine „Ost-Quote“?

Seit einigen Jahren - insbesondere aber im dreißigsten Jahr nach der Vereinigung - wurde vor allem in Ostdeutschland eine Problematik sehr emotional diskutiert, die es aus meiner Sicht 30 Jahre nach der Herstellung der deutschen Einheit gar nicht mehr geben sollte: die hohe Repräsentanz westdeutscher Führungskräfte in ostdeutschen Unternehmen, Verwaltungen und Parlamenten. Im Bundestag hat es im Oktober 2019 auf Antrag der LINKEN sogar eine Abstimmung über die Einführung von „Ost-Quoten“ in Bundesbehörden gegeben, die jedoch mit großer Mehrheit abgelehnt wurde. In der Debatte räumte der damalige Ostbeauftragte Hirte zwar ein, dass es tatsächlich zu wenige Ostdeutsche in den Bundesbehörden gibt, hält aber entgegen, dass es vor 30 Jahren der ausdrückliche Wille der Ostdeutschen gewesen ist, in den Verwaltungen einen Elitenwechsel zu vollziehen. Er verweist außerdem darauf, dass in den nächsten Jahren viele Beamte in Rente gehen werden und somit gute Chancen bestehen, dass sich Ostdeutsche auf diese Stellen bewerben werden (Deutscher Bundestag, 2019).

Die Zahlen bei der Verteilung von Führungspositionen in Ostdeutschland sind sogar in einer wissenschaftlichen Studie von Gebauer, Salheiser und Vogel belegt. Bei einem Anteil der ostdeutschen Bevölkerung von 87% in Ostdeutschland sind lediglich 13,3% der Richter und drei von 22 Hochschulrektor*innen in Ostdeutschland geboren. Während Frank Richter - der frühere Leiter der Landeszentrale für politische Bildung in Sachsen - die „Verstetigung“, also die Tatsache, dass immer neue Westdeutsche kommen, als „problematisch“ kritisiert, widersprechen dem die Forscher, denn auch die Präsenz von Ostdeutschen auf Führungspositionen sei „kein Garant für die Vertretung ostdeutscher Erfahrungen und Interessenlagen“ (Decker, 2017).

Aber muss diese Diskussion überhaupt noch geführt werden, 30 Jahre nach der Herstellung der deutschen Einheit? Und wenn sie geführt wird, zu welchem Ergebnis soll sie gelangen? Ist die „Quotierung von Menschen mit ostdeutscher Herkunft, ähnlich wie bei der Frauenquote“, wie sie Frank Richter, aber auch die Fraktion der LINKEN im Bundestag fordert, rechtlich überhaupt durchführbar?

Der bereits mehrfach zitierte ostdeutsche Wissenschaftler Richard Schröder erteilt solchen Ideen eine klare Absage. Er kritisiert u.a., dass damit suggeriert wird, dass Ost- und Westdeutsche zwei verschiedene Ethnien sind. Und er fragt, wie die Menschen eingeordnet werden sollen, die im Osten geboren sind, aber im Westen studiert haben oder diejenigen, die mal in den Westen gegangen, aber zurückgekehrt sind (Decker, 2017)?

Wäre ich - der ich 40 Jahre in der DDR oder auf dem Territorium der ehemaligen DDR und nur 20 Jahre im „Westen“ gelebt habe - noch „Bio-Ossi“ genug, um die „Ost-Quote“ zu erfüllen und damit für eine Leitungsposition in Ostdeutschland geeignet zu sein?

Auch der ostdeutsche Soziologe Raj Kollmorgen weist aus diesem Grund die Ost-Quote als „juristisch unhaltbar“ zurück und gibt zu bedenken, dass man mit ihr „eine Art Blutrecht wiederbeleben“ würde (Kollmorgen, 2019). Sollen in (Ost-)Deutschland wirklich wieder Menschen nach „Ethnien“ unterschieden und danach die Verteilung von Führungspositionen vorgenommen werden? Sollen Stellen in Behörden und an Gerichten nach Kriterien besetzt werden, die einer „Abstammungslehre“ entsprechen? Zumindest gehen die Anträge von AfD und LINKE in diese Richtung und widersprechen damit dem Gleichheitsgrundsatz im Grundgesetz.

Die von Frank Richter als Vorbild vorgeschlagene „Frauenquote“ hat einen völlig anderen Hintergrund. Frauen können schwanger werden und damit für längere Zeit den Arbeitgeber*innen nicht zur Verfügung stehen. Da sie auch häufiger als Väter zu Hause bleiben, wenn die Kinder krank werden, besteht auch die Gefahr, dass sie immer wieder mal ausfallen. Arbeitgeber*innen könnten also der Versuchung unterliegen, Frauen seltener einzustellen, weil sie nicht so „produktiv“ sind. Aufgrund dieser Konstellation haben es Frauen deutlich schwerer als ihre männlichen Kollegen, in Firmen, Verwaltungen oder auch in der Politik, auf der Karriereleiter nach oben zu steigen. Um diesen tatsächlichen Nachteil von Frauen zu kompensieren, sind Quoten geschaffen worden, mit denen die Chancen von Frauen für höhere Positionen verbessert werden sollen. Welche vergleichbaren Benachteiligungen haben „die Ostdeutschen“, damit für sie ebenfalls solch eine Quote eingeführt wird?

Außerdem gibt es in der Europäischen Union die Arbeitnehmerfreizügigkeit, die besagt, dass allen Staatsangehörigen der Mitgliedsstaaten das Recht eingeräumt wird, ihren Arbeitsplatz in Europa frei zu wählen (bmas, 2018). Dieses Gesetz verbietet die Diskriminierung von EU-Arbeitnehmer*innen aufgrund ihrer Staatsangehörigkeit! Das bedeutet, dass z.B. Italiener*innen, Niederländer*innen, Pol*innen oder Bulgar*innen sich auf all die in Ostdeutschland ausgeschriebenen Stellen bewerben könnten. Aber Westdeutsche sollen das nicht dürfen? Solch eine Quote hätte wahrscheinlich vor keinem Arbeitsgericht eine Chance! Deshalb ist diese Forderung der LINKEN und der AfD im Bundestag und anderer ostdeutscher Politiker*innen reiner Populismus! Damit werden bei vielen Ostdeutschen Erwartungen geschürt, die „von der Politik“ selbst bei bestem Willen nicht realisierbar sind und somit der Politik- und Demokratieverdrossenheit in Teilen der ostdeutschen Bevölkerung zusätzliche „Argumente“ geliefert.

Richard Schröder verweist außerdem darauf, dass es die ostdeutschen Wähler*innen waren, die westdeutsche Politiker wie Biedenkopf, Vogel oder Sellering zu ihren Ministerpräsidenten gewählt haben - teilweise sogar mit absoluter Mehrheit. Auch in die Justiz - also die Richter und Richterinnen der DDR - hatte die Mehrheit der ostdeutschen Bevölkerung kein Vertrauen, weshalb junge Jurist*innen aus dem Westen Deutschlands unmittelbar nach der Vereinigung willkommen waren. Dass dieser Schritt richtig war, zeigt ein Blick in die anderen ehemaligen sozialistischen Staaten, wo weiterhin „Altkader“ oder „in Sachen Rechtsstaat, Demokratie und Marktwirtschaft zumeist blutige Laien“ diese Positionen eingenommen haben. Viele der westdeutschen Jurist*innen leben seit 30 Jahren in Ostdeutschland, haben ihren Lebensmittelpunkt längst hierher verlegt und engagieren sich ehrenamtlich oder politisch an ihren nicht mehr ganz so neuen Arbeits- und Wohnorten. Warum sollten sie Ostdeutschland wieder verlassen (Schröder, 2019)?

Die frühere DDR-Bürgerrechtlerin Freya Klier verweist außerdem darauf, dass beispielsweise das sächsische Justizwesen überwiegend von Jurist*innen aufgebaut wurde, die nicht in der DDR studieren durften und nach der Vereinigung aus dem Westen zurück in ihre Heimat zogen (Klier, 2019). Von einem Teil der LINKEN und vielen Ostdeutschen werden sie nun als „Wessis" diffamiert, obwohl die meisten von ihnen sicherlich mit Engagement und Begeisterung am Aufbau eines Rechtsstaates in ihrer ehemals „verlorenen Heimat" mitgewirkt haben.

Ähnlich war das in der Wirtschaft: Auch hier waren die Ostdeutschen mehrheitlich froh, wenn Westdeutsche mit marktwirtschaftlicher Kompetenz Firmen übernommen haben, wie u.a. das Beispiel von Lothar Späth bei Carl-Zeiss in Jena zeigt, der „wie ein Heiliger verehrt" wurde (Schröder, 2019).

Auch Professor*innenstellen an den ostdeutschen Hochschulen und Universitäten wurden mit Leuten aus dem Westen besetzt - von ostdeutschen Ministerien, deren Politiker*innen von ostdeutschen Wähler*innen gewählt worden waren.

Als ich 1997 zum Studium an die Fachhochschule nach Erfurt kam, gab es in meiner Studienrichtung Soziale Arbeit keine/n einzige/n ostdeutsche/n Professor*in! Sehr schnell habe ich jedoch mitbekommen, dass die Professor*innen ernsthaft bemüht waren, bei Neubesetzungen junge Wissenschaftler*innen aus Ostdeutschland für die Stellen zu gewinnen. In den fünf Jahren meines Studiums an der FH Erfurt ist das nicht gelungen - und es lag wirklich nicht am Willen der durchweg westdeutschen Lehrkräfte! Als Mitglied der studentischen Vertretungen Fachschaftsrat und Fachbereichsrat habe ich auch an Probelehrveranstaltungen[122] teilgenommen, und immer wieder mussten wir resümieren: Die westdeutschen Bewerber*innen waren besser! Woran lag das? Waren die ostdeutschen Bewerber*innen schlechter ausgebildet oder generell weniger geeignet?

Ich glaube, es gibt zwei Gründe, warum sich immer wieder Bewerber*innen aus den alten Bundesländern durchgesetzt haben, wovon einer definitiv auch heute noch besteht, der andere zumindest in meiner Wahrnehmung. Der definitiv weiterhin bestehende Grund ist in der Anzahl der Bewerber*innen begründet. Da die ostdeutsche Bevölkerung nur ca. 17% der gesamtdeutschen Bevölkerung ausmacht, sich aber auf die ausgeschriebenen Stellen alle Deutschen (und auch EU-Bürger*innen) bewerben können, ist es statistisch betrachtet völlig normal, dass sich mindestens fünfmal mehr Kandidat*innen aus den alten Ländern für die Stellen bewerben. Damit ist auch die statistische Wahrscheinlichkeit sehr hoch, dass der/die Beste aus dem Westen kommt. Dieser Effekt wird heute noch verstärkt, weil unmittelbar nach der Vereinigung durch den Wegzug vieler junger Frauen in den Westen und die niedrige Geburtenrate in Ostdeutschland die Zahl derer reduziert wurde, die heute im Alter wären, sich für Professuren zu bewerben oder in der Wirtschaft bzw. Verwaltung Führungspositionen zu übernehmen. Es wird also auch in Zukunft nicht so sein können, dass begehrte Positionen in Ostdeutschland im Verhältnis 50:50 oder gar in der Zusammensetzung der Bevölkerung (87% Ostdeutsche) besetzt werden, weil Menschen in einem freien Land und in einer Marktwirtschaft dorthin gehen, wo sie Aufstiegschancen für sich sehen. Aus dem gleichen Grund haben seit dem Fall der Mauer auch Millionen Ostdeutsche Arbeitsstellen im Westen Deutschlands angenommen. Von wenigen Ausnahmen abgesehen, wird das im Westen für völlig normal gehalten, weil die Menschen hier deutlich seltener nach ihrer Herkunft, sondern vielmehr nach ihrer Leistung beurteilt werden.

---

[122] Teil des Bewerbungsverfahrens auf Professor*innenstellen

Der zweite Aspekt, warum sich nach meiner Überzeugung Westdeutsche bei Bewerbungen häufiger durchgesetzt haben, ist in der kulturellen Sozialisation in unterschiedlichen Gesellschaften zu suchen, die ich in Kapitel 1 bereits beschrieben habe. In den Probevorlesungen an der FH Erfurt ist mir und anderen Teilnehmer*innen bei den Auswertungsgesprächen aufgefallen, dass die westdeutschen Bewerber*innen souveräner, selbstsicherer, schlagfertiger wirkten und sich fast alle Herausforderungen der Stelle zutrauten. Fragen beantworteten sie meist klar, wobei sie fast immer auch eine Position/Meinung bezogen und diese begründen konnten. Die ostdeutschen Bewerber*innen wirkten dagegen in der Regel zurückhaltend, gestanden (noch) fehlende Kompetenzen ein und auf Fragen reagierten sie häufig ausweichend, als wollten sie allen Gremienmitgliedern eine passende Antwort geben - es ihnen recht machen.

Diese Problematik wurde in den letzten Jahren immer wieder auch öffentlich diskutiert. Altbundespräsident Joachim Gauck attestiert vielen Ostdeutschen, dass „dieser absolute Durchsetzungswille" fehle und dass sie sich in der DDR nicht wie Westdeutsche eine „Wettbewerbsmentalität" antrainieren konnten (ZEIT Online, 2019b). Gauck musste für diese Aussagen viel Kritik einstecken, weil insbesondere viele Ostdeutsche das als Beleidigung und Nichtanerkennung ihrer Kompetenzen betrachteten. Aus welchem Grund sollte Gauck - der selbst Ostdeutscher ist - seine Landsleute beleidigen oder ihre Kompetenzen nicht anerkennen?

Ich sehe es ähnlich wie Gauck und möchte das Phänomen anhand des Kulturschock-Modells erläutern, das ich in Kapitel 1 beschrieben hatte. Nach 1968 übernahmen große Teile der westdeutschen Gesellschaft die in wissenschaftlichen Studien nachgewiesenen Verhaltensmuster des „positiven Denkens": Wenn ich positiv denke, wird auch Positives geschehen, so die Lebensphilosophie vieler in Westdeutschland aufgewachsener Menschen. Die Grundausrichtung ihres Auftretens ist somit optimistisch und „anpackend" - sie machen „Werbung" für sich selbst, sie **bewerben** sich sprichwörtlich! In der DDR geborene Menschen sind mit dem Spruch „Eigenlob stinkt" aufgewachsen, der nichts anderes ausdrückt, als dass man sich selbst nie in ein gutes Licht rücken, sich stets dem Kollektiv unterordnen sollte und dass es sich nicht gehört, zu behaupten, etwas besonders gut zu können[123].

Gegen Ende meines Studiums - also ungefähr 12 Jahre nach der Vereinigung - hat eine Professorin im Rahmen eines Seminars die Studierenden aufgefordert, eine Eigenschaft oder eine Tätigkeit zu nennen, von der sie glauben, dass sie diese besonders gut beherrschen und sie sich damit in einer Gruppe von anderen Menschen unterscheiden. Viele meiner Kommiliton*innen sahen sich nicht dazu in der Lage! Zwei Studentinnen - beide in der DDR geboren und unmittelbar vor dem Start ins Berufsleben als Diplomsozialpädagoginnen - weigerten sich vehement und verließen weinend die Lehrveranstaltung. In den Gesprächen nach dieser Lehrveranstaltung hörte ich immer wieder, wie Studierende sich darüber beklagten, dass die Professorin versucht hätte, ihnen „Westmethoden anzutrainieren", die aus ihrer Sicht „unmoralisch" seien.

---

[123] Wolf Wagner beschreibt die verschiedenen Verhaltensweisen in Bewerbungsverfahren in seinem Buch „Kulturschock Deutschland" (Wagner, 1996, S. 152f.).

Dass das selbstbewusste Auftreten vieler in Westdeutschland sozialisierter Menschen zahlreichen Ostdeutschen missfiel, ist auch an einer Aussage abzulesen, die in den ersten Jahren nach der Vereinigung häufig kursierte: „Warum benötigen die ‚Wessis' 13 Jahre für das Abitur? Weil sie ein Jahr Schauspielunterricht haben!" Selbstbewusstes und optimistisches Auftreten wurde und wird in Ostdeutschland häufig als „Schauspielerei" oder „Arroganz" diskreditiert. Dabei ist es eine elementare Voraussetzung, um gegen Konkurrenz in der Marktwirtschaft zu bestehen.

Neben der häufig fehlenden Fähigkeit für sich selbst zu werben[124], mussten die Menschen in der DDR deutlich seltener in Konkurrenz mit anderen Bewerber*innen treten. Das heißt, ihnen fehlte - zumindest in der Zeit unmittelbar nach der Vereinigung - die Erfahrung, sich in der Auseinandersetzung mit direkten Kontrahent*innen durchzusetzen. Häufig verhandelten sie deshalb bei Einstellungsgesprächen nicht über die Höhe des Gehaltes, beschwerten sich aber später über die „Benachteiligung", wenn sie erfahren haben, dass westdeutsche Bewerber*innen auf vergleichbaren Stellen höhere Gehälter ausgehandelt hatten. Ich kann kaum beurteilen, ob diese Unterschiede 30 Jahre nach der deutschen Einheit weiterhin bestehen. Vor ca. 15 Jahren, als ich mich mehrfach auf verschiedene Stellen in Thüringen beworben hatte, waren sie noch Thema! Und auch in persönlichen Gesprächen höre ich immer wieder heraus, dass es diesbezüglich in der Mentalität zwischen Ost- und Westdeutschen Unterschiede gibt, die weiterhin bestehen. Aber wie bereits beschrieben: Das ist meine persönliche Wahrnehmung, die ich statistisch nicht belegen kann.

Sie könnte jedoch erklären, warum auch 30 Jahre nach der Vereinigung auch in öffentlichen Behörden Ostdeutschlands westdeutsche Eliten überrepräsentiert sind. Denn die Erklärung von Frank Richter, wonach die „Verstetigung" des Nachzugs immer neuer Westdeutscher - wodurch eine „gefühlte Dominanz" entstehen würde - suggeriert, dass Netzwerke westdeutscher Eliten existieren, die nach Belieben ihnen genehme (westdeutsche) Personen in entsprechende Positionen befördern können. Natürlich gibt es überall Beziehungen und zweifellos wird täglich in Deutschland versucht, bestimmte Positionen mit ausgewählten Personen zu besetzen - in Ost- und in Westdeutschland. Aber gerade in öffentlichen Behörden - dazu zählen auch Gerichte - hat der Gesetzgeber klare Regeln aufgestellt, wie Bewerbungsverfahren abzulaufen haben und wer daran zu beteiligen ist. Und selbst wenn eine westdeutsche Führungskraft unbedingt jemanden aus dem Westen auf einem bestimmten Posten haben möchte, kann er/sie nichts anderes tun, als ihm/ihr zu raten, sich auf die Stelle zu bewerben. Am Bewerbungsgespräch beteiligt sind dann Mitarbeiter*innen der Personalabteilung, der Abteilung, für die sich der/die Bewerber*in interessiert, Vertreter*innen des Personalrates, der/die Gleichstellungsbeauftragte und gegebenenfalls der/die Behindertenbeauftragte. In der Regel dürften in einer ostdeutschen Behörde mehrheitlich Ostdeutsche die Entscheidung treffen, wer letztendlich die Stelle erhält. Im Öffentlichen Dienst möchte häufig auch die kommunale Politik über die Besetzung von Führungsstellen mitentscheiden. Auch in diesen Gremien dürften mehrheitlich Ostdeutsche sitzen. Für mich ist es deshalb nicht nachvollziehbar, warum immer wieder von „westdeutscher

---

[124] Selbstbewusstes Auftreten sollte nicht mit Selbstüberschätzung und Protzerei verwechselt werden.

Dominanz“ und „Kolonialismus“ gesprochen wird, wenn häufig Ostdeutsche darüber entscheiden, dass Stellen mit „Wessis“ besetzt werden?

Ähnlich ist das bei Führungskadern rechter oder rechtsextremer Parteien, die tatsächlich häufig „Westimporte“ sind, egal ob es vor Jahren bei den Republikanern, der DVU und der NPD war oder jetzt bei der AfD ist. Wie wurden Höcke und Kalbitz - beides gebürtige Westdeutsche - Spitzenkandidaten der AfD in Thüringen und Brandenburg, obwohl die Diskussion über die „Westimporte“ doch schon viele Jahre öffentlich geführt wird? Beide - und auch viele andere Politiker*innen, die in Ostdeutschland Karriere machten - haben offensichtlich festgestellt, dass sie mit ihren politischen Ansichten und Zielen in ihren westdeutschen Heimatwahlkreisen keine ausreichende Unterstützung finden, nicht die Karriere machen können, die sie sich vorgestellt haben. Deshalb sind sie dorthin gezogen, wo es einerseits eine breitere Basis mit Menschen vergleichbarer Einstellungen und politischer Meinungen gibt und andererseits weniger Menschen, die sich in einer Partei politisch engagieren. Aufgrund fehlender Konkurrenz können sie im Osten somit schneller Karriere machen. Dort werden sie zunächst von den (meist ostdeutschen) Parteimitgliedern zum Landesparteitag delegiert, wo sie wiederum von den überwiegend ostdeutschen Delegierten auf vordere Listenplätze oder sogar in Spitzenpositionen gebracht werden. Letzten Endes werden sie von den ostdeutschen Wähler*innen in die Parlamente gewählt. Und plötzlich beginnen wieder die Diskussionen um die „Wessis“ in Spitzenpositionen und um eine „gefühlte Dominanz“ der Westdeutschen!

Die Widersprüchlichkeit der Handlungsweisen ostdeutscher Politiker*innen wurde im Frühsommer 2021 deutlich. Während die LINKE in Sachsen-Anhalt mit dem Slogan „Nehmt den Wessis das Kommando“[125] (von Salzen, 2021) in den Landtagswahlkampf zog, stellte die CDU in Thüringen zur gleichen Zeit den westdeutschen Politiker Hans-Georg Maaßen als Spitzenkandidaten für die Bundestagswahl auf. Ausgerechnet jenen Maaßen, der als Vorsitzender des Bundesamtes für Verfassungsschutz die AfD beriet, in Chemnitz keine „Hetzjagden“ gesehen haben will und selbst innerhalb der (westdeutschen) CDU aufgrund seiner Einstellungen nicht mehr gern gesehen ist. Während Maaßen von 37 der 43 Südthüringer Delegierten gewählt wurde, erhielt der ostdeutsche Gegenkandidat lediglich sechs Stimmen (Süddeutsche Zeitung, 2021).

---

[125] Dieser Slogan suggeriert, dass „Wessis“ in Sachsen-Anhalt das „Kommando“ führen würden! Auf einem der Wahlplakate der LINKEN hält ein Kind einen Hund an der Leine. Der Slogan, der an das Lied „Gebt den Kindern das Kommando“ des (westdeutschen) Sängers Herbert Grönemeyer erinnert, soll offensichtlich verdeutlichen, dass die „Kinder“ (die Ostdeutschen) die „Hunde“ (die Westdeutschen) an die Leine nehmen - also das „Kommando“ übernehmen - sollen! Die LINKE macht an dieser Stelle definitiv nicht Politik mit rationalen Argumenten - wie das in einer Demokratie üblich sein sollte - sondern mit Beleidigung und Diskriminierung einer ganzen Bevölkerungsgruppe.

Wer darf über den Osten reden?

Ich habe im vorherigen Abschnitt beschrieben, dass das zu 100% aus Westdeutschen bestehende Professor*innen-Kollegium der Fachhochschule Erfurt über Jahre viele Anstrengungen unternommen hat, um ostdeutsche Wissenschaftler*innen an die Fachhochschule zu berufen. Generell hatte ich weder als Student noch in den darauffolgenden Jahren als Lehrbeauftragter jemals das Gefühl, dass die Professor*innen die meist ostdeutschen Studierenden oder Angestellten in der Verwaltung der Fachhochschule als „Menschen zweiter Klasse" behandelt hätten. Ja, es gab Konflikte, manche waren sicherlich auch auf die unterschiedliche Sozialisation in Ost bzw. West zurückzuführen. Sie waren aus meiner Sicht jedoch niemals Ausdruck einer Diskriminierung „der Ostdeutschen"! Möglicherweise sehen das die beiden Studentinnen anders, die der Professorin „Westmethoden" vorgeworfen haben, als sie im Rahmen einer Übung etwas aus ihrer Sicht „Unmoralisches" tun sollten. Wie hätten die Studentinnen die „Methoden" genannt, wenn das Gleiche eine ostdeutsche Professorin getan hätte, um die Studierenden auf das Berufsleben vorzubereiten?

Genau darin sehe ich ein zentrales Problem im Ost-West-Konflikt: In Ostdeutschland werden - zumindest in meiner Wahrnehmung - deutlich häufiger Handlungen bzw. Eigenschaften von Menschen der Herkunft dieser Personen zugeordnet, insbesondere dann, wenn sie als negativ oder diskriminierend wahrgenommen werden. Es wird also angenommen, dass sie „falsch" handeln, weil sie Westdeutsche sind. Sollten sie sich einmal „richtig" verhalten, wird nicht das eigene Bild von diesen Menschen korrigiert, sondern das „richtige" Verhalten wird als „Ausnahme" abgewertet, um die negative Bewertung dieser Menschen(-gruppe) beibehalten zu können.

Auch Köpping argumentiert in ihrem Buch mehrfach in diese Richtung: Demnach waren es westdeutsche „Betrüger", die „unnütze Versicherungen oder überteuerte Gebrauchtwagen" verkauften (Köpping, 2018, S. 13, 31), „westdeutsche Kapitalisten", die angeblich in der Margarethenhütte in Großdubrau die Maschinen abgebaut und die „Mitarbeiterlöhne samt Tresor weggeschleppt haben" (S. 25) und „westdeutsche Vorgesetzte", die einen „erfahrenen Ingenieur und Wissenschaftler" entlassen haben (S. 69). Vieles von dem, was Köpping aufzählt, mag stimmen - das von der Margarethenhütte offensichtlich nicht! Aber liegt es tatsächlich daran, dass Auto- und Versicherungsverkäufer*innen oder Vorgesetzte, die Mitarbeiter*innen entlassen haben, Westdeutsche waren? Ist es nicht überall auf der Welt so, dass Menschen die Unwissenheit oder auch das Vertrauen von Menschen missbrauchen, um sich Vorteile zu verschaffen? Entlassen nicht überall auf der Welt Arbeitgeber*innen immer wieder Angestellte, manchmal um den Profit zu maximieren, häufig jedoch auch, um das Unternehmen konkurrenzfähig, vielleicht sogar überlebensfähig zu halten?

Richard Schröder weist auf vergleichbare Praktiken Ostdeutscher hin, die ihre gebrauchten „Lada" an sowjetische Offiziere zu überhöhten Preisen verkauften, sich an „illegalen Transferrubelgeschäften bereicherten, beim Staats- und Parteivermögen hingelangt und bei der Umwandlung der LPGs ihre Mitgenossen über den Tisch gezogen haben" (Schröder, 2018). Haben nicht DDR-Betriebe schon im Februar 1990 Mitarbeiter*innen fristlos entlassen, um Gewinne zu machen (Bahrmann & Links, 1999, S. 237)? Haben sich nicht Tausende DDR-Bürger*innen das Begrüßungsgeld mehrfach auszahlen lassen (S. 162)? Und haben nicht Hunderte DDR-Bürger*innen einfach ihre Kinder allein in der DDR zurückgelassen (S. 211), um ohne „Ballast“ die neuen Freiheiten im „Westen“ genießen zu können?

Mir geht es nicht darum aufzuwiegen, wer „böser“ ist oder häufiger die Naivität bzw. Unwissenheit von Menschen ausgenutzt hat. Mir geht es schon gar nicht darum, „die Ostdeutschen“ in ein negatives Licht zu rücken. Warum sollte ich das tun? Ich bin selbst Ostdeutscher, meine Frau, meine Eltern, Geschwister, einige meiner besten und „ältesten“ Freunde sind Ostdeutsche! Was sollte ich für ein Interesse daran haben, „die Ostdeutschen“ negativ darzustellen?

Mir geht es darum, zu erkennen und einzugestehen, dass es in Ost- und in Westdeutschland - und in allen anderen Ländern der Welt auch - Menschen gibt, die andere ausnutzen und übervorteilen. Das hat nichts mit der Herkunft, sondern mit Charaktereigenschaften von einzelnen Menschen zu tun - in Ost- und in Westdeutschland - und überall auf der Welt!

Köpping will sich mit Recht dem Vorurteil entgegenstellen, dass „Ostdeutsche pauschal als Nazis und Rassisten“ abgestempelt werden (Köpping, 2018, S. 13). Für mich ergeben sich daraus mindestens zwei Fragen: Wer tut das? Belege dafür, wie viele das tun und wer genau das tut, liefert sie nicht! Sie suggeriert damit jedoch, dass „die Westdeutschen“ das tun würden. Und wenn sie sich mit Recht gegen Pauschalisierungen richtet: Warum pauschalisiert sie dann selbst mit den Vorwürfen gegenüber westdeutschen Kapitalisten, Glücksrittern und Betrügern? Als Ministerin für Integration und Gleichstellung sollte sie sich der pauschalisierenden und diskriminierenden Wirkung ihrer Worte bewusst sein. Denn sie integriert nicht, sondern sie spaltet! Und sie stellt nicht gleich, sondern schafft eine Hierarchie: Im Osten die betrogenen, unterdrückten aber moralisch überlegenen „Opfer“, im Westen die arroganten, diskriminierenden, skrupellosen Kapitalisten und Betrüger. Und damit das „Schwarz-Weiß-Schema“ nicht so leicht auffällt, werden ein paar „Nebelkerzen“ gezündet, indem sie darstellt, dass diese Benachteiligungen auch die Konsequenz davon sind, dass „wir Ostdeutschen schnellstmöglich westdeutsch werden wollten“ (S. 36), dass man ja „die wirtschaftliche Misere nicht allein der Treuhand“ zuschreiben kann und dass wir Ostdeutschen „nach der Währungsunion eine Zeit lang keine Ostprodukte mehr“ kauften (S. 43). Für mich klingt das wie das hundertfach als Rechtfertigung gehörte: „Das ist zwar ein Wessi, aber der ist ganz okay“ oder „Ich habe ja gar nichts gegen Ausländer, aber…“.

Warum ich eine grundsätzlich andere Einstellung zu „den Westdeutschen“ als Köpping und viele meiner ostdeutschen Landsleute habe - die ja mehrheitlich die Meinung vertreten, dass Westdeutsche die Ostdeutschen wie „Menschen zweiter Klasse“ behandeln - erkläre ich überwiegend mit der in Kapitel 3 beschriebenen „Kontakthypothese“ die besagt, dass persönliche Kontakte behilflich sind, eigene Vorurteile zu hinterfragen und abzubauen (Dittrich, 2019). Einige meiner überwiegend positiven Erfahrungen möchte ich im Folgenden darstellen.

Schon während meiner Kindheit und Jugend in der DDR haben meine Eltern regelmäßig „Westbesuch“ bekommen. Und niemals in all den Jahren hatte ich das Gefühl, dass „arrogante Wessis“ zu uns gekommen wären, die mit ihrem Wohlstand geprotzt oder uns das Gefühl gegeben hätten, dass wir DDR-Bürger*innen aus irgendeinem

Grund weniger wert seien als sie selbst. Sie haben sich ernsthaft für unser Leben interessiert, sind mit uns einkaufen gegangen und wussten deshalb ziemlich genau, woran es in der DDR mangelt. Sie haben infolgedessen auch immer nur Dinge mitgebracht oder geschickt, die wir tatsächlich benötigten und über die wir uns ehrlich freuten. Und sie haben in meiner Gegenwart niemals ihre D-Mark gezückt, um einen Platz im Restaurant zu bekommen, wenn die leeren Tische mal wieder alle „reserviert" waren. Wir haben uns auch viel über Politik unterhalten und waren dabei nicht immer einer Meinung! Aber auch die Meinungsverschiedenheiten haben dem herzlichen Verhältnis niemals geschadet - bis heute!

Von einem Verwandten - Lehrer an einer Schule in Bayern - habe ich viel über die Unterschiede von Demokratie und Diktatur erfahren, habe mitbekommen, wie schwierig es in einer Demokratie für Politiker*innen ist, die „richtige" Politik für alle zu machen, dass es auch im „reichen" Westen mit dem „vielen Geld" nicht möglich ist, alles zu kaufen, was man sich wünscht und dass die „Versprechen" der Politiker*innen und der Werbung nicht immer in Erfüllung gehen. Von ihm habe ich erstmals etwas vom Hitler-Stalin-Pakt gehört und dass nicht nur unter der Herrschaft Stalins, sondern schon unter Lenin in der Sowjetunion Millionen Menschen ihr Leben verloren! Er hat Kopien von Büchern und SPIEGEL-Artikeln ins Jackenfutter genäht und über die innerdeutsche Grenze geschmuggelt oder auf die Unwissenheit der DDR-Grenzer spekuliert: Das Buch „Farm der Tiere" von Georg Orwell kannten sie offensichtlich nicht und ließen ihn damit passieren. Obwohl er sich immer über den „Zwangsumtausch" geärgert hat, die von der Braunkohleverbrennung und den Zweitaktmotoren verpestete Luft ihm schwer zu schaffen machte, er mehrfach unwürdigen Grenzkontrollen ausgesetzt war, ist er jedes Jahr wieder in die DDR gekommen.

Andere Verwandte kamen nur einmal und dann nie wieder! Auf der Heimreise wurden ihre Koffer nicht nur auf erniedrigende Art und Weise durchwühlt, sondern es wurde auch die Kindernachtwäsche konfisziert! Obwohl vor der Einreise in die DDR bei „OTTO" gekauft, war das Schild „Made in GDR" noch gut zu lesen. Und weil sie den Kaufbeleg nicht vorweisen konnten, wurden sie an der „illegalen Ausfuhr subventionierter Waren" gehindert. Kann man ihnen verübeln, dass sie sich solch einer Prozedur nicht ein weiteres Mal freiwillig unterziehen wollten?

Aber schon unmittelbar nach dem Mauerfall haben sie mich eingeladen und im Mai 1990 habe ich sie im oberbayerischen Waging am See erstmals besucht. Der Ort und die ganze Region, die Landschaft, aber auch die Menschen haben mich sofort fasziniert - und diese Faszination hat nie nachgelassen! Und wenn ich könnte, würde ich diesem Ort einen „Integrationspreis" verleihen!

Am ersten Tag meines Aufenthaltes besuchte ich ein Lauf- und Radsportgeschäft, um eine Luftpumpe für mein Rennrad zu kaufen - in der DDR hatte ich über Monate keine erwerben können! Ich kam mit dem Geschäftsinhaber ins Gespräch, und weil er wie ich ein begeisterter Triathlet war, verabredeten wir uns am Nachmittag spontan zu einer gemeinsamen Radtour. Im Anschluss lud er mich ein, am nächsten Tag mit zur Trainingsausfahrt seines Vereins zu kommen - was ich gern tat. Auch wenn ich Schwierigkeiten hatte den bayerischen Dialekt zu verstehen, war ich fasziniert darüber, wie sehr sich alle für mein Leben in der DDR und meine Erfahrungen während des politischen Umbruchs interessierten.

Mitte Juni bin ich schon ein zweites Mal nach Waging am See gefahren und habe fast kein Training der Rad- und Laufgruppe verpasst. Vorsichtig haben mich einige der neu gewonnenen Sportfreunde gefragt, ob es für mich okay wäre, wenn sie mir ausrangierte Fahrradteile anbieten, bevor sie diese entsorgen. Sie wollten nicht den Eindruck erwecken, dass sie mir ihren „Müll" überlassen. Ich war happy, denn endlich konnte ich mein „Diamant"-Rennrad mit gebrauchten Bremsen, Laufrädern, Pedalen und einer gut funktionierenden Schaltung aufrüsten. Denn diese ausrangierten Komponenten waren um Längen besser als die Originalteile an meinem DDR-Rad. Und kaufen hätte ich mir diese Teile wenige Wochen vor der Währungsunion nicht können, obwohl mir meine Verwandten 500 DM geliehen hatten, damit ich mir schon vor der Währungsunion am 1. Juli etwas kaufen konnte und mich nicht immer einladen lassen musste.

Eine Woche nach der Währungsunion fand der Leipziger Triathlon statt, der größte und bekannteste in der DDR. Auf meinen Vorschlag hin hat sich der Inhaber des Waginger Sportgeschäfts ein Wohnmobil geliehen, dieses mit Sportartikeln beladen und ist gemeinsam mit seiner Frau nach Leipzig gekommen. Für beide war das ein unvergessliches Erlebnis, auch weil wir auf dem Rückweg an den „Dreckschleudern" von Leuna und Buna[126] vorbeikamen. Insbesondere die Frau hatte aufgrund der miserablen Luft und der unzähligen Schlaglöcher in den Straßen mit akutem Brechreiz zu kämpfen!

Im Dezember 1990 bin ich endgültig nach Waging gezogen, meine Verwandten hatten mir vorübergehend ein Zimmer in ihrem Haus angeboten. Die Hilfsbereitschaft und Unterstützung vieler Menschen endete jedoch nicht! Eine ältere Frau vermietete mir ihre Wohnung und begründete das mit „... weil sie ein Ostler sind und es für sie bestimmt schwieriger wird, eine Wohnung zu finden, als für Einheimische." Der Inhaber des Sportgeschäftes vermittelte mir den Kontakt zu drei jungen Männern, die sich selbstständig machen wollten, aber keinen Meister hatten, was Voraussetzung für die Gründung eines Handwerksbetriebes (Kunstschmiede) ist. Mit der Idee, mein in der DDR abgeschlossenes Ingenieurstudium als „Meisterersatz" zu nutzen, fuhren wir vier zur Industrie- und Handwerkskammer nach München. Es funktionierte, auch wenn ich von meinem inzwischen geschlossenen früheren DDR-Betrieb einige Unterlagen auf nicht ganz legalem Weg beschaffen musste!

Recht schnell musste ich jedoch erkennen, was sich schon in der DDR angedeutet hatte: Technik ist nicht mein Ding, ich will mit Menschen arbeiten! Als ich hörte, dass das Waginger Fitness-Studio zum Kauf angeboten wurde, nahm ich zu den Inhabern Kontakt auf. Aber schnell kamen Zweifel auf: Kann und will ich mich selbständig machen? Bekomme ich überhaupt einen Kredit von der Bank? Schließlich hatte ich als Ostdeutscher keine Sicherheiten vorzuweisen. Die perfekte Idee kam von einem (westdeutschen) Steuerberater, der mir empfahl, dass Studio für ein Jahr auf Probe zu pachten. Die Inhaber - ein Zahnarzt-Ehepaar aus Waging am See - waren damit einverstanden, und somit eröffnete ich im Oktober 1992 - gerade mal drei Jahre nach dem Mauerfall - „mein" Fitness-Studio! Die Eröffnung war überwältigend: Viele Sportfreunde, aber auch einige Waginger Geschäftsleute kamen auf ein Glas Sekt vorbei, um mir viel Glück und Erfolg zu wünschen. Einige Tage später kam auch der Bürgermeister und

---

[126] große Chemiewerke im Raum Leipzig/Halle

unterhielt sich fast zwei Stunden mit mir über mein Leben in der DDR, meine Beweggründe für den Umzug nach Bayern und wünschte mir mit dem Fitness-Studio viel Erfolg.

Dieser stellte sich jedoch nicht wirklich ein: Trotz großer Anerkennung für mein Engagement und meine Ideen, mit denen ich das seit Jahren unrentable Studio beleben wollte, musste ich mir nach gut einem halben Jahr eingestehen, dass ich „rote Zahlen" schreibe und ohne finanzielles „Polster" zur Aufgabe gezwungen sein werde. Auch in dieser schwierigen Situation kamen mir die Inhaber entgegen: Sie entließen mich vorzeitig aus dem Pachtvertrag! Auch wenn sie die Verluste sicherlich leichter kompensieren, möglicherweise sogar von der Steuer absetzen konnten, war ich ihnen sehr dankbar, denn sie bewahrten mich vor noch größerem finanziellem Schaden. Sie hätten das nicht tun müssen!

Diese Beispiele machen deutlich, dass ich viel öfter die Erfahrung gemacht habe, dass mich Westdeutsche unterstützten, mir entgegenkamen und sich wirklich für mich interessierten, statt mich als „Menschen zweiter Klasse" zu behandeln. Und ich könnte noch viele weitere Erlebnisse und Begegnungen mit Westdeutschen aufzählen, egal ob in Bayern, an der Fachhochschule in Erfurt und im Weserbergland, wo ich seit 2007 wohne und arbeite.

Das bedeutet jedoch nicht, dass ich immer nur gute Erfahrungen mit Menschen in Bayern oder generell mit Menschen westdeutscher Herkunft gemacht habe. Ein Erlebnis - obwohl es auf den ersten Blick banal erscheint - hat mich nachhaltig geprägt und für vergleichbare Situationen sensibel gemacht: Kurze Zeit nachdem ich im Dezember 1990 bei meinen Verwandten eingezogen bin, hat mich mein „Onkel" (eigentlich ist er viel entfernter verwandt) zum Kegeln mit seinen Freunden eingeladen. Einer dieser Kegelfreunde - überzeugter Anhänger von Franz-Josef Strauß - war auf „die Ostler" gar nicht gut zu sprechen und ließ seinem Frust darüber aus, dass die DDR-Bürger*innen doch selbst schuld waren, dass sie sich so lange von der SED und der Stasi unterdrücken lassen haben. Und wenn „ihr mal richtig gearbeitet hättet", müssten „wir" jetzt nicht so viel zahlen, waren nur zwei seiner vielen Argumente. Als erstes überraschte mich, dass ihm sofort einige seiner Kegelfreunde widersprachen, wenn auch nur zaghaft. Als ich ihn fragte, wieso er sich denn so sicher sei, dass er, wenn Bayern sowjetische Besatzungszone gewesen wäre, nicht SED-Mitglied oder Stasi-IM geworden wäre, wendete sich das Blatt. Alle seine bayerischen Kegelfreunde stellten sich gegen ihn und verteidigten mich - den „Ostler"! Der Strauß-Fan wurde immer leiser, denn fast jedes seiner Argumente konnte von mir oder von seinen Kegelfreunden entkräftet und als Vorurteil entlarvt werden. Vor lauter politischer Diskussion wurde an dem Abend kaum noch gekegelt, aber leidenschaftlich über Politik diskutiert und laut über unterschiedliche Meinungen gestritten!

Die größte Überraschung erlebte ich jedoch ein paar Tage später im Ort: Der „Kegelfreund" kam mir - allerdings auf der anderen Straßenseite - entgegen. Als er mich wahrgenommen hatte, wechselte er die Straßenseite, kam auf mich zu und fragte mich, ob er mich auf ein Bier einladen könne. Noch bevor wir die erste „Halbe" auf dem Tisch stehen hatten, entschuldigte er sich bei mir für sein Verhalten und für seine Einstellungen! Ich war völlig überrascht und konnte gar nicht recht glauben, was ich eben erlebt hatte. In dieser Deutlichkeit hatte sich bei mir noch **nie** jemand freiwillig für etwas entschuldigt! Schließlich hätte er auf der anderen Straßenseite an mir vorbeigehen können! Von da an hatten wir ein sehr entspanntes Verhältnis, und auch wenn wir nicht immer einer Meinung waren, hat er sich in meiner Gegenwart nie wieder diskriminierend über „Ostler“ geäußert.

Dieses Phänomen, dass sich Menschen für offensichtlich falsches und diskriminierendes Verhalten entschuldigen und versuchen, künftig an ihrem Verhalten etwas zu ändern, habe ich in den vergangenen 30 Jahren **deutlich** öfter bei Westdeutschen wahrgenommen als bei Ostdeutschen! Es sind bei Weitem nicht alle Westdeutschen dazu bereit und in der Lage, aber zumindest in meiner Wahrnehmung, sind es viel mehr als Ostdeutsche! Ich führe das auf den im 2. Kapitel beschriebenen, deutlich länger als in Ostdeutschland verinnerlichten, Meinungspluralismus in Westdeutschland zurück. Ich glaube, dass Menschen, die Meinungspluralismus verinnerlicht haben und versuchen, diesen zu leben, zwar ihre Meinung gegen andere Meinungen verteidigen. Wenn sie jedoch mit Argumenten davon überzeugt werden können, dass ihre Meinung nicht richtig sein kann, sind sie häufig auch in der Lage, dies einzugestehen, ohne zu befürchten, dass sie dadurch ihr „Gesicht verlieren”. Anders ist das in meiner Wahrnehmung bei vielen Ostdeutschen - bis heute! Da es für viele in der DDR sozialisierte Menschen nur eine „Wahrheit“ gibt, bedeutet das Eingeständnis eines Fehlers oder etwas Falsches gesagt zu haben einen (gefühlten) Autoritäts- oder zumindest Gesichtsverlust! Häufig wird dann mit „Totschlagsargumenten“ erwidert, persönlich angegriffen oder beim „Gegner“ zumindest eine Teilschuld gesucht.

Ein Beispiel - kein Beweis meiner These(!) - hierfür ist die von Richard Schröder widerlegte Version der Abwicklung der Margarethenhütte in Großdubrau, die Petra Köpping in ihrem Buch beschreibt. Statt einzugestehen, dass ihre Version, wonach die westdeutsche Konkurrenz die Maschinen abgebaut und den Tresor mit den Löhnen der Mitarbeiter*innen mitgenommen habe, nicht stimmt, verweist sie darauf, dass auch sie „Recht hat“, weil sie nicht wie Schröder die „wirtschaftliche“, sondern auch die „menschliche“ Seite betrachtet haben will. Für die Ministerin ist es also „menschlich“, anderen Menschen - in dem Fall Westdeutschen - negative Eigenschaften anzudichten, weil es in ihr politisches Weltbild passt!

Ich möchte noch einmal betonen, dass ich das nicht empirisch belegen kann, sondern dass diese Erkenntnisse auf persönlichen Wahrnehmungen beruhen, die ich seit diesem Kegelabend in Waging am See beobachtet habe, der mich für diese Problematik sehr sensibilisiert hat. Und mir ist auch wichtig zu betonen, dass ich auch Westdeutsche erlebt habe, die stur und uneinsichtig sind, und dass ich natürlich auch Ostdeutsche kenne, die bereit und in der Lage sind, Fehler einzugestehen. Den Unterschied mache ich am Verhältnis fest, und das spricht nach meiner subjektiven Wahrnehmung sehr eindeutig für „die Westdeutschen“!

Ich habe in den sieben Jahren, die ich in Oberbayern gelebt habe, noch einige andere Erfahrungen gemacht, die meine aus der DDR mitgebrachten Einstellungen verändert haben. In der DDR habe ich von Kindheit an gelernt, dass Arbeitgeber*innen „Kapitalisten“ und „Ausbeuter“ sind. Aus diesem Grund wurden in der DDR auch die meisten Privatunternehmen enteignet und in „Volkseigentum“ umgewandelt. Wenn die „Produktionsmittel“ dem Volk und nicht - wie im Kapitalismus üblich - einzelnen Unternehmer*innen gehören, gibt es keine Ausbeutung „des werktätigen Volkes“ - so die Logik der SED.

In der ländlichen Region Oberbayerns gibt es sehr viele kleine Handwerksunternehmen mit meist weniger als 20 Mitarbeiter*innen. Aufgrund meiner verschiedenen Tätigkeiten in der Kunstschmiede, im Fitness-Studio und später im Sporthotel, aber auch durch meine Aktivitäten im Sport- und im Alpenverein, habe ich viele solcher „Kapitalisten“ und „Ausbeuter“ kennengelernt. Und ich war überrascht: Das sind ja Menschen! Erst hier habe ich festgestellt, was es bedeutet, Arbeitgeber*in zu sein: Aufträge beschaffen, mit Kund*innen verhandeln, schnell auf jede Veränderung am Markt reagieren. Aber auch Konflikte mit dem Team bzw. innerhalb des Teams moderieren und lösen, auf Probleme und Ängste der Mitarbeiter*innen eingehen und vieles mehr! Den meisten Arbeitgeber*innen - v.a. kleiner Familienunternehmen - sind ihre Mitarbeiter*innen nicht egal, sie wollen diese nicht „ausbeuten“, sondern sie betrachten ihr Personal als ihr „Kapital“ und als Menschen, für die sie Verantwortung tragen! Sie haben schlaflose Nächte, wenn sie nicht wissen, wie sie die Löhne und Gehälter ihrer Angestellten bezahlen sollen, sie einen Teil womöglich entlassen müssen oder wenn Mitarbeiter*innen persönliche Krisen durchleben. Aber sie sind auch verzweifelt, wenn Mitarbeiter*innen wochenlang wegen Krankheit ausfallen. Und sie sind zu Recht verärgert, wenn jemand „krankfeiert“, dessen Lohn sie weiterzahlen müssen, während andere Mitarbeiter*innen die Arbeit der vermeintlich kranken Kolleg*innen „on top“ bekommen. Deshalb kann ich jetzt auch die Nöte vieler Arbeitgeber*innen in Ostdeutschland verstehen - egal ob sie Westdeutsche oder Ostdeutsche waren - die nicht wussten, wo sie die produzierten Waren verkaufen sollten, die aufgrund der im Vergleich zur Produktivität zu schnell gestiegenen Löhne auf dem Markt zu teuer waren. Viele dieser Arbeitgeber*innen hatten nur die Wahl zwischen „Pest und Cholera“: Entweder Löhne unter Tarif bezahlen oder die Firma in den Konkurs führen! Mit „Ausbeutung“ und „Diskriminierung“ hatte das häufig wenig zu tun, wenngleich es natürlich auch das gab und gibt. Ich weiß heute, dass ich aufgrund meines in der DDR erlernten Denkens einiges gesagt und getan habe, was ich heute nicht mehr sagen oder tun würde - und für manches würde ich mich heute gern entschuldigen!

Trotz der positiven Erfahrungen und der vielfältigen Unterstützung habe ich beruflich in Bayern nie „Fuß fassen“ können. Das lag nach meiner Überzeugung jedoch viel weniger an den Arbeitgeber*innen in Bayern oder an „den Westdeutschen”, sondern viel mehr an mir und an den Kompetenzen, die ich aus der DDR mitgebracht - oder nicht mitgebracht - hatte. Sowohl mein Abitur als auch mein Abendstudium an der TU Karl-Marx-Stadt wurden von bayerischen Behörden anerkannt und mit den Abschlüssen von westdeutschen Hochschulen „gleichgestellt“. Aber die Hauptfächer in meinem Studium waren Russisch und Marxismus-Leninismus! Ich habe während des ganzen Studiums - das ich im Sommer 1988 abgeschlossen habe - nicht eine einzige Stunde an einem Computer gesessen! Warum hätte mich ein/e westdeutsche/r Arbeitgeber*in einstellen sollen, wenn es doch auf dem Arbeitsmarkt viele Konkurrent*innen gab, die Kompetenzen mitbrachten, die ich in der DDR nicht erwerben konnte? Was hätten den Unternehmer*innen meine Kenntnisse in Russisch und Marxismus-Leninismus genutzt? Aus diesem Grund habe ich in den sieben Jahren in Bayern (fast) ausschließlich in Bereichen gearbeitet, für die kein Berufsabschluss nötig war. Häufig wurden die Beschäftigungen schlecht bezahlt, ich hatte nur befristete Arbeitsverträge und war weit unter meiner Qualifikation angestellt - manchmal auch unter Arbeitgeber*innen, die tatsächlich „Ausbeuter" waren!

1994 verabschiedete die Bundesregierung das 2. SED-Unrechtsbereinigungsgesetz, das u.a. besagt, dass Menschen, die in der DDR aus politischen Gründen nicht studieren oder in ihrem erlernten Berufen arbeiten konnten, noch einmal eine Ausbildung oder ein Studium aufnehmen können. Ich stellte den Antrag, wurde als sogenannter „Verfolgter Schüler" anerkannt und bekam die Zusage, dass ich trotz Überschreitung der Altersgrenze BAföG als „Zuschuss" erhalte, also nichts zurückzahlen muss[127]!

Recht schnell wurde mir jedoch bewusst, dass ich mir mit dem BAföG die teuren Lebenshaltungskosten in Oberbayern nicht leisten kann. Deshalb verließ ich Anfang Oktober 1997 Bayern schweren Herzens und ging an die Fachhochschule nach Erfurt, wo ich die bereits beschriebenen Erfahrungen machte.

Obwohl ich während des Studiums aus finanziellen und gesundheitlichen Gründen nur selten wieder nach Oberbayern gekommen bin, ist der Kontakt zu einigen meiner dort gewonnenen Freunde nie abgerissen. Im Sommer 2019 war ich wieder einmal in der Region und habe bei einem der Sportfreunde telefonisch angefragt, ob wir nicht mal wieder gemeinsam Radfahren könnten. Zu meiner Überraschung haben sich acht meiner früheren Radfreunde für diese spontane Radtour und den gemeinsamen Abend in der Pizzeria Zeit genommen - einige hatte ich seit 22 Jahren nicht gesehen! Und wieder war es so, dass sie sich nicht nur für mich interessiert haben, sondern auch meine Meinung wissen wollten, warum es auch nach 30 Jahren mit dem Zusammenwachsen der beiden deutschen Staaten so schwierig ist, und warum in Ostdeutschland so viele Menschen rechtsextreme Einstellungen vertreten. Weder Desinteresse noch Arroganz oder Besserwisserei konnte ich bei den Sportfreunden feststellen. Im Gegenteil: Interesse, Verständnis und die Hoffnung nach „tatsächlicher Einheit" standen im Mittelpunkt der Unterhaltungen während der Radtour und dem gemeinsamen Essen!

Gibt es „Menschen zweiter Klasse" erst seit der Vereinigung Deutschlands?

In meinen bisherigen Ausführungen habe ich erläutert, warum ich die Ansicht der Mehrheit der Ostdeutschen, wonach Westdeutsche sie wie „Menschen zweiter Klasse" behandeln, nicht teile. Es stimmt, dass sich nach der Vereinigung für die Ostdeutschen fast alles, für die Westdeutschen dagegen fast nichts geändert hat. Es stimmt auch, dass die Löhne in Ostdeutschland niedriger, die Arbeitslosigkeit aber höher ist und dass führende Positionen häufig mit Westdeutschen besetzt sind. All diese Fakten beweisen jedoch nicht, dass sie auf Demütigungen und Diskriminierungen durch „die Westdeutschen" zurückzuführen sind. Denn alle bestehenden Benachteiligungen haben ihre Ursache in der Politik der DDR-Regierungen oder sind Folgen von Entscheidungen, welche die DDR-Bürger*innen bzw. die Ostdeutschen selbst getroffen haben und auch heute noch treffen. Die Ursachen oder gar die „Schuld" für die Benachteiligungen nicht

[127] Auch dieses BAföG haben die (überwiegend west-)deutschen Steuerzahler*innen finanziert und nicht die PDS als Nachfolgerin der Verursacher, der SED!

bei sich selbst bzw. der Politik der SED, sondern bei „den Westdeutschen“ zu suchen, ist aus meiner Sicht weder „gerecht“, noch ist mit diesem Verhalten damit zu rechnen, dass die „Einheit in den Köpfen“ erreicht wird - im Gegenteil! Viele Westdeutsche werden möglicherweise auf die als „ungerecht“ und „undankbar“ empfundenen Beschuldigungen mit Unverständnis und zunehmender Distanzierung reagieren. Und möglicherweise wird bei vielen (nicht bei allen!) Ostdeutschen die Motivation verloren gehen, die positiven Veränderungen der letzten 30 Jahre zu erkennen und daraus Kraft zu schöpfen, Ostdeutschland noch attraktiver zu machen. Sie werden womöglich in der „Opferrolle“ verharren und auf Hilfe von „der Politik“ hoffen, statt mit Engagement und Kreativität die bestehenden Probleme zu lösen. Da „die Politik“ selbst mit bestem Willen und viel Geld jedoch nicht alle historisch gewachsenen und durch den politischen Umbruch entstandenen Benachteiligungen beheben kann, könnte das auch künftig zu Politik- und Demokratieunzufriedenheit führen, was die Wahl von „Protestparteien“ wiederum begünstigt.

Es gibt noch einen weiteren Aspekt, warum es mich ärgert, dass so viele Menschen in Ostdeutschland „den Westdeutschen“ unterstellen, sie wie „Menschen zweiter Klasse“ zu behandeln. Auch wenn die Mehrheit der DDR-Bürger*innen nicht im religiösen Sinn erzogen wurde, kennen viele von ihnen den biblischen Spruch: „Wer von euch ohne Schuld ist, werfe den ersten Stein.“ Hat es nicht auch in der DDR und auch nach der Vereinigung in Ostdeutschland Millionen von Fällen gegeben, in denen DDR-Bürger*innen und Ostdeutsche andere Personen wie „Menschen zweiter Klasse“ behandelt haben?

Und damit meine ich nicht nur die massenhaften Unterdrückungen von Menschen in der DDR durch den Staatsapparat der SED und die Staatssicherheit, die hinlänglich bekannt sind und deren Aufzählungen nicht in ein Buch passen würden. Nein, ich meine damit die vielen „kleinen“ Diskriminierungen, die häufig im Namen „der Partei“ verübt wurden, aber auch von „ganz normalen Menschen“, die es als ihre „Pflicht“ angesehen haben, andere Menschen zu unterdrücken oder zu denunzieren oder die es getan haben, um sich selbst einen Vorteil zu verschaffen.

Ich meine damit z.B. Grenzkontrolleur*innen, die nicht nur - wie bereits beschrieben - Westdeutsche beim Grenzübertritt auf menschenunwürdige Art durchsuchten und ihnen ihr persönliches Eigentum entwendeten, wenn ihnen danach war. Es konnte auch jeder/m DDR-Bürger*in bei der Ein- und Ausreise in die „sozialistischen Bruderländer“ passieren, dass er/sie von den eigenen Landsleuten erniedrigend behandelt wurde.

Ich erinnere an Offiziere der NVA, die Soldaten häufig mit sinnlosen Befehlen schikanierten, wenn sie ihnen z.B. die seltenen Urlaube und Ausgänge verwehrten und damit viele Beziehungen und Ehen zerstörten. Nicht wenige junge Männer litten unter den Strapazen und Diskriminierungen während ihres „Ehrendienstes“, wurden psychisch krank oder sogar in den Suizid getrieben. Aber nicht nur Offiziere trugen zur Unterdrückung in der NVA bei: Das von den Offizieren weitgehend geduldete, teilweise geförderte EK[128]-System sorgte zusätzlich dafür, dass viele Soldaten und Unteroffiziere

[128] „EK“ ist die Abkürzung für „Entlassungskandidaten“. Damit sind die Soldaten und Unteroffiziere des letzten Diensthalbjahres gemeint, die in der NVA
häufig besondere Privilegien genossen oder für sich in Anspruch nahmen.

körperliche und psychische Schäden davongetragen haben.

Ich meine damit auch die Lehrer und Lehrer*innen, die Kinder und Jugendliche benachteiligten, weil sie nicht Pionier oder FDJ[129]-ler*in waren, nicht an der Jugendweihe teilnahmen oder eine „Bravo“ oder andere „Westzeitschrift“ mit in die Schule gebracht hatten. Ich denke ebenso an Betriebs- und Abteilungsleiter*innen in den „Volkseigenen Betrieben“, die Kolleg*innen die Beförderung oder eine ihnen zustehende Auszeichnung versagten, weil diese nicht SED-Mitglied waren und es auch nicht werden wollten. Nicht selten benachteiligten sie Mitarbeiter*innen, wenn diese am 1. Mai nicht demonstrierten oder sich nicht an den „Wahlen“ beteiligen wollten. Ich zähle dazu auch Trainer und Trainerinnen der Kinder- und Jugendsportschulen und der Sportclubs, die Minderjährigen ohne ihr Wissen und ohne Einwilligung der Eltern Anabolika und andere Dopingmittel verabreichten und somit wissentlich die Gesundheit, möglicherweise sogar das Leben der jungen Menschen zerstörten. Auch Verkäufer*innen in Geschäften, die begehrte „Bückwaren[130]“ in ihrem Sortiment hatten und diese Artikel nur an gute Freunde oder gegen einen Extrabonus - gerne in D-Mark - herausgaben und sich dabei möglicherweise gar nicht bewusst waren, dass sie somit Mitbürger*innen, denen sie diese Waren vorenthielten, wie „Menschen zweiter Klasse“ behandelten. Auch Kellner*innen in den Restaurants zähle ich dazu. Häufig haben sie Tische grundlos mit „reserviert“ deklariert, um weniger Arbeit zu haben - es sei denn, ein Gast konnte mit D-Mark die „Reservierung“ aufheben. Gerne nahmen auch Handwerker*innen D-Mark für ihre Dienstleistungen und diskriminierten damit Mitbürger*innen, die keinen Zugang zu „richtigem Geld“ hatten. Diese Aufzählung könnte ich über Seiten fortführen. Ich glaube, dass sich fast alle ehemaligen DDR-Bürger*innen an ähnliche Situationen erinnern werden.

Auch nach der Vereinigung Deutschlands haben Ostdeutsche andere Menschen diskriminiert und als „Menschen zweiter Klasse“ behandelt. Die von Köpping zum Buchtitel erkorene Parole: „Integriert doch erstmal uns!“ besagt meines Erachtens, dass es unter den in Deutschland lebenden Menschen eine natürliche Hierarchie gibt, nach deren Logik „wir“ - die zu „integrierenden“ Ostdeutschen - über den anderen - den angeblich „integrierten“ Flüchtlingen - stehen. Ich möchte auch an die bereits beschriebenen Ereignisse in Rostock-Lichtenhagen erinnern, wo Rostocker Bürger*innen von den Asylbewerber*innen behaupteten: „Das sind doch keine Menschen!“ Auch wenn bei Pegida-Demonstrationen aus Tausenden Kehlen den Bootsflüchtlingen „Absaufen!“ (Dalkowski, 2018) entgegen gebrüllt wurde, ist das eine Abwertung von Menschen, die sogar so weit geht, dass diese Flüchtlinge nicht nur als „Menschen zweiter Klasse“, sondern noch tiefer, nämlich als „keine Menschen“ eingestuft werden.

Auch die zahlreichen Unterstellungen gegenüber „den Westdeutschen“, die den DDR-Bürger*innen angeblich gegen ihren Willen ihr System „übergestülpt“ haben, dass die westdeutsch dominierte Treuhand die ostdeutschen Betriebe kaputtgemacht hätte, „die Westdeutschen“ für die niedrigeren Löhne und angeblich niedrigeren Renten

---

[129] Die „Freie Deutsche Jugend“ war die Jugendorganisation in der DDR.

[130] Aufgrund der Mangelversorgung wurden viele begehrte Artikel unter dem Ladentisch für bevorzugte Kunden zurückgelegt. Die Verkäufer*innen mussten sich dann „bücken“, um an die Waren zu gelangen.

in Ostdeutschland verantwortlich gemacht werden, sind nach meiner Überzeugung Beispiele dafür, dass viele Ostdeutsche „die Westdeutschen" als „Menschen zweiter Klasse" betrachten[131]. Denn sie unterstellen „den Westdeutschen" kollektiv unmoralisches, unsoziales, diskriminierendes und abwertendes Verhalten, obwohl diese wenig oder gar nichts zu den wahrgenommenen Benachteiligungen beigetragen haben. Gleichzeitig übersehen die ostdeutschen Bürger*innen - um wieder an die Gerechtigkeitstheorie von Rawls anzuknüpfen - dass sie, wenn sie im Westen Deutschlands aufgewachsen wären, wahrscheinlich nicht anders gehandelt hätten und sich möglicherweise auch zu Recht über die Beschuldigungen „der Ostdeutschen" ärgern würden. Umgekehrt gilt jedoch die Gerechtigkeitstheorie auch für „die Westdeutschen": Sie sollten sich mit Zuschreibungen über die „undankbaren" und „immer unzufriedenen" Ostdeutschen zurückhalten, denn wahrscheinlich würden sie an ihrer Stelle ähnlich denken und handeln - vermute ich!

Diese Liste ließe sich unendlich fortsetzen und mit Beispielen illustrieren. Ich verzichte an dieser Stelle darauf, werde jedoch in meinem nächsten Buch anhand zahlreicher Beispiele alltägliche Diskriminierungen in der DDR ausführlich beschreiben. Auch bei den hier aufgeführten Beispielen geht es mir nicht darum, tatsächliche oder lediglich gefühlte Diskriminierungserfahrungen in Ost und West gegeneinander aufzuwiegen. Ich hoffe jedoch, dass der Eine oder die Andere sich selbst dabei ertappt hat, andere Menschen als „Menschen zweiter Klasse" behandelt zu haben, ohne dass ihm/ihr das bewusst war. Ich glaube nicht, dass es viele Menschen in Deutschland oder anderen Ländern der Welt gibt, die noch nie einen anderen Menschen diskriminiert und somit wie einen „Menschen zweiter Klasse" behandelt haben. Deshalb sollten nach meiner Überzeugung alle Menschen sich selbst hinterfragen, bevor sie dieses Urteil über andere Menschen oder eine andere Menschengruppe fällen!

Es gibt aus meiner Sicht noch ein weiteres Beispiel, das verdeutlicht, dass auch Ostdeutsche, die in den alten Bundesländern aufgewachsenen Menschen diskriminieren. Schon 1995 wurden im Magazin DER SPIEGEL die Ergebnisse einer Meinungsumfrage veröffentlicht, aus der u.a. hervorgeht, dass 97% der Ostdeutschen der Aussage zustimmen: „Über das Leben in der DDR kann nur mitreden, wer selbst dort gelebt hat" (DER SPIEGEL, 1995, S. 40-52)! Auch Wolf Wagner hat diese Erfahrung mit Studierenden an der FH Erfurt gemacht. Immer dann, wenn er etwas zur Geschichte der DDR oder zur Entwicklung der neuen Bundesländer gesagt hat, ist er auf Skepsis und Ablehnung gestoßen (Wagner, 1996, S. 115). Ich selbst habe das noch 2007 in einem Seminar zum Thema „Politische Bildung" an der gleichen Fachhochschule erleben müssen. Einer meiner ersten Sätze im Seminar lautete sinngemäß: „Politische Bildung in der DDR war überwiegend antifaschistische Erziehung. Aufgrund der zahlreichen rechtsextremistisch motivierten Straftaten gerade in Ostdeutschland, muss man heute

---

[131] Die skurrilste Behauptung habe ich im Sommer 2005 während eines Urlaubs auf Rügen erlebt: Die Vermieter*innen einer Ferienwohnung behaupteten voller Überzeugung, dass die „westdeutsch dominierten Wetterdienste" den Wetterbericht für die ostdeutsche Ostseeküste immer „schlecht machen", damit die Tagestouristen westdeutsche Urlaubsregionen bevorzugen! Das war keine Einzelmeinung: Fast alle Einheimischen, die ich darauf angesprochen habe, erwiderten mir, dass das ein „Fakt" sei. Ein Paar behauptete sogar, dass das „wissenschaftlich erwiesen" wäre.

davon ausgehen, dass diese Erziehung nicht so erfolgreich war, wie über viele Jahre vermutet wurde." Für diesen - auch aus meiner heutigen Sicht harmlosen und alles andere als diskriminierend gemeinten Satz - schlug mir von den Studierenden pure Entrüstung entgegen. Mindestens 45 Minuten lang hörte ich mir zahlreiche Argumente der Studierenden an, was in der DDR alles gut war: Von der Kinderbetreuung über die Polikliniken, die niedrigen Mieten, die Brötchen für 5 Pfennig und natürlich auch die „antifaschistische Erziehung". Als ein Student mit deutlich bayerischem Akzent seine Kommiliton*innen fragte, was ich denn Falsches gesagt hätte, wandte sich die Entrüstung gegen ihn und gipfelte in den Worten: „Du kannst überhaupt nicht mitreden, Du bist ja ein Wessi!" Ich war sowohl über die Reaktion mir gegenüber als auch gegenüber dem bayerischen Studenten absolut schockiert und gleichzeitig ratlos, denn ich wusste nicht mehr, wie ich ein Semester lang ein Seminar zur politischen Bildung gestalten sollte. Schockiert war ich insbesondere auch, weil fast alle Studierenden zum Zeitpunkt der Vereinigung zwischen zwei und vier Jahren alt waren, die DDR also überhaupt nicht aus persönlicher Erfahrung kannten!

Wagner schrieb zu diesem Phänomen, dass in der Aussage „Über die DDR kann nur reden, wer dort aufgewachsen ist" der wahre Kern steckt, dass man vieles nur verstehen kann, wenn man „eine Kultur von innen kennt." Er hält jedoch dagegen, dass, wenn daraus der Satz wird: „Über die DDR darf nur reden, wer dort aufgewachsen ist", die Teilung Deutschlands festgeschrieben wird. Und er ergänzt, dass Menschen, die in einem System aufgewachsen sind, vieles nicht mehr wahrnehmen und ihnen somit die Chance entgeht, eine fremde Sicht auf die eigene Kultur zu werfen (Wagner, 1996, S. 116). Die eigene Kultur und die eigenen Verhaltensweisen immer nur aus der eigenen Sicht zu betrachten und zu beurteilen, macht jedoch „betriebsblind" und hemmt somit die eigene Weiterentwicklung.

Mir drängen sich bei dieser Denkweise weitere Fragen auf: Darf ich über den Nationalsozialismus nur eine Meinung haben, wenn ich die Zeit selbst erlebt habe? Darf ich mich über Drogen nur äußern, wenn ich selbst schon Drogen eingenommen oder sie an andere verkauft habe? Darf ich über sexuelle Belästigung von Frauen eine Meinung haben, obwohl ich gar keine Frau bin? Und wieso haben so viele Ostdeutsche eine Meinung über die Treuhand, obwohl sie doch nie für die Treuhand gearbeitet haben und somit gar nicht wissen können, wie, von wem und unter welchen Voraussetzungen dort Entscheidungen getroffen wurden? Und all jenen, die zu Recht behaupten, dass sie jedoch die Auswirkungen des Handels der Treuhand zu spüren bekommen haben, kann jede/r Westdeutsche entgegenhalten: Auch wir haben die Auswirkungen der deutschen Einheit, die Folgen der jahrzehntelangen Misswirtschaft, die massiven Umweltschäden und die Diskriminierungen bei Besuchen in der DDR, zu spüren bekommen! Warum sollen wir dann keine Meinung über die DDR haben dürfen?

Auch diesbezüglich agiert die sächsische Ministerin Köpping nicht integrierend und ausgleichend: Sie betont zwar zurecht, dass wir „eine *gesamtdeutsche*[132] Aufarbeitung der Verwerfungen und Verletzungen der Nachwendezeit" brauchen, behauptet jedoch im

[132] Hervorhebung im Original

nächsten Satz, „dass konservative westdeutsche Wissenschaftler" den Ostdeutschen erklären würden, warum alles so kommen musste. Und sie fordert, dass „wir für unsere ostdeutschen Erfahrungen die Deutungshoheit für die Nachwendezeit zurückerobern" müssten (Köpping, 2018, S. 149). Sind Richard Schröder, Hans-Joachim Maaz, Stefan Wolle und viele andere von mir zitierte Fachleute „konservative westdeutsche Wissenschaftler"? Wo sind überhaupt westdeutsche Wissenschaftler*innen und Politiker*innen, die eine „Deutungshoheit" für sich beanspruchen? Diese Wissenschaftler*innen und Politiker*innen - und bei Weitem nicht nur westdeutsche - haben ihre Meinungen zum Agieren der Treuhand bzw. der Politiker*innen im Vereinigungsprozess anhand wissenschaftlicher Expertisen abgegeben. Diese können ohne Zweifel unterschiedlich interpretiert werden, eine „Deutungshoheit" hat – anders als Ministerin Köpping - niemand beansprucht! Auch an dieser Aussage wird deutlich, dass Köpping selbst nach 30-jährigem Leben in einer Demokratie, offensichtlich nicht in der Lage ist, andere Meinungen auszuhalten, wie das in einer pluralistischen Gesellschaft üblich ist. Stattdessen will sie eine Hoheit - also eine Hierarchie der Meinungen - schaffen, in der selbstverständlich ihre Meinungen und die „der Ostdeutschen" überlegen sind! Darüber sollte tatsächlich „auf Augenhöhe" diskutiert werden, weil sonst Deutschland noch lange nicht zusammenwachsen wird, wie sie auch aus meiner Sicht völlig richtig argumentiert (ebd.). Wenn sie jedoch lediglich „auf Augenhöhe" diskutieren möchte, um am Ende die „Deutungshoheit", also die alleinige „Wahrheit" für sich zu beanspruchen, wird die Diskussion ohne erkennbare Annäherung enden.

Das Seminar mit den Studierenden wurde schließlich ein Erfolg, auch wenn ca. ein Viertel der Studierenden an den folgenden Lehrveranstaltungen nicht mehr teilgenommen hat. Ich habe über das Büro einer Thüringer Bundestagsabgeordneten eine mehrtägige Fahrt nach Berlin organisiert. Wir besichtigten den Bundestag, besuchten eine Bundestagsdebatte, die Bundeszentrale für politische Bildung und schlossen die Exkursion mit einer Führung in der Stasi-Gedenkstätte Hohenschönhausen ab. Letztere haben einige Student*innen mit Tränen in den Augen verlassen, schockiert über das, was sie dort gesehen und gehört haben. Mir haben später einige Student*innen gesagt, dass sie das nicht gewusst und weder von ihren Eltern und Großeltern noch in der Schule jemals gehört hätten - was mich wiederum schockierte! Die Reaktion hat mir jedoch gezeigt, dass es richtig war, die Studierenden mit dem Thema zu konfrontieren. Zumindest einige von ihnen haben den verklärten Blick, den sie offensichtlich von ihren Eltern, Großeltern und Lehrer*innen über die DDR vermittelt bekommen haben, überdacht.

Diese Erfahrungen waren meine zentrale Motivation, dieses Buch zu schreiben! Gerade weil ich selbst Ostdeutscher bin, fühle ich mich berufen - wenn nicht gar verpflichtet - Probleme ansprechen, die aus Sicht vieler Ostdeutscher ein „Wessi" nicht sagen und schreiben dürfte, ohne sich neuen Beschuldigungen auszusetzen. Wenn meine Argumente ein Westdeutscher niedergeschrieben hätte, wäre er sofort den Vorwürfen vom „arroganten Besserwessi" ausgesetzt, der die Menschen in Ostdeutschland diskriminiert, beleidigt und als „Menschen zweiter Klasse" behandelt. Das kann mir niemand vorwerfen, weil ich kein „Wessi" bin! Warum sollte ich meine Frau, meine Eltern, Geschwister, Freunde und meine ostdeutschen „Landsleute“ beleidigen und diskriminieren? Das kann nicht mein Anliegen sein und ist es auch nicht! Mir ist jedoch wichtig, mich mit Problemen im deutsch-deutschen Zusammenwachsen auseinanderzusetzen, die ohne Zweifel bestehen und in denen sicherlich die ehemaligen DDR-Bürger*innen die Benachteiligten sind. Diese Benachteiligungen sind jedoch nicht überwiegend auf ein Fehlverhalten oder eine Diskriminierung durch „die Westdeutschen“ entstanden. Ganz bewusst versetze ich mich - nach dem Modell von John Rawls - in die Position eines Westdeutschen und appelliere an alle Ostdeutschen, es mir gleich zu tun. Vom Vorwurf, dass diese uns Ostdeutsche wie „Menschen zweiter Klasse“ behandeln, kann dann nicht viel übrigbleiben!

Obwohl ich nicht die Meinung vertrete, dass Westdeutsche kein Recht haben ihre Meinung über die DDR bzw. über Ostdeutschland zu äußern, habe ich im Buch möglichst oft die Meinungen und Ansichten ostdeutscher Politiker*innen, Wissenschaftler*innen oder Journalist*innen wiedergegeben und dies auch entsprechend gekennzeichnet. Ich werde das auch im folgenden Kapitel und in meinem nächsten Buch beibehalten. Ich möchte damit dokumentieren, dass nicht nur „konservative westdeutsche Wissenschaftler“ (Köpping, 2018) kritische Meinungen zum real existierenden Sozialismus in der DDR und dem Agieren zahlreicher Ostdeutscher nach der Vereinigung vertreten, sondern auch viele ostdeutsche Expert*innen, die ihre Erfahrungen aus der DDR bzw. Ostdeutschland beschreiben.

Warum es mir so wichtig ist, dass sich insbesondere die Menschen in Ostdeutschland mit ihrer Rolle in der DDR und im Vereinigungsprozess auseinandersetzen, möchte ich an einem weiteren Vergleich aus dem Privatleben erläutern:

Angenommen, eine langjährige Beziehung zwischen zwei Menschen, die auch schon Kinder gemeinsam bekommen und erzogen haben, kommt in eine Krise, an deren Ende die Trennung der Eltern steht. Beide Elternteile finden neue Partner*innen und sind glücklich darüber, dass sie ihre Beziehung ohne „Rosenkrieg“ beendet und neue Partner*innen gefunden haben, mit denen sie noch einmal eine glückliche Beziehung erleben dürfen. Die Kinder sind auf eigenen Wunsch bei der Mutter geblieben. Ihren neuen Partner akzeptieren sie jedoch nicht, obwohl er sich sehr bemüht! Sie verbreiten Lügen über ihn, unterstellen ihm Arroganz und Besserwisserei, wenn er ihnen helfen oder Ratschläge geben will. Insbesondere wenn er den Lügen und Unterstellungen widerspricht, reagieren sie mit Trotz und Widerstand und werten das als „Beweis“ für seine Arroganz und Besserwisserei. Sie geben ihm keine Chance, egal wie sehr er ihnen entgegenkommt, ihnen zuhört, mit ihnen spricht, ihre Wünsche erfüllt! Werden die Kinder ihr Verhalten ändern, wenn er (fast) immer auf ihre Wünsche und Forderungen eingeht, aber aus Rücksicht auf ihr „Schicksal“ die Lügen und Unterstellungen „überhört“? Oder steigen die Chancen für eine Verhaltensänderung der Kinder, wenn er ihnen zwar weiterhin zuhört und mit ihnen spricht, gleichzeitig jedoch fordert, dass sie ihre Lügen und Unterstellungen unterlassen und sich bemühen, auch ihm mit Respekt zu begegnen? Und verbessern sich die Aussichten für ein friedliches Zusammenleben nicht deutlich, wenn die Mutter ihren eigenen Kindern Grenzen setzt, falls sie diese überschreiten, wohl wissend, dass ihre Kinder nicht erfreut sein werden, wenn sie von ihrer eigenen Mutter kritisiert und auf ihr Fehlverhalten hingewiesen werden?

Ich weiß, auch dieser Vergleich „hinkt“, denn die Kinder in diesem Vergleich waren an der Trennung und bei der Wahl des neuen Partners ihrer Mutter nicht beteiligt und haben einen zusätzlichen Grund, enttäuscht und abweisend zu sein. In der DDR war es anders: Hier haben die „Kinder" ihren „Vater" - die DDR und ihre Regierung - verlassen und sich selbst einen neuen „Vater"- die Bundesrepublik und die Bundesregierung - gewählt! Umso mehr sollten die ehemaligen DDR-Bürger*innen ihre Vorwürfe vom „Überstülpen", von „Annexion" bzw. vom Behandeln wie „Menschen zweiter Klasse" überdenken, auch wenn ihnen in ihrem neuen Leben vieles fehlt, woran sie sich im alten Leben gewöhnt hatten und auch wenn ihnen das neue Leben - mit den neuen Chancen, Möglichkeiten aber auch Risiken - auch nach 30 Jahren teilweise noch „fremd" erscheint.

Warum es in Deutschland keinen Bürgerkrieg gab

In Kapitel 1 habe ich anhand des Kulturschockmodells verschiedene Stufen beschrieben, die Gesellschaften durchlaufen, wenn zwei unterschiedliche Kulturen aufeinandertreffen. Ich habe in meinen bisherigen Ausführungen versucht darzulegen, dass durch die 40-jährige Teilung Deutschlands zwei unterschiedliche Kulturen entstanden sind, obwohl sich sowohl Ost- als auch Westdeutsche als Deutsche verstehen, die gleiche Sprache sprechen und sich auf die gleichen kulturellen Wurzeln berufen. Die unterschiedlichen Ansichten und Wahrnehmungen über die DDR, den Prozess der Vereinigung, über Marktwirtschaft und „Kapitalismus", über „gerecht" und „ungerecht", die auch 30 Jahre nach der Vereinigung in zahlreichen Studien nachgewiesen werden, deuten jedoch an, dass sich in Deutschland zwei unterschiedliche Kulturen entwickelt haben und trotz zahlreicher Annäherungen und Vereinheitlichungen fortbestehen. Die in Ostdeutschland mehrheitlich verbreitete Ansicht, dass Westdeutsche die Ostdeutschen wie „Menschen zweiter Klasse" behandeln, dokumentiert nach meiner Überzeugung wie kaum ein anderes Statement die kulturelle Prägung vieler Menschen, die sich in den Kategorisierungen „Ost" und „West" und als Steigerung in „erste Klasse"[133] und zweite. Klasse" niederschlagen.

Nach dem Kulturschockmodell ist die Phase der Eskalation der tiefste Punkt im Zyklus der kulturellen Begegnung, in der die eigene Herkunftskultur verherrlicht und überhöht, die neue Aufnahmekultur jedoch abgewertet und abgelehnt wird.

Haben wir in Deutschland diesen Punkt schon erreicht oder kann es noch schlimmer kommen? Droht Deutschland ein Bürgerkrieg, wie es ihn in vielen Ländern gab und gibt, wenn unterschiedliche Kulturen in einem Land zusammenleben und wie ihn manche Politiker*innen der AfD voraussagen?

Wolf Wagner (1996, S. 130) fasst in seinem Buch „Kulturschock Deutschland" Voraussetzungen für eine Eskalation bei interkulturellen Begegnungen zusammen, wobei er sich auf Studien von Amir aus dem Jahr 1969 und Bochner aus dem Jahr 1982 beruft.

Nach seiner Überzeugung sind **alle** Bedingungen für eine Eskalation zwischen Ost- und Westdeutschen erfüllt:

- Die **Konkurrenz** zwischen Ost- und Westdeutschland ist in den Medien und in Studien nachgewiesen.

[133] Auch wenn diese Kategorie so nie benannt wird, setzt die Bezeichnung „Menschen zweiter Klasse" voraus, dass es Privilegierte „erster Klasse" geben muss.

- Das **Prestige** der Ostdeutschen ist im Vereinigungsprozess gesunken.
- Die **Enttäuschung** über den Einigungsprozess hält an.
- Die **kulturellen und moralischen Erwartungen** sind nicht akzeptabel, denn nur die Ostdeutschen stehen unter dem Anpassungsdruck.
- Die **Minderheit** hat den **niedrigeren Status,** denn die zahlenmäßig kleinere Gruppe der Ostdeutschen verfügt z.B. über die geringeren Einkommen.

Für Wagner sind diese Bedingungen nicht nur Ausdruck des Kulturschocks, sondern reale Verschlechterungen und Entmündigungen, aus denen sich der Kulturschock entwickelt, was sich in der „Abwertung der fremden, beängstigenden Kultur und der Aufwertung aller Elemente der eigenen Kultur" äußert (S. 130 ff.).

Vergleichbare Konstellationen führten in vielen Ländern der Welt (Indien, Libanon, Äthiopien, Uganda, Ruanda, Irland) zu grausamen Bürgerkriegen mit Massakern und Pogromen an der Minderheit und „schwächeren" Kultur, die häufig Hunderttausende Menschenleben kosteten. In Erinnerung dürfte vielen Deutschen der Jugoslawienkrieg geblieben sein, der - wie die deutsche Vereinigung - eine Folge des politischen Umbruchs in ganz Osteuropa war. Was ist in Jugoslawien anders verlaufen als in Deutschland?

Der serbische Präsident Milosevic behauptete, dass die Interessen der serbischen Mehrheit durch die Machenschaften der albanischen Minderheit im Kosovo gefährdet seien und erweiterte diese Beschuldigungen später auf Slowenien und Kroatien. Er rief das serbische Volk zu nationalistischen Großdemonstrationen auf, steigerte damit die Vorurteile und Ängste gegenüber den Minderheiten und setzte so einen Mechanismus in Gang, der letztendlich zum Krieg führte (S. 128).

Laut Wagner hätte in Deutschland das Gleiche passieren können, wenn eine radikale (westdeutsche) Partei immer wieder behauptet hätte, „die Ostdeutschen seien durch den Kommunismus so verkommen, dass sie ganz Deutschland verdürben." Wagner zufolge wären sicherlich genügend Verschwörungsgläubige dieser These gefolgt und hätten eine politische Bewegung in Gang gesetzt, deren Ansichten über die Medien transportiert worden wären. Auch die anderen Parteien hätten das Thema aufgreifen müssen, das sich somit schnell im Bewusstsein der Menschen verankert hätte, ob sie das gewollt hätten oder nicht. Alle Konflikte zwischen Ost- und Westdeutschen wären als reine Ost-West-Konflikte wahrgenommen worden, Übergriffe auf Ostdeutsche hätten vermutlich dazu geführt, dass diese sich bewaffnen und sich für die Übergriffe rächen. Die beiden Bevölkerungsgruppen hätten sich infolgedessen immer weiter voneinander entfernt (ebd.). Und möglicherweise wäre ein Bürgerkrieg wie in Jugoslawien die Folge gewesen.

Warum ist das in Deutschland nicht passiert? Weil laut Wagner interkulturelle Konflikte erst dann völlig eskalieren und außer Kontrolle geraten, „wenn der Angriff auf die Minderheit zum Teil der Machtkonkurrenz innerhalb der Mehrheit wird" (S. 133). Wenn also die politischen und kulturellen Eliten der Mehrheitsgruppe - Politiker*innen von (West-) CDU und SPD, dazu bekannte westdeutsche Künstler*innen, Sportler*innen, Vertreter*innen der Kirchen und der großen Verbände - Zustimmung in der (Mehrheits-)Gesellschaft über Zuschreibung negativer Eigenschaften und Verhaltensweisen „der Ostdeutschen" gesucht hätten und wenn sie außerdem eine Bedrohung „der Westdeutschen" durch „die Ostdeutschen" propagiert hätten, wäre es mit großer

Wahrscheinlichkeit auch in Deutschland zu einem Bürgerkrieg wie in Jugoslawien gekommen! Die Tatsache, dass alle Voraussetzungen für solch eine Eskalation in Deutschland vorhanden waren, es aber trotzdem nicht zum Bürgerkrieg gekommen ist, werte ich als weiteren Beleg dafür, dass die westdeutschen Eliten nicht an einer Verschärfung des Konflikts interessiert waren und sehr vieles dafür getan haben, damit die prestigeträchtige Mehrheit - also die Westdeutschen - die in vielen Belangen „schwächere" Minderheit der Ostdeutschen nicht unterdrückte und wie „Menschen zweiter Klasse" behandelte und das bis heute nicht tut.

Wagner hat jedoch schon 1996 dargestellt, dass die PDS immer wieder versucht hat, den Konflikt zu verschärfen. Als Partei der Minderheit konnte sie jedoch die Situation ohne Mehrheitsgruppe „nicht zum existenzgefährdenden Konflikt eskalieren lassen" (ebd.).

Seit dem Zusammenbruch des SED-Regimes bis in die Gegenwart versuchen jedoch führende Vertreter*innen der PDS/DIE LINKE - aber auch Politiker*innen wie Petra Köpping - den Ost-West-Konflikt am „Glimmen" zu halten, indem sie der Mehrheitsgruppe „der Westdeutschen" diskriminierendes Agieren gegenüber der Minderheitengruppe „der Ostdeutschen" unterstellen. Dass sich die Menschen in Ost- und Westdeutschland auch 30 Jahre nach der Vereinigung immer noch den Kategorien „Ost" und „West" zuordnen, ist nach meiner Überzeugung insbesondere dieser Partei zu verdanken. Den Nachfolger*innen der SED ist es mit dieser Strategie gelungen, von den eigenen Verfehlungen und Verbrechen während ihrer Herrschaft abzulenken – auf Kosten des gesellschaftlichen Friedens in Deutschland!

Leider ist auf dem Boden, den die PDS/DIE LINKE bereitet hat, mit der AfD eine Partei entstanden, die seit einigen Jahren erfolgreich in die „Fußstapfen" der LINKEN getreten ist und mit noch radikaleren Thesen versucht, die Gesellschaft - nicht nur in Ost und West, sondern auch in deutsch und nichtdeutsch, christlich oder muslimisch usw. - zu spalten. Wie die in Kapitel 3 dargestellten Ausführungen Höckes belegen, nehmen sie zum Erreichen ihrer eigenen politischen Ziele auch gewaltsame Auseinandersetzungen - möglicherweise bis hin zu einem Bürgerkrieg - in Kauf!

Mit dem deeskalierenden Verhalten der westdeutschen Eliten ist eine Grundvoraussetzung dafür geschaffen worden, dass Deutschland nach der Vereinigung nicht in den Wirren eines Bürgerkriegs untergegangen ist, sondern sich wirtschaftlich und politisch positiv entwickeln konnte und heute in der ganzen Welt viel Anerkennung und Wertschätzung genießt.

Um unterschiedliche Gruppen bzw. Kulturen - die sich voreingenommen und „feindselig" gegenüberstehen - zusammenwachsen zu lassen, gibt es eine Methode, die zumindest nach meiner Überzeugung, auch in Deutschland schon Früchte getragen hat, u.a. auch deshalb, weil sie von der Politik gefördert wurde.

Der amerikanische Wissenschaftler Muzafer Sherif hat als Kind in seiner türkischen Heimat einen Überfall der Griechen auf sein Land nur knapp überlebt. Vor diesem biografischen Hintergrund erforschte er als Wissenschaftler immer wieder Konflikte zwischen Menschengruppen und suchte nach Möglichkeiten, diese Konflikte friedlich zu lösen. Mit dem „Robbers-Cave-Experiment" krönte er im Jahr 1954 seine Karriere, denn die Ergebnisse dieses Experiments werden immer wieder bei der Bewältigung großer Konflikte herangezogen.

Für dieses Experiment hat Sherif 22 Jungen - die sich nicht kannten und nichts übereinander wussten - in ein Ferienlager in den Robbers Cave State Park eingeladen und in zwei Gruppen geteilt. Zunächst sollten sich die Gruppen getrennt voneinander kennenlernen und zusammenwachsen. Schon nach kurzer Zeit bildeten sich stabile Hierarchien und unterschiedliche Verhaltensmuster in den Gruppen heraus. Es entwickelten sich zwei „Kulturen", die schon bald Vorurteile und Anfeindungen gegenüber der anderen Gruppe äußerten, obwohl es kaum Kontakt zueinander gab.

Durch Wettbewerbe sollte der Zusammenhalt der Gruppenmitglieder, aber auch die Rivalität gegenüber der anderen Gruppe noch erhöht werden. Die beobachtenden Wissenschaftler*innen forcierten die Rivalitäten durch Provokationen. Das Ausmaß der Feindseligkeiten überraschte selbst die Wissenschaftler*innen, denn schon am zweiten Tag verbrannten die Jungen einer Gruppe die Fahne der anderen, worauf diese sich rächten, indem sie die Hütte ihrer Rivalen überfielen, Vorhänge herunterrissen und Betten umdrehten. Am Ende ging eine Gruppe mit Baseballschlägern bewaffnet auf die andere Gruppe los!

Nun sollten die Gruppen wieder zusammengeführt werden, zunächst mit einer gemeinsamen Filmvorführung. Diese endete in einer Nahrungsmittelschlacht beim anschließenden gemeinsamen Essen. Allein Kontakt reicht also nicht aus, um den Konflikt zu lösen!

Sherif ließ dann ein Trinkwasserrohr blockieren, dass nur mit Hilfe aller Jungen aus beiden Gruppen freigemacht werden konnte. Auch bei einem Zeltausflug „streikte" der Lieferwagen für das Essen. Beide Gruppen mussten den LKW gemeinsam anschieben, wenn sie am Abend etwas essen wollten. Dieses Essen bestand u.a. aus einem Stück Fleisch: Die Jungen mussten also teilen. Diese und einige weitere Aktionen, die nur gemeinsam bewältigt werden konnten, führten tatsächlich dazu, dass die Versöhnung der Gruppen gelang: Sie feierten den Abschlussabend gemeinsam und entschieden, zusammen in einem Bus nach Hause zu fahren. Und als eine Gruppe kein Geld mehr für einen Verpflegungsstopp hatte, wurde sie von der anderen Gruppe eingeladen (Schneider, 2005)!

Auch in Deutschland hat sich immer wieder gezeigt, dass große gemeinsame „Projekte" die Alltagsrivalitäten vergessen lassen und das Zusammenwachsen der Menschen in Ost- und Westdeutschland fördern. Insbesondere das Oderhochwasser 1997 und das Elbehochwasser 2002 waren Beispiele, in denen Ost- und Westdeutsche gemeinsam versuchten, die Wassermassen zu bekämpfen, Menschenleben zu retten und die immensen Schäden in Grenzen zu halten. Aber auch das „Sommermärchen" von 2006 - die Fußball-Weltmeisterschaft im eigenen Land - brachte die Menschen in Ost- und in Westdeutschland, aber auch in Deutschland lebende Menschen mit Migrationshintergrund näher und förderte das friedliche Zusammenleben.

Gesellschaftliche Herausforderungen, welche die Menschen in Ost- und Westdeutschland nur gemeinsam lösen können, indem sie eigene Interessen den Interessen und dem Wohl aller Menschen in Deutschland gegenüber zurückstellen, gibt es genügend. Bei der Bekämpfung von rechtsextremistischen und demokratiefeindlichen Einstellungen können die demokratisch gesinnten Bürger*innen nur gemeinsam erfolgreich sein, egal, ob sie oder ihre Vorfahren in der DDR, der Bundesrepublik oder in einem anderen Land geboren wurden. Auch den Klimawandel - der unser Leben, aber noch viel mehr das Leben der nachfolgenden Generationen bedroht - können wir nur mit gemeinsamer Anstrengung aufhalten. Und ebenso können die Folgen der Corona-Pandemie in Deutschland und in der ganzen Welt nur mit solidarischem Handeln bewältigt werden, indem nicht nur die eigenen Interessen verfolgt werden, sondern indem jeder und jede versucht, sich in die Situation anderer Menschen hineinzuversetzen, die möglicherweise noch intensiver unter den Folgen leiden als man selbst.

Was das Zusammenwachsen der Menschen in Ost- und Westdeutschland betrifft, bin ich vorsichtig optimistisch. Eine 2019 erschienene Studie der Otto-Brenner-Stiftung unter jungen Menschen, die im vereinten Deutschland geboren sind, zeigt, dass sich bei den jungen Deutschen viele Einstellungen angenähert haben. Jedoch verdeutlichen die Ergebnisse auch, dass Vorurteile und Nichtwissen über die Menschen im jeweils anderen Teil Deutschlands auch bei ihnen weit verbreitet sind - in Ost und Westdeutschland (Cleven, 2019)!

Auch ein persönliches Erlebnis unmittelbar vor dem ersten Corona-Lockdown hat mich tief beeindruckt und in dem Glauben bestärkt, dass Ost- und Westdeutsche sich im Laufe der Jahre nähergekommen sind, als es manchmal scheint. Ende Januar 2020 besuchte ich ein Konzert der sächsischen Band „Silbermond" in Braunschweig, das überwiegend von jungen Menschen besucht war. Ungefähr in der Mitte des Konzertes spielte die Band das Lied „Mein Osten", eine Hommage an ihre ostdeutsche Heimat und ihre Heimatstadt Bautzen[134], in dem die Band u.a. Verständnis für die Wut und Enttäuschung vieler Menschen zum Ausdruck bringt, mit der Zeile „Vergiss nicht wo du herkommst" jedoch gleichzeitig daran erinnert, dass „früher" vieles noch problematischer war! Spontanen Applaus vom Publikum erhielt die Band für die von Sängerin Stefanie Kloß vorgetragenen Zeilen:

> „Denn ich weiß, mit Mittelfingern
> Lösen wir dieses Problem hier nicht
> Werden reden müssen, streiten
> Um Kompromisse ringen müssen und so weiter
> Aber was uns nicht hilft, sind wir uns da einig?
> Ideen von 1933." (Silbermond, 2019)

Nachdem die letzten Akkorde verklungen waren, brauste in der Halle ein Applaus auf, wie ich es bei einer ruhigen, eher nachdenklich stimmenden Ballade noch nie erlebt und nicht für möglich gehalten hatte. Tausende Zuschauer*innen auf den Rängen erhoben sich von ihren Sitzplätzen und jubelten der Band minutenlang zu. Ich umarmte meine Frau - wie ich im Osten geboren - und wir genossen den Moment - mit Tränen in den Augen! Auch Stefanie Kloß war mehrere Minuten sprachlos, bis sie unter Tränen sagte: „Wisst ihr, was mir das bedeutet?!"

Ich kann nur vermuten, was die Sängerin mit diesen wenigen Worten ausdrücken

---

[134] 2016 geriet Bautzen aufgrund massiver rechtsextremistischer Ausschreitungen deutschlandweit in die Schlagzeilen.

wollte. Ich habe es folgendermaßen interpretiert: Da spielt eine ostdeutsche Band in einer westdeutschen Stadt vor (vermutlich) mehrheitlich westdeutschem Publikum eine „Hymne“ über ihre ostdeutsche Heimat, die in den Medien und in der Bevölkerung nicht immer einen guten Ruf genießt, und wird dafür vom Publikum mit stehenden Ovationen gefeiert, als hätte eben der heimische Fußballverein die Meisterschaft gewonnen!

Und diese Menschen sollen Ostdeutsche wie „Menschen zweiter Klasse“ behandeln? Nein, das kann nicht stimmen! Die Mehrheit der Menschen in Ost- und Westdeutschland ist in den drei Jahrzehnten viel enger zusammengewachsen als manche Umfrageergebnisse es vermuten lassen. Und diese Mehrheit sollte noch viel öfter als bisher - wie Stefanie Kloß und ihre Bandmitglieder - das Ost und West Verbindende hervorheben, das Trennende nicht verschweigen, sondern klar benennen und für mehr gegenseitiges Verständnis werben! Dann wächst tatsächlich zusammen, was zusammengehört!

Kapitel 5: „Die Währungsunion wurde überstürzt und die Einheit zu schnell vollzogen“

Der Vorwurf der überstürzten Vereinigung Deutschlands wurde gegenüber Helmut Kohl und seiner Bundesregierung schon während des Vereinigungsprozesses erhoben, und die Diskussion, ob es Alternativen zu Währungsunion und deutscher Einheit gegeben hätte, hält bis heute an - vor allem in Ostdeutschland. Insbesondere von der PDS/LINKEN wird in diesem Zusammenhang der Mythos am Leben erhalten, den DDR-Bürger*innen wäre von der Bundesregierung das westdeutsche System „übergestülpt“ worden, ohne zu berücksichtigen, dass es auch in der DDR „Errungenschaften“ gab, die in das vereinte Deutschland hätten transferiert werden können.

Wie im Prolog bereits angedeutet, kann von einem „Überstülpen“ des kapitalistischen Systems auf die DDR durch die Bundesrepublik und von einer „Annexion“ der DDR keine Rede sein, denn die Politiker*innen in beiden deutschen Staaten haben lediglich die demokratische Wahlentscheidung der DDR-Bürger*innen umgesetzt. Da auch 30 Jahre nach der Vereinigung zahlreiche Mythen und Falschdarstellungen über die Zeit des politischen Umbruchs in der DDR unter der deutschen Bevölkerung kursieren, möchte ich an dieser Stelle noch einmal ausführlich auf die Zeit des Zusammenbruchs der DDR und auf die deutsche Vereinigung eingehen.

In Kapitel 4 hatte ich bereits beschrieben, dass sich die wirtschaftliche Situation in den letzten Jahren der DDR dramatisch verschlechtert hatte. Die zunehmenden Versorgungsengpässe und die wachsende Diskrepanz zwischen dem, was die Bürger*innen aus den staatlich kontrollierten Medien erfuhren und dem, was sie im Alltag sahen und spürten, führte zu immer größer werdendem Frust und zu massiver Unzufriedenheit. Weil immer mehr Menschen westdeutsche Fernsehsender empfangen oder sogar Verwandte in der Bundesrepublik besuchen konnten, wurde die Differenz zwischen Anspruch und Realität der SED-Führung immer sichtbarer, die Überlegenheit von Demokratie und Marktwirtschaft der Bundesrepublik gegenüber dem „real existierenden Sozialismus“ der DDR immer offensichtlicher.

Der frühere Thüringer Ministerpräsident Dieter Althaus legt außerdem dar, dass sich zwar in der Sowjetunion aufgrund der von Michael Gorbatschow eingeleiteten Demokratisierung eine politische Umgestaltung im Ursprungsland des Sozialismus abzeichnete, die SED-Führung jedoch zu keinerlei Reformschritten bereit war. Noch im Frühjahr 1989 verkündete Erich Honecker stolz: „Den Sozialismus in seinem Lauf halten weder Ochs noch Esel auf“ und „Die Mauer werde, wenn dies erforderlich ist, noch weitere 100 Jahre bestehen bleiben“ (Konrad-Adenauer-Stiftung, 2004).

Die gefälschten Wahlen vom 7. Mai 1989

In dieser emotional aufgeladenen Zeit sollten am 7. Mai 1989 in der DDR Kommunal-„Wahlen“ stattfinden. Der Journalist Lars-Broder Keil und der Historiker Felix Kellerhoff betonen, dass „wählen“ von „auswählen“ abgeleitet wird und deshalb nur derjenige, der „mehrere Möglichkeiten hat, sich zu entscheiden, (…) wirklich eine Wahl treffen“ kann (Keil & Kellerhoff, 2019). In der „nur vermeintlich demokratischen DDR“ hatten die Bürger*innen jedoch keine Möglichkeit eine Auswahl zwischen mehreren

Kandidat*innen und Parteien zu treffen. Es gab nur eine einzige Liste und die Zusammensetzung der künftigen „Volksvertretung" stand schon lange vor dem Tag der Stimmabgabe fest. Die große Mehrheit der DDR-Bürger*innen hatte sich mit dem Ablauf arrangiert und ging - wie immer seit Gründung der DDR - „falten": Sie nahmen den Wahlvorschlag der „Nationalen Front" entgegen und steckten „den Zettel als Zeichen des Einverständnisses unverändert (...), gefaltet in die bereitstehende Wahlurne" (ebd.).

Unter anderem aus diesem Grund hatte es in der Geschichte der DDR nie ein Wahlergebnis mit weniger als 99% Zustimmung gegeben. Noch bei der Volkskammerwahl 1986 sollen 99,94% der DDR-Bürger*innen den „Volksvertreter*innen" ihre Stimme gegeben haben (Konrad-Adenauer-Stiftung, 2004). Auch die Wahlbeteiligung hat angeblich niemals die 98%-Marke unterschritten.

Die hohe Wahlbeteiligung und die überwältigende Zustimmung sind jedoch auch auf den Druck zurückzuführen, der von den Behörden auf die Wahlberechtigten ausgeübt wurde. Wer seine Stimme bis Mittag nicht abgegeben hatte, wurde zuhause aufgesucht und zur Stimmabgabe aufgefordert, und wer eine Wahlkabine benutzte, „machte sich einer oppositionellen (‚staatsfeindlichen') Gesinnung verdächtig. Mit ‚Nein' konnte man nur stimmen, indem man alle Namen auf der Vorschlagsliste durchstrich" (bpb, 2019).

Auf den ersten Blick verliefen die sogenannten Kommunalwahlen am 7. Mai 1989 nach dem bekannten Muster: Millionen DDR-Bürger*innen gingen - häufig festlich gekleidet - zu ihren „Wahllokalen", erhielten den Zettel mit den Namen der „in der Nationalen Front vereinten Parteien und Massenorganisationen", falteten den Zettel und steckten ihn in die Urne. Am Abend verkündete Wahlleiter Egon Krenz das Ergebnis: Bei einer Wahlbeteiligung von 98,85% hatten demnach 98,77% der Bürger*innen für ihre „Volksvertreter*innen" gestimmt. Das Besondere an diesem Ergebnis war, dass die SED erstmals ein Ergebnis von unter 99% verkündete (Konrad-Adenauer-Stiftung, 2004)!

Und doch war diese „Wahl" anders als alle vorhergegangenen, und frühere DDR-Bürgerrechtler*innen bezeichneten sie später als einen „Sargnagel der Diktatur" (bpb, 2019).

Schon bei der Volkskammerwahl 1986 hatten Pfarrer Rainer Eppelmann und Mitglieder seiner Kirchengemeinde die Idee, die Stimmabgabe zu überprüfen, denn ihnen war bewusst, „dass es bei keiner Wahl in der DDR mit rechten Dingen zuging". Bei ihren sporadischen Kontrollen hatten sie zwar Betrug feststellen können, konnten ihn jedoch lediglich behaupten, aber nicht beweisen (Konrad-Adenauer-Stiftung, 2004).

Das sollte sich 1989 ändern: In fast allen Bezirken der DDR organisierten Menschen - häufig im Schutz der evangelischen Kirche - die Überprüfung der Stimmabgabe. Die engagierten Bürger*innen beriefen sich dabei auf das DDR-Wahlgesetz, denn in Paragraf 37 hieß es: „Die Auszählung der Stimmen erfolgt im Wahllokal. Sie ist öffentlich und wird vom Wahlvorstand durchgeführt." Zwei bis drei Aktivist*innen pro Wahllokal wurden benötigt, um die Auszählung der Stimmen zu überprüfen. Die Bevölkerung war 1989 auch besser darüber aufgeklärt, wie gültige Gegenstimmen abgegeben werden können. Da es darüber in der DDR keinerlei Informationen gab, hatte Roland Jahn, der damals in der Bundesrepublik als Journalist arbeitete, im ARD-Magazin „Kontraste" vorgeführt, was bei einer ablehnenden Stimmabgabe zu beachten ist (Keil & Kellerhoff, 2019).

Dem Ministerium für Staatssicherheit (MfS) blieben diese Aktivitäten nicht verborgen. Es registrierte und dokumentierte die Aktionen, ordnete „Disziplinierungsgespräche“ und Verhaftungen an. Im von Erich Mielke verfassten Befehl 6/89 waren „alle im Zusammenhang mit den Kommunalwahlen von den Diensteinheiten zuzuführenden Maßnahmen im Rahmen der operativen Aktion unter der Bezeichnung ‚Symbol 89‘ vorzubereiten und durchzuführen“ (Das Bundesarchiv, kein Datum). Das MfS warnte die politisch Verantwortlichen sogar vor den geplanten Kontrollen der Stimmenauszählung und riet von Manipulationen der Ergebnisse ab. Offensichtlich gab es jedoch keinerlei schriftliche Anordnung zur Fälschung. Aber im April 1989 wurden die stellvertretenden Sekretäre der SED-Bezirksleitungen nach Berlin beordert, wo die Parole ausgegeben wurde: „Die Ergebnisse dürfen nicht schlechter sein als bei der vorherigen Wahl“ (mdr, 2011).

Den oppositionellen Wahlkämpfer*innen gelang es in mehr als 1000 Wahllokalen die Auszählung der Stimmen zu beobachten und zu dokumentieren, im Stadtbezirk Berlin-Weißensee sogar fast flächendeckend in allen Wahllokalen (bpb, 2019). Hans Michael Kloth, der über die Wahlen in der DDR promoviert hat, gelang es, eine Liste zu erstellen, in welchen Wahllokalen Kontrollen der Abstimmung erfolgten. Demnach waren die Beobachter*innen in Berlin-Weißensee in 66 von 67 Wahllokalen, in Friedrichshain in 80 von 88 anwesend. Aber auch in Leipzig-Mitte zählten sie in 83 von 84 Lokalen mit, in Dresden in 227 (von 444), in Erfurt in 36 (von 201), in Dessau in 12 (von 70), in Jena in 59 (von 145). Auch in Naumburg, Potsdam, Rostock, Weimar und zahlreichen anderen Städten schauten die mutigen Frauen und Männer den Wahlfälscher*innen über die Schultern und auf die Finger und überführten sie somit des Betrugs (Konrad-Adenauer-Stiftung, 2004).

Am Abend des 7. Mai 1989 trafen sich etwa 270 Wahlbeobachter*innen und neun westdeutsche Korrespondent*innen im Gemeindehaus der Elisabethkirche in Berlin-Mitte, um gemeinsam die offizielle Verkündung des Wahlergebnisses zu verfolgen. Als Egon Krenz die 98,85% verkündete, gab es einen Aufschrei der Wut.

Aber die SED machte einen weiteren großen Fehler: Sie druckte am 10. Mai 1989 im Parteiblatt „Neues Deutschland“ die angeblich exakten Ergebnisse auf der Ebene der Stadtbezirke ab. Und da diese Ergebnisse teilweise um zehn bis zwanzig Prozent von den dokumentierten Zahlen der unabhängigen Wahlbeobachter*innen abwichen, konnten diese den Betrug nun beweisen. Die Bürgerrechtler*innen stellten daraufhin zahlreiche Strafanzeigen wegen Wahlfälschung und reichten mehr als 300 Eingaben direkt an Egon Krenz als Leiter der zentralen Wahlkommission ein (ebd.). Mit den organisierten Aktionen konnte nachgewiesen werden, dass die SED massiv gegen ihre eigenen Gesetze verstoßen hatte, denn laut Strafgesetzbuch der DDR konnte Wahlfälschung mit bis zu fünf Jahren Haft bestraft werden (ebd.). Außerdem riefen die Bürgerrechtler*innen dazu auf, künftig am 7. jedes Monats gegen den Wahlbetrug am 7. Mai zu protestieren. Damit hatte die DDR-Opposition ihren ersten festen Termin, um öffentlich gegen die SED-Machthaber zu protestieren (Keil & Kellerhoff, 2019).

Unmittelbar nach dem Mauerfall wurden mindestens 20 Verfahren gegen SED-

Funktionäre initiiert. Hans Modrow[135] wurde 1992 zu einer neunmonatigen Bewährungsstrafe verurteilt. Er räumte ein, dass Manipulation der Wahlbeteiligung „nicht zu widerlegen" war. Das Verfahren gegen Egon Krenz wurde 1997 eingestellt, weil das Strafmaß „angesichts seiner bereits ausgesprochenen Verurteilung zu einer mehrjährigen Freiheitsstrafe wegen des Schießbefehls an der DDR-Grenze" zu gering gewesen wäre (bpb, 2019). Wie bei allen anderen Straftaten der SED erklärten sich auch bei diesen Prozessen alle Angeklagten für unschuldig, da sie lediglich auf „Weisung von oben" gehandelt hätten. Auch Egon Krenz gestand zwar ein, dass er als Wahlleiter die Verantwortung übernehmen muss, eine direkte Schuld träfe ihn aber nicht. Nach seiner Darstellung hätten die Bürgermeister*innen in „eigener Verantwortung" und in „vorauseilendem Gehorsam" gehandelt (mdr, 2011).

Hans Michael Kloth geht davon aus, dass es „nach dem Desaster vom 7. Mai nur noch eine theoretische Chance für die SED (gab, T.F.), einen Umsturz abzuwenden (...): Freie Wahlen, sofort". Im Interesse des Machterhalts die eigene Macht aufs Spiel zu setzen, zogen jedoch weder Honecker noch die anderen Genossen im Politbüro in Erwägung. Lediglich Modrow und Gysi vertraten diese Strategie später am Runden Tisch, „um den gigantischen Organisationsvorteil der SED gegenüber den Oppositionellen voll auszuspielen." Im Dezember 1989 war es dazu jedoch schon zu spät (Konrad-Adenauer-Stiftung, 2004).

In Anbetracht der Tatsache, dass nach Einschätzung der Bürgerrechtler*innen gerade einmal sieben Prozent der DDR-Bürger*innen gegen die Kandidat*innen der „Nationalen Front" gestimmt hatten (mdr, 2019c), ist die Fälschung der Wahlergebnisse durch die SED aus heutiger Sicht nicht nachvollziehbar. Schließlich hatten demnach 93% für die Einheitslisten gestimmt - nach demokratischen Maßstäben ein überwältigendes Votum der Zustimmung! Kloth erklärt jedoch, dass es bei den sogenannten Wahlen in der DDR „nicht um die Größe der Mehrheit, sondern um den Mythos der Interessenübereinstimmung" ging. Mit jedem Wahlergebnis unter 99% wurde der „Herrschaftsanspruch der SED" erschüttert. Anders als in einer Demokratie formte die Regierung der DDR über Wahlen „den Willen des Volkes und nicht umgekehrt." Jedes schlechtere Ergebnis als 99% hätte verdeutlicht, dass die komplette Interessenübereinstimmung zwischen Volk und Partei nicht mehr vorhanden war. Für das Selbstverständnis der SED wäre das „eine Katastrophe" gewesen (Konrad-Adenauer-Stiftung, 2004).

Dass 93% der DDR-Bevölkerung noch im Mai 1989 den Kandidat*innen der „Nationalen Front" die Zustimmung gaben, verdeutlicht jedoch auch, dass es nicht stimmen kann, dass drei Viertel der DDR-Bürger*innen sich nur so weit auf das Regime eingelassen hatten, „wie es nicht zu vermeiden war" (DER SPIEGEL, 1995, S. 52). Aus eigener Erfahrung kann ich sagen, dass auch in diesem Fall die SED die „Peitsche" in den meisten Fällen mehr geschwungen als geschlagen hat[136]. Das Schwingen mit der „Peitsche" Stasi und das „Zuckerbrot" der Privilegien beeindruckte offensichtlich noch 1989 die meisten DDR-Bürger*innen so sehr, dass sie- ohne viel darüber nachzudenken - wie

[135] später Ehrenvorsitzender der PDS und Vorsitzender des Ältestenrates der LINKEN

[136] Hans-Joachim Maaz hatte in seinem Buch „Der Gefühlsstau" beschrieben, dass in der DDR „die perfekte Dressur mit Zuckerbrot (das mehr versprochen als eingelöst wurde) und Peitsche (die mehr geschwungen als geschlagen wurde)" die Bürger*innen auf Leistung und Gehorsam einstimmte (Maaz, 1992, S. 84).

selbstverständlich zu den Wahllokalen strömten und genauso selbstverständlich „falteten" wie bei früheren Wahlen.

Ich durfte 1979 das erste Mal an einer „Wahl" teilnehmen. Damals war ich noch in der Berufsausbildung und hatte immer noch den Wunsch, einmal als Lehrer arbeiten zu können. Auch wenn ich schon im Alter von 19 Jahren eine überwiegend ablehnende Haltung zur Politik der SED hatte, ging auch ich wie selbstverständlich „falten" - im festen Glauben, dass es keine Alternative zu diesem Handeln gab. Bei der Volkskammerwahl 1986 war ich schon etwas „rebellischer": Ich gab erst kurz vor der Schließung der Wahllokale meine Stimme ab. Von Hausbewohner*innen hatte ich erfahren, dass schon mehrfach „Wahlhelfer" vor meiner Tür gestanden hätten, um mich zum Wahlgang zu bewegen. Am Tag darauf wurde ich im Betrieb zu meinem Vorgesetzten gerufen, um dort mein „Fehlverhalten" zu erklären. Wie konnte er trotz gesetzlich garantiertem „Wahlgeheimnis" Kenntnis davon haben?

Auch meine Entschlossenheit war 1989 gestiegen, der SED einen „Denkzettel" zu verpassen - ich wollte nicht zur Wahl gehen! Ich weigerte mich während meiner Reservezeit bei der NVA die Wahlbenachrichtigung entgegenzunehmen, was zu zahlreichen Schikanen durch Offiziere und meine „Kameraden" führte. Meine Schwester machte mich darauf aufmerksam, dass die Verweigerungshaltung keinen Sinn macht, weil ich möglicherweise aufgrund meines Protestes schon aus den Wahllisten gestrichen wurde - also gar kein Wahlrecht mehr besaß! Daraufhin nahm ich die Wahlbenachrichtigung entgegen. Als ich am Wahltag[137] kurz vor Schließung der Wahllokale meine Stimme abgeben wollte, wurde mir tatsächlich erklärt, dass es „ein Problem" gibt. Minutenlang wurde nun telefoniert und fieberhaft überlegt, wie mit mir zu verfahren sei. Offenbar stand ich tatsächlich nicht mehr auf der Liste der Wahlberechtigten. Ich weigerte mich, das Wahllokal zu verlassen, ohne meinem staatsbürgerlichen Wahlrecht nachgekommen zu sein. Schließlich gewährte man mir kurz vor 18 Uhr das Recht zu wählen, und ich ging mit „weichen Knien" und hohem Puls in die Wahlkabine, wo ich jedoch nur einen Bleistift vorfand. Ich bat die Wahlleitung um einen Kugelschreiber, der mir mit mürrischem Gesicht zur Verfügung gestellt wurde, und strich jeden Namen einzeln durch - wie es Roland Jahn in der ARD erklärt hatte.

Ob es auch in meiner Heimatstadt Frankenberg Kontrollen bei der Auszählung der Stimmzettel gegeben hat, weiß ich nicht, denn vor der Wahl musste das verheimlicht werden und von einer Vernetzung von Bürgerrechtler*innen hatte ich nie etwas gehört. Aber ich kannte in meinem persönlichen Umfeld so viele Menschen, die wie ich gegen die Kandidat*innen der „Nationalen Front" gestimmt hatten, dass das in der Presse veröffentlichte „amtliche Endergebnis" auch in meiner Heimatstadt nur gefälscht gewesen sein konnte.

---

[137] Die Wahl fand erst nach meiner Entlassung vom „Ehrendienst" statt.

Als Ungarn seine Grenzen öffnete

Im Frühjahr 1989 hatten die SED-Funktionäre jedoch nicht nur mit der prekären wirtschaftlichen Situation und dem über die Westmedien verbreiteten Wahlbetrug zu kämpfen, sondern auch die sozialistischen „Bruderländer" veränderten ihre Politik gegenüber der DDR. Wie die DDR hatte auch Ungarn gravierende wirtschaftliche Probleme: Die Nettoverschuldung des Landes hatte sich zwischen 1985 und 1987 verdoppelt, die Inflationsrate betrug fast 20%! Das Zentralkomitee der Ungarischen Sozialistischen Arbeiterpartei (USAP) hatte im Februar 1989 beschlossen, das Machtmonopol der kommunistischen Partei aufzugeben und zum Mehrparteiensystem überzugehen. Außerdem wurde das Grenzsicherungssystem zu Österreich verändert (Hertle, 1999). Am 2. Mai 1989 begannen ungarische Soldaten, den Grenzsignalzaun zu Österreich zu demontieren. Ende des Jahres werde man diese Arbeiten abgeschlossen haben, erklärte der Chef der ungarischen Grenztruppen in einer Pressemitteilung (mdr, 2019b). Erich Honecker schlussfolgerte aus den Nachrichten aus Ungarn, dass die ungarische Parteiführung offensichtlich nicht mehr über den Willen verfüge, „die politische Macht zu verteidigen." Die DDR werde jedoch alles tun, um „zur Verteidigung der sozialistischen Gesellschaftsverhältnisse in Ungarn beizutragen" (Hertle, 1999). Schon im März 1989 hatte der ungarische Ministerpräsident Nemeth Michael Gorbatschow über seine Pläne informiert und von ihm Zustimmung erhalten. Gorbatschow hatte ihm erklärt, dass die Zeiten, in denen die Sowjetunion „andere Länder politisch und militärisch angreife", vorbei seien (ebd.).

Am 12. Juni 1989 wurde der im März von Ungarn erklärte Beitritt zur Genfer Flüchtlingskonvention wirksam, was die SED-Führung zusätzlich beunruhigte, schließlich hatten im vorausgegangenen Jahr noch 800.000 DDR-Bürger*innen Ungarn besucht. Bis zu diesem Zeitpunkt hatte Ungarn DDR-Bürger*innen - welche die Grenze nach Österreich überwinden wollten - festgenommen und an die DDR-Behörden ausgeliefert. Das untersagte nun die Genfer Flüchtlingskonvention. Da viele DDR-Bürger*innen trotzdem auch im Sommer 1989 beim Versuch die Grenze nach Österreich zu überschreiten scheiterten, suchten immer mehr Fluchtwillige Zuflucht in den westdeutschen Botschaften in Budapest und Prag, sowie in der ständigen Vertretung in Ostberlin. Am 7. August 1989 teilte DDR-Anwalt Vogel den bundesdeutschen Behörden mit, dass die Zufluchtsuchenden bei Rückkehr in die DDR zwar straffrei bleiben würden, aber ihnen keine Zusage für eine positive Entscheidung von Ausreiseanträgen gegeben werden könne. Von den ungarischen Behörden erwartete die SED-Führung eine Abschiebung der Botschaftsflüchtlinge in die DDR (ebd.).

Die Bundesregierung geriet durch diesen Schritt der DDR-Führung erheblich unter Druck und befürchtete eine Verschlechterung der mühevoll aufgebauten Beziehungen zwischen den beiden deutschen Staaten. Der Historiker und Politikwissenschaftler Hans-Hermann Hertle zeigt zwar „Mitgefühl für die persönlichen Schicksale" der in die Botschaften Geflüchteten, kritisiert ihr Vorgehen jedoch scharf. „Egoistische Interessen einzelner Bürger schoben sich vor allgemeine Staatsinteressen und drohten zum Stillstand zu bringen, was Diplomaten mit kleinen Schritten und zäher Geduld in jahrelangen Verhandlungen (…) vorangetrieben hatten" (ebd.). Um den politischen Schaden so gering wie möglich zu halten, beugte sich die Bundesregierung den Forderungen der

SED und schloss seine Botschaften in den sozialistischen Ländern und die Ständige Vertretung in Ost-Berlin. Immer wieder betonten Vertreter*innen der Bundesregierung ihr Desinteresse an einer Ausreisewelle aus der DDR und warnten die DDR-Bürger*innen öffentlich vor einer Flucht. Tausende DDR-Bürger*innen, die in Ungarn und der ČSSR ausharrten, waren jedoch fest entschlossen, nicht mehr in ihre Heimat zurückzukehren. Sie waren der Unterdrückung und Drangsalierung überdrüssig, sahen in der DDR keine Zukunftsperspektive mehr und hatten in der Hoffnung auf ein besseres Leben im Westen häufig alles aufgegeben, was sie besaßen. Mehrere Tausend DDR-Bürger*innen lagerten im Sommer 1989 bei Temperaturen um 35 Grad am Straßenrand und in Vorgärten der ungarischen Hauptstadt (ebd.).

Während Tausende DDR-Bürger*innen in Budapest und Prag unter teilweise katastrophalen hygienischen Verhältnissen auf eine politische Lösung warteten, kam es am 19. August 1989 zur größten Massenflucht von DDR-Bürger*innen seit dem Mauerbau 1961. Unter Schirmherrschaft des Europa-Abgeordneten Otto von Habsburg und dem ungarischen Reformpolitiker Imre Pozsgay hatten ungarische Oppositionsgruppen an der ungarisch-österreichischen Grenze ein „paneuropäisches Picknick" veranstaltet, um mit einer symbolischen Öffnung des Grenztores für den Abbau der Grenzen und ein geeintes Gesamteuropa zu demonstrieren. Über 600 DDR-Bürger*innen ließen all ihr Hab und Gut in Ungarn zurück und „stürmten durch ein nur angelehntes Grenztor nach Österreich, wo die Behörden sich ebenso auf den Massenansturm vorbereitet zeigten wie in der Bundesrepublik" (ebd.). Wenige Tage später wurde ein erneuter Durchbruch jedoch unter Anwendung von Waffengewalt durch ungarische Grenzposten unterbunden, die dabei von „Arbeitermilizen"[138] unterstützt wurden. Ungarische Oppositionsgruppen protestierten gegen die Festnahme der Fluchtwilligen und setzten sich für ihre freie Ausreise ein. Die ungarische Regierung traf schließlich „die unverrückbare Entscheidung" (Ministerpräsident Nemeth), für ihre Verbündeten im Warschauer Vertrag nicht länger die Rolle der „Hilfs-Grenzpolizei" zu spielen und ließ die DDR-Bürger*innen am 24. August 1989 nach Österreich ausreisen. Während sich die DDR-Regierung schockiert zeigte und beim ungarischen Außenministerium Protest gegen die Verletzung ihrer souveränen Rechte einlegte, erfolgte aus Moskau keine Reaktion. Von der Bundesregierung erhielt Ungarn für das humanitäre Verhalten gegenüber den fluchtwilligen DDR-Bürger*innen einen Kredit in Höhe von 500 Millionen D-Mark und es wurde die Aufhebung des Visazwangs und Hilfe beim angestrebten EG[139]-Beitritt versprochen (ebd.). Am 11. September öffnete Ungarn die Grenzen zu Österreich vollends und Zehntausende DDR-Bürger*innen reisten in den nächsten Tagen und Wochen über Österreich in die Bundesrepublik. Die Regierung der DDR empfand das Bündnis zwischen dem „Bruderland" Ungarn und dem „imperialistischen Klassenfeind BRD" sowie die Zurückhaltung der Sowjetunion als schwere Demütigung und reagierte zutiefst verärgert. Weil die Beantragungen für Kurzreisen nach Ungarn sprunghaft angestiegen waren, erhielt das Ministerium für Staatssicherheit den Auftrag, nach Lösungen zu suchen, wie „das Loch Ungarn zuzumachen" sei (ebd.).

Anders als für Ungarn benötigten DDR-Bürger*innen für eine Reise in die ČSSR

[138] ungarischen Variante der DDR-Kampfgruppen

[139] Europäische Gemeinschaft, aus der 1993 die Europäische Union (EU) hervorging

kein Visum, sie konnten also ohne Genehmigung ins Nachbarland reisen. Da angesichts der sich zuspitzenden Situation in Ungarn viele Menschen befürchteten, dass die SED-Führung anlässlich des 40. Jahrestages der DDR die Grenzen schließen könnte, reisten nun viele Fluchtwillige in die ČSSR und überwanden den bis zu vier Meter hohen Zaun der bundesdeutschen Botschaft in Prag. Starke Regenfälle hatten den Garten des Botschaftsgeländes in eine Schlammwüste verwandelt. Während Frauen und Kinder überwiegend im Hauptgebäude der Botschaft untergebracht wurden, mussten all jene, die dort keinen Platz gefunden hatten, in Zelten übernachten. Am 30. September 1989 weilten ca. 4.000 Menschen auf dem Botschaftsgelände, als ein Gerücht die Runde machte, dass jemand Wichtiges gekommen sei. Kurz vor 19 Uhr betrat Bundesaußenminister Genscher den Balkon des Botschaftsgebäudes, um den wohl berühmtesten unvollendeten Satz des Revolutionsherbstes auszusprechen: „Wir sind zu Ihnen gekommen, um Ihnen mitzuteilen, dass heute Ihre Ausreise…“. Die übrigen Worte gingen im Jubel der überglücklichen Menschen unter (bpb, 2009b). Schon am nächsten Tag konnten die Ausreisewilligen mit Sonderzügen in die Bundesrepublik fahren. In den nächsten Tagen gab es weitere Flüchtlingswellen. Bereits am 3. Oktober befanden sich wieder 7000 DDR-Bürger*innen auf oder vor dem Gelände der Prager Botschaft, denen ebenfalls die Ausreise gewährt wurde. Am selben Tag reagierte die SED-Führung und setzte den seit 1972 bestehenden visumfreien Reiseverkehr mit der ČSSR aus (ebd.). Damit war die DDR komplett abgeriegelt: Ohne Genehmigung der staatlichen Behörden konnte niemand mehr das Land verlassen!

Nachdem die Botschaftsbesetzer*innen von Prag und Budapest die Erlaubnis erhalten hatten in die Bundesrepublik auszureisen, bestand die SED-Führung darauf, dass die Züge nicht direkt in die Bundesrepublik fahren, sondern den Umweg über die DDR nehmen müssen. Eine unabhängige Untersuchungskommission stellte später fest, dass auf Anweisung der Berliner Stasi-Zentrale die Züge nicht über Nebengleise, sondern durch den Dresdener Hauptbahnhof geführt wurden. Für den Polizei-Major Malchow ist ganz klar: „Man wollte Bürger aufstacheln, um sie wegzugreifen.“ Weil Tausende versuchten, auf einen der Züge zu kommen, griff die Staatsmacht ein. Hans Modrow - damals Chef der SED-Bezirksleitung - hatte persönlich bei Armeegeneral Kessler Verstärkung angefordert. Die Armee griff zwar nicht ein, sicherte aber den Einsatz der Polizei ab, die bei der Räumung des Bahnhofsvorplatzes zu brutaler Gewalt griff. Als Modrow am nächsten Tag vor der Belegschaft des Schauspielhauses Rede und Antwort stehen musste, sprach er von „Gegnern“ und „Rowdys“, gegen die dieser Einsatz geführt werden musste (Schnibben, 1990, S. 98).

Modrow hatte als Vorsitzender der Einsatzleitung am Nachmittag des 8. Oktober mit den Leitern der Staatssicherheit und der Polizei die Strategie für den Abend besprochen, bei dem erneut Tausende Demonstrant*innen erwartet wurden. Infolge dieser Unterredung schickte der Polizeichef einen Befehl an seine Einheiten, dass „mit Zusammenrottung von Rowdys, von asozialen und vorbestraften Personen zu rechnen“ und dass Ordnung und Sicherheit unter allen Bedingungen herzustellen sei (Schnibben, 1990, S. 98). Was am Abend in der Polizeikaserne passierte, bezeichnet Polizei-Major Malchow als „fürchterlich, zumal sie ja wirklich nichts getan hatten.“ Die Festgenommenen wurden in Garagen und Duschräumen verprügelt und wie Vieh Treppen rauf und runter getrieben. Ein Bereitschaftspolizist schrieb später seinem

Seelsorger: „Besonders erschütternd ist, wie von diesen ‚Leuten' (es können keine Menschen mehr sein) Frauen, Mädchen und ältere Menschen geschlagen werden" (ebd.).

Am 8. Oktober resignierten die Partei und ihr Machtapparat vor dem Volk. Immer mehr Bereitschaftspolizisten weigerten sich, mit Knüppeln auf die friedlichen Demonstrant*innen einzuprügeln (ebd.). Etwa 4000 Demonstrant*innen waren von den Einsatzkräften eingekesselt worden und es drohte eine weitere Eskalation. Der Kaplan der katholischen Hofkirche Frank Richter und der evangelische Pfarrer Bernd Leuschner verhandelten stundenlang mit der Einsatzleitung der Polizei für eine gewaltlose Auflösung der Demonstration, die schließlich erreicht wurde (Bahrmann & Links, 1999, S. 18). Auch Modrow gab 20 Jahre später zu, dass der friedliche Ausgang der Proteste ein Verdienst der Demonstrierenden war: „Am 8. Oktober haben wir in Dresden Gewaltlosigkeit erreicht, nachdem die Demonstranten eine Sitzblockade veranstalteten und signalisierten: Wir wollen keine Gewalt. Daraufhin haben wir beschlossen, ebenfalls damit aufzuhören, mit Gewalt gegen sie vorzugehen" (Kölnische Rundschau, 2009). Daraus wird deutlich: Die SED-Bezirksführung und ihr Chef Modrow beendeten ihre Gewaltorgie erst, als sie die Erfolglosigkeit ihrer Strategie eingestehen mussten. Sie wurden von den Demonstrierenden, besonnenen Geistlichen und einem Teil des eigenen Gewaltapparates zur friedlichen Lösung gezwungen! Für den SPIEGEL-Journalisten Schnibben steht fest: „Der Frieden von Dresden entschied die Schlacht um Leipzig, die für den nächsten Tag, den 9. Oktober, von Honecker in Angriff genommen war. Eine Woche lang hatte die Staatsmacht der DDR in Dresden die chinesische Lösung geprobt und begriffen, daß die Probleme des Landes nicht mehr mit Gewalt zu lösen waren" (Schnibben, 1990, S. 98).

Der 40. Jahrestag der DDR

In der gleichen Woche - am 7. Oktober 1989 - wollte die SED-Führung mit ihren Bürger*innen den 40. Jahrestag der DDR feierlich begehen. Schon am Vorabend waren ca. 100.000 Jugendliche im Rahmen eines Fackelzuges der „Freien Deutschen Jugend" (FDJ) an Parteichef Honecker und seinen Ehrengästen vorbeigezogen, um „ihre Liebe und Treue zur Partei der Arbeiterklasse zu bekunden" (Bahrmann & Links, 1999, S. 11). Der „Tag der Republik", wie der Feiertag in der DDR offiziell genannt wurde, begann mit einer großen Militärparade auf der Berliner Karl-Marx-Allee. Am Nachmittag sollten Volksfeste in allen (Ost-)Berliner Stadtbezirken stattfinden (ebd.).

Der „Tag der Republik" fiel wieder auf den 7. eines Monats, also auf den Tag, an dem Bürgerrechtler*innen auf die gefälschte Wahl vom 7. Mai aufmerksam machen wollten. Schon nach kurzer Zeit hatten sich mehrere Tausend Menschen den Demonstrant*innen angeschlossen. Es gelang ihnen, bis in die Nähe des „Palastes der Republik" vorzudringen, in dem die Spitze des Staates mit Gästen aus der ganzen Welt, aber auch mit einheimischen Prominenten aus Kultur, Sport und Wissenschaft feierte. Zu den ehrenwerten Gästen zählten u.a. Gorbatschow, PLO-Chef Arafat und Rumäniens Staatschef Ceausescu (Keil & Kellerhoff, 2020). Erich Honecker erklärte seinen Gästen stolz: „Allen sei gedankt, die durch ihre Tatkraft, ihr Engagement, ihre Leistungen unseren sozialistischen Friedensstaat zu dem werden ließen, was er 40 Jahre nach seiner Gründung ist - ein Grundpfeiler der Stabilität und Sicherheit in Europa" (ebd.).

Michail Gorbatschow forderte in seiner Rede politische und wirtschaftliche Reformen sowie kühne Entscheidungen: „Ich halte es für sehr wichtig, den Zeitpunkt nicht zu verpassen und keine Chance zu vertun (...). Wenn wir zurückbleiben, bestraft uns das Leben“ (Die Bundesregierung, 2021d).

Nur 1,5 km vom fröhlichen Treiben im „Palast der Republik“ entfernt, koordinierten zur gleichen Zeit die stellvertretenden Chefs von NVA und Stasi - Fritz Streletz und Wolfgang Schwanitz - den Kampf gegen das eigene Volk im „Friedensstaat“ DDR. Honecker hatte angeordnet: „Feindliche Aktivitäten sind mit allen Mitteln entschlossen zu unterbinden“, und Stasi-Chef Mielke wollte diesen Befehl mit allen Mitteln umsetzen. Immer wieder erkundigte er sich bei den Kommandeuren von Stasi, Polizei, NVA und Kampfgruppen über den Stand der Dinge. Aber solange die Festlichkeiten im Palast der Republik liefen, hielten sich die „bewaffneten Organe“ zurück, schließlich waren westdeutsche Kamerateams vor Ort (Keil & Kellerhoff, 2020). Nachdem Michail Gorbatschow das Bankett verlassen hatte, legten die Sicherheitsbehörden ihre Zurückhaltung ab. Mielke soll nun die Losung ausgegeben haben: „Jetzt ist Schluss mit der Humanität“. Zunächst wurden die Demonstrant*innen in den Bezirk Prenzlauer Berg abgedrängt. Hier schlugen die Sicherheitskräfte willkürlich zu. Hunderte wurden mit bereitstehenden Lastwagen auf Polizeireviere, in Zellen und Garagen in der ganzen Stadt gebracht. Auch völlig Unbeteiligte und Anwohner*innen, die den Bedrängten helfen wollten, wurden festgenommen (ebd.). Insgesamt gab es rund um die Festlichkeiten zum „Tag der Republik“ 1071 „Zuführungen“, wie die Verhaftungen im Stasi-Jargon genannt wurden. Die Festgenommenen wurden in überfüllte „Zuführungspunkte“ gebracht, „teilweise misshandelt, einige müssen ein wahres Spießrutenlaufen über sich ergehen lassen“ (Die Bundesregierung, 2021d). Marianne Birthler - damals Referentin im Stadtjugendpfarramt Berlin und später Leiterin der Stasi-Unterlagenbehörde - hörte sich zunächst die Berichte der geschlagenen und misshandelten Bürger*innen an. Als immer mehr kamen, hatte sie die Idee, ihnen Stift und Papier zu geben, um das Erlebte in Form von Gedächtnisprotokollen niederzuschreiben. Kirchenmitarbeiter*innen tippten die Darstellungen ab und kopierten sie. Die Berichte wurden an Unbeteiligte weitergereicht und lösten Bestürzung über das brutale Vorgehen der Sicherheitskräfte aus (Keil & Kellerhoff, 2020). Außerdem hatten Kamerateams von ARD und ZDF die Prügelszenen gefilmt und präsentierten sie in ihren Nachrichtensendungen einem Millionenpublikum in Ost- und Westdeutschland. Nach der deutschen Vereinigung fasste die Staatsanwaltschaft das Vorgehen von Polizei und Stasi am „Tag der Republik“ in 200 Bänden zusammen (Die Bundesregierung, 2021d)!

Nicht nur in Berlin und in Dresden gab es in der Woche vor dem „Republikgeburtstag“ Proteste gegen die Politik der SED, die von den Sicherheitskräften mit Prügelszenen beantwortet wurden. Am 7. und 8. Oktober protestierten mutige Bürger*innen in vielen Städten der DDR. Etwa 3500 Demonstrant*innen wurden dabei festgenommen und teilweise misshandelt (Keil & Kellerhoff, 2020). Im sächsischen Plauen gingen am 7. Oktober 15.000 Menschen gegen die Politik der SED auf die Straße. Polizei und Staatssicherheit trauten sich offenbar nicht, diese Großdemonstration aufzulösen. Zwei Tage bevor in Leipzig 70.000 Menschen friedlich demonstrierten, hatten im Vogtland Tausende DDR-Bürger*innen gezeigt, dass sie sich von der Staatsmacht nicht mehr vertreiben lassen wollen (Die Bundesregierung, 2021d).

Die Kapitulation der SED

Aber nicht Plauen, sondern Leipzig wurde zum Symbol der friedlichen Revolution in der DDR. Schon seit 1982 fanden in der Leipziger Nikolaikirche jeden Montag Friedensgebete statt. Im Anschluss an solch ein Friedensgebet gingen bereits am 4. September 1989 etwa 1200 Kirchenbesucher*innen auf die Straße, um gegen das politische System der DDR und das SED-Regime zu protestieren. Auf dem Vorplatz der Kirche entrollten sie Transparente mit Aufschriften wie „Für ein offenes Land mit freien Menschen" und „Reisefreiheit statt Massenflucht". Vor den Augen westdeutscher Kamerateams und internationaler Pressevertreter*innen, die sich aufgrund der Leipziger Herbstmesse in der Stadt aufhielten, schritten Mitarbeiter der Staatssicherheit ein und entrissen den Demonstrierenden die Transparente. Dieser Protestmarsch war die erste Montagsdemonstration in Leipzig. Von Woche zu Woche kamen nun mehr Menschen in die sächsische Metropole, am 2. Oktober waren es schon 20.000. Auch gegen sie gingen Polizei und Staatssicherheit gewaltsam vor und verhaftete zahlreiche Demonstrant*innen (bpb, 2014).

In der folgenden Woche überschlugen sich die Ereignisse in der DDR: Am 3. Oktober wurde - wie oben dargestellt - die Grenze zur ČSSR geschlossen, in der ganzen Woche prügelten Polizisten auf Demonstrant*innen in Dresden ein, am 6. und 7. Oktober ließ sich die SED-Führung von 100.000 FDJ-ler*innen und internationalen Gästen in Berlin feiern, während gleichzeitig wieder Demonstrant*innen verprügelt und „zugeführt" wurden. Am 7. Oktober kapitulierten SED und Stasi in Plauen vor 15.000 Demonstrant*innen, ebenso am 8. Oktober vor den friedlichen Sitzblockierern in Dresden. Den meisten DDR-Bürger*innen war wohl bewusst, dass sich am 9. Oktober in Leipzig die Zukunft der DDR entscheiden würde. Dass die SED ihre Macht freiwillig abgeben würde, schien unvorstellbar, und viele Andeutungen in den DDR-Medien legten eine gewaltsame Niederschlagung der Proteste nahe. Deshalb erwarteten nicht wenige eine „chinesische Lösung".

Am 4. Juni 1989 hatte die kommunistische Regierung der Volksrepublik China die wochenlangen Demonstrationen der chinesischen Student*innen blutig niedergeschlagen. Nach Angaben des chinesischen Roten Kreuzes sollen dabei 2600 Menschen ums Leben gekommen sein, rund 7000 wurden verletzt (Die Bundesregierung, 2021c). Die SED-Führung begrüßte das Vorgehen der chinesischen Streitkräfte ausdrücklich. Der Rostocker SED-Chef Ernst Timm erklärte den Volkskammerabgeordneten, dass sich die chinesische „Volksmacht" gezwungen gesehen habe, „Ordnung und Sicherheit unter Einsatz bewaffneter Kräfte wieder herzustellen. Dabei sind bedauerlicherweise zahlreiche Verletzte und auch Tote zu beklagen" (ebd.). DDR-Außenminister Oskar Fischer bekräftigte am 12. Juni „die Solidarität und Verbundenheit mit der Volksrepublik China und dem chinesischen Brudervolk", und einen Tag später erklärte Volksbildungsministerin Margot Honecker, dass man in einer „kämpferischen Zeit" den Sozialismus notfalls auch mit der Waffe in der Hand verteidigen müsse (ebd.). Ende September 1989 - also nur zwei Wochen bevor sich Leipzig auf die möglicherweise entscheidende Montagsdemonstration vorbereitete - erklärte Egon Krenz bei seinem Staatsbesuch in China, dass Klassensolidarität für die Kommunisten der DDR „eine Sache der Klassenehre und Klassenpflicht" sei und dass man auf „der Barrikade der sozialistischen Revolution" dem gleichen Gegner gegenüberstehe (ebd.).

In der „Leipziger Volkszeitung" vom 9. Oktober war eine Erklärung unter der Überschrift „Werktätige des Bezirkes fordern: Staatsfeindlichkeit nicht länger dulden" abgedruckt, in der die Demonstrierenden als „gewissenlose Elemente" bezeichnet wurden, von denen man sich „belästigt" fühle. Die Erklärung endete mit der klaren Drohung: „Wir sind bereit und Willens, das von unserer Hände Arbeit Geschaffene wirksam zu schützen, um diese konterrevolutionären Aktionen endgültig und wirksam zu unterbinden. Wenn es sein muss, mit der Waffe in der Hand." Es gab Informationen, dass „medizinisches Personal für die Spät- und Nachtschicht zwangsverpflichtet wurde, ganze Krankenhausstationen geräumt worden sind und zusätzliche Blutkonserven" bereitstanden (Bahrmann & Links, 1999, S. 19f.).

Wer an diesem Tag nach Leipzig kam, um gegen die Politik der SED zu demonstrieren, wusste was für ihn/sie auf dem Spiel stand. Der Liedermacher Martin Jankowski - einer der Organisatoren der Friedensgebete - riet einer jungen Familie, die vor einer wegen Überfüllung geschlossenen Kirche stand: „Gehen sie mit den Kindern besser nach Hause. Kann passieren, dass heute geschossen wird." Der Vater antwortete: „Wissen wir", wollte aber bleiben und nicht nach Hause gehen (Kellerhoff, 2009).

Für Hans-Joachim Maaz hatten die Sicherheitsorgane zwischen dem 7. und 9. Oktober 1989 „in unverhüllter Gewalt ihr wahres Gesicht endgültig" gezeigt. Die zahlreichen „bekanntgewordenen Berichte von physischer und psychischer Misshandlung und auch die berechtigte Ahnung, daß dieses System zur blutigen ‚Endlösung' bereit und fähig sein könnte, hat eine Welle der Entrüstung und des Widerstandes im Volk ausgelöst" (Maaz, 1990, S. 144). Wohl aus Angst vor der „chinesischen Lösung" und Wut über die eigene Regierung - die sich in dieser Zeit selbst feierte - trafen Zehntausende DDR-Bürger*innen die völlig irrationale Entscheidung, freiwillig dorthin zu gehen, wo ihre Freiheit, möglicherweise sogar ihr Leben bedroht war.

Rund 9000 Menschen hatten ab 17 Uhr in mehreren Leipziger Kirchen an den Friedensgebeten teilgenommen. Nach 18 Uhr verließen sie die Kirchen, setzten sich in Richtung Innenstadtring in Bewegung, wobei sich ihnen immer mehr Menschen anschlossen. Zehntausende riefen „Wir sind keine Rowdys!", „Keine Gewalt" und „Wir sind das Volk". Als die bekannte Melodie des Stadtrundfunks ertönte, wurde es ruhig. Viele erwarteten jetzt, dass der Ausnahmezustand - der Auftakt zur befürchteten „chinesischen Lösung" - bekannt gegeben wird. Doch es war Kurt Masur, der Kapellmeister des weltbekannten Leipziger Gewandhausorchesters, der sich an die Leipziger Bevölkerung und die zugereisten Demonstrant*innen wandte. Er verlas einen Aufruf, den er gemeinsam mit dem Theologen Peter Zimmermann, dem Kabarettisten Bernd-Lutz Lange und drei lokalen SED-Funktionären verfasst hatte. Sie brachten darin ihre Sorge und Betroffenheit über die Entwicklung in Leipzig zum Ausdruck und verlangten einen „freien Meinungsaustausch über die Weiterführung des Sozialismus in unserem Land." Am Ende des Aufrufs wandte sich Masur an die Demonstrant*innen und Polizisten: „Wir bitten Sie dringend um Besonnenheit, damit der friedliche Dialog möglich wird" (Kellerhoff, 2009).

Schrittweise überwanden die Menschen ihre Angst, rhythmisch klatschend riefen sie den Unschlüssigen und noch Passiven zu: „Schließt euch an" (Maaz, 1990, S. 145). Und immer mehr Menschen fassten Mut und schlossen sich an. Mit 30.000 Demonstrant*innen sollen die Sicherheitskräfte gerechnet haben, aber dass trotz - oder gerade wegen - der zahlreichen Drohungen 70.000 Menschen über den Innenstadtring zur Stasi-Zentrale ziehen würden, überforderte offensichtlich die Verantwortlichen. Um 18.26 Uhr informierte Leipzigs Polizeichef den örtlichen Stasi-Leiter, dass mit der SED-Spitze in Berlin darüber verhandelt wird, ob doch noch zugeschlagen werden soll. Egon Krenz habe versprochen bald zurückzurufen und die Entscheidung der Regierung bekanntzugeben. Aber Krenz rief zunächst nicht zurück, weshalb die Verantwortlichen vor Ort selbst entschieden. In einem Protokoll des MfS ist für 18.35 Uhr festgehalten: „Vorbereitete Maßnahmen zur Verhinderung/Auflösung kamen entsprechend der Lageentwicklung nicht zur Anwendung." Als Krenz gegen 19.15 Uhr zurückrief, war die Entscheidung längst gefallen (Kellerhoff, 2009). Was Krenz den Verantwortlichen in Leipzig mitteilen wollte und wie sich die SED-Führung entschieden hatte, ist wohl nicht mehr eindeutig zu klären. Mit der Entscheidung der politisch Verantwortlichen in Leipzig war jedoch klar, dass die SED - wie am 7. Oktober in Plauen und am 8. Oktober in Dresden - vor dem eigenen Volk kapituliert hatte. Sie hatte somit das Ende ihrer Macht selbst besiegelt!

Die DDR-Nachrichtensendung „Aktuelle Kamera" berichtete an diesem Abend erstmalig über die Demonstration in Leipzig. Die Demonstrant*innen wurden in dem Bericht als „Randalierer" bezeichnet, die „den Sozialismus ins Visier genommen" hätten. An den folgenden Tagen wurde zwar viel über die Feierlichkeiten zum 40. Jahrestag berichtet, jedoch nichts über die Leipziger Demonstration erwähnt (Deutsches Rundfunkarchiv, 2021).

In der ARD-Tagesschau wurde am 9. Oktober zwar über die Demonstration in Leipzig berichtet, Filmaufnahmen waren jedoch nicht zu sehen, denn westlichen Journalist*innen war es im Herbst 1989 generell nicht gestattet, nach Leipzig zu kommen (Schefke, 2019). Am nächsten Abend kündigte Moderator Hanns Joachim Friedrichs in den ARD-Tagesthemen an, dass die Zuschauer*innen „gleich unglaubliche Bilder aus Leipzig zu sehen bekommen. Einem italienischen Kamerateam ist es gelungen, gestern Abend in Leipzig folgende Bilder zu drehen." Verwackelte Videoaufnahmen zeigten dem ost- und westdeutschen Fernsehpublikum, wie Tausende Menschen friedlich demonstrierten. Transparente waren in dem kurzen Filmbericht nicht zu sehen, aber die Sprechchöre „Wir sind das Volk" und „Schließt Euch an" waren deutlich zu hören (ebd.).

Die Aufnahmen stammten jedoch nicht von einem italienischen Kamerateam. Der DDR-Bürgerrechtler Siegfried Schefke und sein Freund Aram hatten sie gedreht! Schefke - der schon seit Wochen rund um die Uhr von der Stasi observiert wurde - hatte in seiner Berliner Wohnung Zeitschaltuhren installiert, um im Wohn- und Schlafzimmer immer wieder das Licht an- und ausgehen zu lassen. Über eine Luke gelangte er auf das Dach seines Wohnhauses und lief über zahlreiche Hausdächer bis zur Schönhauser Allee, wo er wieder über eine Dachluke in ein Treppenhaus gelangte. Trotz des Täuschungsmanövers waren den beiden Bürgerrechtlern Stasi-Leute auf den Fersen, es gelang ihnen jedoch, diese abzuschütteln. Mit ihrem Trabi fuhren sie nach Leipzig, wo ihnen Pfarrer Hans-Jürgen Sievers erlaubte, auf der obersten Plattform des Kirchturms die Videokamera zu postieren. Die 21 Minuten Filmmaterial übergab Schefke in der

Drehtür eines Leipziger Hotels dem SPIEGEL-Korrespondenten Ulli Schwarz, der sich trotz Verbot in Leipzig aufhielt. So gelangten die Aufnahmen zur ARD und Moderator Friedrichs erfand das „italienische Kamerateam", um die Identität der Filmemacher zu schützen (ebd.).

Millionen Menschen sahen diese Aufnahmen, sicherlich auch viele DDR-Bürger*innen. Einmal mehr war die SED der Lüge überführt, was die Wut vieler Menschen weiter steigerte. Der friedliche Ausgang machte jedoch auch vielen Menschen Mut. Immer größer wurde die Anzahl derer, die nun Woche für Woche auf den Straßen der DDR demonstrierten, nicht nur in Leipzig, sondern in fast allen Städten des Landes.

Schon eine Woche später - am 16. Oktober 1989 - demonstrierten in Leipzig 150.000 Menschen. Wieder gelang es Fotografen und Kameraleuten aus der Oppositionsszene, Aufnahmen zu machen und in die Bundesrepublik zu schmuggeln, von wo sie noch in der gleichen Nacht um die Welt gingen. In Magdeburg gingen an diesem Tag 10.000 Menschen auf die Straße, in Halle 5000, in Ostberlin 3000 und in Dresden demonstrierten Tausende vor dem Rathaus. Überall forderten sie die „Zulassung des Neuen Forum, freie Wahlen, Presse- und Meinungsfreiheit, Aufhebung des Visazwangs für die ČSSR", und alle Demonstrationen blieben gewaltfrei (Bahrmann & Links, 1999, S. 32f.). Am 23. Oktober marschierten bereits 300.000 Menschen über den Leipziger Innenstadtring und in mindestens 25 weiteren Städten gab es friedliche Demonstrationen gegen die SED-Regierung. Am 26. Oktober demonstrierten 100.000 in Dresden, 25.000 in Rostock und Tausende in anderen Städten wie Erfurt und Gera (S. 42).

Höhepunkt der Demonstrationen war jedoch die Kundgebung auf dem Berliner Alexanderplatz am 4. November 1989. Schon Mitte Oktober hatten Künstler*innen bei der Berliner Volkspolizei - Abteilung Erlaubniswesen - eine Veranstaltung für den 4. November beantragt, die am 1. November genehmigt wurde. Es sollte die „erste genehmigte nichtstaatliche Demonstration der DDR und mit rund einer Millionen Teilnehmern die größte der deutschen Geschichte" werden (mdr, 2019d). Auf der Rednerliste standen Künstler*innen und Schriftsteller*innen wie Christa Wolf, Stefan Heym und Ulrich Mühe, aber auch SED-Funktionäre wie Günter Schabowski, Gregor Gysi und Stasi-General a.D. Markus Wolf. Dreieinhalb Stunden dauerte die Veranstaltung und wurde live vom Fernsehen der DDR übertragen (ebd.). Beeindruckend war insbesondere die Vielfalt der originellen Plakate und Transparente, die von den Demonstrierenden entworfen und nicht mehr von der SED vorgegeben waren. „Freiheit, Gleichheit, Ehrlichkeit", „Rechtssicherheit ist die beste Staatssicherheit", „SED allein – das darf nicht sein" war auf den Plakaten zu lesen, ebenso wie „Für harte Arbeit hartes Geld" (Bahrmann & Links, 1999, S. 61f.). Die meisten Redner*innen ernteten für ihre Ansprachen Jubel und Applaus. Politbüromitglied Schabowski und Ex-Stasi-General Wolf wurden dagegen von der Menge lautstark ausgepfiffen und mit Rufen wie „Zu spät, zu spät" übertönt (S. 62). Trotz meiner persönlichen Abneigung gegenüber der SED habe ich mich über die Reaktion der Menschenmenge geärgert. Denn in einer Demokratie - und die war ja das Ziel der meisten Demonstrant*innen - sollte auch die Meinung der politischen Gegner*innen angehört und ertragen werden. Vielleicht hätten ja die beiden SED-Funktionäre die Gelegenheit ergriffen und sich beim Volk für ihr bisheriges Handeln entschuldigt.

Für Hans-Joachim Maaz war der 4. November 1989 „der Höhepunkt der sichtbaren Gesundung eines Volkes: Der politische Protest und die zurückgehaltenen Gefühle konnten sich in Motorik, Spruchbändern, Reden und Klatschen zeigen und umsetzen, und zwar gegenüber den Zentren der Macht“ (Maaz, 1990, S. 146).

Viele DDR-Bürger*innen wussten jedoch nicht, dass das Ministerium für Staatssicherheit die Veranstaltung mitorganisierte! Es nahm Einfluss auf die Rednerliste und beabsichtigte dies auch hinsichtlich der mitgeführten Plakate. Erich Mielke selbst soll Markus Wolf aufgefordert haben, sich auf die Rednerliste zu setzen. Dagegen wurden Liedermacher Wolf Biermann, aber auch Schriftsteller Jürgen Fuchs und die Bürgerrechtlerin Bärbel Bohley „von den Organisatoren der Demonstration nach intensiven Gesprächen mit Partei und Staatssicherheit ausgeladen.“ Die Stasi stützte sich dabei auf „progressive Kräfte unter den Theaterschaffenden“, die befürchteten, „dass feindliche Kräfte die vorgesehene Demonstration für antisozialistische Ziele missbrauchen könnten“ (mdr, 2009b).

Dies verdeutlicht, dass die SED und das MfS trotz der Massenproteste nicht bereit waren, freiwillig ihre Macht abzugeben. Noch immer versuchten sie, alle „Fäden in der Hand“ zu behalten. Sie gaben von ihren Verfehlungen und Verbrechen nur so viel zu, wie ihnen nachgewiesen werden konnte, und sie gaben nur so viel Macht ab, wie unbedingt nötig erschien, um nicht vollends beim eigenen Volk in Ungnade zu fallen. Geschickt nutzten die Genoss*innen ihren noch immer vorhandenen Einfluss in den Medien, den Betrieben und Organisationen aus und stellten sich selbst als Initiator*innen des politischen Umbruchs in Szene.

Auch für mich persönlich war die Woche um den 9. Oktober 1989 die wohl schwierigste und dramatischste meines Lebens. Heute bin ich froh, dass alles gut ausging und ich mit gutem Gewissen sagen kann: „(Fast) alles richtig gemacht“ und „Glück gehabt“!

Denn auch ich hatte mich darauf vorbereitet nach Prag zu fahren, um dort auf das Gelände der bundesdeutschen Botschaft zu gelangen. Ich wollte jedoch bis zum 9. Oktober warten, weil ich meinen 30. Geburtstag noch mit meinen Eltern feiern wollte. Sie besuchten in der Zeit Verwandte in der Bundesrepublik und ich hatte meiner Mutter versprochen, in der Woche ihre fast blinde Mutter zu versorgen. Als mir am 3. Oktober ein Arbeitskollege mitteilte, dass die Grenze zur ČSSR geschlossen worden war, brach für mich eine Welt zusammen: Ich hatte mal wieder das Gefühl, zu lange gezögert, nicht entschlossen genug gehandelt zu haben! In der Mittagspause fuhr ich nach Hause, um die neuesten Entwicklungen selbst im Fernsehen zu sehen. Vor Wut und Verzweiflung trank ich zwei Flaschen Bier und mehr als eine halbe Flasche Schnaps. Es war wohl das einzige Mal in meinem Leben, dass ich mich vor Frust betrunken habe! Wieder im Betrieb, trank ich weiter und brüllte „staatsfeindliche Parolen“, so dass mich ein Kollege zu meinem Schutz nach Hause fuhr und ins Bett brachte.

Drei Tage später setzte ich zusammen mit einer Arbeitskollegin einen lang vorbereiteten Plan um: Wir hängten im Flur unseres Bürogebäudes eine „alternative“ Wandzeitung zum 40. Jahrestag der DDR auf. Auf den Fotos waren bröckelnde Hausfassaden, riesige Schlaglöcher in den Straßen, eine lange Schlange vor einer Fleischerei und meine elf Jahre alte Wartburg-Bestellung zu sehen. Schon nach kurzer Zeit war die Wandzeitung verschwunden - Arbeitskolleg*innen müssen sie entfernt haben. Aber darauf waren wir vorbereitet und hatten mehrere Exemplare produziert. Am nächsten Morgen wurde ich zum Parteisekretär des Betriebes gerufen, der mir unmissverständlich mit Inhaftierung drohte.

Am Nachmittag des gleichen Tages fuhr ich zu meinem Bruder nach Berlin. Da er in einem der Außenbezirke wohnte, bekamen wir von den Auseinandersetzungen in der Innenstadt im Zusammenhang mit den Feierlichkeiten zum 40. Jahrestag der DDR, nichts mit. Während es im Stadtzentrum zu den beschriebenen Ausschreitungen und Verhaftungen kam, tippten wir - gemeinsam mit seiner Frau und unserer Schwester - in seiner Wohnung mehrfach den Aufruf „Aufbruch 89" des „Neuen Forums" ab. Da wir Blaupapier[140] zwischen die Seiten legten, konnten wir immer gleich mehrere „Flugblätter" auf der alten Schreibmaschine produzieren.

Am Morgen des 9. Oktober 1989 - meinem 30. Geburtstag - ließ ich die „Flugblätter" überall im Betrieb heimlich fallen. Meinen Vorgesetzten fragte ich, ob ich mittags Feierabend machen könnte, um meine Geburtstagsfeier vorzubereiten. Ich erhielt die Genehmigung, stieg aber mit einer Freundin in den Zug nach Leipzig, um an der Montagsdemonstration teilzunehmen. Wir wussten genau, wie gefährlich das war, aber wir waren fest entschlossen dabei zu sein - egal wie es ausgehen würde! Über Schleichwege schafften wir es, das bewachte Leipziger Bahnhofsgebäude zu verlassen und hörten nun die Rufe der Demonstrierenden: „Wir sind das Volk", „Keine Gewalt" und „Schließt Euch an". Wir konnten uns zunächst nicht in den Demonstrationszug einreihen, weil die Straße von Tausenden Zuschauer*innen gesäumt war. Ich fragte einen Mann, ob er uns durchlassen könnte und weiß noch heute, wie mir dabei die Knie zitterten und die Stimme fast versagte. Schließlich musste ich damit rechnen, dass dieser Mann zur Stasi gehörte! Er machte uns jedoch Platz, und wir reihten uns in den Demonstrationszug ein. Fremde Menschen nahmen unsere Hand - sie hatten wohl genau so viel Angst wie wir!

Ähnlich wie mir ging es offensichtlich auch anderen Beteiligten. Hans-Joachim Maaz beschreibt, dass die Angst „schrittweise überwunden werden" musste und dass ihm trotz des kühlen Wetters „der Angstschweiß auf der Stirn" stand. Auch ihm fiel es schwer, „dem Auge der Macht ungeschützt ausgeliefert" zu sein, „erst recht, wenn man vom anderen Teil des Volkes mitleidig oder auch lüstern angestaunt, manchmal auch angepöbelt wurde." Wie für mich, gehörte die Leipziger Demonstration am 9. Oktober 1989 auch für Maaz „zu den schönsten und befreiendsten, auch schmerzlichsten Augenblicken" des Lebens. Das Volk - zumindest ein Teil davon - hatte seine Würde, seine Stimme und den aufrechten Gang wiedergefunden. Diesen Prozess des Wandels begleitet zu haben, gehört für Maaz - wie für mich - zu den „dankbarsten Erfahrungen", die er „mit diesem verfluchten System machen konnte" (Maaz, 1990, S. 145).

In den folgenden Wochen bis zum Fall der Berliner Mauer fuhr ich jeden Montag nach Leipzig. Angst um mein Leben hatte ich nicht mehr, aber mir war bewusst, dass der Druck auf die SED nicht nachlassen durfte und dass die Gefahr eines Rückfalls in

---

[140] In der DDR gab es fast keine Kopiergeräte, und wenn, durften sie nicht für den privaten Gebrauch genutzt werden. Mit Blaupapier (oder „Pauspapier") zwischen den Seiten konnten zwei bis drei „Kopien" angefertigt werden.

die Zeit vor dem 9. Oktober noch nicht gebannt war. Aber schon in diesen wenigen Wochen veränderte sich der Charakter der Demonstrationen und die Zusammensetzung der Teilnehmer*innen. Der Mehrheit ging es nicht mehr um eine Demokratisierung der DDR, sondern um die Verbesserung ihres Wohlstandes. Auch wenn Deutschlandfahnen noch nicht dominierten, gab es sie schon in den Reihen der Demonstrierenden - ebenso die ersten Rechtsextremisten! Bereits Ende Oktober 1989 hatte ich vereinzelt wahrgenommen, dass Leute, die DDR-Fahnen trugen, angepöbelt wurden.

Ein halbes Jahr später sprach mich im Betrieb eine Kollegin an, die selbst SED-Mitglied war und offensichtlich Kenntnis von meinen Aktivitäten um den 40. Jahrestag der DDR hatte. Sie erklärte mir, dass es mein Glück war, dass ich am 9. Oktober in Leipzig und nicht zuhause war. Ihren Worten zufolge wollte mich die Stasi aus meiner Geburtstagsfeier reißen und abholen! Der friedliche Ausgang der Demonstration hatte die Staatsmacht jedoch so verunsichert, dass ich mich schon am nächsten Tag im Betrieb frei bewegen konnte, obwohl ich kein Geheimnis mehr daraus machte, in Leipzig gewesen zu sein. In meinen Stasi-Akten habe ich über die Ereignisse dieser Woche jedoch nichts gefunden.

Der Weg zur ersten demokratischen Wahl in der DDR

In den folgenden Wochen überschlugen sich die politischen Ereignisse in der DDR. Am 18. Oktober verlas Erich Honecker eine vorbereitete Erklärung, in der er aus gesundheitlichen Gründen seinen Rücktritt erklärte und Egon Krenz zum neuen Generalsekretär vorschlug[141]. Auf der 10. ZK-Tagung der SED am 8. November 1989[142] trat zunächst das SED-Politbüro geschlossen zurück. Dem anschließend neu gewählten Gremium gehörten jedoch weiterhin acht Mitglieder der alten Führungsriege an. Von ihnen wurde Egon Krenz als Generalsekretär einstimmig wiedergewählt. Zum neuen Ministerpräsidenten wurde der bisherige Vorsitzende der Dresdner SED-Bezirksleitung Hans Modrow bestimmt (Bahrmann & Links, 1999, S. 69), der noch einen Monat vorher Demonstrant*innen brutal niederknüppeln ließ. Einen Tag nach der Wahl des Politbüros der SED und des neuen Regierungschefs wurde die am Vortag begonnene Sitzung fortgesetzt. Am Abend des 9. November informierte Politbüromitglied Günter Schabowski auf einer Pressekonferenz über die Ergebnisse des Plenums. Erst auf Nachfrage eines italienischen Journalisten verkündet Schabowski, dass „heute eine neue Entscheidung zur ständigen Ausreise getroffen worden sei." Versehentlich verlas er die erst für den nächsten Tag bestimmte Pressemitteilung, wonach private Besuchsreisen ohne Voraussetzungen beantragt werden könnten. Auf die Nachfrage, wann diese Regelung in Kraft tritt, antwortete er: „Nach meinen Kenntnissen ist das sofort, unverzüglich" (S. 72). Damit war die seit 1961 existierende - fast undurchdringliche, menschenfeindliche Mauer - gefallen!

Mit der Öffnung der innerdeutschen Grenze war das Machtmonopol der SED endgültig gebrochen. Auch wenn die SED und die wenig später in PDS (Partei des demo-

---

[141] Im zweiten Teil befasse ich mich ausführlich mit der Entmachtung Honeckers und dem Machtkampf innerhalb der SED-Führung.

[142] gut eine Woche nach der Präsentation des „Schürer-Papiers" am 30.10.1989

kratischen Sozialismus) umbenannte Partei weiterhin fast alles tat, um so viel wie möglich von ihrer Macht und ihrem Einfluss zu behalten und sich als Initiator der „Wende" tarnte, fiel die Mehrheit der DDR-Bürger*innen nicht mehr auf die Täuschungs- und Ablenkungsmanöver der „demokratischen Sozialisten" herein und wehrten sich dagegen. Täglich berichteten die Medien nun über die jahrzehntelange Korruption, die Vetternwirtschaft, die Privilegien und Verbrechen der SED, das Ausmaß des Verfalls der Betriebe, der Wohnungen, des Gesundheitswesens und der Umweltzerstörung. Viele DDR-Bürger*innen öffneten erst jetzt die Augen und konnten häufig selbst nicht verstehen, wieso sie sich über so viele Jahre von der SED verführen und täuschen lassen konnten. Innerhalb weniger Monate traten mehr als eine Million Genoss*innen aus der Partei aus. In kürzester Zeit besuchten fast alle DDR-Bürger*innen die Bundesrepublik - und die meisten kehrten in die DDR zurück. Die Demonstrationen in Leipzig und vielen anderen Städten der DDR wurden fortgesetzt, wenn auch unter anderen Vorzeichen. Niemand hatte mehr Angst, dass Polizei oder Staatssicherheit sie verhaften oder gar auf sie schießen würden, alle konnten nun sagen und fordern, was sie wollten. Endlich hatten die DDR-Bürger*innen das, was sich viele schon immer gewünscht hatten: Reisefreiheit, Pressefreiheit, Meinungsfreiheit. Was ihnen fehlte, war eine Währung, mit der sie die Reisefreiheit tatsächlich genießen und sich all das kaufen konnten, was sie wollten.

Für viele DDR-Bürger*innen - aber auch für viele Westdeutsche - war der Fall der Mauer der emotionale Höhepunkt des Herbstes 1989. „Die Menschen weinten und lachten, trunken vor Ekstase, taumelten sie sich in die Arme, alle deutsche Scheu, Vorsicht, Distanz, Zwanghaftigkeit und Kontrollsucht in einem Rausch der schmerzlichen Freude wegschwemmend" (Maaz, 1990, S. 152). Gleichzeitig beschreibt Maaz, dass der größte Teil der DDR-Bevölkerung dem „Reiz des Westens" verfiel. Die „schamlose Raffgier mit dem Sturm auf den westlichen Warenberg" zeigte sich, indem sich wohl „kaum einer dem Glimmer und Glitzer, dem westlichen Überfluss, dem Schein des Landes, wo Milch und Honig fließen sollen, entziehen" konnte (ebd.). Millionen nahmen „belastende Strapazen und entwürdigendes Schlangestehen für ein paar DM auf sich, sie schleppten Säuglinge, Invaliden, gebrechliche Rentner und pflegebedürftige Behinderte (…) in den Westen, um das Begrüßungsgeld zu erhöhen" (ebd.). Nicht wenige empfanden im Nachhinein das Begrüßungsgeld als „peinlich" (Maaz) oder - wie die frühere Vorsitzende der LINKEN Sahra Wagenknecht - gar „demütigend" und bezeichneten es als „Almosen" (Bittmann, 2015). Dabei war kein/e DDR-Bürger*in gezwungen, das Begrüßungsgeld in Empfang zu nehmen, sich mit „Almosen" von der Bundesregierung „demütigen" zu lassen! Doch „im chronischen Mangel zu Hause" (Maaz, 1990, S. 152) überfielen die DDR-Bürger*innen die westdeutschen Städte regelrecht. Schon am zweiten Tag nach dem Mauerfall wurden allein in Westberlin 70 Millionen DM Begrüßungsgeld ausgezahlt. Die westdeutschen Bankangestellten arbeiteten rund um die Uhr (Bahrmann & Links, 1999, S. 75) - um die Ostdeutschen zu „demütigen"? Eine Woche später waren die Züge der Deutschen Reichsbahn zu 400% ausgelastet, auf den Bahnhöfen kam es zu „tumultartigen Szenen". Vor den Autobahngrenzübergängen bildeten sich „trotz zügiger Abfertigung kilometerlange Schlangen" (S. 85). Viele DDR-Bürger*innen ließen sich das Begrüßungsgeld (widerrechtlich) mehrfach auszahlen. Die bundesdeutschen Steuerzahler*innen kostete diese „Demütigung" der

DDR-Bürger*innen insgesamt 2,05 Milliarden D-Mark (S. 162)!

Hans-Joachim Maaz vertritt in seinem 1990 erschienenen Bestseller „Der Gefühlsstau“ die Meinung, dass die Revolution mit dem Fall der Mauer bereits zu Ende war. Der Aufruf zahlreicher DDR-Intellektueller „Für unser Land“[143] am 26. November 1989 - gerade einmal 17 Tage nach dem Fall der Mauer - kam nach seiner Überzeugung „viel zu spät“ (Maaz, 1990, S. 151). Namhafte DDR-Persönlichkeiten, wie die Schriftsteller*innen Christa Wolf, Stefan Heym und Volker Braun, aber auch Pfarrer Friedrich Schorlemmer, zählten zu den Erstunterzeichner*innen des Aufrufs, der sich für den eigenständigen Erhalt der DDR einsetzte. Andererseits - so stand es in dem Appell - „müssen (wir T.F.) dulden, dass, veranlasst durch starke ökonomische Zwänge und durch unzumutbare Bedingungen, an die einflussreiche Kreise aus Wirtschaft und Politik in der Bundesrepublik ihre Hilfe für die DDR knüpfen, ein Ausverkauf unserer materiellen und moralischen Werte beginnt und über kurz oder lang die Deutsche Demokratische Republik durch die Bundesrepublik vereinnahmt wird“ (Kleps, kein Datum).

Viele DDR-Bürger*innen antworteten auf ihre Weise: Einen Tag nach der Veröffentlichung des Aufrufs demonstrierten 200.000 Menschen in Leipzig. Auf zahlreichen Transparenten waren Forderungen wie „Deutschland einig Vaterland“, „Einigkeit und Recht und Freiheit“ sowie „Wir sind ein Volk“ zu lesen. Michael Arnold vom „Neuen Forum“ wurde von den Massen ausgepfiffen, weil „er von seinen Ängsten vor einer Wiedervereinigung“ sprach (Bahrmann & Links, 1999, S. 102).

Doch während sich die meisten DDR-Bürger*innen kaum noch für Politik und die Demokratisierung ihres Landes interessierten, arbeiteten Politiker*innen in Ost- und Westdeutschland fast rund um die Uhr an Lösungen, welche die Probleme der DDR-Bürger*innen möglichst schnell lösen sollten. Fast täglich debattierten sie und verbreiteten über die Medien ihre Vorstellungen, wie die DDR demokratisiert und die Wirtschaft modernisiert werden könnte. Am 17. November präsentierte der neue DDR-Regierungschef Hans Modrow den Volkskammerabgeordneten, wie seine Partei gedenkt, die „Wirtschaft der DDR aus der Krise zu führen, ihr Stabilität zu verleihen und Wachstumsimpulse zu geben“ (Bahrmann & Links, 1999, S. 83). In der anschließenden Debatte plädierte er für eine Vertragsgemeinschaft („kooperative Koexistenz“) mit der Bundesrepublik und machte gleichzeitig deutlich, dass die Regierung nicht in der Lage sei, einen Volkswirtschaftsplan für das kommende Jahr aufzustellen (S. 84).

Gut eine Woche später - am 28. November - ging Bundeskanzler Helmut Kohl in die Offensive: In der Haushaltsdebatte des deutschen Bundestages stellte er für das In- und Ausland völlig überraschend ein „Zehn-Punkte-Programm“ zur „schrittweisen Überwindung der Trennung Europas und der Teilung Deutschlands vor“ (Die Bundesregierung, 2021). Nur ganz wenige Unionskolleg*innen hatte Kohl in Kenntnis gesetzt und auf internationaler Bühne war der Plan nur mit US-Präsident George Bush sen. abgestimmt. Der Bundeskanzler nahm den Vorschlag Modrows auf, zunächst eine Vertragsgemeinschaft und konföderative[144] Strukturen zwischen den beiden deutschen Staaten zu bilden, um den Weg zu einer bundesstaatlichen Ordnung und zur deutschen

[143] Link zum Text des Aufrufes „Für unser Land“ (Kleps, kein Datum)

[144] Zusammenschluss souveräner Staaten

Einheit zu ebnen. Kohl machte deutlich: „Wie ein wiedervereinigtes Deutschland schließlich aussehen wird, das weiß heute niemand. Dass aber die Einheit kommen wird, wenn die Menschen in Deutschland sie wollen, dessen bin ich sicher" (ebd.). Voraussetzung für diesen Prozess sei jedoch eine „legitime demokratische Regierung" in der DDR. Der Prozess der deutschen Einigung, der „das politische Ziel der Bundesregierung" bleiben sollte, müsste nach seiner Überzeugung jedoch in einen gesamteuropäischen Prozess eingebettet werden (ebd.). Der Bundeskanzler stellte damit klar, dass die Vereinigung - wie im Grundgesetz festgeschrieben - zwar das Ziel der Regierung blieb, wann der Prozess abgeschlossen sein würde, blieb jedoch ebenso offen wie der Weg, der zu diesem Ziel führen sollte. Und gegen den Willen des Volkes sollte ebenfalls keine deutsche Einheit vorangetrieben werden. Während die USA die mögliche Wiedervereinigung unter der Voraussetzung der Mitgliedschaft in der Europäischer Gemeinschaft und NATO begrüßten, lehnten die drei anderen Siegermächte den Vorstoß Kohls ab. Insbesondere die britische und französische Regierung befürchteten, dass ein zu starkes Deutschland den Frieden in Europa gefährden könnte (ebd.).

Kohl betonte immer wieder, dass es Verhandlungen über die deutsche Vereinigung nur mit einer demokratisch gewählten Regierung in der DDR geben kann. Die für den Zeitraum September bis Dezember 1990 vorgesehenen Volkskammerwahlen hätten den Verhandlungen somit im Weg gestanden. „Neues Forum" und die SDP[145] sprachen sich am 4. Dezember 1989 für vorgezogene Neuwahlen am 6. Mai 1990 aus (Bahrmann & Links, 1999, S. 114), was sicherlich auch Kohls Vorstellungen entgegenkam.

Während auf der regierungspolitischen Ebene in der DDR und der Bundesrepublik über Wege und Möglichkeiten zur Überwindung des immer rasanter verlaufenden wirtschaftlichen Abschwungs der DDR und zur Vereinigung debattiert und gestritten wurde, verschärften sich die Konflikte in der Bevölkerung der DDR und der Bundesrepublik.

Bis zum Fall der innerdeutschen Grenzen plädierte die Mehrheit der DDR-Bürger*innen und Demonstrant*innen für den Erhalt und eine Demokratisierung des Sozialismus in der DDR. Danach änderte sich die Stimmung gravierend. An den Montagsdemonstrationen in Leipzig nahmen kaum noch Student*innen und „Alternative" teil, sondern Arbeiter*innen mit anderen Interessen bestimmten das Geschehen und das Meinungsbild. Die Befürworter*innen der deutschen Einheit überwogen dabei deutlich. Am 22. Januar 1990 gab es „regelrechte Hetzjagden" auf eine Gruppe junger Linker, die mit Transparenten und DDR-Fahnen für Aufmerksamkeit gesorgt hatten (Bahrmann & Links, 1999, S. 193).

Die anhaltende Ausreisewelle stellte nicht nur die DDR-Regierung und ihre Wirtschaft vor zusätzliche Probleme, sondern auch die politisch Verantwortlichen in der Bundesrepublik. Insgesamt waren im Jahr 1989 340.000 DDR-Bürger*innen in die Bundesrepublik übergesiedelt. Die Aufnahmelager waren im ganzen Land überfüllt (S. 151). Schon am 29. November musste der Westberliner Senat beschließen, aus diesem Grund Übersiedler*innen außerhalb der Stadt unterzubringen (S. 104). Im Januar 1990 beschloss das Saarland, ab Mitte Februar DDR-Übersiedler*innen im benachbarten

[145] Sozialdemokratische Partei der DDR, die sich später in SPD umbenannte.

Frankreich vorübergehend einzuquartieren. Nach Auffassung des Deutschen Städtetages drohte der ungebremste Strom der DDR-Bürger*innen „zu einem großen nationalen Problem zu werden." Wenn die Stabilisierung der Verhältnisse in der DDR nicht gelänge, müsse mit bis zu 1,5 Millionen Neubürger*innen in der Bundesrepublik gerechnet werden (S. 206). Neben Helmut Kohl und vielen anderen Politiker*innen appellierte der bayerische Ministerpräsident Max Streibl an die Ausreisewilligen: „Bleiben Sie im Land, die Perspektiven sind da." Andere Politiker*innen wurden noch deutlicher: Der Deutsche Städtetag forderte beispielsweise eine Einschränkung der Wahlfreiheit des Aufenthaltsortes, und Stuttgarts Oberbürgermeister Rommel forderte die Bundesregierung dazu auf, „die Subventionierung des Abwanderns und Zuwanderns" einzustellen" (S. 208). Der saarländische Ministerpräsident Oskar Lafontaine argumentierte auf dem SPD-Parteitag am 19. Dezember 1989 ähnlich. Nach seiner Überzeugung führe die Deutschlandpolitik Helmut Kohls dazu, dass in der DDR ganze Versorgungssysteme zusammenbrechen, während in der Bundesrepublik „die Arbeitslosigkeit weiter steigt und die Wohnungsnot weiter steigt" (S. 138). Auf einer Wahlveranstaltung am 6. Januar 1990 forderte Lafontaine die Bundesregierung ultimativ zur „Abschaffung der Privilegien" für DDR-Bürger*innen auf. Nach den Volkskammerwahlen am 6. Mai „müsse jede Bevorzugung dieser Gruppe (…) weg sein" (S. 162). Auch der Vizepräsident des Städtetages Schmalstieg war überzeugt, dass der ungebremste Zuzug von Aus- und Übersiedlern zu gravierenden Problemen auf dem Wohnungsmarkt führen könnte und warnte: „Das ist Sprengstoff, der den sozialen Frieden stark gefährdet" (S. 253). In der bundesdeutschen Bevölkerung kippte aufgrund des anhaltenden Zuzugs und der sich verschärfenden öffentlichen Debatten die Stimmung. Ende Februar 1990 stimmten im Rahmen einer Umfrage des Forsa-Instituts mehr als zwei Drittel der Bundesbürger*innen gegen eine weitere Aufnahme von DDR-Bürger*innen. In Lübeck versperrten am 4. März 1990 Einwohner*innen aus „Verdruss über die stinkende Trabi-Invasion" den Grenzübergang Lübeck-Schlutup (S. 264). Laut Angaben des Bundes Deutscher Kriminalbeamter war seit der Grenzöffnung die Zahl der Ladendiebstähle sprunghaft angestiegen. „Etwa 40% der Festgenommenen stammten aus der DDR und Ostberlin" (S. 269).

Diesen Stimmungswechsel nutzte Oskar Lafontaine für seinen Landtagswahlkampf und die von ihm erhoffte Nominierung zum SPD-Kanzlerkandidaten für die Bundestagswahl Ende 1990. Als Gegenpol zu Helmut Kohl favorisierte er die Zweistaatlichkeit und die ökonomische Stabilisierung der DDR. Er schlug außerdem vor, „DDR-Bürger nicht automatisch als bundesdeutsche Staatsbürger anzuerkennen, denen westdeutsche Sozialleistungen" zustehen" (Fischer, 2017). Auch wenn dieser Vorstoß Lafontaines vom Führungsgremium der SPD sofort zurückgewiesen wurde, stieg die Zustimmung für seine politische Ausrichtung weiter an. Bei den Landtagswahlen im Saarland am 28. Januar 1990 erreichte die von ihm geführte SPD 54,4% und damit die absolute Mehrheit der Stimmen. Am 19. März wurde er tatsächlich zum Kanzlerkandidaten der SPD gewählt, was als innerparteiliche Bestätigung seines politischen Kurses gewertet werden kann. Als Kanzlerkandidat lehnte er die Währungsunion aus ökonomischen und sozialen Gründen ab und ging damit zunehmend auf Konfrontationskurs gegenüber der Regierung Helmut Kohls, obwohl die ostdeutsche SPD von ihm ein stärkeres Bekenntnis zur deutschen Einheit forderte (ebd.).

Im Wahlkampf setzte sich die SPD für eine Vereinigung nach Artikel 146 des Grundgesetzes ein. Nach diesem Artikel sollte das Grundgesetz der Bundesrepublik „an dem Tag, an dem eine Verfassung in Kraft tritt, die von dem deutschen Volke in freier Entscheidung beschlossen worden ist", seine Gültigkeit verlieren. Eine neue, gesamtdeutsche Verfassung sollte erarbeitet und durch eine Volksabstimmung angenommen werden. Insbesondere die DDR-Bürger*innen sollten somit die Möglichkeit der gleichberechtigten Teilhabe und Mitbestimmung bekommen. Ihre Leistungen und die Tatsache, dass sie sich ihre Freiheit in einer friedlichen Revolution erkämpft hatten, sollten somit gewürdigt werden (Banditt, 2014).

Im vorherigen Kapitel hatte ich beschrieben, dass laut Wolf Wagner in der Zeit des politischen Umbruchs alle Voraussetzungen für einen Bürgerkrieg in Deutschland erfüllt waren und dass es lediglich einer westdeutschen Partei bedurft hätte, welche die Ostdeutschen für steigende Arbeitslosigkeit, Preise und Mieten, für Versorgungsengpässe und wachsenden Konkurrenzkampf in der Gesellschaft verantwortlich macht, um den „Sprengstoff" (Schmalstieg) zu zünden. All das tat Oskar Lafontaine in seinem Bestreben, 1990 Kanzler der Bundesrepublik Deutschland zu werden!

Ich unterstelle ihm **nicht**, dass er das bewusst tat, um Gewalt oder gar einen Bürgerkrieg gegen die DDR-Bürger*innen zu provozieren. Ich halte es sogar für legitim, dass er als potenzieller Bundeskanzler vorrangig die Interessen der Bundesbürger*innen propagierte. Schließlich musste er davon ausgehen, dass bei den Wahlen am 2. Dezember 1990 nur sie darüber entscheiden, wer künftig das Land regieren und die politischen Weichen stellen wird[146]. Dass die deutsche Vereinigung und eine Währungsunion zum Kurs von 1:1 enorme Belastungen für die Bundesbürger*innen nach sich ziehen würden, entsprach ja auch der Wahrheit. Aber Lafontaine betrieb ein „Spiel mit dem Feuer"! Wenn die westdeutschen Medien, die Eliten in Wirtschaft, Wissenschaft, Sport und Kultur Oskar Lafontaine gefolgt wären und „die Ostdeutschen" für steigende Preise, Wohnungsarmut und wachsende Konkurrenz auf dem Arbeitsmarkt sowie für steigende Kriminalität in der Gesellschaft verantwortlich gemacht hätten, wäre wohl die Mehrheit der Westdeutschen bereit gewesen, in den Ostdeutschen den „Sündenbock" für die sich verschlechternde wirtschaftliche und politische Lage zu sehen. Es wäre dann wohl auch in Deutschland zu einem Bürgerkrieg wie in Jugoslawien gekommen - davon bin ich überzeugt!

Mit der wachsenden Popularität Oskar Lafontaines und der steigenden Zustimmung seiner politischen Ziele und Vorstellungen in der westdeutschen Bevölkerung bekamen Helmut Kohl und seine CDU ein zunehmendes Problem. Auch Kohl musste zu diesem Zeitpunkt davon ausgehen, dass nur die westdeutschen Bürger*innen bei der Bundestagswahl Ende 1990 ihre Stimme abgeben können. Ihre Zustimmung musste er also gewinnen, wenn er weitere vier Jahre als Kanzler regieren wollte. Er war somit gezwungen, eine Möglichkeit zu finden, den Zuzug der DDR-Übersiedler*innen in die Bundesrepublik zu stoppen, denn Umfragen zeigten, dass diese Wahlen zu einer Art Volksabstimmung darüber werden sollten, welchem Kandidaten und welcher Partei eher zugetraut wird, die DDR-Bürger*innen vom Umzug in die Bundesrepublik abzuhalten.

---

[146] An eine Vereinigung vor dem Wahltermin und somit eine gesamtdeutsche Bundestagswahl dachte Anfang 1990 kaum jemand.

Eine Einschränkung der Freiheitsrechte für DDR-Bürger*innen - wie sie Lafontaine propagierte - zog Kohl jedoch nicht in Erwägung. Offensichtlich war er tatsächlich davon überzeugt, dass die DDR-Bürger*innen - trotz 40-jähriger Teilung - noch immer Deutsche sind.

Der Bundeskanzler tat sich lange schwer, die Ost-CDU zu unterstützen, da sie 40 Jahre lang als „Blockpartei" in der „Nationalen Front mit der SED kollaboriert und die Kommunisten unterstützt hatte" (Görtemaker, 2009b). Auch die Äußerungen des neuen Vorsitzenden der Ost-CDU Lothar de Maizière missfielen Kohl. Der hatte am 19. November 1989 in einem Interview erklärt, dass er den „Sozialismus für eine der schönsten Visionen menschlichen Denkens" halte und dass die Einigung Deutschlands nicht „das Thema der Stunde" sei, sondern dass das Überlegungen sein könnten, „die vielleicht unsere Kinder und unsere Enkel anstellen können" (ebd.).

Am 28. Januar 1990 beschlossen die Modrow-Regierung und Oppositionsvertreter*innen am „Runden Tisch" [147], die für den 6. Mai geplanten Volkskammerwahlen auf den 18. März 1990 vorzuverlegen, „da sich die politische und wirtschaftliche Situation derart schnell verschlechterte, dass es fraglich war, ob die DDR im Mai überhaupt noch existieren würde" (ebd.). Kanzler Kohl musste sich nun schnell entscheiden, welche der Parteien er im DDR-Wahlkampf unterstützt, denn die Ost-SPD hatte trotz der inhaltlichen Differenzen bereits einen starken Partner im Westen. Viele West-Genoss*innen halfen der noch kleinen und erst im Herbst 1989 gegründeten Partei beim Aufbau einer effektiven Parteiorganisation und im Wahlkampf. Die in PDS umbenannte SED verfügte trotz des enormen Mitgliederschwunds über gut organisierte Strukturen und ein immenses Vermögen. Außerdem konnte sie mit dem vorgezogenen Wahltermin auf ein besseres Wahlergebnis spekulieren (ebd.).

Umfragen des Leipziger Zentralinstituts für Jugendforschung, die am 6. Februar veröffentlicht wurden, machen das Dilemma der ehemaligen Blockpartei CDU deutlich: Zu diesem Zeitpunkt wäre die CDU mit gerade einmal elf Prozent sogar hinter der PDS gelandet, für die zwölf Prozent ermittelt wurden. Das „Neue Forum" - die Initiator*innen des politischen Umbruchs - erreichten in der Umfrage gerade einmal vier Prozent Zustimmung. Große Hoffnungen auf einen grandiosen Wahlsieg konnte sich jedoch die SPD machen: Mit 54% erzielte sie einen riesigen Vorsprung (Bahrmann & Links, 1999, S. 219).

In „normalen" Zeiten müsste davon ausgegangen werden, dass ein solcher Rückstand für die CDU innerhalb von sechs Wochen uneinholbar ist. Die Zeiten waren aber nicht „normal"! Lothar de Maizière musste in dem extrem kurzen Wahlkampf von sechs Wochen eine Idee entwickeln, um doch noch ausreichend Stimmen für sich und seine Partei zu gewinnen. Ihm kam dabei entgegen, dass sich Helmut Kohl nun doch für eine Unterstützung der Ost-CDU entschieden hatte (Görtemaker, 2009a). Unter seiner Federführung bildete die Ost-CDU am 5. Februar mit den neuen Parteien „Demokrati-

---

[147] Seit dem 7. Dezember 1989 trafen sich 15 Repräsentant*innen der DDR-Opposition und ebenso viele Vertreter*innen der SED und der Blockparteien insgesamt 16-mal, um den Alltag in der DDR weitgehend „störungsfrei" ablaufen zu lassen, am „Runden Tisch". Mit seiner Kontrollfunktion stellte er in der Übergangsphase „die politische Autorität in der DDR dar und verhinderte somit Gewalt" (Weil, 2016).

scher Aufbruch" (DA) und „Deutsche Soziale Union" (DSU) die „Allianz für Deutschland", um gemeinsam den Kampf um die Wähler*innenstimmen aufzunehmen (Die Bundesregierung, 2021b).

Den „Schlüssel" für einen möglichen Wahlerfolg lieferten den beiden CDU-Parteien die DDR-Bürger*innen. Während sie am 4. November 1989 auf der Berliner Großdemonstration noch zaghaft von der DDR-Regierung „Für harte Arbeit hartes Geld" forderten (Bahrmann & Links, 1999, S. 62), wurde eine andere Losung - oder gar Drohung(?!) - zum wohl entscheidenden „Schlachtruf" des Wahlkampfes: „Kommt die D-Mark, bleiben wir, kommt sie nicht, geh 'n wir zu ihr." Pfarrer Friedrich Schorlemmer glaubt diesen Spruch schon im Dezember 1989 auf der Leipziger Montagsdemonstration gesehen zu haben. Auch er hatte festgestellt, dass sich die Ziele der Demonstrant*innen seit der Maueröffnung „auf eine fatale Weise" verändert hatten. Vielen DDR-Bürger*innen ging es nicht mehr darum, „die Selbstbefreiung voranzubringen und Strukturen der Demokratie aufzubauen, sondern möglichst schnell deutsche Einheit zu erreichen, D-Mark besitzen, Ende der Demütigung mit der Ost-Mark, die nirgendwo kompatibel war" (Schmidt, 2014).

Kohl und de Maizière erkannten: Wenn sie den DDR-Bürger*innen diesen sehnlichen Wunsch erfüllen, könnten sie zahlreiche Probleme der ost- und westdeutschen Wähler*innen mit einem Mal „lösen" und gleichzeitig hoffen, die Wahlen im März (DDR) und Dezember (BRD) doch noch zu gewinnen. Denn mit der D-Mark könnten die DDR-Bürger*innen ohne das Gefühl „Menschen zweiter Klasse" zu sein, reisen und konsumieren. Damit würde der Anreiz in den Westen überzusiedeln, sinken, was einerseits der ostdeutschen Wirtschaft helfen und gleichzeitig den Arbeits- und Wohnungsmarkt im Westen Deutschlands entlasten würde. Gleichzeitig wäre die größte Sorge der Westdeutschen „vom Tisch", und Helmut Kohl könnte auf einen Sieg bei der Bundestagswahl im Dezember spekulieren.

Am 6. Februar 1990 - nur einen Tag nach der Gründung der „Allianz für Deutschland" - verkündete Kanzler Kohl die baldige Errichtung einer Wirtschafts- und Währungsunion (Görtemaker, 2009a). Mit diesem Versprechen und den Zusagen für die schnelle Vereinigung Deutschlands und die Bildung der ostdeutschen Bundesländer[148] zog die „Allianz für Deutschland" in den Wahlkampf. „Neue sozialistische Experimente" lehnte die Allianz ab, da die Menschen in der DDR einen Anspruch darauf hätten, „dass ihre Hoffnungen auf eine bessere Zukunft nicht wieder dadurch betrogen werden" (Die Bundesregierung, 2021b). Dass Kohl mit diesem Wahlprogramm den „Nerv" der Mehrheit der DDR-Bürger*innen getroffen hatte, zeigte sich schon bei seinen Wahlkampfauftritten wenige Tage später: In Erfurt jubelten ihm mehr als 100.000 Menschen zu, in Leipzig sollen es sogar 300.000 gewesen sein (Görtemaker, 2009a).

Allein mit der Ankündigung der Währungsunion hatte Kohl einen wichtigen Effekt erfüllt. Während allein im Januar 1990 noch mehr als 200.000 DDR-Bürger*innen ihr Land in Richtung Bundesrepublik verlassen haben sollen (Reuth, 2004), waren es in den restlichen elf Monaten des Jahres nur noch ca. 50.000 (statista, 2002).

[148] Diese waren 1952 von der SED aufgelöst worden.

Auch der frühere Volkskammerabgeordnete Richard Schröder hebt hervor, dass allein durch die Ankündigung der Währungsunion die Übersiedlung von Ost- nach Westdeutschland um 86% zurückging. Außerdem erholte sich der Kurs der DDR-Mark, weil die DDR-Bürger*innen nun hoffen konnten, ihr Geld bald zum Kurs von 1:1 umtauschen zu können (Schröder, 2020).

Die DDR-Bürger*innen sahen mit der Aussicht auf die D-Mark wieder eine Zukunft in ihrer Heimat. Sie mussten nicht mehr in den Westen Deutschlands übersiedeln, um das zu bekommen, was sie sich am sehnlichsten wünschten: Geld, das diesen Namen auch verdient! Auch ihre Konten mussten sie nicht mehr „plündern", um ihre Ersparnisse zu horrenden Kursen zu tauschen. Mit dem deutlichen Rückgang von Übersiedler*innen in den Westen sank auch der Druck auf die Bürger*innen und die Politiker*innen der Bundesrepublik. Damit erhöhten sich - wie von Kohl erhofft - seine Chancen auf einen Sieg bei der Bundestagswahl im Dezember deutlich.

Politiker*innen und Wirtschaftsexpert*innen warnten jedoch aus unterschiedlichen Gründen vor der schnellen Einführung der D-Mark in der DDR. Insbesondere Bundesbankpräsident Karl-Otto Pöhl äußerte bis zur offiziellen Verkündung der Währungsunion seine „Bedenken wegen nichtkalkulierbarer wirtschaftlicher Folgen für die ostdeutsche Industrie und damit langfristig für die Stabilität der D-Mark" (Bahrmann & Links, 1999, S. 221).

Neben der schnellen Einführung der D-Mark plädierten Helmut Kohl und die „Allianz für Deutschland" für die schnelle Vereinigung Deutschlands. Zwar erklärte Kohl noch am 11. Februar 1990 gegenüber dem ZDF: „Wir werden eine neue Verfassung zu schaffen haben (…). Ich bin ganz und gar dagegen, eine Position einzunehmen, die auf Anschluss hinausgeht" (Banditt, 2014). Nachdem er in seinem „Zehn-Punkte-Programm" vom November 1989 – wie die PDS - noch von einer Konföderation ausging, plädierte er nun - wie die SPD - für eine Vereinigung nach Artikel 146 des Grundgesetzes. Ob das eine Konzessionsaussage gegenüber den sowjetischen Verhandlungspartnern (ebd.) war oder ob die hohe Zahl der Übersiedler*innen aus der DDR zu einem Umdenken führten, bleibt spekulativ. Denn schon wenige Tage später bezeichnete er den Beitritt der DDR zur Bundesrepublik nach Artikel 23 Grundgesetz als „Königsweg zur deutschen Einheit." Dieser Artikel sah vor, dass das Grundgesetz in „anderen Teilen Deutschlands (…) nach deren Beitritt in Kraft zu setzen" sei, wie es bereits 1957 beim Beitritt des Saarlandes praktiziert wurde (ebd.).

Die DDR-Oppositionsbewegung tat sich schwer, eine Partei zu werden. „Neues Forum", „Demokratie jetzt" und die „Initiative Frieden und Menschenrechte" verstanden sich eher „als außerparlamentarische und basisdemokratische Bewegungen". Um im Wahlkampf nicht marginalisiert zu werden, schlossen sie sich zum „Bündnis 90" zusammen (Hartewig, 2020). Auf ihrer Gründungskonferenz am 28. Januar 1990 forderten sie eine „tiefgreifende demokratische Umgestaltung der DDR" (mdr, 2020b).

Die „gewendete" PDS beharrte im Wahlkampf auf der Eigenstaatlichkeit der DDR und übte sich in Dauerkritik am politischen und „kapitalistischen System der Bundesrepublik." Sie entwickelte sich „zur vorgeblich einzigen und echten Sachwalterin ostdeutscher Interessen" (Hartewig, 2020).

In den letzten Tagen vor der Volkskammerwahl versuchten zahlreiche Politiker*innen und Prominente in Ost und West, die DDR-Bürger*innen von der Wahl der „Allianz für Deutschland“ abzuhalten. Am 12. März legte der „Runde Tisch“ einen eigenen Verfassungsentwurf vor. Demnach sollte „auf einem vertraglich geregelten Weg in eine gleichberechtigte deutsche Einheit die soziale Stabilität Vorrang haben.“ Über den Verfassungsentwurf sollte am 17. Juni 1990 im Rahmen einer Volksabstimmung entschieden werden (Bahrmann & Links, 1999, S. 274). Zwei Tage vor der Wahl sprach sich auch der spätere Bundeskanzler Gerhard Schröder gegen eine Vereinigung Deutschlands per Beitritt nach Artikel 23 des Grundgesetzes aus. Nach seiner Überzeugung würde damit den Bundesbürger*innen die Möglichkeit genommen, sich zu dieser bedeutsamen Frage zu äußern (S. 280). Ähnlich argumentierten am Vortag der Wahl zahlreiche Persönlichkeiten aus Ost- und Westdeutschland. Sie forderten eine Volksabstimmung „über die Frage des Weiterbestehens der DDR und der Vereinigung mit der Bundesrepublik“ (S. 281).

Völlig entgegengesetzt argumentierte Bundesarbeitsminister Norbert Blüm am Vortag der Wahl. Ihn „ekle“ der „Solidaritätsverrat der Sozialdemokraten“ an, und dem SPD-Kanzlerkandidaten Oskar Lafontaine warf er vor: „Wenn die Saarländer 1957 so behandelt worden wären wie Lafontaine jetzt die DDR-Bürger behandelt, wäre das Saarland heute noch nicht Mitglied der Bundesrepublik“ (ebd.). Der DDR-Schriftsteller Christoph Hein machte deutlich, dass „nicht durch die Schuld Westdeutschlands“ die Selbständigkeit der DDR bei einem Wahlsieg der „Allianz für Deutschland“ verloren gehen würde. Das marode System der DDR habe keine Chance gelassen, „aufrecht und mit Würde eine Vereinigung herbeizuführen (…). Da geht es um die Übergabe an die BRD - auf den Knien und mit der weißen Flagge“ (ebd.). Er folgt mit diesem Statement der Argumentation des damaligen Bürgermeisters von Westberlin Walter Momper (SPD). Der hatte schon am 6. Februar vor der Sozialistischen Fraktion des Europäischen Parlaments dargelegt, dass die deutsche Einheit nicht über eine Vereinigung gleichberechtigter Staaten realisiert werden könne, sondern ein „Anschluss aus Armut“ sei. Er hob jedoch hervor, dass die Motive der DDR-Bürgerinnen „nicht national, sondern sozial und ökonomisch“ seien (S. 219).

Die kurze Zusammenfassung des Wahlkampfes im Vorfeld der Volkskammerwahlen zeigt - wie im Prolog bereits beschrieben - dass nicht davon die Rede sein kann, dass den DDR-Bürger*innen das politische und wirtschaftliche System der Bundesrepublik „übergestülpt“ wurde. Politiker*innen und prominente Persönlichkeiten der Bundesrepublik und der DDR vertraten öffentlich ihre Meinungen über Chancen und Risiken der schnellen Einführung der D-Mark und der deutschen Vereinigung über den Beitritt nach Artikel 23 des Grundgesetzes. Die DDR-Wähler*innen hatten die Möglichkeit, aus den vielen Meinungen und Wahlprogrammen das herauszufiltern, was aus ihrer Sicht das Beste für ihr persönliches Leben und die Zukunft der DDR war.

Außerdem zeigen die Ereignisse nach dem Fall der Mauer und im DDR-Wahlkampf sehr deutlich, dass - wie in Kapitel 2 beschrieben - sich Politiker*innen fast ausnahmslos nach der Meinung ihrer Wähler*innen richten. Kanzler Kohl musste seinen Landsleuten beweisen, dass er den massenhaften Zuzug von DDR-Bürger*innen in die Bundesrepublik einzudämmen vermag. Den Wahlberechtigten in der DDR versprach er die ersehnte D-Mark, damit sie ihre Reise- und Konsumwünsche erfüllen können und sich nicht mehr wie Deutsche „zweiter Klasse“ fühlen müssen. Die gut begründeten Warnungen von Expert*innen aus Wirtschaft und Politik ordnete er dem Willen der Wähler*innen in Ost- und Westdeutschland unter.

Der 18. März 1990 war für viele DDR-Bürger*innen ein ganz besonderer Tag. Die allermeisten Menschen konnten das erste Mal in ihrem Leben frei und demokratisch wählen. Die letzten freien Wahlen hatte es auf dem Territorium der damaligen DDR 1933 in der Weimarer Republik gegeben - also 57 Jahre zuvor!

Zwischen 19 Parteien und fünf Listenverbindungen konnten die 12,4 Millionen wahlberechtigten DDR-Bürger*innen auswählen. 93,4% der Wahlberechtigten nutzten die Möglichkeit und gaben ihre Stimme einer der Parteien. Entgegen allen Vorhersagen machten rund 48% von ihnen ihr Kreuz bei der „Allianz für Deutschland“, die sich im Wahlkampf nicht nur für den schnellen Beitritt der DDR nach Artikel 23 des Grundgesetzes und die baldige Währungsunion einsetzte, sondern auch mit dem Motto „Freiheit und Wohlstand - Nie wieder Sozialismus“ warb. Da auch der „Bund Freier Demokraten“ - der ebenfalls für die schnelle Währungsunion und den Beitritt der DDR nach Artikel 23 plädierte - 5,3% der Stimmen erhielt, konnten die Verfechter der schnellen Einheit Deutschlands über eine absolute Mehrheit der Mandate in der Volkskammer verfügen. Die noch sechs Wochen vor der Wahl wie der sichere Sieger aussehende SPD erreichte nur enttäuschende 21,9%, die PDS immerhin 16,4%. Das „Bündnis 90“ erreichte gerade einmal 2,9% (bpb, 2010a).

Lothar de Maizière sagte später, dass er bei der Verkündung des Wahlergebnisses „einen ziemlichen Schreck“ bekommen habe, denn seine Aufgabe würde es jetzt sein, die DDR schnell mit der Bundesrepublik zu vereinen, ohne dass dabei die Interessen der Ostdeutschen unter den Tisch fallen. In einem Interview erklärte er, die Wahlen seien ein „Plebiszit für die deutsche Einheit gewesen: Sie sind von den Menschen danach entschieden worden, wer sagt am entschiedensten, dass das Ziel die deutsche Einheit ist“ (Gräßler, 2015). Der Schriftsteller Stefan Heym resümierte nach der Verkündung des Wahlergebnisses: „Es wird keine DDR mehr geben. Sie wird nichts sein als eine Fußnote in der Weltgeschichte“ (bpb, 2010a).

Trotz aller Warnungen von Wirtschaftsexpert*innen, SPD- und PDS-Politiker*innen, Vertreter*innen von Bündnis 90 und vielen anderen Prominenten der DDR und der Bundesrepublik hatte sich die Mehrheit der wahlberechtigten DDR-Bürger*innen in einer freien Wahl für die D-Mark und für den Beitritt der DDR zur Bundesrepublik und somit den Untergang der DDR entschieden. Denn Beitritt nach Artikel 23 des Grundgesetzes bedeutete nichts anderes als die vollständige Abschaffung der DDR - mit allen Konsequenzen!

Insbesondere die Äußerungen des späteren Bundeskanzlers Gerhard Schröder am Vorabend der Wahl verdeutlichen, dass die DDR-Bürger*innen **allein** über die Zukunft der Bundesrepublik abgestimmt haben, denn die Bürger*innen der Bundesrepublik konnten in diesem Prozess nicht mitentscheiden. Sie mussten damit leben, dass die von ihnen gewählte Regierung die Rahmenbedingungen dafür geschaffen hatte, dass nicht sie, sondern die Minderheit der Ostdeutschen über die Größe sowie wirtschaftliche und politische Kraft der künftigen Bundesrepublik entscheiden konnten. Genau genommen haben somit die DDR-Bürger*innen den Bundesbürger*innen die Vereinigung „übergestülpt“!

Der Prozess der deutschen Vereinigung

Mit dem Sieg der „Allianz für Deutschland" stand zwar fest, dass sowohl die Wirtschafts- und Währungsunion als auch die deutsche Einheit so schnell wie möglich umgesetzt werden sollten, einen genauen Fahrplan dafür gab es jedoch nicht. Darüber wurde in der DDR und der Bundesrepublik weiter debattiert und gestritten.

Wie bereits kurz angedeutet, verfiel der Wert der DDR-Mark mit dem Fall der innerdeutschen Grenze rasant, was die wirtschaftlichen Probleme der DDR weiter verschärfte. Die Mehrheit der DDR-Bürger*innen „plünderten" ihre Sparguthaben, kauften die Läden leer und tauschten ihr Geld auf Banken und Sparkassen in D-Mark. Für 100 DDR-Mark erhielten sie lediglich neun bis zwölf D-Mark, zeitweilig sogar nur noch 5 D-Mark (Reuth, 2004).

Während Bundesfinanzminister Theo Waigel noch Ende Januar 1990 vor einer raschen Währungsunion warnte, wollte Kohl den Termin für die Währungsunion noch vor der Volkskammerwahl am 18. März festlegen. Nach seinem Willen sollten die DDR-Bürger*innen mit der ersehnten D-Mark in die Sommerferien starten können. Bundeswirtschaftsminister Haussmann bestätigte, dass ein Umtausch der Löhne und Ersparnisse der Ostdeutschen „riskant, aber unvermeidlich" sei und dass es aufgrund der Entwicklung in der DDR keine echte Alternative zu diesem „drastischen Schritt" gäbe. Anfang April demonstrierten in Ostberlin Zehntausende für einen Umtauschkurs von 1:1. Auch de Maizière setzte sich am 18. April 1990 für diesen Kurs ein. Am 25. April einigten sich Kohl und de Maizière schließlich darauf, die Währungsunion am 1. Juli 1990 in Kraft treten zu lassen. Löhne und Gehälter sollten zum Kurs von 1:1 umgetauscht werden. Die Guthaben sollten für Erwachsene unter 60 Jahren bis 4000 Mark, bei Kindern (bis 14 Jahre) bis 2000 Mark und bei über 60-Jährigen bis 6000 Mark zu diesem Kurs getauscht werden[149]. Höhere Sparguthaben wurden zum Kurs von 1:2 getauscht (ebd.).

Am 16. Mai gab Bundesbankpräsident Pöhl aus Protest gegen die aus seiner Sicht verfrühte Währungsunion seinen Rücktritt zum 31. Juli 1991 bekannt. Jahre später zeigte er jedoch mit den Worten: „Es war wie eine Lawine, die niemand stoppen konnte und wollte" (ntv.de, 2014) Verständnis für die Entscheidungen der politisch Verantwortlichen, die dem Druck der ausreisenden DDR-Bürger*innen und den Millionen Demonstrierenden auf den ostdeutschen Straßen nachgegeben hatten.

Am 1. Juli 1990 wurde die D-Mark als alleiniges Zahlungsmittel in der DDR eingeführt. Viele DDR-Bürger*innen feierten das Ereignis mit Feuerwerken und Hupkonzerten. In den folgenden Monaten zeigte sich jedoch, dass der Umtauschkurs von 1:1 die Wirtschaft der DDR und Ostdeutschlands belasten und deren Wettbewerbsfähigkeit zusätzlich mindern würde (Reuth, 2004). Die Kritiker*innen des Umtauschkurses von 1:1 behielten somit Recht: Wie in Kapitel 4 beschrieben, wurden viele DDR-Betriebe unrentabel und konnten auf dem Weltmarkt nicht konkurrieren. Sie mussten mit vielen Milliarden D-Mark der (überwiegend) westdeutschen Steuerzahler*innen subventio-

---

[149] Viele DDR-Bürger*innen tauschten innerhalb der Familien oder im Freundeskreis Geld von Sparguthaben, um so viel Geld wie möglich zum Kurs von 1:1 umtauschen zu können. Dadurch erhöhten sich die Kosten der Währungsunion für die Bundesrepublik und die westdeutschen Steuerzahler*innen.

niert werden oder gingen bankrott. Die Bundesregierung ging diesen ökonomisch riskanten Weg, um den Flüchtlingsstrom der DDR-Bürger*innen zu stoppen - was ihr letztendlich gelang.

Obwohl die DDR-Bürger*innen sich bei der Volkskammerwahl am 18. März mehrheitlich für den Beitritt zur Bundesrepublik nach Artikel 23 entschieden hatten, waren die Diskussionen über den Weg und das Tempo zur deutschen Einheit damit nicht beendet. Nach Überzeugung der Politikwissenschaftlerin Ursula Münch hob sich die Verfassungsdiskussion des Jahres 1990 deutlich von früheren verfassungspolitisch motivierten Diskussionen ab. „Wohl nie zuvor war in der Bundesrepublik eine so grundsätzliche Debatte um Reichweite und Grenzen einer Verfassung (...) geführt worden." An dieser Debatte nahmen neben Expert*innen aus Wissenschaft, Politik und Publizistik auch gesellschaftliche Gruppen, Verbände und zahlreiche Bürger*innen teil (Münch, 2018).

Dabei hatte es in der Bundesrepublik erst einige Jahre vorher eine heftige Diskussion über die Artikel 23 und 146 des Grundgesetzes gegeben. Insbesondere Politiker*innen von SPD und Grünen setzten sich für die Zweistaatlichkeit Deutschlands ein und agierten als „Verteidiger einer DDR, die durch Reformen irgendwann und irgendwie ein demokratie-verträglicher, sanfter Sozialismus werden sollte" (Krauel, 2014). Oskar Lafontaine argumentierte 1987, dass er statt an die „Wiedervereinigung von Staaten" eher an die „Wiedervereinigung von Männern und Frauen denke", und sein Parteikollege Walter Momper meinte noch im Juni 1989, dass man „neues Denken" nicht nur von den „Führern der kommunistischen Staaten" verlangen dürfe, sondern dass der Westen bei sich selbst beginnen müsse, „die Dinge anders und neu zu überlegen." Der Westberliner Bürgermeister wollte mit seinen Argumenten jedoch nicht die DDR-Opposition unterstützen, sondern die deutsche Teilung als Tatsache hinnehmen, denn die „formelhafte Wiederholung der Forderung nach Wiedervereinigung und nach einer Abschaffung von Grenzen" bringe die „Politik für die Menschen um keinen Millimeter voran" (ebd.). Auch Willy Brandt lehnte es 1989 ab, den Begriff „Wiedervereinigung" zu verwenden, denn „Wiedervereinigung bedeutet die Rückkehr zur Vergangenheit, die erstens unmöglich ist und zweitens nicht unser Ziel" (ebd.).

Noch weiter ging der Grünen-Politiker Jürgen Trittin, denn für ihn gäbe es mit der DDR lediglich eine „Kulturgemeinschaft", „nicht mehr und nicht weniger als mit Österreich, der deutschsprachigen Schweiz oder zwischen dem Rheiderland und dem friesischen Teil der Niederlande" (ebd.). Auch der CDU-Politiker Heiner Geißler wollte im Frühjahr 1988 die Wiedervereinigung aus der Präambel des CDU-Parteiprogramms streichen lassen, denn nach seiner Überzeugung ging es nicht darum, Grenzen zu „verschieben", sondern sie „durchlässig zu machen." Helmut Kohl kippte jedoch den Antrag Geißlers (ebd.).

Im Grundgesetz der Bundesrepublik blieb die Vereinigung Deutschlands trotz der zahlreichen Änderungsvorschläge als Ziel formuliert, und über die Artikel 23 und 146 wurden zwei unterschiedliche Lösungswege für die Überwindung der Teilung Deutschlands offengelassen. Der Staatsrechtler Josef Isensee verdeutlicht die Verschiedenheit der beiden Wege mit den Worten: „Der erste Weg bedeutet eine räumliche Ausdehnung des Grundgesetzes, der zweite dessen zeitliches Ende. Dort seine Kontinuität, hier seine Ablösung" (Isensee, 2015).

Völlig anders war die rechtliche Situation in der DDR. Am Abend des 27. September 1974 erfuhren die DDR-Bürger*innen aus den Nachrichten der „Aktuellen Kamera", dass die SED die Verfassung der DDR geändert hatte. Eine öffentliche „Diskussion" wie um den Verfassungsentwurf von 1968 hatte es dieses Mal nicht gegeben. Aus dem Artikel 1 der neuen Verfassung wurde der Begriff „deutsche Nation" gestrichen, die DDR war nun nur noch ein „sozialistischer Staat der Arbeiter und Bauern". Im Artikel 8 wurde außerdem gestrichen, dass die DDR und ihre Bürger*innen „die Überwindung der vom Imperialismus deutscher Nation aufgezwungenen Spaltung Deutschlands, die schrittweise Annäherung der beiden deutschen Staaten bis zur Vereinigung auf der Grundlage der Demokratie und des Sozialismus" anstrebe. Die SED verabschiedete sich damit offiziell von der deutschen Nation und dem Ziel der staatlichen Einheit (Wolle, 1999, S. 63). Die Begriffe „deutsch" und „Deutschland" wurden infolgedessen fast völlig aus dem Sprachgebrauch der DDR verbannt, nur die „Deutsche Reichsbahn" sowie die SED und die vier Blockparteien durften den Begriff in ihren Namen weiterverwenden. Aus der zweiten Auflage von Meyers neuem Lexikon wurde der Begriff „Deutschland" gänzlich gestrichen, und die Nationalhymne durfte aufgrund der Zeile „Deutschland einig Vaterland" nicht mehr gesungen werden. Sogar auf den Briefmarken wurde der Name des eigenen Landes nicht mehr ausgeschrieben, sondern durch das Kürzel „DDR" ersetzt (S.64)!

Wenn es nach dem Willen der SED-Führung und namhafter Politiker*innen der SPD und der Grünen im Westen gegangen wäre, hätte die Teilung Deutschlands auf alle Ewigkeit bestehen bleiben müssen. Der Wunsch nach Einheit in Demokratie und Freiheit wäre für die deutsche Bevölkerung für immer unerfüllt geblieben! Die SED wollte sogar, dass die DDR-Bürger*innen keine Deutschen mehr sind, sondern nur noch sozialistische „Arbeiter und Bauern" - ohne Bezug zur deutschen Nation!

Nachdem sich die DDR-Bürger*innen mehrheitlich für den Beitritt zur Bundesrepublik entschieden hatten und die demokratisch gewählte Volkskammer der DDR den vom „Runden Tisch" präsentierten Entwurf einer „Neuen Verfassung der DDR" am 4. April 1990 abgelehnt hatte (Schmidt, 2015), lief nun (fast) alles auf einen Beitritt der DDR nach Artikel 23 des Grundgesetzes hinaus. Dieser Artikel besagte bis zur deutschen Vereinigung, dass das Grundgesetz „zunächst im Gebiet" der früheren Länder der Bundesrepublik gälte, die im Artikel einzeln benannt wurden. Der Schlusssatz lautete: „In anderen Teilen Deutschlands ist er nach deren Beitritt in Kraft zu setzen" (Münch, 2018). Politiker*innen von CDU/CSU und FDP in der Bundesrepublik und die „Allianz für Deutschland" in der DDR verwiesen auf die „Qualität des Grundgesetzes", weshalb es auch nach der Vereinigung für ganz Deutschland Anwendung finden sollte. Außerdem erklärten sie, dass die deutsche Einheit nur über den Artikel 23 „ausreichend schnell" zu erreichen sei. Die ost- und westdeutschen Verhandlungsführer*innen waren zudem besorgt, dass das „window of opportunity"[150] - also die historische Chance zur deutschen Vereinigung - nur für kurze Zeit geöffnet sei (ebd.).

Staatsrechtler*innen verwiesen außerdem darauf, dass das Grundgesetz von Anfang an auch für diejenigen gedacht war, denen 1949 die Mitwirkung an ihm versagt war - also den Bürger*innen der DDR. Eine umfassende Verfassungsreform, wie sie Artikel

---

[150] Fenster der Möglichkeiten

146 des Grundgesetzes vorsah, schien aus ihrer Sicht auch deshalb nicht erforderlich, weil das Ergebnis der Volkskammerwahl „als Votum für das bestehende Grundgesetz" zu interpretieren sei. Gemäß Artikel 146 sollte das Grundgesetz „nach Vollendung der Einheit und Freiheit Deutschlands für das gesamte deutsche Volk" seine Gültigkeit verlieren und durch eine Verfassung ersetzt werden, „die von dem deutschen Volke in freier Entscheidung beschlossen worden ist" (ebd.). Der Staatsrechtler Christian Tomuschat verwies auf die Gefahr, dass die DDR-Bürger*innen als kleinere Teilgruppe des deutschen Volkes bei einer Volksbefragung „von vornherein ins Hintertreffen geraten" könnten. Auch Meinungsumfragen in der Bundesrepublik [151] und die „Abstimmung mit den Füßen" der DDR-Bürger*innen - die noch immer zu Tausenden ihr Land verließen - wurden als „wirksameres Argument als verfassungstheoretische Erwägungen" gewertet (ebd.).

Da sowohl in der Bundesrepublik als auch in der DDR demokratisch gewählte Parteien, die sich für den Beitritt der DDR nach Artikel 23 einsetzten, eine Mehrheit besaßen, wurde von beiden Regierungen dieser Weg mit hoher Geschwindigkeit und mit viel Energie umgesetzt. Schon am 31. August 1990 wurde der 900 Seiten umfassende Einigungsvertrag von den beiden Verhandlungsführern Wolfgang Schäuble und Günther Krause unterzeichnet. Als Kernpunkte wurden der Beitritt der fünf neu gegründeten Bundesländer zum Geltungsbereich des Grundgesetzes nach Artikel 23, die Vereinigung Berlins zu einem Bundesland - welches Hauptstadt Deutschlands werden sollte - sowie die „Übernahme des DDR-Vermögens sowie der Schuldenhaftung durch die Bundesrepublik" vereinbart (mdr, 2020c). In nur acht Wochen hatten die Verhandlungsdelegationen - angeführt von Wolfgang Schäuble auf bundes- und Günther Krause auf ostdeutscher Seite - dieses umfassende Vertragswerk geschaffen, bei dem zahlreiche Übergangsregelungen den Einigungsprozess „geschmeidig gestalten" sollten und somit „den zeitweiligen Fortbestand von DDR-Institutionen" sicherten. Bis in die Nacht vor der Unterzeichnung des Vertrages stritten die Verhandlungsführer um Details der Übergangsregelungen, wie des Abtreibungsrechts oder des Bodenrechts, bei welchem es u.a. um das Prinzip „Rückgabe vor Entschädigung" ging. Wolfgang Schäuble sagte später dazu: „Das hat mich furchtbare Nerven gekostet. Man konnte fast verrückt werden" (ebd.).

Dabei hätten sich die Delegation den Zeitaufwand und Stress ersparen können, denn eine Woche vor der Unterzeichnung des Einigungsvertrages schufen die Volkskammerabgeordneten Fakten, die den Einigungsvertrag (juristisch) überflüssig machten.

In der Nacht vom 22. auf den 23. August 1990 kam es in der Volkskammer zu einer von Lothar de Maizière beantragten Sondersitzung, um den Tag festzulegen, an dem die DDR der Bundesrepublik beitreten sollte. Drei Wochen vorher hatte er Kohl an dessen Urlaubsort St. Gilgen (Österreich) die dramatische Situation in der DDR mit den Worten „Alles wird im Chaos versinken" geschildert und auf eine baldige Vereinigung gedrängt.

Nicht weniger als 15 Termine für den Beitritt waren in den letzten Wochen in der

[151] Laut einer Umfrage des Wickert-Instituts vom 26.2.1990 sprachen sich 90% der west- und 84% der ostdeutschen Bürger*innen für das Grundgesetz als gesamtdeutsche Verfassung aus (bpb, 2010b).

Volkskammer diskutiert worden. Die Deutsche Soziale Union (DSU) wollte noch „am heutigen Tag“ (dem 22. August) beitreten, CDU und der Demokratische Aufbruch (DA) am 10. oder 14. Oktober, die SPD schon am 15. September, die PDS plädierte für den 9. Oktober und Bündnis 90 für den 3. Oktober. „Das war alles nicht mehrheitsfähig“, resümierte später Reinhard Höppner, der damals Vizepräsident der Volkskammer war. Die Bundesregierung hielt sich mit Terminvorschlägen zurück. Ihr Regierungssprecher Hans Klein erklärte: „Der Bundesregierung erscheint jeder Termin sinnvoll, der nach dem 2. Oktober liegt“ (mdr, 2018b). Der 2. Oktober war so bedeutungsvoll, weil an diesem Tag die Außenministerkonferenz der KSZE[152]-Mitgliedsstaaten in New York stattfand, an der die Bundesregierung die Ergebnisse der „Zwei-plus-Vier-Verhandlungen“ vorstellen wollte. Eine Vereinigung vor diesem Termin hätte von den Mitgliedstaaten als Affront aufgefasst werden können.

Vizepräsident Höppner appellierte an die Volkskammerabgeordneten in der Sondersitzung am 22. August: „Ich sage ihnen, dass ich die Sitzung nicht schließen werde, bevor es ein Ergebnis gibt“ (ebd.). Da die Mehrheit der Abgeordneten keinen 41. Jahrestag der DDR am 7. Oktober mehr begehen wollte, musste ein Tag zwischen dem 2. und dem 7. Oktober gefunden werden. Nach langen Diskussionen einigten sich die Parlamentarier*innen auf den 3. Oktober 1990 als den Tag, an dem die DDR der Bundesrepublik betreten sollte. Volkskammerpräsidentin Sabine Bergmann-Pohl (CDU) verkündete am 23. August um 2:47 Uhr das Ergebnis der Abstimmung: „294 Abgeordnete haben für den Antrag gestimmt, 62 dagegen und sechs enthielten sich der Stimme“ (ebd.).

Erzürnt trat Gregor Gysi nach der Verkündung des Ergebnisses ans Rednerpult und erklärte: „Das Parlament hat soeben nicht mehr und nicht weniger als den Untergang der Deutschen Demokratischen Republik beschlossen“, woraufhin aus den Reihen der CDU und SPD Applaus aufbrandete. Gysi resümierte weiter: „Ich bedaure, dass der Einigungsprozess zum Anschluss degradiert ist“ (Deutscher Bundestag, 2020). Auch wenn Gysi vor der Volkskammer nicht mehr - wie noch ein halbes Jahr vorher - von „Annexion“, sondern nur noch von „Anschluss“ sprach, lassen seine Aussagen eine Negierung der Fakten und eine abermalige Gleichsetzung mit der Politik der Nationalsozialisten erkennen. Während die Hitler-Diktatur tatsächlich 1938 Österreich und 1939 Teile der Tschechoslowakei an Deutschland „anschloss“, trat die DDR freiwillig der Bundesrepublik bei. Den aktiven Part bei diesem Akt hatte nicht die Bundesrepublik, sondern die Volkskammer der DDR, die damit den Willen ihrer Wähler*innen umsetzte. Gysi ignoriert mit dieser Aussage erneut den Willen der deutlichen Mehrheit der DDR-Parlamentarier*innen und der DDR-Bürger*innen. Nach alter SED-Manier wollte er am liebsten weiterhin gegen die Meinung des Volkes und seiner Vertreter*innen entscheiden.

Noch an dem Tag, an dem die Volkskammer mit großer Mehrheit den Beitritt der DDR zur Bundesrepublik am 3. Oktober 1990 beschlossen hatte, eröffnete Bundeskanzler Kohl eine Sitzung des deutschen Bundestages und erklärte, die Volkskammer habe „uns alle in die Pflicht genommen“ (bpb, 2010b).

Auch dieser Satz verdeutlicht die agierende Vorreiterrolle der DDR-Volkskammer

---

[152] Konferenz für Sicherheit und Zusammenarbeit in Europa

und die reagierende Rolle des Bundestages. Die Ereignisse des Jahres 1990 verdeutlichen, dass die DDR-Bürger*innen mit ihrer Wahl vom 18. März die Richtung des Weges - nämlich den schnellen Beitritt zur Bundesrepublik statt der Eigenstaatlichkeit bzw. der langwierigen Vereinigung nach der Erarbeitung einer neuen Verfassung - gewählt hatten. Die von ihnen demokratisch gewählten Abgeordneten bestimmten die Geschwindigkeit und das Datum der deutschen Vereinigung. Die Bundesregierung reagierte jeweils auf das Verhalten der DDR-Bürger*innen („Abstimmung mit den Füßen" und Wahl am 18. März 1990) sowie die Beschlüsse der Volkskammer hinsichtlich der Wahl des Beitrittsdatums. Die Bundesbürger*innen hatten außer über Meinungsumfragen keinerlei Möglichkeiten, den politischen Prozess zur deutschen Vereinigung zu beeinflussen!

Auch der Staatsrechtler Josef Isensee beschreibt die Rollenverteilung der beiden Parlamente, wobei der demokratisch gewählten Volkskammer der „aktive Part" zufiel, denn „der Beitritt hatte durch einseitige Erklärung des beitretenden gegenüber dem aufnehmenden Staat zu erfolgen (...). Die DDR entschied darüber, ob sie die Option wahrnehmen wollte, in deren Haus einzutreten und damit auch deren Hausordnung, das Grundgesetz anzunehmen" (Isensee, 2015). Isensee hebt hervor, dass im Vereinigungsprozess alle entscheidenden Impulse - „die revolutionären wie die rechtlich organisierten (...) von unten" - also vom Volk ausgingen (ebd.).

Vielen Bürger*innen der Bundesrepublik ist bis heute nicht bewusst, dass diese Rollenverteilung zwischen Volkskammer und Bundestag nicht zufällig, sondern dem Grundgesetz geschuldet war. Laut diesem hätte der Bundestag gar nicht das Recht gehabt, der DDR den Beitritt zur Bundesrepublik zu verwehren! Der frühere Außenminister Hans-Dietrich Genscher stellte später klar: „Die Bundesrepublik hätte nicht einmal Nein sagen können. Wir wollten natürlich auch nicht Nein sagen. Aber das war laut Verfassung klar: Kann beitreten" (Mulhall, 2014). Gleichzeitig mit dem Beitritt zur Bundesrepublik wurde die ehemalige DDR auch Mitglied der Europäischen Gemeinschaft. Und auch die damaligen zwölf Mitgliedsländer hätten das nicht ablehnen können, denn - so Genscher: „Die Beitrittsentscheidung der Volkskammer war nicht nur entscheidend für die Bundesrepublik, sondern auch für die Europäische Gemeinschaft. Also kein Land hätte Nein sagen können" (ebd.). Diese Erkenntnis verdeutlicht noch einmal die Tatsachenverdrehung des Juristen Gysi, der mit Begriffen wie „Annexion" und „Anschluss" nicht nur die historischen Fakten und die Rechtslage negiert, sondern auch die demokratische Wahlentscheidung seiner eigenen Landsleute ignoriert.

Stefan Marx verweist darauf, dass aufgrund des Beitrittsvotums der Volkskammer am 23. August „der Abschluss eines Einigungsvertrages nicht mehr erforderlich gewesen" wäre, da Bundesrecht auch durch ein Überleitungsgesetz in der DDR hätte in Kraft treten können. Josef Isensee betont jedoch, dass von der Bundesregierung ein solches Verfahren abgelehnt wurde, da sie befürchtete, dass in diesem Fall der Beitritt als „bedingungslose Kapitulation der DDR vor der Bundesrepublik (...) interpretiert worden wäre" (Marx, kein Datum).

Obwohl juristisch nicht notwendig, verständigten sich die Delegierten der beiden Regierungen auf den Einigungsvertrag und legten ihn den beiden deutschen Parlamenten zur Abstimmung vor. Sowohl im Bundestag als auch in der Volkskammer erhielt das Vertragswerk die erforderliche Zweidrittelmehrheit: Während im Bundestag 440

Abgeordnete für und nur 47 gegen den Einigungsvertrag stimmten (drei Enthaltungen), votierten in der Volkskammer 299 Abgeordnete für diesen und 80 dagegen. Die 80 Gegenstimmen kamen von den Fraktionen der PDS und vom Bündnis 90. Im Namen Letzterer bezeichnete es der Abgeordnete Konrad Weiß als „beschämend und unmoralisch", dass im Einigungsvertrag nicht geregelt wurde, wie die von den Nationalsozialisten „arisierten" und von der SED übernommenen Immobilien und Grundstücke behandelt werden und dass von der SED Verfolgte und Benachteiligte, die jedoch nicht inhaftiert waren, nicht entschädigt werden sollten (Deutscher Bundestag, 2020).

Auch die Verhandlungen zum Einigungsvertrag und die zahlreichen Übergangsregelungen verdeutlichen, dass den DDR-Bürger*innen nichts „übergestülpt" wurde. Nach der Beitrittserklärung der Volkskammer am 23. August - die damit das Votum der DDR-Bürger*innen bei der Volkskammerwahl vom 18. März umsetzte - hätte die Bundesregierung auch auf dem Standpunkt beharren können: Ihr wollt den Beitritt, also übernehmt ihr alles von uns und für uns ändert sich nichts. Für den Stefan Marx ist der Beitrittsbeschluss der frei gewählten Volkskammer „Ausdruck des Selbstbestimmungsrechts der Deutschen in der DDR gewesen und widerlegt damit jede Behauptung von ‚Anschluss', dem Ausverkauf, ja der Aneignung eines ‚herrenlosen' Territoriums" (Marx, kein Datum). Die Aushandlung und Unterzeichnung des Einigungsvertrages von beiden deutschen Parlamenten verdeutlicht auch, dass es nicht stimmt, dass den DDR-Bürger*innen „niemand" zugehört hätte, wie Petra Köpping in ihrem Buch behauptet. Die Bundesregierung nahm Rücksicht auf viele Bedürfnisse der DDR-Bürger*innen, obwohl sie juristisch dazu nicht verpflichtet gewesen wäre. Im Prolog hatte ich darauf verwiesen, dass der Beitritt der DDR zur Bundesrepublik mit einer Übersiedlung in ein anderes Land vergleichbar ist. Diejenigen, die noch immer von „Annexion" und „Überstülpen" sprechen, sollten sich einmal vorstellen, ob ein anderes Land freiwillig bereit wäre, Gesetze und Bestimmungen zu übernehmen, welche die eingebürgerten Menschen aus ihrer Heimat gewohnt waren.

Mir ist noch ein anderer Gedanke wichtig: Die Zeit vor dem Zusammenbruch des Sozialismus in der DDR wurde von beiden Seiten stets als „Kalter Krieg" und insbesondere von der DDR-Seite als „Klassenkampf" bezeichnet. Diesen „Krieg" bzw. „Klassenkampf" haben der Sozialismus und die DDR klar verloren! Aber die Sieger*innen behandelten die DDR-Bürger*innen nicht wie Verlierer*innen, sondern handelten mit ihnen Verträge aus, in denen an vielen Stellen der Wunsch und Wille des „unterlegenen" Volkes zum Ausdruck kommt. Sie unterstützten die Unterlegenen finanziell und personell in großem Umfang und ermöglichten somit die schnelle Demokratisierung und den wirtschaftlichen Aufschwung im untergegangenen Land. Wie oft hat es das in der Geschichte der Menschheit schon gegeben?

Die Bundesregierung handelte gemäß dem Vorbild der westlichen Siegermächte nach der Zerschlagung des Nationalsozialismus. Damals profitierte der Kriegsverlierer (West-)Deutschland vom Marshall-Plan und der Einbindung in das westliche Wirtschaftsbündnis, nun die früheren DDR-Bürger*innen vom finanziellen Transfer und vielen westdeutschen Berater*innen, unter denen es zweifellos auch „Glücksritter" gab. Die meisten hatten jedoch ein ehrliches Interesse am wirtschaftlichen Aufschwung und der Demokratisierung der neuen Bundesländer.

Allerdings konnten auch die beiden deutschen Parlamente den Prozess zur deutschen Einheit nicht allein bestimmen: Da nach dem Ende des Zweiten Weltkrieges kein offizieller Friedensvertrag abgeschlossen worden war, war Deutschland auf die Zustimmung der Siegermächte angewiesen, die noch immer über Deutschland bestimmen konnten. Schon im Februar 1990 trafen sich Vertreter*innen der Alliierten Sowjetunion, USA, Großbritannien und Frankreich im kanadischen Ottawa, um im „Zwei-plus-Vier-Vertrag" die „auswärtigen Aspekte der deutschen Einheit einschließlich der Fragen der Sicherheit der Nachbarstaaten mit den beiden deutschen Staaten zu regeln" (bpb, 2020b). Insbesondere Großbritannien und Frankreich fürchteten eine Vormachtstellung des vereinigten Deutschlands, die „bittere Erinnerungen an die Vergangenheit"[153] hervorrufen würden. Neben diesen beiden Staaten setzten sich aus dem Grund auch die USA und Polen für eine Vereinigung Deutschlands im Rahmen der Mitgliedschaft in der NATO ein. Frankreich drängte zudem auf die europäische Integration und auf eine gemeinsame europäische Währung, was 1992 im Vertrag von Maastricht vereinbart wurde. Der Zwei-plus-Vier-Vertrag war somit auch ein Impuls für die „Neuordnung der politischen Bündnisse in Europa" (ebd.).

In den vier Verhandlungsrunden wurden neben der Bündniszugehörigkeit des vereinten Deutschlands die Stärke der Bundeswehr „auf maximal 370.000 Mann" und Sicherheitsgarantien für die Nachbarländer vereinbart. Mit der Anerkennung der Oder-Neiße-Grenze wurde die endgültige Festlegung der polnischen Westgrenze vertraglich gesichert. Die Alliierten beschlossen den Abzug ihrer Streitkräfte und hoben ihre Vorbehaltsrechte auf. Damit wurde die volle völkerrechtliche Souveränität Deutschlands wiederhergestellt (ebd.).

Absichtlich wurde auch dieser Vertrag jedoch nicht „Friedensvertrag" genannt, denn laut der Londoner Schuldenkonferenz von 1953 hätten nach einem „Friedensvertrag" mehr als 50 Länder, mit denen Deutschland zwischen 1939 und 1945 Krieg führte, Anspruch auf Reparationszahlungen gehabt, und all diese Staaten wären an den Verhandlungen teilnahmeberechtigt gewesen. Da der Zwei-plus-Vier-Vertrag am 2. Oktober den Staaten der KSZE vorgelegt wurde und diese ihn in der Paris-Charta am 21. November 1990 „mit großer Genugtuung zur Kenntnis" genommen hatten, kam die am 3. Oktober 1990 vollzogene deutsche Einheit „schließlich mit dem verbrieften Einverständnis der ehemaligen Alliierten und der Zustimmung der KSZE-Staaten zustande" (ebd.).

Weil sowohl im Einigungsvertrag als auch im „Zwei-plus-Vier-Vertrag" der Verzicht auf weitere Gebietsansprüche erklärt und die Artikel 23 und 146 im Grundgesetz entsprechend geändert wurden, „entsagte das Grundgesetz allen Vorläufigkeitsvorbehalten und erhob sich zur endgültigen Verfassung für das vereinte Deutschland" (Isensee, 2015).

Am 3. Oktober 1990 - weniger als elf Monate nach dem Fall der innerdeutschen Grenze - feierten Millionen Menschen in Ost- und Westdeutschland die Vereinigung ihres als Folge des Zweiten Weltkrieges geteilten Landes. Allein vor dem Berliner Reichstagsgebäude versammelten sich kurz vor Mitternacht am 2. Oktober Hunderttausende, um den Moment der Vereinigung mit einem großen Feuerwerk zu feiern. Der damalige Bundespräsident Richard von Weizsäcker ordnete die historische Bedeutung

---

[153] Margaret Thatcher (britische Premierministerin)

dieses Ereignisses mit den Worten ein: „Zum ersten Mal bilden wir Deutschen keinen Streitpunkt auf der europäischen Tagesordnung. Unsere Einheit wurde niemandem aufgezwungen, sondern friedlich vereinbart“ (bpb, 2012).

Der Bundesrepublik beigetreten ist jedoch nicht die DDR, wie viele Menschen in Ost- und Westdeutschland glauben und wie es auch die Volkskammer am 23. August 1990 beschlossen hatte, sondern die fünf neuen Bundesländer. Auch Wolf Wagner hatte in seiner Autobiografie „Ein Leben voller Irrtümer“ kritisiert, dass der Artikel 23 nur für „den Beitritt kleinerer Einheiten wie dem Saarland oder Westberlin gedacht“ war, nicht jedoch für die „große Wiedervereinigung“ (Wagner, 2017, S. 239). Wagner muss seinem Leben an dieser Stelle einen weiteren Irrtum hinzufügen: Der Staatsrechtler Josef Isensee erläutert, dass die Volkskammer am 22. Juli 1990 beschlossen hatte, die fünf Bundesländer - die 1945/46 von der Sowjetunion abgeschafft wurden - wieder zu errichten. Im „sich beschleunigenden Einigungsprozess“ kam die DDR jedoch über die Planung nicht hinaus, so dass die Länder im Moment des Beitritts gegründet wurden. „Die DDR erklärte den Beitritt, die Länder sind dem Beitritt entsprossen - im Augenblick zwischen Über- und Untergang der DDR! (…) So hat sich die DDR nicht als Ganzheit (…) dem gesamtdeutschen Verband eingegliedert, sondern in der Vielheit der ‚neuen‘ Länder“ (Isensee, 2015).

Auch für mich persönlich war die deutsche Vereinigung ein besonderes Erlebnis. Im Sommer 1990 erfüllte ich mir einen Jugendtraum und reiste per Anhalter durch die USA. Mit meinem DDR-Reisepass erlangte ich damals viel Aufmerksamkeit - sogar für einen Eintrag ins Gästebuch des Capitols in Washington reichte er. Auf einem Campingplatz im Rocky Mountains National Park erreichte mich die Nachricht, dass die Volkskammer der DDR den 3. Oktober als Vereinigungstag festgelegt hat. Damit war klar, dass ich nie mehr in das Land zurückkehren werde, in dem ich geboren wurde und von dem aus ich zu meiner Reise aufgebrochen war, denn mein Rückflug sollte erst am 3. Oktober stattfinden. Auf der Reise durch die USA begegnete ich vielen (West-)Deutschen, die sich mit mir über die deutsche Einheit freuten. Am Abend des 2. Oktober 1990 - um Mitternacht deutscher Zeit - traf ich mich mit einigen Reisebekanntschaften auf dem Flughafen von Chicago zu einer kleinen Vereinigungsfeier. Zahlreiche Amerikaner*innen schlossen sich der Party spontan an und feierten mit uns. Auch im Flugzeug gab es Sekt für alle Passagiere - es war wirklich ein besonderer Flug an einem besonderen Tag!

Abgeschlossen wurde das Vereinigungsjahr mit der ersten gesamtdeutschen Bundestagswahl, an der mehr als 60 Millionen Bürger*innen wahlberechtigt waren. Wie bereits beschrieben, hatten bei dieser Wahl die westdeutschen Bürger*innen das erste Mal die Möglichkeit, ihren Politiker*innen ein Zeugnis über die Richtung und den Verlauf des Einigungsprozesses zu erteilen. 54,4% von ihnen stimmten für CDU/CSU und FDP und damit für die Parteien, die sich für den schnellen Beitritt der DDR zur Bundesrepublik nach Artikel 23 des Grundgesetzes eingesetzt hatten. Die SPD mit ihrem Kanzlerkandidaten Oskar Lafontaine konnte die Wähler*innen mit den Warnungen vor den hohen Kosten der deutschen Einheit nicht beeindrucken, sie erhielt im Westen lediglich 35,7% der Stimmen. Noch schlimmer traf es die westdeutschen Grünen, die für ihre ablehnende Haltung zur deutschen Einheit von den Wähler*innen abgestraft wurden und nicht einmal den Einzug in den Bundestag schafften (Völkl, 2020).

Ähnlich eindeutig fiel das Wahlergebnis in Ostdeutschland aus. Die früheren DDR-Bürger*innen hätten bei dieser Wahl ihren Unmut zum Ausdruck bringen können, wenn sie das Gefühl gehabt hätten, dass nicht das umgesetzt worden war, wofür sie den Politiker*innen bei der Volkskammerwahl am 18. März einen Auftrag erteilt hatten. Aber sie bestätigten das Ergebnis der Wahl im Frühjahr des Jahres: 54,9% stimmten für die CDU und die FDP und stellten damit beiden für den schnellen Beitritt der DDR verantwortlichen Parteien ein herausragendes Zeugnis aus. Die SPD mit 24,3%, die PDS mit 12,9% und die Grünen mit 6,1% erreichten für sie enttäuschende Ergebnisse, wobei die PDS und die Grünen nur aufgrund einer Sonderregelung in den gemeinsamen Bundestag einzogen[154] (ebd.). Für die Politikwissenschaftlerin Kerstin Völkl „kann die erste gesamtdeutsche Bundestagswahl als Plebiszit über die deutsche Einheit gedeutet werden (...): CDU und FDP, die eine schnelle Umsetzung der deutschen Einheit befürworteten, zählten zu den Wahlgewinnern. SPD und Grüne, die Vorbehalte gegen eine schnelle Umsetzung der Einheit hatten, waren die Wahlverlierer" (ebd.).

Die Schilderung der Ereignisse der Jahre 1989 und 1990 verdeutlicht, dass der politische Umbruch in der DDR einen völlig anderen Verlauf nahm als von allen Expert*innen vorhergesagt. Der ostdeutsche Historiker Stefan Wolle stellt fest, dass die „Politiker und Diplomaten, die Analytiker der Nachrichtendienste, die Sozialwissenschaftler und Politologen, die neunmalklugen Pseudo-Reformer aus den DDR-Instituten" mit all ihren Planungen und Vorstellungen neben der Realität lagen. Ein „paar hundert Schmuddelkinder aus den Kellern der Gemeindehäuser und ein Dutzend evangelischer Pastoren" haben die „waffenstarrende Diktatur überwunden" (Wolle, 1999, S. 341).

Noch 1993 fragte sich Erich Mielke in einem Interview: „Wie kommt es eigentlich, daß wir einfach so unsere DDR aufgegeben haben?" Laut einem der größten und aufwändigsten Nachrichtendienste der Welt zählten bis zum Sommer 1989 gerade einmal „150 Basisgruppen, 600 Führungsfunktionäre, 2400 Aktivisten und 60 unbelehrbare Feinde des Sozialismus" zur politischen Opposition, von denen sich niemand vorstellen konnte, dass sie dem hochgerüsteten Staat gefährlich werden könnten (Sabrow, 2019). Dabei hatte die DDR-Opposition gar nicht vor, den Sozialismus und die DDR zu beseitigen, sie wollte sie lediglich verändern. Die Aktivist*innen orientierten sich vielmehr an „einem alternativen Sozialismus, nicht aber an einer Alternative zum Sozialismus." Die neuen Parteien „Demokratischer Aufbruch" und das „Neue Forum" wehrten sich dagegen, als „Feind des Sozialismus" abgestempelt zu werden. Die meisten Redner*innen der Großdemonstration in Berlin am 4. November 1989 hielten die Utopie des „Dritten Wegs" am Leben und der zentrale „Runde Tisch" entwarf eine neue DDR-Verfassung (ebd.). Selbst der neue CDU-Vorsitzende de Maizière schwärmte - wie bereits beschrieben - noch im November 1989 vom Sozialismus und wollte ihn in der DDR erhalten. Doch den Initiator*innen des politischen Umbruchs wurden durch das „lautstarke Drängen der ostdeutschen Bevölkerungsmehrheit auf eine möglichst rasche Vereinigung mit der Bundesrepublik" der politische Handlungsrahmen für die Idee des

[154] Nur weil sich Bundesregierung und Volkskammer darauf verständigt hatten, dass bei dieser gesamtdeutschen Wahl die Ergebnisse der beiden Landesteile getrennt gewertet werden, zogen PDS und Bündnis 90 in den Bundestag ein, weil sie in Ostdeutschland mehr als 5% der Stimmen erzielten. Im ersten gesamtdeutschen Bundestag saßen somit mehr ostdeutsche Vertreter*innen, als es bei der üblichen Verteilung der Mandate der Fall gewesen wäre.

„Dritten Weges“ entzogen (ebd.). Die mutigen Oppositionellen riskierten ihre beruflichen Karrieren, ihre Freiheit, Gesundheit, teilweise sogar ihr Leben und bekamen für ihr Engagement das Gegenteil von dem, was sie wollten: Statt einer tatsächlichen „Deutschen Demokratischen Republik“ mit einem Sozialismus, der diesen Namen verdient, schufen sie die Grundlage für den Untergang des eigenen Landes.

Die kurze Zeit von weniger als zwei Jahren zwischen der gefälschten Kommunalwahl am 7. Mai 1989 und Vereinigung Deutschlands am 3. Oktober 1990 hatte nicht nur das Ende der DDR und die territoriale Vergrößerung der Bundesrepublik zur Folge, sondern ganz Europa, ja die ganze Welt veränderte sich durch die Ereignisse in der DDR und in Osteuropa. Für Stefan Wolle war der Untergang der DDR „Teil eines welthistorischen Vorgangs.“ Die Gesellschaftsform des diktatorischen Sozialismus hatte sich als schwach und hilflos erwiesen. „Keines der Probleme der modernen Gesellschaft hat der Sozialismus besser gelöst als Marktwirtschaft und Demokratie. Nach sieben Jahrzehnten Terror, Lüge und wirtschaftlicher Katastrophen stahlen sich die Protagonisten davon wie kleine Ganoven“, die jedoch eine Landschaft „seelischer, ökonomischer und ökologischer Verwüstungen sowie ein Heer greinender Mitläufer“ hinterließen (Wolle, 1999, S. 343).

Die „Revolution“ und ihre „Helden“

Obwohl die DDR-Bürger*innen sich in einer demokratischen Wahl mehrheitlich für den Beitritt zur Bundesrepublik entschieden hatten und auch die Mehrheit der westdeutschen Bevölkerung diesem Weg bei der Bundestagswahl am 2. Dezember 1990 zugestimmt hat, ist die Diskussion über die Ereignisse der Jahre 1989 und 1990 bis heute nicht beendet.

Noch immer wird über „Fehler“, „vertane Chancen“ und alternative Optionen diskutiert und gestritten, häufig werden Mythen und Verschwörungserzählungen über den Prozess der deutschen Vereinigung verbreitet. Nachdem ich mich bisher insbesondere mit der angeblichen „Annexion“ (Gysi) der DDR und dem vermeintlichen „Überstülpen“ eines nicht gewollten „Systems“ auseinandergesetzt habe, möchte ich an dieser Stelle weitere dieser öffentlich immer wieder diskutierten Mythen und (angeblich) alternativen Optionen aufgreifen. Denn auch 30 Jahre nach den politischen Ereignissen in der DDR wird kontrovers darüber diskutiert, ob die Ereignisse von 1989 als „Wende“ oder als „Revolution“ bezeichnet werden sollen, ob die Währungsunion „überstürzt“ durchgeführt und die Vereinigung „zu schnell“ vollzogen wurde, ob Helmut Kohl mit den „blühenden Landschaften“ zu viel versprochen hat, was ein anderer Wahlausgang im Frühjahr 1990 möglicherweise bewirkt hätte und vieles mehr. Einige dieser Kontroversen möchte ich vertiefen und mit persönlichen Erinnerungen und Ansichten beschreiben.

Zunächst möchte ich noch einmal auf die Demonstrationen insbesondere in Leipzig eingehen, die ja maßgeblich zur Kapitulation der SED geführt hatten. Können diese Ereignisse als „friedliche Revolution“ bezeichnet werden, in der das Volk der DDR seine Unterdrücker entmachtete? Oder war es eine „Wende“, die - wie Egon Krenz es am 18. Oktober 1989 ausdrückte - von der SED eingeleitet wurde, um „vor allem die politische und ideologische Offensive wiederzuerlangen" (Sabrow, 2019)! Pfarrer Rainer Eppelmann[155] macht deutlich: Wer „für die Ereignisse von 1989 den Begriff ‚Wende' benutzt, der degradiert den Sturz der SED-Herrschaft in der DDR zum bloßen Regierungswechsel." Für den Theologen Erhard Neubert ist die gedankenlose Nutzung des Begriffs „Wende" einer der größten Erfolge der „Postkommunisten" nach 1989 und für den Historiker Sabrow wird allein der Begriff „Revolution" den Ereignissen des Jahres 1989 gerecht (ebd.).

Hans-Joachim Maaz stellt die Frage, ob die Ereignisse tatsächlich als „gewaltfrei" bezeichnet werden können: „Ist Gewalt nur, wenn man schlägt und schießt?" (Maaz, 1990, S. 144). Die Frage ist nicht unberechtigt, denn wenn psychischer Druck, Erpressung und Mobbing als Gewalt gewertet werden, muss der Druck, den die demonstrierenden und fliehenden DDR-Bürger*innen auf ihre Regierung ausübten, ebenfalls als Gewalt gewertet werden. Viele SED-Genoss*innen werden die von den Demonstrierenden gestellten Forderungen als Belastung empfunden haben. Angst um die Karriere, ihre Privilegien, die Freiheit, vielleicht sogar um ihr Leben wird ihnen schlaflose Nächte und Stress bereitet haben, wie ihn andere Menschen empfinden, die von psychischer Gewalt bedroht sind. Mein Mitleid für die Funktionäre hält sich in Grenzen, schließlich haben viele Genoss*innen über Jahrzehnte körperliche und psychische Gewalt gegen das eigene Volk ausgeübt. Trotzdem kann ich nachvollziehen, dass viele von ihnen - die tatsächlich an die Idee des Sozialismus geglaubt, die ihn als Alternative zum Kapitalismus angesehen, ja die ihr ganzes Leben danach ausgerichtet hatten - sich von den Demonstrierenden bedroht fühlten.

Für Maaz hat gar keine Revolution stattgefunden! Nach seiner Überzeugung gab es zwar „gravierende politische, ökonomische und soziale Veränderungen, aber die psychischen Strukturen der Menschen sind bisher unangetastet" geblieben, so dass die gesellschaftlichen Veränderungen nicht aus den Menschen heraus gereift sind (Maaz, 1990, S. 137). Er verweist darauf, dass sich die große Mehrheit der DDR-Bürger*innen mit dem Leben in der DDR arrangiert hatte, denn „trotz mancher Entbehrungen aß und trank man gut, hatte sein Auskommen, lebte relativ gesichert und pflegte die Nischen und kleinen Freuden" (ebd.). Ähnlich argumentiert der DDR-Forscher Kowalczuk, der darauf verweist, dass der politische Umbruch „das Werk von wenigen (war, T.F.), während die Normalbürger abgewartet" hätten (Sabrow, 2019).

Im vorherigen Kapitel habe ich beschrieben, dass es nur ein paar Hundert oder Tausend DDR-Bürger*innen waren, die an den Kontrollen der gefälschten Kommunalwahlen 1989 teilnahmen, während über 90% der Wahlberechtigten wie gewohnt „falten" gingen. Auch an der ersten Montagsdemonstration in Leipzig Anfang September beteiligten sich nur etwas mehr als eintausend wirklich mutige Menschen. Jeder und jede von ihnen musste mit dem Schlimmsten rechnen! An der entscheidenden Demonstration am 9. Oktober nahmen immerhin 70.000 Menschen teil. Selbst wenn davon ausgegangen wird, dass nur 20.000 Zugereiste unter den Demonstrierenden waren und alle Kinder und Pflegebedürftigen der Stadt abgezogen werden, muss davon ausgegangen werden, dass nicht viel mehr als zehn Prozent der Leipziger*innen über den Innenstadtring

[155] Minister für Abrüstung und Verteidigung in der demokratisch gewählten Volkskammer

ihrer Stadt zogen, während die große Mehrheit in der geheizten Wohnung saß und abwartete, was wohl geschehen würde! Ich meine das gegenüber diesen Menschen nicht abwertend, nur weil ich an diesem Tag an der Leipziger Montagsdemonstration teilgenommen habe. Auch ich habe aus heutiger Sicht viel zu lange abgewartet, gezögert, mich mit der Diktatur arrangiert - trotz meiner kleinen Protestaktionen!

Es gab einmal die Idee, die Ortseingangsschilder der Stadt Leipzig mit dem Zusatz „Heldenstadt" zu versehen (Die Bundesregierung, 2021e). Ob diese Idee je realisiert wurde, weiß ich nicht. Aber wäre der Name tatsächlich gerechtfertigt gewesen? Zweifellos hat Leipzig eine herausragende Rolle bei der friedlichen Revolution gespielt, und ohne die Demonstration am 9. Oktober 1989 „wäre die Geschichte womöglich anders verlaufen" (ebd.). Aber können sich deshalb alle Leipziger*innen „Helden" nennen? Was ist mit den Hunderttausenden, die lieber zuhause abwarteten und mit den Stasi-Leuten, die schon Stunden vor den Friedensgebeten die Kirchenbänke besetzten (Kellerhoff, 2009). Sollen sich auch die Leipziger Werktätigen, die über die regionale Zeitung ankündigten, den Sozialismus in der DDR „mit der Waffe in der Hand" verteidigen zu wollen (Bahrmann & Links, 1999, S. 19f.) als „Helden" bezeichnen dürfen? Es war nicht das „deutsche Volk" - wie von einigen behauptet - auch haben nicht „wir Ostdeutschen (...) die Diktatur in einer Friedlichen Revolution niedergerungen" (Köpping, 2018, S. 174). Und es haben auch nicht „die Leipziger*innen" der SED die Macht entrissen. Es waren ein „paar hundert Schmuddelkinder aus den Kellern der Gemeindehäuser und ein Dutzend evangelischer Pastoren" (Wolle, 1999, S. 341), die ihre Freiheit und ihr Leben für eine bessere DDR riskierten. Sie sind die Helden der Revolution, nicht die Bewohner*innen einer Stadt, eines Landes oder gar ein ganzes Volk!

Frühere SED-Funktionäre nehmen gern für sich in Anspruch, dass ihnen der unblutige Ausgang der friedlichen Revolution zu verdanken sei. Hans Modrow lobt sich und seine Partei für den friedlichen Ausgang der Proteste am Dresdener Hauptbahnhof: „Wir haben die Katastrophe verhindert, und deshalb glaube ich, richtig gehandelt zu haben" (Kölnische Rundschau, 2009). Michael Bartsch verweist im „Neuen Deutschland" darauf, dass neben Kurt Masur drei Sekretäre der SED-Bezirksleitung dafür gesorgt haben, dass die bereitstehenden Streitkräfte am 9. Oktober 1989 in Leipzig nicht zum Einsatz kamen (Bartsch, 2019), und Egon Krenz dankte am Tag nach dem Fall der Berliner Mauer den Grenzsoldaten für ihr „besonnenes Verhalten" und den Genoss*innen der Staatssicherheit, dass sie „die Sache mit großer Ruhe bewältigt" haben (Groth, 2019). So schwer es mir fällt, muss ich doch gestehen: Sie haben Recht! Auch der frühere Bürgerrechtler Frank Richter, der den friedlichen Ausgang der Dresdener Proteste am 8. Oktober mit ausgehandelt hatte, würdigte 2019 die „politische Intelligenz und Friedfertigkeit derer, die damals auf der anderen Seite standen" (Bartsch, 2019). Ja, es gab jene „vernünftigen SED-Genossen", die wie Kurt Meyer[156] ihrem „Gewissen gefolgt sind", weil sie sich sagten: „Das kann man nicht zulassen" (ebd.)! Das dürfte jedoch eine kleine Minderheit innerhalb der Partei gewesen sein. Dass das SED-Regime „wie ein Kartenhaus zusammenstürzte", dürfte eher der Tatsache geschuldet sein, dass es die Funktionäre verlernt hatten, selbständig Entscheidungen zu treffen. „Zu lange hatte

[156] Einer der drei SED-Funktionäre, die mit Kurt Masur den Aufruf vor der Leipziger Montagsdemonstration am 9. Oktober 1989 verfasst haben.

man den Menschen Eigeninitiative, Verantwortungsbewusstsein und Risikobereitschaft ausgetrieben und ihnen so den Willen genommen, den Sozialismus zu verteidigen" (Wolle, 1999, S. 242).

Nach meiner Überzeugung ist insbesondere den wenigen „vernünftigen SED-Genossen" der friedliche Ausgang der ostdeutschen „Oktoberrevolution" zu verdanken. Die Demonstrierenden in Leipzig haben nichts Anderes getan als die Arbeiter*innen 1953, die Demonstrant*innen des „Prager Frühlings" 1968 oder die chinesischen Student*innen auf dem Platz des „Himmlischen Friedens" im Juni 1989. Allein die Tatsache, dass die Sowjetunion unter Gorbatschow nicht mehr bereit war, diktatorische Machthaber beim Blutvergießen am eigenen Volk zu unterstützen, veränderte die Situation und rettete die ostdeutsche Revolution des Jahres 1989. Der Politologe Tilman Mayer hebt ebenfalls die Bedeutung der „Gorbatschow-Politik" für den Machtverfall der DDR-Nomenklatur und den friedlichen Ausgang der Demonstrationen hervor, indem er klarstellt: „Insofern war der Unterschied zwischen 1953 und 1989 ganz eindeutig auf der militärischen Ebene zu finden" (Leitner, 2009).

Die wenigen „vernünftigen SED-Genossen" zählen für mich zu den „Helden" der friedlichen Revolution in der DDR. Leider wird ihr mutiges Verhalten heute häufig vergessen. Wenn die Revolution gescheitert wäre, hätten sie mit besonders harter Bestrafung durch die SED-Machthaber rechnen müssen, denn „Vaterlandsverräter" hatten in der DDR nichts zu lachen, häufig wurden sie mit langjährigen Gefängnisstrafen oder gar mit dem Tod bestraft[157]!

Dass es auch zahlreiche Genoss*innen und Funktionär*innen gab, die lieber mit der Waffe die Macht der SED erhalten wollten, habe ich zu Beginn des Kapitels bereits beschrieben. Aber auch nach dem friedlichen Ausgang der Leipziger Demonstrationen und dem widerstandslosen Fall der Berliner Mauer gab es nicht wenige Verfechter*innen des harten Kurses. „Wir haben die Waffen zu früh abgegeben. Die Plüschheinis von der Friedensbewegung wären beim ersten Schuss auseinandergelaufen", meinte ein Stasi-Mitarbeiter Monate später (Sabrow, 2019). Ähnlich äußerte sich mir gegenüber ein NVA-Offizier, dessen Kinder in meiner Sportgruppe trainierten. Man hätte nur mal „richtig reinhalten" müssen, dann wäre der „Spuk schnell vorbei" gewesen, sagte er mir im Februar 1990. Als ich ihm entgegenhielt, dass er dann auch auf mich hätte schießen müssen, weil ich ebenfalls in Leipzig war, antwortete er trocken: „Hätte ich auch gemacht". Wenn meine Informationen stimmen, arbeitet er heute als Lehrer an einer sächsischen Schule!

Ein Blick in die „Glaskugel"

Wo würde die DDR heute stehen, wenn sich nicht ein paar Hundert oder Tausend Mutige entschlossen den SED-Diktatoren entgegengestellt, sondern - wie die große Mehrheit der Bevölkerung - abgewartet und sich in ihren Nischen „eingenistet" hätten? Mit großer Wahrscheinlichkeit würde die SED noch heute allein regieren, wie das die kommunistischen Parteien in Kuba oder Nordkorea tun. Das Land wäre sogar innerhalb der sozialistischen Länder politisch isoliert gewesen, denn wie in der Sowjetunion

[157] Noch im Jahr 1981 wurde der Stasi-Hauptmann Werner Teske wegen „schwerwiegenden Landesverrats (…) durch unerwarteten Nahschuss in das Hinterhaupt" hingerichtet (mdr, 2021).

gab es in fast allen früheren sozialistischen Bruderländern (z.B. Polen oder Ungarn) Demokratisierungsprozesse und eine Annäherung an die westlichen Bündnissysteme. Reisemöglichkeiten hätte es nach der Abschaffung des visafreien Reiseverkehrs mit der ČSSR ohnehin nicht mehr gegeben, denn jede noch so kurze Grenzöffnung hätte zu einer Massenflucht geführt. Den Schilderungen des Schürer-Berichts oder den Ausführungen des DDR-Wirtschaftsministers Günter Mittag (Kapitel 4) zufolge, wäre die DDR wohl nicht mehr lange zahlungsfähig gewesen. Auch das für Modrow sicherlich peinliche Betteln um Kredite bei der Bundesregierung und die zweimal wegen drohender Zahlungsunfähigkeit vorverlegten Volkskammerwahlen deuten darauf hin, dass auch ohne friedliche Revolution gravierende Veränderungen auf die DDR-Bevölkerung zugekommen wären. Der Lebensstandard wäre dramatisch gesunken, auch Arbeitslosigkeit in großem Umfang hätte es in der DDR gegeben, und der wirtschaftliche Rückstand zur Bundesrepublik wäre noch deutlich größer und sichtbarer geworden. Damit hätten auch die gesellschaftlichen Spannungen innerhalb der DDR zugenommen, was zu noch stärkeren Repressionen und Überwachungen hätte führen müssen. Diese hätten möglicherweise Embargos der demokratischen Länder zur Folge gehabt, um die diktatorischen Machthaber unter Druck zu setzen. Vielleicht wäre die DDR nicht ganz auf das wirtschaftliche Niveau von Nordkorea gesunken, aber viel besser würde sie wohl heute nicht dastehen, auch wenn sich das die meisten früheren DDR-Bürger*innen nicht vorstellen können. Der wirtschaftliche Zusammenbruch der DDR hatte 1989 gerade erst begonnen. Nur der schnelle Beitritt zur Bundesrepublik hat verhindert, dass die dramatischen Folgen der jahrzehntelangen Misswirtschaft durch die Politik der SED mit voller Wucht sicht- und spürbar geworden sind.

Nicht viel anders sähe es heute wohl in der DDR aus, wenn die SED-Machthaber die Revolution blutig niedergeschlagen hätten. Wie lange es dauert, bis sich ein Volk von solch einer Niederschlagung erholt, ist daran erkennbar, wie lange die DDR-Bürger*innen nach 1953 benötigt haben, sich von dem Schock und der Angst vor dem staatlichen Gewaltapparat zu befreien. Auch in China ist ersichtlich, dass das Massaker auf dem „Platz des himmlischen Friedens“ noch immer nachwirkt. Demokratische Grund- und Menschenrechte gibt es in China nicht, und es gibt auch nach mehr als 30 Jahren kaum jemanden, der/die es wagt, diese einzufordern. Dass die kleine DDR zu einer wirtschaftlichen Macht wie China aufgestiegen wäre, ist eher unwahrscheinlich. Und auch im sozialistischen China gibt es - wie bereits beschrieben - massive Ausbeutung und Armut. Die DDR, wie ihre Bürger*innen sie kannten, hätte es auch nach einer Niederschlagung der Revolution nicht mehr gegeben.

Auch auf die Volkskammerwahlen am 18. März 1990 möchte ich noch einmal eingehen, weil neben dem bekannten Wahlausgang mindestens drei weitere Optionen denkbar gewesen wären.

Das wohl unrealistischste Szenario wäre ein Sieg der in PDS umbenannten SED gewesen. In keiner der zahlreichen Meinungsumfragen erreichten die „demokratischen Sozialisten“ 20% Zustimmung, und weil auch keine der alten oder neuen Parteien mit der PDS koalieren wollte, war den Spitzenkräften der Partei früh klar, dass sie sich in der Opposition wiederfinden würden. Die PDS sprach sich besonders lange und stark für die Eigenständigkeit der DDR aus. Erst als die Genoss*innen realisierten, dass ihr

Land wirtschaftlich vor dem Abgrund steht und die meisten Bürger*innen für die Vereinigung plädierten, bekannte sich auch Modrow am 1. Februar 1990 zur deutschen Einheit - unter der Voraussetzung der Neutralität des vereinten Deutschlands[158] (Bahrmann & Links, 1999, S. 210).

Eine von der PDS regierte eigenständige DDR wäre politisch und wirtschaftlich heute wohl mit Polen, Ungarn und den anderen früheren Ostblockstaaten vergleichbar. Wie in diesen Ländern würden in den meisten Chefsesseln frühere SED-Kader sitzen, die Rechtsstaatlichkeit beeinträchtigen und die Korruption durch ihre alten „Seilschaften" fördern. Auch Richard Schröder fragt aus diesem Grund, ob es wirklich ein Nachteil sei, „dass keine ostdeutschen Oligarchen entstanden sind, die sich illegal am ‚Volkseigentum' bereichert haben" (Schröder, 2020)?

Wahrscheinlicher als ein Wahlsieg der PDS erschien unmittelbar nach dem Mauerfall ein Erfolg des „Neuen Forums". Knapp zwei Wochen nach der Öffnung der Grenzen ermittelte das Meinungsforschungsinstitut Forsa unter DDR-Bürger*innen, dass 22% von ihnen die Initiator*innen der friedlichen Revolution wählen würden, wenn es sofort Wahlen gäbe (Bahrmann & Links, 1999, S. 88). Damit hätten die Revolutionär*innen zwar keine absolute Mehrheit erreicht, aber sie wären stärkste Kraft in der Volkskammer geworden und hätten den politischen Kurs der DDR maßgeblich mitbestimmen können. Im Wahlkampf setzten sie sich für einen eigenständigen Staat, eine wirkliche „Deutsche Demokratische Republik" ein, schlossen jedoch eine spätere Vereinigung der beiden deutschen Staaten als gleichberechtigte Partner nicht aus. Nach ihrer Vorstellung sollten sich die DDR und die Bundesrepublik „um der Einheit willen aufeinander zu reformieren" (Görtemaker, 2009a).

Die von ihnen regierte DDR hätte sicherlich mit riesigen wirtschaftlichen Schwierigkeiten rechnen müssen, denn ohne Vereinigung wären nicht so viele Fördermittel aus der Bundesrepublik in die DDR geflossen. Da diese Regierung jedoch demokratisch legitimiert gewesen wäre, hätte sie trotzdem mit Krediten und Hilfsgeldern der Bundesrepublik und der Europäischen Gemeinschaft rechnen können. Auch bei diesem Szenario wäre die DDR heute wahrscheinlich wirtschaftlich auf dem Niveau ihrer früheren sozialistischen Bruderländer Ungarn, Polen und Tschechien und hätte wohl wie diese 2004 die Möglichkeit erhalten, der Europäischen Union (EU) beizutreten. Aber auch dieses demokratische Land wäre ohne die alten Eliten nicht ausgekommen. Wie bei jedem Systemwechsel wären zahlreiche frühere SED-Funktionäre in führende Positionen gelangt und hätten ihren Wissensvorteil und ihre „Seilschaften" ausgenutzt.

Die größten Chancen für eine Wahlsieg hatte die im Herbst 1989 neu gegründete SPD[159], die sechs Wochen vor dem Wahltermin mit riesigem Vorsprung in den Meinungsumfragen führte. Nach den Vorstellungen der Sozialdemokrat*innen sollte sich die DDR nach Erarbeitung einer gemeinsamen neuen Verfassung und nach einem Referendum über diese Verfassung mit der Bundesrepublik vereinigen, wobei dieses Vorgehen insbesondere von der West-SPD um Oskar Lafontaine favorisiert wurde. Viele

[158] Wie sich Gysi, Modrow und viele andere frühere Genoss*innen ihren „demokratischen Sozialismus" vorstellten, werde ich ausführlich im zweiten Band beschreiben. Dann werde ich mich intensiv mit den Epochen von der KPD über die SED zur PDS/DIE LINKE befassen.
[159] zunächst als SDP

Menschen in Ost- und Westdeutschland hätten diesen Weg rückblickend für die „bessere“ Option gehalten und beklagen, dass die Deutsche Einheit zu schnell und die Währungsunion „überstürzt“ vollzogen wurde.

Für Josef Isensee stellte das Grundgesetz mit dem Artikel 146 tatsächlich eine Alternative zum Beitritt nach Artikel 23 zur Verfügung. Nach seiner Überzeugung „wäre der ohnehin schwierige Prozess der Zusammenführung zweier heterogener Staaten“ über Artikel 146 jedoch sehr kompliziert und langwierig verlaufen. „Mit hoher Wahrscheinlichkeit hätten sich die Beratungen so lange gedehnt, bis der Kairos[160], in dem die innere wie die äußere Lage Deutschlands eine Wiedervereinigung ermöglichte, verstrichen wäre“ (Isensee, 2015). Der Streit um eine neue Verfassung hätte „die fundamentalen Gegensätze zwischen rechts und links aufgerissen.“ Möglicherweise wären gar „Zweifel an der staats- und völkerrechtlichen Kontinuität Deutschlands als Staat“ aufgetreten (ebd.). Am Ende dieses langen und konfliktreichen Prozesses hätte in Volksentscheiden über die neue Verfassung und die Vereinigung Deutschlands abgestimmt werden müssen. Isensee ist überzeugt, dass diese Zustimmungen in separaten Referenden hätte erfolgen müssen, was bedeutet, dass sowohl die DDR- als auch die Bundesbürger*innen der Vereinigung mehrheitlich hätten zustimmen müssen. Die Ablehnung eines Teils der Deutschen hätte demnach gereicht, um die deutsche Vereinigung zu verhindern (ebd.).

Die DDR-Bürger*innen - als kleinerer Teil des deutschen Volkes - hätten von den (Alt-)Bundesbürger*innen dabei leicht überstimmt werden können (Münch, 2018). Ob die Mehrheit der Ostdeutschen Jahre nach dem Sturz der SED bereit gewesen wäre, für die Vereinigung zu stimmen, auch wenn sie mit der Zeit realisiert hätten, dass sie in einem vereinten Deutschland auf viele ihrer „Errungenschaften“[161] verzichten müssten[162]? Und wären die (Alt-)Bundesbürger*innen Jahre nach der Euphorie des Mauerfalls bereit gewesen, dem Beitritt der DDR zuzustimmen, obwohl bis dahin sichtbar geworden wäre, welche Kosten mit der deutschen Einheit auf sie zukommen würden und dass sich in diesem vereinten Deutschland möglicherweise auch für sie vieles ändern würde, woran sie sich in 40 Jahren Eigenständigkeit gewöhnt hatten? Ich halte es wie Isensee nicht für ausgeschlossen, dass die „Chance der staatlichen Einheit“ tatsächlich für immer vertan worden wäre!

Die schnelle Währungsunion und der folgende Beitritt der DDR zur Bundesrepublik täuschen darüber hinweg, welche Folgen eine längere Eigenständigkeit der DDR für ihre Bevölkerung gehabt hätte. Egal ob die PDS, das „Neue Forum“ oder die SPD in den folgenden Jahren die politische Ausrichtung in der DDR bestimmt hätten, alle DDR-Regierungen hätten mit der desolaten Wirtschaft, den katastrophalen Umweltproblemen, mit der drohenden Zahlungsunfähigkeit, mit den alten „Seilschaften“ der SED und vielen anderen Schwierigkeiten zu kämpfen gehabt, die zu großer Unzufrie-

---

[160] philosophischer Begriff für günstigen Zeitpunkt einer Entscheidung

[161] Arbeitsplatzgarantie, Kinderbetreuung, niedrige Mieten, Steuern, Sozialversicherungsbeiträge, usw.

[162] Dieses Referendum hätte voraussichtlich in der Phase der Eskalation nach dem Kulturschockmodell stattgefunden, was eine Zustimmung zur Vereinigung unwahrscheinlich macht.

denheit in der Bevölkerung - möglicherweise sogar zu Gewaltausbrüchen - geführt hätten.

Was jedoch kaum jemand bedenkt: Bei all diesen Szenarien hätten die DDR-Bürger*innen über Jahre auf die D-Mark verzichten müssen! Die neue Regierung hätte zwar wie in den anderen früheren sozialistischen Ländern eine konvertierbare Währung einführen können, die Löhne, Gehälter und Preise hätten sich dann jedoch auch über Jahre auf dem Niveau der früheren sozialistischen Länder bewegt. Der Wechselkurs zur D-Mark hätte sich wahrscheinlich bei 1:7 oder noch deutlich tiefer eingependelt (Schröder, 2020), so dass sich nur wenige DDR-Bürger*innen eine Reise in die Bundesrepublik oder ein anderes westliches Land hätten leisten können - trotz geöffneter Grenzen!

Richard Schröder weist auf zahlreiche weitere Probleme hin, die eine spätere Währungsunion zur Folge gehabt hätte. Wie bereits beschrieben, galten alle DDR-Bürger*innen nach dem deutschen Grundgesetz als Deutsche und genossen ohne Visum Niederlassungsfreiheit und den Anspruch auf alle deutschen Sozialleistungen[163].

Die monatliche Sozialhilfe betrug in der Bundesrepublik 1989/90 ca. 700 DM. DDR-Bürger*innen hätten ohne Währungsunion über Jahre die Wahl gehabt, sich „als West-Arbeitslose mit Scheinadresse 700 DM in 4900[164] Ost-Mark „umzurubeln“ oder für 1100 Ost-Mark (Durchschnittslohn) im Osten jeden Tag auf der Baustelle zu erscheinen“ (ebd.). Außerdem wäre es in der DDR zu einer „Ostmark-Inflation“ gekommen, während die D-Mark die „heimliche Leitwährung“ geworden wäre. „Für Rentner, den öffentlichen Dienst und die Sparguthaben eine Katastrophe, für Schwarzhändler ein Eldorado und für Westdeutsche ein Billigland ohnegleichen“ (ebd.). Wie viele DDR-Bürger*innen wären unter diesen Umständen ihrem Land treu geblieben? Wie lange hätten die westdeutschen Steuerzahler*innen und die überforderten öffentlichen Haushalte diese Zustände mitgetragen? Wie lange hätte es gedauert, bis die DDR-Wirtschaft komplett zusammengebrochen wäre?

Es gab also nur die Optionen der schnellen Währungsunion oder die Schließung der Grenzen - dieses Mal von Seiten der Bundesregierung! Oskar Lafontaine und die (West-)SPD haben diesen Weg favorisiert, wie die Aussagen Lafontaines in den Wahlkämpfen des Jahres 1990 zeigen. Unwahrscheinlich war dieses Szenario trotzdem, weil es im Bundestag und Bundesrat dafür keine Mehrheiten gegeben hätte.

Wie viele Ostdeutsche beklagt auch die Schriftstellerin Daniela Dahn[165] die „überstürzte“ Einführung der D-Mark, mit der „alle revolutionären Ansätze aufgekauft“ worden seien. Nach ihrer Überzeugung hätte es Alternativen zu dieser Politik gegeben. Sie behauptet, Kohl-Berater Teltschik hätte das Gerücht in die Welt gesetzt, wonach die DDR bald zahlungsunfähig sei. Helmut Kohl hätte dann die D-Mark versprochen, sozusagen das „Paradies, die blühenden Landschaften, niemandem wird es schlechter

[163] Das wollten SPD und Oskar Lafontaine ändern, wofür jedoch eine Zweidrittelmehrheit im Bundestag und Bundesrat benötigt worden wäre.

[164] Die 4900 DM hätten die DDR-Bürger*innen bei einem Umtauschkurs von 1:7 erzielen können. Bei einem Kurs von 1:12 oder tiefer - wie am 10.11.1989 - hätten sie sogar 8400 Ostmark oder mehr kassiert (Schröder, 2020)!

[165] In der Phase des politischen Umbruchs war sie - wie Angela Merkel - Mitglied der neu gegründeten Partei „Demokratischer Aufbruch“.

gehen. Und die Ostdeutschen waren bereit, an Wunder zu glauben“ (Mauersberger, 2020).

Auch Wolf Wagner schreibt in seiner Autobiografie, dass Kohl zunächst die Konföderation und später die Vereinigung nach Artikel 146 propagiert habe. Seinen Ausführungen zufolge wäre aber für Kohl nach der Volkskammerwahl „Schluss mit Artikel 146 und Gleichwertigkeit“ gewesen und Wagner unterstellt dem Kanzler die Gedanken: „Warum sich Umstände mit einer neuen Verfassung und einer Volksabstimmung machen, wenn man es mit Artikel 23 GG, dem Beitrittsparagrafen, viel einfacher und schneller durchziehen konnte“ (Wagner, 2017, S. 239)?

Dahn und Wagner unterschlagen jedoch die sich rasant verändernden politischen Verhältnisse in der DDR und aufgrund der hunderttausendfachen Übersiedlung von DDR-Bürger*innen auch die in der Bundesrepublik.

Es stimmt zwar, dass Kohl zunächst ebenfalls eine Konföderation und später eine Vereinigung nach Artikel 146 verfolgte. Mit der Gründung der „Allianz für Deutschland“ und seinem Einstieg in den DDR-Wahlkampf Anfang Februar 1990 propagierte er jedoch den Beitritt nach Artikel 23 - nicht erst, wie Wagner schreibt, nach der Volkskammerwahl!

Der Historiker Manfred Görtemaker beschreibt für die „Bundeszentrale für politische Bildung“ eine Episode, die Dahn und Wagner in dieser ereignisreichen Zeit möglicherweise übersehen haben.

Am 2. Februar 1990 informierte Modrow auf dem „World Economic Forum“ im schweizerischen Davos den deutschen Bundeskanzler, dass sich der Zerfall der DDR täglich beschleunige. Die Autorität der Regierung sei auch auf der lokalen Ebene im Schwinden begriffen. „Eine rasche Zusammenführung der beiden deutschen Staaten sei deshalb unvermeidlich. Geld spiele dabei eine große Rolle: Die DDR brauche sofort 15 Milliarden DM, um eine finanzielle Katastrophe im März abzuwenden“ (Görtemaker, 2009b). Er bot dem Bundeskanzler an, die D-Mark als alleinige Währung in der DDR einzuführen. Außerdem erklärte „ein offenbar zutiefst erschütterter Modrow“ in einem Radio-Interview, „dass eine Wiedervereinigung Deutschlands auch ohne Neutralisierung[166] denkbar sei“ (ebd.)!

Auch der Volkskammerabgeordnete Richard Schröder beschreibt dieses Aufeinandertreffen der beiden Regierungschefs in Davos. Knapp zwei Wochen nach diesem Treffen besuchte Modrow am 13. Februar 1990 die Bundesregierung in Bonn. Hier bot ihm Helmut Kohl die baldige Währungsunion an (Schröder, 2020).

Auch an dieser Stelle wird ersichtlich, dass die DDR-Bürger*innen oder ihre Regierung immer wieder die Initiative ergriffen und die Bundesregierung lediglich darauf reagierte. Es stimmt also nicht, dass Kohl die „revolutionären Ansätze“ aufgekauft hätte, wie Dahn es ausdrückt. Die Einführung der D-Mark wurde ihm von der DDR-Regierung angeboten. Er wurde von ihr sogar darum gebeten, weil diese die baldige „finanzielle Katastrophe“ (Modrow) befürchtete! Auch den eigenen Bürger*innen und Politiker*innen musste Kohl eine Lösung für das Übersiedlungsproblem bieten. Als amtierender Bundeskanzler war es seine Pflicht, vordergründig die Interessen seines Volkes

[166] Noch zwei Wochen vorher - am 1. Februar - hatte er die Neutralität Deutschlands als Bedingung für die Zustimmung zur Vereinigung gefordert (Bahrmann & Links, 1999, S. 210).

zu vertreten und ihre Probleme und Ängste wahrzunehmen. Da er zwar die Zuwanderung der DDR-Bürger*innen stoppen, aber - anders als Lafontaine - diese trotzdem nicht aussperren, sondern weiterhin als Landsleute mit allen Rechten behandeln wollte, blieb als Alternative nur die schnelle Einführung der D-Mark - mit all ihren Risiken für Ost- und Westdeutsche!

Wie es um die wirtschaftliche Lage der DDR tatsächlich bestellt war, beschreibt Richard Schröder. Der aus Oppositionsmitgliedern und PDS-Funktionären zusammengesetzte „Runde Tisch" gab Modrow zu seinem Besuch bei der Bundesregierung am 13. Februar 1990 einen „Wunschzettel" mit, offensichtlich, um die eigene Bevölkerung ruhig zu stellen. Demnach „verlangte" Modrow von der Bundesrepublik neben einem Überbrückungskredit von 15 Milliarden D-Mark „hochwertige Kleidung und Lederwaren für eine Milliarde D-Mark; PKWs und Ersatzteile für eine Milliarde D-Mark; Audio- und Videogeräte, Kühl-, Geschirrspül- und Waschmaschinen für eine Milliarde D-Mark und nicht alltägliche Nahrungs- und Genussmittel für 500 Millionen D-Mark."

Den Überbrückungskredit lehnte die Bundesregierung ab, „da das Geld bei den derzeitigen brüchigen Strukturen versickern werde." Aber es wurden 30 Milliarden DM in den Bundeshaushalt für die Kosten der Währungsunion und 5 Milliarden DM für medizinische Geräte bereitgestellt (Schröder, 2020). Während Modrow also Geld für Luxusartikel - von denen insbesondere die Privilegierten der DDR profitiert hätten - forderte, dachte die Bundesregierung an die miserable medizinische Versorgung der einfachen DDR-Bevölkerung!

Wenn die finanzielle Lage der DDR nicht so katastrophal gewesen wäre - wie Dahn behauptet - hätte sie diese Waren dann nicht einfach in der Bundesrepublik bestellen können? Die Marktwirtschaft der BRD wäre innerhalb weniger Tage in der Lage gewesen, die gewünschten Luxusartikel zu liefern. Aber derartige Güter als Spende vom Klassenfeind zu „verlangen" (Modrow), verdeutlicht die ausweglose Situation der DDR-Führung. Richard Schröder findet für diese Aktion des „Runden Tisches" und des Ministerpräsidenten klare Worte: „ein ahnungsloser Wunschzettel für den Weihnachtsmann - peinlich" (ebd.)!

Mit dem Wissen um diese Ereignisse hätte es keines „Gerüchts" von Kohl-Berater Teltschik bedurft, um eine Zahlungsunfähigkeit der DDR herbeizureden - die Fakten sprechen für sich!

Zahlreiche weitere Fragen drängen sich zur finanziellen Situation der DDR auf: Warum hat SED-Planungschef Gerhard Schürer schon Ende Oktober 1989 die verheerende Bilanz der DDR-Wirtschaft gezogen? Warum war Modrow nicht in der Lage, für das kommende Jahr einen Wirtschaftsplan aufzustellen? Warum musste der Wahltermin für die Volkskammerwahl zweimal vorverlegt werden, um eine Zahlungsunfähigkeit der DDR vor den Wahlen zu verhindern? Auf die Verschiebung der Wahltermine und die Zahlungsbilanzen der DDR hatte die Bundesregierung keinerlei Einfluss!

Das peinliche Betteln des DDR-Regierungschefs um Kredite und Luxusartikel, das verzweifelte Angebot, die D-Mark als alleinige Währung in der DDR einzuführen und das Zugeständnis, der Vereinigung auch mit NATO- und EWG-Beitritt zuzustimmen, verdeutlichen, wie verheerend und aussichtslos die wirtschaftliche und politische Situation der DDR zu diesem Zeitpunkt war. Die Handlungen Modrows kommen einer bedingungslosen Kapitulation der DDR-Regierung gleich. Damit wird deutlich, dass die

DDR tatsächlich aus „Armut" - wie es Walter Momper ausdrückte - und „auf Knien" (Christoph Hein) der Bundesrepublik beigetreten ist!

Meines Wissens hat Helmut Kohl den Satz von den „blühenden Landschaften" erstmals am 1. Juli 1990 anlässlich der Währungsunion ausgesprochen, also mehr als drei Monate nach der Volkskammerwahl (Straubhaar, 2017). Dieses Versprechen kann demnach die Wahlentscheidung der DDR-Bürger*innen nicht beeinflusst haben, wie häufig behauptet wird. Wenn die Mehrheit der DDR-Bürger*innen an „Wunder" (Daniela Dahn) oder „an den Weihnachtsmann geglaubt" hat - wie es der DDR-Schriftsteller Ingo Schulze ausdrückte (Schulze, 2010) - bleibt ihr Votum doch ihre alleinige Entscheidung als mündige Bürger*innen. Niemand anders als sie selbst waren für das Kreuz auf dem Wahlzettel und damit für die Weichenstellung Richtung Währungsunion und Beitritt verantwortlich!

Außerdem frage ich mich: Was hätte Helmut Kohl denn den DDR-Bürger*innen sagen sollen? Wäre es wirklich besser gewesen, wenn er verkündet hätte: „Meine lieben Brüder und Schwestern im Osten, auch wenn ihr in den nächsten Jahrzehnten noch so fleißig arbeitet, und wir noch so viele Milliarden D-Mark in eure Wirtschaft und Infrastruktur investieren, werdet ihr auch in 20 oder 30 Jahren noch nicht die Wirtschaftskraft der Bundesrepublik erreicht haben - vielleicht erreicht ihr sie auch nie!" Möglicherweise wäre das ehrlich gewesen. Aber wollten die DDR-Bürger*innen so etwas im Frühjahr 1990 hören? Hätte das ihre hunderttausendfache Übersiedlung in die Bundesrepublik verhindert? Hätte er ihnen sagen sollen, dass das Grundgesetz zwar die deutsche Vereinigung weiterhin vorsieht, aber jetzt - wo die Gelegenheit dazu wäre - sollten die DDR-Bürger*innen doch erst einmal ihre Wirtschaft aufbauen, und erst, wenn sie das gleiche ökonomische Niveau wie die Westdeutschen erreicht haben, könne man wieder über eine Vereinigung „als gleichberechtigte Partner" nachdenken?

Wenn Kohl möglicherweise auch nicht das ganze Ausmaß der desolaten DDR-Wirtschaft kannte, hat er - wohl wissend, dass der Weg zu den „blühenden Landschaften" lang und beschwerlich sein wird - Mut bewiesen und eine kühne Voraussage gemacht (Straubhaar, 2017). Vor allem hat er jedoch versucht, den DDR-Bürger*innen eine Perspektive in ihrer eigenen Heimat zu bieten. Er wollte sie ermutigen, in Ostdeutschland zu bleiben und das eigene Land wieder aufzubauen. Die schnelle Einführung der D-Mark und der Beitritt nach Artikel 23 waren ein Angebot an die DDR-Bürger*innen, welches sie bei den Volkskammerwahlen am 18. März 1990 mehrheitlich angenommen haben und kein Aufkaufen „revolutionärer Ansätze", wie Daniela Dahn behauptete.

Von der eigenen (westdeutschen) Bevölkerung forderte Kohl und seine Regierung zahlreiche Opfer, denn nicht nur für die Ostdeutschen hatte dieser politische Kurs wirtschaftliche Turbulenzen zur Folge - wenn diese auch im Westen Deutschlands nicht so gravierend ausfielen wie im Osten. Die Einführung der D-Mark zum Kurs von 1:1 für die DDR-Bürger*innen bereitete selbst der starken bundesdeutschen Wirtschaft Probleme. Nicht umsonst fragte der renommierte Ökonom Hans-Werner Sinn damals: „Ist Deutschland noch zu retten?", und der Herausgeber des Handelsblattes Gabor Steinhart behauptete gar: „Deutschland - der Abstieg eines Superstars" (ebd.).

Helmut Kohl und seiner Regierung vorzuwerfen, sie hätte den DDR-Bürger*innen

„Wunder" versprochen und nur deshalb hätten diese die D-Mark und den Beitritt gewählt, stellt den Verlauf der Ereignisse auf den Kopf, wie ich zu Beginn des Kapitels bereits beschrieben habe. Ingo Schulze - damals im „Neuen Forum" engagiert - betont: „Jeder hätte es wissen können - und wir haben das auch versucht zu sagen, aber das hat ja keiner geglaubt" (Schulze, 2010).

Richard Schröder wehrt sich deshalb vehement gegen die Behauptungen, „der Westen habe der DDR die ‚Schuldenlüge' eingeredet, dann die Währungsunion aufgedrängt und mittels der Treuhand ihre Wirtschaft ruiniert" (Schröder, 2020). Obwohl er Ostdeutscher und SPD-Mitglied ist - also politischer Konkurrent von Kohl war - würdigt er die politische Weitsicht des damaligen Bundeskanzlers.

Auch andere politische Kontrahenten der damaligen Zeit sehen das im Rückblick so. Der DDR-Schriftsteller Christoph Hein bekennt, dass der von Kohl 1990 vorgeschlagene Einigungsprozess Jahre dauern sollte. „Die DDR-Bevölkerung wollte jedoch die schnelle Einheit. „Kommt die D-Mark, bleiben wir, kommt sie nicht, geh 'n wir zu ihr" wurde gerufen, als die Grenzen offen waren. Diese Geschwindigkeit ist den Politikern aufgenötigt worden" (Geissler, 2019).

Die DDR-Bürger*innen haben nicht nur ihre eigene Regierung unter psychischen Druck gesetzt und letztendlich zu Fall gebracht, sie taten dies nach dem Mauerfall auch mit der Bundesregierung. Mit der tausendfachen Übersiedlung in die Bundesrepublik und der Forderung, die D-Mark zum unrealistischen Kurs von 1:1 einzuführen, stellten sie die politisch Verantwortlichen in Bonn vor fast unlösbare Aufgaben. Die im letzten Abschnitt genannte ultimative Forderung hinsichtlich der Einführung der D-Mark („Kommt die D-Mark…") ließ kaum Spielräume für Kompromisse und Alternativen offen und forderte die Bundesregierung auf ähnliche Weise heraus, wie ein halbes Jahr zuvor die DDR-Regierung die Forderungen nach freien Wahlen und Reisefreiheit.

Ralf Fücks - damals Bundesvorsitzender der Grünen - warf Helmut Kohl am Abend der Volkskammerwahl in der „Bonner Runde" der ARD vor, er sei mit der CDU in der DDR einmarschiert „wie ein Elefant in den Porzellanladen" (Fücks, 2015). Viele berühmte Politiker*innen der „Westlinken" hätten damals die deutsche Vereinigung als „Wiederherstellung von Großdeutschland" angesehen. Er nennt Joschka Fischer, Oskar Lafontaine, Gerhard Schröder, aber auch „evangelische Kirchenfürsten und den DGB"[167] (ebd.). 25 Jahre später sagte Fücks über Helmut Kohl, den er damals nach eigener Aussage „verachtet" hatte: „Im Rückblick muss man sagen: Er erfasste den historischen Moment und handelte - nicht im Alleingang, sondern im Konzert mit Europa, den USA und der Sowjetunion" (ebd.).

Die Beschreibungen der ostdeutschen Schriftsteller und Politiker Schulze, Hein und Schröder decken sich mit meinen persönlichen Erfahrungen und Erinnerungen an diese aufregende Zeit. Auch ich war hin und her gerissen zwischen dem Wunsch nach deutscher Einheit[168] und der D-Mark auf der einen, aber auch Angst und Verunsicherung vor dem wirtschaftlichen Zusammenbruch mit all seinen Folgen auf der anderen Seite.

[167] Deutscher Gewerkschaftsbund

[168] Ich hatte den Wunsch eines vereinten Deutschlands nie aufgegeben! Auch wenn auf den Demonstrationen im Oktober 1989 niemand diese Forderung stellte, war meine große Hoffnung, dass der Demokratisierungsprozess in der DDR darauf hinauslaufen würde.

Täglich wurden im Freundeskreis und mit Arbeitskolleg*innen die Vor- und Nachteile der verschiedenen Optionen diskutiert. Es stimmt einfach nicht, dass die DDR-Bürger*innen nicht gewusst hätten, dass die D-Mark die eigenen Arbeitsplätze vernichten könnte und dass der Beitritt die „totale Übernahme alles Westdeutschen und die Vernichtung alles DDRigen“ (Wagner, 2017, S. 239) bedeuten würde: Über fast nichts Anderes wurde damals in der DDR diskutiert! Viele wollen sich heute nicht mehr daran erinnern, weil sie sich dann eingestehen müssten, dass nicht Kohl und „die Westdeutschen“ für den Zusammenbruch der DDR-Wirtschaft und den schnellen Beitritt verantwortlich waren, sondern sie selbst.

Fast alle westdeutschen Verwandten, meine neuen Sportfreunde in Bayern und viele Zugbekanntschaften, die ich damals machte, konnten die Wahlentscheidung der DDR-Bürger*innen nicht verstehen. Sie hatten alle erkannt, dass die Ostdeutschen ihr Land mit dem Votum für die „Allianz für Deutschland“ quasi kampflos aufgegeben und abgeschafft hatten. Dabei erhofften sich damals viele Westdeutsche durch die Vereinigung auch Reformen für die Bundesrepublik, die mit dem Wahlausgang in der DDR enttäuscht wurden.

Neben dem zeitlichen Druck, den die weglaufenden DDR-Bürger*innen und die in Zahlungsschwierigkeiten steckende DDR auf die Bundesregierung ausübte, gab es eine weitere Komponente, die schnelles Handeln der politisch Verantwortlichen erforderte. Mitte 1990 hatte der sowjetische Außenminister Eduard Schewardnadse den Politiker*innen der DDR und der Bundesrepublik signalisiert, dass sie sich mit der Einheit beeilen sollten, denn nur solange sich Michail Gorbatschow in der Sowjetunion an der Macht hält, könnte diese Option bestehen (Schröder, 2020).

Dass diese Warnung nicht aus der Luft gegriffen war, zeigte sich im August 1991. Nachdem Gorbatschow mit neun Sowjetrepubliken einen neuen Unionsvertrag ausgehandelt hatte, der deren Recht auf Selbständigkeit berücksichtigte, erholte er sich für ein paar Tage auf der Halbinsel Krim. Seine politischen Gegenspieler - bestehend aus „reformunwilligen orthodoxen Kräften im Politbüro und Machtapparat“ - nutzten seine Abwesenheit, riefen am 17. August 1991 den Notstand aus und wollten Gorbatschow „aufgrund seines Gesundheitszustandes“ zum Rücktritt zwingen. Das wiederum wollte Boris Jelzin - der erste demokratisch gewählte Präsident Russlands - nicht zulassen. Er erklärte die Absetzung Gorbatschows für illegal und versammelte mehrere Tausend Menschen vor dem russischen Regierungssitz. Die Demonstrant*innen stellten sich den aufgefahrenen Panzern entgegen und erzwangen die Niederschlagung des Putschversuches. Auch wenn Gorbatschow nun von der Krim zurückkehren konnte, besiegelte der Putsch das Ende seiner Amtszeit. Am 21. Dezember 1991 gründeten die Führer von elf Sowjetrepubliken die Gemeinschaft Unabhängiger Staaten (GUS), was das Ende der Sowjetunion bedeutete. „Gorbatschow war jetzt ein Präsident ohne Staat und trat am 25. Dezember 1991 zurück“ (Schattenberg, 2014). Wäre der Putsch erfolgreich verlaufen und die deutsche Einheit bis dahin nicht vollzogen gewesen, gäbe es wohl noch heute zwei deutsche Staaten. Ob die DDR dann eine Chance gehabt hätte, sich demokratisch und frei zu entwickeln, ist mehr als fraglich.

Die Zeit der Anarchie

Es gibt noch einen weiteren Aspekt, der offenbar bei den zahlreichen Kritiker*innen des schnellen Beitritts in Vergessenheit geraten ist: Die Zeit zwischen dem Mauerfall am 9. November 1989 und der Vereinigung am 3. Oktober 1990 war - wie es der SPIEGEL ausdrückte - „ein kurzes Jahr der Anarchie" (Wensierski, 2015). Diese elf Monate brachten „ein Gefühl grenzenloser Freiheit ins Land (…), in der die Menschen keine Autoritäten, keine Ämter oder Behörden um Genehmigung bitten mussten." 16 Millionen DDR-Bürger*innen hatten plötzlich die Gelegenheit, alles zu tun, was sie gerade wollten. Die Sponti[169]-Parole der West-68er „Legal, illegal, scheißegal" wurde in der DDR Realität (ebd.). Häuser wurden besetzt, Kulturcafés und Bars gegründet, ohne dass jemand gefragt wurde. Getränke wurden ohne Schankerlaubnis verkauft, es gab keine Gewerbegenehmigung, keine Lebensmittelaufsicht, keine Buchhaltung, und die Mehrheit der neuen Unternehmer*innen zahlte keine Steuern. Clubs, Ateliers, Theater und Galerien wurden eröffnet - natürlich ohne Mietvertrag, Kassenbuch oder baupolizeiliche Genehmigung. Christoph Links, der Gründer des nach ihm benannten Verlages, fasste diese Phase 25 Jahre später mit den Worten zusammen: „Es war eine herrliche, eine vitale Zeit. Es hätte dem vereinten Deutschland gutgetan, wenn sie noch länger gedauert hätte" (ebd.). Zweifellos werden dieser Aussage viele Menschen zustimmen, insbesondere jene, die in dieser Phase der Anarchie profitiert haben, sich möglicherweise auf Kosten anderer oder des Staates bereichert haben. Die DDR-Bürger*innen kannten es ja nicht anders: Der Staat zahlt alles! Woher dieser das Geld ohne Steuereinnahmen bekommen sollte, interessierte kaum jemanden. Und wer die zahlreichen Gesetzesverstöße - die Gesetze der DDR galten ja noch - verfolgen und die Opfer dieser „herrlichen" Zeit beschützen sollte, darüber machte sich kaum jemand Gedanken. „Du hast mir gar nüscht mehr zu sagen!" war damals der Standardspruch gegenüber Uniformträger*innen (ebd.).

Polizisten schauten „höflicherweise" weg, wenn auf offener Straße illegaler Devisenhandel betrieben wurde oder wenn „Neonazis die Arme zum Hitler-Gruß" reckten. Als Rechtsextremisten in Halle/S. grundlos Fahrgäste in der Straßenbahn verprügelten, ließ die Polizei sie laufen, weil sie „nicht zuständig" sei (DER SPIEGEL, 1990b). Der damalige DDR-Innenminister Peter-Michael Diestel erkannte bei der Volkspolizei eine „Identitätskrise", weil sie in der Vergangenheit „für sachfremde Aufgaben eingesetzt" worden war. Der Chef der Polizeigewerkschaft Grützemann erklärte, dass die Polizisten auch nach dem Fall der Mauer noch alle Befugnisse hatten, gegen Rechtsbrecher einzuschreiten, „wenn nötig mit Gewalt." Aber sie fürchteten, dass es wieder auf sie „zurückschlägt", deshalb machten sie sich bei brenzligen Situationen lieber aus dem Staub (ebd.).

Aber nicht nur die DDR-Bürger*innen, die 40 Jahre den teilweise „sachfremden Aufgaben" der uniformierten Ordnungshüter*innen ausgesetzt waren, legten nun jegliche Hemmungen ab. „Fliegende Händler aus der Bundesrepublik oder osteuropäischen Staaten ohne Gewerbeschein" konnten ihre Waren vom Lieferwagen weg in aller Öffentlichkeit „verhökern". Mitglieder des „Hamburger Schleppjagd-Vereins" veranstalteten im Raum Brandenburg eine Jagd mit Hunden und Pferden, „was nicht nur in der

[169] Linksgerichtete Aktivist*innen der 68er-Bewegung

DDR (...) im Frühjahr verboten" war. Ein Journalist der „Frankfurter Allgemeinen" brüstete sich in seiner Zeitung öffentlich mit einer „Bußgeldverweigerung". Obwohl er in Dessau mit seinem Auto viel zu schnell unterwegs war, habe er dem Volkspolizisten eine „Kurzlektion in Rechtsstaatlichkeit" erteilt (ebd.).

Ähnlich war es um die Jurist*innen bestellt: Auch sie waren in einer „Legitimationskrise" und wurden laut Bezirksanwalt Jürgen Bischoff pauschal „in der Bevölkerung diskreditiert." Schulden wurden nicht mehr beglichen, Unterhalt für Kinder nicht bezahlt, selbst Scheidungsurteile nicht anerkannt. Während die Kriminalitätsrate explodierte, konnten die Jurist*innen nicht mehr „den Sinn ihres Tätigwerdens begreifen." Immer häufiger fielen Prozesse aus, weil Angeklagte oder Zeug*innen nicht vor Gericht erschienen. Kläger*innen bzw. Beklagte fragten die Richter*innen - wenn der Fall für sie ungünstig stand - wann diese denn in den Justizdienst eingetreten wären. „Wenn das Urteil der unterlegenen Partei nicht passt, dann wird es einfach als Ergebnis stalinistischer Deformation mißachtet", berichtete ein DDR-Richter. Der Vorsitzende des DDR-Richterbundes kam zu dem Fazit: „Das Recht ist zur Zeit nur Pappe" (ebd.).

Auch das Arbeitsgesetzbuch der DDR galt noch bis zur Währungsunion am 1. Juli 1990. Aber viele Betriebsleiter*innen interessierte das nicht mehr: Schwangeren Frauen wurde gekündigt, Mütter wurden nach dem Babyjahr trotz Anspruch nicht mehr auf dem gleichwertigen Arbeitsplatz eingesetzt und langjährige Mitarbeiter*innen auf die Straße gesetzt, während sich Direktoren satte Gehaltserhöhungen genehmigten, um bei der Einführung der D-Mark „großartig dazustehen", klagte ein Mitglied des CDU-Parteivorstandes. Sein Parteikollege Gerhard Pohl[170] schimpfte, dass es nicht angehen könne, dass „ausgerechnet die Führungskader des Sozialismus nun auch noch zu den größten Privateigentümern der DDR aufsteigen" (ebd.). Auch Staatsanwalt Bischoff kritisiert, dass viele ehemalige Kombinatsdirektoren - die sich schnell noch zu Geschäftsführern gemacht hatten - die Kassen plünderten und Betriebe in die Pleite führten (ebd.). Das alles passierte, bevor „westdeutsche Betrüger und Glücksritter" die DDR-Bürger*innen „über den Tisch" zogen (Köpping, 2018, S. 32) und die Treuhand über Nacht den knallharten Turbokapitalismus in die DDR gebrachte haben soll (S. 18).

Die Rechtsstaatlichkeit entdeckten die DDR-Richter*innen und Staatsanwält*innen - „die meisten Handlanger des alten Systems" - nun auch für sich selbst, denn sie verlangten Garantien für ihre berufliche Zukunft, „am liebsten gleich eine Stellung auf Lebenszeit." Viele Prozesse konnten nicht geführt werden, denn die Verteidiger*innen der Angeklagten lehnten die Richter „wegen Besorgnis der Befangenheit" ab (DER SPIEGEL, 1990b).

Nach der Währungsunion am 1. Juli 1990 kamen weitere Probleme dazu. Während es in der DDR Banküberfälle fast nicht gab[171], kam es mit der Einführung der D-Mark in der DDR zu einem massiven Anstieg dieser Form der Kriminalität. Aufgrund der schlecht ausgestatteten Bankfilialen und der unzureichenden Sicherungssysteme wurden die Filialen über Nacht zum lukrativen Ziel von Bankräubern. Durchschnittlich vier Überfälle pro Tag wurden der Polizei in dieser Zeit gemeldet (mdr, 2020d). Die „verunsicherten Polizisten in ihren lahmen Kisten" (Wensierski, 2015) hatten keine Chance,

---

[170] Wirtschaftsminister in der demokratisch gewählten Volkskammer

[171] Was sollten die Bankräuber mit dem Geld auch anfangen und wohin hätten sie fliehen sollen?

die Bankräuber zu verfolgen. Auch in Museen, Gemäldegalerien, Schlössern und Kirchen hingen und standen zahlreiche wertvolle Gemälde und Kunstwerke, „häufig schlecht gesichert und schlecht bewacht." Durch die offenen Grenzen und den nun offenen weltweiten Markt wurden auch sie zu lukrativen Zielen für Kriminelle (mdr, 2020d).

Wie lange hätte die junge Demokratie in der DDR diese Phase der Anarchie durchhalten können? Wären die ohnehin bestehenden Zweifel gegenüber dem demokratischen Rechtsstaat nicht noch viel größer geworden?

Ohne der schnellen Vereinigung am 3. Oktober 1990 hätte dieser Zustand der Anarchie noch sehr lange angehalten! Bis neue Polizist*innen und Jurist*innen ausgebildet gewesen wären, hätte es Jahre gedauert, in denen die DDR ein „Eldorado für Kriminelle" (ebd.) geblieben wäre. So lange wären die „Handlanger des alten Systems" im Dienst geblieben - mit all ihrer Vergangenheit, ihrer Verunsicherung, ihrer mangelnden Kenntnis in Rechtsstaatlichkeit und der fehlenden Akzeptanz in der Bevölkerung. Und von wem wären neue Polizist*innen und Jurist*innen ausgebildet worden? Wahrscheinlich wäre es wie in der SED/PDS und den anderen Ostblockstaaten abgelaufen: Die erste Reihe wäre in Ungnade gefallen und abgesetzt worden, während diejenigen, die dem Staat zwar genauso treu gedient, es aber (noch) nicht an die Spitze geschafft hatten, nun die neuen Führungs- und Ausbildungskräfte geworden wären. Erst mit der deutschen Vereinigung konnten „die neuen Grundlagen des gesamten öffentlichen Lebens umgesetzt werden (...): neue Gesetze, neue Beamte und neue Strukturen" (mdr, 2020d).

Herausforderungen der Vereinigung - nicht nur für (Ost-) Deutschland

Schon bei der Erarbeitung des Einigungsvertrages wurde darüber gerätselt, wie die beiden völlig verschiedenen Sicherheitsapparate zu einem verschmelzen können. Von Beginn an war klar, dass ein Teil der 85.000 DDR-Polizist*innen auch im vereinten Deutschland für Recht und Ordnung sorgen muss, weil man nicht binnen weniger Monate Zehntausende Polizist*innen ausbilden kann. Wolfgang Schütze - damals Schutzpolizist in Dresden - berichtet, dass es „chaotisch" und eine „wilde Zeit" gewesen sei, denn es habe an Ausrüstung und Material gefehlt, „teilweise sei nicht einmal ein Exemplar des bundesdeutschen Strafgesetzbuches aufzutreiben gewesen, nach dem man doch von nun an zu arbeiten hatte" (Barkouni, 2019). Über Wochen und Monate hätte man improvisiert, es sei ohne Paragrafen und feste Regeln gearbeitet worden. Gleichzeitig „lief eine riesige Überprüfungsmaschine", denn 96% der Polizist*innen waren SED-Mitglieder, viele hatten mit der Stasi zusammengearbeitet. Jede/r musste einen Fragebogen ausfüllen und sich vor einer Kommission rechtfertigen - das alles neben dem „laufenden Betrieb eines Rechtsstaates". Schütze gesteht ein: Dabei sind „nicht immer nur gute Entscheidungen getroffen worden (...). Mitunter wurden die Falschen entlassen - und die Falschen blieben im Job" (ebd.). Ungefähr die Hälfte ging in den vorzeitigen Ruhestand, wurde entlassen oder kündigte selbst. Sie wussten, dass sie die Überprüfung nicht überstehen würden oder sie wollten „den alten Klassenfeind nicht als neuen Arbeitgeber akzeptieren." 2006 sprach Marianne Birthler als Stasi-Unterlagen-Beauftragte von „1800 aktiven Polizisten mit Stasi-Vergangenheit in Deutschland" (ebd.). Wie viele nie identifiziert wurden, wird wohl niemand mehr herausfinden.

Die meisten Führungsposten wurden mit Westdeutschen besetzt (ebd.). Das führte zu neuen Problemen, denn plötzlich sollten sich die „allmächtigen“ Ordnungshüter*innen des alten Systems den Befehlen und Anweisungen des früheren Klassenfeindes unterordnen.

Berlin wurde mit dem 3. Oktober 1990 ein Bundesland und es galt nur noch ein Polizeigesetz - natürlich das Westberliner. Rund 20.000 Westberliner Polizeibedienstete sollten nun mit 11.000 Ostberliner Polizeikräften zusammenarbeiten - unter einer Führung und nach den gleichen Regeln und Gesetzen. Georg Schertz - damals Polizeipräsident von Berlin - ließ 2300 Westberliner in den Ostteil und 2700 Ostberliner in den Westteil versetzen, weil auch er registriert hatte, dass die Ostberliner Polizei in der Bevölkerung keine Autorität mehr besaß. Für die Berliner Bevölkerung und Gäste der Stadt waren die gemischten Streifen sofort erkennbar, da es Monate dauerte, bis für alle Ostberliner Polizeikräfte die Westberliner Uniformen zur Verfügung standen. Laut Schertz musste gegenüber den übernommenen Volkspolizist*innen viel Überzeugungsarbeit geleistet werden, „um die große Zahl von bundesdeutschen Gesetzen, Verordnungen und Dienstanweisungen zu internalisieren[172]“ (Wenda, 2020). In der DDR mussten Polizist*innen in der Regel nur wenige Entscheidungen selbst treffen und warteten die Anweisungen „von oben“ ab. Von Seiten der Führung war es auch nicht erwünscht, Maßnahmen auf die „eigene Kappe“ zu nehmen. In der DDR kam es praktisch nicht vor, „dass sich ein Polizist einem Widerspruch ob einer von ihm verfügten Maßnahme stellen musste. Es gab zudem keine unabhängige richterliche Überprüfung polizeilicher Verwaltungsakte“ (ebd.).

Sicherlich war diese Situation für viele frühere Volkspolizist*innen alles andere als leicht zu bewältigen. Einerseits werden sich die meisten gefreut haben, vom neuen Staat übernommen worden zu sein. Aber die neuen Aufgaben und Herausforderungen, das Gefühl, vom Klassenfeind besiegt worden zu sein, noch monatelang in der DDR-Uniform von Ost- und Westdeutschen als „Handlanger“ der SED-Diktatur erkennbar zu sein, vergrößerte sicherlich die eh schon bestehende „Identitätskrise“. Täglich mussten sie erkennen, dass ihre Westberliner Streifenpartner*innen sich mit den Gesetzen und Vorschriften besser auskannten, dass sie sich leichter taten, Entscheidungen zu treffen und mit Widerstand umzugehen, aber auch als Partner der Bevölkerung und nicht mehr als unangreifbare Autorität aufzutreten. Viele der übernommenen Volkspolizist*innen werden nicht den Dienstgrad behalten haben, den sie vor dem Zusammenbruch der DDR hatten, und ich gehe davon aus, dass sie weniger Gehalt bekamen als ihre Westberliner Kolleg*innen. Manche/r wird sich schon aufgrund dieser Konstellation als Polizist*in oder Mensch „zweiter Klasse“ wahrgenommen haben, ohne dass ihre Westberliner Kolleg*innen das beabsichtigt hätten oder etwas für diese Konstellation konnten. Ganz sicher wird es jedoch auch Westberliner Polizeikräfte gegeben haben, die ihren Wissensvorteil und die Verunsicherung ihrer Ostkolleg*innen ausgenutzt haben, um ihnen - wie der rasende Journalist der „Frankfurter Allgemeinen“ - eine Lektion in Sachen Rechtsstaatlichkeit zu verpassen. Auch diese handelten jedoch nicht so, weil sie „Wessis“ waren und die Ostdeutschen als „Menschen zweiter Klasse“ betrachteten,

---

[172] verinnerlichen

sondern weil es ihrer Persönlichkeitsstruktur entsprach. Solche Menschen gibt es jedoch überall - im Westen und im Osten.

Diese Schilderungen verdeutlichen, dass die politisch Verantwortlichen in der DDR und der Bundesrepublik in kürzester Zeit eine Vielzahl von Problemen lösen mussten, für die es kein Vorbild gab und bei denen jede Entscheidung neue Schwierigkeiten und Probleme auslösen konnte.

Zweifellos haben die schnelle Einführung der D-Mark in der DDR und die in weniger als einem Jahr vollzogene Vereinigung der beiden deutschen Staaten zu gravierenden Veränderungen, insbesondere für die Menschen in Ostdeutschland, geführt, von denen viele als schmerzlich empfunden wurden und werden. Wie gravierend und schmerzlich die Folgen der SED-Diktatur ausgefallen wären, wenn die Währungsunion und die deutsche Vereinigung später oder nie vollzogen worden wären, kann niemand ermessen. Es muss jedoch davon ausgegangen werden, dass eine eigenständige DDR in Bezug auf Rechtsstaatlichkeit und Wirtschaftskraft heute deutlich schlechter dastehen würde.

Aber nicht nur für die beiden deutschen Staaten hatte die deutsche Vereinigung weitreichende Auswirkungen. Auch der Einfluss auf die Weltpolitik und die internationalen Beziehungen musste bei den Verhandlungen berücksichtigt werden. Die „nationale Frage" war im Rahmen der Zwei-plus-Vier-Verträge und mit der deutschen Einheit gelöst worden. Der ostdeutsche Historiker Rainer Eckert resümiert: „Erstmals in der deutschen Geschichte leben die Deutschen (...) in international anerkannten, sicheren Grenzen und werden von den Nachbarn nicht mehr als Bedrohung wahrgenommen." Die Nachkriegszeit wurde am „3. Oktober 1989 beendet und die Bundesrepublik uneingeschränkt souverän" (Eckert, 2009).

Neben vielen früheren Gegner*innen der schnellen Währungsunion und des Beitritts nach Artikel 23 Grundgesetz betrachten heute auch viele internationale Beobachter*innen die Entwicklung Deutschlands mit Bewunderung.

Der Niederländer Carlo Trojan begleitete als stellvertretender Generalsekretär der Europäischen Kommission den Beitritt der DDR zur Bundesrepublik, der ja gleichzeitig ein Beitritt zur Europäischen Gemeinschaft (EG) war. Er verhandelte für die EG mit Wolfgang Schäuble und Lothar de Maizière den Staatsvertrag und war somit eng in den Einigungsprozess eingebunden. Zwanzig Jahre nach der Vereinigung sagte er in einem Interview, dass alle Teilnehmer*innen von viel mehr Zeit bis zum Vollzug der deutschen Einheit ausgegangen waren, sie jedoch von der Entwicklung überrollt wurden. Anfangs gingen alle von zwei Jahren oder mehr aus. Selbst im August 1990 war die Zeitvorgabe für die Vereinigung noch der 1. Januar 1991! Als plötzlich der 3. Oktober als Vereinigungstermin von der DDR-Volkskammer bestimmt wurde, machte das dem Europäischen Parlament großes Kopfzerbrechen. Die Parlamentarier*innen mussten nun zwei Lesungen in einer Woche absolvieren, was laut Trojan eine große Ausnahme war. Er hebt hervor, dass der französische Staatschef Mitterrand und Kohl immer darauf bedacht waren, neben Deutschland auch Europa zu vereinen und dass es ohne diese beiden Politiker heute keinen Euro gäbe. Er betont, dass er rückblickend nicht glaubt, „dass etwas hätte besser gemacht werden können." Die D-Mark 1:1 umzutauschen, war aus seiner Sicht eine Entscheidung, „die Deutschland später höllisch viel Geld gekostet" hat. Aber er findet, „die Deutschen haben sich ganz gut entwickelt (…). Deutschland ist das größte Land in der EU und steht wirtschaftlich und politisch ganz gut da. Ich finde am Verhalten der Deutschen seit ihrer Vereinigung nichts zu kritisieren" (ebd.).

Trojan räumt auch mit einem anderen Vorurteil auf, das in Ostdeutschland noch immer weit verbreitet ist. Seinen Worten zufolge glaubte man in der Europäischen Gemeinschaft zunächst, dass die neuen Bundesländer „ein Wettbewerbsrisiko für den Rest der Europäischen Gemeinschaft darstellen könnten. Aber nach der Vereinigung war klar, dass es in der DDR überhaupt keine konkurrenzfähige Industrie gab. Absolut nichts. (…) Alle Statistiken, wonach die DDR das stärkste Ostblockland sei, waren komplett falsch. Deutschland musste mit einem Schrotthaufen einen Neuanfang machen" (Mulhall, 2014).

Der Mythos der Wirtschaftsmacht DDR

Aber warum glaubten nicht nur viele DDR-Bürger*innen, sondern sogar Politiker*innen und Wirtschaftsexpert*innen in Westeuropa, dass die DDR-Wirtschaft stärker als die der anderen sozialistischen Länder sei. Die SED-Führung hielt gern am Mythos fest, wonach die DDR zu den zehn stärksten Industrienationen der Welt zählen würde (adenauercampus, 2021d).

Innerhalb des „Rates für gegenseitige Wirtschaftshilfe" (RGW) - der Wirtschaftsvereinigung der sozialistischen Länder - war die DDR nach der Sowjetunion tatsächlich die wichtigste Wirtschaftsmacht und die Warenstruktur des Außenhandels „entsprach der einer hoch entwickelten Volkswirtschaft", denn sowohl beim Import als auch beim Export „dominierten Maschinen, Ausrüstungen und Transportmittel" (Förster, 2005). Bis zu Beginn der 1980er Jahre beschränkte sich der Außenhandel der DDR weitgehend auf die sozialistischen Länder im RGW. Mit der zunehmenden Devisenknappheit gewann der Handel mit den westlichen Ländern an Bedeutung, führte jedoch innerhalb weniger Jahre „nicht nur zu einer außerordentlichen Auslandsverschuldung, sondern auch zur Zerrüttung der Finanzsituation in der Binnenwirtschaft" (ebd.).

In Kapitel 4 hatte ich beschrieben, dass die DDR ihre Waren auf dem Weltmarkt nur verkaufen konnte, wenn sie diese zu Dumpingpreisen anbot. Viele DDR-Bürger*innen glaubten deshalb, dass die Produkte, die sie in ihren Betrieben produzierten, hochwertig und auf dem Weltmarkt konkurrenzfähig waren. Auch Köpping beschreibt, dass die in der Keramikfabrik in Großdubrau produzierten Hochspannungsisolatoren „zu 80 Prozent in die ganze Welt, und also auch in den kapitalistischen Westen exportiert wurden" (Köpping, 2018, S. 24). Aber ist das tatsächlich ein Zeugnis für Wirtschaftskraft? Sind Vietnam, Kambodscha oder Bangladesch - wo heute hochwertige Sportartikel und Textilien auf modernsten Maschinen für die bekanntesten Marken der Welt in großen Mengen produziert werden - allein deshalb führende Industrienationen? Die DDR war in zunehmendem Maße das, was diese asiatischen Entwicklungsländer heute für die westlichen Großkonzerne sind: ein Billiglohnland!

Klassenkampf interessierte die SED-Genoss*innen nicht mehr, wenn es darum ging, um jeden Preis Devisen für die eigenen Privilegien zu beschaffen. Die West-Kataloge waren voller Ostprodukte: Die vom Versandhaus „Quelle" vermarkteten Produkte der Eigenmarke „Privileg" - vom Kühlschrank über Näh- oder Schreibmaschine - wurden in guter Qualität in der DDR produziert und im Westen zu einem niedrigen Preis verkauft (mdr, 2018b). DDR-Bürger*innen konnten diese Produkte auch kaufen, sich aber nur selten leisten. Die Schreibmaschine „erika electronic S 3004" wurde im Genex[173]-Katalog für Bundesbürger*innen zum Preis von 545 DM angeboten. In der DDR kostete sie noch im März 1990 stolze 2400 DDR-Mark (Dittmar, kein Datum), obwohl hier die Löhne nicht einmal die Hälfte des Westniveaus erreichten. Bis zu 6000 westdeutsche Firmen sollen Produkte aus der DDR bezogen haben, darunter Salamander, Schiesser, Adidas und Bosch. Selbst die „Nivea-Creme" wurde in der DDR produziert (mdr, 2018b). Laut offiziellen Angaben der DDR gingen 30% ihres gesamten Außenhandels in die Bundesrepublik. Legt man die Zahlen westdeutscher Firmen zugrunde, waren es wohl sogar 50%. Möglich machte das die sogenannte „Gestattungsproduktion". Unternehmen aus dem Westen gaben ihre Wünsche in Auftrag, diese wurden dann in der DDR produziert. „Nur ein kleiner Teil der so entstandenen Waren musste in der DDR bleiben. Diese wurden dann vor allem in den teuren Delikat[174]- und Exquisit-Läden verkauft" (ebd.). Obwohl die DDR die von ihren Werktätigen produzierten Artikel in den Westkatalogen zu Niedrigpreisen anbot, mussten die eigenen Bürger*innen schon mal 250 Mark für ein Rundstrickkleid oder 120 Mark für ein modisches Hemd ausgeben (adenauercampus, 2021b).

Nach der Vereinigung wurde den Unternehmen Quelle, Otto, Karstadt, Neckermann und Ikea vorgeworfen, nicht nur von den Dumpinglöhnen in der DDR profitiert zu haben. In der DDR wurden zur Produktion ihrer Exportwaren auch Zwangsarbeiter*innen in Gefängnissen eingesetzt. Die Verantwortlichen bei Quelle und den anderen Konzernen sollen bewusst weggeschaut haben, denn Zwangsarbeiterinnen aus dem Frauengefängnis Hoheneck haben Briefe in die von ihnen produzierte Bettwäsche eingenäht. Der Vorwurf der Profitmaximierung gegen die Konzernspitzen - die offensichtlich von der Ausbeutung durch Zwangsarbeit wussten - ist zweifellos berechtigt. Die Hauptverantwortung für diese Form der Ausbeutung von Menschen trägt jedoch die SED, die mit den Konzernen gemeinsame Sache machte: Sie maximierte deren Profite und beutete gleichzeitig die eigene Bevölkerung aus, um möglichst viele Devisen für die Privilegierten im „Arbeiter- und Bauern-Staat" einzunehmen!

In mehr als 250 DDR-Betrieben sollen Häftlinge gearbeitet haben. Über 200.000 Fotoapparate wurden von Insassen der Haftanstalt Cottbus für den Westen gefertigt und Frauen im berüchtigten Gefängnis Hoheneck haben rund 100 Millionen Damen-Strumpfhosen für Aldi, Karstadt, Hertie usw. hergestellt (Schlegel, 2014). Mindestens 200 Millionen DM jährlich kassierte die DDR für „Knastware", wobei das eine „sehr konservative" Schätzung sei, wie Tobias Wunschik von der Stasi-Unterlagenbehörde betont. Die Häftlinge wurden häufiger als „freie" Beschäftigte an veralteten Maschinen eingesetzt, wo sie ihre Gesundheit ruinierten oder gar in Lebensgefahr gerieten. Außerdem fand Wunschik in den Stasi-Unterlagen Berichte, wonach Strafgefangene zu Blutspenden herangezogen wurden, die für den West-Handel bestimmt waren (ebd.).

Die Zwangsarbeit von Strafgefangenen war im Wirtschaftsplan der DDR fest ein-

[173] Geschenkdienst und Kleinexport GmbH (Genex)

[174] Eine Dose Ananas kostete im „Delikat" 18 Mark, eine Flasche Rotkäppchen-Sekt zwischen 17 und 22 Mark (adenauercampus, 2021c).

kalkuliert. Mitte der 1980er Jahre rechnete man mit rund 20.000 Plätzen in den Gefängnissen. Wenn zu runden Jahrestagen Amnestien angekündigt wurden, protestierten die Ministerien, weil sie befürchteten, ohne die billigen Zwangsarbeiter*innen den Wirtschaftsplan nicht erfüllen zu können (Birkenstock, 2012).

Aber nicht nur mit der Zwangsarbeit von Strafgefangenen erzielte die DDR einen wirtschaftlichen Vorteil gegenüber den anderen sozialistischen Ländern, zumal ich mir vorstellen kann, dass diese mit vergleichbaren Methoden arbeiteten.

Die DDR profitierte vom Grundgesetz der Bundesrepublik, denn gemäß diesem wurde die DDR nicht als Ausland angesehen! Ein Urteil des Bundesverfassungsgerichts vom 31.7.1973 bestätigte, dass alle Verfassungsorgane verpflichtet sind, „auf die Wiederherstellung der deutschen Einheit hinzuwirken. Eine völkerrechtliche Anerkennung der DDR komme für die Bundesrepublik nicht in Betracht. Die innerdeutsche Grenze sei nur eine staatsrechtliche Grenze wie die Grenzen zwischen den Ländern der Bundesrepublik“ (Grau, ohne Datum). Mit der Gründung der Europäischen Wirtschaftsgemeinschaft (EWG) 1957 setzte die Bundesregierung einen Sonderstatus für den deutsch-deutschen Handel durch. In einem Zusatzprotokoll zu den römischen Verträgen wurde festgeschrieben, dass die „Wirtschaftsbeziehungen zwischen der Bundesrepublik und der DDR nicht den Vorschriften gegenüber Nichtmitgliedern der Gemeinschaft unterliegen, sondern weiterhin als Binnenhandel gelten“ (DER SPIEGEL, 1976). Somit war die DDR nicht nur Mitglied des RGW, sondern auch der EWG und konnte - anders als die anderen sozialistischen Staaten - ihre Waren zollfrei in die Bundesrepublik und in die Europäische Gemeinschaft exportieren. Schon 1976 errechnete der Wirtschaftswissenschaftler Reinhold Biskup „effektive und hypothetische Vorteile“ für die DDR durch das zwischendeutsche Geschäft von rund einer halben Milliarde D-Mark pro Jahr. Als „stiller Teilhaber“ partizipierte die DDR von den Vorzügen der EWG, ohne den eigenen Haushalt mit Kosten für die EG zu belasten. Die Kosten für das „Loch in der EWG“ mussten stattdessen alle Partner der Gemeinschaft tragen. „Um des Profits aus dem zwischendeutschen Geschäft willen ist die sonst so peinlich auf strikte Souveränität und West-Abgrenzung der DDR bemühte SED-Führung denn auch bereit, zumindest im ökonomischen Bereich auch weiterhin besondere Beziehungen zu Bonn hinzunehmen“ (ebd.). Weil sich die Handelsbilanz der DDR gegenüber der Bundesrepublik zusehends verschlechterte, wurde die DDR zusätzlich durch die Kürzung der Mehrwertsteuer begünstigt, ohne dass westdeutsche Käufer*innen davon profitierten. Die DDR nutzte den Steuervorteil nicht dazu, ihre Waren zu attraktiveren Preisen anzubieten, „sondern steckte die Differenz zwischen dem normalen und dem ermäßigten Steuersatz kurzerhand in Form von Preisaufschlägen in die eigene Tasche“ (ebd.).

Diese zahlreichen Vergünstigungen reichten den devisenhungrigen SED-Funktionären offenbar immer noch nicht, so dass sie die Sonderstellung der DDR zu kriminellen Machenschaften nutzten. Im Untersuchungsausschuss des Bundestages gestand SED-Devisenbeschaffer Schalck-Golodkowski, dass im Außenhandel der DDR „sogenannte Dreiecks- und Umgehungsgeschäfte allgemein üblich waren“ (Wolle, 1999, S. 208). Die DDR bezog Textilien aus Asien, deklarierte sie als DDR-Ware um und lieferte sie - ohne Zölle und Einfuhrumsatzsteuern zu zahlen - in die Bundesrepublik, von der sie sich teilweise noch „illegal eine Umsatzsteuerrückvergütung“ auszahlen ließ. Die in diese Geschäfte verwickelten Firmen gehörten zumindest teilweise zum „Bereich Kommerzielle Koordinierung“, dessen Chef Schalck-Golodkowski war. Nachdem 1977 Lastwagen der DDR-Spedition Deutrans mehrere Hunderttausend in Asien produzierte Hemden von Hamburg und Rotterdam über die DDR in die Bundesrepublik brachten, um sie dort zu Dumpingpreisen abzusetzen, flog der Betrug im April 1978 auf. Danach agierte die DDR „auf dem Gebiet des Zollbetrugs zurückhaltender, wobei sie allerdings den Zigarettenschmuggel nach dem beschriebenen Grundmuster offenbar noch bis einschließlich 1983 betrieb“ (ebd.).

Die Mitgliedsländer der EWG kritisierten zunehmend die Vorteile der DDR innerhalb ihrer Gemeinschaft. Die SED beunruhigte das jedoch nicht: Das sonst von ihr stets heftig attackierte Urteil des Bundesverfassungsgerichts zum deutsch-deutschen Grundlagenvertrag legte unmissverständlich fest, dass der binnendeutsche Handel „kein Außenhandel werden“ darf. Ein hoher SED-Funktionär kommentierte das augenzwinkernd mit den Worten: „Wir vertrauen fest auf Karlsruhe[175]“ (DER SPIEGEL, 1976).

Diese Sonderstellung ermöglichte der DDR Devisengewinne zu erzielen, die den anderen sozialistischen Staaten vorenthalten blieben. Die profitable Gestattungsproduktion erreichte ihren Umfang überwiegend durch diesen Sonderstatus. Viele DDR-Bürger*innen waren sogar stolz darauf, „für den Westen“ zu produzieren. Dass sie mit ihrer Arbeit nicht nur ihre eigene Arbeitskraft ausbeuteten, weil sie die von ihnen zu niedrigen Löhnen produzierten Erzeugnisse in den Delikat- und Exquisitläden zu überteuerten Preisen kaufen mussten, erkannten die wenigsten. Zusätzlich erhöhte die DDR die Profite der westdeutschen Konzerne - auf Kosten der dort Beschäftigten. Zwar lobte das „Neue Deutschland“ den innerdeutschen Handel als solidarischen Akt mit den westdeutschen Arbeitnehmer*innen, weil angeblich Dank „großer Aufträge der deutschen Demokratischen Republik (...) nicht wenige Arbeitsplätze in der Bundesrepublik erhalten werden“ konnten (DER SPIEGEL, 1976). Aber wie sollten in der Bundesrepublik Arbeitsplätze erhalten bleiben, wenn die Waren gar nicht dort, sondern in der DDR produziert wurden? Jedes Produkt, das im Rahmen der Gestattungsproduktion in der DDR gefertigt wurde, konnte nicht mehr in der Bundesrepublik produziert werden, führte dort also zu Personalabbau. Und nicht nur das: Die westdeutschen Gewerkschaften waren aufgrund der DDR-Politik kaum in der Lage, hohe Gehaltsforderungen gegenüber den Arbeitgeber*innen zu erstreiten, denn diese konnten immer mit dem Argument kontern, die Produktion in die DDR zu verlagern oder ihre Produkte dort einzukaufen. Der Satz „Proletarier aller Länder, vereinigt Euch!“ aus dem Kommunistischen Manifest von Karl Marx - den die DDR-Bürger*innen täglich auf der Titelseite des „Neuen Deutschland“ lesen konnten - wurde mit der Gestattungsproduktion und der Exportpolitik der DDR auf den Kopf gestellt: Die SED vereinigte keine „Proletarier“, sondern sie benutzte die eigenen, um die in der Bundesrepublik - im Zusammenspiel mit den Konzernen - maximal auszubeuten!

Auch mit dem „Interzonenverkehr“ der 50er und 60er Jahre erzielte der „Arbeiter- und Bauernstaat“ hohe Deviseneinnahmen für seine leeren Kassen. Ab 1951 mussten Bundesbürger*innen bis zu 50 DM Straßenbenutzungsgebühren bezahlen, um von der

---

[175] Sitz des Bundesverfassungsgerichts

Bundesrepublik nach Westberlin fahren zu können. Ab dem Jahr 1968 erhob die DDR eine Pass- und Visapflicht mit Visagebühren sowie „Steuerausgleichsabgaben“ für Güter. Bei ca. acht Millionen Reisenden war der „Transitverkehr“ eine wichtige Devisenquelle für die DDR (Effenberg & Bluhm, 2014b). Auf gerade einmal vier Autobahnen konnten Bundesbürger*innen nach Westberlin reisen. Dabei durften sie die Autobahnen ohne triftigen Grund nicht verlassen, Zuwiderhandlungen wurden häufig mit Verhaftung geahndet. Auch die Überschreitung der Höchstgeschwindigkeit von 100 km/h führte zu empfindlichen Geldstrafen. Bis zu sieben Millionen DM nahm die DDR jährlich an Bußgeldern[176] ein.

Um die eigenen Bürger*innen von den Straßenbenutzungsgebühren zu befreien, zahlte die Bundesregierung ab 1972 eine „Transitpauschale“, die von 235 Millionen auf 890 Millionen DM im Jahr 1990 stieg. Insgesamt nahm die DDR über die „Transitpauschale“ 7,8 Milliarden DM ein (ebd.). Außerdem bezahlte die Bundesrepublik für den Erhalt von Straßen, Eisenbahnlinien und Wasserstraßen. Für den Ausbau und die Erneuerung der Autobahnen A2, A4 und A9 flossen hohe Summen von West nach Ost. Allein für die Verbindung von Hamburg nach Berlin überwies die Bundesrepublik 1,2 Milliarden DM an die DDR (ebd.).

Seit 1964 mussten Bundesbürger*innen bei der Einreise in die DDR einen Mindestumtausch zum Kurs von 1:1 entrichten, der ab November 1973 noch einmal drastisch erhöht wurde (b.z., 2013). Die Einreisewilligen benötigten von ihren Freunden oder Verwandten in der DDR eine Einladung, woraufhin sie in der Regel ein Visum gegen eine Gebühr von 15 DM erhielten. Pro Besuchstag mussten sie ab 1973 25 DM zum Kurs von 1:1 tauschen. Bei der Rückreise durfte nicht ausgegebenes DDR-Geld nicht zurückgetauscht werden. Erst am 24. Dezember 1989 wurde der Zwangsumtausch wieder abgeschafft (Die Bundesregierung, 2021g). Bis zum Mauerfall nahm die DDR darüber rund 4,5 Milliarden D-Mark ein (b.z., 2013).

Die Mehrheit der Bundesbürger*innen hatte Schwierigkeiten die DDR-Mark in der Zeit ihres Besuchs in der DDR auszugeben, denn die meisten Waren konnten sie in der Bundesrepublik in höherer Qualität und zu tieferen Preisen erwerben. Was in der DDR billiger war - weil es vom Staat subventioniert wurde - durften sie nicht kaufen bzw. ausführen. Meist schenkten sie den besuchten DDR-Bürger*innen das Geld oder luden sie zum Essen ein.

Die größere Hilfe für die meisten DDR-Bürger*innen waren jedoch die Dinge, die von den westdeutschen Besucher*innen als Geschenke mitgebracht wurden: Kaffee, Schokolade, Strumpfhosen, Jeans. Wie hoch der Wert der Waren war, der den DDR-Bürger*innen - und damit auch dem Staat[177] - bei den zahlreichen Besuchen geschenkt wurde, ist nicht zu ermitteln, da dies niemand kontrollieren konnte. Anders ist das bei den „Westpaketen“, die einerseits vom DDR-Zoll kontrolliert wurden und außerdem von den Bundesbürger*innen steuerlich abgesetzt werden konnten.

Während die SED-Regierung fast alles tat, um die persönlichen Beziehungen der

---

[176] Trotz Zwangsumtausch mussten westdeutsche Autofahrer*innen Bußgelder in D-Mark entrichten.

[177] Die DDR musste für diese Waren keine Rohstoffe einführen oder gewinnen und keine Arbeitskräfte abstellen, an denen es zu jeder Zeit ihres Bestehens mangelte.

Menschen in den beiden deutschen Staaten zu erschweren, ließen sich die Bundesregierungen die Aufrechterhaltung der persönlichen Kontakte viel (Steuer-)Geld kosten. Ab Mitte der 50er Jahre erhielten die Bürger*innen der Bundesrepublik sogar Merkblätter, in denen ihnen die Bedeutung der Kontaktaufrechterhaltung erläutert wurde: „Der einzelne Deutsche kann heute in Hinblick auf die Wiedervereinigung nichts Wirksameres tun, als nach Kräften zur Erhaltung der menschlichen Einheit unseres Volkes beizutragen. Gewiss können wir damit nicht die Wiedervereinigung herbeizwingen (...). Aber auf jeden Fall können wir bis dahin verhindern, dass das deutsche Volk auch menschlich auseinanderfällt“ (Noack, 2019). Nach dem Mauerbau wurden jährlich mindestens 25 Millionen Pakete aus der Bundesrepublik in die DDR geschickt, wobei der durchschnittliche Wert jedes Päckchens 197 Mark betrug. 1978 machte der Gesamtwert der Paketsendungen 3,7% des Einzelhandelsumsatzes der DDR aus, 1988 sogar 4,3%! Trotz Todesstreifen und ideologischer Beeinflussung hatten die SED-Funktionäre die Westpakete als „staatlich geplante Versorgungsgröße“ in ihrer Wirtschaftsbilanz einkalkuliert. Allein im Jahr 1988 wurden 13 Millionen Paar Strumpfhosen und ebenso viele Stück Seife in die DDR geschickt, außerdem 11.000 Tonnen Kaffee und 9000 Tonnen Schokolade und Pralinen (ebd.). Die Menge Kakao, die 1986 über Pakete in die DDR kam, war doppelt so groß wie die Menge, welche die DDR über den Handel auf dem Weltmarkt einkaufte (Stephan, 2012). Obwohl auch neun bis elf Millionen Pakete aus der DDR in den Westen geschickt wurden, konnte von einem gleichberechtigten Handel keine Rede sein, denn in den „Ostpaketen“ durften kein Porzellan, keine Glaswaren, optischen Geräte, Kunstgegenstände und Antiquitäten verschickt werden (ebd.). Die DDR-Bürger*innen revanchierten sich stattdessen mit Engeln und Lichterpyramiden aus dem Erzgebirge oder mit Dresdner Stollen. Letztere konnte jedoch nur gebacken und verschickt werden, wenn vorher das „Westpaket“ mit dem in der DDR schwer erhältlichen Orangeat und Zitronat eingetroffen war (Noack, 2019).

Während jedoch weder die Bundesbürger*innen und erst recht nicht die Bundesrepublik auf die Ostpakete angewiesen waren, hatten die Westpakete für viele DDR-Bürger*innen - aber auch für die Wirtschaft der DDR - eine große Bedeutung. Die DDR-Bürger*innen mit Westkontakten konnten sich privilegiert schätzen, die geschenkten Waren auch noch tauschen bzw. verkaufen, was zwar verboten war, „woran sich aber kaum jemand hielt“ (ebd.).

Eine noch viel größere Rolle bei der wirtschaftlichen Stabilisierung des Landes als die bei den Besuchen mitgebrachten Geschenke und die Pakete aus der Bundesrepublik spielte der organisierte Handel, bei dem Bundesbürger*innen Waren für D-Mark kaufen und den Verwandten und Freunden in der DDR schenken konnten.

Während genau bestimmt wurde, was und wieviel in den Paketen verschickt wurde und diese immer als „Geschenksendung“ deklariert werden mussten (ebd.), bot die DDR immer unbegrenzte und zollfreie Geschenke über ihre Handelsorganisation (HO) an. Über diese durften Westdeutsche „unbegrenzt Lebensmittelpakete an ostdeutsche Adressen liefern lassen“ (Effenberg & Bluhm, 2014a). Um diesen Handel zu optimieren, wurde schon 1956/57 die „Geschenkdienst und Kleinexport GmbH“ (Genex) gegründet. Mit der Genex „profitierte die DDR doppelt: Sie stellte ihre eigenen Produkte, die zu Inlandspreisen und von in DDR-Mark entlohnten Arbeitern hergestellt wurden, quasi als Exportgüter zur Verfügung und konnte mit ihnen Devisen aus dem Westen verdienen“ (ebd.). Nach dem Mauerbau 1961 intensivierte die DDR diese Form des Handels, indem sie Genex-Kataloge in der Bundesrepublik und im westlichen Ausland herausbrachte und als Warenhaus fungierte. DDR-Bürger*innen konnten die Kataloge nur in drei Beratungsstellen in Berlin, Rostock und Leipzig einsehen. „Wahrscheinlich sollte den Bürgern der DDR nicht vor Augen geführt werden, zu was ihre Güterproduktion eigentlich in der Lage sein könnte und was der Staat mit ihr nebenbei verdient“ (ebd.). Auf einen Trabant oder Wartburg mussten die DDR-Bürger*innen normalerweise mehr als zehn Jahre warten, über Genex erhielten sie ihn schon nach wenigen Monaten ausgeliefert. In den 70er und 80er Jahren wurden auch westliche Produkte in den Katalog aufgenommen: „Ob Etagenheizungen, Fertigteilhäuser, Motorboote, Musikinstrumente oder Reisen, es gab nichts, was es nicht gab.“ Über 200 Millionen DM nahm die DDR jährlich über Genex ein, zwischen 1971 und 1989 waren es zusammen mit der Intershop-Kette mehr als neun Milliarden DM (ebd.)!

Neben diesen Vorteilen profitierte die DDR von Häftlingsfreikäufen, dem Handel mit enteigneten Kunstgegenständen und dem Import von Sondermüll, die dem SED-Regime jährlich Devisen in Höhe von vielen Millionen D-Mark einbrachten, die den anderen sozialistischen Ländern jedoch nicht zur Verfügung standen[178]. Diese Beispiele verdeutlichen, dass die DDR-Wirtschaft nicht besser und effektiver als die der anderen sozialistischen Länder war, und warum der Niederländer Trojan nach der Eingliederung der DDR in den westeuropäischen Wirtschaftsraum resümierte, dass die DDR nicht das „stärkste Ostblockland“, sondern seine Wirtschaft ein „Schrotthaufen“ war. Allein die Tatsache, dass alle Bundesregierungen daran festhielten, die DDR weiterhin als Teil Deutschlands zu betrachten und die DDR-Bürger*innen nach dem Grundgesetz gleichberechtigte Deutsche blieben, verschaffte der DDR Vorteile gegenüber ihren Bruderländern im RGW und suggerierte ihren Bürger*innen, dass sie besser, fleißiger und effektiver arbeiten würden.

Mit der friedlichen Revolution in der DDR hätten viele dieser Vorteile wegfallen können. Nur ohne Revolution oder bei der blutigen Niederschlagung dieser, wäre die Bundesrepublik möglicherweise weiterhin bereit gewesen, über die beschriebenen Privilegien eine Annäherung der DDR an die Bundesrepublik zu erzwingen, um damit Erleichterungen für die DDR-Bürger*innen zu erzielen. Das Ziel der deutschen Vereinigung hätte sie wohl nicht aus den Augen verlieren wollen.

Durch den Mauerfall wurden diese Privilegien überflüssig, denn die DDR-Bürger*innen hatten nun die Möglichkeit, sich selbst auf demokratischem Weg für ihre Zukunft zu entscheiden. Eine Eigenständigkeit der DDR - wie sie insbesondere die PDS propagierte - hätte wohl dazu geführt, dass das Land - wie die anderen ehemaligen sozialistischen Länder auch - mit Hilfen der Bundesrepublik und der anderen westlichen Länder hätte rechnen können, jedoch nur im Rahmen der Größenordnung, wie sie die anderen Ostblockländer erhielten. Wahrscheinlich ist auch, dass die Bundesrepublik dann das Ziel der Vereinigung aufgegeben und die entsprechenden Artikel aus dem Grundgesetz gestrichen hätte. Bis zu einem möglichen EU-Beitritt - gemeinsam mit den anderen früheren Ostblockstaaten - hätte es dann keine Privilegien für DDR-Bürger*innen und die Wirtschaft des Landes mehr gegeben. Alles andere wäre eine Missachtung

---

178 Auf diese Devisengeschäfte der DDR werde ich im nächsten Band ausführlich eingehen.

der Wahlentscheidung der DDR-Bürger*innen gewesen und hätte Zweifel an der Anerkennung der Souveränität des Landes aufkommen lassen. Schließlich hatte Helmut Kohl schon in seinem Zehn-Punkte-Programm Ende November 1989 erklärt, dass die deutsche Einheit nur kommen wird, „wenn die Menschen in Deutschland sie wollen" (Heil, 2014).

Aus diesem Grund betrachte ich meine Wahlentscheidung vom 18. März 1990 heute auch als falsch. Mein Kreuz beim „Neuen Forum" und nicht bei der „Allianz für Deutschland" zu machen, war von Angst und Unsicherheit vor der Zukunft -dem Kapitalismus - geprägt. Sie war rückwärtsgewandt - Dank an die mutigen Oppositionellen - und angesichts der desolaten Wirtschaft der DDR illusorisch. Unter einer vom „Neuen Forum" geführten DDR-Regierung wäre die deutsche Einheit wohl viel später oder nie vollzogen worden und auf die D-Mark hätte ich auch noch lange warten müssen. Ich habe also im März 1990 das Gegenteil von dem gewählt, was ich eigentlich wollte[179]! All jenen, die bei der Volkskammerwahl für die „Allianz für Deutschland" stimmten, bin ich heute dankbar, denn sie haben mit ihrer Entscheidung dafür gesorgt, dass die Einheit Deutschlands schnell vollzogen wurde, wir Ostdeutschen mit richtigem Geld entlohnt werden und Ostdeutschland sich überwiegend in „blühende Landschaften" verwandeln konnte. Leider zweifeln heute viele der damaligen „Allianz"-Wähler*innen an der Richtigkeit ihrer Entscheidung oder unterstellen, dass ihnen „falsche Versprechen" gemacht worden wären, ohne zu bedenken, dass ohne ihr Votum der Lebensstandard der meisten Ostdeutschen heute schlechter wäre.

Auch wenn die Wirtschaftskraft Deutschlands aufgrund der horrenden Kosten der deutschen Vereinigung für ein paar Jahre im internationalen Maßstab nicht mithalten konnte, und Expert*innen darüber diskutierten, ob Deutschland noch „zu retten" oder vom „Abstieg" bedroht sei, entwickelte sich Deutschland in den folgenden Jahren zu einer stabilen wirtschaftlichen und politischen Macht, die - egal wer in Bonn oder Berlin regierte - in der ganzen Welt anerkannt und bewundert wird, wie beispielsweise von dem Niederländer Carlo Trojan.

Obwohl sich Ostdeutschland deutlich schneller von der Misswirtschaft der sozialistischen Machthaber erholte und heute wirtschaftlich im Vergleich zu den früheren sozialistischen Staaten viel besser dasteht, die Ostdeutschen ihre persönliche Lebenszufriedenheit fast so hoch wie die Westdeutschen ihre bewerten, die Suizidrate allein in den ersten zehn Jahren nach der Vereinigung um 72% gesunken ist (Schröder, 2020), propagieren einige ostdeutsche Politiker*innen angebliche Demütigungen, Kränkungen und Ungerechtigkeiten infolge der Vereinigung oder gar die „Annexion" der DDR.

Der ostdeutsche Historiker Rainer Eckert gibt zu bedenken, dass derartige „Auseinandersetzungen mit Diktaturen nach deren Ende geradezu zwangsläufig sind", und dass die auf ein totalitäres Regime folgende Demokratie höchst aufmerksam sein muss. „Gegner und Opfer der Diktatur fordern Gerechtigkeit und Aufklärung, die Mehrheit der Mitläufer schweigt ohne Schuldbewusstsein, und die Träger der Gewaltherrschaft bekennen sich zu keiner Schuld, versuchen ihre berufliche Existenz zu sichern und

---

[179] Mehrere Freunde und Arbeitskolleg*innen - auch ehemalige SED-Mitglieder - bezeichneten mich damals aufgrund meiner Wahlentscheidung als „Roten" oder als „linken Spinner".

drängen erneut in Spitzenpositionen" (Eckert, 2009).

Statt stolz auf das zu sein, was gemeinsam erreicht wurde und sich über die internationale Anerkennung und den Respekt, den sich das vereinte Deutschland erarbeitet hat zu freuen, wird nach „Fehlern" gesucht und werden „alternative" Optionen diskutiert. Dass Fehler gemacht wurden und dass es alternative Optionen gegeben hätte, bestreitet kaum jemand. Ob (Ost-)Deutschland wirtschaftlich und politisch besser dastehen würde, wenn sich die Politiker*innen für andere Optionen entschieden hätten, weiß niemand. Viele der „alternativen" Optionen entfielen schon deshalb, weil die DDR-Bürger*innen mit der Öffnung der Grenzen und der Wahlentscheidung am 18. März 1990 für Fakten gesorgt hatten, die nicht zu revidieren waren.

Richard Schröder gibt zu bedenken, dass durch die „unvorbereitete Maueröffnung für Personen, Geld und Waren" alle Optionen für eine langsame Währungs- und Wirtschaftsunion hinfällig waren, weil man dann eine innerdeutsche Zollgrenze hätte errichten müssen. Es wäre die „Spitze der Absurdität" gewesen, zum „Schutz der Ostwaren und der Ost-Mark (...) die gefallene Mauer als Zollmauer wieder zu errichten und die Zahl der Übergänge zu reduzieren" (Schröder, 2020). Nachdem die Mauer gefallen war, kam die Währungsunion als „Sturzgeburt, nämlich aus guten politischen Gründen zu früh". Und sie kam als „Steißgeburt, nämlich verkehrt herum und mit dem letzten Schritt zuerst." Aber nachdem die Mauer gefallen war, konnte das niemand mehr verhindern. Für ihn ist es eine „unausrottbare Unart der Geschichte", dass diese sich nicht nach unseren Wünschen richtet (ebd.). Für die von den DDR-Bürger*innen gewählte deutsche Einheit „gab es keinen Duden", in dem steht, wie es richtig geht. Den Weg zur deutschen Einheit beschreibt Schröder als „learning by doing" bei einer „gehörigen Portion Nichtwissen." Zu den „Nebenwirkungen" der Währungsunion und der deutschen Einheit gibt er zu bedenken, dass „Haarausfall bei der Chemotherapie nicht als Fehler, sondern als das kleinere Übel" in Kauf genommen wird und darüber niemand streitet. Von den Politiker*innen wird dagegen vorausgesetzt, dass sie hätten alles voraussehen können, „und wenn etwas anders ausgeht als erwartet, haben sie etwas falsch gemacht - oder gar finstere Absichten verfolgt. Hier setzen Verschwörungstheorien an, die nicht nur von Rechtsaußen gepflegt werden" (ebd.).

Dreißig Jahre nach der Vereinigung werden die von Ost- und Westdeutschen erbrachten Leistungen und Errungenschaften von vielen Deutschen - insbesondere von vielen Ostdeutschen - nicht bejubelt, auch nicht „gründlich diskutiert, sondern scharf kritisiert und bejammert." Schröder verweist auf den Journalisten Thomas Fricke, der im SPIEGEL die Deutsche Einheit als „einziges Desaster" beschreibt. Die „Ostdeutschen seien gedemütigt, ihre Lebensleistungen vernichtet und ihre Biografien entwertet worden" und nach seiner Einschätzung hätte es „womöglich hundert andere Varianten gegeben" (ebd.).

Die sächsische Autorin und Journalistin Jana Hensel überschreibt in der „ZEIT" einen Artikel zu den Vereinigungsfeierlichkeiten im Oktober 2018 mit „Schafft doch endlich diesen Feiertag ab", weil er angeblich „fast an die Feierlichkeiten zum 40. Jahrestag der DDR" erinnert (Hensel, 2018). Sie verweist in ihren Ausführungen darauf, dass schon anlässlich des 20. Jahrestages der Vereinigung 75% der Leser*innen der „Torgauer Zeitung" geantwortet hatten, dass sie nicht an dieses Datum erinnert werden möchten, da es „für viele Ostdeutsche ein ambivalentes Datum" sei. Sie beschreibt die

Jahre nach der Vereinigung, in denen Ostdeutschland „kollabierte (…), so schnell und so verheerend wie kein anderes Land des Ostblocks." Sie verliert kein Wort darüber, dass die Ostdeutschen ihr Land selbst zum Kollabieren gebracht haben, warum es so schnell kollabierte und dass Ostdeutschland heute wirtschaftlich viel stärker ist als die Länder des Ostblocks. Immerhin erwähnt sie noch, dass „kaum jemand die DDR zurückhaben" wolle (ebd.).

Auch der Leipziger Autor Vladimir Balzer beschwert sich darüber, dass nicht der 9. Oktober, sondern der 3. Oktober zum Feiertag ernannt wurde. Angeblich „gingen die mutigen Demonstranten von damals leer aus. Ihnen wurde der 3. Oktober vorgesetzt: ein rein technisches Datum, eine kalte Abfuhr." Deshalb hätten „die Ostdeutschen (…) keinen stolzen Tag der Einheit, kein Symbol des Muts. Sie haben einen Feiertag, der ihnen nichts sagt" (Balzer, 2019). Ganz offensichtlich hat sich Balzer nie damit auseinandergesetzt, wie und warum der 3. Oktober zum Feiertag bestimmt wurde. Dass es allein die von den DDR-Bürger*innen gewählten Volksvertreter*innen waren - allesamt ebenfalls DDR-Bürger*innen - die diesen Tag bestimmt haben, weil sie am 7. Oktober keinen 41. Jahrestag der DDR mehr feiern wollten, klammert er in seinen Ausführungen komplett aus. Kein einziger Westdeutscher hat diesen Tag bestimmt! Es ist ein rein „ostdeutscher Tag", der den Westdeutschen „übergestülpt" wurde, und den sich die Westdeutschen - obwohl in der Mehrheit und wirtschaftlich überlegen - ohne Gegenwehr „überstülpen" ließen!

Ja, es stimmt: Der 3. Oktober ist kein solch geschichtsträchtiger Nationalfeiertag wie der 4. Juli für die Amerikaner*innen und der 14. Juli für die Bürger*innen Frankreichs. Aber stimmt es wirklich, dass die Deutschen deshalb keinen Grund hätten, stolz zu sein? Ist das konkrete Datum wirklich so wichtig für die Bedeutung eines Gedenk- bzw. Feiertages?

Wer kann mit Bestimmtheit sagen, dass Jesus Christus am 24. Dezember geboren wurde? Trotzdem feiern Milliarden Menschen - nicht nur Christ*innen - auf der ganzen Welt an genau diesem Tag den „Heiligen Abend" und anschließend Weihnachten. Auch Ostern wird seit Jahrhunderten in allen christlich geprägten Ländern der Welt gefeiert, obwohl es nicht einmal ein historisch überliefertes Datum für die Auferstehung Jesu gibt, sondern sich der Feiertag nach dem ersten Frühlingsvollmond richtet. Fast alle anderen kirchlichen Feiertage richten sich an Ostern aus - also auch nach dem Mond. Trotzdem stellt diese Feiertage kaum jemand infrage und sie gelten als die „heiligsten Tage" des Jahres - selbst bei Nichtchristen!

Wieso kann Balzer behaupten, dass die „mutigen Demonstranten leer" ausgingen, wenn der promovierte Historiker Hartmut Zwahr - nachdem er die Revolution in der DDR „systematisch untersucht und klassifiziert" hat - zu dem Ergebnis kommt, dass schon 1990 „mehr als 90 Prozent der Forderungen[180] des Herbstes von 1989" realisiert worden sind (Eckert, 2009). Hier lassen die von Richard Schröder beschriebenen Verschwörungsmythen grüßen!

Und warum sollen nur „die Ostdeutschen" einen „stolzen Tag der Einheit" zu feiern

[180] Zwahr bezieht sich auf die vier zentralen Forderungen der DDR-Oppositionsbewegung: Demokratisierung, Grundrechte und -freiheiten, Machtwechsel und Zerstörung der staatlichen Machtapparate (Eckert, 2009).

haben (Balzer, 2019)? Haben die Westdeutschen gar nichts zur deutschen Einheit beigetragen? Damit meine ich nicht nur die Billionen D-Mark und Euro, die seit der Vereinigung von West- nach Ostdeutschland transferiert wurden und die Menschen, die mithalfen demokratische Strukturen in den neuen Bundesländern aufzubauen. Schon das jahrzehntelange Festhalten an der deutschen Einheit im Grundgesetz, von dem die DDR und ihre Bürger*innen wirtschaftlich über Jahrzehnte profitierten und dem letztendlich überhaupt die Vereinigung nach Artikel 23 zu verdanken ist, sollte Grund genug sein, um auch den westdeutschen Anteil an der deutschen Einheit zu würdigen. Auch die von den Bundesregierungen immer wieder vorangetriebene Annäherungspolitik muss in diesem Zuge genannt werden. Mit viel Steuergeld seiner Bürger*innen „erkaufte" die Bundesrepublik Reiseerleichterungen für DDR-Bürger*innen, den Abbau der Selbstschussanlagen, die Ausreise von Inhaftierten und politisch Unterdrückten, unterstützte das marode Gesundheits- und Altenpflegesystem, den Bau von Autobahnen, die Kirchen und die Umwelt der DDR. Über 40 Jahre trugen die Bundesbürger*innen diese Politik mehrheitlich mit, obwohl aus diesem Grund Milliarden D-Mark im eigenen Staatshaushalt fehlten.

Auch während der friedlichen Revolution spielte die Bundesrepublik eine nicht zu unterschätzende Rolle: Ohne Berichterstattung in den bundesdeutschen Medien hätten die DDR-Bürger*innen wohl nie etwas über die Ausreisewelle über Ungarn, die Besetzungen der Botschaften, die Demonstrationen in Leipzig und anderen Städten der DDR erfahren. Aber genau diese Berichte machten immer mehr Menschen Mut, zog sie aus ihrer „Komfortzone" auf die Straßen, bis der Druck auf das SED-Regime so stark wurde, dass es kollabierte.

In Kapitel 4 hatte ich beschrieben, dass im vereinigten Deutschland alle Voraussetzungen für eine Eskalation - ja sogar für einen Bürgerkrieg wie in Jugoslawien - vorhanden waren. Während die PDS/LINKE seit über 30 Jahren versucht, die Spannungen zwischen Ost und West zu schüren - quasi die „Lunte am Glimmen" zu halten - haben die Eliten der Bundesrepublik stets deeskalierend agiert und damit den inneren Frieden in Deutschland bewahrt und somit einen Bürgerkrieg wie in Ex-Jugoslawien verhindert.

Seit ein paar Jahren schürt auch die AfD die Konflikte zwischen Ost- und Westdeutschland und suggeriert mit Begriffen wie „Wende 2.0", dass Deutschland heute wieder eine „friedliche Revolution" bräuchte. Dabei steht die Partei für das Gegenteil von Freiheit - also das, wofür die Menschen 1989 auf die Straße gingen. Leider hat sie gerade in Ostdeutschland mit dieser Strategie Erfolg, weil - wie in Thüringen - „keine Partei den Versuch (unternimmt, T.F.), dem DDR-Märchen der AfD etwas entgegenzusetzen." Stattdessen üben sich zahlreiche Politiker*innen selbst noch in „Wende-Romantik" (Röhlig, 2019).

Auf die Konflikte in Jugoslawien und im Baltikum sowie auf die Trennung der Tschechen und Slowaken verweist auch Richard Schröder. In all diesen Ländern hat die Erlangung der Freiheit nicht nur zu Konflikten und gegenseitigen Vorurteilen, sondern zur Trennung oder gar zum Krieg geführt. Selbst in Ländern wie Spanien, Italien, Frankreich, Belgien und Großbritannien gibt es große separatistische Bewegungen, „bloß nicht in Deutschland. Es gibt keine Partei, die die Wiederherstellung der Zweistaatlichkeit fordert" (Schröder, 2020). Ist nicht allein das Grund genug, die deutsche Vereinigung zu feiern, egal an welchem Tag? Stolz darauf zu sein, dass den Deutschen die

Einheit in Frieden und Freiheit gelungen ist, durch immense Anpassungsleistungen der Ostdeutschen und riesige finanzielle und politische Hilfe der Westdeutschen?

Auch Ines Geipel[181] kritisiert, dass es „den Deutschen so schwerfalle, die Wiedervereinigung als das große Identitätserlebnis anzunehmen." Weil „der Osten" mit den Ereignissen von 1989 hadere, „regt sie an, die Ostdeutschen für den Friedensnobelpreis vorzuschlagen (...), damit sie endlich erlöst würden und erkennen könnten, dass sie Deutschland friedlich die Einheit gebracht hätten" (Heinemann, 2019). Ich stimme Geipel zu und widerspreche ihr gleichzeitig: Tatsächlich haben die Ostdeutschen nicht nur für die eigene Einheit, sondern auch für die Vereinigung Europas und für den Frieden in der Welt viel getan und möglicherweise hätte das sogar einen Friedensnobelpreis verdient. Aber hätten ihn tatsächlich alle Ostdeutschen verdient? Und warum nur die Ostdeutschen? Ich habe bereits dargelegt, dass die große Mehrheit der Ostdeutschen sich erst sehr spät gegen die SED-Machthaber stellte und deshalb nicht alle Ostdeutschen als „Helden" bezeichnet werden können. Und ich habe auch Gründe benannt, warum auch der westdeutsche Anteil an der friedlichen Revolution und der Vereinigung Deutschlands nicht unterschätzt werden darf.

Es gibt jedoch einen Grund, warum auch ich glaube, dass die Deutschen einen Friedensnobelpreis verdient hätten: Es gab während und nach der Revolution kaum Gewalt und Selbstjustiz, obwohl die große Gefahr bestand und immer wieder kleine Brandherde aufflackerten. Wie bereits beschrieben, kam es bei Demonstrationen zu vereinzelten „Jagdszenen" auf linke Jugendliche und es wurde zu „Lynchjustiz gegen MfS-Mitarbeiter" aufgerufen (Sabrow, 2019). Genau diese Angst vor Selbstjustiz führte 1990 dazu, dass Bundesregierung und Volkskammer zunächst beschlossen, die Stasi-Unterlagen der Öffentlichkeit vorzuenthalten und gezielt zu vernichten. Nach den Protesten von Bürgerrechtler*innen gaben die politisch Verantwortlichen schnell nach und machten die Stasi-Unterlagen öffentlich (Gieseke, 2016). Damit bewiesen die Politiker*innen Mut und vertrauten dem Friedenswillen der Ostdeutschen, die das in sie gesteckte Vertrauen rechtfertigten. Fast jede/r ostdeutsche Bürger*in - aber auch viele Westdeutsche - hätten Grund gehabt, sich an den früheren SED-Funktionären und Stasi-Spitzeln zu rächen - fast keiner tat es! Das ist großartig und verdient eine Ehrung - vielleicht sogar den Friedensnobelpreis!

Die Europäische Union (EU) erhielt im Jahr 2012 den Friedensnobelpreis. Begründet wurde das mit der Versöhnung der früheren Feinde Frankreich und Deutschland, zwischen denen ein Krieg heute undenkbar erscheint. Hervorgehoben wurde jedoch auch die deutsche Einheit sowie die Demokratisierung der Ostblockstaaten, die in die Union integriert wurden. Die EU schaffte somit eine „Bruderschaft zwischen den Nationen", was den Kriterien für einen Friedensnobelpreis entspricht (tagesschau, 2012).

Helmut Kohl wurde mehrfach für den Friedensnobelpreis nominiert, erhielt ihn jedoch nie, obwohl „kein deutsches Regierungsoberhaupt (...) solch einen positiven Effekt auf die Welt gehabt" hat. Für Alexander Möthe ist es kein Zufall, dass die deutsche

[181] Sie war Spitzensportlerin in der DDR und arbeitet heute als Professorin an der Berliner Hochschule für Schauspielkunst.

Einheit in seine Amtszeit fiel, vielmehr ist es seiner „Art zu verdanken, dass die Friedensbemühungen aus Ost und West in Deutschland auf fruchtbaren Boden fielen" (Berschens, et al., 2015).

Offensichtlich wusste die Europäische Union, wem sie ihre Ehrung zu großen Teilen zu verdanken hatte. Nach der Verleihung des Nobelpreises reiste EU-Ratspräsident Herman Van Rompuy nach Ludwigshafen und überreichte dem Altkanzler eine Kopie des Friedensnobelpreises. Der Ratspräsident brachte mit dieser Geste seinen Dank und seine Hochachtung vor den Leistungen Kohls zum Ausdruck, der „nach den Ereignissen von 1989 eine Schlüsselrolle bei der Wahrung eines dauerhaften Friedens in Europa gespielt hat" (FOCUS, 2015).

Möthe verweist darauf, dass man den früheren Bundeskanzler nicht mögen muss. „Aber man muss ihn respektieren. Dafür, dass er den Dialog mit Feinden gesucht hat. Dafür, dass er die Idee einer engen, europäischen Gemeinschaft nicht nur hochgehalten, sondern auch praktisch vorangetrieben hat" (Berschens, et al., 2015).

Diese Ehrung hat Kohl auch stellvertretend für das deutsche Volk entgegengenommen, denn ohne die Anstrengungen und Opfer in beiden Teilen des vereinten Deutschlands hätte auch Helmut Kohl nichts bewirken können.

Epilog: „Wir schaffen das!“

Gut 30 Jahre nach der Vereinigung der beiden deutschen Staaten wird die Entwicklung der Bundesrepublik Deutschland in aller Welt mit Respekt und Anerkennung honoriert. Die Ängste vor einem zu großen und zu mächtigen Deutschland, die Politiker*innen einiger Nachbarländer unmittelbar nach dem Fall des „Eisernen Vorhangs“ äußerten, sind verstummt, ebenso die Bedenken, der Beitritt der DDR zur Bundesrepublik könnte die Wirtschaft des Landes überfordern und die D-Mark entwerten. Das vereinte Deutschland zählt zu den wirtschaftlich stärksten Nationen der Welt und ist politisch als verlässlicher Partner weltweit anerkannt. Die Bürger*innen und die Politiker*innen Deutschlands können stolz auf das sein, was sie in den letzten drei Jahrzehnten - trotz zahlreicher globaler und nationaler Krisen - geleistet und erreicht haben.

Die Teilung des Landes war das Resultat des von Deutschland initiierten schlimmsten Krieges der Menschheitsgeschichte, in dessen Folge nicht nur das Land, sondern auch der Kontinent und die ganze Welt in zwei Systeme gespalten wurde. In Europa und auch in Deutschland wurden Millionen Menschen Opfer einer diktatorischen Weltanschauung, die Großmachtstreben und Unterdrückung von Völkern und Menschen ins Zentrum ihrer Politik stellte. Millionen Menschen hatten ihr Leben verloren, waren vertrieben worden, hungerten und waren traumatisiert. Viele konnten sich nicht vorstellen, wie sich wieder ein schönes, sinnvolles Leben aus den Trümmern der Städte und Seelen entwickeln könnte.

Die Sieger teilten das Land der Kriegsverursacher in unterschiedliche Zonen, vermittelten den dort lebenden Menschen unterschiedliche Werte und ließen ihnen verschiedene Formen der Unterstützung zukommen. Folgerichtig entwickelten sich beide Teile unterschiedlich: Der westliche Teil erhielt umfangreiche wirtschaftliche und politische Unterstützung von seinen früheren Feinden und konnte sich zu einer ökonomischen Weltmacht entwickeln. Die Bürger*innen profitierten von dieser Entwicklung und konnten die Möglichkeiten und Freiheiten - die ihnen die demokratische Gesellschaft und die Marktwirtschaft boten - nutzen, um Wohlstand aufzubauen und die ganze Welt zu bereisen. Im östlichen Teil des Landes wurde die durch Bombenangriffe erheblich zerstörte Wirtschaft und Infrastruktur zusätzlich durch umfangreiche Reparationsleistungen an die sowjetische Besatzungsmacht geschwächt, und die Menschen wurden in ein politisches System gedrängt, dass freie Entfaltung der Wirtschaft und der Menschen nicht zuließ. Obwohl sich auch hier die Lebensverhältnisse der Bewohner*innen im Laufe der Jahre verbesserten, und die Menschen sich an die gesellschaftlichen Rahmenbedingungen gewöhnten, schauten die meisten Ostdeutschen immer neidisch auf den sich rasanter entwickelnden Westteil des Landes, was zu wachsender Unzufriedenheit und schließlich zum Sturz der Regierung sowie dem Zusammenbruch des Landes führte. Die Deutschen im Osten wollten endlich genauso leben wie die Deutschen im Westen: Sie wollten frei wählen, ungehindert die Welt bereisen und genauso viel verdienen wie sie - und das möglichst schnell! Über die zahlreichen Probleme, die solch ein Systemwechsel mit sich bringt, und dass nicht in kurzer Zeit alle Differenzen beseitigt werden können, die sich in mehr als 40 Jahren herausgebildet hatten, dachten wohl die wenigsten Menschen in ihrer Freude über die gewonnene Freiheit nach.

Die wirtschaftlichen Differenzen waren überall sichtbar und konnten durch immense Anpassungsleistungen, Flexibilität und Fleiß der in Ostdeutschland lebenden

Menschen, aber auch mit einem riesigen Finanztransfer und mit personeller Hilfe aus dem Westen, zwar nicht beseitigt, jedoch deutlich reduziert werden. Nach 30 Jahren kann stolz resümiert werden: „Deutschland einig Vaterland"!

Deutlich langsamer als die politischen und wirtschaftlichen „Wunden" heilen offensichtlich die „seelischen" Folgen, die nicht nur durch den Krieg entstanden sind, sondern durch die mehr als 40-jährige Teilung und den Kalten Krieg verstärkt wurden. Da die Menschen in den Jahrzehnten der Teilung weiterhin die gleiche Sprache nutzten und sich überwiegend auf die gleichen kulturellen Wurzeln beriefen, war und ist der Mehrheit von ihnen nicht bewusst, dass sich zwei unterschiedliche Kulturen entwickelt hatten, in denen die Menschen unterschiedliche Werte, Denk- und Handlungsweisen entwickelt hatten: Was „falsch" und was „richtig" ist, wird überwiegend danach beurteilt, was in der jeweiligen Kultur zu Erfolg und gesellschaftlichem Aufstieg führte – teilweise bis heute.

Da sich die Menschen in Ostdeutschland zunächst von den Fesseln ihrer Gesellschafts- und Wirtschaftsform befreit und anschließend in einer demokratischen Wahl dafür entschieden hatten, die Formen zu übernehmen, die im Westen Deutschlands in 40 Jahren zum Erfolg geführt hatten, hätten Sie als Konsequenz auch die Denk- und Handlungsweisen mehrheitlich übernehmen müssen, die Aufstieg und Anerkennung in der neuen Gesellschaft fördern. Viele der in einer Diktatur und Planwirtschaft Erfolg garantierenden Verhaltensmuster nutzen in der Demokratie und Marktwirtschaft nichts mehr bzw. behindern gar die Bemühungen um Aufstieg und Erfolg. Die Vielzahl der notwendigen Veränderungen überfordert jedoch viele Ostdeutsche, so dass sie sich nicht in der Lage fühlen, die in der Diktatur erlernten Gewohnheiten abzulegen. Ausgerechnet ein Teil der früheren Eliten bestärkt sie darin, die alten Prägungen weiterzuleben und notwendige Veränderungen abzulehnen, um sich nach dem politischen und wirtschaftlichen Scheitern wenigstens als „moralische Sieger" zu präsentieren. Das (teilweise trotzige) Festhalten an alten Prägungen ist eine Ursache dafür, dass die beiden Teile Deutschlands zwar politisch und wirtschaftlich weitgehend vereint werden konnten, die Einheit in den Köpfen jedoch auch nach mehr als drei Jahrzehnten noch nicht abgeschlossen ist. Damit auch dieser Schritt vollzogen werden kann, sollten die mit längerer demokratischer Erfahrung ausgestatteten Westdeutschen Vorbild für eine Weiterentwicklung der demokratischen Kultur in Deutschland sein. Streit und Kompromisssuche mit sachlichen Argumenten statt mit Häme und gegenseitiger Beleidigung sollten nicht nur in der Politik, sondern auch in den Medien, den Unternehmen und im privaten Umfeld nicht als etwas Negatives diskreditiert, sondern als normale Form der demokratischen Entscheidungsfindung anerkannt werden. Und Ostdeutsche müssen anerkennen, dass viele der in der Diktatur und Planwirtschaft angeeigneten Verhaltensweisen in einer Demokratie und Marktwirtschaft nicht funktionieren, häufig sogar hinderlich sind. Das eigene Denken und Handeln an die neuen gesellschaftlichen Rahmenbedingungen anzupassen ist kein Unterordnen und „Kleinmachen", sondern ein notwendiger Schritt zu einem besseren Verständnis und zu gleichberechtigtem Miteinander der Ost- und Westdeutschen im vereinten Deutschland.

Wie vieles, das ich in dem Buch beschrieben habe, handelt es sich bei diesem Resümee um meine Meinung und um meine Sicht auf den Vereinigungsprozess, die ich mir nach 30 Jahren Leben in einer Diktatur und 30 Jahren in einer Demokratie, gebildet habe. Ich erhebe keinen Anspruch auf Vollständigkeit und „Richtigkeit" meiner Thesen und Schlussforderungen und jeder Leser und jede Leserin hat das Recht, ihnen zu widersprechen - das muss ich aushalten!

Ich habe jedoch auch zahlreiche Fakten beschrieben, auf deren Grundlage ich meine Meinungen gebildet habe, die von vielen Menschen - insbesondere in Ostdeutschland - in falscher Erinnerung geblieben sind oder nachträglich uminterpretiert wurden und somit nicht der Wahrheit entsprechen. Zu diesen Fakten gehört, dass die DDR nicht von der Bundesrepublik „annektiert" und den früheren DDR-Bürger*innen kein System „übergestülpt" wurde, sondern dass **sie allein** darüber entschieden haben, in welchem Land, in welcher Gesellschaftsordnung und in welchem Wirtschaftssystem sie künftig leben möchten. Sie werden auch nicht von „den Westdeutschen" wie „Menschen zweiter Klasse" behandelt, auch wenn es stimmt, dass 30 Jahre nach Herstellung der deutschen Einheit weiterhin Nachteile in Ostdeutschland und für ehemalige DDR-Bürger*innen bestehen. Diese Nachteile haben ihre Ursache fast ausschließlich in der katastrophalen Wirtschaftspolitik der SED und konnten trotz intensiver Bemühungen bisher nicht kompensiert werden. Möglicherweise wird auch in Zukunft eine vollständige Angleichung nicht möglich sein. Im Gegensatz zur SED hat die Treuhandanstalt **keine** Verbrechen begangen, auch wenn sie schmerzhafte Entscheidungen treffen musste, um ostdeutsche Unternehmen konkurrenzfähig für die von den Bürger*innen gewünschte Marktwirtschaft zu machen. Dass einige Entscheidungen möglicherweise anders hätten getroffen werden können und dass aufgrund der sich rasant ändernden Rahmenbedingungen auf der ganzen Welt in diesem Prozess auch „Fehler" gemacht wurden, wird auch von den damals handelnden Personen nicht bestritten.

Dass diese Fakten von vielen Ostdeutschen ignoriert und bestritten werden, ist insbesondere das Resultat einer sehr erfolgreichen Propaganda derer, die das von ihnen diktatorisch regierte Land wirtschaftlich verkümmern ließen und politisch zunehmend in die Isolation trieben. Einem Teil der früheren Machthaber*innen ist es im vereinten Deutschland gelungen, sich als Interessenvertreter*innen der früher von ihnen diskriminierten Menschen zu etablieren, von den eigenen Fehlentscheidungen, der jahrelangen Misswirtschaft, der Ausbeutung und Unterdrückung der eigenen Bürger*innen abzulenken, die Folgen ihrer Politik dem alten Klassenfeind anzuhängen und somit die Ideologie von der angeblichen Überlegenheit des Sozialismus als „Virus" in das vereinte Deutschland zu übertragen. Somit wird auch nach 30 Jahren die Demokratie und Zivilgesellschaft - nicht nur in Ostdeutschland - geschwächt, das autoritäre und hierarchische Wesen einer (sozialistischen) Diktatur verharmlost und das gegenseitige Verständnis der Menschen aus den beiden Teilen Deutschlands gestört.

Überwiegend in der in PDS und DIE LINKE umbenannten früheren Staatspartei - aber auch in fast allen anderen Parteien - haben Teile der alten Elite eine neue Heimat gefunden, ohne ihre Vorstellungen vom „Sozialismus" und „Kapitalismus", von „richtig" oder „falsch", und der „Deutungshoheit" (Köpping) über die DDR zu verändern.

Weil Umfragen belegen, dass fast alle Ostdeutschen die Meinung vertreten, dass Westdeutsche sich kein Urteil über die DDR bilden dürfen, habe ich als ehemaliger DDR-Bürger Fakten und Argumente zusammengetragen, um sie denen entgegenzuhalten, die noch immer die „Deutungshoheit" über die DDR für sich beanspruchen. Ich will die Ostdeutschen nicht kränken und demütigen, zumal ich weiß, was sie in den letzten Jahrzehnten leisten mussten. Ich will mich auch nicht an der DDR oder der SED „rächen", weil ich dort benachteiligt wurde. Die DDR ist untergegangen, wird (hoffentlich) nie wiederkommen und als kurze Episode der deutschen Geschichte zwar nicht in Vergessenheit geraten, jedoch immer mehr verblassen. Und die Nachfolgeparteien der SED werden - solange sie den diktatorischen Charakter der DDR leugnen und verharmlosen - an politischer Bedeutung in Deutschland verlieren, aber weiterhin ein „Bremsklotz" für die demokratische und wirtschaftliche Entwicklung Ostdeutschlands sein, egal wie oft sie ihren Namen noch ändern, um die Spuren ihrer Vergangenheit zu verwischen.

Ich möchte die ostdeutschen Bürger*innen ermutigen, sich ehrlich und kritisch einzugestehen, dass sie das diktatorische System der DDR über Jahrzehnte mitgetragen haben und nur wenige bereit waren, auf liebgewonnene Privilegien zu verzichten - aus welchen Gründen auch immer. Nur ganz wenige stellten sich den Herrschenden mutig entgegen, riskierten mit ihrem Verhalten ihre Freiheit, Gesundheit und ihr Leben, erkämpften aber auch für die Mehrheit der Angepassten und Zögerlichen die Freiheiten, von denen heute alle Ostdeutschen profitieren. Erst spät - als persönliche Konsequenzen kaum noch zu befürchten waren - schlossen sich Millionen DDR-Bürger*innen den Protesten gegen die Machthaber an und sorgten somit für den Sturz der eigenen Regierung und die Öffnung der Grenzen. Die Menschen in der DDR konnten dann frei und demokratisch eine eigene Regierung und die von ihr vorgezeichnete Politik wählen. Sie allein entschieden sich und sind somit verantwortlich für die gesellschaftlichen Veränderungen im Land und die Richtung, in die es sich entwickelt hat.

Mir ist außerdem wichtig, dass junge Menschen und Westdeutsche den Vertreter*innen der „Deutungshoheit" widersprechen - in diesem Fall tatsächlich, weil sie es besser wissen! Denn Schweigen ist nicht Gold und man ist nicht der/die Klügere, wenn man nachgibt. Möglicherweise führt das kurzfristig zu mehr Streit und Auseinandersetzung zwischen den Generationen und zwischen den Menschen, die in den beiden Teilen Deutschlands aufgewachsen sind. Das Widersprechen, Hinterfragen und Argumentieren gegen Verschwörungsmythen wie „Annexion", „Überstülpen" oder Behandeln wie „Menschen zweiter Klasse" bringen jedoch die „gewendeten" Ex-Machthaber*innen in Erklärungs- und Rechtfertigungsnöte, erzeugt bei anderen ein Nachdenken und gibt das gute Gefühl, etwas gegen Geschichtsverfälschung und Verleumdung, aber etwas für die Demokratie und ein friedliches Miteinander in der Gesellschaft zu tun.

Deutschland hat sich nach der Zerschlagung der nationalsozialistischen Terrorherrschaft großartig entwickelt: Von aller Welt verachtet und von vielen gehasst, nutzten die Menschen in beiden Teilen Deutschlands das Angebot zur Versöhnung der Völker - wenn auch in unterschiedlichen politischen und wirtschaftlichen Systemen. Eingebunden in Wirtschafts- und Verteidigungsbündnisse mit den ehemaligen Feinden, konnten die Deutschen beweisen, dass sie kein „Volk der Mörder" sind, sondern friedlich mit ihren Nachbarn leben und deren Grenzen akzeptieren wollen.

Nach dem Fall des „Eisernen Vorhangs" gelang die Integration von mehr als 20 Millionen Menschen aus der DDR, der ehemaligen Sowjetunion und vielen früheren sozialistischen Ländern, ohne dass es zu ethnischen Konflikten oder zum Bürgerkrieg kam. Wirtschaftlich erholte sich das Land schnell von diesem Kraftakt, so dass auch die Finanzkrise 2008 von Deutschland besser bewältigt wurde, als von vielen anderen Industrienationen.

Auch die Aufnahme von mehr als einer Million Flüchtlinge in den Jahren 2015/16 bewältigte Deutschland trotz zahlreicher Befürchtungen. Dass so viele Menschen aus anderen Kontinenten und Kulturkreisen - geprägt von anderen Religionen und Weltanschauungen - das noch vor wenigen Jahrzehnten verachtete und gefürchtete Deutschland als Ziel ihrer verzweifelten Flucht vor Krieg und Unterdrückung suchen, kann als Beweis für das Ansehen Deutschlands in der Welt gewertet werden und sollte die Menschen in Ost- und Westdeutschland mit Stolz erfüllen.

Sind diese Errungenschaften der letzten gut 75 Jahre nicht Zeichen einer klugen, ausgewogenen und vorausschauenden Politik? Zweifellos können einige politische Entscheidungen der Vergangenheit aus heutiger Sicht als „falsch“ bewertet werden. Das Problem, dass Entscheidungen immer in eine ungewisse Zukunft getroffen werden müssen, haben jedoch alle Politiker*innen - aber auch alle Menschen. Die positive wirtschaftliche und politische Entwicklung Deutschlands zeigt jedoch, dass von den politischen Entscheidungsträger*innen überwiegend richtige Entscheidungen getroffen wurden. Die Bewohner*innen vieler Länder der Erde und Millionen Menschen in Deutschland wären wohl froh, wenn sie über ihre Regierungen oder über sich selbst sagen könnten, dass ihre Entscheidungen meist die richtigen waren. Trotz einiger Krisen zeigte die Entwicklung Deutschlands fast immer in eine Richtung: Frieden, Freiheit, Sicherheit, Fortschritt und Wohlstand!

Die Auswirkungen der Corona-Pandemie sind noch nicht absehbar. Wie bei allen anderen Krisen, hätten auch bei der Bewältigung dieser Herausforderung zahlreiche Entscheidungen anders ausfallen können. Zu welchen Resultaten eine andere Politik geführt hätte, weiß wiederum niemand. Aber obwohl im Vergleich zu fast allen anderen Industrienationen die persönlichen Beschränkungen für die Bevölkerung moderat waren, sind in Deutschland weniger Menschen gestorben und das Gesundheitswesen gelangte nicht an seine Kapazitätsgrenzen. Bei der Entwicklung und Verteilung von Impfstoffen agierte Deutschland (im Zusammenspiel mit der EU) großzügiger und solidarischer als andere Staaten, die fast ausschließlich den Impffortschritt ihrer eigenen Bevölkerung im Blick hatten.

Die wirtschaftlichen Folgen der Pandemie werden alle Bürger*innen über Jahre oder Jahrzehnte spüren. Steuereinnahmen fehlen und neue Schulden wurden aufgenommen, so dass die Politiker*innen auf allen Ebenen in den nächsten Jahren zu harten Einschnitten gezwungen sein werden, zumal auch die Klimaziele, der demografische Wandel und die vielen internationalen Konflikte auf der Welt, die Haushalte von Bund, Ländern und Kommunen belasten werden. Es wird viel Streit geben, lange Diskussionen und zahlreiche Entscheidungen werden als „dumm“, andere als „alternativlos“ bezeichnet werden. Aber anders als in einer Diktatur können sich die Bürger*innen in einer Demokratie über die öffentlichen Debatten eine Meinung bilden, sich einmischen, miteinander und mit den Politiker*innen streiten und diejenigen wählen, von denen sie glauben, dass sie am besten die Krise bewältigen können.

Das Ergebnis der Bundestagswahl im September 2021 bestätigt nach meiner Überzeugung zahlreiche meiner im Buch dargestellten Annahmen und Thesen. Offensichtlich bevorzugen die deutschen Wähler*innen - nicht nur in Ostdeutschland(!) - weiterhin eine Autoritätsperson als Bundeskanzler und lehnen Streit innerhalb der Parteien ab. Zahlreiche Umfragen haben gezeigt, dass das Wahlergebnis wohl anders ausgefallen wäre, wenn CDU und CSU einen anderen Kandidaten nominiert hätten. Die Wahlprogramme und -ziele der Parteien spielen offensichtlich bei der Entscheidungsfindung der Wähler*innen eine untergeordnete Rolle. Die innerparteilichen Auseinandersetzungen um den richtigen Kandidaten haben den Unionsparteien anscheinend zusätzliche Stimmenverluste beigefügt. Während die AfD in keinem westdeutschen Bundesland 10% der Wähler*innen für sich gewinnen konnte, erreichte die Partei in allen ostdeutschen Bundesländern um oder über 20% und wurde in Sachsen und Thüringen von den meisten Bürger*innen gewählt - trotz (oder wegen?) ihres polarisierenden und häufig diskriminierenden Wahlkampfes und zahlreicher Skandale um Personen und Parteispenden.

Erstmals seit Bestehen der Bundesrepublik wird das Land künftig von drei Parteien regiert, was sicherlich dazu führen wird, dass die regierenden Parteien noch mehr Kompromisse eingehen und noch weiter von ihren im Wahlkampf proklamierten Zielen abweichen müssen. Es ist also noch mehr Streit und Auseinandersetzung vorprogrammiert, zumal nach acht Jahren Großer Koalition wieder eine große Volkspartei das Oppositionslager anführt. Welche Auswirkungen diese neue Konstellation auf die Politik- und Demokratieverdrossenheit in Deutschland haben wird, bleibt abzuwarten. Der geordnete, friedliche und trotz Pandemie vergleichsweise besonnene Machtwechsel verdeutlicht, wie stark demokratische Prozesse in der deutschen Gesellschaft verinnerlicht sind. Trotz einer „lauten" Minderheit, die gern von „Diktatur" spricht, verdeutlichen Wahlkampf und Regierungswechsel – zumal während einer dramatischen Krise - dass Deutschland nicht gespalten ist und die Menschen in einer der stabilsten Demokratien der Welt leben.

Die Erfahrungen nach dem Ende des Zweiten Weltkrieges zeigen auch: Die Wähler*innen haben sich immer wieder für die Politiker*innen entschieden, die in schwierigen politischen Situationen überwiegend Entscheidungen getroffen haben, mit deren Hilfe Deutschland gestärkt aus allen Krisen hervorging und deshalb heute zu den wirtschaftlich stärksten und demokratischsten Ländern der Welt zählt. Meinungsbildung über Streit und friedlicher Machtwechsel über freie Wahlen sind Garanten für Fortschritt in einer Demokratie und den gesellschaftlichen Frieden im Land. Deshalb wird Deutschland nicht nur die Auswirkungen der Corona-Pandemie erfolgreich bewältigen, sondern auch die „Reste" der deutschen Teilung überwinden. Ich bin der festen Überzeugung: „Wir schaffen das!"

Was ich noch zu sagen hätte…

Nicht nur über den Prozess der deutschen Vereinigung sind Mythen und Unwahrheiten in der deutschen Gesellschaft weit verbreitet. Auch der „real existierende Sozialismus" in der DDR wird nachträglich beschönigt und uminterpretiert, Hände werden „in Unschuld gewaschen" und externe „Sünden-böcke" präsentiert. Darum soll es in meinem **zweiten Buch** gehen.

Zunächst werde ich mich mit den „Errungenschaften" der DDR auseinandersetzen - beispielsweise mit dem System der Kinderbetreuung, der Schulbildung, mit dem Gesundheitswesen, der Gleichberechtigung der Frauen und der Aufarbeitung des Nationalsozialismus. Auch ob es tatsächlich keine Armut in der DDR gab und der Zusammenhalt in der Gesellschaft ausgeprägter war als in der Bundesrepublik, werde ich thematisieren.

In einem weiteren Kapitel verfolge ich die Entwicklung des Sozialismus von Karl Marx bis in die heutige Zeit und stelle Überlegungen an, ob ein „demokratischer Sozialismus" eine Alternative zum „Kapitalismus" darstellen könnte. Auch die Entwicklung der sozialistischen und kommunistischen Parteien in Deutschland verfolge ich von der KPD bis zur Partei DIE LINKE. Insbesondere der Transformationsprozess von der SED zur PDS wird detailliert beschrieben und die Rolle führender Politiker*innen der Partei erörtert.

Außerdem vergleiche ich die Fluchtbewegung der DDR-Bürger*innen von 1989/90 mit der Flüchtlingswelle der Jahre 2015/16 und untersuche Gemeinsamkeiten und Unterschiede bei der Integration, den Reaktionen in der Gesellschaft und der Rolle der politisch Verantwortlichen.

Abschließend werde ich mich mit der Corona-Pandemie befassen, die in der Wahrnehmung vieler Bürger*innen zu einer weiteren Spaltung der Gesellschaft führte und weiterhin führt. Auch bei dieser Krise haben gesellschaftliche Prägungen unterschiedliche Verhaltensweisen der Bürger*innen hervorgerufen.

Das Buch wird zum Ende des Jahres 2022 im Handel erhältlich sein.

Literaturverzeichnis

adenauercampus, 2021a. *Kriegsschäden, Reparationen und Demontagen.* [Online]
Available at: https://www.adenauercampus.de/ddrtutorium/wirtschaft/kriegsschaeden-reparationen-demontagen
[Zugriff am 17. 10. 2021].

adenauercampus, 2021b. *Einkommen und Einkauf, Konsum und Versorgungslage.* [Online]
Available at: https://www.adenauercampus.de/ddrtutorium/alltag-und-leben/einkommen-einkauf-konsum-und-versorgungslage
[Zugriff am 28. 04. 2021].

adenauercampus, 2021c. *Mythos: "Die Planwirtschaft der DDR ermöglichte einen hohen Lebensstandard".* [Online]
Available at: https://www.adenauercampus.de/ddrtutorium/mythos-und-wirklichkeit/planwirtschaft-ermoeglichte-einen-hohen-lebensstandard
[Zugriff am 12. 04. 2021].

adenauercampus, 2021d. *Mythos: "Die DDR war eine Wirtschaftsmacht".* [Online]
Available at: https://www.adenauercampus.de/ddrtutorium/mythos-und-wirklichkeit/die-ddr-war-eine-wirtschaftsmacht
[Zugriff am 13. 04. 2021].

Adler, S., 2019a. *Norbert F. Plötzl: "Der Treuhand-Komplex" - Warum die Treuhand besser war als ihr Ruf.* [Online]
Available at: https://www.deutschlandfunkkultur.de/norbert-f-poetzl-der-treuhand-komplex-warum-die-treuhand.1270.de.html?dram:article_id=458216
[Zugriff am 06. 06. 2020].

Adler, S., 2019b. *Streit um Privatisierungsbehörde - Alle gegen die Treuhand.* [Online]
Available at: https://www.deutschlandfunkkultur.de/streit-um-privatisierungsbehoerde-alle-gegen-die-treuhand.976.de.html?dram:article_id=461511
[Zugriff am 05. 06. 2020].

AFP, 2019. *Noch deutliche Ost-West-Unterschiede bei Wirtschaftsleistung 30 Jahre nach Mauerfall.* [Online]
Available at: https://de.nachrichten.yahoo.com/noch-deutliche-ost-west-unterschiede-wirtschaftsleistung-30-jahre-113114798.html?soc_src=social-sh&soc_trk=ma
[Zugriff am 07. 06. 2020].

AFP, 2020. *CDU-Ostbeauftragter gibt Linken Schuld am Aufstieg der AfD.* [Online]
Available at: https://www.t-online.de/nachrichten/deutschland/parteien/id_87356326/cdu-ostbeauftragter-cdu-ostbeauftragter-gibt-linken-schuld-am-aufstieg-der-afd.html
[Zugriff am 06. 04. 2020].

Arab, A., 2017. *Wählerwanderung - Welche Parteien die meisten Stimmen an die AfD verloren.* [Online]
Available at: https://www.welt.de/politik/deutschland/article168989573/Welche-Parteien-die-meisten-Stimmen-an-die-AfD-verloren.html
[Zugriff am 04. 04. 2020].

Arbeitsagentur, kein Datum *Statistik nach Region: Holzminden.* [Online]
Available at: https://statistik.arbeitsagentur.de/Navigation/Statistik/Statistik-nach-Regionen/Politische-Gebietsstruktur/Niedersachsen/Holzminden-Nav.html
[Zugriff am 14. 04. 2020].

Arzheimer, K., 2004. *Wahlen und Rechtsextremismus.* [Online]
Available at: https://www.kai-arzheimer.com/paper/wahlen-und-rechtsextremismus/
[Zugriff am 02. 04. 2020].

Aschwanden, D., 1995. *Jugendlicher Rechtsextremismus als gesamtdeutsches Problem.* Baden-Baden: Nomos verlag.
b.z., 2013. *Am 5. November 1973 verfügte die DDR-Regierung eine massive Erhöhung des Mindestumtauschs für Westbesucher.* [Online]
Available at: https://www.bz-berlin.de/artikel-archiv/vor-40-jahren-ddr-erhoeht-zwangsumtausch
[Zugriff am 15. 04. 2021].
Bahrmann, H. & Links, C., 1999. *Chronik der Wende: die Ereignisse in der DDR zwischen dem 7. Oktober 1989 und dem 18. März 1990.* Berlin: Christoph-Links-Verlag.
Balzer, V., 2019. *Tag der Friedlichen Revolution - Plädoyer für einen neuen Einheitsfeiertag.* [Online]
Available at: https://www.deutschlandfunk.de/tag-der-friedlichen-revolution-plaedoyer-fuer-einen-neuen.691.de.html?dram:article_id=460642
[Zugriff am 16. 04. 2021].
Banditt, C., 2014. *Das "Kuratorium für einen demokratisch verfassten Bund deutscher Länder" in der Verfassungsdiskussion der Wiedervereinigung.* [Online]
Available at: https://www.bpb.de/geschichte/zeitgeschichte/deutschlandarchiv/193078/das-kuratorium-fuer-einen-demokratisch-verfassten-bund-deutscher-laender
[Zugriff am 14. 10. 2021].
Bangel, C., 2019. *Vollgas, Schnitzel!.* [Online]
Available at: https://www.zeit.de/gesellschaft/zeitgeschehen/2019-10/meinungsfreiheit-ddr-brd-diktatur-demokratie-umfrage-wiedervereinigung?wt_zmc=sm.ext.zonaudev.mail.ref.zeitde.share.link.x
[Zugriff am 21. 01. 2019].
Barkouni, T., 2019. *Polizei der DDR - Plötzlich demokratisch.* [Online]
Available at: https://www.zeit.de/2019/07/polizei-ddr-dienst-einsatz-ostdeutschland-beamte
[Zugriff am 18. 10. 2021].
Barkouni, T., Dobbert, S., Gilbert, C. & Machowecz, M., 2019. *Hooligans in Chemnitz - Club unter Druck.* [Online]
Available at: https://www.zeit.de/2019/13/hooligans-chemnitz-trauermarsch-neonazis-fussballverein/komplettansicht
[Zugriff am 14. 07. 2021].
Bartsch, M., 2019. *Gewaltfreiheit war wichtiger als die Macht.* [Online]
Available at: https://www.nd-aktuell.de/artikel/1126841.sed-funktionaere-gewaltfreiheit-war-wichtiger-als-die-macht.html
[Zugriff am 12. 04. 2021].
Baumer, A., 2019. *Trotz "rekordverdächtiger" Groko-Bilanz: Studie zeigt verstörenden Trend in Deutschland.* [Online]
Available at: https://www.businessinsider.de/politik/spd-cdu-csu-studie-zeigt-verstoerender-trend-in-deutschland-2019-8/
[Zugriff am 19. 01. 2020].
Beckmann, C., kein Datum *Der Marshall-Plan tritt in Kraft.* [Online]
Available at: https://www.kas.de/de/web/geschichte-der-cdu/kalender/kalender-detail/-/content/der-marshall-plan-tritt-in-kraft.
[Zugriff am 06. 05. 2020].
Benz, W., 2005. *Wirtchaftsentwicklung von 1945 bis 1949.* [Online]
Available at: https://www.bpb.de/izpb/10077/wirtschaftsentwicklung-von-1945-bis-1949
[Zugriff am 24. 05. 2020].
Bergsdorf, H., 2007. *Wurzeln des Rechtsextremismus in Ostdeutschland - Lebenslügen der PDS.* [Online]
Available at:

https://www.kas.de/documents/252038/253252/7_dokument_dok_pdf_9965_1.pdf/a4d81cf3-5590-2552-90d6-e2284dc6d887?version=1.0&t=1539664881668
[Zugriff am 04. 04. 2020].
Berndt, C., 2019. *Auswirkungen der TV-Serie "Holocaust" - Dieses Mitleid mit den Opfern war neu.* [Online]
Available at: https://www.deutschlandfunkkultur.de/auswirkungen-der-tv-serie-holocaust-dieses-mitleid-mit-den.976.de.html?dram:article_id=439092
[Zugriff am 01. 11. 2021].
Berschens, R. et al., 2015. *Friedensnobelpreis.* [Online]
Available at: https://www.handelsblatt.com/politik/international/friedensnobelpreis-sie-haetten-ihn-verdient/12424534-all.html?ticket=ST-2650700-R6beym0r9YZe9CKCGf5n-cas01.example.org
[Zugriff am 17. 04. 2021].
Bertelsmann Stiftung, 2019. *Bertelsmann Stiftung.* [Online]
Available at: https://www.bertelsmann-stiftung.de/fileadmin/files/Projekte/Gesellschaftlicher_Zusammenhalt/ST-LW_Studie_Schwindendes_Vertrauen_in_Politik_und_Parteien_2019.pdf
[Zugriff am 03. 12. 2019].
Best, H., Niehoff, S., Salheiser, A. & Vogel, L., 2016. *Gemischte Gefühle: Thüringen nach der "Flüchtlingskrise" - Ergebnisse des Thüringen-Monitors.* [Online]
Available at: https://www.landesregierung-thueringen.de/fileadmin/user_upload/Landesregierung/Landesregierung/Thueringenmonitor/thuringen-monitor_2016_mit_anhang.pdf
[Zugriff am 14. 07. 2021].
Bickerich, W., Kampe, J. & Uhlmann, T., 1991. *"Es reißt mir das Herz kaputt".* [Online]
Available at: https://www.spiegel.de/politik/es-reisst-mir-das-herz-kaputt-a-27b6a3c8-0002-0001-0000-000013491339?context=issue
[Zugriff am 16. 05. 2020].
Bielicki, J. S., 1993. *Der rechtsextreme Gewalttäter. Eine Psycho-Analyse..* Hamburg: Rasch und Röhring.
Birkenstock, G., 2012. *DDR als Billiglohnland für den Westen.* [Online]
Available at: ttps://www.dw.com/de/ddr-als-billiglohnland-für-den-westen/a-15931955
[Zugriff am 16. 04. 2021].
Bittmann, V., 2015. *"Wir brauchen eine Marktwirtschaft ohne Kapitalismus".* [Online]
Available at: https://www.politik-kommunikation.de/politik/wir-brauchen-eine-marktwirtschaft-ohne-kapitalismus/
[Zugriff am 17. 10. 2021].
bmas, 2018. *Arbeitnehmerfreizügigkeit.* [Online]
Available at: https://www.bmas.de/DE/Europa-und-die-Welt/Europa/Arbeiten-innerhalb-der-EU/Mobilitaet-innerhalb-der-EU/arbeitnehmer-freizuegigkeit.html
[Zugriff am 16. 07. 2021].
BMI, 2018. *Verfassungsschutzbericht.* [Online]
Available at:
https://www.bmi.bund.de/SharedDocs/downloads/DE/publikationen/themen/sicherheit/vsb-2018-gesamt.pdf;jsessionid=588E34F0489226DB71E734CE1869476B.1_cid364?__blob=publicationFile&v=10
[Zugriff am 26. 10. 2021].
Borger, K. & Müller, M., 2014. *In der Normalität angekommen - Deutschland 25 Jahre nach dem Mauerfall.* [Online]

Available at: https://www.kfw.de/PDF/Download-Center/Konzernthemen/Research/PDF-Dokumente-Fokus-Volkswirtschaft/Fokus-2014/Fokus-Nr.-73-September-2014.pdf
[Zugriff am 18. 10. 2021].
bpb, 2009a. *Schweiz: Volksentscheid zum Minarett-Verbot.* [Online]
Available at: https://www.bpb.de/gesellschaft/migration/newsletter/57105/schweiz-volksentscheid-zum-minarett-verbot
[Zugriff am 07. 02. 2020].
bpb, 2009b. *30. September 1989 - Die Prager Botschaftsflüchtlinge.* [Online]
Available at: https://www.bpb.de/politik/hintergrund-aktuell/69294/prag-30-september-1989-29-09-2009
[Zugriff am 19. 03. 2021].
bpb, 2010a. *18. März 1990: Erste freie Volkskammerwahl.* [Online]
Available at: https://www.bpb.de/politik/hintergrund-aktuell/69143/erste-freie-volkskammerwahl-17-03-2010
[Zugriff am 04. 11. 2019].
bpb, 2010b. *Volkskammer der DDR stimmt für Beitritt.* [Online]
Available at: https://www.bpb.de/politik/hintergrund-aktuell/69018/volkskammer-stimmt-fuer-beitritt-20-08-2010
[Zugriff am 05. 04. 2021].
bpb, 2012. *3. Oktober: Tag der Deutschen Einheit.* [Online]
Available at: https://www.bpb.de/politik/hintergrund-aktuell/145440/3-oktober-tag-der-deutschen-einheit-02-10-2012
[Zugriff am 04. 04. 2021].
bpb, 2013. *NPD-Verbot Contra.* [Online]
Available at: https://www.bpb.de/politik/extremismus/rechtsextremismus/170617/npd-verbot-contra
[Zugriff am 04. 04. 2020].
bpb, 2014. *Vor 25 Jahren: Die erste Montagsdemonstration.* [Online]
Available at: https://www.bpb.de/politik/hintergrund-aktuell/190877/vor-25-jahren-montagsdemonstration-03-09-2014
[Zugriff am 20. 03. 2021].
bpb, 2017. *Armut.* [Online]
Available at: https://www.bpb.de/nachschlagen/zahlen-und-fakten/globalisierung/52680/armut
[Zugriff am 11. 09. 2021].
bpb, 2018a. *Ausländische Bevölkerung nach Bundesländern.* [Online]
Available at: https://www.bpb.de/nachschlagen/zahlen-und-fakten/soziale-situation-in-deutschland/61625/auslaendische-bevoelkerung-nach-bundeslaendern
[Zugriff am 07. 02. 2020].
bpb, 2018b. *25 Jahre Brandanschlag in Solingen.* [Online]
Available at: https://www.bpb.de/politik/hintergrund-aktuell/161980/brandanschlag-in-solingen
[Zugriff am 21. 03. 2020].
bpb, 2019. *Wahlbetrug 1989 - ald die DDR-Regierung ihre Glaubwüridkeit verlor.* [Online]
Available at: https://www.bpb.de/politik/hintergrund-aktuell/290562/1989-wahlbetrug-in-der-ddr
[Zugriff am 18. 03. 2021].
bpb, 2020a. *Bevölkerung mit Migrationshintergund I.* [Online]
Available at: https://www.bpb.de/nachschlagen/zahlen-und-fakten/soziale-situation-in-

deutschland/61646/migrationshintergrund-i
[Zugriff am 14. 07. 2021].
bpb, 2020b. *Vor 30 Jahren: Abschluss des Zwei-plus-Vier-Vertrags.* [Online]
Available at: https://www.bpb.de/politik/hintergrund-aktuell/211841/zwei-plus-vier-vertrag
[Zugriff am 04. 04. 2021].
bpb, 2021. *Vor 30 Jahen: Bundestag beschließt Solidaritätszuschlag.* [Online]
Available at: https://www.bpb.de/politik/hintergrund-aktuell/333149/vor-30-jahren-bundestag-beschliesst-solidaritaetszuschlag
[Zugriff am 16. 07. 2021].
Brenke, K., 2001. *Wochenbericht des DIV Berlin 24/01.* [Online]
Available at: https://www.diw.de/sixcms/detail.php?id=diw_01.c.30759.de
[Zugriff am 07. 06. 2020].
Buse, U., 2019. *Die Neonazis und der Chemnitzer FC - "Wir gehören zum Verein".* [Online]
Available at: https://www.spiegel.de/panorama/neonazis-und-chemnitzer-fc-wir-gehoeren-zum-verein-a-00000000-0002-0001-0000-000164302331
[Zugriff am 14. 06. 2019].
Business Insider Deutschland, 2018. *"Sonderarbeitsmarkt Ost": Beschäftigte im Osten arbeiten mehr - und verdienen weniger.* [Online]
Available at: https://www.businessinsider.de/wirtschaft/sonderarbeitsmarkt-ost-beschaeftigte-im-osten-arbeiten-mehr-und-verdienen-weniger-2018-8/
[Zugriff am 16. 07. 2021].
BusinessPortal Norwegen, 2019. *Bürgerbefragung: Weniger Zufriedenheit in Norwegen.* [Online]
Available at: https://businessportal-norwegen.com/2019/11/20/buergerbefragung-weniger-zufriedenheit-in-norwegen/
[Zugriff am 19. 01. 2020].
CDU, kein Datum *31. Parteitag der CDU Deutschlands - Sonstige Beschlüsse.* [Online]
Available at:
https://archiv.cdu.de/system/tdf/media/dokumente/sonstige_beschluesse_31_parteitag.pdf?file=1
[Zugriff am 04. 04. 2020].
Christoph Links Verlag, 1999. *Mittwoch der 18. Oktober 1989.* [Online]
Available at:
https://www.chronikderwende.de/wendepunkte/wendepunkte_jsp/key=wp18.10.1989.html
[Zugriff am 01. 06. 2021].
Ciesinger, R., 2016. *CSU-Generalsektretär zu Asylpolitik "Das Schlimmste ist ein fußballspielender, ministrierender Senegalese".* [Online]
Available at: https://www.tagesspiegel.de/politik/csu-generalsekretaer-zu-asylpolitik-das-schlimmste-ist-ein-fussballspielender-ministrierender-senegalese/14562838.html
[Zugriff am 30. 03. 2019].
Cleven, T., 2019. *Nachwende-Generation - Ostdeutsche sind rassistisch und Westdeutsche arrogant? So denen die Jungen.* [Online]
Available at: https://www.haz.de/Nachrichten/Politik/Deutschland-Welt/Nachwende-Generation-Das-sind-die-kleinen-Unterschiede-der-Jugend-in-Ost-und-West
[Zugriff am 28. 02. 2020].
Dalkowski, S., 2018. *Rettungsschiff "Lifeline" - Pegida-Teilnehmer skandieren "Absaufen! Absaufen!".* [Online]
Available at: https://rp-online.de/politik/deutschland/pegida-teilnehmer-skandieren-absaufen-absaufen_aid-23954031
[Zugriff am 24. 06. 2020].

Das Bundesarchiv, kein Datum *"Stell Dir vor, es ist Wahl, und keiner geht hin!"*. [Online]
Available at: https://www.stasi-unterlagen-archiv.de/informationen-zur-stasi/themen/beitrag/stell-dir-vor-es-ist-wahl-und-keiner-geht-hin/
[Zugriff am 18. 10. 2021].

de Maistre, J. M., 1811. *Joseph Marie De Maistre über Regierung.* [Online]
Available at:
https://www.gutzitiert.de/zitat_autor_joseph_marie_de_maistre_thema_regierung_zitat_17267.html
[Zugriff am 01. 11. 2021].

Decker, M., 2017. *Westdeutsche Dominanz.* [Online]
Available at: https://www.fr.de/politik/westdeutsche-dominanz-11008190.html
[Zugriff am 15. 06. 2020].

Decker, O. & Brähler, E., 2018. *Flucht ins Autoritäre.* [Online]
[Zugriff am 13. 07. 2021].

DER SPIEGEL (online), 2009. *Rockfans in der DDR - No Satisfaction an der Mauer.* [Online]
Available at: https://www.spiegel.de/geschichte/rockfans-in-der-ddr-a-949934.html
[Zugriff am 20. 08. 2021].

DER SPIEGEL, 1976. *DDR-Handel - Loch in der EG.* [Online]
Available at: https://www.spiegel.de/wirtschaft/loch-in-der-eg-a-7a1bee12-0002-0001-0000-000041125054
[Zugriff am 16. 04. 2021].

DER SPIEGEL, 1990a. *DDR: Löhne wie im Westen?.* [Online]
Available at: https://magazin.spiegel.de/EpubDelivery/spiegel/pdf/13502014
[Zugriff am 10. 06. 2020].

DER SPIEGEL, 1990b. *"Das Recht ist nur Pappe".* [Online]
Available at: https://www.spiegel.de/politik/das-recht-ist-nur-pappe-a-199484a7-0002-0001-0000-000013500814?context=issue
[Zugriff am 12. 04. 2021].

DER SPIEGEL, 1995. *Stolz aufs eigene Leben.* [Online]
Available at: https://www.spiegel.de/politik/stolz-aufs-eigene-leben-a-2e1e2c36-0002-0001-0000-000009200687?context=issue
[Zugriff am 15. 05. 2020].

Der Tagesspiegel, 2019a. *Streit um Flüchtlingskrise - De Maizière wirft Seehofer ehrabschneidende Äußerungen vor.* [Online]
Available at: https://www.tagesspiegel.de/politik/streit-um-fluechtlingskrise-de-maiziere-wirft-seehofer-ehrabschneidende-aeusserungen-vor/23968154.html
[Zugriff am 30. 03. 2020].

Der Tagesspiegel, 2019b. *Wahlen in Brandenburg und Sachsen - Wagenknecht gibt Linke Mitschuld an Erfolgen der AfD.* [Online]
Available at: https://www.tagesspiegel.de/politik/wahlen-in-brandenburg-und-sachsen-wagenknecht-gibt-linke-mitschuld-an-erfolgen-der-afd/24973586.html
[Zugriff am 06. 04. 2020].

Dernbach, A., 2017. *25 Jahre nach Anschlag in Mölln - Brandzeichen im Idyll.* [Online]
Available at: https://www.tagesspiegel.de/politik/25-jahre-nach-anschlag-von-moelln-brandzeichen-im-idyll/20617794.html
[Zugriff am 21. 03. 2020].

Deutscher Bundestag, 2017. *Historische Debatten (11): Weg zur deutschen Einheit.* [Online]
Available at: https://www.bundestag.de/dokumente/textarchiv/deutsche-einheit-202098
[Zugriff am 03. 11. 2019].

Deutscher Bundestag, 2019. *Bundestag stimmt gegen Ost-Quote in Bundesbehörden.* [Online]
Available at: https://www.bundestag.de/dokumente/textarchiv/2019/kw43-de-ost-quote-663310
[Zugriff am 16. 06. 2020].

Deutscher Bundestag, 2020. *Vor 30 jahren: Schäuble und Krause signieren den Einigungsvertrag.* [Online]
Available at:
https://www.bundestag.de/dokumente/textarchiv/30844402_wegmarken_einheit6-202386
[Zugriff am 04. 04. 2021].

Deutsches Rundfunkarchiv, 2021. *Berichterstattung der Aktuellen Kamera über die Ereignisse im Oktober 1989.* [Online]
Available at: http://1989.dra.de/themendossiers/ddr-fernsehen/berichterstattung/die-aktuelle-kamera-im-oktober-1989
[Zugriff am 21. 03. 2021].

Dicke, K., Edinger, M., Hallermann, A. & Schmitt, K., 2001. *Jugend und Politik - Ergebnisse des Thüringen-Monitors 2001.* [Online]
Available at: https://www.landesregierung-thueringen.de/fileadmin/user_upload/Landesregierung/Landesregierung/Thueringenmonitor/thueringenmonitor_2001_vollst_ndig.pdf
[Zugriff am 13. 07. 2021].

Dicke, K., Edinger, M., Hallermann, A. & Schmitt, K., 2003. *Einstellungen zur Demokratie. Ergebnisse des Thüringen-Monitors 2003.* [Online]
Available at: https://ljrt.de/downloads/Thueringenmonitor/thueringen-monitor-2003.pdf
[Zugriff am 22. 10. 2021].

Dicke, K., Edinger, M. & Schmitt, K., 2000. *Ergebnisse des Thüringen-Monitors 2000.* [Online]
Available at: https://www.landesregierung-thueringen.de/fileadmin/user_upload/Landesregierung/Landesregierung/Thueringenmonitor/thueringenmonitor_2000_vollst_ndig.pdf
[Zugriff am 13. 07. 2021].

Dick, W., 2012. *Rechtsradikale Gewalt in Ost und West.* [Online]
Available at: https://www.dw.com/de/rechtsradikale-gewalt-in-ost-und-west/a-15903160
[Zugriff am 14. 07. 2021].

Die Bundesregierung, 2021a. *15.Juni 1990 - Auf dem Weg zur deutschen Einheit - Enteignungen sollen rückgängig gemacht werden.* [Online]
Available at: https://www.bundesregierung.de/breg-de/themen/deutsche-einheit/enteignungen-sollen-rueckgaengig-gemacht-werden-463692
[Zugriff am 15. 06. 2020].

Die Bundesregierung, 2021b. *5. Februar 1990 - Auf dem Weg zur Deutschen Einheit - Die "Allianz für Deutschland" entsteht.* [Online]
Available at: https://www.bundesregierung.de/breg-de/aktuelles/die-allianz-fuer-deutschland-entsteht-353976
[Zugriff am 26. 03. 2021].

Die Bundesregierung, 2021c. *8. Juni 1989 -Auf dem Weg zur Deutschen Einheit - DDR-Regime rechtfertigt Massaker in Peking.* [Online]
Available at: https://www.bundesregierung.de/breg-de/aktuelles/ddr-regime-rechtfertigt-massaker-in-peking-389976
[Zugriff am 26. 03. 2021].

Die Bundesregierung, 2021d. *7. Oktober 1989 - Auf dem Weg zur Deutschen Einheit - Jubel und Prügel zum DDR-Jubiläum.* [Online]
Available at: https://www.bundesregierung.de/breg-de/suche/jubel-und-pruegel-zum-ddr-

jubilaeum-353658
[Zugriff am 20. 03. 2021].

Die Bundesregierung, 2021e. *9. Oktober 1989 - Auf dem Weg zur Deutschen Einheit - Erster großer Sieg über die SED-Diktatur.* [Online]
Available at: https://www.bundesregierung.de/breg-de/themen/deutsche-einheit/erster-grosser-sieg-ueber-die-sed-diktatur-353726
[Zugriff am 24. 08. 2021].

Die Bundesregierung, 2021f. *28. November 1989 - Auf dem Weg zur Deutschen Einheit - Kohls Zehn-Punkte-Plan.* [Online]
Available at: https://www.bundesregierung.de/breg-de/suche/kohls-zehn-punkte-plan-354022
[Zugriff am 26. 03. 2021].

Die Bundesregierung, 2021g. *24. Dezember 1989 - Auf dem Weg zur Deutschen Einheit - Visazwang für Bundesbürger entfällt.* [Online]
Available at: https://www.bundesregierung.de/breg-de/aktuelles/visazwang-fuer-bundesbuerger-entfaellt-374776
[Zugriff am 15. 04. 2021].

Dieckmann, C., 2015. *Fremdenfeindlichkeit - Warum immer Sachsen?.* [Online]
Available at: https://www.zeit.de/2015/36/sachsen-rechtsextremismus-fremdenfeindlichkeit-neonazi
[Zugriff am 20. 03. 2020].

Diekmann, P., 2018. *Roland Jahn über Stasi-Strukturen - "Es gibt Gruppierungen mit Ehemaligen".* [Online]
Available at: https://www.t-online.de/nachrichten/deutschland/gesellschaft/id_83175750/zirkeltag-ddr-buerger-fuehlten-sich-als-menschen-zweiter-klasse-.html
[Zugriff am 06. 05. 2020].

Dittmar, T., kein Datum *Informationen zur Modellreihe "Erika electronic 30xx".* [Online]
Available at: http://erika-electronic.de/45,0,historische-dokumente,index,0.html
[Zugriff am 13. 04. 2021].

Dittrich, B., 2019. *Nach Walter Lübcke und Wächtersbach - Wenn aus Hass Gewalt wird: Warum Rechtsextreme zur Waffe greifen.* [Online]
Available at: https://www.vorwaerts.de/artikel/hass-gewalt-rechtsextreme-waffe-greifen
[Zugriff am 14. 07. 2021].

DRV, 2021. *Statistik der Deutschen Rentenversicherung - Ergebnisse auf einen Blick.* [Online]
Available at: file:///C:/Users/ronja/AppData/Local/Temp/ergebnisse_auf_einen_blick.pdf
[Zugriff am 10. 06. 2020].

Dümde, C., 2019. *Fragwürdiges Urteil - Polizei und Justiz in Chemnitz haben die Messerattacke auf den Deutsch-Kubaner Daniel H. noch längst nicht aufgeklärt..* [Online]
Available at: https://www.nd-aktuell.de/artikel/1124840.chemnitz-fragwuerdiges-urteil.html
[Zugriff am 22. 03. 2020].

Eckert, D., 2017. *Beunruhigende Entwicklung - Kaufkraftarmut ballt sich in westdeutschen Städten.* [Online]
Available at: https://www.welt.de/wirtschaft/article162392927/Kaufkraftarmut-ballt-sich-in-westdeutschen-Staedten.html
[Zugriff am 17. 06. 2020].

Eckert, R., 2009. *Das historische Jahr 1990.* [Online]
Available at: https://www.bpb.de/geschichte/deutsche-einheit/deutsche-teilung-deutsche-einheit/43746/das-jahr-1990?p=all
[Zugriff am 14. 04. 2021].

Edinger, M., 2004. *Demokratie-Defizit in Ostdeutschland?* [Interview] (23. 08. 2004).

Effenberg, P. & Bluhm, M., 2014a. *Geschenke ohne Grenzen - Die Firma Genex.* [Online]
Available at: https://www.geschichte-doku.de/deutsch-deutscher-alltag/themen/?a=genex
[Zugriff am 14. 04. 2021].

Effenberg, P. & Bluhm, M., 2014b. *Vier Autobahnen nach Berlin - Transitstrecken und ihre Bedeutung.* [Online]
Available at: https://www.geschichte-doku.de/deutsch-deutscher-alltag/pdf/transit.pdf
[Zugriff am 14. 04. 2021].

Eichstädt, S., 2017. *Dresdner Richter preist öffentlich die NPD und Höcke.* [Online]
Available at: https://www.welt.de/politik/deutschland/article161318995/Dresdner-Richter-preist-oeffentlich-die-NPD-und-Hoecke.html
[Zugriff am 22. 03. 2020].

Farin, K. & Seidel-Pielen, E., 1993. *Rechtsruck: Rassismus im neuen Deutschland.* 4. Hrsg. Berlin: Rotbuch Verlag.

FAZ.NET, 2005. *Volksentscheid zur Kinderbetreuung ist gescheitert.* [Online]
Available at: https://www.faz.net/aktuell/politik/inland/sachsen-anhalt-volksentscheid-zur-kinderbetreuung-ist-gescheitert-1213483.html
[Zugriff am 13. 07. 2021].

FAZ.NET, 2008. *Der Autorität noch immer hörig.* [Online]
Available at: https://www.faz.net/aktuell/wissen/leben-gene/milgram-experiment-wiederholt-der-autoritaet-noch-immer-hoerig-1741391.html
[Zugriff am 11. 11. 2019].

FIS, 2018. *Argumente pro und contra Volksabstimmungen.* [Online]
Available at: https://www.forschungsinformationssystem.de/servlet/is/352041/
[Zugriff am 13. 07. 2021].

Fischer, I., 2017. *Die SPD (West) und die deutsche EInheit 1989/90.* [Online]
Available at: https://www.bpb.de/geschichte/zeitgeschichte/deutschlandarchiv/241665/die-spd-west-und-die-deutsche-einheit-1989-90
[Zugriff am 26. 03. 2021].

FOCUS, 2015. *Überreicht durch EU-Ratspräsidenten - Friedensnobelpreis für Kohl - in Kopie.* [Online]
Available at: https://www.focus.de/politik/deutschland/friedensnobelpreis-fuer-kohl-in-kopie-ueberreicht-durch-eu-ratspraesidenten_id_2398662.html
[Zugriff am 17. 04. 2021].

FOCUS, 2019. *Paketboom: 3,5 Milliarden Sendungen verschickt - Amazon dominiert den Markt.* [Online]
Available at: https://www.focus.de/finanzen/boerse/online-handel-paketboom-3-5-milliarden-sendungen-verschickt-amazon-dominiert-den-markt_id_10874483.html
[Zugriff am 30. 01. 2020].

Follmer, R., Kellerhoff, J. & Wolf, F., 2018. *Vom Unbehagen an der Vielfalt.* [Online]
Available at: https://www.bertelsmann-stiftung.de/fileadmin/files/BSt/Publikationen/GrauePublikationen/LW_Studie_2017_Unbehagen_an_der_Vielfalt.pdf
[Zugriff am 17. 12. 2019].

Förster, H., 2005. *Die DDR im Weltwirtschaftssystem 1949-1989.* [Online]
Available at: http://archiv.nationalatlas.de/wp-content/art_pdf/Band11_82-83_archiv.pdf
[Zugriff am 13. 04. 2021].

Förster, P., Friedrich, W., Müller, H. & Schubarth, W., 1993. *Jugend Ost: Zwischen Hoffnung und Gewalt.* Wiesbaden: Springer Fachmedien.

Frankfurter Rundschau, 2017. *Das sind die Ergebnisse des Diesel-Gipfels.* [Online]
Available at: https://www.fr.de/wirtschaft/sind-ergebnisse-diesel-gipfels-11029979.html
[Zugriff am 30. 01. 2020].
Frank, J. & Hupk, S., 2019. *Freiburger Studentin - Eltern der ermordeten Maria "Schicksal unserer Tochter wurde instrumentalisiert".* [Online]
Available at: https://www.haz.de/Nachrichten/Panorama/Uebersicht/Eltern-der-ermordeten-Maria-aus-Freiburg-Schicksal-unserer-Tochter-wurde-instrumentalisiert
[Zugriff am 21. 03. 2020].
Freie Universität Berlin, 2015. *Studie: Linksextreme Einstellungen sind weit verbreitet.* [Online]
Available at: https://www.fu-berlin.de/presse/informationen/fup/2015/fup_15_044-studie-linksextremismus/index.html
[Zugriff am 21. 01. 2020].
Frese, A., 2018. *Ausverkauf im Eiltempo.* [Online]
Available at: https://www.tagesspiegel.de/kultur/literatur/die-arbeit-der-treuhandanstalt-ausverkauf-im-eiltempo/22763400.html
[Zugriff am 05. 06. 2020].
Friedrich, W. & Förster, P., 1996. *Jugend im Osten: politische Mentalität im Wandel.* Leipzig: GNN Schkeuditz.
Frindte, W. & Neumann, J., 2002. Wie ideologisiert sind rechtsextreme Gewalttäter? Biografische Hintergründe rechtsextremistischer Gewalttäter. In: *"Bis hierher - und wie weiter?".* Erfurt, Weimar: Thüringer Justizministerium, pp. 44 - 52.
Fritz, T., 2019. *Rechtsextreme im Fußball - Schon wieder Chemnitz.* [Online]
Available at: https://www.zeit.de/sport/2019-03/chemnitzer-fc-trauer-thomas-haller
[Zugriff am 14. 07. 2021].
Fücks, R., 2015. *Deutsche Wiedervereinigung - Wir waren Anti-Nationalisten.* [Online]
Available at: https://www.zeit.de/politik/deutschland/2015-09/gruene-ralf-fuecks-mauerfall-wiedervereinigung?utm_referrer=https%3A%2F%2Fwww.google.com
[Zugriff am 12. 04. 2021].
Funke, H., 1991. *Jetzt sind wir dran. Nationalismus im geeinten Deutschland.* Berlin: s.n.
Funke, H., 2019. *Höcke will den Bürgerkrieg.* [Online]
Available at: https://www.zeit.de/politik/deutschland/2019-10/rechtsextremismus-bjoern-hoecke-afd-fluegel-rechte-gewalt-faschismus
[Zugriff am 03. 04. 2020].
Gathmann, F., 2013. *Deutliche Verluste - Grüne in Schockstarre.* [Online]
Available at: https://www.spiegel.de/politik/deutschland/bundestagswahl-gruene-im-schock-a-923776.html
[Zugriff am 01. 11. 2021].
GEHALT.de, 2019. *Gehaltsatlas 2019: Die Kluft in Deutschland wird kleiner.* [Online]
Available at: https://www.gehalt.de/news/gehaltsatlas-2019
[Zugriff am 10. 06. 2020].
Geissler, C., 2019. *Ost- und Westdeutschland - Über den deutsch-deutschen Krieg.* [Online]
Available at: https://www.fr.de/kultur/ohne-jede-empathie-11844000.html
[Zugriff am 08. 04. 2021].
Gensing, P., 2019. *Vote-leave-Kampagne: Das 350-Millionen-Pfund-Versprechen.* [Online]
Available at: https://www.tagesschau.de/faktenfinder/ausland/brexit-vote-leave-campaign-101.html
[Zugriff am 30. 01. 2019].
Gensing, P. & Marsen, T., 2020. *Oktoberfest-Anschlag: Viele Fragen sind noch immer offen.* [Online]
Available at: https://www.tagesschau.de/investigativ/br-recherche/oktoberfest-attentat-

jahrestag-101.html
[Zugriff am 11. 09. 2021].
Geradtz, D., 2019. *Gericht entscheidet: Höcke darf "Faschist" genannt werden.* [Online]
Available at: https://www.merkur.de/politik/bjoern-hoecke-demonstranten-duerfen-afd-politiker-faschist-nennen-zr-13049541.html
[Zugriff am 06. 04. 2020].
Gerhardt, R., 1992. *Im Osten andere Maßstäbe?.* [Online]
Available at: https://www.zeit.de/1992/10/im-osten-andere-massstaebe
[Zugriff am 16. 06. 2020].
Gieseke, J., 2016. *Die Stasi-Aufarbeitung - Dauerthema oder Auslaufmodell?.* [Online]
Available at: https://www.bpb.de/geschichte/deutsche-geschichte/stasi/218942/auslaufmodell-aufarbeitung
[Zugriff am 27. 02. 2021].
Görtemaker, M., 2009a. *Volkskammerwahl 1990.* [Online]
Available at: https://www.bpb.de/geschichte/deutsche-einheit/deutsche-teilung-deutsche-einheit/43770/volkskammerwahl-1990
[Zugriff am 04. 11. 2019].
Görtemaker, M., 2009b. *Zusammenbruch des SED-Regimes.* [Online]
Available at: https://www.bpb.de/geschichte/deutsche-einheit/deutsche-teilung-deutsche-einheit/43716/zusammenbruch-des-sed-regimes?p=all
[Zugriff am 15. 07. 2021].
Gräßler, B., 2015. *Ein Plebiszit für die schnelle Einheit.* [Online]
Available at: https://www.dw.com/de/ein-plebiszit-f%C3%BCr-die-schnelle-einheit/a-18313624
[Zugriff am 27. 03. 2021].
Grau, A., kein Datum *Urteil des Bundesverfassungsgerichts zum Grundlagenvertrag zwischen BRD und der DDR.* [Online]
Available at: https://www.kas.de/de/web/geschichte-der-cdu/kalender/kalender-detail/-/content/urteil-des-bundesverfassungsgerichts-zum-grundlagenvertrag-zwischen-der-brd-und-der-ddr
[Zugriff am 15. 04. 2021].
Greive, M. & Hildebrand, J., 2019. *Jahresbericht zur Einheit - Ostdeutsche fühlen sich wie "Bürger zweiter Klasse".* [Online]
Available at: https://www.handelsblatt.com/politik/deutschland/jahresbericht-zur-einheit-ostdeutsche-fuehlen-sich-wie-buerger-zweiter-klasse/v_detail_tab_print/25032872.html?ticket=ST-712944-Ly5wlB2N34tq0KcxuDqW-cas01.example.org
[Zugriff am 28. 04. 2020].
Groll, T., 2019. *Gehaltsunterschiede - Ostdeutsche arbeiten immer noch mehr für weniger Geld.* [Online]
Available at: https://www.zeit.de/wirtschaft/2019-10/gehaltsunterschiede-ost-west-lohn-arbeitnehmer-studie/komplettansicht
[Zugriff am 07. 06. 2020].
Grosser, D., kein Datum *Treuhandanstalt.* [Online]
Available at: https://www.bpb.de/nachschlagen/lexika/handwoerterbuch-politisches-system/202195/treuhandanstalt?p=all
[Zugriff am 05. 06. 2020].
Groth, M., 2019. *Reisefreiheit und Mauerfall - Verzweifelte Genossen im SED-Zentralkomitee.* [Online]
Available at: https://www.deutschlandfunk.de/reisefreiheit-und-mauerfall-verzweifelte-

genossen-im-sed.724.de.html?dram:article_id=302668
[Zugriff am 24. 08. 2021].

Habermas, J., 1976. *hannah Arendts Begriff der Macht.* [Online]
Available at: https://www.merkur-zeitschrift.de/juergen-habermas-hannah-arendts-begriff-von-macht/
[Zugriff am 23. 01. 2020].

Hähnig, A., Machowecz, M. & Schönian, V., 2018. *Ost-West-Unterschiede - Bleibt alles anders, wie es ist?.* [Online]
Available at: https://www.zeit.de/2018/25/ost-west-unterschiede-gehaelter-demografie-ernaehrung-wirtschaft
[Zugriff am 16. 06. 2020].

Hammerstein, K., 2019. *Eine Fernsehserie schreibt Geschichte: Reaktionen auf die Ausstrahlung von "Holocaust" vor 40 Jahren.* [Online]
Available at:
https://www.bpb.de/geschichte/zeitgeschichte/deutschlandarchiv/284090/reaktionen-auf-die-ausstrahlung-der-fernsehserie-holocaust-vor-40-jahren
[Zugriff am 06. 03. 2020].

Hartewig, K., 2020. *Die erste und letzte freie DDR-Volkskammerwahl.* [Online]
Available at: https://www.bpb.de/geschichte/zeitgeschichte/deutschlandarchiv/305933/die-erste-und-letzte-freie-ddr-volkskammerwahl
[Zugriff am 22. 08. 2021].

Hasselbach, i. & Bonengel, W., 2001. *Die Abrechnung. Ein Neonazi steigt aus..* Berlin: Aufbau Taschenbuch.

Hasselmann, S., 2017. *25 Jahre Rostock-Lichtenhagen - Protokoll einer Eskalation.* [Online]
Available at: https://www.deutschlandfunk.de/25-jahre-rostock-lichtenhagen-protokoll-einer-eskalation.724.de.html?dram:article_id=394097
[Zugriff am 21. 03. 2020].

Häusler, A., 2018. *Die AfD: Werdegang uns Wesensmerkmale einer Rechtsaußenpartei.* [Online]
Available at: https://www.bpb.de/politik/extremismus/rechtspopulismus/271484/die-afd-werdegang-und-wesensmerkmale-einer-rechtsaussenpartei
[Zugriff am 03. 11. 2021].

Havertz, R., 2020. *Er soll für Joe Biden den Unterschied machen.* [Online]
Available at: https://www.zeit.de/politik/ausland/2020-10/barack-obama-us-wahlkampf-joe-biden-praesidentschaftswahl
[Zugriff am 24. 10. 2020].

Heil, T., 2014. *Blog: Der Weg zur deutschen Einheit - 28. November 1989: Kohls Zehn-Punkte-Plan.* [Online]
Available at: https://www.tagesspiegel.de/themen/mauerfall/blog-der-weg-zur-deutschen-einheit-28-november-1989-kohls-zehn-punkte-plan/10994576.html
[Zugriff am 03. 11. 2021].

Heinemann, C., 2019. *Autorin Ines Geipel - "Friedensnobelpreis für die Ostdeutschen".* [Online]
Available at: https://www.deutschlandfunk.de/autorin-ines-geipel-friedensnobelpreis-fuer-die-ostdeutschen.868.de.html?dram:article_id=466785
[Zugriff am 16. 04. 2021].

Heitmeyer, W., 1992. Die Widerspiegelung von Modernisierungsrückständen im Rechtsextremismus. In: *Der antifaschistische Staat entlässt seine Kinder: Jugend und Rechtsextremismus in Ostdeutschland.* Köln: PapyRossa-Verlag, pp. 100 - 115.

Helm, M., 2017. *Rechtsextremismus - Tote, die nicht zählen.* [Online]
Available at: https://www.sueddeutsche.de/politik/rechtsextremismus-tote-die-nicht-zaehlen-

1.3634762
[Zugriff am 14. 07. 2021].
Hensel, J., 2018. *Tag der deutschen Einheit - Schafft doch endlich diesen Feiertag ab.* [Online]
Available at: https://www.zeit.de/gesellschaft/zeitgeschehen/2018-10/tag-der-deutschen-einheit-entfremdung-ost-west
[Zugriff am 16. 04. 2021].
Herberg, R., 2019. *Solidaritätszuschlag - Der Soli: Eine Abgabe und ihre Historie.* [Online]
Available at: https://www.fr.de/politik/solidaritaetszuschlag-soli-eine-abgabe-ihre-historie-12909569.html
[Zugriff am 14. 06. 2020].
Hertle, H.-H., 1999. *"Sommer 1989: Die Öffnung der ungarisch-östereicherischen Grenze".* [Online]
Available at: https://www.chronik-der-mauer.de/material/180353/hans-hermann-hertle-sommer-1989-die-oeffnung-der-ungarisch-oesterreichischen-grenze
[Zugriff am 18. 03. 2021].
Hertle, H.-H., 2018. *"Totalschaden" - Das Finale Grande der DDR-Volkswirtschaft 1989.* [Online]
Available at: https://www.bpb.de/geschichte/deutsche-geschichte/stasi/236265/volkswirtschaft-1989
[Zugriff am 06. 05. 2020].
Herzinger, R., 2016. *Ernst Nolte - Er sagte zuerst, was die AfD jetzt denkt.* [Online]
Available at: https://www.welt.de/kultur/article155985562/Er-sagte-zuerst-was-die-AfD-jetzt-denkt.html
[Zugriff am 11. 03. 2020].
Hilt, K., 2018. *Direkte Demokratie in der Schweiz.* [Online]
Available at: https://www.planet-wissen.de/kultur/mitteleuropa/urlaubsland_schweiz/pwiedirektedemokratieinderschweiz100.html
[Zugriff am 13. 07. 2021].
Höhn, M., 2019. *Gerechte Rente in Ostdeutschland.* [Online]
Available at: https://www.linksfraktion.de/fileadmin/user_upload/190312_A6_Ostrente.pdf
[Zugriff am 10. 06. 2020].
Hübscher, C., 2019. *Wie die Deutschen in Ost und West übereinander denken.* [Online]
Available at: https://www.zdf.de/nachrichten/heute/umfrage-zur-zdf-deutschland-bilanz-wie-die-deutschen-in-ost-und-west-uebereinander-denken-100.html
[Zugriff am 01. 12. 2019].
Husemann, R., 2019. *Deutsche Einheit - Eine Zumutung mit vorzeigbarer Bilanz.* [Online]
Available at: https://www.sueddeutsche.de/politik/deutsche-einheit-eine-zumutung-mit-vorzeigbarer-bilanz-1.4592732
[Zugriff am 05. 06. 2020].
IHK , 2020. *Verfügbares Einkommen der privaten Haushalte je EInwohner in Euro.* [Online]
Available at:
https://www.hannover.ihk.de/blueprint/servlet/resource/blob/5179652/8f4838298d2cbecf6a81e4b42aa84a5a/einkommen-data.pdf
[Zugriff am 18. 10. 2021].
Infratest dimap, 2011. *Umfrage zur politischen Stimmung - im Auftraf der ARD-Tagesthemen und drei Tageszeitungen.* [Online]
Available at: https://www.infratest-dimap.de/fileadmin/_migrated/content_uploads/dt1106_bericht.pdf
[Zugriff am 16. 07. 2021].

Isensee, J., 2015. *Der Beitritt vor 25 Jahren - Deutschlands Wiedervereinigung aus verfassungsrechtlicher Sicht.* [Online]
Available at:
https://www.kas.de/documents/252038/253252/7_dokument_dok_pdf_42256_1.pdf/93031db6-4138-3228-175a-f88d89466eb0?t=1539652134582
[Zugriff am 07. 04. 2021].

Ismar, G., 2019. *Schlaflos im Kanzleramt - 19 Stunden verhandelte die GroKo über ihre Klimastrategie - Chronik einer Nacht.* [Online]
Available at: https://www.tagesspiegel.de/politik/schlaflos-im-kanzleramt-19-stunden-verhandelte-die-groko-ueber-ihre-klimastrategie-chronik-einer-nacht/25036456.html
[Zugriff am 11. 09. 2021].

Jaschke, H.-G., 2002. *Sehnsucht nach dem starken Staat - Was bewirkt Repression gegen rechts?.* [Online]
Available at: https://www.bpb.de/apuz/25432/sehnsucht-nach-dem-starken-staat
[Zugriff am 25. 10. 2021].

Jeske, A.-K., 2018. *Rechte Parteien seit den 1990er Jahren - Von den Republikanern zur AfD.* [Online]
Available at: https://www.deutschlandfunk.de/rechte-parteien-seit-den-1990er-jahren-von-den.724.de.html?dram:article_id=427433
[Zugriff am 03. 04. 2020].

Jesse, E., 2005. *Der Umgang mit parteipolitischem Rechtsextremismus.* [Online]
Available at:
https://www.kas.de/documents/252038/253252/7_dokument_dok_pdf_7525_1.pdf/e7e68f43-8e5d-a129-0f94-5c60ccc0e491?version=1.0&t=1539665725179
[Zugriff am 02. 04. 2020].

Kampf, L., Pittelkow, S. & Riedel, K., 2019. *"Heute Nacht, definitiv, eskaliert es" - Kam es in Chemnitz vor einem Jahr zu einer Hetzjagd? Ein Bericht des LKA legt nahe, dass der umstrittene Begriff berechtit ist..* [Online]
Available at: https://www.sueddeutsche.de/politik/rechte-gewalt-heute-nacht-definitiv-eskaliert-es-1.4576530
[Zugriff am 14. 07. 2021].

Kazim, H., 2018. *Post von Karlheinz: Wütende Mails von richtigen Deutschen - und was ich ihnen antworte.* München: Penguin Verlag.

Keil, L.-B. & Kellerhoff, S. F., 2019. *Kommunalwahl 1989 - Diese Fälschung läutete das Ende der DDR ein.* [Online]
Available at: https://www.welt.de/geschichte/article193057821/Kommunalwahl-1989-Diese-Faelschung-laeutete-das-Ende-der-DDR-ein.html
[Zugriff am 19. 03. 2021].

Keil, L.-B. & Kellerhoff, S. F., 2020. *40. Jahrestag der DDR - "Jetzt ist Schluss mit der Humanitöt".* [Online]
Available at: https://www.welt.de/geschichte/article201412660/40-Jahrestag-der-DDR-Jetzt-ist-Schluss-mit-der-Humanitaet.html
[Zugriff am 18. 03. 2021].

Kellerhoff, S. F., 2009. *9. Oktober 1989 - Der Tag, als Leipzig ganz Deutschland veränderte.* [Online]
Available at: https://www.welt.de/politik/deutschland/article4779420/Der-Tag-als-Leipzig-ganz-Deutschland-veraenderte.html
[Zugriff am 22. 03. 2021].

Kieserling, A., 2020. *Skrupellose Zweifler?.* [Online]
Available at: https://www.faz.net/aktuell/wissen/geist-soziales/milgram-experiment-

skrupellose-zweifler-16647208.html
[Zugriff am 17. 04. 2020].
Kimmel, E., 2005a. *Nachkriegssituation in der SBZ/DDR.* [Online]
Available at:
https://www.bpb.de/geschichte/zeitgeschichte/marshallplan/40067/ausgangslage-sbz-ddr
[Zugriff am 06. 05. 2020].
Kimmel, E., 2005b. *Der Marshallplan aus ostdeutscher Perspektive.* [Online]
Available at:
https://www.bpb.de/geschichte/zeitgeschichte/marshallplan/40077/ostdeutsche-perspektive
[Zugriff am 06. 05. 2020].
Kissel, U. & Peckmann, H., 2011. *Bundestag beschließt Atomausstieg.* [Online]
Available at: https://www.dw.com/de/bundestag-beschlie%C3%9Ft-atomausstieg/a-15200432-1
[Zugriff am 16. 07. 2021].
Klein, A. & Heitmeyer, W., 2009. *Ost-westdeutsche Integrationsbilanz.* [Online]
Available at: https://www.bpb.de/apuz/31869/ost-westdeutsche-integrationsbilanz?p=all
[Zugriff am 14. 07. 2021].
Kleinert, C. & de Rijke, J., 2000. Rechtsextreme Orientierungen bei Jugendlichen und jungen Erwachsenen. In: W. Schubarth & R. Stöss, Hrsg. *Rechtsextremismus in der Bundesrepublik Deutschland. Eine Bilanz.*. Bonn: Bundeszentrale für politische Bildung, pp. 167-198.
Kleinschmid, H., 2010. *Der große Ausverkauf - Vor 20 Jahren beschloss der DDR-Ministerrat die Einrichtung einer Treuhandanstalt.* [Online]
Available at: https://www.deutschlandfunk.de/der-grosse-ausverkauf.724.de.html?dram:article_id=99752
[Zugriff am 06. 06. 2020].
Kleps, E., kein Datum *DDR 1989/90.* [Online]
Available at: https://www.ddr89.de/texte/land.html
[Zugriff am 25. 03. 2021].
Klier, F., 2002. *Lüg vaterland - Erziehung in der DDR.* Hitzacker: Kindler.
Klier, F., 2019. *DDR-Bürgerrechtlerin Freya Klier* [Interview] (04. 09. 2019).
Koch, M., 2021. *Trauer um CDU-Politiker Biedenkopf - Wie "König Kurt" seine zweite Chance nutzte.* [Online]
Available at: https://www.tagesschau.de/inland/innenpolitik/biedenkopf-nachruf-101.html
[Zugriff am 13. 08. 2021].
Kocka, J., 2019. *Kapitalismus und Demokratie - Warum sie einander brauchen.* [Online]
Available at: https://www.tagesspiegel.de/politik/kapitalismus-und-demokratie-warum-sie-einander-brauchen/25044820.html
[Zugriff am 01. 11. 2021].
Kohlstruck, M., 2018. *Rechte Gewalt in Ost und West. Wie lassen sich die höheren Zahlen in den neuen Bundesländern erklären?.* [Online]
Available at:
https://www.bpb.de/geschichte/zeitgeschichte/deutschlandarchiv/270811/rechte-gewalt-in-ost-und-west
[Zugriff am 01. 11. 2021].
Kollmorgen, R., 2019. *Ost-Quote.* [Online]
Available at: https://www.zeit.de/2019/16/ost-quote-fuehrungspositionen-ostdeutsche-herkunft-chancengleichheit
[Zugriff am 17. 06. 2020].
Kölnische Rundschau, 2009. *Interview mit Hans Modrow "Wir verhinderten die Katastrophe".* [Online]

Available at: https://www.rundschau-online.de/interview-mit-hans-modrow--wir-verhinderten-die-katastrophe--10953842?cb=1635598541731&
[Zugriff am 06. 02. 2021].

Konrad-Adenauer-Stiftung, 2004. *Der Anfang vom Ende: Die DDR-Kommunalwahl vom 07. Mai 1989.* [Online]
Available at: https://www.kas.de/c/document_library/get_file?uuid=7e9bcfb6-5b99-1552-24b4-dd21892d2cfb&groupId=252038
[Zugriff am 18. 03. 2021].

Konrad, U., 2015. *Königsteiner Schlüssel - Wie die Asylbewerber verteilt werden.* [Online]
Available at: https://www.tagesschau.de/inland/koenigssteiner-schluessel-101.html
[Zugriff am 14. 07. 2021].

Köpping, P., 2018. *Integriert doch erst mal uns!.* Berlin: Christoph Links Verlag GmbH.

Krauel, T., 2014. *Kurz vor der Wende - Die Irrtümer der prominenten DDR-Vertreter.* [Online]
Available at: https://www.welt.de/politik/deutschland/article132888340/Die-Irrtuemer-der-prominenten-DDR-Versteher.html
[Zugriff am 06. 04. 2021].

Kühnel, W., 1993. Gewalt durch Jugendliche im Osten Deutschlands. In: H. Otto & R. Merten, Hrsg. *Rechtsradikale Gewalt im vereinten Deutschland - Jugend im gesellschaftlichen Umbruch.* Opladen: Leske + Budrich, pp. 237 - 246.

Kummer, R., 2007. *Entwicklung des parteiförmig organisierten Rechtsextremismus nach 1945.* [Online]
Available at:
https://www.bpb.de/politik/extremismus/rechtsextremismus/41797/entwicklung-des-parteifoermig-organisierten-rechtsextremismus-nach-1945
[Zugriff am 02. 04. 2020].

Lassalle-Kreis e.V., kein Datum *Detlev Karsten Rohwedder.* [Online]
Available at: https://lassalle-kreis.de/node/1003
[Zugriff am 06. 06. 2020].

Leitner, B., 2009. *Die Wiedervereinigung, die keiner wollte.* [Online]
Available at: https://www.deutschlandfunk.de/die-wiedervereinigung-die-keiner-wollte.1148.de.html?dram:article_id=180334
[Zugriff am 14. 04. 2021].

Leschs Kosmos, 2021. *Gendern - Wahn oder Wissenschaft?.* [Online]
Available at: https://www.zdf.de/wissen/leschs-kosmos/gendern-wahn-oder-wissenschaft-100.html
[Zugriff am 05. 10. 2021].

Lichter, J. & Nesshöver, C., 2006. *60 Jahre deutsche Wirtschaftsgeschichte - "Sowjetische AGs" - Die Milliarden-Hypothek.* [Online]
Available at: https://www.handelsblatt.com/archiv/60-jahre-deutsche-wirtschaftsgeschichte-sowjetische-ags-die-milliarden-hypothek/2646656.html?ticket=ST-2530209-KGZChkEjBQiPD03uz55x-ap3
[Zugriff am 25. 05. 2020].

Loy, T., 2017. *Volksentscheid zum Flughafen Tegel - Ryanair zahlte 30.000 Euro für Tegel-Kampagne.* [Online]
Available at: https://www.tagesspiegel.de/berlin/volksentscheid-zum-flughafen-tegel-ryanair-zahlte-30-000-euro-fuer-tegel-kampagne/20356182.html
[Zugriff am 13. 07. 2021].

Lüdeke, U., 2018. *Stimmen aus Sachsen - Demokratiedefizit und Rechtsextremismus: Warum AfD und Pegida im Osten stärker sind.* [Online]
Available at: https://www.focus.de/politik/deutschland/demokratiedefizit-und-

rechtsextremismus-nach-chemnitz-vor-der-landtagswahl-in-sachsen-warum-afd-und-pegida-im-osten-staerker-sind_id_9529244.html
[Zugriff am 06. 04. 2020].
Maaz, H. J., 1990. *Der gefühlsstau - ein Psychogramm der DDR.* Berlin: Argon.
Maaz, H. J., 1992. Sozialpsychologische Ursachen von Rechtsextremismus – Erfahrungen eines Psychoanalytikers.. In: *Der antifaschistische Staat entlässt seine Kinder.* Köln: s.n., pp. 116 - 125.
Malycha, A., 2014. *Staatssicherheit und Wirtschaftskrise: Warnungen des MfS vor dem ökonomischen Niedergang der DDR in den 1980er Jahren.* [Online]
Available at:
https://www.ssoar.info/ssoar/bitstream/handle/document/46682/TD_11_02_Malycha.pdf?sequence=1&isAllowed=y&lnkname=TD_11_02_Malycha.pdf
[Zugriff am 06. 05. 2020].
Martens, B., 2010. *Die Wirtschaft in der DDR.* [Online]
Available at: https://www.bpb.de/geschichte/deutsche-einheit/lange-wege-der-deutschen-einheit/47076/ddr-wirtschaft
[Zugriff am 07. 05. 2020].
Martens, B. & Gebauer, R., 2020. *Einkommen und Vermögen - wachsende Ungleichheiten.* [Online]
Available at: https://www.bpb.de/geschichte/deutsche-einheit/lange-wege-der-deutschen-einheit/47436/einkommen-und-vermoegen
[Zugriff am 16. 07. 2021].
Marx, S., kein Datum *Beitrittserklärung der Volkskammer.* [Online]
Available at: https://www.kas.de/de/web/geschichte-der-cdu/kalender/kalender-detail/-/content/beitrittserklaerung-der-volkskammer
[Zugriff am 28. 11. 2019].
Mauersberger, K., 2020. *Daniela Dahn: "Es hätte eine Alternative zur überstürzten Einheit gegeben".* [Online]
Available at: https://www.mdr.de/zeitreise/ddr/interview-daniela-dahn-demokratischer-aufbruch-100.html
[Zugriff am 12. 04. 2021].
mdr, 2009a. *Das "Gelbe Elend" im Herbst 1989.* [Online]
Available at: https://www.mdr.de/zeitreise/stoebern/damals/artikel92090.html
[Zugriff am 01. 12. 2019].
mdr, 2009b. *Hintergrund zur Großdemo 4.11.1989 - Die Staatssicherheit organisierte mit.* [Online]
Available at: https://www.mdr.de/zeitreise/stoebern/damals/artikel91100.html
[Zugriff am 22. 03. 2021].
mdr, 2011. *Die Fälschung der Kommunalwahlen 1989 - Die unbegreifliche Wahlfälschung.* [Online]
Available at: https://www.mdr.de/zeitreise/stoebern/damals/artikel86484.html
[Zugriff am 19. 03. 2021].
mdr, 2016. *Stones-Fans fliehen vor der Polizei.* [Online]
Available at: https://www.mdr.de/zeitreise/stoebern/damals/stones112_page-2_zc-ad1768d3.html
[Zugriff am 20. 08. 2021].
mdr, 2018a. *Beschluss für Beitritt der DDR "Dann nehmen wir den 3. Oktober".* [Online]
Available at: https://www.mdr.de/zeitreise/beschluss-beitritt-volkskammer100.html
[Zugriff am 24. 08. 2021].
mdr, 2018b. *Versandhandel im Kalten Krieg - West-Kataloge voller Ost-Produkte.* [Online]
Available at: https://www.mdr.de/zeitreise/quelle-und-ddr-produkte-100.html
[Zugriff am 12. 04. 2021].

mdr, 2019a. *In Sachsen-Anhalt werden Wahl-Helfer gesucht.* [Online]
Available at: https://www.mdr.de/nachrichten-leicht/wahlhelfer-106.html
[Zugriff am 13. 07. 2021].
mdr, 2019b. *Als sich der "Eiserne Vorhang" öffnete.* [Online]
Available at: https://www.mdr.de/zeitreise/eiserner-vorhang-oeffnung-abbau-ungarn-grenzzaun-100.html
[Zugriff am 18. 03. 2021].
mdr, 2019c. *Bürgerrechtler kontrollieren Kommunalwahl "Wir nehmen an der Stimmauszählung teil".* [Online]
Available at: https://www.mdr.de/zeitreise/stoebern/damals/artikel86626.html
[Zugriff am 20. 03. 2021].
mdr, 2019d. *4. November 1989 auf dem Berliner Alexanderplatz - Deutschlands größte Demonstration.* [Online]
Available at: https://www.mdr.de/zeitreise/stoebern/damals/demonstration-ddr-berlin-alexanderplatz-friedliche-revolution-100.html
[Zugriff am 22. 03. 2021].
mdr, 2020a. *Treuhandpoker - Wie die Parteien um ein Ostthema buhlen.* [Online]
Available at: https://www.mdr.de/nachrichten/deutschland/wirtschaft/treuhand/treuhand-poker-ddr-parteien-100.html
[Zugriff am 06. 06. 2020].
mdr, 2020b. *Widerstand in der DDR.* [Online]
Available at: https://www.mdr.de/zeitreise/oppositionsparteien-buendnisse-ddr-100.html
[Zugriff am 27. 03. 2021].
mdr, 2020c. *31. August 1990 - Unterzeichnung des Einigungsvertrages.* [Online]
Available at: https://www.mdr.de/zeitreise/einigungsvertrag-ddr-bundesrepublik100.html
[Zugriff am 05. 04. 2021].
mdr, 2020d. *Der Osten nach 1989 - Ein Eldorado für Kriminelle.* [Online]
Available at: https://www.mdr.de/zeitreise/schwerpunkte/kriminalfaelle-der-einheit-einleitung-102.html
[Zugriff am 17. 10. 2021].
mdr, 2021. *Hinrichtungen und Todesstrafe.* [Online]
Available at: https://www.mdr.de/zeitreise/ddr/todesstrafe-ddr-todesurteil-werner-teske-100.html
[Zugriff am 24. 08. 2021].
Meisner, M., 2018a. *Wie Maaßen und Kretschmer Hass und Hetze relativieren.* [Online]
Available at: https://www.tagesspiegel.de/politik/chemnitz-wie-maassen-und-kretschmer-hass-und-hetze-relativieren/23008364.html
[Zugriff am 14. 07. 2021].
Meisner, M., 2018b. *Lafontaine und Wagenknecht sammeln auch am rechten Rand.* [Online]
Available at: https://www.tagesspiegel.de/politik/bewegung-aufstehen-lafontaine-und-wagenknecht-sammeln-auch-am-rechten-rand/22988918.html
[Zugriff am 14. 07. 2021].
Middelhoff, P., 2020. *AfD-Flügel-Auflösung - Ein Fall von strategischer Kosmetik.* [Onlinc]
Available at: https://www.zeit.de/politik/deutschland/2020-03/afd-fluegel-aufloesung-bjoern-hoecke-personal-positionen
[Zugriff am 14. 04. 2020].
Milgram, S., 2001. *Das Milgram-Experiment.* Reinbeck: Rowohlt.
Mulhall, D., 2014. *Wie die DDR lautlos in die EU flutschte.* [Online]
Available at: https://www.euractiv.de/section/wahlen-und-macht/news/wie-die-ddr-lautlos-

in-die-eu-flutschte/
[Zugriff am 04. 04. 2021].
Münch, U., 2008. *1990: Grundgesetz oder neue Verfassung?.* [Online]
Available at: https://www.bpb.de/geschichte/deutsche-geschichte/grundgesetz-und-parlamentarischer-rat/38984/deutsche-einheit
[Zugriff am 03. 11. 2021].
Münch, U., 2018. *1990: Grundgesetz oder neue Verfassung?.* [Online]
Available at: https://www.bpb.de/geschichte/deutsche-einheit/deutsche-teilung-deutsche-einheit/43813/die-frage-nach-der-verfassung
[Zugriff am 30. 10. 2019].
Musial, B., 2011. *Der Bildersturm - Aufstieg und Fall der ersten Wehrmachtsausstellung.* [Online]
Available at: https://www.bpb.de/geschichte/zeitgeschichte/deutschlandarchiv/53181/die-erste-wehrmachtsausstellung
[Zugriff am 11. 03. 2020].
nd, 2018. *Treuhand: LINKE fordert Kommission.* [Online]
Available at: https://www.nd-aktuell.de/artikel/1093549.treuhand-linke-fordert-kommission.html
[Zugriff am 07. 07. 2018].
nd, 2019. *Ostdeutschland bleibt dem Westen wirtschaftlich unterlegen.* [Online]
Available at: https://www.nd-aktuell.de/artikel/1126303.jahresbericht-ostdeutschland-bleibt-dem-westen-wirtschaftlich-unterlegen.html
[Zugriff am 17. 10. 2021].
Neubacher, F., 1994. *Jugend und Rechtsextremismus in Ostdeutschland: vor und nach der Wende.* Bonn: Forum-Verlag Godesberg.
Neu, V., 2004. *DVU - NPD: Perspektiven und Entwicklungen.* [Online]
Available at: https://www.zeit.de/politik/deutschland/2020-03/afd-fluegel-aufloesung-bjoern-hoecke-personal-positionen
[Zugriff am 03. 04. 2020].
Noack, B., 2019. *Westpakete in die DDR - "Finger weg, das geht alles nach drüben".* [Online]
Available at: https://www.spiegel.de/geschichte/ddr-und-westpakete-ein-stueck-deutsch-deutsche-geschichte-a-1287338.html
[Zugriff am 14. 04. 2021].
ntv.de, 2014. *Ex-Bundesbank-Präsident Pöhl ist tot.* [Online]
Available at: https://www.n-tv.de/wirtschaft/Ex-Bundesbank-Praesident-Poehl-ist-tot-article14127686.html
[Zugriff am 04. 11. 2019].
OXI, 2017. *Weniger Arme, mehr Ungleichheit: China und die soziale Entwicklung - der OXI-Überblick.* [Online]
Available at: https://oxiblog.de/weniger-arme-mehr-ungleichheit-china-und-daten-zur-sozialen-entwicklung-der-oxi-ueberblick/
[Zugriff am 17. 10. 2021].
Paqué, K.-H., 2000. *Zehn Jahre Aufbau Ost - Eine Zwischenbilanz.* [Online]
Available at: http://www15.ovgu.de/MWJ/MWJ2000/paque.pdf
[Zugriff am 07. 06. 2020].
Paqué, K.-H., 2009. Deutschlands West-Ost-gefälle der Produktivität: Befund, Deutung, Konsequenzen. In: *Vierteljahreshefte zur Wirtschaftsforschung 78.* s.l.:s.n., pp. 63 - 77.
PETA, 2017. *Schockierende Einblicke in die deutsche Eierindustrie.* [Online]
Available at: https://www.peta.de/themen/eierrecherche2017/
[Zugriff am 30. 01. 2020].

Peter, J., Winterberg, Y. & Fromm, R., 2001. *Nach Hitler - Radikale Rechte rüsten auf, Teil 1: Täter.* s.l.:Drefa Produktion und Lizenz GmbH.
Pfeiffer, C., 1999. *Fremdenfeindliche Gewalt im Osten - Folge der autoritären DDR-Erziehung?.* [Online]
Available at:
https://web.archive.org/web/20160305120157/http://kfn.de/versions/kfn/assets/fremdengewaltosten.pdf
[Zugriff am 24. 03. 2020].
Pokorny, S., 2020. *Regionale Vielfalten 30 Jahre nach der Wiedervereinigung.* [Online]
Available at:
https://www.kas.de/documents/252038/7995358/Regionale+Vielfalten+30+Jahre+nach+der+Wiedervereinigung+(pdf).pdf/e6142545-882d-deae-6d9f-e07df60ec748?version=1.0&t=1580914257594
[Zugriff am 13. 07. 2021].
Pollack, D., 2019. *Außer Klagen nichts zu sagen? Was am Opferdiskurs der Ostdeutschen falsch ist.* [Online]
Available at: https://www.tagesspiegel.de/politik/ausser-klagen-nichts-zu-sagen-was-am-opferdiskurs-der-ostdeutschen-falsch-ist/25131744.html
[Zugriff am 07. 05. 2020].
Pollmer, K., 1994. Zur Reflexion des gesellschaftlichen Wandels und der politischen Orientierung ostdeutscher Jugendlicher unter staatstheoretischem Aspekt.. In: *Reaktionen Jugendlicher auf gesellschaftliche Bedrohung. Untersuchungen zu ökologischen Krisen, internationalen Konflikten und politischen Umbrüchen als Stressoren.* 2 Hrsg. Weinheim, München: Juventa Verlag, pp. 144 - 162.
Pötzsch, H., 2009. *Grundgesetz.* [Online]
Available at: https://www.bpb.de/politik/grundfragen/deutsche-demokratie/39291/grundgesetz?p=all
[Zugriff am 12. 12. 2019].
Pressenza, 2018. *Das Wirtschaftswunder aus China: 700 Millionen Menschen aus der Armut geführt.* [Online]
Available at: https://www.pressenza.com/de/2018/12/das-wirtschaftswunder-aus-china-700-millionen-menschen-aus-der-armut-gefuehrt/
[Zugriff am 20. 01. 2020].
Pröse, T., 2016. *Der letzte von Schindlers Liste - "Sie schlugen meist von hinten zu".* [Online]
Available at: https://www.spiegel.de/geschichte/der-letzte-von-oskar-schindlers-liste-a-1118294.html
[Zugriff am 16. 07. 2021].
Ragnitz, J. & Thum, M., 2019. *Gleichwertig, nicht gleich. Zur Debatte um die "Gleichwertigkeit der Lebensverhältnisse".* [Online]
Available at: https://www.bpb.de/apuz/300052/gleichwertig-nicht-gleich
[Zugriff am 01. 07. 2020].
Rainer, H. et al., 2018. *Deutschland 2017 - Studie zu den Einstellungen und Verhaltensweisen der Bürgerinnen und Bürger im vereinigten Deutschland.* [Online]
Available at:
https://www.ifo.de/DocDL/ifo_Forschungsberichte_96_2018_Rainer_etal_Deutschland2017.pdf
[Zugriff am 06. 03. 2020].
Rath, C., 2019. *Skandalurteil eines Gießener Gerichts - "Migration tötet".* [Online]
Available at: https://taz.de/Skandalurteil-eines-Giessener-Gerichts/!5642773/
[Zugriff am 26. 10. 2021].

Rath, C., 2020. *Warum Björn Höcke als Faschist bezeichnet werden darf.* [Online]
Available at: https://www.rnd.de/politik/warum-bjorn-hocke-als-faschist-bezeichnet-werden-darf-T3X3A4NZFZHYPHUSFWNEPO6FPQ.html
[Zugriff am 04. 04. 2020].

Reiners, W., 2017. *Wer sind die Wähler der AfD?.* [Online]
Available at: https://www.stuttgarter-zeitung.de/inhalt.bundestagswahl-wer-sind-die-waehler-der-afd.2129b58c-f455-4c65-80d1-6c40a13e436d.html
[Zugriff am 14. 07. 2021].

Reinhardt, S., 2014. *Demographie und politische Bildung - Demokratie ist keine Schmuseecke.* [Online]
Available at: https://www.tagesspiegel.de/meinung/demographie-und-politische-bildung-demokratie-ist-keine-schmuseecke/10981794.html
[Zugriff am 01. 11. 2021].

Reiser, M. et al., 2019. *Gesundheit und Pflege in Thüringen - Ergebnisse des Thüringen Monitors 2019.* [Online]
Available at: https://www.komrex.uni-jena.de/komrexmedia/publikationen/tm2019.pdf
[Zugriff am 13. 07. 2021].

Reiser, M., Best, H., Salheiser, A. & Vogel, L., 2018. *Heimat Thüringen - Ergebnisse des Thüringen-Monitors 2018.* [Online]
Available at: https://www.komrex.uni-jena.de/komrexmedia/literatur/th%C3%BCringen-monitor+2018+mit+anhang.pdf
[Zugriff am 14. 07. 2021].

Renken, K. & Jenke, W., 2002. *Wirtschaftskriminalität im Einigungsprozess.* [Online]
Available at: https://www.bpb.de/apuz/26098/wirtschaftskriminalitaet-im-einigungsprozess
[Zugriff am 10. 04. 2021].

Republik Österreich, kein Datum *Geschichte der Demokratie.* [Online]
Available at: https://www.demokratiewebstatt.at/thema/thema-geschichte-der-demokratie/
[Zugriff am 12. 12. 2019].

Reuth, R. G., 2004. *Chronik einer hastigen Währungsunion.* [Online]
Available at: https://www.welt.de/print-wams/article115075/Chronik-einer-hastigen-Waehrungsunion.html
[Zugriff am 27. 03. 2021].

Richter, C., 2016. *Geschieden zu DDR-Zeiten - Der Kampf der "Mütter ohne Wert".* [Online]
Available at: https://www.deutschlandfunk.de/geschieden-zu-ddr-zeiten-der-kampf-der-muetter-ohne-wert.862.de.html?dram:article_id=347395
[Zugriff am 18. 07. 2021].

Röhlig, M., 2019. *Hey AfD, verklär mir nicht die DDR meiner Eltern! Wie die AfD jungen Ossis ein DDR-Märchen erzählt - und damit leider Erfolg hat..* [Online]
Available at: https://www.spiegel.de/politik/bjoern-hoecke-wie-die-afd-in-thueringen-die-wende-ausnutzt-a-e2d225d3-fc57-4adf-aa44-5205ba84c9b9
[Zugriff am 17. 04. 2021].

Röhl, K.-H., 2015a. *Es war nicht alles schlecht. Ostdeutsche Marken, die 25 Jahre nach dem Mauerfall in ganz Deutschland erfolgreich sind..* [Online]
Available at: https://www.iwd.de/artikel/es-war-nicht-alles-schlecht-246754/
[Zugriff am 04. 06. 2020].

Röhl, K.-H., 2015b. *Fünf Gründe, warum Westdeutschland auch 25 jahre nach der Wiedervereinigung besser da steht al.* [Online]
Available at: https://www.iwd.de/artikel/fuenf-gruende-warum-westdeutschland-auch-25-jahre-nach-der-wiedervereinigung-besser-da-steht-a-285587/
[Zugriff am 16. 07. 2021].

Rose, 2019. *Analyse Thüringen.* [Online]
Available at: http://www.tagesschau.de/inland/analyse-ltw-thueringen-zahlen-infratest-dimap-101.html
[Zugriff am 10. 11. 2019].
Rudnicka, J., 2020a. *Erwerbsquote in Ost- und Westdeutschland von 1991 bis 2019.* [Online]
Available at: https://de.statista.com/statistik/daten/studie/36416/umfrage/entwicklung-der-erwerbsquote-in-ost-und-westdeutschland/
[Zugriff am 10. 06. 2020].
Rudnicka, J., 2020b. *Geber und Empfänger beim Länderfinanzausgleich 2020*.* [Online]
Available at: https://de.statista.com/statistik/daten/studie/71763/umfrage/geber-und-empfaenger-beim-laenderfinanzausgleich/
[Zugriff am 15. 06. 2020].
Sabrow, M., 2019. *Mythos 1989.* [Online]
Available at:
https://www.bpb.de/geschichte/zeitgeschichte/deutschlandarchiv/300737/mythos-1989
[Zugriff am 24. 08. 2021].
Schäfer, S., 2011. *Richtig streiten.* [Online]
Available at: https://www.zeit.de/zeit-wissen/2011/03/Streiten/komplettansicht?print
[Zugriff am 12. 01. 2020].
Schälile, R. & Kukutz, I., kein Datum *Zitate v. Bärbel Bohley.* [Online]
Available at: https://baerbelbohley.de/zitate.php
[Zugriff am 01. 11. 2019].
Schattauer, G., 2019. *Umstrittene "Freispruch"-Äußerung - Chemnitz-Prozess: Stadtchefin Ludwig (SPD) weist Einflussnahme auf das Gericht zurück.* [Online]
Available at: https://www.focus.de/politik/gerichte-in-deutschland/umstrittene-freispruch-aeusserung-chemnitzer-stadtchefin-weist-politische-einflussnahme-auf-messertod-prozess-zurueck_id_10483817.html
[Zugriff am 14. 07. 2021].
Schattenberg, S., 2014. *Perestrojka und Glasnost.* [Online]
Available at: https://www.bpb.de/izpb/192793/perestrojka-und-glasnost?p=all
[Zugriff am 11. 04. 2021].
Schefke, S., 2019. *Leipzig, 9. Oktober 1989 "Heute wird sich die Welt verändern".* [Online]
Available at: https://www.spiegel.de/geschichte/leipzig-9-oktober-1989-montagsdemonstration-kurz-vor-ddr-ende-a-1289709.html
[Zugriff am 20. 08. 2021].
Schlegel, M., 2014. *DDR-Häftlinge wurden ausgebeutet - Deutlich mehr Zwangsarbeit für West-Firmen.* [Online]
Available at: https://www.tagesspiegel.de/politik/ddr-haeftlinge-wurden-ausgebeutet-deutlich-mehr-zwangsarbeit-fuer-west-firmen/9333344.html
[Zugriff am 12. 04. 2021].
Schlinkert, R., Klaus, S., Mayer, F. & Mertes, M., 2018. *Sachsen-Monitor.* [Online]
Available at: https://www.staatsregierung.sachsen.de/download/ergebnisbericht-sachsen-monitor-2018.pdf
[Zugriff am 14. 10. 2021].
Schlüter, N., 2019. *Stopp! In der ganzen Welt machen sich junge Aktivist*innen auf, dem Klimawandel Einhalt zu gebieten - und den Politikern einzuheizen.* [Online]
Available at: https://www.fluter.de/junge-klima-aktivisten-weltweit
[Zugriff am 01. 11. 2021].
Schmidt, T., 2014. *Deutsche Rufe (7/8) - "Kommt die D-Mark, bleiben wir...".* [Online]
Available at: https://www.deutschlandfunkkultur.de/deutsche-rufe-7-8-kommt-die-d-mark-

bleiben-wir.1001.de.html?dram:article_id=294872
[Zugriff am 27. 03. 2021].
Schmidt, T., 2015. *Deutsche Rufe (10) - Der Verfassungsentwurf des Runden Tisches 1990.* [Online]
Available at: https://www.deutschlandfunkkultur.de/deutsche-rufe-10-der-verfassungsentwurf-des-runden-tisches.1001.de.html?dram:article_id=325399
[Zugriff am 14. 10. 2021].
Schmidt, T., 2016. *Rassistische Ausschreitungen in Hoyerswerda 1991 - Ausländerjagd im rechtsfreien Raum.* [Online]
Available at: https://www.deutschlandfunkkultur.de/rassistische-ausschreitungen-in-hoyerswerda-1991.1001.de.html?dram:article_id=365933
[Zugriff am 21. 03. 2020].
Schneider, C. & Wagner, W., 2002. *Ideal kommt vor dem Fall.* [Online]
Available at: http://www.b-republik.de/archiv/ideal-kommt-vor-dem-fall
[Zugriff am 13. 07. 2021].
Schneider, R. U., 2005. *Adler gegen Klapperschlangen.* [Online]
Available at: https://www.nzz.ch/folio/adler-gegen-klapperschlangen-ld.1619248
[Zugriff am 27. 06. 2020].
Schnibben, C., 1990. *"Rowdyhafte Zusammenrottung".* [Online]
Available at: https://www.spiegel.de/politik/rowdyhafte-zusammenrottung-a-7d246f82-0002-0001-0000-000013497861?context=issue
[Zugriff am 08. 02. 2021].
Schreiber, F., 2018. *Inside AfD - Der Bericht einer Aussteigerin.* München: Europa Verlag.
Schröder, R., 2018. *Totengräber der ostdeutschen Wirtschaft? Die Treuhandanstalt und die Folgen ihrer Politik..* [Online]
Available at: https://www.globkult.de/geschichte/rezensionen/1701-totengraeber-der-ostdeutschen-wirtschaft-die-treuhandanstalt-und-die-folgen-ihrer-politik-kapitel-2-aus-petra-koepping-integriert-doch-erst-mal-uns
[Zugriff am 04. 06. 2020].
Schröder, R., 2019. *Wer beherrscht den Osten?.* [Online]
Available at: https://www.bpb.de/geschichte/zeitgeschichte/deutschlandarchiv/293406/wer-beherrscht-den-osten
[Zugriff am 03. 11. 2021].
Schröder, R., 2020. *Deutschland einig Vaterland.* [Online]
Available at:
https://m.bpb.de/geschichte/zeitgeschichte/deutschlandarchiv/306594/deutschland-einig-vaterland
[Zugriff am 03. 06. 2020].
Schröder, V., 2018. *Deutschland seit 1945 - Bundestagswahlen - Neue Bundesländer und Berlin-Ost (Zweitstimmen).* [Online]
Available at: https://www.wahlen-in-deutschland.de/buBundOst.htm
[Zugriff am 05. 12. 2019].
Schroeder, K., 2011. *DDR trug Hauptlast der Wiedergutmachung.* [Online]
Available at: https://www.thueringer-allgemeine.de/politik/ddr-trug-hauptlast-der-wiedergutmachung-id217903593.html
[Zugriff am 14. 07. 2021].
Schroth, J., kein Datum *John Rawls' gerechtigkeitsprinzipien.* [Online]
Available at: http://www.ethikseite.de/prinzipien/zrawls.html
[Zugriff am 22. 10. 2021].

Schubarth, W., Pschierer, R. & Schmidt, T., 1991. Verordneter Antifaschismus und die Folgen. Das Dilemma antifaschistischer Erziehung am Ende der DDR. In: *Aus Politik und Zeitgeschcihte.* Bonn: s.n., pp. 3 - 28.

Schulze, I., 2010. *"Es war keine Wiedervereinigung, es war ein Beitritt"* [Interview] 2010.

Schulz, J.-H., 2007. *Die Beziehungen zwischen der Roten Armee Fraktion (RAF) und dem Ministerium für Staatssicherheit (MFS) in der DDR.* [Online]
Available at: https://zeitgeschichte-online.de/themen/die-beziehungen-zwischen-der-roten-armee-fraktion-raf-und-dem-ministerium-fur
[Zugriff am 06. 06. 2020].

Schumacher, H., 2009. *Wahljahr & Kompromisse - Kuhandel auf höchster Ebene.* [Online]
Available at: https://www.morgenpost.de/politik/article104937027/Kuhhandel-auf-hoechster-Ebene.html
[Zugriff am 01. 11. 2021].

Schuster, M. & Thürmer, J., 2020. *So legen Diesel-Klagen deutsche Gerichte lahm.* [Online]
Available at: https://www.br.de/nachrichten/wirtschaft/so-legen-diesel-klagen-deutsche-gerichte-lahm
[Zugriff am 24. 08. 2021].

Schwenner, L., 2021. *Was Gendern bringt - und was nicht..* [Online]
Available at: https://www.quarks.de/gesellschaft/psychologie/was-gendern-bringt-und-was-nicht/
[Zugriff am 20. 08. 2021].

Schwietzer, 2019. *Ostrenten.* [Online]
Available at: https://blog.ard-hauptstadtstudio.de/ostrenten-luecken-konzepte-101/
[Zugriff am 10. 06. 2019].

Siegler, B., 1991. *Auferstanden aus Ruinen ... Rechtsextremismus in der DDR.* Berlin: Edition Tiamat.

Siems, D., 2015. *Umverteilung - Der Finanzausgleich macht arme Ost-Länder reich.* [Online]
Available at: https://www.welt.de/politik/deutschland/article142612656/Der-Finanzausgleich-macht-arme-Ost-Laender-reich.html
[Zugriff am 15. 06. 2020].

Silbermond, 2019. *Mein Osten.* [Online]
Available at: https://www.azlyrics.com/lyrics/silbermond/meinosten.html
[Zugriff am 26. 06. 2020].

Slupina, M. et al., 2019. *Die demografische Lage der Nation - Wie zukunftsfähig Deutschlands Regionen sind.* [Online]
Available at: https://www.berlin-institut.org/fileadmin/Redaktion/Publikationen/PDF/Demografische_Lage_online.pdf
[Zugriff am 18. 10. 2021].

Spalinger, A., 2016. *Medien als Spielball von Interessen.* [Online]
Available at: https://www.nzz.ch/international/deutschland-und-oesterreich/italiens-medienlandschaft-medien-als-spielball-von-interessen-ld.6435
[Zugriff am 26. 10. 2021].

statista, 2002. *Übersiedlungen zwischen der DDR und der Bundesrepublik Deutschland von 1949 bis 1990.* [Online]
Available at: https://de.statista.com/statistik/daten/studie/248905/umfrage/uebersiedlungen-zwischen-der-ddr-und-der-bundesrepublik-deutschland/
[Zugriff am 14. 10. 2021].

statista, 2021a. *Wie zufrieden sind Sie mit der Arbeit der Landesregierung in Thüringen?.* [Online]
Available at: https://de.statista.com/statistik/daten/studie/30824/umfrage/zufriedenheit-mit-

der-landesregierung-in-thueringen/
[Zugriff am 29. 05. 2021].

statista, 2021b. *Durchschnittliches monatliches Bruttoarbeitseinkommen der vollzeitbeschäftigten Arbeitnehmer in der Deutschen Demokratischen Republik (DDR) von 1949 bis 1989.* [Online]
Available at:
https://de.statista.com/statistik/daten/studie/249254/umfrage/durchschnittseinkommen-in-der-ddr/
[Zugriff am 18. 10. 2021].

Staud, T., 2013. *Parteien und Verbote: Sieben Fragen und Antworten.* [Online]
Available at: https://www.bpb.de/politik/extremismus/rechtsextremismus/170613/parteien-und-verbote-sieben-fragen-und-antworten
[Zugriff am 04. 04. 2020].

Steffen, T., 2017. *AfD-Wähler - Nicht nur die kleinen Leute.* [Online]
Available at: https://www.zeit.de/politik/deutschland/2017-08/afd-waehler-terrorbekaempfung-integration
[Zugriff am 14. 07. 2021].

Stein, T., 2018. *"Nicht alle zu Nazis abstemplen" - so verteidigt Sahra Wagenknecht Wutbürger von Chemnitz.* [Online]
Available at: https://politik.watson.de/deutschland/interview/378810848-nicht-alle-zu-nazis-abstempeln
[Zugriff am 04. 04. 2020].

Stephan, C., 2012. *Geschenksendungen - Kaffee, Schnaps und Nervengift im Weihnachtspaket.* [Online]
Available at: https://www.welt.de/kultur/history/article111871557/Kaffee-Schnaps-und-Nervengift-im-Weihnachtspaket.html
[Zugriff am 15. 04. 2021].

Stöss, R., 2000. *Rechtsextremismus im vereinten Deutschland.* Berlin: Friedrich-Ebert-Stiftung.

Straubhaar, T., 2017. *"Blühende Landschaften" - Vorhersagen über die Wohlstandsentwicklung gestern und heute.* [Online]
Available at: https://www.kas.de/de/web/die-politische-meinung/artikel/detail/-/content/-bluehende-landschaften-
[Zugriff am 14. 04. 2021].

Stürzenhofecker, M., 2015. *"Rechtsextremismus als Ost-Problem darzustellen, ist gefährlich".* [Online]
Available at: https://www.zeit.de/gesellschaft/zeitgeschehen/2015-08/rechtsextremismus-soziologie-neonazis-heidenau
[Zugriff am 21. 03. 2020].

Süddeutsche Zeitung, 2019a. *Regionale Einkommensunterschiede in Niedersachsen.* [Online]
Available at: https://www.sueddeutsche.de/wirtschaft/einkommen-hannover-regionale-einkommensunterschiede-in-niedersachsen-dpa.urn-newsml-dpa-com-20090101-190423-99-930505
[Zugriff am 18. 10. 2021].

Süddeutsche Zeitung, 2019b. *Umstrittener Stadionsprecher des Chemnitzer FC im Einsatz.* [Online]
Available at: https://www.sueddeutsche.de/sport/fussball-chemnitz-umstrittener-stadionsprecher-des-chemnitzer-fc-im-einsatz-dpa.urn-newsml-dpa-com-20090101-190920-99-961029
[Zugriff am 03. 11. 2021].

Süddeutsche Zeitung, 2021. *CDU in Südthüringen - Maaßen kandidiert für Bundestag.* [Online]
Available at: https://www.sueddeutsche.de/politik/thueringen-maassen-bundestag-1.5280999
[Zugriff am 03. 11. 2021].
SWR, 2019. *Chronologie Fall Mia.* [Online]
Available at: https://www.swr.de/swraktuell/rheinland-pfalz/ludwigshafen/chronologie-fall-mia-102.html
[Zugriff am 21. 03. 2020].
tagesschau, 2012. *Friedensnobelpreis für die EU - Die Begründung des Nobelkomitees im Wortlaut.* [Online]
Available at: https://www.tagesschau.de/ausland/friedensnobelpreis-eu100.html
[Zugriff am 17. 04. 2021].
tagesschau, 2019. *Jahresbericht Deutsche Einheit.* [Online]
Available at: https://www.tagesschau.de/inland/jahresbericht-deutsche-einheit-103.html
[Zugriff am 08. 06. 2020].
Thieme, T., 2019. *Dialog oder Ausgrenzung - ist die AfD eine rechtsextreme partei?.* [Online]
Available at: https://www.bpb.de/politik/extremismus/rechtspopulismus/284482/dialog-oder-ausgrenzung-ist-die-afd-eine-rechtsextreme-partei
[Zugriff am 03. 04. 2020].
Vogel, W. D., 2013. *Lübeck, 18. Januar 1996.* [Online]
Available at: https://www.zeit.de/2013/12/Luebecker-Terroranschlag
[Zugriff am 22. 03. 2020].
Volkert, L., 2011. *Schweiz: 40 Jahre Frauenstimmrecht - "Vermännlicht" durch den Urnengang.* [Online]
Available at: https://www.sueddeutsche.de/politik/schweiz-40-jahre-frauenstimmrecht-vermaennlicht-durch-den-urnengang-1.1056279
[Zugriff am 12. 07. 2021].
Völkl, K., 2020. *Wahlverhalten in Ost- und Westdeutschland im Zeitverlauf.* [Online]
Available at: https://www.bpb.de/geschichte/deutsche-einheit/lange-wege-der-deutschen-einheit/47513/wahlverhalten-in-ost-und
[Zugriff am 04. 04. 2021].
Volksstimme, 2019. *Böckler-Stiftung - Ost-Gehälter sind weit unter dem Durchschnitt.* [Online]
Available at: https://www.volksstimme.de/deutschland-und-welt/wirtschaft/ost-gehalter-sind-weit-unter-westniveau-1005674
[Zugriff am 18. 10. 2021].
von Salzen, C., 2021. *"Nehmt den Wessis das Kommando" - Wie sich die Linke im Wahlkampf zur Anwältin der Ostdeutschen macht.* [Online]
Available at: https://www.tagesspiegel.de/politik/nehmt-den-wessis-das-kommando-wie-sich-die-linke-im-wahlkampf-zur-anwaeltin-der-ostdeutschen-macht/27144836.html
[Zugriff am 29. 04. 2021].
Vooren, C., 2017. *Was Ost von West unterscheidet - eine Aufzählung.* [Online]
Available at: https://www.tagesspiegel.de/politik/deutsche-einheit-was-ost-von-west-unterscheidet-eine-aufzaehlung/20402618.html
[Zugriff am 20. 08. 2021].
Wagner, W., 1996. *Kulturschock Deutschland.* Hamburg: Rotbuch Verlag.
Wagner, W., 1998. *Jugendarbeitslosigkeit und Rechtsradikalismus in Ostdeutschland.* [Online]
Available at: https://www.fh-erfurt.de/soz/fileadmin/SO/Dokumente/Lehrende/Wagner_Wolf_Prof_Dr/Publikationen/Rechtsextremismus.pdf
[Zugriff am 13. 07. 2021].

Wagner, W., 1999. "Deutscher, proletarischer und moralischer" - Unterschiede zwischen Ost- und Westdeutschland und ihre Erklärung. In: *Deutsch-deutsche Vergleiche - Psychologische Untersuchungen 10 Jahre nach dem Mauerfall.* Berlin: s.n., pp. 53 - 69.
Wagner, W., 2002. *Wie funktioniert Politik?.* Erfurt: LZT.
Wagner, W., 2005. *Einfache Antworten.* Erfurt: LZT.
Wagner, W., 2017. *Ein Leben voller Irrtümer.* Tübingen: s.n.
Weil, F., 2016. *"Weniger als Feigenblätter..." oder Institutionen zivilgesellschaftlichen Engagements? Die Runden Tische 1989/90 in der DDR.* [Online]
Available at:
https://www.bpb.de/geschichte/zeitgeschichte/deutschlandarchiv/223436/weniger-als-feigenblaetter-oder-institutionen-zivilgesellschaftlichen-engagements-die-runden-tische-1989-90-in-der-ddr
[Zugriff am 27. 03. 2021].
WELT, 2017. *Viele Ostdeutsche unzufrieden mit der Demokratie.* [Online]
Available at: https://www.welt.de/politik/deutschland/article164810904/Viele-Ostdeutsche-unzufrieden-mit-der-Demokratie.html
[Zugriff am 13. 07. 2021].
WELT, 2019. *Grundgesetz - Warum heißt es nicht Verfassung?.* [Online]
Available at:
https://www.welt.de/newsticker/dpa_nt/afxline/topthemen/hintergruende/article194018641/Grundgesetz-Warum-heisst-es-nicht-Verfassung.html
[Zugriff am 12. 12. 2019].
WELT, 2020. *Im dritten Wahlgang gewählt - Ramelow erklärt, warum er Höcke den Handschlag verweigert hat.* [Online]
Available at: https://www.welt.de/politik/deutschland/article206307777/Thueringen-Ramelow-erklaert-verweigerten-Hoecke-Handschlag.html
[Zugriff am 06. 04. 2020].
Wenda, G., 2020. *"Wir machen das Gemeinsam".* [Online]
Available at: https://www.bmi.gv.at/magazinfiles/2020/09_10/deutschland_bf_20200917.pdf
[Zugriff am 12. 04. 2021].
Wensierski, P., 2015. *Das kurze Jahr der Anarchie.* [Online]
Available at: https://www.spiegel.de/politik/das-kurze-jahr-der-anarchie-a-2cb981d0-0002-0001-0000-000138999954
[Zugriff am 15. 04. 2021].
Wichmann, M., 2016. *Große Mehrheit für bundesweiten Volksentscheid, Union-Wähler und Junge kritischer.* [Online]
Available at: https://yougov.de/news/2016/10/18/grosse-mehrheit-fur-bundesweiten-volksentscheid-un/
[Zugriff am 13. 07. 2021].
Wiegrefe, K., 2017. *Honecker und Straß - Die Legende vom listigen Franz Josef.* [Online]
Available at: https://www.spiegel.de/spiegel/ddr-wie-erich-honecker-csu-chef-franz-josef-strauss-austrickste-a-1130208.html
[Zugriff am 14. 05. 2020].
Wolle, S., 1999. *Die heile Welt der Diktatur.* Berlin: s.n.
Yahoo!life, 2021. *Umfrage: Mehrheit der Deutschen möchte zum Klimaschutz gezwungen werden.* [Online]
Available at: https://bit.ly/3nDFKGs
[Zugriff am 21. 11. 2021].
ZDF, 2019a. *In voller Länge - ZDF-Interview mit Björn Höcke verschriftlicht.* [Online]
Available at: https://www.zdf.de/nachrichten/heute/das-interview-mit-bjoern-hoecke-

verschriftet-100.html
[Zugriff am 02. 04. 2020].

ZDF, 2019b. *Das Erbe der Treuhand.* [Online]
Available at: https://www.zdf.de/dokumentation/zdfzeit/zdfzeit-ausverkauf-ost-1-100.html
[Zugriff am 07. 06. 2020].

ZEIT Online, 2015. *Mehr als 60 Prozent bezweifeln Demokratie in Deutschland.* [Online]
Available at: https://www.zeit.de/gesellschaft/zeitgeschehen/2015-02/studie-fu-berlin-linksextremismus-demokratie-skepsis
[Zugriff am 19. 01. 2020].

ZEIT Online, 2017a. *Merkel in Torgau als "Volksverräter" empfangen.* [Online]
Available at: https://www.zeit.de/politik/deutschland/2017-09/wahlkampf-angela-merkel-torgau-demonstranten-groelen
[Zugriff am 20. 08. 2021].

ZEIT Online, 2017b. *"Merkel-Galgen" dürfen verkauft werden.* [Online]
Available at: https://www.zeit.de/politik/deutschland/2017-12/pegida-miniaturgalgen-chemnitz-justiz-erlaubnis
[Zugriff am 20. 08. 2021].

ZEIT Online, 2019a. *Sorge um Rechtsextremismus - Mehrheit der Bevölkerung sieht die Demokratie in Gefahr.* [Online]
Available at: https://www.zeit.de/news/2019-09/12/mehrheit-der-bevoelkerung-sieht-die-demokratie-in-gefahr
[Zugriff am 24. 02. 2020].

ZEIT Online, 2019b. *Gauck: Vielen Ostdeutschen fehlt der Durchsetzungswille.* [Online]
Available at: https://www.zeit.de/news/2019-04/02/gauck-vielen-ostdeutschen-fehlt-der-durchsetzungswille-190402-99-644009
[Zugriff am 18. 06. 2020].

ZEIT Online, 2019c. *Bericht des Ostbeauftragten - Der Osten kommt voran - aber viele Menschen veränderungsmüde.* [Online]
Available at: https://www.zeit.de/news/2019-09/25/nach-30-jahren-deutsche-spueren-grosse-ost-west-unterschiede
[Zugriff am 15. 06. 2020].

ZEIT Online, 2019d. *Studium - Großteil der Uni-Absolventen verlässt Ostdeutschland.* [Online]
Available at: https://www.zeit.de/gesellschaft/zeitgeschehen/2019-03/sachsen-anhalt-hochschulabsolventen-fachkraeftemangel-studie
[Zugriff am 08. 06. 2020].

ZEIT Online, 2019e. *Autohersteller - Volkswagen verkauft mehr Autos als je zuvor.* [Online]
Available at: https://www.zeit.de/wirtschaft/unternehmen/2019-01/autobauer-volkswagen-absatzzahlen-rekord-diesel-affaere?utm_referrer=https%3A%2F%2Fwww.google.com%2F
[Zugriff am 01. 11. 2021].

ZEIT Online, 2020a. *Kein Handschlag für Höcke - Ramelow als Ministerpräsident von Thüringen wiedergewählt.* [Online] Available at: https://www.zeit.de/news/2020-03/04/wahlkrimi-in-erfurt-hoecke-stellt-sich-gegen-ramelow
[Zugriff am 14. 07. 2021].

ZEIT Online, 2020b. *Landtag - Mohring: CDU musste Kandidaten der Mitte unterstützen.* [Online]
Available at: https://www.zeit.de/news/2020-02/05/mohring-cdu-musste-kandidaten-der-mitte-unterstuetzen
[Zugriff am 02. 03. 2020].

Zitelmann, R., 2018. *Nicht jeder Sozialist ist hirnlos.* [Online] Available at:
https://www.theeuropean.de/rainer-zitelmann/13662-interview-mit-rainer-zitelmann-3
[Zugriff am 14. 10. 2021].